ÖSTRA AROS
Uppsala
Vik
Sko
Enköping
Västra Aros
MÄLAREN
Eskilstuna
Strängnäs
Stockholm
SVEALAND
HJÄLMAREN
Södertälje
ordanskog
Nyköping
ÖSTRA
Söderköping
Ulvåsa
GÖTALAND
Skänninge
LINKÖPING
Bjälbo
skog
Visby

# Arvet efter Arn

# JAN GUILLOU

# Arvet efter Arn

pirat
FÖRLAGET

JAN GUILLOU:

Om kriget kommer 1971

Det stora avlöjandet 1974

Journalistik 1976

Irak – det nya Arabien (med Marina Stagh) 1977

Artister (med Håkan Dahlström) 1979

Reporter 1979

Ondskan 1981

Berättelser från det Nya Riket (med Göran Skytte) 1982

Justitiemord 1983

Nya berättelser (med Göran Skytte) 1984

Coq Rouge 1986

Den demokratiske terroristen 1987

I nationens intresse 1988

Fiendens fiende 1989

Reporter (reviderad utgåva) 1989

Åsikter 1990

Den hedervärde mördaren 1990

Gudarnas berg 1990

Vendetta 1991

Ingen mans land 1992

Den enda segern 1993

I Hennes Majestäts tjänst 1994

En medborgare höjd över varje misstanke 1995

Vägen till Jerusalem 1998

Tempelriddaren 1999

Riket vid vägens slut 2000

Arvet efter Arn 2001

Häxornas försvarare – ett historiskt reportage 2002

ISBN 91-642-0032-9



Utgiven av Piratförlaget

Omslag: Kaj Wistbacka, illustration

Arne Öström/Ateljén, form

Karta: Stig Söderlind

Tryckt hos ScandBook AB, Falun 2002

ANNO DOMINI 1275 *skrev munken Thibaud i Varnhems kloster om den räcka händelser vi nu skall berätta, att folket indelade dem i fyra tider. Först kom änkornas tid då riket styrdes av en hoper gamla kärringar. Sedan följde gubbarnas tid. Därefter kom nidingarnas tid med bränder, mycken gråt och tandagnisslan. Så slutligen kom jarlens tid.*

*För folket, summerar Thibaud, var änkornas tid den ljusaste och bästa. För riket var jarlens tid den avgörande.*

# Början till slutet

DET VAR DÖDEN som glimmade i kvällssolen på andra sidan Säveån. Biskop Kol såg det just så, lika klart som i en av sina många av Guds Ande ingivna drömmar, när han kom pustande och stånkande uppför den vingliga trästegen till högsta värnet. På andra sidan ån stod fienden i stor mängd, slog på sina vapen så att det blev mycket skrammel och skrek de mest förfärliga ogudaktigheter.

Men jarlen stod med ryggen föraktfullt vänd mot fiendens uppvisning och lutade sig tankfullt över en låda med sand som han alltid hade med sig i fält. Bredvid honom stod hans närmaste män, Sture Bengtsson och Knut Torgilsson. I sanden framför dem var ett virrvarr av streck och kottar uppställda i mönster som ingen gudsman gärna kunde begripa. Överallt i omgivningen dånade yxhugg och hammarslag. In i det sista byggde man sitt försvar inför morgondagen.

Jarlen lät sig inte avbrytas bara för sin biskops ankomst men såg åtminstone upp ett ögonblick, nickade inte vänligt men heller inte ovänligt och pekade bort mot ett bord där kungliga stekvändare från Näs just höll på att ställa fram aftonvarden. Biskop Kol gick och satte sig vid bordet närmast stockvärnet så att han hade god utsikt över ån och den sönderslagna bron vid Hervad.

Han kunde inte låta bli att på nytt se bort mot de larmande fienderna på andra sidan. Även om han var en gudsman och inte krigare så hade han läst tillräckligt mycket om krig för att tro sig veta att fienden stod inom räckhåll för långbågar. Och nere i härlägret bakom de främsta vallarna mot ån fanns mer än tusen långbågeskyttar som var strängt åthutade, vid förlust av huvudet, att inte gå så långt fram mot vallarna att de visade sig för fienden. Det föll biskop Kol in att om man nu ställde upp dem alla nere i lägret där de inte kunde ses från andra sidan och lät dem skjuta en pil eller två skulle det bli stort manfall på den andra sidan. När så många långbågar sköt på en gång förmörkades himlen.

Men jarlen tycktes inte ha en ringaste tanke på något sådant överraskande anfall och det vore oklokt av en biskop att lägga sig i hans befäl. Jarlen var ingen dununge i krig. Sedan han fått högsta befallande makt över rikets styrkor hade man inte förlorat ett enda slag.

Likväl var utsikterna mörka denna gång, det insåg till och med en biskop. Jarlen hade obegripligt nog inget rytteri som annars alltid varit hans och folkungarnas starkaste vapen. Nu fanns i stället ryttarskvadronerna på andra sidan och i den fagra kvällens sista sneda solljus paraderade de liksom för att visa hur oövervinneligt många de var. Av färgerna i deras vapenskjortor syntes att en inte obetydlig mängd av dem var folkungar, de bästa beridna krigarna i Norden. Jarlen skulle antingen besegras av sina egna när gryningen kom eller också besegra sina egna, vilket var lika illa. Krig mellan fränder var det sämsta av alla krig.

Nu tycktes jarlen och hans två närmaste män färdiga där borta, nickade bistert beslutsamma och höjde sina knutna nävar och slog dem lätt mot varandra. Jarlen uttalade något skämt och de andra två skrattade kort och gick mot matbordet, fortfarande utan att ens med en blick över axeln ägna något intresse åt fiendens lekar på andra sidan ån.

”Så, min gode biskop!” sade jarlen och gnuggade sina händer mot varandra som om de var frusna när han satte sig tillsammans med de andra två. ”Du har sjungit vesper, förstår jag. Och så har du väl bett flitiga böner för oss att vi måtte segra i morgon!”

”Ja, jag har bett”, svarade biskopen stilla. ”Jag har bett för ett Herrens mirakel för varken mer eller mindre än så synes det mig att det krävs för en seger i morgon.”

”Såå?” sade jarlen med en lika plötslig som oväntad glimt av löje i sitt stränga ansikte. ”Du tycker inte att vi står starkt nog här uppe på åbrinken? Du har sett många ryttare där borta och du tänker att det är illa att vi inte har dem på vår sida? Du tror att ån är för grund och att de satans legotrupperna på andra sidan kommer att kunna vada över i ett nafs?”

Jarlen blinkade mot Sture Bengtsson och Knut Torgilsson och de log och skrattade båda med tillförsikt. Biskop Kol kände sig förlägen och osäker på vad han skulle svara. Just det som jarlen sagt verkade ju ändå som det mest troliga. En så stark här som den på andra sidan skulle verkligen vada över den grunda ån i ett nafs.

”Jag tycker att du borde ägna en god stund åt dina böner i natt, Birger, och det vet du att jag tycker”, svarade han försiktigt.

”Och du vet vad jag tycker om sådant!” svarade jarlen barskt. ”Har inte de där på andra sidan sina gudsmän med sig? Har inte Knut Magnusson, han som fräckt kallar sig kung, Knut Folkesson som lika fräckt kallar sig jarl, Filip Larsson och hans orm till halvbror Filip Knutsson och de andra upprorsmakarna minst en biskop i följe? Och ber inte deras gudsmän där borta för seger halva natten så som de är städslade att göra? Och mot dem skulle jag sätta upp dig som vore det envig i bön till Gud! Då tror jag sannerligen att Vår Herre i vämjelse vänder sitt ansikte från oss alla. Nå, allt det där vet du, biskop.”

”Det där har du fått från din farfar Arn”, sade biskop Kol lågt, bröt ett stycke bröd och läste över det så att det blev tyst runt bordet och de andra tre åtminstone för syns skull sänkte sina huvuden en kort stund som i bön.

”Ja, det är sant”, fortsatte jarlen när de kunde börja sin måltid. ”Och säg inte annat än att Arn Magnusson var en Guds krigsman och därtill ett helgon. Och han, av alla, fann det förmätet att be till Gud om seger inför ett slag. Vet du vad han bad om i sådana stunder? Att inte förhäva sig, att när han drog sitt svärd, just det svärd jag nu bär vid min sida, så måtte han tänka inte på vem han skulle döda. Utan på vem han skulle skona! Det tål att grubbla över. Och han var ändå mycket mer helgon än den där Erik Jedvardsson.”

”Den här stunden är kanske inte den bästa för att häda”, svarade biskop Kol undfallande.

”Häda!” fnös jarlen. ”Häda för att jag bara uppriktigt säger mitt tvivel på att den där Erik Jedvardsson, *Helge Sankt Erik* gubevars, inte var så mycket till helgon. Han blev ett huvud kortare för att han lät sig tagas med överraskning och han dog genast för att han var för bakfull för att försvara sig. Förresten har ingen av de tre senaste påvarna gått med på att göra fyllhunden till helgon. Så om jag hädar har jag i alla fall tre påvar på min sida och är i gott sällskap.”

”Jag förstår inte att du kan drista dig till ett sådant övermod den kväll som kan bli din sista i jordelivet”, svarade biskop Kol argt.

”Så illa är det inte”, svarade jarlen lågt och plötsligt tankfull. ”Det är nämligen värre. För de flesta av oss här i lägret kan detta bli vår sista natt. Det är sant. I krig vet man aldrig säkert hur det går. Hur noga man än planlägger så kan det alltid hända något som man inte tänkte på. Så är det. Men jag fruktar inte döden, om du tror det. Värre för mig vore nederlag. För om vi förlorar är de flesta av oss döda i morgon vid middagstid. Men inte du, och i värsta fall inte jag. Du lever för att du är biskop och jag lever för att jag är fånge som skall ridas bunden upp i landet och utväxlas mot min son Valdemars kungakrona. Och det vore värre än döden.”

Jarlen sträckte sig efter ett stycke kött och förde det ilsket till munnen och de satt tysta en stund alla fyra och åt medan mörkret sänkte sig. Några kungliga svenner från Näs kom med tjärbloss som de satte i järnhållare runt dem, och de tog fram sina mantlar och svepte dem omkring sig. Det var i Andfriden efter Mickelsmässan. Hösten var ovanligt kall och de första frostnätterna redan förbi.

Det blev en kort måltid eftersom både Knut Torgilsson, som svarade för det östra försvarets vallar, och Sture Bengtsson, som skulle hålla den västra sidan, hade en lång natt med mycket arbete framför sig. De ursäktade sig hövisket och biskop Kol välsignade dem båda innan de gick åt varsitt håll med långa steg.

Jarlen satt tyst och tankfull och fingrade på sin halvdruckna ölstånka.

”De är båda bra män”, sade han efter en stund. ”Deras fäder var mina barndomsvänner när vi alla gick i lära på Forsvik. Och till skillnad från somliga andra fränder har varken de eller deras fäder någonsin svikit. Sture och Knut var med mig hela tiden i Tavastland. Många av våra segrar tillhör dem båda."

"Om du känner dig sviken av fränder är det desto större anledning att du förtröstar på Gud", sade biskop Kol med en min som om han just varit mycket vis. Jarlen verkade först vilja svara genast och i vredesmod men höll inne och drack i stället långsamt av sitt öl en stund.

"En gång, jag var mycket ung då", fortsatte han plötsligt, "svor vi unga forsvikare att vi aldrig skulle vända våra vapen mot varandra. Vi forsvikare skulle alltid vara på samma sida. Det var så min käre farfar Arn en gång tänkt ut det. Vi, de forsvikska ryttarna, skulle tillsammans vara så starka att det inte kunde bli annat än fred i riket eftersom ingen skulle kunna besegra oss. En fred helt på våra villkor bleve det visserligen, men dock fred."

"Du låter bitter när du berättar det där, min käre jarl", sade biskopen försiktigt. "Men det var väl ändå en god tanke."

"Ja, det var en god tanke. Alla tankar som farfar Arn tänkte var goda som ett ljus i natten. Och länge såg det ut som om han skulle få rätt. Jag red vid hans sida vid Gestilren, jag var en helt ung pojkvasker då men ändå fick jag hedern att rida med vårt märke vid hans sida, samma märke som du kanske såg på taket ovanför oss när du masade dig hit upp. Där vid Gestilren besegrade han för andra gången danskarna och då skall du veta att det ändå var på Valdemar Segrarens tid, då Danmark var oövervinneligt. Men farfar Arn slog dem två gånger och båda gångerna var det vårt forsvikska rytteri som avgjorde. Han gav sitt liv för den segern och den långa fred som skulle komma. Och i morgon skall vi likväl möta forsvikska ryttare. Farfar Arn måtte gråta i sin himmel."

"Det är detta jag inte förstår", sade biskop Kol. "Rättare, det är många saker jag inte förstår, men främst att det finns folkungska ryttare på andra sidan men inga på vår."

"Det är just det", suckade jarlen. "Upprorsmännen är våra fränder, de är folkungar och de ryttare som är med upprorsmännen har det nu lätt eftersom vi inte har några forsvikska ryttare på vår sida. Och det är fienden väl medveten om. Det ser de om inte annat på det sätt som vi har förskansat oss här. Jag är van att segra med ryttare. Nu måste jag tvärtom segra mot ryttare eftersom mina kära fränder har för sig att de skulle svika sin ed att aldrig dra vapen mot forsvikare, om de stred på vår sida. Så, uppe på sina gårdar, på Hönsäter och Jerv, Ynglingastad och Granåsa och Forsvik, och Lena framför allt, men också alla de andra gårdarna och borgarna sitter nu mer än två hundraden av folkungska ryttare med armarna i kors och låter oss slåss för våra liv till fots. Och du frågade mig om jag var bitter?"

"Du har femtusen man med dig här vid Nårunga, vore det så stor skillnad med tvåhundra ryttare därutöver?" frågade biskopen klentroget.

"Ja", log jarlen nästan medlidsamt över gudsmannens okunnighet. "Om jag hade det forsvikska rytteriet, de män som rensade hela Tavastland, så hade vi inte behövt gräva ned oss som rävar i gryt. Då hade segern inte behövt kosta så mycket blod som den kommer att göra nu, om vi alls segrar. Med det forsvikska rytteriet hade vi svept den här tyska legohären från vårt lands jord på en vecka. Och hade vi dem med oss nu skulle vi segra på ett par timmar i morgon. Så stor är skillnaden."

"Och varför har vi grävt ned oss som rävar, varför tar du striden så tidigt, nästan genast efter att fiendens här trängt in i landet?" frågade biskopen med en ton i rösten som visade att han nog inte trodde att det som skedde nu var det klokaste. Men jarlen visade inte minsta vrede av att så tydligt få sitt förstånd ifrågasatt.

"Du ställer en mycket klok fråga, biskop", svarade han. "Jag är inte säker på om du verkligen förstår hur din fråga skär som en dolk rakt in i de olika svårigheter som jag, Knut och Sture haft i våra samtal de senaste veckorna. Men så här är det. Knut Magnusson och hans anhang där borta har lejt en här i Schleswig, det var därför de kom med skepp från Jylland över till Halland. Deras tyska och danska knektar och ryttare kostar mycket silver, så nu finns ett val. Vi kan undvika strid länge och låta knektarna bränna och plundra hela Västra Götaland, för till slut finns inget annat sätt att betala dem. Kanske skulle det få mina ädla forsvikare bland fränder att tycka att det snart blev för mycket och därför sadla sina hästar och rida till vår sida. Kanske. Men ett är säkert och det är att frestelsen blir mycket stor för Knut Magnusson att försöka vinna snabbt. Desto mindre silver måste han då ut med till sina knektar. Och det är den frestelsen jag nu håller upp som bete framför honom, förstår du?"

"Nej, det tror jag inte", svarade biskopen grubblande. "Jo, frestelsen att segra genast, när knektarna inte är uttröttade och till så lågt pris i silver som möjligt, det förstår jag. Men vad vinner du på ett snabbt avgörande?"

"Att jag fick välja plats för slaget", svarade jarlen nöjt. "Knut Magnusson vill slå mig genast och därför kommer han villigt till den plats jag har valt. Förstår du nu?"

"Nej", suckade biskopen. "Ja, inte annat än att det är bättre att få välja plats än att inte få det. Men knektarna är väl ändå som starkast i början av kriget?"

"Kom!" sade jarlen, reste sig och gick fram till sandlådan, tog ner ett tjärbloss och svepte med en flat tvättklappa över hela virrvarret av linjer och kottar så att allt rasslande föll ned på jordgolvet och sandytan blev helt slät och ren som ett oskrivet blad.

"Här löper Säveån, här ligger Nårunga och här är Hervadsbro där vi befinner oss nu", undervisade jarlen medan han drog ett stelt och knotigt pekfinger i sanden och ritade ut det han berättade om. "Här uppe står du och jag, här borta på andra sidan står fienden, du ser deras eldar om du vänder dig om. Om du ser bort längs förskansningarna och vallarna öster om bron... här, finns ett stort kärr. Där kommer ingen fram. Och längst bort i väster höjer sig bergknallar som är så lätta att försvara att det inte ens behöver göras. Och våra försvarsvallar och palissader löper längs hela åsträckan, så här! Nå, säg mig nu, var kommer fienden att anfalla? Var finns vår svaghet?"

Biskop Kol hade genast fångats in med stort intresse i krigsspelet. Han lutade sig över linjerna och tänkte skarpt en stund innan han bestämde sig.

"Här!" sade han och körde ner sitt pekfinger ända till biskopsringen i sanden. ”Här går de över ån som jag sade redan när jag kom. Här kommer de att svärma över oss som bin och där nere till vänster om oss är strandbrinken låg och våra trämurar som svagast. Har jag inte rätt?”

”Jo, du har alldeles rätt biskop”, log jarlen. ”För att vara klerk är du inte så kort om huvudet som man skulle kunna tro. Där nere, där vi nu håller på att sätta upp ryttarhinder bakom trämurarna, kommer de att bryta igenom det första de gör. Och det skall de få göra, flera tusen av dem i trängsel. Så, vad händer därefter?”

”Flera tusen, då är vi väl ändå förlorade?” sade biskopen skräckslaget.

”Här borta!” visade jarlen med sitt pekfinger i sanden. ”Två pilskott bakåt, det är för mörkt för att du skall se nu, finns en kulle. Där har vi gömt tre stora stenslungor som jag efter mycket förhandlande lyckades hämta från Forsvik. Vet du vad grekisk eld är?”

”Tacitus förtäljer en del om sådant”, mumlade biskopen. ”Men jag har nog inte läst just sådana romerska skrivare med samma intresse som du, ditt latin är förresten det bästa jag hört någon världslig man tala. Nå, så säg mig!”

”Blidorna slungar stora lerkrus fyllda med olja från tall, gran och kåda, sådant som man använder för att tvätta bort färg. Det brinner som helvetets eldar och lerkrusen har en antänd veke i sig när de slungas iväg. Och helvetets eldar är just vad som kommer att skölja över fienden när han tror att han skall gripa efter segern. Allt givetvis om Gud vill.”

”Nu hädar du igen!”

”Du vet vad jag anser i den frågan. Vill Gud steka två tusenden legoknektar åt oss eller vill Han det inte? En sådan fråga finner jag hädisk snarare. Liksom tanken, som du biskop måste finna dig i, att du i natt skall be på dina knän för att fienden verkligen kommer att gå i vår fälla och få elden över sig. Ondare död finns inte, de kommer att dö under stort lidande och jämmer och sedan sprida stank av bränt kött över hela nejden. Min tro är att jag visar Gud störst vördnad genom att inte be för något sådant. Men be du!”

”Men… alla långbågarna?” frågade biskop Kol med en ansträngning att inte fortsätta att spinna den tråd av gudshån som jarlen just visat honom. ”Skall dessa tusen bågskyttar liksom vi alla bara lita till eldfällan? Har du då inte lagt alla ägg i samma korg?”

”Helt visst inte”, log jarlen. ”Det är verkligen ett nöje att se dig så mycket klokare i krigets spörsmål än jag hade väntat, biskop. Nå, här bakom, väster om kullen, har vi huggit undan alla trädtoppar och röjt en stor glänta. Där står långbågarna. När elden är slungad och fiendens flykt börjar och trängseln blir som störst nere i ån är rätt ögonblick. Kom, vi går och sätter oss igen!”

De lät sig fägnas med nytt uppvärmt öl för kylans skull och satt i mörkret var och en försjunken i egna tankar en stund. Runt dem glödde eldar och ekade yxhugg. Timmermän hade börjat lägga smala kluvna stockar som ett lätt tak över deras huvuden och samma skedde nu längs hela den långa försvarsvallen mot floden där bågskyttar och armborstskyttar skulle ta plats och där en del män hade börjat reda sig för natten.

Det var stjärnklart, vilket tydde på en kall natt och ett tidigt anfall eftersom morgonens ljus skulle komma fort.

”Du ser det här taket, biskop”, sade jarlen efter en lång tystnad. ”Det såg inte fienden där borta när de stod och larmade och gjorde sig till. Där på andra sidan kommer de att ställa upp sina bågskyttar i tron att de kan ösa pilar över oss innan de ger sig iväg över ån. Men då står de för högt och vårt tak lutar lite nedåt. Om det var ljust skulle du genast förstå det här om du ställde dig upp, att du då inte kan se höjderna på andra sidan. Det betyder att ingen kan träffa dig med en pil därifrån. Kan man inte se bågskytten, kan man heller inte träffas på kort håll. Många pilar kommer de att slösa bort innan de förstår den saken. För att nå oss måste de gå ned i floden, och då kan vi börja träffa dem med våra pilar.”

”Men eld, har inte de också eldpilar?” invände biskopen lamt.

”Det har de säkert. Men vi har snart våta kohudar på vårt tak, så någon brand skall vi inte få över oss. Nedanför på baksidan står stora kar med vatten om det likväl blir några småbränder.”

”Jag fruktar ditt övermod, jarl. Är du säker på att du har tänkt på allt?”

”Jag har inte tänkt på allt, det kan ingen. Som jag sade, i krig händer mycket som ingen kunnat tänka sig i förväg. Jag har bara tänkt så gott jag och några av mina klokaste fränder förmådde. Och övermodig är jag inte, bara dårar är övermodiga i krig. Och dårar lever inte så länge som jag har gjort.”

”Och du vill inte bedja med mig?”

”Nej, och du vet varför.”

”Varför var du då så angelägen att ha en biskop hos dig?”

”Det var jag inte. Jag var angelägen att ha dig här för att du är min kansler. Du kan förhandla, du kan skriva diplom och avtal och kanske behövs de färdigheterna i morgon när vi skall fästa segern i sigill. Eller nederlaget.”

”Om Gud står dig bi i morgon och du segrar, vilken nåd tänker du dig då för dina besegrade fränder?”

Biskopens fråga var inte så oskyldig som den lät. Att han ens frågade var också egenartat eftersom det visade att han hade onda aningar. För om herrar, och särskilt herrar som var befryndade, besegrade varandra brukade det sluta med att man drack gemensamt krigsöl efter avgörandet och därefter red var och en åt sitt håll efter att ha svurit ett och annat som man inte alltid hade för avsikt att stå fast vid. Med sin fråga hade biskop Kol visat att han tvivlade på en sådan mildhet efter segern. Och inte lugnades han därvid av att jarlen satt länge tyst och mörk innan han svarade.

”Låt oss nu inte förhandla om skinnet innan björnen är död”, mumlade han till slut korthugget,

”Finns det något som skulle göra vår seger säker och något annat som skulle göra vårt nederlag lika säkert?” frågade biskopen efter att själv ha suttit tyst en lång stund.

”Ja”, sade jarlen. ”Säker seger vore det, oavsett allt annat, om jag hade mina käraste fränder forsvikarna hos oss denna natt. Och nederlag blir det om fienden inte går i vår fälla utan sätter in sin stormning på en helt annan plats än den som ser frestande ut. Själv, om jag vore i deras kläder, skulle jag nog bli betänksam av att se ett försvar framför mig med halvöppen dörr. Jag skulle ana en fälla."

"Låt oss då be för att fiendens övermod är större än hans list", suckade biskopen.

"Ja, det vore väl ändå en nåd att stilla bedja om, en bön där vi inte förhävde oss", log jarlen retsamt.

Biskop Kol bet ihop och bestämde sig för att inte på nytt ta upp frågan om bön före krig. Jarlen var när det gällde den saken egensinnig på ett sätt som trotsade allt förstånd. Ingen annan man i Norden skulle komma på den befängda tanken att inte bedja kvällen före ett stort slag. Men just när biskopen tänkt den tanken kom han att börja grubbla över den man som kanske varit likadan.

"Jag fick aldrig träffa din farfar Arn", sade han lågt som för att visa att det nu varken var krig eller bön han ämnade slösa mer ord på. "Att Arn Magnusson var en stor man vet jag, att han var den störste krigaren av er alla vet jag nog också. Men hur var han som människa när han inte var i harnesk?"

"Som ingen annan, och arvet efter honom är inte lätt att bära", svarade jarlen tankfullt. "Nu säger jag dig på mitt fullaste allvar, utan löje eller skämt, att han verkligen var ett helgon. Med ett helgon vill ingen man bli jämförd men jag har likväl blivit det i hela mitt liv. Och som du vet är jag långt ifrån helgon."

"Ja", instämde biskopen lugnt, "du är långt ifrån helgon. Du är en hård man, Birger, och du kan ingalunda känna dig säker på att få träffa din käre farfar Arn i nästa liv."

"Se, nu är du där igen och jämför mig med honom! På hans dödsbädd svor jag honom två saker och dem har jag hittills hållit. Det ena var att hålla samman riket och kalla det Sverige och så skall vi också säga om vi segrar i morgon. Det andra var att bygga en stad där Mälaren möter Östersjön vid Agnefit. Det har jag påbörjat och den staden har jag bestämt att kalla Stockholm. Nå, i morgon kan jag ha misslyckats med att hålla det första löftet, om upprorsmännen slår oss. Se här, det här är Arn Magnussons svärd! Det har jag vid min sida då segern är osäker och hittills har jag aldrig förlorat då jag bär hans svärd."

För biskop Kol var det inte så mycket som skilde jarlens svärd från andra svärd han sett. Utom att det hade en mycket tarvligare skida än stora mäns svärd, i svart läder utan utsmyckning och med ett enkelt rött riddarkors högst upp vid fästet. Och så de underliga tecknen i guldskrift på klingan som inte lät sig läsas. Jarlen hade försiktigt lagt ned svärdet på bordet framför biskopen mellan rökta skinkor och bröd. Biskopen lät fingrarna glida över guldskriften och lutade sig närmare för att försöka läsa tecknen i eldskenet utan att begripa en stavelse.

”Vilket språk är det här och vad står det?” frågade han när han gav upp försöket att läsa.

”Om jag säger dig vad där står kommer du bara att åma dig och himla med ögonen och bli alldeles för gudsnådelig”, svarade jarlen med ett kvävt skratt. ”Det är en gåva från en kung, vars namn du känner, till Arn Magnusson i Nådens år 1191. Det är allt jag säger dig.”

”Han var svärdsriddare?”

”Nej, han var tempelriddare. Klerk och bärsärk i ett och samma skinn, skulle man kunna säga. Det var han som skapade hela vårt forsvikska rytteri, alla är vi hans barn, också några kanaljer på andra sidan ån där borta. Vi som aldrig skulle svika varandra, vi som nu har svikit varandra. Av den vetskapen skulle han lida svårt.”

”Och hur skulle han ha förvaltat segern i morgon?”

”Säkert på ett annat sätt än jag. Han var helgon och nu säger jag dig för sista gången att det är inte jag. Vill du ha ditt nattläger här uppe? Nej förresten, det är inte tillrådligt. Hitåt kommer de flesta pilarna att riktas i morgon, fienden har sett mitt märke och säkert min mantel också. Kom, vi går till en säkrare plats!”

Trots sin ålder svingade sig jarlen nedför stegen på värnets baksida med avsevärt större lätthet än den mycket yngre biskopen. De gick runt en stund i lägret där det fortfarande arbetades med stort jäkt på att klyva nya stockar och binda samman dem eller spetsa dem till ryttarhinder. Var de gick välsignade biskopen stridsmän och arbetsfolk och varhelst man såg jarlens hermelinsklädda mantel närma sig upphörde allt arbete. Det tog en stund för dem båda att ta sig fram de tvåhundra stegen till den kulle där blidorna stod och där jarlen tänkte ta sitt nattläger. I gryningen före stridens början skulle de ändå gå runt tillsammans på nytt, försäkrade han biskop Kol som aldrig tycktes vilja sluta att välsigna män som kunde vara döda nästa dag vid middagstid.

När de kommit upp på kullen med stenslungorna och jarlen just börjat berätta för biskopen hur de var byggda och hur de skulle användas slogs larm i lägret att främmande ryttare närmade sig och många män kom på fötter och till vapen.

Eftersom inga ryttare kunde anfalla i mörker spred sig en kuslig stämning som om det var en icke mänsklig fara som nalkades där ute fastän hästars frustningar och klingande stigbyglar märktes tydligt. Snart hördes också vreda röster och därefter rop om att det var riddar Sigurd och forsvikarna som kom.

Jarlen stelnade till när han hörde detta och grep biskop Kol hårt i armen, så hårt att det smärtade. Sedan gjorde han något som biskopen aldrig hade kunnat tro. Han föll ned på knä och bad långa tacksägelser på latin till Gud och Guds Moder. Av denna syn tårades biskop Kols ögon och han tänkte att glädjen blir så mycket större i Himmelriket av en omvänd syndare än av hundra rättfärdiga män.

Jarlen bad sannerligen till Gud, och biskopen tyckte sig till och med se en eller annan tår i det grova och av krig märkta ansiktet med den knöliga fyrkantiga hakan som gjorde synen av Birger jarl så skräckinjagande för gudlig som för världslig man.

Ryttarna gjorde halt i lägrets utkant och två av dem satt av medan villiga händer sträcktes från alla håll för att hålla deras hästar.

Riddar Sigurd var en gammal man, äldre än jarlen, men han gick genom hopen av skyttar och lansmän med högburet huvud som den store krigare han alltid varit. Hans hår föll långt och grått ner till axlarna, hjälmen hängde som på alla forsvikare i en kedja från ena axeln.

När jarlen nu sakta kom honom till mötes med biskop Kol efter sig kunde ingen tro att han just rest sig från en bön på knä eftersom ingen man alls kunde föreställa sig jarlen på knä. Han stannade intill en eld där det var ljust och väntade lugnt att riddar Sigurd skulle komma fram. När de stod mitt emot varandra var det som om ingen av dem ville tala först, som om de bara med orörliga ansikten mätte varandra med blickarna.

”Om du har kommit för att dricka kvällsöl, Sigurd, så har du valt en märklig tidpunkt”, hälsade jarlen till slut med hög röst så att alla runt om kunde höra. ”Icke desto mindre är du en välkommen gäst”, tillade han efter kort tystnad.

”Jag dricker gärna ditt välkomstöl, jarl Birger”, svarade Sigurd på samma stela sätt. ”Men då hoppas jag du har gott om öl i lägret, för vi är många och vi har ridit hårt för att inte komma för sent.”

”Varifrån red ni och hur många är ni?” frågade jarlen utan att röra en min.

”Vi är tolv skvadroner på det forsvikska sättet att räkna, etthundranittiotvå män. Vi samlades vid Lena och därifrån red vi hit som hedern bjuder”, svarade riddar Sigurd samtidigt som hans stela ansikte började spricka upp i ett leende.

Det smittade genast jarlen som nu slängde all sin värdighet över bord och med tre långa steg störtade fram och slöt sin frände till sig i en omfamning.

”Du och våra vänner kom med segern, käre Sigurd”, mumlade jarlen så att ingen annan än Sigurd kunde höra. ”Nog har vi välkomstöl i lägret. Men desto mer behöver vi nog läska oss till middagstid i morgon när allt är över.”

# Änkornas tid

# I

DEN UNDERBARA SEGERN vid Gestilren i Nådens år 1210 hade ett högt pris. Där blev många änkor och än fler faderlösa. Sorgeåret gick snart förbi men sorgen dröjde längre.

För unge Birger Magnusson bet sorgen mycket djupare och vassare än i hans bröder, även om de blivit lika faderlösa som han själv och även om de också förlorat sin högt älskade och vördade farfar Arn.

Men Birger hade själv varit med vid Gestilren då han trots sin ringa ålder hade anförtrotts att rida med rikets märke mellan kungen Erik Knutsson och marsken Arn Magnusson. Således hade Birger sett sin egen far Magnus Månesköld, liksom ett stort antal av de äldre folkungarna, rida rakt in i döden. Det onda som skedde måste ha gått mycket fort men i hans minne var det drömlikt som om alla de äldre fränderna hade rört sig i maklig skritt på sina tunga järnklädda hästar.

Kungen och marsken, deras märkesmän och budridare och en skvadron lätta ryttare från Forsvik hade befunnit sig högt uppe på en kulle med god sikt över hela slaget. Alla såg de samtidigt vad som ohjälpligen var på väg att hända och intet kunde de göra utom att tysta korsa sig.

De äldre folkungarna, de som inte gått i lära på Forsvik likt sina söner, hade gått till anfall utan att vänta på den röda fanan på marskens kulle. Kanske hade de varit alltför angelägna att komma i strid och helt säkert hade ingen av dem förstått faran i att anfalla för tidigt.

De som red där nere morskt och beslutsamt mot de mötande danska ryttarna såg aldrig hur ett stort svart moln reste sig bakom dem som ett dödens tecken. Det var tvåtusen av de egna långbågeskyttarna som på utsatt tid skickade iväg sin första salva och därefter skyndsamt den andra och den tredje. Mer än hälften av de folkungska ryttarna låg för långt fram och slogs till marken som av mordängelns lie just när de skulle braka in i den danska fienden. De dog av högmod och kort förstånd.

Det gjorde ingalunda sorgen mindre. I den stunden var unge Birger, uppe på marskens kulle, långtifrån den ende forsviksynglingen som blev faderlös.

De grät inte förrän efter segern.

* * *

När sorgeåret var till ände strax före skörden, som detta år lovade att bli sällsynt god, reste unge Birger tillbaka till Forsvik trots att hans mor Ingrid Ylva, som få unga eller gamla vågade säga emot, försökte ömsom beveka honom och ömsom befalla honom att stanna bland sina bröder på Ulvåsa. Hon menade att klerkernas kunskaper, som han kunde få bäst på Ulvåsa då hon nyligen städslat ytterligare en från Skänninge, var mer värt för hennes söner och för det de skulle uträtta i framtiden än den krigskonst och penningkonst man lärde på Forsvik.

Birger hade vägrat att vika sig för detta tal. Han värjde sig med att han haft nog av klerker från fem års ålder och att han redan talade och skrev väl på såväl kyrkospråket som frankiska och visste mer än nog om Helga Skrift. Men ännu hade han inte dubbats till riddare och med mindre ville han inte låta nöja sig i livet. Hans mors försäkringar att det redan stod skrivet att han i framtiden skulle bli mycket förmer än riddare viftade han undan med att ingen kunde skåda in i framtiden, vad än folk råkade prata och viska om hans egen mor. Och även om så vore, krävde den höga makten i riket väl så mycket kunskaper i krigets konst som av klerkers vetande.

I efterhand, när han från Ulvåsas brygga stigit på en av de fraktbåtar som ständigt gick mellan Linköping och Lödöse och begynt färden mot Forsvik, tyckte han nog att hans mor ändå hade gett med sig mer lättvindigt än han fruktat. Men till Forsvik skulle han, dit längtade han mer än till någon annan plats nu efter detta sorgliga år som mest varit gravöl hos fränder.

Det var ljum och mogen sensommarkväll när båten närmade sig Forsvik med bara en svag västlig bris som knappt krusade vattenytan på väg in mot de nedre bryggorna. Långt innan båten lagt till förde vinden med sig Forsviks säregna dofter som inte kunde komma från någon annan plats i vare sig Västra eller Östra Götaland. Dofterna var som sagor som berättade om fjärran länder i träkolen från smedjor och glasbruk, nybakat bröd från lerugnar som såg ut som bikupor i marken, frestande os från glödgaller där man stekte lammfärs kryddad med den sorts kummin och peppar som bara fanns på Forsvik och den ännu starkare doften från hans farmor Cecilia Rosas rosenträdgårdar. Och till detta kom alla ljud, Forsviks egen sång från klangen i smedjorna, blåsbälgars pustande och de höga vassa skriken från snurrande sågar. Detta kunde bara vara Forsvik. Dit hade han kommit vid blott fem års ålder för att gå i lära och där hade han tillbringat större delen av sitt liv. På så vis var Forsvik mycket mer hans hem än Ulvåsa på andra sidan Vättern.

Han hoppade vigt iland redan innan båten hunnit lägga till ordentligt, drog upp manteln över sitt svärd och sprang upp för den långa breda trappan som nu till mer än hälften blivit stensatt.

Det var som att komma upp i en liten stad där ingen lade särskilt märke till en nykomling, inte ens i blå folkungamantel eftersom nästan alla ungherrar på Forsvik bar sådant kläde. Och liksom i en stad var alla människor sysselsatta med något. De bar kol i ok över axlarna in till smedjorna, kärrade sand till glasbruken eller lämpade av kopparfat och lerkrus vid de övre bryggorna för att där bereda plats för den last som kommit med senaste båt över Vättern. Pigor sprang med stora träfat med nybakat bröd, stekvändare bar bördor av kött från slakteri till kokhus och mitt i all brådska surrade de främmande språk som bara talades vid Forsvik. Han stod en stund stilla lutad mot en husknut som skakade nästan omärkligt av de stora kvarnhjul som gnisslade och kved där inne. Han andades och lyssnade in Forsvik, och det var som om han inte alls hade varit borta särdeles länge. Från andra sidan byn, borta vid övningsfälten, hördes dunder av hästhovar.

Johannes Jacobian, som var i samma ålder som han själv, var den som först upptäckte honom och genast sprang fram för en lång omfamning. Och snart, när de i ivrigt samspråk begav sig mot fru Cecilia Rosas kammare, stod det klart att inget ont drabbat Forsvik under det år som gått. Där var det som om tiden stått stilla och inget krig funnits.

Johannes, son till verkstädernas mästare Jacob Wachtian, talade en blandning av många språk när han blev ivrig, ett språk som uppstått bland barnen på Forsvik och som var obekvämt för den ovane och obegripligt för den som kom utifrån. Bara på den korta vägen fram till fru Cecilia Rosas skrivkammare blev Birger tvungen att fråga två eller tre gånger för att få ett frankiskt eller ett latinskt ord som förklaring. Utanför dörren till skrivkammaren blev det svårt att skiljas då Johannes kom på att börja berätta något, som nog kunde vara viktigt men ändå inte helt lätt att fatta, om hur man förbättrat sågarna på Forsvik så att de nu gjorde dubbelt dagsverke. Men när Birger till slut började rätta till sin mantel och sköt fram svärdet under sin vänstra böjda arm förstod Johannes fort vinken och tog farväl mot löfte att nästa dag få visa de nya sågarna.

Birger stod stilla en stund när han blivit ensam med huvudet sänkt som om han bad. Sedan tog han ett djupt andetag, ryckte upp den låga timmerdörren och steg in i sin farmors skrivkammare.

Hon satt med ryggen vänd mot honom hukande med en skrivfjäder över sina räkenskapsböcker. Hennes tjocka hårfläta som hängde ner över ryggen var nu helt i silver och grått, inte en endaste röd ton fanns kvar. Hon gjorde sig ingen brådska, lade sakta ifrån sig skrivfjädern med ena handen medan hon med den andra sträckte sig efter sitt svarta änkedok innan hon med en suck vände sig om med en min som inte var ovänlig men heller inte vänlig eftersom hon ogillade att bli störd i räkenskaperna.

Men fort förändrades hennes ansikte när hon såg sin sonson. Hon reste sig, bleknade och förde handen till munnen som för att kväva ett skrik. Han skyndade fram och tog henne i sin famn. Han höll båda armarna om henne och vyssjade henne fram och åter utan att säga något.

”Du borde ha sänt bud i förväg, min älskade sonson”, sade hon till slut när hon milt sköt honom ifrån sig och pekade på en läderklädd pall för besökande och något osäkert satte sig vid sin skrivpulpet på nytt.

”Det var alls inte min mening att störa eller illa överraska min kära farmor”, sade Birger besvärat när han satte sig och bredde ut manteln i en halv ring runt rygg och sidor.

”Birger, Birger... inte tror jag du menade något illa”, nästan viskade hon. ”Men när jag vände mig om med ögonen skumma av räkenskaper och såg dig stå svart mot ljuset bakom dig, såg jag inte dig utan min älskade Arn. Jag såg manteln och svärdet, ljuset glänste i det gyllene korset och då för ett ögonblick såg jag honom vars svärd du bär.”

”Jag bär det med mycken stolthet”, mumlade Birger med blicken mot golvet. ”Ingen ägodel på jorden kan vara mig kärare än detta svärd och det förstår ni säkert, farmor.”

”Därpå finns inte minsta skugga av tvivel i mitt hjärta”, svarade hon med sitt alldeles vanliga tonfall där löje och allvar blandades i lika delar. ”Ändå finner jag nog att du bör vårda detta svärd, bära det vid högtid när så krävs men kanske ändå inte på var liten resa. Om du förlorar det kan vi aldrig göra ett nytt.”

”Jag dör hellre än jag förlorar detta svärd”, svarade han med hetta.

”Nåja”, log hon genast och spefullt, ”det där svärdet är i storleken septum och om jag minns rätt och ser rätt skall du ha storlek quintum. Det skall vi ordna innan morgondagen är över, det lovar jag dig. Men du borde ändå ha sänt bud i förväg, för hur skall jag nu kunna bestyra med välkomstöl för min mest älskade sonson?”

”Ni behöver alls intet bestyra, kära farmor. Jag har inte kommit till Forsvik för att dricka öl i särdeles mängd men för att utan dröjsmål träda i er tjänst”, svarade Birger med höjt huvud och återvunnen säkerhet.

”I min tjänst, det var inte illa!” skrattade Cecilia Rosa men med en blick som var mycket mer kärlek än löje. ”Och vilken tjänst hade du tänkt dig? Smed, svärdsfejare eller träsågare? Mjölnare, vävare, timmerman eller glasblåsare? Eller kanske kopparslagare eller jägare?

Fiskare kanske? Stallare eller hovslagare skulle du förstås duga utmärkt till, fast kanske inte lika utmärkt i kokhusen. Nå, så säg mig innan jag förgås av nyfikenhet, vilken tjänst?"

"Jag hade tänkt mig att ta tjänst i riddarsalen på Forsvik", muttrade Birger med blossande kinder.

"Åh! I riddarsalen, att jag inte tänkte på det! Ja, där finns ju gott om utrymme, det är bara riddar Sigurd och riddar Oddvar som bor städse på Forsvik numera. Så där kan du förstås bo, din farfar Arn gav dig tillträde till riddarsalen, det vet jag nog. Men vad ämnar du göra mer än att bo där?"

"Det vet kära farmor mer än väl", mumlade Birger. "Jag har gått mer än tio år i lära på Forsvik, från mitt femte levnadsår. Så stark som riddar Bengt är jag inte på långa vägar men det är ingen i landet numera. Så stark som riddar Sigurd eller riddar Oddvar är jag inte heller. Men de allra yngsta kan jag lära, och av Sigurd och Oddvar kan jag själv lära. Så tänkte jag när jag bevekte min mor Ingrid Ylva att få återvända till Forsvik."

"Du talar mycket väl, käre Birger", svarade Cecilia Rosa tankfullt. "Det minner mig om somliga andra i din ätt, du viker inte för löje och det är bra. Men nu skall du veta att en del har ändrats här. Åren före kriget hade vi nästan hundra ynglingar här samtidigt, nå från pojkvaskrar till ungherrar. Men nu är det betydligt färre än hälften och nya små ömskinn kring fem års ålder har vi nog bara sex eller sju. Och då skall du veta att flera av dessa våra minsta inte ens är folkungar."

"Vad är de då?" frågade Birger med höjda ögonbryn.

"De är söner till frigivna från Forsvik eller utlänningar", svarade Cecilia Rosa kort. "Vill du ha även sådana små i din lära?"

"Helt säkert vill jag det", svarade Birger. "Mången frigiven eller utlänning är så god som en folkung och förresten gjorde käre farfar folkungar av frigivna från Forsvik genom att ta dem till tinget. Det gör jag gärna om."

"Då är jag stolt över dig, Birger", sade Cecilia Rosa plötsligt tankfull. "Då vet jag vem du mest av allt brås på. Du börjar din tjänst i morgon och du bor i riddarsalen. I morgon förser vi dig med allt du kan behöva och där inräknar jag ett nytt svärd för övning och ett för strid, så att du kan hänga upp det du nu bär bland erövrade fiendemärken och sköldar på väggen där inne. Men denna afton ordnar vi välkomstöl och kom nu genast åter i min famn!"

* * *

Birgers första vecka som lärare på Forsvik blev så mycket hårdare än han väntat sig att han kom att undra om han inte hoppat i galen tunna. Hans blev ansvaret att sköta de allra minstas övningar som började efter bönen vid solens uppgång och pågick fram till middagstid. På eftermiddagen skulle de små ömskinnen gå i lära hos munken i den lilla träkyrkans sakristia, men då fick Birger fortsätta med de mycket hårdare övningar som bedrevs av riddar Oddvar och de ungherrar som var i samma ålder som Birger själv och som gick sista året i lära på Forsvik.

När han var med de minsta måste han fort lära sig att ta det varligt eftersom det blev mycket gråt och pip av allt sådant som gjorde ont. När han sedan på eftermiddagen, i värsta fall något däst av att ha ätit med för god aptit av de rikliga middagsmål som alltid bars fram på Forsvik, hamnade bland sina jämnåriga fick han i var övning ta i desto mer. Ingen tog det varligt med Birger för att han var av förnämst ätt, med mor av kunglig släkt och sonson till Arn Magnusson och i nära släkt med jarlarna från Bjälbo. Tvärtom var det som om de andra ynglingarna satte en ära i att kunna träffa just Birger med svärd eller lans, helst vräka honom ur sadeln på ryttarfältet men lika gärna lyckas med något hyss som att stöta hans egen sköldkant upp mot hans haka.

Han fick god bostad i riddarhuset på Forsvik men orkade inte läsa en rad i någon av de två romerska böcker om krigets konst som farfar Arn lämnat efter sig eftersom han var kväll stupade i säng och genast somnade med värkande lemmar. På så vis blev heller inte mycket talat med riddar Oddvar och riddar Sigurd, som var befäl på Forsvik, i allt sådant som hörde kriget till. Birger misstänkte att det var hans mor

Ingrid Ylva som låg bakom denna svårlidna hårdhet, att hon talat med sin svärmor och vän Cecilia Rosa och att kära farmor därefter i sin tur talat med de två riddarna. Men den misstanken eldade snarare på hans beslutsamhet än den fick honom att böja sig. Han bet ihop tänderna och tog var tidig morgon nya tag.

Ändå bad han en kort bön av tacksamhet när det på andra veckan kom en möjlighet till avbrott. Riddar Bengt Elinsson till Ymseborg, som inte bara var forsvikare själv och gått hela den långa vägen från vek och ensam gosse till dubbad riddare utan också var den hårdaste och starkaste stridsmannen i hela riket, kom en dag i följe av tio av sina egna hirdmän. Han hade ett ärende till Askeberga ting och för den saken ville han först bättra på sina mäns vapen och seldon och dessutom städsla ytterligare sex forsvikare, helst så högättade som möjligt och således Birger i första hand. Riddar Bengt behövde ha en full skvadron med sig, och som man räknade på Forsvik bestod en skvadron av sexton män, vilket var just så många som krävdes för full edgång på tinget. Saken gällde en tvist om mark mellan riddar Bengt och en av hans grannar och han sade att han hellre gjorde upp sådant vid tinget än med svärd i hand. Fast det sade han inte av rädsla inför svärd, ty ingen i landet var starkare med vapen i hand än riddar Bengt. Alla visste att Arn Magnusson själv räknat Bengt Elinsson som sin främste krigare.

När skvadronen från Forsvik nästa dag på dundrande hovar närmade sig Askeberga tingsplats och i sprutande vatten gick över Tidans flod på vadstället förstummades alla som befann sig på tinget och glömde för en stund helt bort de tjuvar som man just skulle till att hänga. En skvadron från Forsvik var en mäktig syn. Alla forsvikare var klädda på samma sätt, alla bar de folkungarnas blå mantel och vapenskjortor i blått och silver. Deras svarta seldon glänste och deras hästar var livliga och ystra på bara det sätt som forsvikska hästar var. Och även om det funnits män som i äldre tider fnyst och spottat åt dessa främmande hästar skulle ingen numera komma på en sådan tanke. En unghingst från Forsvik betingade ett pris som en medelstor gård, och om många ville köpa var det ändå få som hade sådan råd.

Birger, som red vid sidan av riddar Bengt i täten eftersom de två var de enda i skvadronen som hade rätt att bära det folkungska lejonet på mantelns rygg, grämde sig över att han rodnade och inte kunde föra sig lika kallt obesvärat inför alla gloende blickar som riddar Bengt. Att detta var en ankomst till tinget som var avsedd att göra stort intryck var inte svårt att räkna ut. Men just då kunde Birger inte förstå vad riddar Bengt hade för avsikter med denna förevisning av styrka.

Medan forsvikarna satt av och spände loss sina sadelgjordar och började gå runt för att hälsa på fränder och bekanta kom tingets göromål så sakteliga igång på nytt. Två tjuvar hängdes sprattlande och svärjande. Det väckte stor munterhet att den ene sket på sig just innan han dog, även om det var vanligt att de som hängdes gjorde så.

Birger kände ingen på detta ting, så han höll sig hela tiden nära riddar Bengt och hälsade höviskt men lite kort och kallt på alla dem som kom fram till riddar Bengt för att buga och visa sig underdåniga. Lagmannen själv, Rudrik i Askeberga, kom också fram för att tala med riddar Bengt och ursäktade sig över att man inte genast kunde ta itu med den sak som var herr Bengts eftersom det var besvärligt att börja om med järnets glödgande. Men riddar Bengt smålog bara och visade med en handviftning att tingets göranden och låtanden visst kunde fortgå som tänkt utan att det bekom honom. Lagmannen bugade och fjäskade och gick sedan fort tillbaka upp till den högsta domarstenen varifrån han fortsatte där han befunnit sig när de forsvikska ryttarna hade stört tingsfriden utan att det såg ut som deras avsikt. Att det förhöll sig så var Birger dock helt säker på.

Annat var han desto mer osäker på, som varför järn skulle glödgas och varför en lagman kunde fjäska och bete sig som underlydande till alls någon annan man på den tingsplats där lagmannen alltid var den förnämste. Han såg försiktigt upp på riddar Bengt men kunde inte utläsa något svar på sina frågor i dennes hårda ansikte.

När de stått tysta sida vid sida en stund och Birger prövat att hålla armarna i kors över bröstet på samma sätt som riddar Bengt och helst också se lika outgrundligt hård ut i ansiktet, kunde han emellertid inte hålla sin nyfikenhet tillbaka utan måste till slut fråga.

”Förlåt mig, riddar Bengt, om jag nu gör mig enfaldig”, började han försiktigt, ”men även om jag är forsvikare och har lärt mig mycket som dessa män på ting inte kan, så är det ändå somligt som jag alls inte förstår.”

”Om Forsvik är himmelriket är du nu nere på jorden”, svarade riddar Bengt bistert. ”Vi befinner oss bland kräk och orätt, och bland sådant blev du inte fostrad av din käre farfar och min läromästare. Nå, fråga du bara så skall jag nog kunna upplysa dig!”

”Hur kan en lagman förödmjuka sig som den där Rudrik gjorde när han var framme hos oss?” började Birger ivrigt.

”Därför att han är ett kräk”, svarade riddar Bengt med ett föraktfullt leende. ”Hans vördnad för sexton forsvikska svärd och sexton av våra lansar är mycket större än hans vördnad för lagen.”

”Och vad med det glödgade järnet?”

”Någon skall kränkas dubbelt, plågas och sedan hängas. Det är den största av alla orätter som sker här på tinget”, svarade riddar Bengt mellan sammanbitna käkar. ”Det är inte lika lustig syn som att se några tjuvar hängas och jag tänker inte illa om dig om du vill gå härifrån som för att ta en lång piss när det skall ske.”

”Jag är folkung, jag kan inte visa mig rädd”, svarade Birger tyst.

”Vi är båda folkungar och vi fruktar intet mänskligt, det är inte det!” svarade riddar Bengt häftigt och vände sig mot Birger, tog honom om axlarna och såg honom rakt in i ögonen. ”Men vi kan visa vårt förakt genom att båda gå härifrån när lagen vrängs. Eller vi kan stå kvar och du kan lära dig något som du aldrig kommer att glömma om vad som är lag och vad som är olag.”

Birger hade svårt att bestämma sig. Han intalade sig att det som skulle ske var något som han måste lära sig att känna till och därför borde han stanna på platsen. Men om självaste riddar Bengt med förakt ämnade vända ryggen till, så vore han sannerligen inte i dåligt sällskap om han gjorde detsamma.

Emellertid leddes nu unga Yrsa fram i bara särken och med nakna armar bundna på ryggen. Hennes hår skulle ha varit ljust som silke om det inte tovats av slag och blodskorv och jord, liksom hennes ansikte vore bland de vackraste utom som nu när hon smetats med koträck.

Lagman Rudrik ropade med hög röst upp saken och det spreds ett muntert och förväntansfullt sorl. Så började lagmannen med entonig stämma rabbla upp vad som hörde saken till och hur det skulle komma till avgörande på ting enligt Västra Götalands och fädrens lagar och med dom av Herren Gud.

Yrsa var gåvoträl därför att hennes far givit sig själv som träl för en skuld han inte kunnat gälda. På den gård där hon nu hölls hade kommit folk till gästning, och bland dem unge herr Svante som var den som krävt detta avgörande på ting. Tre guldmynt hade stulits på Jävsta gård där junker Svante varit bland gästerna. Gåvoträlen Yrsa hade angivit Svante som tjuven och man hade hos honom i hans ägandes ränsel funnit de tre guldmynten. Svante hade värjt sig genom att säga att han som högättad junker inte kunde misstänkas för en sådan skändlighet som tjuvnad, men att däremot den träl som falskeligen angivit honom var den som med lömskt försåt försökte kasta honom i olycka. Dock kunde ord från en träl aldrig tagas för gott om det riktades mot en fri man. Då denna sak ändå fläckat hans heder krävde Svante gudsdom och erbjöd sig att låta sig hängas på tinget som tjuv om domen gick honom emot. Ett så ädelt förslag hade varit omöjligt att neka till.

Om Yrsa var oskyldig och junker Svante den skyldige skulle Herren Gud helt säkert stå Yrsa bi i den svåra prövning som nu förestod. Kunde Yrsa bära fyra glödande stångjärn på sina bara armar i tio steg utan att därefter uppvisa någon sveda hade Herren Gud visat att hon var oskyldig. I så fall skulle junker Svantes liv tagas genast och han skulle hängas som tjuv.

Om Gud däremot visade att Yrsa var den skyldiga skulle hon mista livet som den tjuv hon var och hennes far och bror skulle tillfalla junker Svante som ringa ersättning för det obehag som vållats honom, och han skulle för all framtid vara rentvådd från de falska anklagelserna.

Birger hade inte kunnat röra sig från platsen. Som förstenad stod han kvar och hörde lagmannen föredra saken som ju enligt allt förnuft bara kunde sluta på ett sätt.

"Det sägs", viskade riddar Bengt, "att det förr i tiden funnits sådana anklagade som klarat detta prov och här har vi ju ändå en oskyldig eftersom vi alla förstår hur det hänger ihop. Se bara på den där Svante, darrande och vit i ansiktet. Han tycks ha en stark fruktan inför Guds goda vilja i alla fall."

"Han är den skyldige, det hördes och det syns nu", viskade Birger tillbaka. "Om Herren Gud eller Hans Höga Moder eller ärkeänglarna eller helgonen någonsin förbarmar sig över oskyldiga så har stunden kommit nu! Låt oss be för henne!"

Birger slöt ögonen och bad till Guds Moder att Hon genast måtte förbarma sig och med ett av Sina underverk skipa rättvisa där den jordiska lagen varit oförmögen. När han såg upp från sin bön stod riddar Bengt orörlig som förut och verkade inte alls ha följt Birgers uppmaning att be för den oskyldiga.

Själv bad hon med brinnande iver nu när man löst hennes bundna bara armar och hon leddes mot det glödande järnet. Allas blickar följde henne på vägen utom Birgers. För han betraktade noga tjuven Svante som lämnad ensam fallit på knä och bad lika ivrigt brinnande han som Yrsa. Birger tänkte att han aldrig skulle glömma den synen av en tjuv som bad för att Gud skulle låta en oskyldig drabbas av dubbel orätt för att frälsa den skyldige.

De ledde henne fram mot blåsbälgarna och till den bönerabblande sockenprästen och de två smederna som nu fått de tunga järnstängerna så glödande att de börjat vitna. Yrsa sjönk först ner på knä och bad på nytt medan ett och annat glåpord kastades över henne och flabb och skämt hördes från de bakre leden av åskådare.

Så reste hon sig upp med brinnande blick och stor beslutsamhet, nästan med ett förvissat leende i ansiktet och sträckte utan rädsla fram sina bara armar för att ta emot sin gudsbörda.

Smederna grep tag med två stora tänger och fick krångla något innan de kunde hiva alla de fyra glödande stängerna på en gång upp i hennes famn. Hon log då och såg upp mot himlen och järnet verkade först inte skada henne.

Hon började gå, först rakt men snart vacklande och det hördes ett fräsande ljud av hur köttet i hennes armar stektes. Snart snubblade hon och föll skrikande omkull och sedan skrek hon än mer och förbannade den Gud som låtit henne dö i en simpel tjuvs ställe och annat som inte gick att höra. Fyra karlar skyndade fram och höll flinande upp en tunn rem av oxläder som var våt av saltlake. De snörde remmen om hennes hals och släpade henne gråtande och ylande av smärta bort mot hängträdet där redan de två tjuvarna dinglade i vinden. De kastade upp linan över en gren och började sakta hala upp henne. Hon sprattlade och skrek vilket gjorde nöjet bland tingsmännen desto större. Hon försökte förtvivlat få in sina fingrar mellan läderremmen och halsen och klöste sig själv blodig i den ansträngningen medan linan spändes allt mer så att hon snart balanserade på tåspetsarna. Hennes fötter var bara och smutsiga. De lät henne stå så en stund och firade sedan upp henne.

Hon dog långsamt, och när hon till sist hängde helt stilla med den ena sönderstekta armen vid sidan och den andra fast med ett finger under lädersnaran runt halsen började de församlade gå därifrån. Svantes fränder gick fram till honom och omfamnade honom och han morsknade till och snart skrattade också han åt det lustiga sprattel som den tjuvaktiga trälen bjudit på.

Men just när lagmannen skulle föredra nästa sak var det någon som skrek högt och gällt och pekade bort mot hängträdet. Den hängda Yrsa hade börjat röra sig som om hon återfått livet. Det ryckte i hennes kropp och hon vred sig som en orm i flera varv innan hon blev stilla på nytt. En del män bleknade men andra sade att så skedde ibland med hängda och att det inte var något märkvärdigt med det. Och därmed gick man vidare i tingets ärenden.

Birger stod med tårade ögon intill riddar Bengt som inte med en min visade vad han ansåg. Birgers tårar hade ingenting med en hängd träl att göra, det han sörjde och inte kunde förstå var att Gud kunde se på och låta denna orätt ske. Låt vara att den oskyldiga Yrsa nu helt säkert fanns i paradiset och åtnjöt den yttersta och den högsta rättvisan, något som knappast väntade en viss tjuv Svante. Den tanken var lätt att förlika sig med. Men varför visade inte Gud människorna större misskund, varför lät han dem leva vidare i mörker och vantro?

”Det sägs att vi folkungar nu har makten i riket”, viskade riddar Bengt plötsligt och ryckte genast upp Birger från funderingarna om Guds ovilja att straffa ondskan. ”Men om detta är makten, är den inte i min smak.”

Utan att vidare förklara sin tanke gick riddar Bengt med långa steg in mot tingsplatsens mitt för att höra bättre, kanske för att han trodde att det nu blivit tid för hans sak. Tveksamt följde Birger efter och ställde sig på nytt bredvid riddar Bengt, med armarna i kors över bröstet som han.

Lagman Rudrik verkade nu så upplivad och munter av det livliga sprattel som tjuven Yrsa bjudit på att han möjligen därför gick vidare till en sak som alls inte var den som gällde riddar Bengts lilla ägotvist, utan till något som kunde bli väl så lustigt. Så sade han i alla fall.

Nu gällde saken en tvist mellan två fria bönder där ingen var förmer än den andre. Den ene hette Guttorm från Högesta gård och den andre var Härje lusing i Älvadans gård. De tvistade om ett stycke mark som låg på gränsen mellan de två gårdarna och hade inte kunnat komma överens godvilligt, så nu krävdes edgång från fränder.

Medan bönder och fria män försökte maka sig fram i trängseln upptäckte riddar Bengt en man i den yttersta ringen av åskådare som han plötsligt och med vrede pekade ut för Birger.

”Den där”, sade han lågt men med tydlig harm, ”mannen du ser där borta i den slitna blå manteln som knappt har färg kvar, honom känner vi, åtminstone jag. Hans namn är Erik Stensson och han är folkung som vi, men fattig och utan jord. Och vad värre är, han är forsvikare!”

”Varför söker han sig i så fall inte till oss, sina fränder och bröder?” undrade Birger förvånat.

”Därför att han inte kommit hit med sin heder i behåll”, muttrade riddar Bengt. ”Jag minns honom väl, det var jag som lärde honom det mesta av vad han nu kan. Han är lite äldre än du, så ni kanske inte kommer ihåg varandra. Och nu ämnar han dra skam över sitt svärd!”

”Det kan vi väl ändå inte tillåta!” sade Birger med en plötslig hetta som fick riddar Bengt att skratta, vilket han inte gjorde ofta.

”Vi får väl se vad vi kan tillåta”, sade han fortfarande leende och lade sin arm beskyddande runt sin högättade unge frände.

Som saken i ägotvisten mellan de två bönderna malde på föreföll det efter ett slag, då edgången från båda sidor var avklarad, som om Härje lusing var den av de två som skulle vinna tingets utslag. Men då höjde hans tvistoman Guttorm i Högesta sin arm och fick strax förväntansfull tystnad. Sedan talade han och sade att en man som kallades lusing, fast han framsade ordet fel med avsikt så att det lät som om det hade med lus och inte med styrka att göra, inte var man nog att förtjäna tingets dom. Ty som en lus var han eller rentav sämre, som en hundvalp utan mod i sitt bröst, ett kräk till man som inte förtjänade att få vinna sak på tinget mot en bättre man.

Nu blev det glada skratt och många muntra viskningar, ty här skulle saken inte sluta med lagmäns vrängande utan i blod. Den som inte värjde sin heder mot sådant tal hade ingen rätt på tinget. Han var ej vittnesgill och ej en gäst man gärna såg i sitt hus, och var sak han därefter skulle försöka föra till tings var säkert förlorad innan han ens börjat förklara den.

Härje, som kallades lusing från Älvadans gård, var vit i ansiktet av vrede och måste ta sig samman en stund med malande käkar innan han svarade det som krävdes, att nu gick saken i blod. Nu var svärd. Och han var man för sin heder.

Alla såg med spänd förväntan mot Guttorm från Högesta som skrattade med tillgjort hån innan han förklarade att också han genast ville se saken avgjord. Dock hade han som lagen medgav en svärdsman i sitt ställe. Den mannen var Erik Stensson, en redbar och fri man.

Ett sus av förväntan gick genom hopen och blickarna sökte sig runt tills Erik Stensson visade sig, kom in i tingets inre cirkel innanför de vita stenarna, svepte manteln åt sidan färdig att dra sitt svärd. Lagmannen frågade då efter hans namn, fastän alla redan kände det, och om han var villig att ta sig an strid med svärd för Guttorms sak. Erik Stensson sade sitt namn och att han var en man med heder som gärna åtog sig Guttorms i Högesta sak. Lagmannen dömde honom då genast till att bli Guttorms man.

I det höga sorl som nu spred sig på tinget lutade sig riddar Bengt mot Birger och förklarade att sådan var lagen. Var man kunde numera träda i annans ställe om det gällde envig. Förr måste den som tog en sådan strid vara en nära frände, en far eller en son.

"Men då förstår jag ingenting likväl", viskade Birger. "Varför skulle vår frände ta sig an denne fege mans sak? Och förresten, ingen bonde kan väl värja sig mot en forsvikare?"

"Nej, det är så säkert som att solen går upp", svarade riddar Bengt. "Om bonden Härje drar svärd mot vemhelst av oss ligger han genast okvick."

"Föga heder väntar i så fall vår frände Erik Stensson", sade Birger. "Varför sänker han sig så lågt?"

"För hälften av den omtvistade markens värde i silver, skulle jag tro", svarade riddar Bengt. "Hans broder ärvde allt, själv blev han fattig. Nu lever han på sitt svärd."

"Det var inte därför han gick i lära hos oss på Forsvik i så många år", sade Birger med en tydlig ansträngning att tala lågt och höviskt. "Genom att slakta bönder på ting drar han vår heder i smutsen!"

"Så sant som du säger det, unge frände", muttrade riddar Bengt. "Och han driver gäck med lagen liksom den där Guttorm i Högesta. Men just nu är fruktan lika stor i vår hederslöse frändes bröst som hos den där bondkraken som snart skall dö."

"Varför det, vad har han att frukta?"

"Han har sett oss. Nu säger jag inte mer. Tänk själv, se och lär av vad som nu skall ske, unge frände."

Det som skedde just då var att bonden Härje gick runt och frågade var och en om någon ville ta sig an hans sak. Mot sin granne drog han gärna svärd och det fann han också rätt och riktigt. Men vem kunde värja honom nu? Han erbjöd halva sin gård. När ingen ville lyssna erbjöd han snart hela sin gård. Men ingen man på tinget var så enfaldig att han ens för tio gårdars värde skulle ta sig an en envig med svärd mot en forsvikare. Föga glädje hade man av betalning efter sin död.

Härje lusing var en man i sina bästa år, lagom fet och nog så stark. Och svärd bar han vid sidan av sina breda odalbyxor i rödfärgad vadmal. Men nu såg han döden i vitögat när han sprang runt från den ena bortvända ryggen till den andra på tinget. Tills han plötsligt stod öga mot öga med två av de nyanlända forsvikarna där den ene var ingen mindre än riddar Bengt, den störste stridsmannen i riket.

Framför Bengt och Birger sjönk den förtvivlade bonden ned på knä och bad innerligt att de skulle förbarma sig, att han alls inte kunde erbjuda mer än sin usla gård men att han förtjänade att leva eftersom hans sak var rättvis, vilket han tog Gud till vittne på.

"Att ta Gud till vittne i en sak på tinget brukar löna sig föga som vi såg alldeles nyss", svarade riddar Bengt högt men utan hån i rösten.

Riddar Bengt såg ut som om han tänkte säga något mer men blev förekommen av unge Birger.

"Jag tar mig an din sak! Jag skall strida din strid!" ropade Birger och drog sitt svärd och slog det med flatsidan mot den förtvivlade bondens båda axlar som om han dubbat honom till en högre rang.

Innan riddar Bengt hunnit säga något eller hindra Birger steg han in mitt i den innersta ringen av vita stenar där Erik Stensson redan väntade.

Lagman Rudrik kunde inte göra annat än att fråga efter kämpens namn och när Birger svarade att han var Birger Magnusson till Ulvåsa, son till Magnus Månesköld och Ingrid Ylva och en man av heder, gick det ett förvånat sus genom församlingen. Ty det som nu skedde var en stor och oväntad sak. Nog hade man väntat sig en kort men lustig dans där en förtvivlad bonde snart skulle förlora sitt huvud mot en forsvikare. Men vad som skulle hända om två forsvikare ställdes mot varandra kunde ingen ens ana. Och därtill kom att den av de två som visserligen såg ut att vara den svagare bar en mantel med folkungalejonet sytt i guldtråd på ryggen. Att dräpa en sådan folkung var inte tillrådligt. Ingen som dräpte en högättad folkung levde mer än tre solnedgångar därefter.

Kanske var det därför som Erik Stensson, forsvikaren som lejde sitt svärd till den som betalade bäst, nu tydligt bleknade.

Birger Magnusson var långtifrån blek. Tvärtom syntes hans låga på två röda kinder när han nu med sitt redan dragna svärd stod mitt inne i den innersta ringen som alla utom han och lejdemannen Erik Stensson hade lämnat.

"Nu, Erik Stensson, befaller jag dig att genast lägga ned din talan mot mig, Birger Magnusson", ropade Birger högt och väntade sedan en god stund så att det blev helt tyst innan han fortsatte. "Du är forsvikare, Erik. Så är även jag. Du har svurit en ed att inte dra svärd mot en annan forsvikare. Och om du sviker din ed lever du inte längre än till tredje solnedgång och det vet du!"

Erik Stensson, den mäktige kämpen stod stilla med sänkt huvud en god stund utan att svara. Sedan höjde han blicken och talade med hög och fast röst.

"Jag, Erik Stensson, tar mig inte an denna strid. Föga heder har jag av att vika undan, ändå tar jag inte denna strid. Saken går alltså åter till dig, du som ville leja mig, Guttorm i Högesta!"

Med de orden vände Erik Stensson tvärt, fällde sin slitna blå mantel över svärdet, knäppte manteln under halsen och gick med långa steg utan att se sig om bort från tinget till sin häst som han bundit vid sidan av.

Birger stod kvar med draget svärd.

Guttorm i Högesta led nu all världens kval. Om han inte själv gick in i den vita ringen av stenar så förlorade han både saken och sin heder och kunde aldrig återvända till tinget som en ärans man. Var och en hade därefter rätten att ostraffat kalla honom lus och hyndvalp, de ord han själv brukat mot annan. Hans grannar skulle inte längre tala med honom. Hans döttrar skulle inte kunna giftas bort. Aldrig mer att han skulle vara gäst på brudöl eller ens gravöl, och på hans eget skulle ingen komma. Det var ena sidan av saken.

Den andra sidan vore att gå i strid som hedern krävde och falla i den grop han grävt åt annan, att möta en forsvikare i envig. En ung och något tanig en förvisso. Men en som höll sitt svärd alls inte för första gången. Mest trolig var då döden. Och vann han var det döden i alla fall, inom tre solnedgångar.

Han bad sina böner, gick sedan in i den vita ringen och drog sitt svärd. Birger Magnusson räckte med ett bistert leende över sin dyrbara mantel till riddar Bengt och dödade därefter genast bonden, lätt som man slaktar ett får.

Han torkade sitt svärd rent från blod på den fallnes kläder, som var hans rätt, vände tvärt och hämtade sin mantel hos riddar Bengt och gick med långa steg ut från tinget för att få vara för sig själv.

Och när så Guttorms fränder och edgärdsmän hade tagit reda på liket och det avhuggna huvudet kom Bengt Elinssons sak till sist upp på tinget. Snart stod sexton forsvikare skuldra vid skuldra och svor eden med manliga röster utan någon tveksamhet. Nu väntade sig ingen att motparten skulle försöka vränga till med envig eftersom något sådant vore den värsta enfald mot riddar Bengt och därtill sexton forsvikare. Lagmannen och hans två bisittare dömde genast helt och fullt i Bengt Elinssons favör, och utan vidare dröjsmål satt folkungarna därefter upp och red bort från tinget i god fart och utan att vända sig om.

Den heta beslutsamhet som Birger haft flammande inom sig när han steg in i innersta domarringen med draget svärd var nu förvandlad till blek frusenhet. Han red för sig själv med ena handen på låret och den andra vid tyglarna men han såg ner i marken med tom blick och hans tygelhand darrade något.

Riddar Bengt, som bättre än de flesta visste vad som nu rörde sig i junker Birgers sinne, red upp vid hans sida och talade lågmält och utan minsta hårdhet om det som förr eller senare skulle hända var forsvikare. Att döda en man var lätt när man övade. Då gjorde man det tusen och åter tusen gånger på Forsvik, från de minsta träsvärden till de tunga stålsvärden många år senare. Men en dag kom liemannen på sitt första besök till den som lärt till krigare och den dagen var inte lätt för någon. Den var också en bättre och förståndigare man som då kände bävan efteråt, än den som skrävlade och sade att han inte låtit sig bekomma det minsta.

Birger svarade inte så mycket utan nickade mest stumt med blicken envist i marken, just som riddar Bengt hade väntat sig.

Vad riddar Bengt inte hade väntat sig var dock att Birger själv en stund senare skulle rida upp vid hans sida och be om nåd och förbarmande för forsvikaren Erik Stensson som levde på att vanhedra sitt svärd. Birger ansåg att man skulle sända ryttare efter Erik och hämta honom till sig och därefter erbjuda honom hederlig tjänst antingen på Forsvik eller hos riddar Bengt i hirden på Ymseborg.

Riddar Bengt red tyst en stund utan att svara och utan att med sitt ansikte visa det minsta av vad han tänkte. Sedan kallade han till sig två av sina män som red de snabbaste av hästar och befallde dem att skyn-da tillbaka, finna Erik Stenssons spår och hämta honom till skvadro-nen. Då de två undrade över vad de skulle göra om Erik Stensson för-klarade sig ovillig eller satte sig till motvärn, svarade riddar Bengt att de utan åthävor skulle förklara att det inte var död och straff som vän-tade Erik Stensson när han kom ifatt utan blott ett anbud han svår-ligen skulle kunna säga nej till.

De två hirdmännen från Ymseborg sporrade sina hästar och red bort i god fart för att hämta åter den broder som var som en förlorad son.

* * *

Av de fyra änkorna som styrde riket vid denna tid, åtminstone sade elaka tungor mer än gärna att det förhöll sig så, var Ingrid Ylva till Ulvåsa den yngsta och vackraste. Mer än en rik och högättad man tänkte sig henne som ett gott gifte.

Änkedrottning Cecilia Blanka var den klokaste av dem när det gäll-de allt som rörde kampen om makt och hennes käraste vän i livet, Cecilia Rosa till Forsvik, var den som bäst förstod den makt som låg i silver och affärer. Ulvhilde Emundsdotter förstod bäst hur män tänk-te och hur man skulle lägga fram en sak för en man för att få sin vilja igenom.

Tillsammans var de starkare än femhundra järnklädda ryttare och när de understundom samlades alla fyra på kungens borg Näs viska-des det i stall och bagarstugor att nu hade rikets högsta råd trätt i be-slut. Snart skulle kung Erik dansa efter deras pipa.

Cecilia Blanka hade blivit änka och förvisad till Riseberga kloster när hennes man kung Knut Eriksson dog i tvinsot och de onda åren på väg mot krig begynte. De andra tre hade alla förlorat sina män vid

Gestilren. Genast efter segern hade änkedrottning Cecilia Blanka flyttat hem till sin son kung Erik på Näs. Med sig i ett vackert läderskåp från Lübeck bar hon sin drottningkrona. Så länge den unge kungen var ogift skulle hon ensam ha drottningmakten.

Av sådana omständigheter skulle många kunna inbilla sig att änkorna i det längsta ville hålla den unge kungen ogift för att genom hans mor styra och ställa som det behagade dem. Men i själva verket förhöll det sig tvärtom.

Första sommarnatten de träffades hos Cecilia Blanka på Näs satt de länge uppe helt för sig själva i västra tornrummet. Mycket blankvin fick bäras upp till dem och långt efter gryningen hördes ivriga röster och skratt från tornrummet, vilket var lika oväntat som det var ohöviskt så nära inpå ett sorgeår.

Hur änkorna tänkt och resonerat den natten kunde ingen veta särdeles mycket om. Däremot kunde man lättare förstå deras list vid kungens nästa rådsmöte som hölls kort därefter på Näs. Ty på det mötet satt änkedrottning Cecilia Blanka med och drottningkronan bar hon ovan sitt svarta dok. Snart fick rådsherrarna erfara att det fruntimret sällan höll sig på den plats man försökt sätta henne.

Rådsmötet var inte stort till antal män eftersom flera av de världsliga herrarna saknades efter Gestilren och eftersom ärkebiskop Valerius och några av hans närmaste förtrogna, som biskopen i Linköping, inte fann det så klokt att rida till kungens Näs så kort tid efter kriget. Med fog anade Valerius att kungen inte såg milt på hur rikets ärkebiskop ställt sig på fiendens sida in i det sista, välsignat fienden före slaget och bett för hans seger.

Till sin jarl hade kung Erik utsett Folke Birgersson av Bjälboätten, och mäktigast bland kyrkans talesmän vid rådet var i ärkebiskopens frånvaro biskop Bengt II av Skara som med åren blivit lika fet som han var rik. Mötet hölls i den östra rådssalen, högst upp i det runda tornet. Kungen satt på sin stol med de erikska kronorna ovan sitt huvud. Bredvid honom satt Folke jarl under folkungalejonet och intill honom stod ärkebiskopens stol tom under korset. Biskop Bengt, som försökt sätta sig där, hade blivit åthutad av kungen och fick med biskoparna från Strängnäs och Växjö och de världsliga herrarna sitta på lägre stoppade pallar, vilket snart blev svårt obekvämt för den som var fet.

Åt änkedrottning Cecilia Blanka hade man emellertid burit in en bekväm stol av samma lübska slag som kungen och jarlen satt på. Hon satt på kungens högra sida, vilket särskilt biskop Bengt såg på med tydligt ogillande.

Efter att biskop Bengt slött och sluddrande förrättat bön inledde kungen mötet och det gjorde han mer kraftfullt nordiskt korthugget än någon av de äldre männen hade väntat sig.

”I Guds namn hälsar vi er välkomna till rådsmöte”, började han myndigt som om han verkligen befallde. ”Två frågor är av större vikt än allt annat och därför vill vi lägga fram dem först. Det ena är att vi ämnar sända bud till kung Valdemar Segraren som han kallas trots att vi och vår här två gånger slagit hans härar när de trängde in i riket. Hos honom, kung Valdemar av Danmark, ämnar vi göra framställning om att till äkta maka taga emot hans syster Rikissa. Det var det ena. Det andra är att vi anser det brådskande med vår kröning som helst skall ske i det snaraste. Detta är vad ni ärade rådsherrar har att rätta er efter och har ni invändningar blir vårt tålamod snart kort om ni pratar i vädret.”

Det blev först alldeles tyst i det kala vitkalkade rummet där inget annat fanns att fästa ögonen vid längs väggarna än korset, de erikska kronorna och det folkungska lejonet. Biskoparna sneglade undrande på varandra och biskop Bengt pustade högt och ljudligt när han måste obekväma sig till att byta ställning på den låga pallen.

”Om ni således ingenting har att säga om detta finner vi saken beslutad som vi behagade föreslå”, vidtog kungen och grep efter sina armstöd som om han ämnade resa sig och gå.

”Ers Majestät! Saken tål nog att något vridas och vändas på ändå”, stånkade biskop Bengt.

”Gott!” svarade kungen kort och låtsades som om han på nytt sjönk ner i sin stol för att lyssna med stort intresse. ”Men betänk mina ord om onödigt pladder!”

Biskop Bengt svalde oförrätten om än med stor ansträngning och såg ut att verkligen tänka sig noga för innan han tog till orda.

”Det förefaller ändå föga troligt att kung Valdemar skulle se med sådan välvilja på sin dubble besegrare att han lönade denne med sin syster”, började biskopen långsamt och sammanbitet innan han fortsatte. ”Därtill kommer att en sådan framställan kunde ge intryck av vår svaghet och dra över oss ännu ett krig, varför jag finner detta förslag snarare skadligt än klokt. Och vad kröning beträffar så är rikets ärkebiskop just nu inte tillstädes, varför saken måste skjutas på framtiden. Detta är min mening och även om den går Ers Majestät emot så var den väl ändå inte så långrandig?”

”Nej, men enfaldig”, svarade änkedrottning Cecilia Blanka och väckte genast bestörtning bland männen i salen. Aldrig tidigare hade en kvinna, om än drottning, dristat sig till att så grovt lägga sig i rådets beslut.

”Och eftersom du inte bevärdigas svara mig skall jag gärna förklara bättre varför du är så enfaldig”, fortsatte Cecilia Blanka oberörd och utan att hennes son kungen gjorde minsta min av att avbryta henne. ”För betänk kung Valdemars läge. Han har segrat i Sachsen och Schleswig, han behärskar Hamburg och snart Lübeck. Han har segrat i Polen, Livland och Kurland. Men två gånger har han lidit kostsamma nederlag, båda gångerna i Västra Götaland. Vad rör sig då i en så mäktig mans sinne? Nå, sitt nu inte och gapa utan svara mig hellre biskop, om du har något att säga!”

”Han tänker nog att han måste utplåna sin vanära, att han måste komma åter en tredje gång för att slutligen slå oss på slagfältet”, svarade biskopen med tveksamma ögonkast mot de andra männen i salen som om han var osäker på om det alls var rätt att svara på tilltal från en kvinna.

”Helt säkert överväger han detta”, fortsatte Cecilia Blanka lika oberörd som förut. ”Och så dyrt som de två nederlagen stod honom måste en seger bli ännu dyrare. Och detta blott för hederns skull, när han i stället kunde fortsätta sina Gudi behagliga korståg i öster. Och hur mycket silver han än lägger på att rusta en ny här mot oss är segern ingalunda säker eftersom två av hans starkaste härar slogs i spillror av de våra. Nå, vill han verkligen gå i nytt krig mot det kristliga landet i norr i stället för mot hedningarna i öster? Och om han slipper av den kroken genom att skapa fred i stället, en hedervärd fred som bara kostar honom hans syster Rikissa, skulle inte du nappa om du vore i hans kläder?”

Biskop Bengt måste tänka noga efter innan han svarade, för när han såg sig omkring märkte han att alla män i salen satt stilla begrundande på det sätt man plägade om man hört något väl värt att betänka. Ingen flinade och ingen kastade minsta menande öga mot annan. Kungen och hans jarl satt helt orörliga utan att röra en min och ämnade helt tydligt låta änkedrottningen sköta förhandlingen vidare.

”Två gånger har vi slagit hans härar sönder och samman”, började biskop Bengt, osäker av att inte känna de andra männens stöd. ”Kommer kung Valdemar en tredje gång skall vi med Guds hjälp slå honom en tredje gång!”

”Nu är du inte bara enfaldig utan lättvindigt grym med andras liv!” klippte Cecilia Blanka av. ”Så många gravöl som du bevistade efter Lena men framför allt efter Gestilren borde du bättre tänka dig för innan du kallade fram nya änkor och faderlösa i vårt land. Därtill kommer att segern vid Gestilren knäckte ryggen på oss själva. Nu står vi utan våra bästa män och framför allt utan härföraren, vår salig marsk Arn Magnusson. Om du inte litar på mitt ord, fråga då jarlen vid min sida!”

Det hade nu blivit som en ond dröm för biskop Bengt. Inte sedan han var ung kaplan hade han blivit snäst av ett fruntimmer och här skedde det till och med vid kungens råd. Dessutom satt han så illa att buken hängde ner och tyngde över den ynkliga lilla pallen och han fick svårare och svårare att andas.

”Det är sant som drottningen sade”, yttrade jarlen till slut stilla eftersom det annars skulle ha blivit alltför länge och pinligt tyst i rummet. ”Den styrka vi hade vid Gestilren har vi inte alls nu, där förlorade vi många goda män och dyrast av allt blev förlusten av den som mer än andra gjorde vår seger. Därför vore ett nytt krig mot kung Valdemar nu det värsta som kunde drabba vårt rike. Var sak vi kan göra för att undvika något sådant bör vi pröva med största allvar. Därför är det både klokt och vackert av vår kung att lösa knuten genom att till äkta taga hans syster Rikissa. Är Valdemar så hämndlysten att han hellre än allt annat vill krig så lyckas vi inte med denna sak. Då kommer kriget. Men om Valdemar är det minsta tvehågsen, och betänk att han inte vet hur svårt vi led av vår seger utan bör tro att vi står lika starka än, så måtte han som en klok kung hellre taga den utsträckta handen. Detta är min mening, liksom drottningens."

"Och det är också vår mening!" fyllde kung Erik i innan någon biskop eller annan i salen hunnit förlänga tvisten.

"Men med kröningen är det likväl vissa svårigheter...", försökte biskop Bengt röd i ansiktet och med väsande röst.

"Inte alls!" avbröt kungen. "Där på bordet bakom er vid vårt sigill och skrivdon ligger den kungakrona som vi rättvist vann från Sverker Karlsson vid Lena. Han gav oss den frivilligt mot att vi skonade hans liv och mot löfte att inte komma åter i riket. Han svek sitt ord. Nu är han därför död. Men kronan är vår, och så säger även den Helige Fadern i Rom om vi är rätt underrättad. Är du av annan mening, bisp?"

"Nej, inte om saken står just så", stönade biskop Bengt. "Men det kan bli svårigheter med ärkebiskop Valerius..."

"Det har vi svårt att tro!" avbröt kungen på nytt. "Valerius har att välja mellan att göra det han som ärkebiskop är skyldig eller att fly landet. Vår kröning skall ske när vi vet vad kung Valdemar svarat. Och nu har vi inte håg för detta möte längre utan vi vill hellre förpläga våra gäster med mat och dryck."

Vid de orden reste sig kungen och tog sin mor under armen och gick utan vidare höviskt hälsande eller andra åthävor ut från rådssalen. Biskop Bengt reste sig tungt och stånkande. Som han kände det då hade han inte ens i den viktigaste sak kunnat sitta kvar länge till på det lilla pinoredskap till pall man anvisat honom.

Därmed hade änkorna fått sin vilja igenom i det första av mått och steg de talat sig fram till under en lång natt med mycket blankvin uppe i västra tornet på kungens Näs.

* * *

Då bud hade sänts till kung Valdemar Segraren i Danmark med ödmjuk anhållan från götars och svears kung om att all fientlighet måtte komma till en ände, och att denna fred skulle beseglas genom äktenskap mellan Rikissa och Erik Knutsson, inföll en tid av overksamhet och olidlig väntan. Mycket kunde man inte göra på kungens Näs vare sig i ord eller dåd innan svaret anlänt från Danmark.

Men under väntan som är svår att lida blir det desto lättare för sladder. Och på Näs viskades om änkoregementet, vilket inte lände unge kung Erik till stor heder. Därför hade Cecilia Rosa, Ulvhilde Emundsdotter och Ingrid Ylva rest som för syns skull var och en till sitt. De hade bestämt att det nog vore klokare att träffas på längre håll från lystna öron och elaka tungor än på kungens Näs och nästa gång skulle det ske på Ulvåsa.

När änkedrottning Cecilia Blanka och Ulvhilde Emundsdotter, som träffats på vägen som de överenskommit, anlände till Ulvåsa en vecka senare med sitt lilla följe möttes de av en märklig syn. Just som de red in på tunet mellan gårdshusen kom fyra av Ulvåsas hirdmän bärande på en sprattlande man i silkeskläder som de utan dröjsmål eller prut bar bort till närmsta gödselstack där de släppte ner den svärjande och fäktande helgdagsklädde besökaren. Och knappt hade väninnorna hämtat sig från denna ovanliga syn förrän de upptäckte Ingrid Ylva i porten till långhuset där hon med hårda och okyska ord kastade ut den ena saken efter den andra mitt på gårdstunet, däribland något som såg ut som en tung guldkedja med ädla stenar. Runt Ingrid Ylva gnistrade det av ilska.

Men fort blev hon vid gott lynne när hon upptäckte sina häpna vänner alldeles intill och vinkade genast fram stallare att ta deras hästar. Och när de kort stund därefter slog sig ned bland mjuka kuddar inne i Ulvåsas långhus och vinet burits fram berättade Ingrid Ylva under mycket skratt att detta redan var den tredje friaren hon låtit sticka i gödselstack och att hon hoppades att kunskapen om denna sed på Ulvåsa skulle sprida sig fort med ryktets vindar. Ulvhilde invände genast att det nog inte var så troligt att det ryktet skulle få vingar, snarare motvilliga snigelfötter, eftersom få män som kastats i gödselstack skulle känna stark anledning att skrävla om den saken. Åt denna manliga sanning hade de mycket nöje, och något senare på eftermiddagen när Cecilia Rosa kommit med båt från Forsvik och Ingrid Ylva trugades att berätta på nytt skrattade de ännu högre.

Av de fyra änkorna var Ingrid Ylva den enda som fortfarande var i ålder att föda nya söner. Redan av den anledningen var det därför hon som nu skulle få mest besvär med lystna friare. Att hon ännu inte fyllt trettio vintrar, trots att hon hade fyra söner och såg ut som om hon knappt fött någon enda, gjorde säkert inte hennes besvär mindre. Ingrid Ylva var vida omtalad för sin skönhet.

De tre andra änkorna kunde därvidlag känna sig mer trygga. De hade inga nya söner att erbjuda utan bara rikedom. Men därav följde också att de aldrig skulle behöva gifta sig till rikedom, så deras gödselstackar skulle inte få prydas av många män i silkeskläder.

För männen i riket var det, som männen såg på saken, så mycket lättare att ta sig en änka till hustru. Då behövdes inte alls samma segdragna förhandlingar med snikna ättemän som grubblade över hemgift och morgongåva, då kunde man och kvinna bestämma själva. Mest angelägna var männen, föga överraskande, att finna en rik änka. Svårare att begripa var vad de sade sig kunna erbjuda i gengäld för denna rikedom de ämnade inhösta. Om detta som verkade svårfattligt för åtminstone de två Ceciliorna berättade Ingrid Ylva lustigt och i ogudaktigt tal att männen för det första var förvissade om att ingen kvinna kunde leva utan manlig lem och för det andra lika förvissade om att inga små söner kunde fostras utan man i huset.

Men när hon sagt det sista slocknade löjet i hennes ögon och hon blev på nytt sprakande av ilska när hon tänkte högt om dessa riddare av gödselstack som trodde sig kunna träda i Magnus Måneskölds ställe, som trodde sig värdiga att ta sig an Arn Magnussons sonsöner och som i så fall skulle göra hovdrönare och okunniga latmaskar, bröllopsdrinkare och ringlekare av alla gossarna. Själv hade hon helt andra planer och hon påstod sig redan kunna se in i framtiden hur det skulle bli om hon finge sköta gossarnas fostran utan älskogslysten lätting vid sin sida. De gossarna, sade hon sig veta, skulle alla bli män vars minne skulle leva lika länge som Arn Magnussons!

Hon hade eldat sig själv så mycket av dessa tankar, om vad som skulle bli av hennes söner, att hon talade med hetta och vrede och alls inte som någon vän mor och därav kom sig en stunds förstämning då den glada pratsamheten försvann. Hon fann sig dock fort när hon läste sitt misstag i de andras blickar, ursäktade sig med några ord om att dessa enfaldiga friare rörde upp hennes sinne för mycket och slätade hastigt över med ännu en historia om vad som hänt när förre friaren bars ut till ovälkommet bad. Något tveksamt skrattade då hennes vänner men snart var den goda stämningen åter bland de sammansvurna. För så såg de på sig själva utan minsta tveksamhet. De var sammansvurna och de skulle nu leda landet mot fred och blomstring, så som det varit under Cecilia Blankas långa tid vid makten jämte Knut Eriksson.

Därmed var de tillbaka till allvarliga ting, vilket dock inte hindrade dem från att bekväma sig länge under mycket drickande. Som nu var behövde de inte längre sitta i oändliga måltider i larmande salar bland spyor och skvättande öl utan kunde låta bära in små rätter till sig allteftersom de gitte, lite stekt fisk, något ben av dilamm och annat smått.

De kände sig säkra på att kung Valdemar skulle antaga förslaget att sända sin syster Rikissa hellre än en ny krigshär till Sverige. De ömkade Rikissa något eftersom de trodde sig veta att hon ännu inte fyllt tjugo år och de visste alla mycket om hur svårt det var för en ung kvinna att plötsligt hämtas iväg från kloster till brudsäng med främmande man, i värsta fall en gammal man. Rikissa visste de inte så mycket mer om än att hennes mor Sofia var känd i hela Norden för sin skönhet. Därav gissade de att Rikissa jämte sin ungdom också var mer än tillräckligt fager för en drottning.

Cecilia Blankas son Erik skämdes inte heller för sig. Han var ännu inte trettio år fyllda och hade visserligen som sin far lite tunt hår. Men han var stark, smärt och lång. En god krigare var han och unga Rikissa måste ju tänka att det var hedersamt eftersom hennes bror, som annars aldrig förlorade i krig, inte mindre än två gånger besegrats av denne kung Erik.

Unga Rikissa torde föreställa sig en grym härskare, en gammal man som gick stelt i sin rustning på breda ben och med ansiktet fyllt av ärr och kroppen full av krigsbölder från långliga tider i fält, en man som stank illa om natten.

Eftersom Erik alls inte var sådan skulle Rikissa få en glad överraskning när hon första gången såg sin snart lagvigde man. Det var en god sak, menade de alla fyra.

Hon skulle komma rädd och blyg med bara några av sina bästa pigor i sällskap eftersom hennes mer högättade borgjungfrur svårligen skulle sändas iväg till främmande kungsgård där mycket oönskat kunde hända dem. Således var rikets blivande drottning inte särdeles avundsvärd just nu. Sur och skygg skulle hon snart komma att hålla sig för sig själv på Näs. Och det var ingen god sak.

Det var Cecilia Rosa som först kom fram till vad man borde göra åt unga Rikissas besvär. För som hon påpekade var det bara några dagars ritt ned till Lödöse som säkert skulle bli den plats där danske kungens skepp landade med jungfru Rikissa.

Och visserligen var de alla, utom Ingrid Ylva, gråhåriga gamla kärringar vid det här laget. Men rida kunde de ju, och en vecka till häst fram och tillbaka i sommarväder vore ingen svårighet. Alltså skulle de alla rida den unga danskan till mötes, vara de som först tog emot henne på stranden och därefter de som på ritten upp mot Näs tröstade henne och talade väl om både Erik och landet.

"Och från början få henne på vår sida", tillfogade änkedrottning Cecilia Blanka.

"Just så tänkte jag också", bekräftade Cecilia Rosa ivrigt. "Låt oss nu bara be för att danske kungen är mer förståndig än krigslysten och att Rikissa verkligen kommer som vi hoppas."

"Det behöver vi alls inte be för", sade Ingrid Ylva. "Hon kommer, jag kan redan se henne framför mig när hon stiger i land. Då bär hon röd mantel och vit dräkt med guldtråd och på huvudet har hon en krona med smalt band vid ännet. Hennes hår är långt och utslaget och hennes ögon är blå. Jag ser henne tydligt framför mig när hon stiger i land på en vinglig spång. Allt kommer att gå oss väl i händer."

Ingen sade emot Ingrid Ylva som hade ord om sig att kunna skåda in i framtiden.

* * *

Budbärarna från kung Valdemar av Danmark fann efter mycket letande i Västra Götaland, och efter att tre gånger ha sänts till fel kungsgård eller tingsplats, äntligen Erik Knutsson i borgen Lena. De överlämnade dyrbara gåvor, två spiror i guld som enligt vad de framförde från sin kung skulle komma väl till pass vid en kröning. Den ena spiran hade ett kors i toppen och den andra en örn med utbredda vingar, båda var bland det förnämsta krigsbyte de segerrika danska härarna hade lagt beslag på.

Med dessa gåvor kom således beskedet från kung Valdemar att han med behag sände sin syster Rikissa att äkta Erik Knutsson, att hon skulle landstiga i Lödöse två dagar efter mässan för Petri fängelse, om Gud och vädret så tilläto, men att han själv inte kunde biträda sin syster eftersom tvingande krigstjänster höll honom bunden till främmande land. Vad budbärarna framförde fanns också i skrift med både kungligt sigill och den danske ärkebiskopens sigill.

För kung Erik och hans jarl Folke var dessa tidningar bättre än de vågat hoppas, och även om det nu brådskade för att få allt i ordning beställde de ett välkomstöl för de sex danska herrarna som varade i tre dagar och tömde borgen Lenas förråd i botten.

Det som gjorde kungen och hans män nästan ynglingalikt saliga av fröjd var att inte bara kung Valdemar själv utan också hans ärkebiskop hade beseglat de brev som budbärarna förde med sig. Det betydde att deras egen lömske ärkebiskop Valerius, som alltid arbetade för att med dansk hjälp sätta kungakronan på en sverkersman och helst då riva den av huvudet på en eriksman, nu hade förlorat. Budskapet från kung Valdemar kunde inte förstås på annat sätt. Nu var kriget över och nu kunde erikarna och kung Erik Knutsson räkna med den danske kungens stöd så fort jungfru Rikissa gått i brudsäng med Erik och de två kungarna var förenade i blodet. Att kung Valdemar försiktigtvis höll sig borta från fiendeland fram till att detta verkligen skett och välsignats, av verkliga hinder eller av undanflykter, var ingenting att förundra sig över. Så menade Erik att han själv nog skulle ha gjort i Valdemars kläder.

Folke jarl gladde sig särskilt åt allt detta. Han avskydde den lismande ärkebiskopen Valerius som han vanligtvis bara omtalade som horungen eftersom Valerius var född av en mor som inte haft husbonde. Lika illa tyckte Folke jarl om de klerker som stod på ärkebiskopens sida, som den övermåttan fete och girige biskop Bengt i Skara. Nu var alla dessa gudsmän tvungna att böja sig och måhända hade Gud Fader själv visat dem att kyrkans folk skulle hålla sig borta från den världsliga makten. Åtminstone hade kung Valdemar visat dem detta.

Erik Knutsson och hans jarl kom båda snart till övertygelsen att man först av allt måste beställa kungakröning. Erik Knutsson hade visserligen sedan länge tagit sig kunganamn och ingen bestred honom den rätten. Men det var ändå skillnad mellan den kung som var det blott till namnet och den som var krönt och välsignad, särskilt för kyrkofolk var den skillnaden stor.

Således borde Valerius och hans anhang nu tagas med överrumpling och genast ställas inför detta krav innan de hann smita undan på resor eller skrifta till Rom och klaga, eller vad sådana lömska män eljest brukade ta sig för.

Därtill ville Erik Knutsson helst ta emot sin blivande drottning som en krönt kung eftersom han misstänkte att hon som var syster till en av världens mäktigaste kungar annars skulle finna sin blivande man för torftig.

Helst hade Erik Knutsson velat hålla sin kröning i ärkebiskopens egen domkyrka i Uppsala. Men då hans kunskapare, som alltid i hemlighet följde den lömske ärkebiskopen i spåren, visste berätta att denne snart skulle resa till Linköping bestämde Erik att där fick kröningen ske även om domkyrkobygget där var långtifrån färdigt. Signad åt Gud var ändå kyrkan, så dög gjorde den.

Bud med kungligt sigill sändes åt alla håll i riket.

När det kungliga budet kom till Forsvik såg det först ut att leda till stor oreda. Cecilia Rosa hade redan dessförinnan i sin tur sänt bud till de rikets herrar som stod henne själv närmast för att samla ihop det följe som skulle möta jungfru Rikissa i Lödöse hamn. Riddar Bengt Elinsson till Ymseborg var, liksom riddar Emund Jonsson, Ulvhilde Emundsdotters yngste son, redan på Forsvik med mer än tjugo hirdmän vardera. Och Torgils Eskilsson till Arnäs, Arn Magnussons brorson, väntades snart med lika många ryttare. Nu kallades de alla, liksom junker Birger, till kungens kröning och han begärde därtill fyrtio folkungska ryttare som väl skulle kunna föra sig och hedra de folkungska färgerna vid kröning, som det stod i brevet från kungens kansler.

Det som först såg ut att välta alla planer på brudhämtning vid Lödöse redde dock snart ut sig. På Forsvik hade man sedan tio dagar fejat vapen och bytt eller nyfärgat hästarnas tyg, smyckat tyglar, stigbyglar och hästarnas ännestål med silver och guld. Redan som nu var kunde Forsvik ställa upp de fyrtio folkungska ryttarna till kröningen.

Cecilia Rosa gick in en stund på sin kammare och räknade och studerade sitt kalendarium, som få ens på Forsvik visste vad det var, och därefter kunde hon snart kalla samman sina och sin salig mans vänner i riddarsalen för att bena ut allt som först verkat oöverstigligt. Hon hade funnit att man gott skulle kunna uppfylla båda de plikter som nu hastade så att den ena tycktes snubbla över den andra.

Eskil Magnussons skepp gick flera gånger om dagen fram och tillbaka över Vättern mellan Forsvik och Mo strömmar, liksom hans flodbåtar alltid var i rörelse mellan Forsvik och Vänern åt väster och mellan Mo strömmar och Linköping åt öster. Det var järn och hudar, kalk, tegel och torkad fisk, utsäde och mjöl och allt det som tillverkades på Forsvik i en ständig ström. Om en del gods försenades och lagren under en tid växte något på Forsvik så skulle det inte skapa värre oreda än att man snart kunde komma i ordning på nytt.

De fyrtio ryttarna kunde resa i förväg till Linköping eftersom de kunde ta sig fram själva så fort de landat på andra sidan Vättern. Därefter skulle folk och kröningskläder färdas med fartyg och båt till Ulvåsa eller för dem som gitte hela vägen till Linköping.

När Torgils Eskilsson och hans män kom till Forsvik kunde han själv fortsätta med båt medan hans män och hästar blev kvar och rustades färdiga tills alla återvände från kröningen för att ge sig iväg på brudhämtningen i Lödöse. Det skulle bli gott om tid att rida till Lödöse och anlända där två dagar efter Petri fängelse. Det som först verkat som stort besvär blev i Cecilia Rosas händer bara något som såg lätt ut.

* * *

Birger kom till Linköping bland de första forsvikarna och när han hittade fram till kungsgården på andra sidan Stångån fick han veta att hans sängplats var inne i själva kungsgården men att hirdmännen i hans sällskap skulle sova i ett tältläger utanför staden. Han stallade sin häst och blev inte så lite stolt när två av de kungliga stallarna genast såg att det var en unghingst av den förnämsta sorten från Forsvik, med man och högt lyftad svans i silver och med svartbrun glänsande kropp.

När han funnit fram till det loft man anvisade honom, där det fanns tio tomma bäddar utefter väggen i det unkna och mörka rummet, insåg han att han kommit först av de gäster som skulle ha nattläger just där. Han hade lång erfarenhet av de dofter och ljud som uppstod när många män sov i samma sal och tog därför den plats som var närmast det lilla öppna vindögat. Han packade upp sina sadelväskor och bredde ut sina kläder och Arn Magnussons mantel på bädden. Bredvid lade han sin nyfejade ringbrynjerustning och Arn Magnussons svärd.

Eftersom han varit så sällan i städer tänkte han sig först att han kunde lämna kvar alla sina ägodelar när han gick ut för att se hur Linköping tedde sig. Men så blev han betänksam när han såg det smala ljuset från vindögat lysa på svärdet och manteln. Där syntes en skimrande blå färg som inte ens himmelen kunde efterlikna och på mantelns rygg var lejonet sytt i guldtråd och svart silke så att det såg ut som om det levde och rörde sig i ljuset. Lejonets klor var av silvertråd, liksom de tre balkarna tvärs över sköldemärket. Lejonets tunga var blodröd, liksom de tre tempelriddarkorsen som hade varit Arn Magnussons märke, det som på långt håll gjorde att man kunde se att det var han och ingen annan folkung som kom. Den manteln var Cecilia Rosas bästa och vackraste arbete som kostat henne många års flit och bön.

Bara till kunglig kröning eller bröllop skulle Birger själv kunna bära denna mantel med heder och rätt eftersom han ärvt den. På varje annan plats skulle han göra sig till åtlöje och utsätta sig för spe och ovänliga skämt eftersom han i så fall uppträdde med både högfärd och annan mans märke.

Han funderade något över vilket eget märke han en dag skulle skaffa sig till lejonet, något som sade att detta var Birger Magnusson och ingen annan. Hans farfar hade haft de tre röda tempelriddarkorsen som såg ut som ängsblommor där man plockat alla kronbladen utom fyra. Hans far hade haft en halvmåne i silver, Birger Brosa hade haft en frankisk lilja. Men vad var tecknet för Birger Magnusson?

Han fantiserade något om drakar och svärd eller korslagda pilar i guld utan att riktigt kunna instämma i sin fantasi att han var just sådan.

Plötsligt skämdes han över sin barnslighet och sin högfärd och bestämde sig för att gå ut. Men han hejdade sig av att blicken på nytt föll på svärdet eftersom solen hunnit vrida sig något under hans dagdrömmande så att det blixtrade till i guldkorset. Först blev han alldeles stum i tanken av det gyllene ljuset, sedan bet han beslutsamt ihop tänderna och snörde av sig det forsvikssvärd han burit på resan och svepte fort om sig bältet med tempelriddarens svärd och insåg samtidigt att hans kära farmor haft alldeles rätt när hon påpekade att det fortfarande var för stort och tungt för honom. Men aldrig att han skulle våga lämna detta svärd ifrån sig i en främmande boning. Fast inte heller kunde han sitta här i mörk stuga och vänta på kröningen nästa dag. Skulle han se staden måste han ta svärdet med sig.

Trängseln blev stor så fort han kommit över bron och upp i staden på andra sidan ån. Många människor hade kommit resande för kröningens skull och inte alla i hedervärt uppsåt. Gatorna mellan trähusen var trånga och smutsiga. Det var överallt höga röster och larm av berusade och han fick se noga efter var han satte sina tunna skinnskor eftersom marken var full av träckhögar som han inte ens visste om hundar, svin eller människor åstadkommit. Han bar enkla reskläder under sin mantel, ljust röd hjortskinnsskjorta och hosor i kalvskinn, och vore det bara för de kläderna skulle ingen ha fäst sin uppmärksamhet vid honom. Men att han bar svärd mitt inne i staden och folkungalejonet i guldsöm på ryggen gjorde att han drog åt sig fler blickar än han önskade eller ens förstod. Unga kvinnor tilltalade honom med ord som han hade svårt att begripa fastän han anade att det var okyskt tal. Från de många öltälten och bodarna vinkade man åt honom och ville bjuda honom på öl. Han började gå med blicken stelt riktad framåt men fann snart staden olidlig, sänkte så ögonen mot marken för skitens skull och skyndade tillbaka i den riktning kungsgården och ån låg, vilket till en början inte var så lätt i all trängsel och gyttret av hus. Han visste dock hur solen stått när han gick ut från kungsgården, så fram tog han sig fast han gick allt fortare med blicken i marken. Så kom det sig att han oavsiktligt stötte till en gråhårig man i svart och gul mantel som ilsket vände sig om och knep honom hårt runt hakan och krävde en ursäkt för det klumpiga sättet. Han bad försagt om ursäkt men fick genast en örfil och hånskratt från dem som stod omkring och som nu kallade honom snorgärs och småttingjunker och annat som han inte förstod. Med rodnande kinder sänkte han huvudet än mer, vände ryggen till och gick därifrån. Långt hann han inte förrän mannen som slagit honom kom skyndande ifatt, tog hans arm, sänkte sig på knä och förtvivlat bad om ursäkt. Förvirrad godtog han ursäkten och snubblade vidare.

Det han hunnit se av staden föll honom inte i smaken och ingen hade någonsin tidigare gett honom en örfil. Stadsbor måste vara som galna, tänkte han.

När han kom tillbaka över bron och till kungsgården hade flera gäster hunnit anlända och man hade börjat resa öltält ute på gårdstunet. Han kunde inte se någon han kände och försökte först intala sig att han var trött efter resan och kanske borde gå upp i sovkammaren en stund. Solen stod dock fortfarande högt och han insåg motvilligt att det nog inte vore någon större mening med att försöka sova så tidigt. I stället gick han in i ett av öltälten där en kunglig stekvändare mönstrade honom kort men strängt innan han fick en ölstånka ställd framför sig vid en av långbänkarna. Han drack försiktigt och ensam en stund innan tre unga män med eriksfärger i vapenskjortorna kom fram och höviskt bad om att få sitta vid de lediga platserna bredvid honom. Han svarade inte eftersom han just drack men visade med utslagen handflata att det visst gick för sig. Så fort de andra tre hade fått sina ölstånkor började de tala om jakt och brydde sig inte vidare om Birger. De drack fort och var inne på varsin tredje stånka innan Birger hade hunnit avsluta sin första och då en av dem lade märke till hans usla drickande kom första speglosan. Han blev arg men behärskade sig och tänkte att han fått nog av örfilar för en dag, eller rättare för ett helt liv. Men en speglosa följer lätt på en annan och när de tre unga erikarna började tala menande om den manliga dygd som bestod i att dricka djärvt och stort ställde han ned sin nästan tomma stånka, reste sig och vände ryggen till. Han väntade sig då nya glåpord, men till hans lättnad blev det knäpp tyst bakom honom när han gick ut ur tältet.

En stund gick han runt på kungsgården, betraktade hästar som kom, besökte stallet för att se till sin egen häst och tala med den och försökte på allehanda andra sätt att se ut som om han inte var ensam och osäker på hur han skulle föra sig.

En av kungens svartklädda skutilsvenner räddade honom ur sysslolösheten genom att höviskt ta honom i armen och fråga om han var Birger Magnusson till Ulvåsa. När han oroligt bekräftade det fick han beskedet att kungen hade kallat honom och att han skulle gå till rummet före stora riddarsalen, sätta sig där och vänta bland andra som också kallats. Som han var lärd på Forsvik bugade han och lydde genast.

I förrummet till riddarsalen satt mest äldre män, de flesta av dem krigare som man lätt kunde se på avhuggna knogar, saknade fingrar och vita ansiktsärr. Birger steg försiktigt in och försökte fort slinka ner närmast utgången i tron att han inte skulle bli upptäckt. Det hoppet var förgäves, för en av de gråhåriga krigarna, som satt i andra änden av rummet närmast dörren in till riddarsalen, ropade då högt åt honom att här hade han förmodligen intet att skaffa, ty detta var kungens förstuga och hur det än var med hans ärende så skulle man säga sitt namn när man steg in bland herrar. Birger rodnade och ursäktade sig och sade, som han trodde själv, sitt namn högt och tydligt och de flesta i rummet hörde nog. Men den gråhårige gamle krigaren högst upp i långbänken lade handen bakom ena örat och vrålade åt honom att tala högt och manligt och inte viska som en jungfru och dessutom stå upp när han talade till herrar.

Birger reste sig sakta och osäkert, andades djupt och försökte ta mod till sig och sade sedan sitt namn med överdrivet hög röst.

"Jag är Birger Magnusson till Ulvåsa, son till Magnus Månesköld!" ropade han.

Först blev det alldeles tyst i rummet. Men så sken den gamle mannen med handen bakom örat upp och föll i hjärtligt skratt, reste sig och gick fram och omfamnade Birger.

"Du red vid Gestilren med marskens märke och du är hans sonson och in smyger du bland fränder som en klosterjungfru!" skrattade den gamle krigaren. "Då är vi nära fränder, ty jag är Karl Birgersson till Bjälbo, fast de kallar mig Karl den döve. Må vara hursomhelst med den saken, men kom genast och sitt vid min sida, junker Birger!"

Därmed slog Karl den döve armen om sin unge frände och ledde honom sakta uppför rummet där var man ställde sig upp och hälsade den yngling som var Arn Magnussons sonson.

Så mycket bättre blev det inte att sitta närmast dörren till kungen, tyckte Birger. För hans gamle frände hade ett sätt att föra samtal som ingalunda passade den som var ung och försagd eftersom han röt fram varje fråga och vart svar.

"Och hur går affärerna för kära Cecilia Rosa på Forsvik! Det sägs att Eskil Magnusson vinner ett guldmynt på varje båt men att minst ett silvermynt stannar på Forsvik!

Är riddar Bengt vid god hälsa och fortfarande en lika rask stridsman?

Har ni på Ulvåsa haft en lika god skörd i år som alla vi andra och ämnar Ingrid Ylva snart taga sig en ny husbonde!"

Birger svettades och vred sig som en mask på kroken av dessa frågor som han inte tyckte angick vare sig erikarna i rummet eller fränder och som han i något fall dessutom, som det där med hans mors planer på ny husbonde, knappast hade vettigt svar till. Och svarade han för lågt ropade den mäktige men döve folkungen från Bjälbo genast sin fråga på nytt.

Hans lidande fick ett oväntat slut. För till allas förvåning blev han den som först av alla kallades in till kungen när en besökare gick ut.

Två av kungens svartklädda svenner följde honom genom den långa salen där kungen, hans jarl Folke och en biskop som Birger inte kände till namnet satt i högsätet. Alla bord var undanställda längs väggarna och framför kungen och hans män fanns ingen sittplats. På det stora bordet framför dem låg biskopens kors, jarlens svärd och kungens krona omgiven av två guldspiror.

För första gången sedan han kom till staden Linköping kände sig Birger nu säker på hur han skulle föra sig. Kungen kände han. De hade varit vid samma seger vid Gestilren även om de inte setts sedan dess annat än på gravöl. Birger gick utan tveksamhet fram hela den långa vägen, bugade och stötte sitt vänstra knä i golvet och väntade i den ställningen på kungens tillåtelse att stå upp.

Så skedde inte. I stället skyndade kungen runt bordet, ryckte upp Birger och omfamnade honom.

”Junker Birger, det gläder oss att se dig rask och frisk efter all den sorg som varit”, sade kungen och tog några steg bakåt för att låtsas strängt skärskåda sin unge besökare från fotabjäll till huvud. ”Du är lik din farfar, Birger, fast dina ögon är din mors bruna och du har mycket av hennes färg i håret. Nå, du må nu inte ta illa vid dig för att detta möte blir kort, vi har en bänk av väntande där ute som alla hoppas på ett eller annat. Det vi har att säga dig den här gången skall ske fort, om du inte finner det ohöviskt av oss, så säg?”

”Ers Majestät har kallat mig. Jag är folkung. Vi folkungar har slagits och blött vid er sida och vi har svurit er trohet. Så som min kung beslutar, så lyder jag”, svarade Birger lätt och säkert.

Kungen granskade honom tankfullt och liksom prövande och gick några steg runt honom som för att locka Birger till tal innan han blev tilltalad, fann att sådant hyss inte verkade på junker Birger och gick leende tillbaka till sin plats bakom kronan och de två spirorna.

”När detta spektakel är över vill vi se junker Birger som vår gäst på Näs. Din farfar stod oss närmare än någon annan man. Vi hoppas innerligt att du hörsammar denna inbjudan, så säg?”

”Med största heder kommer jag som folkung till våra erikska fränders och vår kung Erik", svarade Birger klart och utan tveksamhet.

"Du red med rikets märke vid Gestilren, junker Birger", fortsatte kungen med något rynkad panna. "Så kan inte ske i morgon, du blir inte den som bär vare sig folkungarnas lejon eller de tre kronorna eller rikets märke med de båda. Innan du blir alltför besviken skall vi snart förklara varför. I vårt land är sed att kungens märkesman är en av de äldsta och främsta. Så är seden även inom varje ätt, bland folkungar som andra. Din farfar marsken hade utländska seder, han gjorde ynglingar till märkesmän. Vi fann intet att invända eftersom vi aldrig invände mot vad den marsken bestämde i krig eller i vår här. Nu är annat. Karl den döve kommer att bära ert lejon och min frände Holmgeir kommer att bära vårt märke. Så har vi behagat besluta. Dock har vi till vår kröning två guldspiror som kung Valdemar av Danmark förärat oss. Du bär den ena och Knut Holmgeirsson, som bland erikska ynglingar är den förnämste i ätt liksom du är bland folkungar, bär den andra spiran. Antager du detta vårt bud?"

"Jag böjer mig för min kungs vilja i vadhelst han beslutar, även då han har fel", svarade Birger med ett oblygt leende.

"Så junker Birger behagar säga emot oss!" röt kungen med en ilska som var så tydligt oäkta att den inte förskräckte någon i salen.

"Ja, Ers Majestät. Därför att jag måste", svarade Birger. "Att Knut Holmgeirsson som son till Holmgeir Filipsson, som son till Filip, son av Helge Sankt Erik, är främst bland erikska ungherrar är sant och visst. Vad mig och folkungarna beträffar är den saken mer oviss."

"Känner du Knut Holmgeirsson?" frågade kungen med förvånat höjda ögonbryn.

"Nej, Ers Majestät, honom har jag aldrig träffat."

"Hur kan det då komma sig att du har så noga reda på vem som är hans far och vem som var hans farfar och dennes far?"

"Min mor Ingrid Ylva känner alla mäktiga män i riket och vet noga vem som är deras son eller farfar, och det hon vet låter hon mig och mina bröder veta", svarade Birger för första gången något besvärad. För detta var kunskaper som bara den behövde som ville veta mot vem och vilka han tävlade om makt.

”Vi förstår...”, sade kungen tankfullt. ”Men säg oss då, varför skulle inte du Birger vara den främste bland folkungska ungherrar, du som red med rikets märke vid Gestilren?”

”Vem som är främst bland folkungska ungherrar är inte så lätt att säga”, svarade Birger fort men med nedslagen blick. ”I vår ätt har vi aldrig ägt kungakronan så på det sättet kan vi inte mäta. Och många skulle nog hålla söner från Bjälbo som förmer än mig som kommer från Ulvåsa.”

”För oss är du främst i alla fall!” skrattade kungen. ”Och vi har kunglig rätt att besluta som vi behagar. Den folkung som är fallen efter Arn Magnusson kommer i våra ögon alltid att vara främst. Antager du nu vårt beslut?”

”Med stor heder fogar jag mig efter kungens beslut”, svarade Birger med återvunnen säkerhet.

”Gott, junker Birger! Du bär spiran med örnen och de utslagna vingarna, vår unge frände bär spiran med korset. Våra svenner kommer att anvisa er båda plats i kröningsföljet i morgon när solen står två timmar före middag. Ett sista litet råd från en som inte bara är din kung utan också din vän. Drick inte mer av vårt öl än vad som krävs för din heder i morgon!”

Birger bugade och satte på nytt ned sitt vänstra knä i golvet, vände sig om när han reste sig och svepte manteln över sitt svärd, allt i en och samma rörelse, och gick med säkra steg och högburet huvud ut från kungens sal.

Den hemtama självsäkerhet Birger känt inne i kungens sal rann emellertid fort av honom när han kom ut på kungsgårdens stora tun där nu så många nya resanden kommit till att det började bli trängsel. Alla ansikten han först såg var okända för honom, men plötsligt greps han under båda armarna av två män bakifrån. När han vred på huvudet upptäckte han att det var Torgils Eskilsson till Arnäs och Emund Jonsson till Ulfsheim som skämtade med honom. De var förvisso tiotalet år äldre än han själv men också forsvikare som han. Hos de båda fränderna var han i tryggt sällskap.

* * *

Cecilia Rosa och de andra änkorna hörde till de första som återvände till Forsvik efter kröningen då de förebärande sin höga ålder eller kvinnoskäl hade kunnat lämna Linköping redan efter två dagars kröningsöl. Och gott var det eftersom särskilt Cecilia Rosa nu hade mycket att bestyra för att allt skulle bli som tänkt. Hon rustade två oxforor med sovel, bröd, öl och vin liksom tält, vimplar och stänger för att de i god tid skulle kunna ordna med läger på två platser längs vägen mellan Lödöse och Vätterns strand där det vore lämpligt för brudhämtningsföljet att söka vila. Nattläger hade beställts först i Gälakvist, som var kunglig borg, och i Lena, som var folkungars hus. Vid Vätterns strand skulle kungens skepp Ormen korte möta för att ombesörja den sista överfarten till Näs ute på Visingsö.

Hon sände många bud för att styra med omlastningen av skepp på Vättern och båtar vid Ulvåsa och Mo strömmar på andra sidan Vättern eftersom alla resenärer ställde till med stor oordning i handeln mellan Lödöse och Linköping. Stora laster blev kvar vid kaj för att ge plats åt hästar och gäster och då var det noga att ingen last som illa tålde regn låg utan övertäckning. Oredan i handeln skulle bestå en hel vecka efter att alla som hade förnämt ärende till Forsvik kommit fram. Vid de övre bryggorna på Forsvik flockades tomma väntande flodskepp som inte fick sin last som brukligt var.

Med järnhand höll Cecilia Rosa i allt detta. Inte minsta sak undgick hennes omtanke och inte minsta motsägelse mötte hon från någon.

Allteftersom hirdmän och herrar med ölbleka ansikten och röda ögon började stiga iland med vrenskande hästar och hårt språk blev arbetet lugnare och Cecilia Rosa kunde unna sig ett par långa kvällar i sitt eget hus med änkedrottning Cecilia Blanka, Ingrid Ylva och Ulvhilde Emundsdotter.

Änkedrottningen kunde berätta att hennes son fått för sig att eftersom kungen av Danmark inte bevärdigades följa sin syster till hamn skulle inte heller Erik möta henne där. Han hade fått föreställningar om något han kallade rättfärdig likhet mellan två kungar. Det fick vara hur som helst med förnuftet i den saken eftersom det ändå passade änkorna bäst att få några dagars enskild resa med jungfru Rikissa. Kung Erik hade dock blivit mycket nöjd när han från sin mor fått veta vilket ståtligt mottagande danskan skulle få med landets främsta ryttare.

Medan männen nu skötte all rustning av de ryttare som skulle möta jungfru Rikissa ägnade sig änkorna mycket åt det vita sto som Cecilia Rosa hade valt åt den blivande drottningen. Ingen visste ju hur säkert danska jungfrur satt i sadeln så det var nog viktigare att välja ett beskedligt sto än någon aldrig så skön hingst. Därtill var det en säker gissning att jungfru Rikissa skulle vara klädd så att hon knappast kunde rida med en stigbygel på vardera sidan – vit klänning med guldtråd hade ju Ingrid Ylva spått – och därför hade det saracenska sadelmakeriet på Forsvik byggt en särdeles vacker fruntimmerssadel smyckad med guld och silver. Stigbygel, träns och tömmar var dekorerade på samma sätt och till stoets änneplatta fäste man en stor svart fjäder från främmande land och under den en dyrbar ring av röda ädla stenar med vita i mitten, så som var jungfru Rikissas kungliga färger.

Också åt änkedrottning Cecilia Blanka byggdes en vacker fruntimmerssadel. Cecilia Rosa och Ulvhilde skulle rida i sina vanliga sadlar, eftersom de båda skulle bära sådana dräkter som Cecilia Rosa hade funnit på att sy för många år sedan som var som hosor men ändå såg ut som kvinnodräkt så att de kunde rida med en stigbygel på vardera sidan.

För Birger blev dessa dagar lättjefulla. Rustning och kläder hade han redan i god ordning efter kröningen i Linköping, och som det nu var på Forsvik med nästan åttio gäster var allt läroarbete med gossar och ungherrar ställt åt sidan. Men en så stor mängd gamla och unga forsvikare som samlades på en gång kunde svårligen hålla sig borta från sina gamla övningsfält och snart var kämpalekarna igång.

På andra gårdar och borgar i landet hade dessa lekar begynt först på senare år och gick då för det mesta fridsamt till. Man tävlade i att rida med lans mot upphängda ringar eller att träffa svarte Petrus sköld utan att bli slagen i nacken av hans snurrande färla, eller red man med svärd mot äpplen att klyva. Sådant var inget som forsvikare skulle yvas över.

Den hårdaste leken var *tourney* med lans mot lans, tre gånger red man mot man i avsikt att helst kasta den andre till marken med en god träff i hans bröst eller sköld. Räckte inte tre anlopp red man tills endera hade segrat två gånger. Förvisso använde man inte skarpslipade stridsspetsar till lansarna utan platta koroneter men det gjorde ingalunda leken ofarlig.

Riddar Sigurd och hans broder Oddvar, som var högsta befäl på Forsvik i allt som hörde kriget till, var till en början betänksamma inför alla högljudda rop på tourney. Men då de räknat igenom antalet män fann de att för färden till Lödöse hade man råd att förlora var tionde man till längre eller kortare sängvistelse; det var ungefär vad man måste räkna med. Goda bäddar och omvårdnad fanns också mer än behövligt för dem som blev kvar i säng på Forsvik när de andra red ut. Riddar Sigurd bestämde dock att ingen ungherre som ännu inte avslutat sin lära på Forsvik och fått egen lans och svärd fick rida i tourney, liksom ej heller någon man som ännu inte fyllt sjutton år.

Birger hörde således till de yngsta men han hade ändå gott hopp om att kunna hålla sig kvar ganska länge i lekarna. Fast när han tänkte efter insåg han att högmod var en synd som ofta straffade sig på färsk gärning och han korsade sig genast och bad en kort bön till Guds Moder om förlåtelse. Dock vågade han inte fortsätta bönen ett steg till och be om framgång, då också det skulle vara förmätet i det sällskap han nu befann sig där fem dubbade riddare var de allra främsta.

Lekarna inleddes så att alla deltagare red in på det största övningsfältet där rännarbanorna gick tvärs över. Riddar Oddvar höll sträng uppsikt vid grinden så att ingen som var för ung skulle lyckas smita in i mängden, och han fann också två ungherrar som muttrande och med sänkta huvuden fick sälla sig till åskådarna.

När alla ryttare befann sig inne på fältet formade de en stor ring och började rida runt så att de ibland befann sig mitt för någon av rännarbanorna och ibland vid sidan av. När en hornsignal skallade skulle var man genast hålla in sin häst. För den som då befann sig vid en rännarbana var det bara att korsa sig och se efter vem som fanns på andra sidan av samma bana. De som stod utanför banorna fick sälla sig till åskådarna tills hälften av dem som lottats till första striden var utslagna. Och så började man på nytt att rida runt i väntan på hornsignalen.

Första gången befann sig Birger utanför rännarbanorna när det blåstes halt och kunde lugnt sälla sig till åskådarna. Vid andra omgången fann han sig stå vid en av de yttersta rännarbanorna och när han med bultande hjärta såg upp mot andra sidan upptäckte han en motståndare i sin egen ålder.

Vid en ny hornsignal störtade de nu med fällda lansar mot varandra. Birger vann lätt det första anloppet och med någon större svårighet det andra och hörde därför för tredje gången till dem som fick rida ut i ringen på nytt, medan de besegrade fick sälla sig till åskådarna eller linka bort mot sjukbädden eller i värsta fall bäras dithän. Forsviks läkekunniga kvinnor, som för det mesta var från främmande land, fick allt mer att göra.

Vid tredje vändan stod Birger på nytt utanför rännarbanorna när han höll in sin häst och kunde dra sig undan som åskådare. Han räknade ut att efter detta anlopp skulle bara hälften av ryttarna vara kvar i leken. Hade han således lite tur med näste motståndare skulle han snart vara bland de sista.

Men någon särdeles tur hade han inte. När han nästa gång stannade vid hornsignalen befann han sig vid en av de mittersta rännarbanorna, såg ivrigt upp mot andra sidan, drog häftigt efter andan och korsade sig. Där borta stod riddar Bengt.

Det var ändå gott, tänkte Birger, att ingen kunde se hans min just nu eftersom de alla till denna lek bar de nya heltäckande hjälmarna där man bara hade ett smalt öppet kors att se genom. På så vis såg ingen hur han bleknat.

Första anloppet klarade Birger trots att stöten som vek undan hans sköld och träffade honom i bröstet tog andan ur honom. Hade han träffats på samma sätt av en stridslans hade det blivit hans död. Men han föll inte och vände käckt upp för en ny dust.

Andra gången blev han svept ur sadeln som en vante eftersom riddar Bengt träffade honom på det sätt som alla på Forsvik lärt sig, och som kallades Arns svep, med bredsidan av lansen. Han slog sig inte hårt när han föll och steg genast upp i sadeln igen. Av de som ridit samtidigt med Birger och riddar Bengt hade nu alla hunnit sälla sig till åskådarna som segrare eller förlorare. Allas ögon var nu fästa vid de två som skulle rida på nytt och alla visste vem som skulle segra, fastän man hoppades att unge Birger inte skulle skada sig illa.

De träffade båda samtidigt mitt i den andres sköld och då avgjorde riddar Bengts tyngd och balans så att Birger på nytt slog i marken, men denna gång med ett fall som såg mer vådligt ut eftersom han kastats rakt bakåt och landade på rygg och nacke. Riddar Bengt vände fort sin häst, kastade sig ur sadeln, slängde av sin hjälm och störtade fram till Birger och drog försiktigt av honom hjälmen. Birger hade dimma i huvudet och det starka ljuset slog honom i ögonen när hans hjälm drogs av och han var först inte helt säker på var han befann sig.

"Är allt väl med dig, junker Birger?" frågade riddar Bengt oroligt.

"Jag mår inte sämre än jag förtjänar", svarade Birger och försökte le manligt bistert. "Jag lyckönskar dig till din goda tur, riddar Bengt", fortsatte han med ett bredare flin.

"Med en så fruktansvärd motståndare krävs lite tur", log riddar Bengt tillbaka och drog upp Birger så att han stod själv, om än lite vingligt.

Spelet slutade som det måste sluta. Ingen kunde stå riddar Bengt emot och han segrade utan att en enda gång ha varit i backen, vilket var en osedvanlig ära på Forsvik där motståndarna var bättre än på varje annan plats i riket.

När Birger drog av sig sin rustning och hängde den på sin numrerade plats i stallet hade han ont i huvudet och kände sig mer mörbultad i kroppen än han hade väntat sig. Trots att hans bröstkorg skyddades av både ringbrynja, stålplattor och ett kraftigt lager filt hade han stora blåmärken på bröstet. Han sörjde inte särskilt över det, alla på Forsvik levde med blåmärken, utan tänkte i stället att det nog inte var många som skulle ha hållit sig kvar i sadeln efter en så hård träff.

När han kom ut från stallet i sina vardagskläder väntade tre av hans barndomsvänner på honom. Det var Ibn Ardous, Johannes Jacobian och Matteus Marcusian och de hälsade honom hjärtligt med ryggdunkar och tröstande ord om att han varit den ende som kunnat sitta kvar i sadeln efter en träff från riddar Bengt, och att det var gott att åtminstone någon av de unga kunde sticka upp lite. Birger mumlade att det var synd att han skulle lottas så tidigt mot just riddar Bengt för annars hade han kanske kunnat göra bättre ifrån sig. Men det viftade hans vänner bort med skratt och skämt om att det varit föga bättre att lottas mot någon av de andra dubbade riddarna och att även om så varit hade riddar Bengt likväl väntat till sist.

Allt folk, unga som gamla på Forsvik, visste mer om krigets lekar än utombys, men av vännerna var det bara Matteus Marcusian som hade ett verkligt brinnande intresse eftersom han gick sista året på Forsviks krigsskola. Han hade försökt smita in på ryttarfältet i tron att riddar Oddvars stränga blick inte skulle finna honom bland så många som var klädda i samma färger. Men däri hade han misstagit sig. Riddar Oddvar hade genast känt igen honom och fällt ned sin lans i vägen just som Matteus trodde sig kunna rida förbi.

Iben Ardous arbetade halva sin tid i glasbruken, fast längre på vintern, och sin andra arbetstid tillbringade han hos kopparslagarna, vars konst var mer saracensk än nordisk. Johannes Jacobian gick i sin faders fotspår och arbetade med kuggar, hjul och sågar. Nu påminde han Birger om att han ännu inte haft tillfälle att visa de nya sågarna och vad de förmådde, och Birger ursäktade sig skamset med att han haft mer än nog att göra sedan han kom tillbaka till Forsvik, men att det nu fanns gott om tid.

De fyra vännerna gick under glatt samspråk mot sågverkstäderna och föll genast in i det tungomål de talat som barn, där nordiska, arabiska, sachsiska och latin blandades i en enda gröt så att det blev som ett hemligt språk för utombys.

I sågverkstäderna hade det skett en stor och märklig förändring. Förr hade sågarna inte kunnat snurra fortare än det vattenhjul på vars stock de var fästa. Svårigheten med den långsamma hanteringen var att sågarna blev heta och måste kylas med vatten som skopades över dem. I gengäld kunde då träet bli segare.

Nu hade man emellertid halverat sågtiden genom att fästa sågarna vid en tunnare axel i smidesjärn med små skårade remhjul som drogs runt av hjul vid en av de tjocka snurrande trästockarna. De hjulen var i sin tur så stora att de gick ända upp i sågstugans tak. Mellan de stora hjulen och de små hade man spänt läderremmar. Det var som ett mirakel att se hur det stora långsamma hjulet överförde en kraft till det lilla hjulet som förvandlades till en blixtrande hastighet.

Johannes var inte så lite stolt över denna förbättring och antydde att han nog varit sin far, verkstadsmästaren Jacob Wachtian, mer än behjälplig att komma på detta nya. Men då var det hans tur att bli utskrattad och dunkad med löje i ryggen av sina vänner. Johannes lät sig emellertid inte nedslås av detta utan släpade med Birger och de andra till sågsmedjan för att visa ännu en nyhet.

Det pågick inget arbete när de kom till sågsmedjan men Johannes for som en ivrig ekorre runt för att visa och förklara. Mitt i salen låg en stor stenhäll som var slipad helt flat, som en vattenyta en stilla sommarkväll. Ovanför i starka block och taljor hängde en likadan sten. Johannes berättade om hur svårt det var att slipa en stenyta så jämn men hur väl det hade betalat sig. För det hade alltid varit svårt att smida runda stålklingor som blev helt jämna, ännu svårare att härda klingans kant utan att allt buktade sig. Blev klingorna det minsta sneda bröts de snart sönder mot stockarna, särskilt ekstockar. Men här kunde man med hjälp av de tunga flata stenblocken tvinga sågklingorna helt jämna när de hettats upp till just rätt temperatur, som var när de fortfarande glödde röda men började mörkna.

Birger var måttligt intresserad av dessa nyheter men insåg att det var viktiga förbättringar, och han gjorde sitt bästa för att inte såra sin vän Johannes med kort tålamod utan följde beskedligt med till glasblåseri och kopparverkstad för att höra om ytterligare nyheter. Men därefter var det som om också Iben Ardous och Matteus Marcusian började tröttna och när Iben föreslog att de skulle hämta ut bågar och pilar nu när de kunde få tillstånd utan krångel så blev alla fyra, fast av något olika skäl, genast ense.

Ungherrar som gick sista året på Forsviks krigsskola, som Matteus, och ännu mer *instructores*, som Birger, kunde när som helst hämta vilka som helst vapen ur Forsviks rikliga förråd. För andra var detta kinkigare och de vapenstallare som svarade för förråden brukade bli griniga om de fick utstå tjat från andra än dem som arbetade med vapen.

Det var lite folk nere vid skjutbanorna så Matteus och Birger måste inte vara på sin vakt att inte visa något dåligt skott. Inbördes behövde de inte tävla eftersom de båda visste att Birger var den helt överlägsne. Han hade redan från barnsben blivit mycket tjatad på när det gällde bågskytte eftersom både hans far och hans farfar hade varit de bästa bågskyttarna i riket.

De sköt en stund mer på lek än allvar och Birger och Matteus ägnade snart mycket större intresse åt att rätta små fel hos sina vänner än att skjuta själva. De bestämde att de skulle ge sig ut på jakt så snart tillfälle bjöds, Johannes och Iben Ardous kunde ligga i gömsle i förhåll och Matteus och Birger kunde driva viltet till häst, eller med lite tur också skjuta från hästryggen.

De talade med iver en stund om den kommande jakten men det var något annat som låg i luften och som Birger snart anade. Iben Ardous var den av de tre vännerna som frågade först om kröningen i Linköping. Av den plötsligt spända uppmärksamheten såg Birger att detta nog var något de alla var mer än angelägna att höra om. Fastän de som barndomsvänner kanske inte ville erkänna att det fanns somt som skiljde dem åt kunde de andra inte låtsas hur länge som helst. Birger var den ende av de fyra som kunde bli gäst på en kunglig kröning. Matteus hoppades förstås att han i framtiden skulle bli dubbad riddare, och då kunde nog den saken ordna sig för honom också även om det var oändligt mycket viktigare för honom att bli riddare än kungagäst.

Birger hade inbillat sig, insåg han nu, att ingen av dem skulle fråga. Nu var frågan ställd bland vänner och det enda riktiga var då att svara, fastän han bestämde sig för att inte göra det så märkvärdigt. Han tog en pil ur närmsta koger, slätade till ett stycke mark med foten och började med pilspetsen rita upp kröningståget i Linköping.

Först i kröningsföljet red fyrtio folkungar och fyrtio erikare, visade han med ett långt tjockt streck och ett tunnare och vingligare streck. Så hade man ställt upp från början på kunglig befallning, fortsatte han. Men då hade det inte sett ut som någon ögonfägnad för kung Erik, för de folkungska ryttarna, som alla var forsvikare, hade sett så mycket starkare och bättre rustade ut än erikarna att det föreföll som om riket haltade på ett starkt och ett svagt ben. När kungen sett detta på kungsgårdens tun hade han genast bestämt att man i stället skulle rida två och två. Först två erikare, sedan två folkungar, varannan ätt i fyrtio led.

Birger slätade ut det tjocka och det tunna strecket och gjorde i stället flera korta streck omväxlande kraftiga och svaga efter varandra för att visa hur början på kröningsföljet sett ut.

Efter ryttarna, berättade han vidare med pilspetsen i marken, kom två märkesmän, Karl den döve från folkungarna och om han mindes rätt någon Holmgeir från erikarna. Efter märkesmännen följde en stor skock svartklädda skutilsvenner, som var kungens drängfolk för allehanda sysslor, och efter dem en skock med lagmän och hövdingar från Svealand i tjocka pälsar och lindade ben fast det var mitt i sensommaren och hett väder. Han upprepade orden om hövdingar från Svealand och lindade ben på ett sätt som om han härmade deras tungomål samtidigt som han tog några bredbent struttande steg med magen i vädret och ena fingret under näsan för att visa på skägg, men avbröt sig genast när han tyckte att hans vänner hade överdrivet nöje av ett så oskyldigt skämt.

Något försagd skyndade han sedan på med snabba streck i marken och beskrev kröningskläderna, de två ynglingarna som bar spirorna, hur någon bar kronan just före kungen och de två lömska biskoparna, fast han inte sett så mycket av allt detta.

Där stannade han i sin berättelse och såg ut som om han ville återuppta bågskyttet eftersom det inte skulle kunna finnas något mer av vikt att tillägga.

”Men var gick du, Birger?” frågade då Matteus ivrigt.

Birger avbröt sin anspänning med bågen och suckade. Den frågan var alldeles för kort och klar för att han skulle kunna undvika den.

”Jag gick bredvid en lymmel till erikare som hette Knut Holmgeirsson och var lång som en humlestör”, sade han som om det var allt han först tänkt berätta. Men han såg i de andras ögon att de inte skulle låta stilla sig med detta och fortsatte motvilligt.

"Knut Holmgeirsson bar en av kungens kröningsspiror med kristligt kors i toppen och jag bar den andra med örn med utbredda vingar och om detta är inte mycket att orda utom att junker Knut först ställde till besvär för att han inte ville gå vid min sida."

Vännerna frågade honom då i munnen på varandra både om spiror, och om vad det var för en junker som känt sig så förnäm, och vad han i så fall anfört till försvar för en sådan både ohövisk och inbilsk anmärkning. Precis som Birger hoppats kom fler frågor på en gång så att han kunde välja vilken han ville besvara och slippa göra sig märkvärdig för det där med att bära kungens spira.

"Knut Holmgeirssons far Holmgeir är sonson till kung Helge Sankt Erik", svarade han allvarligt. "Det är ju även kung Erik Knutsson. Men om kung Erik inte får avkomma med jungfru Rikissa så har vi kanske en kungakrävare i denne Knut som gick vid min sida. Det var därför han gjorde sig bred men dumt nog klagade han inför kungen och blev näpst."

"På vilket sätt blev han näpst av kungen?" frågade Iben Ardous, välberäknat styrd av Birgers sätt att berätta flera ting på samma gång men lägga det han helst ville berätta om sist.

"Junker Knut klagade för kungen att han fann det orätt att gå vid någon spoling till folkunge som bar dyrare mantel än han själv", log Birger. "Och även om det nog var sant så var det ingalunda det märkvärdiga med den manteln eftersom det var Arn Magnussons med tre röda tempelriddarkors som den som inte är blind kan se på långt håll. Så där bet sig junker Knut i tungan utan att själv riktigt begripa hur och föga imponerade han därmed på sin kung."

"Och vad sade då kungen?" frågade Johannes andäktigt och bara ögonblicket före de andra.

"Han snäste sin frände med att han själv, kungen, väl kände denne spoling och att det var han och ingen annan som skulle krönas", svarade Birger lågt och fort som om han inte alls beskrivit ett ordens dråpslag. "Och om detta är nu inte så mycket mer att berätta annat än att junker Knut inte hade ljus uppsyn när vi gick i kröningståget och någon gång väste åt mig att han skulle klå upp mig vid första bästa tillfälle. Och om ni undrar vad jag då svarade så sade jag att vi alltid kunde pröva att rida en dust eftersom jag ju sett erikarnas usla krakar på nära håll. Nå, det där sista sade jag kanske inte."

Birger lade nu på nytt pilen på bågsträngen och spände som om intet mer fanns att säga och väntade lugnt ut de många motstridiga frågor som de andra otåligt kastade över honom innan han valde sitt svar.

"Resten är inget märkvärdigt och det kan ni lätt se framför er", sade han medan han drog ut på sitt siktande. "Om ni tänker er en ovanligt lång mässa och fördubblar den. Och så är det het sommardag och folk packade som rödingar i en salttunna. Ja, sedan var det det vanliga med öl och fläsk."

Han släppte pilen och såg nöjt hur den träffade nästan mitt i den innersta ringen.

* * *

En tidig röd gryning som lovade vackert resväder lämnade brudhämtarna Forsvik. Fyrtio stridsklädda ryttare i fulla vapen red i ena ledet, fyrtio i det andra och i täten mellan ryttarna de fyra änkorna. I släpet kom forsvikska ungsvenner med packhästar och med sadlade hästar åt danska medridare om sådana skulle stiga iland. Så mycket sovel, öl och annan skaffning behövdes inte eftersom Cecilia Rosa noga tänkt ut hur och vart man skulle färdas var dag så att tak över huvudet och kristlig aftonvard alltid väntade de resande.

Främst framför änkorna red riddar Bengt med det forsvikska märket som bestod av fyra lika stora fält. Folkungalejonet syntes i det övre vänstra fältet och Cecilia Rosas ättemärke med den silvrade bjälken på svart botten nere till höger. I de två andra fälten fanns de tre röda tempelriddarkorsen på vit duk och den röda forsvikska rosen, som Cecilia Rosa tagit som sitt eget märke, på svart duk.

Framför de fyra änkorna red varsin märkesman med den svarta gripen på röd duk för Ulvhilde Emundsdotter och Ingrid Ylva, de erikska tre kronorna framför Cecilia Blanka, som red i sin krona ovan det svarta änkedoket, och så pålsättens svarta sköld med silverbalk, fast också med den röda rosen, framför Cecilia Rosa.

Större följe av brudhämtare hade nog setts mången gång i landet, men inget mäktigare. När solen steg skimrade den i de blankputsade lansspetsarna och i allt silver i vapenskjortorna och det glatta stålet i alla nyfejade harnesk. På långt håll syntes detta följe, och så fort de närmade sig första by kom oroliga klumpiga ryttare ut för att utröna om det var döden som kom men kunde snart lugnas med att detta bara var folkungarna på väg till Lödöse att möta den nya drottningen. På samma sätt blev det vid var by de red in i där allt folk strömmade till för att skåda ståten så snart de blivit kvitt sin dödsrädsla.

För bara tjugo år sedan hade detta varit ett land där krig var bönders sak och mer gällde heder och snåriga trätor än silver och land, och på den tiden slogs var odalbonde till fots även om han red till slaget.

Men så hade en tempelriddare och med honom några krigare från det Heliga Landet kommit åter till Västra Götaland och med dem förändringens vindar. Det nya krigets skola blev Forsvik där nu redan söner till dem som först gått i lära hade fått sitt forsvikssvärd och sin lans till tecken på att tio års övning var till ände. Och snart skulle deras söner påbörja sin lära där, såvida de inte hamnade hos riddar Bengt på Ymseborg, riddar Sune på Älgarås eller på borgen Gum som också hörde till folkungarna.

Bland de män som nu red i brudföljet hade fler än hälften varit med om att besegra självaste Valdemar Segraren av Danmark. En sådan styrka som nu kom, med åttio forsvikare i fulla vapen, var som en hel bondehär på flera tusen män i kraft och död.

Det man såg var den nya makten i riket.

Det var även en syn som med råge borde avskräcka var brudrövare. Brudrov var vanligt och antingen rövade någon en annan mans brud för att han själv ville ha henne i säng. Eller också ville han för ett gott pris sälja henne tillbaka till den han rövat henne från, fast i så fall lika orörd som han tagit henne.

Den danske kungens syster var sannerligen värd sin vikt i guld för kung

Erik. Men om brudrövare blivit lystna vid en sådan tanke, så var det blixtrande följet i silver och blått mer förskräckande än Herrens ljungeldar.

Det var en behaglig resa för de fyra änkorna i täten av följet. De hade gott om tid och dessutom vädertur. Ingrid Ylva menade att det goda vädret helt säkert skulle bestå eftersom morgondagen var Petri fängelse mässa. Regn vid Petri fängelse betydde regn i mer än en vecka. Men det var samma sak med vackert väder, för som vädret var den dagen, så skulle det bestå.

De fyra änkorna hade alltså flera skäl att vara vid bästa lynne. Att den långa striden om kungamakten nu tycktes vara över gladde Ingrid Ylva och Ulvhilde lika mycket som de andra två, trots att de som sverkersätt red med den svarta gripen framför sig. Hade de varit män, resonerade Ingrid Ylva, skulle de måhända grämt sig över att striden var förbi och att de själva stod på den förlorande sidan. För så var det. Nu när kungen av Danmark så tydligt slutit fred med kung Erik, som han förgäves och två gånger sökt störta från makten med sina sverkersvänner, så var det slut. Jungfru Rikissa skulle snart börja föda och tids nog blev det en son. Eller helst två för den delen eftersom livet ibland kunde vara lika orättvist kort för hög som för låg.

Men att striden var över, fortsatte Ingrid Ylva, betydde ju också att freden kom och att skördeåren kunde bli lika goda som under gamle kung Knut Eriksson.

De två Ceciliorna, som hade långt minne från både krig och fred, instämde villigt i detta. En gång när de var mycket unga hölls de som ofrivilliga *familiares* på Gudhems kloster och visste bara något litet om den strid som rasade utanför murarna. De berättade först i munnen på varandra, innan Cecilia Blanka tog över, hur de i krigets sista dagar sett krigsmän komma mot Gudhem. De hade då sprungit upp på murarna i hopp om att se erikars och folkungars blåa färg. Men det var röda ryttare som kom. Först hade deras sinnen stelnat till is av denna syn. Men på närmare håll såg de att ryttarna alla var mer eller mindre sårade och att de var på flykt. Då förstod de att deras sida hade segrat, och den känslan var svår att beskriva i efterhand och måhända var det än svårare att tala om saken när de nu red med två sverkerssystrar.

Dock, efter segern vid blodsängarna utanför Bjälbo hade kommit en lång tid av fred. Ingenstans på himlen kunde man ana mörka moln. Ingenstans i förståndets innersta skrymslen kunde man se faran av att kriget skulle börja om. Ändå hade det blivit så.

Krig var som regn, slutade Cecilia Blanka lite bittert. Det kom och gick. Efter sol kom regn och då var det som om människorna glömde att solen och torkan alltid kommer tillbaka.

Över denna dystra visdom tillät sig Cecilia Rosa att gyckla något med änkedrottningen. De var ju vänner sedan tidiga ungdomen och hade alltid talat utan krumbukter med varandra, både före och efter att den ena av dem blev drottning. Regn, menade Cecilia Rosa, var ändå livets vatten, det som skapade goda skördar. Med krig var det, finge väl ändå goda änkedrottningen medge, raka motsatsen.

Och åt denna ordfälla som den ena Cecilian gillrat åt den andra kunde de alla skratta gott. Så var med ens deras goda lynne tillbaka.

Deras första dagsresa gick till Lena borg och den andra till Gälakvist utanför Skara. På tredje dagen nådde de som beräknat Lödöse hamn och torn.

Vindarna hade varit gynnsamma och vädret torrt just som Petri fängelse utlovat. De två danska skeppen seglade därför in på utsatt tid i Lödöse hamn under den danske kungens röda och vita färger.

Landskapet runt hamnen, med tornet och trämurarna vid handelsplatsen, var flackt och kung Valdemars män ombord spanade en stund förvånat in mot stranden utan att se någon stor skara människor eller några märkesfanor som tydde på att man här väntade sig att ta emot en kungasyster. Den första tanken hos männen ombord var att de svenske resanden blivit försenade, för sådant kunde ju alltid ske även i de mest viktiga förrättningar.

Men så hörde de dånet av annalkande hästhovar. En lång anfallslinje av ryttare med halvt fällda lansar närmade sig i hög fart som om de hade tänkt slå mot fartygen ute på älven. Denna syn förstummade de höga danska hovmännen och fartygsmännen.

Ändå blev det följande skeendet än märkvärdigare. Den långa raka linjen av ryttare formade plötsligt om sig till fyra lika stora grupperingar som på en hornsignal red snett ned mot fartygen och således mot varandra. Det såg först ut som rena galenskapen och som något som måste sluta med stor oreda. Men den första gruppen red förbi den andra på bara några lanslängders håll och blev därefter passerad bakifrån på bara en armslängds avstånd och på samma sätt red de två följande grupperna. På en ny hornsignal kastade alla ryttare samtidigt om sina hästar och vände inåt mot varandra på nytt. Det var som om de i rasande fart formade en stor fläta av dundrande hästar och blixtrande stål fram mot stranden. Hade de på detta sätt nalkats en fientlig uppställning skulle de ha skapat lika stor förvirring som rädsla hos motståndarna.

På en tredje hornsignal formade alla ryttare om sig till två led så att de från stranden och uppåt stod mitt emot varandra med lansarna pekande inåt och mot marken. Allt skedde på några ögonblick. Det var makalös ryttarkonst.

När de två linjerna ryttare stått några korta ögonblick hördes ännu en hornsignal och då kom fyra märkesryttare i kort galopp och med fladdrande fanor ned mellan de två leden av ryttare som nu höjde sina lansar till hälsning. De fyra fanbärarna sköt ned sina fanor i jorden med varsin kort stöt och återvände sedan i hög fart bakåt. Därefter hände ingenting på en stund utom att vinden smattrade i två röda, en blå och en grön märkesfana.

Så kom fyra kvinnor i praktfulla mantlar ridande sida vid sida på svarta hingstar med silverman. De gjorde sig ingen brådska och deras hästar steg värdigt fram med högt uppdragna ben för varje steg. En av kvinnorna i mitten bar drottningkrona och kvinnan som red utanför henne ledde vid sin sida en vit häst klädd i rött tyg med invävt silver och en mångfald smycken.

Nästan framme vid bryggorna höll de in. Kvinnan som bar drottningkrona satt först av och gjorde det med en lätthet som kunde förvåna eftersom hon var något till åren. Men inte ens kronan på hennes huvud vinglade.

Så satt även de andra kvinnorna av och ledde därefter den vita hästen i danska färger ut på den största bryggan. De gick alla frejdigt med stora leenden. Kvinnan som bar drottningkrona steg fram och höll upp ett bröd som hon dolt under sin blåa mantel.

Det största danska skeppet kastade då iland trossar som hamnens folk med viss tvekan vågade sig fram för att ta, ty alla hade de skrämts in bakom handelsplatsens trämurar när de hörde ljudet av annalkande ryttare. När fartyget var draget in till kaj så att kvinnorna iland och männen ombord kunde tala med varandra hälsade drottningen välkommen.

"Jag är drottning Cecilia Blanka, maka till kung Knut Eriksson och mor till kung Erik Knutsson", började hon med hög och klar röst som få hade väntat sig från en gammal kärring. "Med mig är redbara kvinnor från götars och svears land, det land ni på främmande språk kallar sveonernas land, och vi har kommit för att hälsa jungfru Rikissa och säkert och i vänskap föra henne till brudsäng."

Först då visade sig Rikissa. Tveksamt som en orolig men nyfiken kalv steg hon fram mot relingen och såg sig om mot männen omkring henne som inte hade vett att framföra något svar, då ingen av dem tycktes veta vare sig vem som var förnämst och borde tala eller vad som i så fall borde sägas. I stället gavs korthuggna befallningar om att hala ut en spång.

Rikissa av Danmark bar en lång blodröd mantel och under den en vit dräkt av sådant tyg som kallades silke och *pellum gullskotum* där guldtråd var virkad i slingrande mönster in i silkesväven. Runt pannan bar hon en guldkrona med smalt änneband och hennes ljusa hår hängde långt och utslaget ned över axlarna och den röda mantelns hermelinsbräm.

En smal och vinglig spång halades ut. Rikissa tvekade något innan hon tog mod till sig och på något osäkra ben skyndade ned på bryggan där hon möttes av drottning Cecilia Blanka som först tog henne i famn och sedan bjöd henne av brödet och höll upp något salt, vilka skänker Rikissa förvånat tog av innan de andra tre kvinnorna i änkedok i tur och ordning omfamnade henne.

Nästan som ovilligt steg nu sex män i de danska kungliga färgerna och en svartklädd biskop iland. De hälsade höviskt men kyligt på de fyra änkorna och såg sig brydda om som om de sökte flera att hälsa på. Men de forsvikska ryttarna satt alla till häst, utan att röra en min och utan att visa någon avsikt att sitta av.

Danskarna förklarade att de skulle följa jungfru Rikissa fram till den svenske kungen och Cecilia Blanka höjde då genast armen för att kalla fram ungsvenner med hästar åt gästerna. Men när de förnäma danskarna såg hästarna frynte de och menade att de alla var högvälborna och därför färdades med vagn och kusk. De verkade inte riktigt tro sina öron när Cecilia Blanka utan prut eller dubbeltal förklarade att det som bjöds var häst och sadel.

Då denna fråga såg ut att växa till gräl verkade jungfru Rikissa nära att falla i gråt.

”Du är inte ensam, min kära Rikissa”, lutade sig Cecilia Rosa då fram och viskade. ”De orden vet jag av erfarenhet är det mest trösterika en ung kvinna i svår stund kan höra. Vi är rikets kvinnor och vi skall föra dig tryggt till din make och dessa raska ryttare som är omkring oss lyder vår minsta vink.”

”Jag tackar dig, högvälborna”, svarade Rikissa med ännu ett oroligt ögonkast mot sina följesmän som verkade ovilliga att fortsätta färden om det skulle bli i sadel. ”Jag har kommit för att jag lyder min broder och jag skall göra allt som förväntas av mig, så hjälpe mig Heliga Guds Moder. Men får inte heller jag vagn och kusk?”

I vrede eller högfärd steg nu de danska herrarna och biskopen ombord på sitt skepp och lät bära iland jungfru Rikissas bagage som genast hämtades upp av forsvikssvenner och bars bort mot packhästarna. Därefter kastade det kungliga danska skeppet loss och började glida ut i älven. Rikissa såg sig oroligt bakåt mot sina avseglande landsmän och Cecilia Rosa tog henne på nytt tröstande i famn medan hon bakom ryggen tecknade åt Ingrid Ylva att leda fram det vita stoet.

Jungfru Rikissa tvekade och såg bedjande från den ena till den andra av de fyra änkor hon nu var utlämnad till.

”Det här är bättre än kusk och vagn”, sade änkedrottning Cecilia Blanka. ”Se en så beskedlig gångare vi bjuder dig, jungfru Rikissa!”

”Men jag är kungasyster, jag färdas alltid med kusk och vagn”, svarade Rikissa och bligade misstänksamt på det vita stoet. ”Hur skall jag kunna rida som en man så lång väg?”

”Inte som en man”, fnissade Cecilia Blanka vänskapligt. ”Utan som en av oss. För med all högaktning, min högvälborna, jag är drottning och jag rider. Med mig är mina käraste vänner, som också skall bli dina vänner, och vi rider alla. Sådan är seden i det land där du nu skall bli drottning. Håll dig bara nära oss så skall allt gå väl.”

När Rikissa förstod att det inte fanns annat val försvann hennes oro, eller om det varit högfärd, och hon blev i stället något full i skratt. På en kort vink med handen från Cecilia Rosa sprang genast unge riddar Emund fram och höll upp sina sammanflätade händer så att Rikissa kunde ta stöd och sitta upp medan Ingrid Ylva höll hästen och Cecilia Rosa hjälpte tillrätta med stigbygel och tyglar.

Om än ritten syntes något vinglig i början gick det snart bättre. Dagsresorna var korta i beskedlig mark och vädret var fortfarande gott.

När jungfru Rikissa på tredje resdagen nådde Vätterns strand där kungens skepp skulle hämta henne för den sista korta överfarten till Näs var hon vid mycket gott lynne och skämtade utan blygsel om sin ömma ändalykt. De hade haft mycket mer än ridvanor att tala om på färden, och Rikissa kände sig lugnt förvissad om att hon redan fått fyra goda väninnor som hon kunde anförtro allt och som nog skulle stödja henne i allt.

På färden över Vättern med dolska norska sjömän bleknade hon dock på nytt och hennes rädsla kom åter. De tankar hon med de fyra änkornas vänliga och muntra hjälp hade kunnat jaga undan med skämt och glam, fast också med något allvarligt tal om unga kvinnors liv i kloster vilket förenade dem alla, återkom nu men till en början omärkligt som den första tunna höstisen.

Snart skulle hon stå öga mot öga med den krigsman och kung som hon givits åt som pris för en fred som hennes bror sökte bara av den anledningen att han hade annat krig att sköta.

Och en sådan man och en sådan kung, tänkte hon sig, som två gånger besegrat Valdemar Segrarens härar, blev nog inte skön att skåda. Som en kall vindpust for på nytt de förbjudna tankarna genom hennes huvud, hon svepte manteln tätare omkring sig och kurade ihop sig mot bordläggningen i skeppets stäv där norrmännen hade ordnat plats för henne.

När hon utan förvarning hämtats ur klostret hade hon hoppats att det verkligen gällde någons brudsäng. Men inte hos en utländsk kung, som hennes syster som skickats till frankerriket. Hon hade en kär vän i Hvide-ätten och hon inbillade sig ända tills hon stod framför sin broders kansler att det var honom det gällde. Desto större blev snart hennes förtvivlan och i den mörkaste stunden övervägde hon den värsta av synder, att ta sitt eget liv. En krigare uppe i det kalla Norden vore den sista av hennes förhoppningar före döden själv. Fort som en liten fågel på svirrande vingar över vattenytan for tanken förbi att hon skulle kasta sig över bordläggningen ner i det kalla blåa vattnet. Men hon insåg genast att norrmännen ombord säkert svarade för henne med sina liv och att de nog alltför lätt och raskt skulle fiska upp henne.

Hon tvingade sig in på några goda tankar, på de glada änkor som hon ridit med under ljust och klokt samspråk i flera dagar och hon svepte manteln än tätare omkring sig.

På stranden nedanför Näs väntade kung Erik iklädd sin kröningsmantel och med krona på hjässan. Sjön gick inte grov på Vättern och från borgens torn hade man sett skeppet på långt håll.

Kung Erik hade redan andra natten efter sin kröning sagt farväl till allt som sjöngs i oblyga visor om man och kvinna. En tröst var att kvinnan som kom i det skepp som just lade till åtminstone inte var någon gammal änka. Men hans oro var stor. Han insåg just att hans hjärta slog lika hårt som inför en strid när lansarna fälls till hälften och linjen börjar gå fram i trav.

De blev båda så ljuvt överraskade av att se den andre att de genast ohöviskt föll varandra om halsen utan att känna sig det minsta blyga eller tvingade därtill för syns skull. Ingen av de två kunde i den stunden ha mötts av en bättre överraskning.

# II

NÄR BUD KOM från Riseberga kloster att Alde Arnsdotter ämnade återvända till Forsvik fick hennes mor Cecilia Rosa känna något av lyckans vingdrag för första gången på mer än ett år. Cecilia Rosa hade skött sina plikter noga och redligt från gryning till afton, fartygen kom till hamnen vid Vättern och flodbåtarna lämnade hamnen vid Viken i samma ordning som alltid, som om ingen störning av större vikt hade inträffat på Forsvik.

I själva verket hade Cecilia Rosa gått från ljus till mörker när hennes älskade Arn dog under lång kamp i sårfeber efter Gestilren. Under den första tiden gjorde hon stelt och som i en dröm allt som krävdes av henne, som vore det inte hon själv utan en annan människa hon såg vid sidan av. Men när begravningsföljet återvänt hem från Varnhem, gravölet var drucket och gästerna äntligen lämnade Forsvik och allt skulle återgå till det vardagliga, var det som om Cecilia Rosa fort vittrade samman.

Hon började grubbla, mest över Vår Frus outgrundliga vilja. För varför, frågade sig Cecilia Rosa, skulle hon och Arn som under långt och svårt lidande, han i kriget i det Heliga Landet och hon under gisslet av den onda demonen Moder Rikissa i Gudhem, när de äntligen fick Nåden att mötas på nytt ändå skiljas så snart av döden?

Vad var Vår Frus mening med detta och vad ville Hon visa människorna med att slå kärlekens och trofasthetens belöning sönder och samman så snart? Om Arn under sina många års krigstjänst under Hennes märke väl förtjänat att kallas hem till paradiset, den Nåd som inte förunnats honom under tjugo års krig i det Heliga Landet, så fanns en god rättvisa i detta. Men i så fall bara för hans del. Vad var meningen med att ge åt honom vad han helt säkert förtjänat i jordelivet men samtidigt slå hans älskade husfru och hans dotter med den tyngsta och svartaste sorg? Ville Vår Fru därmed visa människorna skillnaden mellan en man som var som ett helgon – på Forsvik fanns många som i hemlighet redan bad till honom som Sankt Arn – och Cecilia Rosa och dottern Alde som bara var alldeles vanliga människor?

Sådant grubbel ledde emellertid alltid runt i ring så att hon slutade där hon hade börjat, i sorg som bara var stor, svart och outgrundlig. Det fanns inga svar.

När Alde började sörja sig in i kloster var det först som om Cecilia Rosa ville ge upp livet, för om hon skulle förlora sin dotter så snart efter sin man så skulle hon inte orka leva, därom var hon till en början fast förvissad.

Snart började hon emellertid kampen för att få behålla Alde hos sig. För Alde hade ju levt hela sitt unga liv i frihet och hade bara drömlika tankar om hur livet var på andra sidan murarna. Cecilia Rosa hade däremot tillbringat mer än tjugo år i kloster, först i det vedervärdiga Gudhem och därefter i Riseberga. Hon började beskriva klosterlivets torftiga färglöshet, men också dess små och sällsynta glädjeämnen och broderade mångordigt ut hur det som var gott i kloster, vävnadskonst och sömnad, trädgård och sång, ändå var glädjeämnen som Alde kunde få i överflöd på Forsvik. Medan de iskalla vinternätterna i dragiga stenkammare utan eldstad, de tunna filtarna, de bara fötterna mot stenläggning med isbark fram och åter flera gånger varje natt, tvättvattnet som var bottenfruset och annat elände i kloster var sådant som en ung kvinna gott kunde undvara.

Föga hjälpte dock hennes litanior. För Alde uppfylldes, som många andra unga människor, av feberaktiga drömmar om att offra sig till Guds verk som svar på sorgen. Rentav menade hon att hennes fars död mitt i livets sommarljus var ett tydligt tecken från de himmelska makterna att hon nu skulle vända sig bort från världen, då det goda livet ändå var slut.

Mot sådana föreställningar ville inte Cecilia Rosa svara med vare sig löje eller ordrikt allvar. Men ännu mindre ville hon förlora Alde in bakom murarna. Att det sista inte dög som invändning inför en av sorg och gudlighet överhettad ungmö, förstod Cecilia Rosa mycket väl. Även en i kyrkliga spörsmål måttligt skolad jungfru skulle genast säga att sådant tal var själviskt och inte kunde föras fram som någon som helst motvikt till kallelsen.

Det blev ändå så att denna strid för att behålla Alde fick Cecilia Rosa att börja om i livet eftersom det fanns något att hoppas på och något att förlora.

Innan Alde reste till Riseberga satt de länge före sitt avsked i Cecilia Rosas rosenträdgård som just börjat lägga sig till ro för vintern. En sak lyckades då Cecilia Rosa med som tände hennes hopp, hon fick Alde att lova att tillbringa sitt första år i Riseberga bland familiares för att förvissa sig om att hon verkligen hade kallelsen. För jungfrur av god ätt kunde annars avlägga löftena efter bara några veckor som novis, och efter att löftena avgivits fanns ingen väg tillbaka. Cecilia Rosa betraktade länge och stilla sina döende rosor som redan skrumpnat av de första frostnätterna och tänkte att det kanske blev en tillräcklig prövning för hennes dotter att komma till kloster samtidigt med frosten. Då skulle hennes liv bakom murarna börja med vinternätternas tid. Sämre hade det varit om Alde kommit efter snösmältningen, då våren och sommaren gjorde klosterlivet så ljust att det var svårt att föreställa sig vad vintern skulle föra med sig.

Tydligt var ändå att Alde måtte haft klostervintern i gott minne. För när ett år hade gått och hösten närmade sig på nytt kom alltså avgörandets stund, att avge löftena och stanna för evigt i klausuren, eller att återvända till livet på Forsvik. Starkare och tydligare än så kunde inte kallelsen prövas hos en jungfru.

Och nu hade Alde äntligen valt kärleken till livet hellre än försakelsen. Cecilia Rosa hade vid det beskedet tillbringat många timmar inne i den lilla stavkyrkan på Forsvik i bön och samtal med Vår Fru. Därefter kände hon sig som om hon renad och befriad från sorgen trädde ut i sommarvind. Kärare sysslor än att börja förbereda för Aldes hemkomst kunde inte finnas.

Därtill kom dock en sak som borde få var mor att fundera. Ty även om brevet från Riseberga var skrivet av abbedissan Kristina så andades det tydligt och klart Aldes önskningar. Där stod, att med tanke på oroliga tider då jungfrurov på vägar och vatten dessvärre ej var någon ovanlighet, så vore det oförsiktigt att låta Alde resa allena den mörka höstvägen från Riseberga till Forsvik. Således vore det gott och klokt om riddar Sigurd och några av hans män kunde ha godheten att föra Alde säkert till sitt hem.

Att låta Alde resa ensam hade Cecilia Rosa inte haft den ringaste tanke på. Men det kunde inte heller Alde ha trott ett ögonblick, så i det avseendet var denna bön om följeridare helt onödig. Till synes var det också onödigt att uttala någon särskild önskan om vem av Forsviks alla tillgängliga stridsmän som skulle sköta den sysslan.

Men Alde hade alltså särskilt givit namnet Sigurd. För Cecilia Rosa var det en bekräftelse på något som hon anat mer än riktigt erkänt för sig själv. Tiden före det sista kriget hade hon mer än en gång iakttagit hur Sigurd och Alde såg på varandra och hur de vid mer än ett middagsmål hade råkat sitta nära varandra. Då hade Cecilia Rosa bara tänkt att detta var den tidiga ungdomens vanliga svärmeri och ingenting att vare sig förtjusas eller bekymras av. Men om Alde nu nära två år senare särskilt sände efter Sigurd så var det något helt annat. Då var han en stor del av det liv Alde nu valt i stället för att låsa sig inne till döden.

Cecilia Rosa bestämde sig genast för att göra Alde, och som hon förmodade även Sigurd, till viljes i denna sak. Han och ingen annan skulle föra henne åter till livet.

Det andra hon bestämde sig för var av avsevärt mer jordnära natur. Snarast fick hon ett litet hugg av dåligt samvete för att hon inte tidigare gjort något åt denna sak.

Sigurd och hans bror Oddvar hade en gång hetat Sigge och Orm och de hade kommit som små parvlar till Forsvik och åberopat ett löfte från Arn Magnusson själv att få gå i hans skola. Arn hade intygat att detta var alldeles sant, och att han väl erinrade sig att han vid Askeberga rast och tingsplats hade stött på de två små sönerna till den frigivne gårdskarlen och faktiskt lovat dem att, om de fortfarande hade håg om några år, komma till honom för att gå i krigets skola.

De två hade varit de första ömskinn som gick i den forsvikska ryttarskolan utan att vara folkungar. Kanske just därför skötte de sig med den allra största iver och noggrannhet. I sinom tid hade de också rikligt belönats för sin höga moral, ty de hade varit med Arn och Forsviks tre första skvadroner vid slaget vid Älgarås, segrat mot kung Sverkers danska krigare och frälst Erik Knutssons liv i sista stund. I det ögonblicket hade Erik tagit sig kunganamn och på Arns inrådan hade han till riddare dubbat fem av de ynglingar bland forsvikarna som förde befäl, bland dem Sigge och Orm.

Kort tid därefter hade Arn tagit dem båda till tings och svept dem i blå mantlar för att ätteleda dem in bland folkungarna. Som riddare hade de fått ändra sina trälnamn till Sigurd och Oddvar.

Det var så långt en vacker saga om dygdens lön. Men av dygd allena lever ingen aldrig så tapper man. Det som skiljde Sigurd och Oddvar från alla andra herrar var inte bara de guldsporrar som visade att de blivit slagna till riddare av en kung, vilket få män i riket förärats. Det som mest skiljde dem från andra var att de var fattiga som Tempelriddare. Förutom harnesk, vapen och häst ägde de intet. Om Cecilia Rosa nu gjorde som hon ändå tänkt göra långt dessförinnan, påminde kung Erik om detta förhållande att två av hans riddare och främsta segermakare vid både Lena och Gestilren fortfarande var fattiga, borde han nog genast ta reson.

I annat fall skulle Cecilia Rosa själv ordna med åtminstone varsin storgård åt de två. Att hon försummat ärendet berodde inte på någon omsorg om Forsviks penningkistor. För var dag ökades, med vart skepp och var last, Forsviks rikedomar i silver och guld. Men hon tänkte sig att det för en ung mans heder säkert var större att få gods från rikets kung än att få det från sin rika matmor.

Därtill skulle Cecilia Rosa komma ifrån svårigheten att ge frikostig hemgift till en man som inte hade råd med morgongåva i gengäld. Och bland alla dessa stolta forsvikare var nog sådant alls ingen liten fråga.

Oavsett hur det nu låg till mellan Alde och Sigurd skulle Cecilia Rosa i det snaraste ordna dessa enkla penningfrågor. Kanske var det bara ett kort svärmeri mellan Alde och Sigurd, kanske inte ens det. Men likväl var det hög tid att ordna måttlig rikedom åt både Sigurd och Oddvar. Och vad Alde beträffade så var hon, med tanke på vems dotter hon var och med tanke på den hemgift som skulle hämtas ur Forsviks rika tillgångar, en av rikets mest åtrådda jungfrur. Hon skulle sannerligen inte sakna friare nu när hon återvände till livet.

Men Cecilia Rosa och hennes älskade Arn hade lovat sig själva och sin dotter att de aldrig någonsin skulle gifta bort henne mot hennes egen vilja för gods och morgongåva, eller ens för ätteskö ld och kampen om makt. Ty hennes mor och far hade mot alla fränders önskan, och till priset av tjugo års botgöring, hävdat sitt kärlekslöfte till varandra. Alde skulle därför aldrig tvingas i brudsäng mot sin vilja utan fritt som hon behagade välja sin man, hög eller låg, folkung eller bara frigiven träl, av ett enda skäl och av en enda förvissning, att störst av allt är kärleken.

* * *

Som en ung drottnings hemkomst blev det när Alde sida vid sida med riddar Sigurd red in på Forsvik. Hon var älskad av alla för det ljusa lynne hon alltid haft fram till sin fars död. Men hon var därtill en av dem på vars framtid Forsvik berodde mer än på andra, eftersom hon förutom sin mor var den enda som hade förstånd att föra böckerna. Minsta tjänare i kokhus förstod att böckerna var som Forsviks huvud där allt som tillverkades eller skeppades ut och in bestämdes, liksom all betalning.

Hon kom ridande över broarna som båda smyckats med rosor och löv. Alla forsvikare stod på långa led från sista bron ända in på tunet och väntade på henne, ty andfådda unga ryttare hade slagit larm i god tid om hennes ankomst.

Det var i tiden mellan Laurentius, så slåttern skulle vara slut i Västra Götaland, och Brynolf då skörden pågick som bäst. På andra gårdar än Forsvik skulle detta ha varit en bråd tid, föga lämplig för välkomstöl. Men på Forsvik bedrevs sedan många år alls inget jordbruk.

Enbart det tionde som man tog av var och en som ville komma för att mala sin säd var mer än god försörjning för allt brödbak på Forsvik. En bonde kom med tio tunnor råg. Genast kunde han då få sin båt lastad med redan färdigmalt mjöl som var som samma mängd säd han haft med sig, fast ett tionde fick han lämna som betalning.

En del slåtter hade man på Forsvik eftersom vinterfoder tog så stor plats på båtarna. Att köpa foder var dock lätt om man var ute i god tid. Och det såg Cecilia Rosa till att man alltid var.

Så nog var detta en god tid på året för att hälsa Alde åter där hon hörde hemma.

Birger stod intill Cecilia Rosa och var den andre som hälsade Alde när hon gjorde sig loss från sin långa, lyckliga och tårfyllda omfamning med sin mor. Alde omfamnade honom som den bror han alltid varit för henne ända sedan de som små gått i lära hos salig Broder Guilbert. Hon kysste honom på pannan och kastade sig med glada små utrop vidare i en lång ringdans av omfamningar, skratt och tårar.

Birger stod förstummad och såg efter henne. Året som botgörerska hade på ett mycket synligt sätt förändrat henne. Hon hade blivit vidjesmal om midjan men samtidigt hade hennes bröst under den långa klänningen blivit större eller synligare eller båda delarna. Han hade tydligt känt allt detta när han lade armarna omkring henne och hon tryckte sig mot honom för den systerliga kyssen på pannan. Det hettade underligt inom honom och han påminde sig som en besvärjelse att hon var hans faster även om de var i samma ålder.

Så länge Alde gick från famn till famn eller från barn till barn, som hon lyfte högt och berömde, eller från trulig glasblåsarlärling eller jägare till höviskt bugande saracensk kopparslagare, som inte skulle drömma om att ta henne i famn eller vidröra henne som en dotter eller hustru, höll sig alla forsvikare ute på det stora tunet så att till och med elden i smedjorna falnade och stekkött brändes. Men när hon hade hälsat på alla, som sammantaget måste ha blivit ett drygt hundratal, skyndade hon skrattande och vinkande mot sin mors hus för att byta sina enkla vadmalskläder från Riseberga till något som skulle göra sig bättre för välkomstöl på Forsvik.

I samma stund hon försvunnit var det som om alla forsvikare, krigsman som mjölnarmästare eller kokhusdräng, fick eld i baken. Genast sprang alla åt sitt håll för att på bästa sätt förbereda för festen. Snart spreds ljuvliga dofter från kokhus och saracenska träkolsgaller.

De flesta husen på Forsvik var små och låg intill varandra på två rader med en gata i mitten, men här förekom inte träck och orenlighet som i städer och inte heller bökande grisar. Grisarna hölls ett stycke utanför eftersom det fanns många på Forsvik som illa tålde dessa djur.

Borta vid broarna och forsarna låg de flesta smedjorna och andra verkstäder. Därtill hade Forsvik kyrka och stall, som var de största byggnaderna, och tre långhus. Cecilia Rosa hade haft visst besvär med att bestämma i vilket av långhusen välkomstölet skulle hållas. Riddarsalen hade bäst utrymme, men reglerna om vem som fick eller inte fick träda in där gjorde det svårt att bjuda alla och envar. Sedan det huset byggdes hade endast dubbade riddare, befäl på Forsvik, ättehövdingar, kungliga gäster och ett fåtal män som Arn Magnusson gett särskild favör, rätt att träda in i riddarsalen. Den var som helig mark för de flesta männen på Forsvik, och även om Cecilia Rosa hade kunnat gå hårt fram med sin rätt att som ensam ägare befalla som hon gitte på Forsvik, fann hon det klokast att inte fullt ut nyttja den rätten när det gällde riddarsalen.

Det gamla långhuset vore olämpligt av enklare skäl. Det hade blivit bostad för många av de forna husträlarna mot att de höll middagsmål där varje dag. Så nog kunde många äta och dricka samtidigt där inne. Men det var stor skillnad mellan korta och nyktra middagsmål för jäktade smidesmän och ryttarlärlingar och att hålla gästabud till långt efter gryningen under allt högre skrål och allt fler spyor. Det vore okristligt för alla de frigivna som hade sin sängplats där, liksom än mer för deras barn.

Återstod det långhus som alla på Forsvik i dagligt tal, till hälften av oförargligt gyckel och till hälften av vördnad, kallade Heliga Landet.

Det var de saracenska ogifta männens hus där de vantroende också höll sina mässor och skördefester på oväntade tidpunkter. Få män bodde där inne numera eftersom varje vantroende man som skaffade sig en kvinna genast krävde ett eget hus som då lades till den ena eller andra raden i bygatan. Så långt verkade det enkelt att bestämma att Aldes välkomstöl skulle hållas inne i Heliga Landet.

Men ändå var det inte enkelt. För de vantroende hade säregna vanor när det gällde mat och de drack varken vin eller öl. Deras hus var dessutom det renaste och det vackrast smyckade där alla golven täcktes av granna mattor i rött och svart. Det var svårt att tänka sig spyende kristna där inne.

Å andra sidan hade de vantroende rinnande vatten genom sin förstuga, på samma sätt som i Cecilia Rosas eget hus. En bäck leddes i ett långt öppet tegelrör in från dörrsidan och ut på andra sidan med fall ner mot Vättern. Om man kunde förmå de kristna att spy där?

Hon talade först med Gure, Arns halvbror, som i hennes frånvaro bestämde över allt på Forsvik som inte hade med det krigiska att göra. Honom fruktade också alla, och som han befallde brukade det bli. Han lovade Cecilia Rosa att kasta ut var och en som började spy, om denne inte spydde som tillsagt i vattenrännan.

Därefter talade hon med de två filtmakarna, Aibar och Bulent, som nu var de äldsta av de vantroende. De kom överens om att röja undan mattorna från golvet eftersom den här måltiden måste intagas vid bord och långbänk och inte bland mjuka kuddar på mattorna. Hon såg forskande på dem när hon tyckte att de båda alltför beredvilligt och lättvindigt antog hennes från början nästan försiktiga förslag. Men hon kunde inte upptäcka någon krypande trälrygg hos dem, och förresten hade de aldrig varit trälar. Dessutom var Alde älskad också av de vantroende och hon talade deras språk riktigt bra efter vad Cecilia trodde sig ha uppfattat.

När bord, bänkar och högsäte burits in i Heliga Landets sal uppstod en märklig förvandling av huset. De glänsande kopparlamporna som tyngde i taket, liksom vävnaderna med saracenernas hemliga skrift i guld på väggarna, gjorde att salen fortfarande såg saracensk ut, liksom den doftade. Men bänkarna och borden och de kala golven talade ett kärvare språk. Cecilia Rosa hade bestämt att högsätet skulle stå framför eldstaden i salens bortersta ände och att bord och bänkar skulle ställas längs rummet och inte tvärs. På så vis kunde hon sätta alla krigsmän vid de två yttersta borden, så att det var fritt fram när de skulle börja löpa ut för att pissa eller spy. Innanför krigsfolket kunde de kristna och mer beskedliga forsvikarna sitta och de vantroende längst in i mitten där de vore bäst skyddade från sådant de betraktade som ogudaktigt.

Det blev en lysande fest och inte bara de första timmarna. Det var som om Aldes återkomst var allas glädje lika mycket och som om alla på Forsvik dessutom förenades och kom varandra närmare här i samma sal än någonsin tidigare. Ingen gjorde sur min över den andres åsikt om visst kött eller viss dryck – fläsket och ölet bars till de yttersta borden, vattnet och lammköttet till borden i mitten – och glädjen stod som vanligt lika högt hos saracenerna trots att de var nyktra som hos de kristna, och som överraskning visade det sig att några av de saracenska unga blivit skickliga i hemlandets säregna sångkonst, liksom i att traktera det strängaspel de kallade *aoud*.

Cecilia Rosa satt mitt i högsätet med Gure på sin vänstra sida och Birger till vänster om honom. Så skulle det vara, Gure var Arn Magnussons halvbror, då han var frukten av att deras far Magnus lägrat trälinnan Suom, och Arn själv hade upptagit honom i ätten vid tingsförhandling och edgång. Att Cecilia Rosa hade sin dotter Alde på högra sidan var också som alla hade väntat sig, åtminstone alla som hade kristligt skick.

Det oväntade var att Cecilia Rosa bestämt att riddar Sigurd, som fört Alde säkert från Riseberga till Forsvik med bara fyra följemän, skulle sitta intill henne.

Cecilia Rosa ville veta om hon haft rätt eller fel i sina aningar och hon fann redan från början av kvällen, innan vinet hade gjort någon verkan, att hon haft rätt. Så som Alde och riddar Sigurd bara hade ögon och öron för varandra, och så som de aldrig tycktes sakna ord eller skratt, var det hög tid att resa till kungs och ordna det som måste ordnas med riddar Sigurds egendomar. En stund blev Cecilia Rosa lite frånvarande och tankspridd när hon funderade över hur borgen Gum skulle kunna hamna under riddar Sigurds befäl. Men snart sköt hon ifrån sig de funderingarna och ägnade sin uppmärksamhet mer åt alla forsvikare som skulle dricka henne till då det gällde att händigt smussla mellan vin i gröna forsviksglas och vatten, som serverades från immiga saracenska kopparkannor, i samma sorts glas.

Ett litet bekymmer som växte under kvällen och tidiga natten var att Birger alls inte verkade tillfreds. Då och då försökte han luta sig fram och ropa något till Alde, vilket inte var så lätt eftersom de få i högsätet satt på långt håll från varandra men än mer för att Alde sällan uppmärksammade Birgers försök eftersom hon hade ögon och öron endast åt riddar Sigurd. Allteftersom surnade Birger till och bad till slut att få flytta ned i salen och sitta med några ungdomsvänner, vilket Cecilia Rosa genast och lättad beviljade.

Efter midnatt började Gure gå varv runt salen för att lyfta ut dem som såg ut att börja spy, eller i värsta fall redan gjort det. Då hade de flesta av Forsviks bagare, kokhusfolk, jägare och smedslärlingar redan gått för att söka nattläger. Deras arbete började först om morgnarna och de hade störst anledning att ta vara på sin sömn.

Men bland krigsfolket hade ännu så länge ingen enda man gått frivilligt. De hade börjat skalda och sjunga och vråla av skratt åt sådant som andra i salen inte hörde och kanhända mådde bäst av att inte höra.

När Cecilia Rosa fann det lämpligt att dra sig mot *filt* och *madrass*, som man sade på Forsvik, tog hon sin motvilliga dotter med sig och fick milt slita henne från riddar Sigurd.

Gure lovade att stanna natten ut och i sinom tid ta i med hårdare nypor mot fylla och oskick.

* * *

Junker Birger hade kallats som gäst till kungens Näs och för Cecilia Rosa föll det sig lämpligt att göra honom sällskap då hon hade affärer att reda ut med kung Erik. Det fartyg som skulle föra Birger och Cecilia Rosa över Vättern, fast de därefter skulle ta omvägen över Ulvåsa, kallades Hingstarna. Desto märkligare tyckte då Birger det var att sjömännen nere vid stora bryggan gjorde miner och korsade sig när han ledde ner sin mest älskade hingst Ibrahim för att ställa honom i en av fartygets tre hästspiltor. Männen ombord frågade, med oroliga ögonkast på den livfulle Ibrahim, om det skulle komma fler hästar till denna överfart och när han nickade och sade att han skulle hämta två till blev de nästan förtvivlade av oro när de frågade vidare om de andra hästarna. Birger, som inte kunde förstå deras bryderi eftersom man var och varannan dag skeppade både hästar och kritter över Vättern, sade som det var att de andra två hästarna han skulle hämta var ett dräktigt sto och en gällad hingst som skulle tjäna som packhäst. De andades då ut och skrattade och hjälpte honom villigt att ställa in Ibrahim i en av de tre spiltorna.

När Birger kom tillbaka på andra vändan med den gällade hingsten och det beskedliga stoet Umm Anaza grubblade han fortfarande på vad det var som väckt sådan oro bland sjömännen. Han frågade därför rent ut, fick ett tydligt svar och också förklaringen till varför just det här fartyget kallades Hingstarna när de andra hade namn som Svanen eller Skraken.

För några år sedan hade det kommit en man till Mo strömmar med tre hästar som han ville få skeppade över till Forsvik. En sådan begäran var ingenting märkligt och han fick själv ställa sina hästar i spiltorna som på den tiden inte var lika starkt byggda som nu. En bit ut till sjöss hade det emellertid visat sig att den korthuvade mannen ställt ett villigt sto mellan två hingstar. Först blev det ett fasligt liv inne från spiltorna med höga skrin och våldsamma hovslag. Snart hade de alla tre brutit sig ut, varvid två galna hingstar med svullna lemmar började ömsom jaga stoet runt fartygets däck och ömsom slåss med varandra med bitande och sparkar. När stoet äntligen fann uppvaktningen alltför het, hoppade i vattnet och simmade iland blev det snart lugnt. Men då var det mesta ombord sönderslaget och många män illa skadade. Det var nära att hela skeppet gått i kvav. Därför kallades det nu Hingstarna och därför var männen ombord känsliga för att skeppa sto och hingst på samma resa. Birger försäkrade skrattande att något sådant var inte fara på färde eftersom stoet var dräktigt och dessutom mor till hingsten och den andra hingsten gällad. Och för övrigt skulle ingen forsvikare komma på en så befängd idé som att ställa ett villigt sto mellan två hingstar.

De hade en vacker och lugn överfart till Mo och från hästspiltorna hördes inte minsta oro. Cecilia Rosa satt mest fundersam för sig själv vid relingen och såg ut över vattnet i den skarpa klara höstsolen. Hon hade goda skäl att ta omvägen över Ulvåsa eftersom det fanns en del bekymmer hon måste tala om med Ingrid Ylva, Birgers mor. Birger i sin tur hade slagit sig i samspråk med några skeppslärlingar som andäktigt lyssnade på honom. Och vad han berättade om syntes på långt håll av hans rörelser, det som alla forsvikare ombads berätta när de träffade unga män utifrån.

I två dagar stannade de på Ulvåsa och under den tiden satt Ingrid Ylva och Cecilia Rosa mest för sig själva utom hörhåll för alla andra.

Under det korta uppehållet på Ulvåsa vistades Birger, även om det mest var för syns skull för att göra sin mor till lags, med sina bröder i *lectionis* med de två klerkerna från Linköping och Skänninge. Hans äldste bror Eskil var den ende av de fem som tog denna undervisning på stort allvar. Han hade bestämt sig för att bli lagman trots att han inte hade någon ärftlig rätt. Och utan sådan rätt, menade han, måste man visa sig så duglig i kunskaper att det vägde tyngre. Eskil var inte mycket för skämt och upptåg och frynte åt sina bröder när de ville få tiden att gå fortare med något hyss.

Karl, som var den starkaste i tron av de fem, hade redan fått löfte av deras mor att han skulle bli biskop, först i Linköping och sedan helst ärkebiskop. Han sade inte lika mycket som Eskil och Birger, men han slöt ofta ögonen på ett gudsinnerligt sätt. Den mest försagde var emellertid Elof som ofta blev både retad och tuktad av sina äldre bröder.

Bengt var den som Birger hade lättast att vara med. De var båda mycket för upptåg och invändningar och plågade de båda klerkerna och den allvarsamme Eskil med befängda frågor i teologiska spörsmål eller, vilket var det som retade den allvarsamme Eskil mest, genom att driva gäck med landets lagar. Ty båda var de överens om att lagen satt i sköld och svärd, möjligen i biskopshus, men sämst på ting bland frie män. För det, menade de båda och kunde därmed driva såväl klerker till förtvivlan som Eskil till ursinne, var bara lekarkonster för folket, föga mer värdefullt än jogglares och pipares uppträdanden på marknaden. Och i så fall hade var man ändå mer nöje av att se jogglare och pipare än att se lagmän stå och bedraga folket med ord om att land skall med lag byggas och annat struntprat.

Det blev en lättnad för båda när de äntligen fick skiljas och Eskil kunde få ro på lectionis och Birger fick ge sig av mot kungens Näs med både stridssvärd vid sidan och övningssvärd i packningen.

Eftersom Ingrid Ylva bestämt att också hon följa med till Näs för att samman med de två Ceciliorna återuppta råd och samtal med den unga drottningen fick nu Birger rida främst i deras följe med Ulvåsas märke. För det var han inte så lite stolt, och tio av Ulvåsas hirdmän hade han under sin befallning.

Vid Mo strömmar där de skulle ta kungens skepp över till Visingsö sammanträffade de med Ulvhilde Emundsdotter som kom med tio män till skydd från sin gård Ulfsheim. Det var tydligt att de tre änkorna alla hade ärenden till kungens Näs men vad de hade för avsikter med detta lönade det sig inte att fråga om, vare sig för Birger eller någon annan.

När kungens skepp kom för att hämta de kungliga gästerna sände de alla sina hirdmän tillbaka hem, för på Visingsö rådde kunglig fred och där möttes förnäma gäster alltid av ryttare i fulla vapen.

* * *

Det var få gäster på Näs eftersom det ännu var nära inpå den sista skörden för året. Vid den tiden höll de flesta män som kunde bli kungliga gäster skördeöl hemma eller var i samma ärende hos grannar eller fränder. Aftonmåltiderna i stora borgsalen på Näs var därför lite ödsliga och tomt ekande men också behagliga däri att alla kom till måltiden i enkla kläder och de kungliga utan sina kronor och sina mest dyrbara mantlar. Kungen sade att han tyckte om den här tiden på året när man kunde äta på halva kvällen, lägga sig före midnatt och komma ur sängen medan det fortfarande var morgon. På så vis kunde han och hans kansler uträtta en stor mängd skrivarbete så att högarna inte växte sig till ohanterlighet när julen nalkades och måltiderna blev mer krävande.

I den behagfullt stilla ordning som nu rådde vid kvällsvarderna var det inte heller så noga med höviskt uppträdande. Man var inte fler än att alla kunde tala med alla och det var inte heller så viktigt hur var och en blev satt vid bordet, något som vid stora gillen kunde leda till mycken osämja och förtret.

Kungen begick dock ett farligt misstag på andra kvällen när hans unge frände Knut Holmgeirsson kom till Näs, dit kungen bjudit honom i en förhoppning som snart kom på skam. För när han befallde att hans nye gäst skulle sitta vid sidan av junker Birger lydde de unga männen förvisso genast men de bligade olycksbådande på varandra. Det dröjde inte heller länge innan det blev bråk mellan dem båda vilket kunde ha tagit en ände med förskräckelse för hela riket. Knut Holmgeirsson, som satt sig ned intill Birger, mumlade att det tydligen blivit sed hos kungen att låta småknattar sitta vid vuxna mäns bord. Birger svarade att humlestörar måhända var långa men lätt knäcktes på mitten.

Det ena ordet gav därefter oundvikligen det andra. Knut hotade med stryk, Birger svarade att han nu hörde detta för andra gången, att en gång var ingen gång, två gånger barnsligt pladder men en tredje gång vore ord från en lymmel som måste tuktas utan mildhet.

Så följde de varandras ord som turerna i en dans. Knut frågade om det var han som avsågs med ordet lymmel. Birger svarade att eftersom ingen annan fanns i närheten måste så vara fallet. Knut menade att det nu var tur för Birger att han satt vid kungens taffel och Birger svarade att en forsvikare inte behövde känna sig hotad av ett magert kräk till humlestör och så vidare i dansens turer.

När Knut Holmgeirsson höjde rösten så att alla i salen började dra öronen åt sig och när kungen då myndigt avbröt trätan med att barskt fråga om hans öl och sovel inte behagade junkrarna ställde sig Knut Holmgeirsson upp, röd i ansiktet av vrede, och förklarade att det inte var honom värdigt att sitta jämte en som inte var man för sitt svärd utan blott som en kvinnovalp.

Det blev alldeles tyst i salen när Knut Holmgeirsson sagt detta. Ty det var en sak att sitta och småträta man och man emellan, men en helt annan sak att inför kungens hov kränka en annan man. Det kunde bara sluta på två sätt och båda illa.

Alla blickar riktades nu mot Birger som långsamt ställde sig upp och noga torkade ölskummet från munnen för att vinna lite tid innan han sade det han måste säga om han inte ville lämna kungens borg i vanära.

"Ers Majestät", började han med låg och återhållen stämma. "Ni hörde och alla hörde. Knut kränkte friden vid denna taffel och han kränkte min heder. Om han är man för sitt ord måste han stå för det med svärd i hand. Annars måtte han, vilket vore det bästa för hans del, ursäkta sig, gottgöra kränkningen och lämna oss alla."

Ingrid Ylva, som satt nära kungen, slog händerna för ansiktet i förtvivlan men sade ingenting. Cecilia Rosa, som satt jämte henne, skakade bara stilla på huvudet med ett bistert leende. Båda visste de att saken gått för långt för att inte sluta i blod.

Kungen satt en stund med bistert rynkad panna medan alla runt borden tystnade och väntade på hans beslut.

"I vårt land blir tungan alltför lätt mans bane", började han dystert. "Dessa ord du hävde ur dig i många vittnens närvaro och vid vårt bord, junker Knut, måste du svara för med vapen i hand. Det kräver din heder. Men vi bjöd inte er två ynglingar samman för att ni genast skulle finna skäl att stå efter den andres liv. Vi och ingen annan beslutar därför hur ni båda skall tvätta er rena från dessa ord. Vi beslutar att ni skall använda övningsvapen och att ni strider tills en av er har fått nog. Är detta förstått?"

Knut hade då genast invändningar mot att använda slö egg då han menade sig inte tillräckligt kunna göra rätt för sina ord på så sätt. Birger påpekade att då han var den kränkte var det hans rätt att föreslå hur striden skulle föras och hans önskan var att föra den till häst. Mot detta hade Knut Holmgeirsson alls inga invändningar, vilket fick kungen att för första gången under detta gräl leende skaka på huvudet innan han höjde handen för att tysta det sorl som nu hade uppstått i salen.

"Nej, inte till häst!" befallde han. "Varför vi härmed förbjuder junkrarna att slåss till häst ämnar vi inte förklara, även om skälen är goda. Nu gör ni båda rätt för er med slö egg och det på gården i morgon före middagsmålet när solen står högst på himlen. Så har vi beslutat och så får det bli!"

Det blev uppbrott i salen eftersom de flesta där inne trodde att morgondagen skulle bjuda en död junker från endera av de två ätter som så länge slagits tillsammans i riket. En sådan död kunde sprida sig som en skogsbrand och det var ingenting att sitta kvar vid ölbänk och tala muntert om, ty liemannen hade nu goda skäl att hoppas på en stor skörd.

Ingrid Ylva och Cecilia Rosa kom tillsammans för att hämta Birger, föra honom undan till sina gästkammare och tala förstånd med honom. Han kunde knappast krångla om denna begäran, bugade för kungen och drottningen och följde sin mor och farmor bort genom salen och ett stycke längs muren där de hade sina kvarter.

Föga överraskande för Birger började de nu gräla samtidigt på honom så att knappt någon av de tre i den lilla vitkalkade salen fick något vettigt sagt. Han värjde sig till en början inte alls och då lugnade de båda änkorna ned sig, talade en och en och började avkräva honom svar.

Det första han måste värja sig mot var deras misstanke att han av högmod lockat erikaren att skämma ut sig. Det förnekade han, liksom han förnekade att han kunnat gå därifrån för att undvika bråk eftersom det skulle leda till ännu hätskare ord nästa gång de två möttes.

Snart ordnade sig samtalet något och de kunde skicka efter en skutilsven som lade glöd i järnfaten, tände vaxljusen och försåg dem med vin. Det blev ett uppehåll i samtalet medan de satte sig i några av de tunga lübska ekstolarna med mjuka utländska kuddar och drog till sig bord och pallar att ställa vinet på.

När de fått ljus, värme och vin till rummet och samtalet kom igång på nytt visade det sig att hans mor och farmor oroade sig för helt olika ting.

"För första natten sedan din födelse måste jag ligga och be tusen böner för ditt liv", sade Ingrid Ylva. "Junker Knut är mer än ett huvud högre än du och grisk så det förslår. Hur kunde du vara så lättlurad att låta honom dra in dig i denna fälla? För du är långtifrån dum, så hur kunde du?"

"Det fanns sannerligen inte mycket att välja mellan", svarade Birger lågt och långsamt för att inte tända grälets gnista på nytt. "Denne Knut gick bredvid mig med den andra spiran i kröningsföljet i Linköping som ni vet. Redan då talade han mörkt och hotfullt. Då kunde jag låtsas inte höra eftersom det inte var att tänka på att ställa till slagsmål i kröningsföljet. Men vad menar ni att jag skulle ha gjort i kväll, vid kungens taffel dessutom? Vid kungens taffel! Betänk det!"

"Min älskade Birger, du får inte göra honom mer illa än vad som behövs", vidtog Cecilia Rosa fort innan Ingrid Ylva kunde börja om sin klagolåt. "Betänk att han vore kungakrävare om kung Erik dog. Om du stympar honom har du en fiende för livet, om du dödar honom får vi blodshämnande erikar över oss och det vore det värsta som kunde drabba riket. Behärska din vrede Birger, använd ditt goda förstånd och gå milt fram mot honom!"

"Ja, så långt har jag redan tänkt", svarade Birger i samma låga ton som förut. "Det tänkte också kungen när han förbjöd oss att kämpa till häst, för efter slag mot huvudet och fall från häst kan komma värre än ont. Som kungen befallde, fast i inlindade ord, skall jag lyda. Knut skall komma levande ifrån detta möte och inte värre tilltygad än att han snart repar sig."

Av den vändning samtalet nu tagit blev Ingrid Ylva nästan förstummad, vilket var mer än sällsynt när det gällde henne. Hennes bankande oro gällde hennes mest älskade sons liv, den av sönerna hon hade störst förhoppningar på av dem alla. Och så satt hennes kära svärmor och talade med Birger som om det gällde mildhet och kampen om makt snarare än omsorg om själva livet.

"Är inte högmod den sämsta av alla synder en natt som denna?"

frågade hon stilla. ”Ni talar inte om den största olyckan, som om den inte fanns, ni talar i stället om striden som om den redan vore vunnen. Räds ni inte straffet för sådan synd?”

”Det är alls inte högmod, kära Ingrid Ylva”, svarade Cecilia Rosa. ”Det är bara som det är. Minns att jag sett dessa unga hetsporrar på Forsvik i mer än tjugo år. Jag har sett rikets alla främsta riddare, jag har sett allt som kan ses bland män som valt att lära till krig. Och så mycket kan jag säkert säga dig min kära vän, att Birger har ingenting att frukta från den där Knut. Han bär sitt svärd på ett avigt sätt och dessutom är det för tungt för honom, kanske ett farsarv. Han är obekvämt lång för att komma åt en man i Birgers längd med svärd till fots. Eller hur, Birger?”

”Ja, jag har redan tänkt samma tankar som ni, kära farmor”, svarade Birger fort utan att se på sin mor.

”Nå, då så!” suckade Cecilia Rosa lättad. ”Då har jag för min del inte mycket mer att säga dig. Utom att du måste betänka att du håller rikets endräkt i din svärdshand i morgon. Knäck inga ben, behärska din vrede, och framför allt, låt honom inte reta dig att döda honom. Och efteråt skall du göra vad du kan för att försona dig med honom. Men mer än allt annat i morgon, tänk på din salig farfars mest gyllene regel från hans tjänst bland Tempelriddarna!”

”*När du drar ditt svärd, tänk inte på vem du skall döda, utan tänk på vem du skall skona*”, mumlade Birger snabbt på latin som om han framsade en bön.

”Ja, då är allt sagt som behövde sägas”, suckade Cecilia Rosa och log kärleksfullt mot sitt barnbarn.

Därmed ursäktade hon sig och menade att hon kände sig trött och ville dra sig undan för natten. När Ingrid Ylva och Birger lämnats ensamma hade de likväl inte mycket mer att säga varandra och snart drog sig Birger bugande undan för att, som han sade, vakna utvilad och med klart huvud så att han kunde hålla dumheter, misstag och dåligt humör ifrån sig på borggården.

Ingrid Ylva satt ensam kvar och stirrade länge och med uttryckslöst ansikte in i elden. Där såg hon på nytt, klarare än någonsin tidigare, Birgers framtid där stora härar möttes och slutligen en kungakrona stod på spel. Hon behövde alls inte ägna sig åt överdrivna och förtvivlade böner den kommande natten, ty hon var inte som andra mödrar.

* * *

Om Birger sovit lugnt den natten så var motsatsen för Knut Holmgeirsson. Han hade suttit länge kvar bland skutilsvenner och stekvändare i den på gäster helt tömda kungasalen och druckit den stånkan öl som stärkte hans mod, vidare till den stånka som fick honom att börja skrävla om hur han skulle nacka folkung nästa dag, till slutligen den stånka som fick honom i dårars och skälmars skick så att kungens svenner till slut bar honom till sängs.

Det var en klar dag utan moln på himmelen och mycket varmt för årstiden. När kämparna ställde upp i stridskläder framför kungen, den unga danska drottningen och alla andra på borggården rann svetten redan om Knuts panna och hans ögon var ilsket röda och små, som om ljuset stack hårt i dem.

Medan kungen förestavade eden för de två viskade Cecilia Rosa med glatt fnitter till den bleka Ingrid Ylva att junker Knut snart skulle få det varmare än behagligt. Han hade nämligen valt en av de nya hjälmarna som egentligen var till för ryttare och som täckte hela ansiktet. Birger stod där med en öppen rundhjälm med bara skydd för näsan och kinderna. Vad detta innebar var inte helt klart för Ingrid Ylva, men hon lät ändå trösta sig av Cecilia Rosas bekymmerslösa munterhet.

När kämparna dragit på sig hjälmarna och hälsat varandra och striden brakade loss såg det för Ingrid Ylva förfärande ojämlikt ut. Den länge Knut anföll rasande och tvingade hela tiden Birger bakåt, och Birger gjorde ingenting för egen del utom att värja sig. Det såg ut som om det snart måste sluta med Birgers olycka.

Men Cecilia Rosa skakade bara leende på huvudet och såg alltmer förnöjd ut och nickade uppmuntrande åt Ingrid Ylva som med vitnande knogar kramade ett guldkors mot sitt hjärta och gång på gång korsade sig.

För Birger blev början på denna strid svettig och enahanda, men han tröstade sig bistert med att för den som kom ölstinkande till envig skulle det snart bli mycket värre, i all synnerhet inne i en heltäckt hjälm.

Säkert var att junker Knut hanterade sitt svärd bättre än en bonde. Men på Forsvik skulle han åstadkommit mer skratt och löje än beundran. Eftersom han hela tiden måste hugga nedåt gick han bredbent fram, med sköldarmen för långt ifrån kroppen, och högg snett uppifrån omväxlande från höger och från vänster. Birger gick tålmodigt bakåt i vid ring och tog under de första, och för Knut mest kraftödande vändorna, emot varje hugg på sin sköld så att snart inte mycket återstod av det folkungska lejonet. Vrede kände han ingen, för vrede var dårskap i strid på liv och död. Men han var kallt beslutsam att lyda sin älskade farmor.

I ursinne över att inte komma åt sin fiende med värre än hugg på hans ständigt undflyende sköld började Knut kasta ur sig nya kränkande ord samtidigt som han blev långsammare i sina anfall. Birger svarade inte utan log bara åt, som han trodde, det barnsliga försöket att få honom att tappa humöret. Dessutom kvävdes de flesta svordomarna och förolämpningarna inne i Knuts hjälm, vilket mer visade hur svårt han måtte ha det där inne än hur farlig han var.

Knuts hugg kom allt tröttare och långsammare även om han då och då återkom till förtvivlat raseri. Då var det tid för Birger att ändra på sitt försvar.

I stället för att långsamt gå bakåt i vida tydliga ringar började han nu röra sig kvickare och i snävare cirklar, vilket gjorde det allt svårare för Knut att se honom genom de smala hjälmspringorna. Därmed kunde Birger också börja vika skölden så att Knut i stället för att träffa tungt slog svärdet i marken och fick svårare med fotfästet.

Kung Erik hade suttit lugnt och utan miner med armen om sin unga drottning Rikissa som snart börjat fråga honom om vad detta egentligen var för en egendomlig tvekamp. Kungen tog hennes vänstra hand i sin, tryckte den kärleksfullt och svarade med ett leende att en kung måste veta många sätt att tukta unga hetsporrar och att den här lilla striden snart skulle vara slut och att nog ingen skulle komma till allvarlig skada. Däremot, ursäktade han sig, måtte drottningen sova utan honom den natt som skulle komma, då han ämnade tillbringa den i ungtuppars sällskap med nog så mycket öl och vin. Hon svarade med ett skratt att sådant lidande kunde hon ursäkta blott om det gällde rikets väl och ve, men att hon också förstått att det var just om detta det nu handlade. Han nickade uppmuntrad och lutade sig mot henne och viskade tätt i hennes öra att Gud välsignat dem båda och särskilt honom med ett tvångsgifte som sannerligen kunde ha blivit värre. Åt detta skrattade drottningen högt och instämmande och kysste oblygt sin kung. Men då fick hon ovänliga blickar för sitt nedlåtande sätt att behandla de stridande där ute på borggården och återtog fort sin värdiga, ointresserade drottningmin, rätade på ryggen och satte näsan i vädret.

Birger började nu tycka att det var dags att göra slut på spektaklet. Knut stod alltmer bredbent och blottade därmed sina knän och knäveck, liksom den arm med vilken han nu höll skölden på ännu längre avstånd från sin kropp vilket var ett av de svåraste misstagen. I strid med skarpa vapen skulle han ha förlorat sin arm.

Ännu hade Birger inte en enda gång slagit tillbaka för att träffa och han hade en tanke att han bara skulle behöva göra det en enda gång. Men när han började gå in närmare för att slå detta enda slag insåg han att han kunde göra Knut halt för resten av livet även om de använde slöa eggar. Det måste således gå till på ett annat sätt.

Han väntade tills Knut höjde armen för att slå nedåt från höger till vänster, tog hugget lätt på sin snedställda sköld och vred sig ett helt varv runt åt höger med svärdet lågt och rakt så att det skar in i Knuts högra knäveck. Fort hoppade han därefter undan för att se hur träffen skadat.

Knut vacklade och led men senorna var inte av. Han kved och svor inne i sin hjälm. Birger sänkte sitt svärd och erbjöd honom att ge upp med heder eftersom han tagit emot den första träffen. Knut skakade tjurigt på huvudet men måste genast höja handen till tecken på att han behövde kort vila för att vrida hjälmen rätt. Sedan anföll han plötsligt med förnyat ursinne fastän han haltade.

Birger måste då pröva något nytt och började plötsligt gå till anfall och tvingade Knut att ömsom gardera sig lågt, som var svårt för en lång man, och ömsom högt, vilket var mer kraftödande. När han plågat Knut i några varv på det sättet slog han först en gång lätt, sedan ännu en gång hårdare mot Knuts hjälm som vred sig så att Knut tappade sikten. Då, när Knut höjde sin svärdsarm för att rätta till hjälmen, siktade Birger noga och slog svärdet ur sin motståndares hand med en inte alltför hård träff mitt mellan handled och armbåge så att benet inte skulle bräckas.

När Knut böjde sig ner, alltför långsamt, för att ta upp sitt svärd höll Birger redan sin järnklädda fot över det och stötte lugnt och alls inte för hårt sin trubbiga svärdspets rakt in mot Knuts mellangärde just där revbenen delar sig.

Knut föll dubbelvikt samman. Birger tog genast hans svärd, vände honom ryggen och gick fram mot kung och drottning. Framför dem tog han av sig hjälmen, satte sitt vänstra knä i marken och lade Knuts svärd framför sig. Kungen avvaktade med ett leende som var både bistert och roat.

"Nå, junker Birger, vad vill du nu säga oss?" frågade kungen.

"Att jag ber om Ers Majestäts ynnest att förklara denna strid slut", svarade Birger med höviskt sänkt huvud. "Min heder är inte längre fläckad. Knut Holmgeirsson har visat att han var man för sitt ord och därvid är vi lika."

"Stå upp, Birger!" befallde kungen och Birger lydde blixtsnabbt. "Till pris ger vi dig Knuts sköld med våra egna tre kronor. Som han hade fått ditt lejon om han hade segrat. Men vi befaller dig att vårda denna sköld, att fästa den på en plats där du städse kan se den och därvid alltid erinra dig vad dåraktiga ord kan föra till. Knuts svärd är ditt, även det. Så har vi bestämt och inget annat!"

Birger tog upp Knuts svärd, bugade och gick med högburet huvud ut mot borggårdens mitt medan han rättade till sina mörkröda lockar och torkade svetten ur pannan. Där ute hade Knut nu lidande ställt sig upp på knä. Hjälmen hade han fått av sig och hans ansikte var rött och vått av svett. Han höll ögonen hårt sammanknipna av förödmjukelsen och båda händerna framför sitt onda mellangärde.

Birger tog utan ett ord upp den blå skölden med de tre kronorna, vände sig och gick därifrån.

Hans mor Ingrid Ylva och farmor Cecilia Rosa störtade sig båda över honom och omfamnade och kysste honom. Det var inte hans seger de lyckönskade, för den hade även hans oroliga mor till slut kommit att värdera lågt. Hans sätt att inte segra större var vad de båda ville berömma.

Manligt kärvt, som han försökte, viftade Birger undan dessa välgångsönskningar med att han snarast ville gå i andra kläder och dessförinnan kyla sig med ett bad som seden var på Forsvik. Med en bugning lämnade han dem båda.

Efter Vätterns iskalla vatten och ett stop öl av den källarsvala mörkare sorten från Lübeck och med stridskläderna bytta mot hovdräkt i blå sammet, mantel och mjuka kalvskinnsskor gick han upp i den svala vinden på borgens högsta värn och stod ensam en stund och njöt av svalkan. Han var osedvanligt nöjd med sig själv men kunde ändå inte hålla inne med vrede och inbillningar om vad han egentligen velat göra med denne humlestör till bakdantare. Länge fick han dock inte stå ensam i sina vredesdrömmar. En av kungens svenner kom bugande och meddelade att kungen befallt att junker Birger utan vidare dröjsmål skulle komma till rummet högst upp i västra tornet. Birger bugade tillbaka att han uppfattat befallningen och följde genast efter den bortilande hovmannen.

När han steg in i det dunkla tornrummet som bara belystes från en hög rad av skyttegluggar såg han inte genast att det var både kungen och jarlen som väntade honom men utan att fundera stötte han genast sitt vänstra knä i stengolvet och väntade så med sänkt huvud.

”Stå upp, Birger! Och kom genast och sätt dig hos oss och tag själv en öl på vägen!” befallde kungen i hård ton.

Birger gjorde genast som han blev tillsagd och först när han kom till bordet där kungen satt upptäckte han jarl Folke när han var på väg att sätta sig. Han skvimpade med ölet då han reste sig på nytt och bugade.

”Drick oss till!” befallde kungen och Birger lydde så gott han kunde, osäker på om detta kungliga oss betydde bara kungen eller både kungen och jarlen. Han försökte göra något mitt emellan och då skrattade de båda männen bullrande och nöjt.

"Du höll rikets endräkt i din svärdshand idag, min vän Birger", sade kungen med en lång utdragen suck som dock lät mycket mer tillfreds än oroad. "Om du dräpt min unge dåraktige men älskade, kom ihåg det, *älskade* unge frände idag, vilket du hade kunnat göra genast så hade du störtat oss i olycka. Och med oss menar jag nu oss alla. Svara!"

"Så talade också min kloka mor och min, i sådant som berör svärd, ännu klokare farmor till mig i går natt", svarade Birger. "Och de gav sig ingalunda förrän deras förvissning blivit också min."

"Ja, vi sägs ju leva i ett änkornas regemente", skrattade kungen. "Och oss män emellan må det vara hursomhelst med den saken men dessa kvinnors klokskap har varit oss alla till stor glädje, eller hur Birger?"

"Ers Majestät är vår krönte kung som vi alla har svurit trohet", svarade Birger fort, som om han inte ens hört de förargliga orden om änkornas regemente. Till hans förvåning möttes hans ord med skratt från de båda andra männen.

"Du är i sanning min frände", sade jarl Folke. "Dig fångar man inte så lätt i ordfälla och du vet att föra dig. Vår salig Birger Brosa hade inte lagt orden klokare än du just gjorde."

"Jag säger bara mitt hjärtas mening", log Birger fräckt och drack obesvärat från sin ölstånka, ty jarlen som var hans frände kunde han svara när och nästan hursomhelst. "Vad skulle du själv ha sagt i mina kläder, Folke?"

"Du är mig i sanning kär, unge Birger", bröt kungen in för att rädda jarlen från att behöva svara. "I dig ser jag en rikets jarl i framtidens töcken. Men nu släpper jag det kungliga språket och säger jag när jag menar jag och oss när jag menar oss alla. Dock, vad vi tre nu säger är bara för våra öron. Och då vill jag först säga att jag borde slå dig till riddare i denna stund som nu är för den klokhet du visade i striden mot Knut. Men det vore inte lika klokt om jag så högt belönade en folkung för att ha slagit den erikare som näst mig själv står närmast till kronan. Förstår du det?"

"Inför Ers Majestät svär jag ändå *fortitudo* och *sapientia,* liksom min farfar Arn svor både Er far och Ers Majestät själv. Och därtill är den erikska sköld jag vann en stor heder, särskilt om man betänker vad den betyder - vår bevarade endräkt", svarade Birger lugnt utan att visa minsta missnöje eller staka sig på ett enda ord.

"Hur gammal är du egentligen, Birger?" bröt jarlen in med en fråga som han av pur häpenhet inte kunde hejda.

"Jag är snart arton år", svarade Birger.

"Du talar som en man och dessutom med en klokskap som få män har, Birger", sade kungen tankfullt. "Du räds inte din kung som alla andra men har ändå vett att visa honom den höviskhet som han skall ha. Varifrån har du denna gåva?"

"Från Gestilren, Ers Majestät", svarade Birger utan att tveka. "Där gav min farfar marsken sitt liv för vår seger. Så hade även jag gjort om det hade krävts och det hade Ni även, Ers Majestät. I den stunden var inte folkung eller erikare, inte kung eller ungherre. I den stunden var vi ett, och jag red vid Er sida och vi var som nära vänner, för det gällde allt eller intet. Sedan dess känner jag mig, med all underdånighet som krävs av mig, som Er nära vän, kung Erik."

Kungen svarade inte först men bytte ett långt ögonkast med sin gamle jarl som nickade tungt och begrundande.

"Gestilren, Gestilren, ett Herrans mirakel", mumlade kungen. "Det är som en dröm som aldrig kan upphöra. Vi besegrade den största här som trängt in i vårt rike, vi besegrade kung Valdemars styrka för andra gången. Jag var inte så mycket till kung då, skall du veta, Birger. Den som var kung var Arn Magnusson, han som skänkte oss segern, och detta vet du helt säkert lika väl som jag."

"Min käre farfar gjorde vad marsken skall göra, min kung gjorde vad kungen skall göra och därför skänkte Guds Moder oss segern", svarade Birger försiktigt.

"Guds Moder och inte Hennes Son, Herren Gud Själv?" undrade kungen med förvånat höjda ögonbryn. "Somliga av mina lömska biskopar säger annorlunda, vad vet du som inte de vet?"

"Guds Moder och ingen annan är Tempelriddarnas Höga Beskyddarinna och din marsk var en av dem", svarade Birger.

”Inför din kyrkliga visdom böjer jag mig”, log kungen. ”Och idag har du visat din kung just *sapientia* och det skall du belönas för i framtiden. Men nu har jag något att begära av dig, något som är svårt men som jag likväl kräver. Vill du lyda mig även i detta, Birger?”

”Jag lyder och gör allt som är i min makt, fastän den inte kan vara så stor hos en junker”, svarade Birger med sänkt huvud.

”Du skall bli vän med junker Knut, det är min befallning!” sade kungen kärvt och studerade Birgers förvånade ansikte en stund innan han fortsatte. ”Jag kallar Knut till denna kammare om en kort stund. Du och jag och han skall dricka öl mer än vad vi tål. Det kommer att sluta med att du tager dig an den inte helt lätta bördan att göra en bättre svärdsman av Knut. Böjer du dig för detta beslut?”

”Om det är i min förmåga”, svarade Birger för första gången osäker. ”Knut tror sig vara en väldig kämpe. Lätt blir det inte att få honom att finna sig i att gå i lära hos den som är yngre.”

”Nej, din uppgift är inte lätt. Men det är vad jag begär av dig. Ni två bär rikets framtid på era unga skuldror, fiendskap eller vänskap mellan er båda kan vara skillnaden mellan ett gott liv i vårt rike och ett krig mellan folkungar och erikar, det som skulle störta oss alla i fördärvet. Detta inser du väl?”

”Ja, Ers Majestät, det inser jag. Men det blir likväl ingen lätt sak”, svarade Birger buttert eftersom han nu såg en lång tids trälgöra framför sig.

”Då blir det som vi bestämt!” sade kungen tvärt. ”Nu kommer jarl Folke att lämna oss och jag kallar strax vår inte alltför rådbråkade junker Knut. Sedan blir det ett långt öl och prat om manliga ting oss män emellan. Eller vill du hellre ha vin eller mjöd, ni som åbäkar er så mycket med sådan fruntimmersdricka på Forsvik? Nej för all del, unge man, se inte kränkt ut! Din farfar drack vin och han var den störste krigaren i Norden. Nå?”

”I början av natten dricker jag helst öl, senare måhända lite vin”, mumlade Birger förläget. Åt detta skrattade de båda andra männen hjärtligt.

Jarl Folke reste sig och svepte manteln om sig, tog vänskapligt farväl av både sin kung och sin unge frände och gick småskrockande ut ur rummet. Kungen vinkade då till sig en av de ungsvenner som stod vid utgången och beställde upp junker Knut.

De sade inte så mycket i väntan på Knut, kungen reste sig och sträckte och vred händerna ut och in så att det knakade i knogarna och talade med den kvarvarande ungsvennen om när och hur salt oxkött, lår från unga lamm och årets första färska hjortkött skulle bäras upp i tornet med allt vad därtill hörde. Birger satt dystert begrundande för sig själv och försökte förlika sig med sitt oblida öde. Den som var så gammal och säker på sig själv som Knut blev inte lätt att lära om från början vilket nog var vad som krävdes. Att lära de små på Forsvik var så mycket lättare därför att de trots pip och gnäll för sådant som smärtade ändå ville lära. Han fruktade att det ingalunda skulle bli på det sättet med Knut.

Knut kom också dolskt bligande och linkande och det såg till en början inte ut att finnas särdeles goda utsikter för kungens tanke att göra de två fienderna till vänner. Men kung Erik lät sig inte nedslås det minsta av de båda junkrarnas sura miner som han inte ens låtsades lägga märke till. Till en början berättade han om krigen, om sin spirande kärlek till drottning Rikissa och om höstens första lyckade jakt på hjort och svin och han hällde hela tiden på nytt öl hos de två ofrivilliga gästerna.

Senare när de börjat äta ledde han in sitt tankespår på de underbara krigets kunskaper som kommit till Norden med en Herrens tempelriddare, det som var förklaringen till de två underbara segrarna vid Lena och Gestilren och det som än idag lärdes ut bland unga forsvikare, det som gjorde att folkungarna var så mycket bättre stridsmän än alla andra, särskilt till häst.

Och just därför, tillfogade han, hade han av omsorg om sin kära unga frände förbjudit strid till häst mellan de två eftersom den skulle ha blivit alltför ojämn.

Sakta men säkert och med god hjälp av öl och vin tinade han upp deras fientlighet och retade Knuts nyfikenhet. När han bad Birger börja berätta om hemligheterna på Forsvik var Knut betydligt mer vetgirig än fientlig.

Kung Erik lirkade och drack och gav sig inte förrän det börjat ljusna som det inte gjorde så tidigt vid den här tiden på året. Han hade då vid slutet av natten fått som han ville utan att ens med skärpa ta till sin kungliga rätt att befalla. Birger Magnusson hade fått en lärling.

* * *

Unga drottning Rikissa hade ingalunda tillbringat natten då kungen skulle supa förstånd i ungtuppar i ensamhet, knappast heller i nykterhet. Hon hade passat på tillfället att bjuda alla de fyra änkorna, hennes enda säkra vänner i det nya landet, till de kungliga rummen i västra tornet. Från rummen ovanför där hennes man kungen och junkrarna Birger och Knut höll till hördes framåt natten alltmer buller och skratt. Det föreföll änkorna som ett gott tecken.

Rikissa såg vänskapen med de fyra änkorna som en välsignelse eftersom de kunde hjälpa henne i stort som i smått. När hon klagade över att kung och drottning skulle bo i kalla tornrum, vilket inte bådade gott inför den nordiska vintern, visste Cecilia Rosa genast på råd, liksom änkedrottningen Cecilia Blanka kunde förklara varför man levde efter denna ordning på Näs.

Borgen byggdes en gång av den förrförra sverkerskungen Karl, berättade Cecilia Blanka. Det var i en ond tid då flera kungar i rad hade blivit dräpta av den som därefter tog sig kunganamn. Kung Karl Sverkersson hade svurit på att detta öde inte skulle bli hans, på samma sätt som det blivit hans fars. Därför byggde han Näs längst ner på södra udden ute på Visingsö i Vättern. Där kunde ingen lönnmördare komma med överraskning eller ligga i försåt som på kyrkfärden där gamle kung Sverker hade mördats. Från borgens torn och värn såg man alla skepp komma på långt håll, och vem som fanns eller inte fanns på Visingsö kunde inte hållas hemligt.

Det var måhända en stor och klok plan, log änkedrottningen. Dock hade hennes man, kung Knut, lyckats dräpa Karl Sverkersson just här, mindre än ett pilskott från var de nu satt. Så gick det till när hennes man blev kung och hon drottning.

Nu var säkrare tider, men om en dråpare likväl skulle smyga sig in om natten så var ordningen den att kungen hade sitt nattläger säkert i västra tornet. Ovanifrån skulle ingen kunna tränga in utan att göra stort buller när han slog sig igenom ekdörrarna mellan de översta och de mellersta rummen. Nerifrån blev det ännu svårare, för där fanns alltid vakter, och genom skjutgluggarna i tornets väggar tog sig ingen dråpare om han inte var formad som en snok.

Då priset för denna kanske bara fåvitska säkerhet blev kalla och fuktiga höstnätter och ännu värre vinternätter skämtade drottning Rikissa att det måhända vore mer skonsamt att dö fort för en mördares lans än att sakta plågas till döds av kölden. Men det var just för detta som Cecilia Rosa visste bot. Hon lovade att sända några av sina murbyggare till Näs så att de kunde ordna med eldstäder med rökgångar upp längs väggarna redan i tidiga hösten. Senare skulle det inte gå att mura, men varmt och gott skulle det bli i god tid för vintern, lovade hon.

Av änkorna fick drottningen också kunskap om allt som en drottning helst borde veta om det land i vilket hon skulle regera, för mycket var så annorlunda hennes Danmark att det alls inte gick att lista ut på egen hand. En sak man borde veta var varför Folke jarl var prästhatare, berättade Ingrid Ylva, ty för det saknade han inte skäl.

Den lömske ärkebiskopen Valerius hade nämligen ett digert syndaregister. Först hade han med intriger och förtal verkat för att inte Erik Knutsson utan Sverker Karlsson skulle bli kung efter att kung Knut Eriksson dött sotdöden. I det uppsåtet hade han lyckats men var ändå inte nöjd. Därför dröp han ständigt sitt etter i den vankelmodige unge kungens öron och ställde därmed till med många års krig och stort lidande för riket. Valerius lyckades inbilla kungen att kronan inte satt säkert på hans huvud förrän han låtit döda Cecilia Blankas alla fyra söner. Till slut sände kung Sverker danska ryttare till Älgarås för att ombesörja den saken.

Tre av hennes söner fick man död på, berättade Cecilia Blanka kallt och utan darr på rösten vidare när Ingrid Ylva tvekade något att fortsätta. De låg nu alla begravda i Riseberga. Men den fjärde kom undan till Norge. Det var Erik, han som nu var rikets kung. Och med folkungarnas stöd gjorde han uppror, och såväl den svekfulle Valerius som den lättlurade kung Sverker måste snart hals över huvud fly till Danmark. Nå, på detta följde de två krigen där Valerius båda gångerna återvände till sitt eget land omgiven av en dansk här. Skada var att ingen av folkungarna haft vett att då slå huvudet av honom som de gjorde med den fördrivne kung Sverker när han kom andra gången. Men det var det där med att särskilt ärkebiskopar lade stor syndabörda på den som dräpte dem, hur välförtjänt det än kunde tyckas.

Och nu var Valerius åter i riket, fortfarande som ärkebiskop eftersom bara den Helige Fadern i Rom kunde ändra på den onda ordningen.

Av denna historia fanns ett och annat att lära, avslutade Cecilia Blanka oberört sin berättelse. Och viktigare för livet och det kommande var att lära än att hata.

För det första kunde man lära att misstro sådana män som hade de högsta kyrkliga tjänsterna, ty nästan alla strävade de efter att lägga sig i den världsliga makten vilket understundom kostade mycket blod. För det andra kunde man gott förstå hur Folke jarl var prästhatare utan att han för den sakens skull vore ogudaktig. Och för det tredje och viktigast måste man lägga på minnet att alltid misstro denne Valerius, hur mycket han än fjäskade och lismade. Ty många var de som blivit änkor genom hans försorg.

Och noga skulle man därför vara med en sak till, sade Ingrid Ylva menande. Aldrig borde man äta ur matskålar eller dricka ur bägare som denne Valerius stått vid, ty han var en djävulsman i prästkappa som inte drog sig för de grövsta brott om han bara inbillade sig att det gagnade hans önskningar. Och nu önskade han bakom sin lismande mask att den erikska kungen skulle dö ung och barnlös så att han än en gång finge kröna en Sverker.

Som natten skred fram och vinet gick åt ljusnade samtalet och lämnade död och försåt. Cecilia Blanka var munter när hon berättade att till och med Folke jarl skrattat gott åt planerna att ge frikostiga gåvor till klostret i Riseberga. Att kungen och änkedrottningen gjorde detta mer av omsorg om själamässor för deras mördade bröder och söner som låg begravda där än för kyrkans väl var visserligen helt sant. Men inte ens den där Valerius kunde gnälla över frikostighet mot kloster och då måste han något lägga band på sitt tjat om korståg i öster. Det var nog inte lätt för honom, sällsynt blodtörstig var han ju för att bära ring och kräkla. Lustigt var dock att på detta sätt skjuta två fåglar med samma pil, att sörja för sina döda fränders salighet och samtidigt slingra sig ifrån gnället om korståg så att man mer kunde ägna sig åt att bygga landet och inhösta de goda skördar som väntade med freden.

Något senare på natten när vinet fått deras samtal att både vingla och spritta och de ofta skrattade åt männens barnslighet och annat som kvinnor kunde finna särskilt nöje i när ingen hörde dem, berättade Cecilia Rosa den goda hemligheten att hon snart skulle få måg i huset, men att hon först hade ett och annat att reda ut med kungen om penningar och mark.

Åt denna glada nyhet klappade de andra först i händerna av förtjusning men var genast fulla av nyfikenhet att veta vem mågen skulle bli. Det blev både glädje och besvikelse när de fick veta att det var riddar Sigurd. Det goda i nyheten var att en ung kvinna finge gå i brudsäng av sin egen kärlek och inte av plikt mot sin ätt. Och det mindre goda var just det omvända, att Alde som var en av rikets hetast åtrådda jungfrur för mången mäktig man inte bättre kunde få tjäna fredens sak. Men åt sådana tankar frynte bara Cecilia Rosa och menade att hon sannerligen hoppades att det snart skulle randas en morgondag då kärleken bleve det enda skälet att gå i brudsäng. Det var en god och vacker men omöjlig tanke, menade de andra kvinnorna. Fast mer ville de inte bråka om den saken utan lyckönskade i stället Cecilia Rosa med trofasthet och värme.

Då, när de alla var varandra ömt nära i vänskap och innerliga tankar om kärlek och fred som väntade landet, berättade unga drottning Rikissa den största av nyheter. Hon var, trodde hon säkert, redan havande med sitt första barn, ty fyra veckor hade hon nu gått över tiden för det kvinnliga besväret.

De andra korsade sig genast, reste sig och gick fram och omfamnade och kysste den unga drottningen och sade att de alla hoppades att det skulle bli en son redan första gången.

Åt detta skakade Ingrid Ylva stilla på huvudet men sade inte ett ord om vad hon trodde om den saken.

# III

BÖRJAN PÅ DE två unga männens väg tillsammans blev svåruthärdlig för dem båda, fast värst för Knut Holmgeirsson. Som kungen hade befallt måste de börja sitt hårda arbete redan vid nästa dags middagstid, och därmed menade sig kungen ändå ha varit nådig eftersom det skulle ha varit ännu värre att börja tidigt på morgonen innan de hunnit sova ruset ur kroppen efter den långa natten uppe i kungens tornkammare.

Det som plågade Birger, lika mycket som hans värkande huvud, var insikten att Knut redan lärt in så många felaktiga rörelser att det var svårt att få honom att ta reson.

Det som plågade Knut, mer än hans värkande huvud, var att han förödmjukades av alla nyfikna åskådare som gjorde sig ärenden till den del av borggården som användes för övning. Ty åskådarna skrattade rått och oblygt åt honom när Birger gång på gång slog honom med flatsidan av svärdet i baken, som man tuktar småspjuvrar.

Men Birger visste inte på bättre råd. Det var så man gjorde på Forsvik för att påminna lärlingar om att de ånyo gjorde samma fel. På Forsvik brukade de då ha vett att genast rätta sig, men Knut gjorde snart om samma misstag och ju fler gånger Birger slog honom i baken, desto högre steg löjet bland åskådarna. Man kunde tro att det var Birgers avsikt att förnedra Knut vilket det alls inte var. Birger lydde bara sin kung efter bästa förmåga. Något annat val hade han inte och inte heller något annat sätt att lära ut.

Redan efter första dagens övning sökte de tillsammans upp kungen och bad att få lämna Näs. De försäkrade båda att de inte hade annan avsikt än att lyda sin kung men att Näs var den sämsta platsen. Knut menade att han kränktes av att tuktas på kungens borg. Birger menade att de måste få vara för sig själva för att komma någon vart.

Kungen lyssnade välvilligt på dem båda och fann det gott att de ville åstadkomma något bättre och att de dessutom var ense i detta. Han tyckte sig däri ha sett det första beviset för att hans avsikter höll på att uppfyllas, att den befallning med vilken han kedjat dem samman tvingade dem att sträva mot samma mål. Om ett år kunde fullföljas i så nära samarbete skulle deras fiendskap nog kunna förvandlas till vänskap. Vilket vore det bästa för riket.

Men att han var ganska nöjd med den vändning saken tagit redan efter en dag visade han inte i sina ord. I stället talade han strängt och hotfullt till dem och sade att de inte skulle inbilla sig att de, bara för att de drog sig undan hans översyn, kunde börja ta lätt på den befallning de fått. Han kunde tänka sig att ändra något i det han bestämt men därav skulle de sannerligen inte tro att han ämnade glömma sin önskan. De ödmjukade sig då båda och försäkrade att någon sådan futtig förhoppning hade de inte alls.

Kungen lät sin kansler skriva befallning till både Ingrid Ylva och Knuts far Holmgeir på Vik vid Mälaren att ett år skulle de båda junkrarna vara tillsammans i svärdshagen och därefter skulle de tillsammans infinna sig på Näs för att visa frukten av sitt arbete. Om de under tiden fram till dess ville vara på Ulvåsa eller Vik eller någon annan plats var som de själva gitte.

De var båda lättade när de lämnade Näs för att ta båt på norra Visingsö och därefter rida vidare till Ulvåsa där de skulle kunna råda som de ville över vem som såg och inte såg dem i arbetet. Så snart de red ut kunde de för första gången tala något mer lättsamt med varandra, men Knut var noga med att hela tiden rida främst och han bar en nygjord och nyfärgad blå sköld med tre kronor vid sin vänstra sida så att den skulle synas på långt håll.

De kom till Ulvåsa samma dag på kvällen. Knut som gäst och Birger hans värd eftersom Ingrid Ylva fortfarande vistades på Näs med de andra änkorna. De åt enkel kvällsvard efter de andra i huset. Birger visade Knut hans nattläger och drog sig undan med en kort varning att han var van att börja arbetet i gryningen. Knut frynte åt detta men kunde som gäst inte gärna komma med invändningar.

Som han varnat ryckte Birger omilt täcket av Knut redan i nästa morgons gråa gryning och därmed började en arbetsdag som Knut sent skulle glömma. De klädde sig under tystnad med tjocka skydd av filt och läder under ringbrynjorna och gick sedan undan bakom en av ladorna där marken var slät och torr. Det var en kall morgon och deras andedräkt kom som rök ur mun och näsborrar. Där ute stannade de och mätte varandra med blicken en kort stund.

”Detta gör vi nu för att kungen så har befallt oss båda”, sade Birger.

”Sant. Detta gör vi för att kungen befallt oss båda och för att ingen av oss är en trolös man”, bekräftade Knut.

”Det blir en lång dag”, fortsatte Birger. ”Och denna långa dag skall ditt högra knäveck sent glömma, för det stället är liksom din sköldarm din största svaghet och där måste du lära dig att skydda dig bättre.”

Knut hade stort besvär att hålla tand för tunga men behärskade sig ändå och bugade kort samtidigt som han drog sitt svärd.

Så började deras långa plåga. Under de första timmarna vilade de bara helt kort tre eller fyra gånger. Birger hade en avsikt med att göra Knut trött för att den vägen lära honom att inte ödsla så mycket med sin kraft. Ty Knut hanterade vapen som de flesta uppsvear tycktes göra än i denna dag och som förfäderna gjort också i Västra Götaland. Han var mer inriktad på anfall än försvar och han ville vinna fort med kraft och tyngd. Och när det inte lyckades blev hans egen trötthet hans farligaste fiende eftersom han då fick allt svårare att värja sig och det kostade honom mycket smärta. Trots att Birger skrek till en kort varning före varje slag träffade han gång på gång Knuts högra knäveck.

Knut utkämpade en dubbel strid och den hårdaste mot sig själv. Här fanns inga vittnen och inte samma heder att försvara som bland folk. Gud var enda vittne och Han visste nog att den lille rödhårige folkungen var vida överlägsen. Det gick inte att undkomma det erkännandet, om inte annat så kom hans onda högra knäveck ständigt med nya påminnelser.

Så det gällde att tänka om, att börja se på sig själv på ett nytt sätt, vilket inte var det lättaste. Knut hade alltid betraktat sig själv som en stor svärdsman. Han var den som alltid segrade i svärdslekar bland alla unga fränder och vänner uppe i Svealand och han hade känt sig säker på att mången äldre krigare skulle tänka sig för mer än en gång innan han gick i strid mot Knut Holmgeirsson. Och nu var allt detta fel, så tydligt fel att det var omöjligt att förneka. Birger Magnusson skulle ha slaktat honom som ett får om de mötts med skarpa vapen.

Den insikten var första steget på vägen mot att kunna lära. Han gissade att andra steget var att behärska sitt sinnelag och inte öda bort kraft på raseri. För försökte han gå till motanfall med kraft och vrede såg han att Birger lät honom hållas en stund utan att själv verka det minsta bekymrad. Och därefter kom obönhörligen ett rapp i höger knäveck.

Tredje steget borde vara att börja tänka, gissade Knut. Eftersom Birger gjorde samma saker gång på gång och visade sina avsikter allt tydligare och till och med skrek en varning innan han träffade tvingade sig Knut att finna ett sätt att värja sig genom att anfalla ögonblicket innan han skulle träffas. Han måste göra något nytt, något han aldrig gjort förut. Nästa gång han hörde Birgers varningsrop slog han sitt svärd snett nedåt från sidan utan att först höja det över huvudet. Då träffade han Birger över svärdsarmen, inte hårt men han träffade. De blev lika förvånade båda två men Birger fann sig först, såg genast upp mot Knut med ett brett leende och sänkte sitt svärd medan han gned sig över den plats på armen där Knuts hugg träffat honom.

”Lite längre än jag hoppades fick jag vänta”, sade Birger, torkade svetten ur pannan och pekade med sitt svärd bort mot en bänk intill laduväggen där de ställt några kannor öl och lite salt och rökt kött. ”Men du ser, där var motvapnet! Du slog det bra men med lite tvekan och det blir snart bättre. Nu tar vi öl och kött som två som förtjänat det i sitt anletes svett!”

”Det är inte det att jag inte vill lära mig”, svarade Knut med en ansträngning att inte se alltför förtjust ut. ”Det är bara det att jag inte gärna vill bli undervisad!”

För första gången kunde de skratta gemensamt. Birger skar upp kött med sin dolk och räckte över med spetsen och skämtade om att det inte var lätt att lära utan lärare och inte heller så lätt att vara lärare åt den som ingen ville ha.

Resten av den morgonen ägnade de åt att öva Knut i de två slag han kunde slå för att värja sig mot Birgers låga svepande hugg mot det högra knävecket. Det var så upplivande för Knut att känna att han började behärska något helt nytt att han uthärdade tröttheten lika länge som Birger, trots att han hela tiden var den som måste röra sig mest. När de äntligen gick mot middagsmål och vila hade deras tungor lossat något så att de kunde börja tala med varandra även om Knut fortfarande var stingslig och snabb att känna sig kränkt.

Därför mulnade Knut på nytt när Birger över bord och öl började tala som en självklarhet om nackdelen av att vara för lång. Först ansåg Knut, som alltid trott på omgivningens vördnad inför långa män som han själv, att det som Birger sagt var ett dåligt försök till skämt. Birger bad då genast om ursäkt och försäkrade att han alls inte hade några skämtsamma avsikter när det gällde deras arbete. Men den som var för lång hade måhända haft fördelar av det förr i världen när svärdseggar inte kunde slå igenom sköld och ringbrynja. Medan han i den nya tiden med skarpare vapen hade svårt att värja sig både lågt runt knän och fötter och högt runt huvud och armar. Förr i världen, när svärden var slöa och inte kunde slå av en arm eller ett ben med ringbrynja och allt, var nog styrka och höjd avgörande. Den som var stor kunde då hugga nedåt med tyngd och kraft tills den andre måste vika sig. Nu gick inte sådana gamla konster, det skulle bara sluta med ett avhugget ben och utan ben var ingen man särdeles tapper längre.

När de vilat en timme på öl och mat och återupptagit arbetet visade Birger på ett plågsamt övertygande sätt vad han menat. Genom att tvinga Knut att ömsom värja sig högt och ömsom lågt fick han honom snart så trött och långsam i tanken att han öppnade sig för vilken träff som helst.

De följande dagarna bytte Birger mellan höger knäveck och Knuts vänstra sköldarm. Den plats på armen han ämnade träffa var själva armbågsvecket och där fick Knut ett extra tjockt skydd och ett rött band och snart mycket ont. Därefter flyttades skydd och band till Knuts vänstra knä, senare till hans huvud, höger axel och överarm. Steg för steg och kroppsdel för kroppsdel, allteftersom det röda bandet och skydden flyttades, byggde Birger upp Knuts försvar.

Birger ansåg, som alla de forsvikare som varit hans lärare under åren, att det viktigaste var att kunna värja sig. Den som bara kunde anfalla skulle inte bli långlivad i strid, grunden för allt var försvaret.

Anfall kunde emellertid också vara försvar och ibland var det samma rörelser så att det egentligen inte var någon mening med att bestämma att ett visst slag var avsett till det ena eller det andra. Men dels kände sig Birger övertygad om att Knut i första hand måste lära sig att försvara sig eftersom han till hela sitt lynne bara ville gå framåt i anfall om han hade ett vapen i sin hand; det skulle krävas många blåmärken för att få honom att besinna sig och ta sig ur denna bärsärkagång från äldre tider. Dels ansåg Birger att Knut behövde ett helt annat svärd och han ritade upp några förslag på pergament och skrev förklaringar intill och sände pergamentrullen med flodbåt över till Forsvik. Redan efter några dagar kom de första proven som halvfärdiga svärdsämnen och de kunde börja pröva sig fram. Knut var till en början misstänksam mot denna förändring eftersom hans övningssvärd var byggt på samma sätt som det arvegods han bar till högtid och som var hans stolthet då det sades ha tillhört självaste kung Helge Sankt Erik.

Det fick vara hur som helst med den saken, menade Birger. För om Knut fick ett längre svärd, något smalare och med tyngdpunkten längre fram skulle ju hans stora räckvidd komma mycket bättre till sin rätt. Till sin förvåning upptäckte Knut snart att ett par av de nya svärdsämnen han prövade var som om de förvandlades till en del av honom själv, som en förlängning på armen, och att han på övningsstolpen kunde träffa flera gånger i samma skåra, vilket skulle ha varit omöjligt med hans gamla svärd.

Snart hade han två färdiga övningssvärd från Forsvik och på Birgers inrådan beställde han också ett slipat stridssvärd i samma mått. Birger klagade nu skämtsamt att det kanske varit dumt att alltför snabbt förse Knut med passande svärd eftersom det genast blev desto mer arbetsamt att hålla sig undan från Knuts väldiga hugg.

Det Knut inte förstått den första tiden, då han var mer upptagen av sin sveda och sina blånader när han gick till sängs än av att tänka, stod emellertid klart redan efter några veckor. Sakta men säkert var han på väg att förvandlas till en helt annan svärdsman. Det var också då han insåg att hans oresonliga hat till den där folkungen var borta.

För Birger hade det varit en enahanda tid. Var tidig morgon måste han bita ihop tänderna och intala sig att han utförde en kunglig befallning som han som junker till Ulvåsa inte kunde dra sig undan. Men av detta sätt att öva en annan och sämre man blev han själv för var dag allt sämre eftersom allt måste gå så långsamt. Och det var inte vad han önskat sig när han trots många hårda ord från sin mor bestämt sig för att återvända till Forsvik efter sorgeåret. Där skulle han ha fått öva mot de allra bästa i hopp om att en dag bli deras like. Nu kändes det hoppet långt bortom synhåll.

Ingrid Ylva hade aldrig ansett att kungens list att fjättra de två junkrarna samman med en kunglig befallning kunde föra med sig något gott för vare sig Birger eller Knut. Hon kände inom sig att en av dem likväl skulle dräpa den andre när ödets makter så bestämde. Och intill den dagen var det ju ingalunda klokt och vist att göra junker Knut starkare och farligare. Dessa tankar hade Ingrid Ylva dock hållit inom sig och inte förrått med så mycket som en min. Knut satt som hedrad erikare vid hennes sida vid vart aftonmål nu när hon återvänt från Näs.

Det förargade också Ingrid Ylva att hon visserligen hade Birger hemma i huset men ändå inte kunde få honom att sitta med sina bröder och klerkerna om dagarna för att insupa sådan viktigare kunskap som betydde mer än svärd och sköld. Som det nu var hade Birger en svåremotsäglig ursäkt att bara ägna sig åt lekar. Kunglig befallning var kunglig befallning.

Dessutom förstod hon mycket väl vad kung Eric tänkt sig med detta, att tvinga de två ynglingarna till vänskap. Det var en klok tanke som rörde rikets väl och ve och det kunde inte ens Ingrid Ylva förneka. Även om hon för egen del var övertygad om att det likväl skulle sluta med blod och död.

Med Birger hade hon haft få stunder till samtal. Den enda gången under dessa första veckor med junker Knut i huset som det skedde, på kyrkväg den andra söndagen, hade hon dessutom blivit rasande på honom.

De red sida vid sida bakom märkesmannen och talade en stund om vapenövningarna med Knut fastän ingen av dem egentligen tycktes särdeles intresserad. Birger hade sina tankar på helt annat håll och började snart högt fundera över om vanliga högättade män, som inte var kungliga, ändå kunde skrifta till Rom om vissa äktenskapshinder. Kungliga kunde ju med den Helige Faderns välsignelse undanröja sådana hinder, så varför skulle inte andra kunna göra detsamma, för inför Gud var väl varje man och kvinna lika?

Som en blixt hade vissheten slagit ner i Ingrid Ylva om vad detta rörde sig om men hon låtsades till en början intet förstå. Hon frågade i stället försåtligt milt om vilken sorts nära fränder han undrade över och när han då svarade att han inte visste så noga men att han tänkte sig man och farbrors dotter eller man och mormors brors dotter eller rentav man och hans faster blev hon i ögonblicket som ett vilt djur inom sig. Hon höjde ändå inte rösten när hon svarade honom, för att ingen annan i kyrkföljet skulle förstå, men hon var stark i orden så att de skulle svida som glödande järn. För det första, väste hon mellan sammanbitna tänder, var detta i alla de fall han nämnt blodskam och kunde aldrig bli annat än blodskam om han närmade sig Alde. För det andra kunde inte ens den mest gudsnådeligt hycklande kung få den Helige Fadern att gå med på att han skulle ta sin faster till brudsäng och för det tredje skulle Alde få den man hon hade kär och det var riddar Sigurd. Och för det fjärde skulle Birger till sin maka få en kungadotter och ingen därunder. Slutligen skulle han aldrig någonsin föra detta skamliga ämne på tal igen.

Birger bet ihop tänderna och hade ingenting att svara.

* * *

Efter Persmässans skördefrid kom Mickelsmässan då ingen längre behövde underhålla sina hägnader i Västra och Östra Götaland eftersom kritter och hästar togs in i stall och fjös. Trädens löv glödde i rött och gult som förebud till den gråa höst som snart skulle komma. I mer än en månad och en vecka hade Birger och Knut uppfyllt sina kungliga plikter och den som sett dem från första början kunde säga att det redan syntes stor skillnad på hur Knut nu förde sig mot hur han varit den första tiden. Från Forsvik hade Birger dessutom undan för undan fått sådant som han mätt och beställt så att inte bara Knuts svärd nu låg mycket bättre i hans hand och hans sköld passade honom mer för strid än för syns skull. Också Knuts ringbrynjerustning med skydd för armar och ben var nu både lättare att bära och starkare vilket var välkommen lindring för hans mörbultade kropp.

Båda tänkte de dock att ytterligare drygt tio månader på detta sätt skulle bli svåra att uthärda. Men ingen ville vika sig först eller visa sig svag för den andre. Än mindre ville någon av dem bli den som skulle stå framför kungen och säga att han inte uthärdat att åtlyda den kungliga befallningen. Det var fortfarande långt till julölens tid då allt arbete upphörde och de kunde ta sig vila och slippa se vare sig svärd eller varandra. Utan att förråda sina tankar för den andre letade de båda efter en ursäkt att åtminstone för någon kort tid få göra annat än att nöta svärd och sköld.

Deras ursäkt kom med erikska budryttare som först varit nere på kungens Näs innan de sänts upp till Ulvåsa. Junker Knut Holmgeirsson var bjuden till bröllopsöl hos sin vän Jon Agnesson på Fogdön utanför Strängnäs. Det var en inbjudan som inte gick att tacka nej till då Jon var av ulfsätten som var nära förbunden med erikarna och Knut jämte sin far och kungen var den främste mannen i den erikska ätten. Det skulle inte ha tagits väl upp om han svarat budridarna att han föredrog att driva svärdslekar på en folkungagård. Således måste han resa och det genast.

Men som den främste av bröllopsgäster hade Knut också rätten att ta någon frände eller nära vän med sig i sällskap och inte ens Ingrid Ylva kunde finna några invändningar mot att Knut bjöd med sig Birger till detta bröllop. För under de tio dagar som Knut skulle vara borta, varav sex resdagar, vore det ändå inte stor mening med att försöka få Birger att sätta sig hos sina bröder och klerkerna. Blev han lämnad ensam av Knut skulle han bara försvinna som ett rött rävskinn på väg mot Forsvik.

Birger för sin del hade nog gärna använt denna lediga vecka till att vara på Forsvik och rena sin hand och sitt sinne från all långsam strid. Men det skulle han likväl göra desto längre och bättre när året av kunglig plikt var förbi. Dessutom fanns det en frestelse i att resa till främmande land och främmande människor. Frestelsen blev inte mindre av att Knut viskande förespeglade honom annorlunda svealändska seder när det gällde junkrar och ungmöers förehavanden i sena natten när de äldre stupat i säng.

Den behagligaste och säkraste vägen att resa från Ulvåsa till Strängnäs vore att stiga på vilken som helst av de dagliga fraktbåtarna vid Ulvåsa bryggor och fara österut först mot Linköping och sedan vidare till Söderköping som låg vid österhavet. Därifrån gick varje dag fartyg som skulle upp mot Mälaren eller ner till Visby och väl inne i Mälaren fanns alltid skepp till den stad man önskade komma.

En sådan resa skulle emellertid ta fyra dagar i anspråk och nu hastade tiden mer än så eftersom budridarna försenats i sitt letande efter Knut. En snabbare men farligare resväg gick från Ulvåsa bryggor åt andra hållet, ut i Vättern och upp till norra stranden och därifrån vidare med häst genom Tivedenskogen upp till Örebro och sedan över sjön Hjälmaren till Eskilstuna. Det som var vådligt med den vägen var resan genom Tiveden där rövare härskade om dagen och trollen om natten och där sällan någon reste om han inte var i stort och väpnat sällskap.

Ingrid Ylva menade att de skulle resa sjövägen över Söderköping och Tälje in i Mälaren eftersom den vägen var både bekvämare och säkrare för små ressällskap. En dags försening kunde de alltid ursäkta med att budet kommit sent.

Knut och Birger invände båda att det var föga höviskt att komma för sent till bröllop och att de dessutom hade de två väpnade hirdmännen i sällskap. Och vad rövare beträffade fanns nu inte så många eftersom det var goda och fridsamma tider under kung Erik och många fredlösa lockats ur skogarna av kunglig nåd och kunnat förlikas med dem de haft något otalt med eller skuld till. Dessutom skulle var stigman tänka sig noga för om han såg fyra män i fulla vapen och främst bland dem både de erikska kronorna och folkungalejonet.

Sådana sköldemärken kunde ingen man i riket missta sig på. De betydde döden genast, eller döden senare och grymmare från hämnande fränder, men hursomhelst döden.

Bara några timmar efter att de erikska budryttarna kommit till Ulvåsa red de fyra ut i fulla vapen och med två packhästar lastade med tältduk och fällar liksom skänker till bröllopsparet och mat för resan.

Om de rest från Ulvåsa i gråa gryningen hade de inte behövt tillbringa mer än en natt inne i Tivedens mörka hjärta. Som det nu var skulle det bli två nätter, påpekade Ingrid Ylva. Men för denna varning fick hon inget gehör eftersom vare sig Birger eller Knut inför varandra eller annan kunde visa att de kände minsta tveksamhet inför en fara.

Första natten inne i skogen gick förbi utan att alls någonting ovanligt hände, även om de tre män som vilade medan den fjärde vaktade elden nog sov med ena ögat öppet.

Den andra nattens mörkaste timme hände något som Birger skulle minnas med klarheten i en alldeles stilla vinterdag för resten av sitt liv, mest för sin rädslas skull.

Liksom under första natten hade han svårt att somna. Hans tankar slets mellan ondskans många väsen, som fanns i otaliga vidunderliga gestalter i de djupaste och svartaste skogarna, och de främmande seder som plägades mellan uppsvears möer och unga herrar vid bröllop. Var han nära att somna sökte sig tankarna till det svarta och fasansfulla och då tvingade han sig att tänka på bröllopsfester och fagra ungmöer. Men när han på nytt tröttnade och var på väg att somna behövdes inte mer än en rävs hesa skrik i fjärran för att han skulle vakna och falla ner i de svarta fantasiernas brunn.

I hela sin barndom hade han hört sagorna om skogsrået, vittrorna, trollen med guldskatten och andra skogens väsen som ständigt lurade på att komma människorna till livs. Särskilt lystna var de att röva brudar på bröllopsfärd, vilket enligt sagorna var så vanligt att han redan som barn funnit det underligt att ingen i hans ätt någonsin råkat ut för sådana förskräckliga händelser. Hans far Magnus hade förklarat den saken med att folkungar alltid red starkt på brudfärd och att onda väsen inte var dummare än att de hade vett att frukta välsignat stål. Hans mor hade förklarat på ett annat sätt att dessa skogens väsen var antikristliga skapelser av den onde, och att de därför tvingats bort ända upp i de nordligaste skogarna av klangen från kyrkklockor och psalmsång som var dem mer förhatligt än allt annat. Hans farfar Arn hade sagt att ondskans väsen fanns mer inom människan och i människans tankar än i den yttre verkligheten och att den som var ren i sinnet ingenting hade att frukta från de gestalter ondskan kunde forma inne i mörkret.

För ett barn hade det inte varit helt lätt att lägga samman sådana förklaringar och med ett barns envishet hade han också frågat sina närmaste om de någonsin själva sett ett enda av dessa ondskans väsen. Det hade nu alla medgivit att de inte sett. Vilket var desto underligare eftersom så många av de frigivna på Forsvik sade sig ha sett både det ena och det andra i hela sitt liv. På Forsvik fanns ett par äldre kvinnor som vördades lika mycket för sina kunskaper om helande och läkande växter som för sina hemlighetsfulla förbindelser med den onda världen ute i skogsmörkret. Han mindes särskilt en av dem som var född österut och hette Lara. När ljudet av ett rävskrik hördes i marskvällen kunde hon blinka hemlighetsfullt och viska att det var huldran som förklätt sig till räv. När hjortens parningsskrin hördes i septembernatten viskade hon att det var bergakungen själv som kommit upp från sina underjordiska grottor klädd helt i guld för att dricka människors blod. Sådant satte sig djupt i ett barns sinne.

Fast det fanns också somliga vuxna eller äldre som sade att allt detta var sagor för barn och att den som varit ofta i mörka skogen borde veta bättre. Riddar Sigurd var en sådan man, liksom hans bror Oddvar. Det de aldrig hade sett, menade de, fanns inte för deras vidkommande. Ändra sig kunde förstås var man som var klok, men varför ändra sig innan man själv sett ett tydligt skäl för den saken?

Birger var inte säker på vad han själv innerst inne trodde eller inte trodde om skogens hemliga väsen. Säkert var dock att dessa tankar lätt tvingade sig på om man låg vid en liten flämtande eld längst inne i Tiveden och att det nog var därför han försökte tvinga sig gång på gång att i stället fantisera om de unga kvinnorna bland uppsvearna. En svårighet med dessa fantasier var dock att de inte var hälften så livfulla som de onda tankarna eftersom Birger aldrig hade varit nära någon kvinna och den låga som Alde tänt inom honom nu hårt och kallt hade släckts av hans mor Ingrid Ylva. I Birgers drömvärld mellan sömnighet och plötsligt uppvaknande med bankande hjärta efter inbillat eller verkligt ljud ute i skogens mörker blev bilderna av huldra och skogsrå alltid tydligare än bilder av uppsvenska ungmöer. Till slut domnade han ändå bort i trött halvslummer.

Ett avgrundsvrål från något icke mänskligt väckte Birger och de två erikska hirdmännen så att de fort krånglade sig ur sina mantlar, for upp sömndruckna och fumlade efter sina svärd och såg på varandra till bekräftelse att ingen drömt utan att detta var verklighet. Deras hästar som stod bundna alldeles intill skriade av oro och slet i sina remtyg och en av dem stegrade sig och slog med framhovarna i luften. Björn, tänkte Birger, det är bara en björn som lockats av vår vittring.

Då kom två nya vrål från gläntans utkant som bara svagt belystes av det fladdrande ljuset från elden. Det Birger nu skymtade fick både hans förstånd och hans kropp att stelna i isande skräck. Där stod två troll, hiskeliga att skåda med hängande, dinglande armar, klädda i vargskinn och näver och med ansikten som var mer djuriska än mänskliga. Vidundren bar varsin knotig träklubba med en mänsklig vitnad skalle som de svängde hotfullt med.

Birger stod förlamad med sitt svärd draget till hälften. Han trodde inte det han såg och såg ändå det han såg. Det stod still i hans huvud och han kunde inte förmå sig till att vare sig tänka eller handla trots att hjärtat slog våldsamt i hans bröst. De två erikska hirdmännen bredvid honom stod lika förstenade de.

”Flyyy määäniskooor!” vrålade ett av trollen med avgrundsröst och hotade med dödskalleklubban. På nytt hördes gny och oro från de bundna hästarna. Birger var nära att bryta sig ur sin rädsla och lägga benen på ryggen.

Knut, som haft eldvakten och inte var yrvaken som de andra, gjorde nu något som Birger skulle hålla honom till godo för resten av deras liv tillsammans. Han steg ut bredbent mitt i gläntan med draget svärd och viskade åt Birger att fort stränga en båge, smyga fram bakom honom och skjuta. Medan Birger fumlade med båge, sträng och koger vrålade och skrattade trollen än mer olycksbådande och började långsamt och djurlikt vaggande röra sig mot sina mänskliga byten.

”Var skall jag sikta?” viskade Birger när han smög upp bakom ryggen på den långe Knut.

”Som på en människa i ringbrynja, men fort!” viskade Knut tillbaka.

Med ostadig hand spände Birger bågen bakom ryggen på Knut, tog ett djupt andetag och steg fram något åt sidan när han höjde bågen, siktade strax under hakan på den högra avgrundsanden och lät pilen gå. Träffen hördes tydligt och i samma ögonblick rusade Knut fram i fyra långa språng och högg med sitt svärd ned den andra ogudaktigheten som var störst och verkat mest hotfull. Några förtvivlade skrik och ljudet av svärd genom kött och benpipor hördes och därefter blev det tyst sånär som på ett svagt rosslande från den varelse som Birger skjutit i halsen.

Birger kände att hans ena knä darrade våldsamt och att hans huvud kokade av tankar när han lamt släppte bågen mot marken. Ena halvan av honom befann sig i sagornas värld medan den andra red i vilt sken bort mot ljuset för att komma ut och förstå. De två hirdmännen bakom honom stod lika förlamade och gloende som han själv. Plötsligt hördes ett nöjt skratt borta från Knut och han kom snart flåsande med det ena vidundret släpande efter sig i en fot. Nära elden lämpade han sin blödande last, böjde sig ned och rev av en mask av kåda, näver och granlav som föreställde långt tovigt och grått hår och pekade med svärdsspetsen ned i det blodiga och tilltygade byltet. Vad de såg var en död man med halvt avhugget huvud, varken mer eller mindre.

De gick bort till den mindre av de två och den som Birger skjutit i halsen. Det var en yngling, föga äldre än tretton eller fjorton år. Han visade fortfarande svaga tecken på liv men ur hans hals höjde sig och sjönk en blodstråle för varje hjärtslag. Knut körde sitt svärd genom den unga kroppen, genom hjärtat och ned i marken på andra sidan.

”Det var deras öde, dessa stigmän”, sade Knut. ”Gud sände oss mot dem, ty bara Gud vet hur många gånger de lyckats med detta skälmstycke. Första försöket var det helt säkert inte. Och om vi flytt hals över huvud in i mörkret, vad hade hänt då?”

”Långt hade vi inte kunnat ränna snubblande”, sade Birger. ”Och när vi vågat oss tillbaka i gryningen hade vi funnit att våra hästar, våra bröllopsgåvor och vapen var borta. Det hade inte blivit någon munter återfärd.”

”Nej, men en återfärd med svansen mellan benen”, sade Knut tankfullt. ”Och just därför hade vi varit fyra åsyna vittnen som kunde svära på vår mors heder att vi sett trollen i Tiveden på nära håll. Det hade vi nog fått berätta många gånger.”

”Och för var gång hade dessa djävulsvarelser blivit allt verkligare, allt fler och allt större och allt hiskeligare”, mumlade Birger. ”Och ingen hade kunnat skyllas för stöld och rån. Deras plan var ändå ganska listig, dessa stigmän.”

”Visst”, log Knut. ”De tänkte klokt och allt gick dem nog mycket väl i händer tills de dog, vill säga. Jag skulle gärna vilja veta vad den här nidingen tänkte när han såg mig komma med höjt svärd.”

”Han tänkte säkert att det började bli dags att tänka ut en ny list”, sade Birger torrt och lockade därmed fram ett stort skratt från dem alla, ett skratt som befriade dem från den skräck och mardröm som varit hos dem för bara en liten stund sedan.

Mycket sömn blev det ändå inte under resten av natten som de alla så väl skulle ha behövt inför morgondagens långa resa. Det blev heller inte mycket till samspråk eftersom var man låtsades sova fastän hans tankar inte kunde släppa det som hänt.

På morgonen när de bröt lägret rev de av de två stigmännen all förklädnad och hängde dem stelt spretande sida vid sida från en tjock furugren. I trädets stam karvade Knut ett stycke rent från bark och ristade med dolkspetsen in tre kronor för att visa var resande vem som varit nidingars bestraffare. Birger var emellertid inte nöjd med detta enda budskap utan gick bort och hämtade de dödas förklädnader och ordnade dem tydligt vid tallens fot för att visa inte bara vem som straffat utan också varför. Den som gjorde sig till troll kunde dö som ett troll, menade han. De instämde alla i att detta var ett gott budskap.

Resten av deras resa gick lugnt och utan missöden genom både skog och land och över vatten. De anlände till Agneshus på Fogdön bara kort efter skymningen kvällen före bröllopet och de medförde inte bara kostbara skänker i glas och silver från Ulvåsas förråd utan därtill en resesaga som få kunde överträffa.

Birger tyckte något misslynt att som Knut gång på gång berättade historien betonade han de andras skräck lite väl mycket och det retade Birger att ideligen behöva bekräfta, på både Knuts och andras uppmaning, vilken stor rädsla han känt fram till dess Knut förmått honom att ta sig samman och skjuta första pilen. Dessutom var han både misslynt och undrande över att Knut bara omtalat sin medföljande vän som en folkung som hette Birger. Det var förvisso sant, men sanningen att han var Birger Magnusson till Ulvåsa var dock större.

Det var få gäster på Agneshus denna kväll före tre dagars bröllop. De flesta skulle komma nästa dag, för brudhämtning och ynglingaspel säkert lika mycket som för gille och sängledning. Agneshus hörde till ulfsätten och bruden var från en lagmansätt i höga Uppland men nu skulle hon brudhämtas inne i Strängnäs.

Eftersom särskilt brudhämtarna måste stiga upp i gråa gryningen nästa morgon bestämde herr Agne, som var brudgummen Jons far, att det inte fick bli något supa alltför långt efter midnatt. Själv ämnade han snart dra sig till bolster och fäll. Men dessförinnan ville han veta om den unge folkungen som vännen Knut fört med sig kunde rida bland brudhämtarna nästa dag, om han i så fall ville föra sitt folkungska märke och om han hade häst som inte skämdes för sig. Han kunde annars få låna. Av dessa frågor blev Birger först så brydd att han hade svårt att svara med allvar och utan miner, men han försäkrade att han förde sköld med lejonet och att hans häst skulle vara klädd i folkungafärgerna och alls inte skämdes för sig. Den gråhårige herr Agne nickade begrundande och sade att det var ett gott tecken för den fred som nu rådde i riket att en folkung kunde rida i brudföljet, ty då svear firade bröllop var folkungar sällsynta. Därvid reste han sig tungt, nickade vänligt åt de unga som fortfarande satt kvar i hans sal och skulle just bjuda god natt när han kom på en sak till och vände sig med ett litet förargligt leende mot Birger.

”Jo, en sak till!” sade han. ”Jag kom egentligen på det när jag hörde mig själv säga det där om att vi bara är svear på detta gille sånär som på dig, Birger. Vi har ynglingaspel som sed vid våra bröllop, är det dig bekant?"

"Ja, vi har också den seden", svarade Birger utan att röra en min trots att en brinnande tanke just då föddes i hans huvud.

"Gott, då vet du hur sådant går till", sade herr Agne. "Nu är de ynglingar som skall föra lekarna mot varandra i morgon antingen av ulfsätten, erikare eller någon sorts uppsvear som jag inte närmare känner till. Men med en folkung ibland oss finner jag det orätt att inte bjuda dig en plats i lekarna. Som ensam folkung lär du få det hett om öronen bland våra fränder men hedern bjuder både mig och dig att jag frågar."

"Och folkungahedern bjuder att jag genast antar denna inbjudan", svarade Birger snabbt med en kort bugning.

Herr Agne log då menande och höjde på ögonbrynen som om han låtsades förvånad av detta karska tal. Han skakade på huvudet och mumlade något om ungdomens heta blod och dårskap när han bjöd dem alla en god natts sömn.

Birger sneglade på Knut och såg att han sjunkit ihop något och alls inte föreföll lika förnöjd som bara för en kort stund sedan. Det var inte så svårt att förstå varför. Några av de ynglingar som suttit nära Knut, däribland brudgummen Jon, hade redan börjat tala om ynglingaspelet som om Knut vore segraren.

Birger insåg att han hade ett enkelt val mellan en god sak och en mindre god. Han kunde fylla på sitt öl och sitta kvar i salen som nu tömdes allt fortare på äldre män och kvinnor och därmed hamna i den lilla återstående gruppen runt brudgummen Jon Agnesson och hans vän Knut. Snart skulle någon fråga varför Knut och Birger färdades tillsammans eller hur de blivit vänner. Och om Knut då finge råda skulle den frågan, eller frågor som ens liknade den, helst besvaras med undanflykter eller lögn. Det ansåg Birger att Knut nog skötte bäst på egen hand.

Och om de började fråga honom själv vad han hette mer än Birger och vad för sorts folkung han var skulle det inte heller vara till glädje och vänskap, eftersom det då skulle visa sig att Knut omtalat sin medföljande vän mer kortfattat än vad hedern krävde.

Att smita undan var illa men att sitta kvar i ölbänk således sämre. Just när de andra kvarvarande ynglingarna i salen började fylka sig närmare varandra och ropa åt husträlarna efter mer öl reste sig Birger och urskuldade sig med att han sovit illa under trollenatten och att han måste tänka på att hedra sina ättefärger under den dag som kom. Med det bugade han sig och vinkade till sig en husträl för att bli anvisad nattläger och gick utan att låtsas höra orden av missnöje och förargligt löje bakom ryggen. Han gick inte lugn utan i vrede därifrån. Han behärskade sig emellertid genom att hårt intala sig att han hade en kunglig befallning att åtlyda. I den befallningen ingick inte att öka på fiendskapen med Knut just som den börjat falna.

* * *

Nästa morgon kom Birger bland de första till stallet när det fortfarande var mörkt. Han tog sig tid att tala med Ibrahim, smeka honom över mulen och berätta om sina bekymmer och om hur de tillsammans måste göra sitt yttersta under eftermiddagen och tidiga kvällningen för att visa såväl erikare och ulfsmän som uppsvear vad folkungamakten var. Dessutom ville han helst sadla Ibrahim själv och klä honom i de folkungska färgerna. Att omsvepa hingsten i schabrak var inte svårt, den konsten kunde nog till och med stallare så här nordanskogs. Men Ibrahim var ibland lite tjurig när det gällde det tyg som skulle dras över huvud och hals eftersom han tyckte illa om att bli förblindad ens för den kortaste stund.

När Ibrahim var i ordning gick Birger till det viste där han och Knut lämpat in sin packning. Han rotade fram sköld, svärd, ryttarhjälm och den lans som var färgad i silver och blå slingor. Ur deras ränslar stoppade han dessutom på sig lite rökt kött som han körde i bältet under sin vapenskjorta. Han hade sällan aptit tidiga morgnar efter öl och gille men som han kände sig själv skulle det knorra svårt i magen efter några timmars ritt.

Tillbaka i stallet fann han att både stallare och en del ryttare hade börjat sitt arbete men att flera av stallarna i stället för att ta itu med de brådskande sysslorna hade samlats runt Ibrahim. Några av dem som menade sig förstå hingstar sade att detta var en svart hingst med silverman av den allra mest dyrbara västgötska sorten. Birger bekräftade med en kort nick att så var det, att dessa hästar kallades *anaza*, och tog därvid Ibrahim lätt vid tygeln, ledde honom ur stallet och satt upp.

Birger hade tänkt ut morgonen som så att han skulle vara först med att komma i ordning och rida av sig morgonkulenheten och därefter återvända till tunet på Agneshus just som alla andra höll på att sitta upp för brudfärden. På så vis skulle han bara kunna ställa in sig någonstans i slutet av ryttargruppen och dessutom se till så att han hamnade där ingen kände honom. Ty han ville inte höra något av det som han misstänkte att Knut sagt till sina vänner under natten.

Hans plan kom på skam. För när han återvände till Agneshus satt en domderande herr Agne på en bred och fet gångare mitt ute på gården mellan stall och långhus och pekade och befallde barskt hur var och en skulle rätta in sig i ryttarledet. Och när han fick se Birger komma in på gården med en hingst klädd som bara rikets yppersta män kunde föra sig och med en folkungasköld där lejonets guld glänste i den just uppstigande solen befallde han genast att denne folkung måste hedras alldeles särdeles och därför rida bland de allra främsta.

Så kom det sig att Birger fick rida i andra ledet bakom märkesmannen, herr Agne själv och hans son, brudgummen Jon. Den som därmed hamnade bredvid honom var Jons nära vän Knut, alldeles tvärtemot vad Birger tänkt sig.

När följet lämnat Agneshus red Birger och Knut länge under dov tystnad jämte varandra.

”Sade du något om mig igår natt som jag bör veta eller något som jag inte vill veta?” frågade Birger till slut sammanbitet.

”Något sade jag måhända som inte skulle glädja dig men mer förteg jag”, svarade Knut ovilligt.

”Berätta då för mig, ty det som är obehagligt att säga men måste sägas är bättre förr än senare”, svarade Birger utan att se åt Knut.

”Jag sade att vi var nära vänner, att vi träffats på kungens Näs och sedan dess varit som oskiljaktiga och att vi jagat mycket samman”, svarade Knut efter lång betänketid och med tydlig plåga i ansiktet.

”Oskiljaktiga är vi. Så långt sant. Men ingen vet således att kungen befallt oss att öva din svärdshand ett helt år. Och som jag anar vill du helst inte att någon skall få veta det”, sade Birger.

”Nej, det vill jag helst inte”, medgav Knut. ”Vi är alltså nära vänner, du och jag.”

Därmed dog deras samtal för en lång stund. Birger kände obehag av att vara i lag med en man som inte höll sig till sanningen, men då han fruktat något värre än dessa oskyldiga halvlögner kände han sig ändå inte så illa till mods som han hade befarat. Dessutom var han lättad över att det obehagliga var sagt och att det än en gång visat sig sant som hans älskade farfar så ofta upprepat, att det som måste sägas hellre sades genast än efter lång väntan som bara gjorde pinan värre. Därför blev han till en början helt överrumplad när Knut tog upp ett ännu plågsammare ämne fast det dröjde innan han förstod vad Knut verkligen menade.

”Det är en sak till som jag ville dryfta och som heller inte är enkel att tala om”, sade Knut efter en lång ny tystnad. ”När vi återvänder till Agneshus blir det ett kort öl innan ynglingaspelen börjar. Det blir inte mycket vila, vi måste ju vara klara innan mörkret faller. Och som det nu är har du och jag ett bryderi.”

”Med ett ynglingaspel? Det kan jag inte tänka mig eftersom där inte ingår någon tvekamp”, svarade Birger aningslöst.

”Ingen här vet att du är min lärare”, började Knut på nytt efter en stunds eftertanke. ”Ingen här vet att du är forsvikare eller ens vad det betyder, utom att någon stallare tycks förstå vad era hästar är värda, för om det hörde jag ett och annat viskas.”

”Jag förstår inte vart du vill komma med detta, lika lite som jag förstår vår svårighet med några lekar”, svarade Birger uppriktigt brydd.

”Alla vänner och fränder förväntar sig att jag skall vinna ynglingalekarna”, vidtog Knut efter en stunds dov tystnad. ”Det vore en glädje för alla och det vore bäst för vänskapen mellan våra ätter. Om inte herr Agne hade fått infallet att bjuda dig till lekarna skulle det helt säkert ha blivit så. Där har du vårt bryderi."

"Jag slänger varken yxa eller spjut. Det är för böndernas krigsmän och sådant övade vi aldrig på Forsvik", svarade Birger och såg bort. Det syntes nog på honom att han skämdes. Det gjorde han också, men mer för den vändning han fruktade att samtalet skulle ta än för sin oförmåga i bönders krigslekar.

"Tre av lekarna är till häst, som du vet", fortsatte Knut tvekande. "Och av vad min käre frände kung Erik sade om hästar och sådana som du måste jag hålla för visst att du är nog så god till häst som med svärd."

Där tystnade Knut som om han inte förmådde att fortsätta mot det förslag som måste följa. Birger gjorde emellertid ingenting längre för att hjälpa honom med frågor utan red mörk i ansiktet med blicken stelt framåt. Knut led svåra kval inför det han ville komma till, och när han väl lyckades få fram vad han verkligen menade blev det inte med särdeles sköna ord.

"Jag bjuder dig en gård i södra Västra Götaland med ej mindre än tjugo kor och femton trälar, fiskevatten och hjortjakt därtill om du låter mig vinna idag", sade Knut så fort att orden snubblade över varandra trots hans långa eftertanke.

"Folkungahedern kan inte köpas, inte ens av en kungakrävare från Helge Sankt Eriks ätt", svarade Birger lågt efter en pinligt lång tystnad. "Det du föreslog skulle inte heller gagna vår samvaro de många månader vi har kvar att uppfylla kungens befallning. Försök att vinna med hedern i behåll i stället."

"Hur skulle jag kunna slå dig om tre lekar är till häst!" frågade Knut alldeles för högt så att herr Agne som red framför dem vände sig om och gav dem ett spelat strängt ögonkast och skämtade om att junkrarna borde sköta sin heders plikter i tur och ordning och just nu var brudhämtning.

"Det kan du helt säkert inte", viskade Birger efter en stund. "Men fyra av lekarna är inte till häst och ingen lek är dessvärre man mot man med svärd eller lans. Räkna efter noga och du finner att om du slår mig större till fots än jag dig till häst så är segern din i alla fall. Spjut slänger jag inte, och har jag stridsyxa i min hand är min sista tanke att kasta den ifrån mig. Vinn stort där mot mig och du kan bära förlusten av allt som görs till häst!"

"Men den tredje leken är ju påk på spång", invände Knut efter att ha suttit länge räknande för sig själv.

"Ja, och vad med det?" frågade Birger vresigt.

"Det är mycket likt svärd", mumlade Knut förläget. "Den som är som du med svärd är nog inte oäven med påk på spång."

"Nej, däri har du rätt. Men be då till Sankt Örjan att han må skydda dig och inte mig på spången", fräste Birger. "Och tänk efter ännu mera. Vilken glädje skulle vara dig störst, om du kom andre yngling efter mig i spelen eller om du vann, fast med falskt spel?"

"Störst glädje skulle jag ha av att vinna", svarade Knut så fort att det var som om han knappt hunnit betänka sig.

När de närmade sig Strängnäs hade de ridit tysta länge. Birger var tydligt försjunken i mörka tankar och Knut trodde sig ingenting ha att vinna på att försöka finna bättre ord för det han redan hade begärt. Han ångrade sig något när han nu i det fulla dagsljuset närmare kunde betrakta Birgers blåa mantel med det stora guldlejonet på ryggen. Det var nog ingen oäven gissning att enbart den manteln hade samma värde som den gård han erbjudit Birger för att lämna segern ifrån sig. Han slog bort tanken på att han skulle haft större framgång med ett högre bud.

Birger grubblade. Detta skulle bli hans första ynglingaspel och han hade känt en vild och svårtyglad glädje i sitt bröst när herr Agne erbjudit honom plats i lekarna eftersom han länge drömt om att få vinna ett ynglingaspel. Det fanns unga män han kände som hade varit med och de sade alla att en forsvikare som åtminstone kunde räkna något aldrig kunde förlora ett ynglingaspel, trots det där med yxa och spjut i början. Sälja segern till någon kunde han aldrig. Men kanske fanns det skäl att skänka bort den? Dryga tio månader återstod av det påtvingade livet med Knut. Blev det krig om makten i framtiden, sådant som ingen kunde veta på förhand, var det måhända avgörande om han själv och

Knut var på samma sida eller på olika sidor. Fast just nu borde man vara en Birger Brosa för att lugnt och kallt se till vad som var klokast och själv var han bara arton år och på väg mot drömmen att vinna sitt första ynglingaspel, desto hellre bland svear och uppsvear. Fast återigen, det var just så som en Birger Brosa inte skulle ha tänkt. Han kände sig alldeles för ung och för dum för att axla detta ansvar, det var som om hans mantel plötsligt kändes alldeles för stor och dyrbar.

Han tvingade sig till slut att låta nyfikenheten på Strängnäs ta över eftersom han aldrig sett några andra städer än Skara och Linköping.

Staden var både mindre och renare än Linköping, åtminstone på den rensade väg in bland låga trähus som brudföljet red. Stadens invånare verkade beskedliga och nyfikna och stod stilla i långa rader på den smyckade vägen fram till domkyrkan. Nu först gick det upp för Birger att denna brudhämtning skedde på ett helt annat sätt än i Västra Götaland, för själv hade han aldrig hört talas om att bruden hämtades vid en kyrka i stället för hemifrån. När han frågade om dessa oskyldiga ting blev Knut lättad och talför av att kunna förklara.

Det här brudföljet hade kommit långväga ifrån, från mörkaste Uppland, och dit kunde inte brudhämtarna rida utan stort besvär. Och ute på Fogdö fanns ingen kyrka och än mindre biskop som här i Strängnäs.

När biskopen välsignade bruden under lin och junker Jon Agnesson i ulfsmantel utanför domkyrkans träport, bröllopsgåvorna utbyttes och bruden drog det vita linet åt sidan för att blotta sitt ansikte, såg Birger bara en sak som förvånade honom. Bruden, som hette Brigida Helgesdotter, var smal och ung men med en mage som till och med en ung och oerfaren man som Birger inte kunde förstå på annat sätt än att hon var i långt framskriden väntan. Således hora. Om brudgummen var den skyldige var det dubbelt hor.

När han tog mod till sig och viskade en fråga om detta till Knut sken denne genast upp i ett brett flin och viskade tillbaka att bruden nog skulle föda redan till jul, men i äkta säng. Så därmed fanns inga svårigheter, i all synnerhet som biskopen just välsignat bröllopsparet och därmed gjort svart till vitt. För vilket han dock tagit hutlöst betalt.

På återvägen sniglade sig brudföljet fram eftersom bruden och biskopen inte red som folk utan färdades i vagn som hela tiden fastnade i lera och vresiga rötter och stenar. Birger försjönk då åter i sina egna tankar.

Som han kände sin ättehistoria hade hans far Magnus avlats av Cecilia Rosa och Arn Magnusson innan de välsignats och letts i säng. Till följd av denna synd hade de båda dömts till tjugo års botgöring, hans farfar Arn till krig i det Heliga Landet och hans farmor Cecilia Rosa till kloster. Därför hade det dröjt mer än tjugo år innan hans far Magnus hade kunnat bli upptagen som född i äkta säng och med arvsrätt.

Och här stod samma synd ut i en för alla synlig svällande mage utan att ens biskopen gjorde ringaste min av fördömande. Det var förunderligt hur annorlunda lagarna kunde vara i ett annat land även om det inte låg längre bort än några dagsresor. Han kunde dock inte bestämma sig för om det var sämre lagar.

När han hade flera nyfikna frågor i detta ämne och alls inte visade några sura miner om vad de talat om tidigare fann Knut stort nöje att berätta om somliga svealändska seder som föreföll Birger obegripliga.

Själv hade Knut tre frillobarn, två töser men också en son. Troligast var att han skulle gå i brudsäng med den jungfru som fött en son, ty den parveln artade sig gott.

Denna nya kunskap om okristliga seder uppe i Nordanskog förstummade Birger. Många frågor hann han tänka ut på den fortsatta vägen till Agneshus men få av dem skulle han kunna ha framställt utan att omanligt rodna. Mest undrade han över hur dessa barn kommit till då han visste så mycket säkert som att därtill krävdes att man och kvinna kom varandra nära. Hur han än grubblade kunde han inte förstå hur en sådan sak vore möjlig före fästningsöl och bröllop.

Som bestämt blev det kort öl vid ankomsten till Agneshus där nu nära hundra gäster hunnit samlas. Då detta bröllop brådskade hölls det ovanligt sent på året då dagarna var korta. Därför kom ynglingaspelet fort igång.

När de klädde om till mjukare kläder, ty dessa lekar skulle ingalunda föras i brynjor och med skarpa vapen då blod och död hade föga att göra på bröllop, såg Knut ut som om han på nytt skulle ta upp det vanhedrande ämnet om att köpa en seger. Birger stod intill honom inne i det mindre långhuset när de bytte ringbrynjor mot hjortskinn, vitt lin och vadmal. Han fruktade det värsta, att Knut på nytt skulle skämma ut dem båda och att han då inte skulle komma på något vettigt att svara.

Trots den sena årstiden för bröllop hade de god tur med vädret på Agneshus vilket var ett lyckosamt tecken för de unga som skulle gå i brudsäng. Och det skulle ske samma kväll och inte som brukligt på den andra kvällen, eftersom både brudens far Helge lagman från Gottsunda och herr Agne var lika angelägna att jäkta med det viktigaste för att därefter kunna ta det med större ro de följande bröllopsdagarna.

Mitt ute på tunet hade gårdsfolket rest en stor brudstol med flera bänkrader lagda snett ovanför varandra så att såväl bruden, som satt högst upp i mitten, som alla hennes fränder skulle få god plats. Intill stod en liknande ställning för brudgummens folk. Brudgummen själv skulle ju deltaga i lekarna.

Till trummor och pipor drog några husträlar in ett stort lass med förra årets svartnade rovor, eftersom årets rovskörd ännu inte var upptagen, och åt rovorna hånskrattade åskådarna och skrek okvädingsord om att sådant otyg ville ingen av dem ha, och särskilt inte någon redig man. Därefter bars sju stora rovkorgar in märkta med de sju ynglingarnas sköldemärken fastän somliga målats bättre än andra. Det var inget fel på de tre gyllene kronorna mot blå botten som hörde till två av korgarna, Knut Holmgeirssons och hans uppländske frände Botolf. Ulfsättens röda varghuvud mot svart sköldbotten var också skarpt tydlig liksom uppsvearnas gula bockar mot svart. Men det som skulle ha varit ett folkungalejon mot tre silverbalkar såg mer ut som en höna bakom galler och väckte gillande rop av både skadeglädje och munterhet.

Reglerna var enkla. Den yngling som vann en lek fick endast en svart rova i sin korg. Den som kom sist fick sju. Efteråt var det bara att räkna rovorna i var mans korg för att utkora segrare, andre man och den som fick skammen att komma sist. Av åskådarnas glada förväntan borde det bli hönsmannen från Västra Götaland.

Herr Agne ogillade högeligen att både hans egna fränder och gästerna från norr så oblygt visade sin låga aktning för den enda folkungska gästen. Det var ingalunda vad han hade hoppats och han fann det inte klokt och vist. Men när de sju ynglingarna hämtat sina hästar i stallet och red runt gården för att en och en hålla in sin häst framför åskådarnas bänkar och hälsa bruden med sin sköld tyckte sig herr Agne ana att den ensamme folkungen nog skulle klara sig undan med måttlig smälek från denna lek. Hans sätt att föra sin häst fick herr Agne att än en gång tänka tillbaka på Lena och Gestilren där just folkungska ryttare båda gångerna varit de som rensat slagfältet och skurit den danska hären blodig innan fotfolket från Svealand välldde in med sina yxor. Om denne junker Birger var en sådan ryttare skulle han nog hedra sina färger väl.

Men det började uselt för den unge ensamme folkungen. För när brudgummen Jon och hans närmaste vän Knut Holmgeirsson lottade om vem av de två som skulle öppna lekarna med yxkastningen och Jon drog det längsta strået, lutade sig Knut fram mot honom och viskade något samtidigt som han pekade på folkungen.

Tre dubbelyxor skulle var man kasta på tio stegs håll mot en trästubbe. Och sällan hade man sett någon kasta så uselt som folkungen som inte fick en enda yxa att fastna rätt i stubben. Därmed var han sist och gårdsfolket räknade högt och ljudligt upp sju rovor som de lade i hans korg medan de kacklade som höns och väckte stor munterhet bland åskådarna.

Herr Agne glömde för en stund sin folkungske gästs trångmål eftersom hans son Jon var känd som en mycket god yxkastare. Efter folkungen besegrade han utan stort besvär alla de andra ynglingarna tills det slutligen blev Knuts tur. Mellan dessa två stod striden hård och de fick kasta om en gång innan slutligen Knut vann och fick en rova medan Jon måste få två i sin korg.

Som segrare i första leken fick Knut nu börja spjutkastningen och han pekade genast med ett nöjt flin sitt spjut mot folkungen som reste sig tungt och gick modlöst och nästan likgiltigt till ett snabbt nederlag. Så usel som med yxa var han inte men heller inte mycket till man när det gällde spjut.

Herr Agne började nu alltmer oroa sig för att alla dessa skränande hånfullheter och allt spjuveraktigt kacklande bland åskådarna skulle kunna leda till fiendskap som svårt kunde skada detta bröllop. Bland alla de ungtuppar som satt bland åskådarna och skränade värst, för att de inte förärats en plats bland de sju ynglingarna, kunde nog mer än en få svårt att hålla tand för tunga på natten när ölet rann till. Och det fanns en klar gräns, åtminstone för män som levt länge nog för att vinna åtminstone någon klokskap, mellan vad som var vanligt gyckel på gille och vad som på allvar kränkte hedern. Bara några ord för mycket så kom blanka och skarpa svärd fram och sedan gick det inte att hejda. Och hur det då än slutade skulle olyckan bli stor. Det fanns ett talesätt söderut att den som dräpte en folkung inte levde längre än till tredje solnedgång därefter. Sådant tal var nog mest skrävel och dessutom berodde det väl i så fall på vad det var för en folkung, för det fanns ju många av den sorten.

Herr Agne insåg med ett krypande obehag att den häst och den utstyrsel, liksom den sköld och den lans folkungen burit, var sådana dyrbarheter som bara stormän hade råd med. Och dumt nog hade han inte som han bort förhört sig mer om namnet än att få veta att det var Birger. Det kunde innebära lite av varje, men fasansfullt vore om det var en Birger till Bjälbo, Forsvik, Ulvåsa, Ymseborg, Arnäs eller någon annan av de folkungska stormannahusen därnere. Om denne folkung förnedrades mer under lekarna stod det nu klart som vatten för herr Agne att hans första omsorg efter bågskyttet måste bli att få den folkungske gästen att rida bort från bröllopet fort och tyst och utan blodspillan.

Hans oro för den fara som nu vilade över hela bröllopet på Agneshus minskade inte av att hans son Jon, som till slut besegrat Knut i spjutkastningen, åter pekade på folkungen inför nästa lek som var påk på spång. Alla åskådarna hade nu lagt sig till med hönskackel och deras hån slog som hårt regn ned över folkungen när han grep en påk och gick ut på den gungande spången där herr Agnes segervisse son väntade och glatt hälsade upp mot sin brud. Det gjorde han mindre klokt, för i nästa ögonblick låg han nere i vattnet.

Det blev alldeles tyst uppe i brudstol och brudgumstol när Jon Agnesson kravlade sig upp ur den grop man grävt för att kunna hålla leken på samma sätt som vid gårdar med vallgrav. Någon menade att detta var olycksfall och inte skulle räknas, men då sade herr Agne hårt att olycka och fall hörde samman med var lek och därför räknades lika som skickligt slag och som tur och otur. Och så pekade han strängt på sin sons rovkorg där trälarna nu bligande och tvekande räknade upp sju rovor.

Jon gjorde dock inga miner av att det skulle ha varit orent spel utan började vrida ur en del av sina våta kläder medan han gick bort till Knut Holmgeirsson som stod med huvudet sänkt och såg ut som om han skrattade åt sin vän. Och det trodde sig många uppe bland åskådarna väl kunna förstå, ty alla visste att Jon och Knut var de två som hetast ville vinna och om en av dem nu fått sju rovor i en av lekarna så skulle han få svårt att komma ifatt den andre.

”Om jag inte minns alldeles fel”, sade Jon till Knut, ”så sade du mig att den där folkungen skulle man ta först, ty han var uslast av oss alla. Så usel var han dock inte om han slog mig av spången fortare än jag hann blinka.”

”Nej, det var inget uselt slag som fällde dig”, svarade Knut lugnt. ”Men vad jag sade till dig var att min vän Birger var usel med yxa och spjut. Påk på spång sade jag alls ingenting om, det var din egen gissning.”

Birger stod ute på den gungande spången och svängde långsamt påken som var lindad med läder i båda ändarna för att inte skada. Han andades ut för att smäleken nu var över, men han försökte också behärska sin vrede en stund innan han bestämde sig för hur han skulle välja bland motståndarna. Aldrig förr hade han varit med om att det ropades smädeord mot folkungar som ens liknade det han hört under lekarna här. Aldrig hade han mött sådan skadeglädje när han misslyckades med något och han var inte säker på hur han skulle förstå detta. Att folkungar inte var högt vördade nordanskogs hade han hört sägas. Men om han och hans fränder också var hatade, vilket somliga av de grövsta smädeorden och allt hånfullt hönskackel fick det att låta som, så var detta från och med nu ett farligt bröllop. Knut borde bättre än någon förstå detta och inte kunde han då gärna vilja se gycklet drivas hela vägen fram till skarpa vapen. För vad skulle han vinna med det?

Birger bestämde sig för att låta lekarna ha sin gång men att noga räkna rovorna i sin egen och Knuts och Jons korgar. Måhända skulle detta okvädande och gycklande snart lägga sig. Han pekade på den av uppsvearna som han tyckt sig höra de grövsta skymforden från. Den som kom mot honom hade en bock som sköldemärke och såg också ut som en eftersom han hade långt ljust skägg.

Bockmannen tycktes ta för givet att brudgummen Jon bara haft otur när han fallit så fort och gick bredbent och leende bort mot spången, stannade och sade något vänt mot de andra om att bada folkungar, vände sig sedan fort för att slå ett hårt och överrumplande slag samtidigt som han steg ut på spången och föll genast själv ner i gropen. Birger hade stått helt stilla och i stället för att hålla emot den andres slag hade han bara avvärjt det åt sidan så att motståndaren fällde sig själv av sin egen fart.

De följande ynglingarna som steg ut på spången var mer försiktiga. Det hade de inte mycket för. Åskådarna tystnade allteftersom. Snart återstod bara Knut som siste motståndare.

”Det hedrar dig att du väntade med mig till sist”, sade Knut när han vaksamt och med påken höjd i båda händerna till försvar försiktigt steg ut på spången.

”Var inte så säker på att jag blir lika hövisk i nästa lek även om vi är vänner”, svarade Birger.

”Om du skall få bestämma vem som tar vem i nästa lek måste du först vinna mot mig”, sade Knut.

”Det har jag redan gjort, det ser jag i dina ögon”, log Birger.

Därmed lockade han just som avsett Knut att genast anfalla i vredesmod för att visa att han sannerligen inte var rädd.

”Vredesmod är det sämsta, därom trodde jag vi hade blivit överens, du och jag”, ropade Birger ner till Knut i den våta gropen och gick sedan snabbt mot stallet för att hämta ut Ibrahim. Ty de tre följande lekarna skulle bli till häst och därför blev det nu också ett kort uppehåll med öl till ynglingarna att stärka sig med före ryttarlekarna.

Herr Agne drack en hel stånka öl utan att ta den från munnen av pur lättnad och glädje. Det sätt som den okände folkungen hade avfärdat alla de andra ynglingarna med påk hade stillat allt smädande och kacklande. Och när man nu åter såg de sju ynglingarna rida runt gården för att rätta till sadelgjordar och tyglar och tala lugnande till sina ystra hingstar behövdes ingen hästkarl för att ana att något stort skulle ske. Ett tydligt tecken på det varsnade herr Agne i ögonvrån eftersom alla stallare och andra på Agneshus som skötte hästar nu mangrant kom ut och bildade en egen grupp av åskådare ett stycke bort från bättre folk som satt i bänk. Herr Agne bestämde sig fort för att inte låtsas se detta latmansbeteende bland trälar, för hans del skulle de få stå kvar så länge de gitte.

Till första hästrännet skulle ynglingarna med varsin avlång lädersäck fylld med sand försöka slå sin motståndare ur sadeln. Det brukade kunna bli långa och hårda strider. Det blev det inte denna dag.

Birger höll den ivrige Ibrahim i kort tygel och tillbakahållet trav när han red runt och prövande svängde den lädersäck han tagit upp från marken bara genom att rida förbi och böja sig djupt ned, vilket fått de andra ynglingarna att växla oroliga ögonkast. Så pekade han ånyo på den bockliknande uppsvearen och red bort mot andra änden av gården och ställde sig att vänta. Hans motståndare red en bred och mycket stark fux som enligt Birgers mening skulle duga gott till hårt timmerarbete i skog, särskilt om man gällade den och fick den mer lättstyrd.

Bockmannen borde ha tagit någon varning av den lätthet med vilken Birger svept ner honom från spången. Men han såg måhända försiktighet som feghet eftersom han var uppsveare. Eller så litade han på att den tyngd och fart han skulle slå med vore nog för att välta både folkungen och hans häst. Han sporrade sin fux och red i högsta fart och under vilda sveländska stridsrop rakt mot Birger och det såg ut som något som skulle ta en ände med förskräckelse.

Det blev snarare en ände med löje. För när uppsvearen tog spjärn i sadeln för den stöt han trodde skulle komma och slog ut med sin lädersäck träffade han i tomma intet och var nära att välta sig själv ur sadeln. Han hörde förlägna skratt bakom sig och när han vände sig om såg han bara den undflyende högt lyftade svansen på folkungens häst.

Birger red i lugn, mjuk galopp upp och vände framför brudstolen. Där höll han och skakade till lädersäcken så att den tunnades ut något och lindade sedan upp den runt handleden så att den blev kortare men tyngre och började retsamt svänga den runt huvudet som för att locka bockmannen till ett nytt rasande anfall vilket inte var svårt.

När bockmannen föll i marken var fallet tungt och det blev tyst bland de åskådare som satt i bänk bland gäster och fränder. Men bland stallare och hästfolk steg höga jublande skrik och herr Agne såg till sin häpnad hur trälar och gårdsfolk föll varandra om halsen och vilt fäktande började disputera om vad de just sett. Herr Agne kvävde fort sin första tanke att ryta in det låga folket i stallet men kom av sig av att hans närmsta granne tog honom vid armen för att fråga vad som skett.

Det var inte lätt att säga, medgav herr Agne, eftersom allt skett så fort och oväntat. Men tänkte man efter så hade folkungen slagit sin man rakt över ansiktet med full kraft. Fast från fel håll. Han hade stått nästan stilla tills uppsvearen var ända framme och i sista ögonblicket hade han fört sin häst framåt och åt höger i ett språng och vänt den i nästa språng så att han kunde slå bakom ryggen och runt i en vid båge. Herr Agnes granne menade att det gått till på ett helt annat sätt och snart började de träta tills de fort enades om att det enda som var säkert var att sådana konster hade man aldrig sett. Inte sådan häst heller för den delen. Deras träta kom dessutom fort av sig när folkungen nu genast kallade fram Knut Holmgeirsson till nästa strid. Den som förlorade av de två skulle få sex rovor, så varför inte vänta till senare med en sådan risk?

Därför att folkungen tänker vinna, gissade herr Agne. Jon hade fått sju rovor efter påk på spången därför att han dumt nog valt folkungen som sin första motståndare. Om Knut nu fick sex rovor så var det utjämnat mellan de båda.

Det fick han. Birger gjorde denna gång på ett helt annat sätt. Han red in mot Knut i allt tätare ringar så att Knut måste börja slå för att värja sig och inte hann med att vända sin häst tillräckligt fort. Därför träffades han bakifrån så att han föll.

Denna lek blev den som var till minst besvär för Birger och Ibrahim och det verkade för åskådarna som om folkungen tog det ganska makligt med de andra ynglingarna, som om han inte ville öda för mycket kraft även om han för varje slagen man tycktes hitta ett helt nytt sätt att slå näste. Med allt mindre tillförsikt red de ut mot honom och mot slutet var det som om de två sista inte ens gjorde ärligt motstånd utan bara ville bli av med pinan så fort som möjligt.

Det blev ett nytt uppehåll eftersom ynglingarna nu måste hämta varsitt svärd medan husträlar fick brått att bära fram hässjestörar som de körde ner på två långa linjer intill varandra över hela gårdens längd och därefter spetsade en rova i toppen på var stör.

Två saker förvånade snart herr Agne och de äldre fränder som satt jämte honom. Det första var folkungens svärd. När han red förbi sina spetsade rovor högg han inte efter dem som andra utan höll sitt svärd lojt utsträckt vid sidan och lät rovorna falla som av tankens kraft i stället för av hugg. Det måste vara ett förunderligt vasst svärd.

Det andra förvånande var att folkungen väntade med Jon till näst sist och Knut till sist när han lika gärna hade kunnat rida mot dem först och därmed skänkt dem så många rovor att de hade varit ute ur leken om segern. Han ville alltså inte vinna?

Än mer egendomligt betedde sig folkungen i den sista hästleken som var kappritt. Det var väl känt att den som vunnit rovslagningen till häst hade svårt att rida sex snabba kappritter i rad och vinna. Och denne folkung hade kommit segrande till rovritten och måste rida den sex gånger för att vinna. Om han nu tänkte klokt skulle han först rida mot Jon och Knut. I stället sparade han dem till sist även om han vann allt knappare.

För varje gång han vann steg jublet allt högre borta från hästfolket, men herr Agne hade blivit så upptagen med att räkna rovor att han inte ville komma av sig med att tukta husfolk. Mot Jon vann folkungen så knappt att ingen trodde att han skulle lyckas ännu en gång och Knut var då ivrig att genast ställa upp.

Knut kom också iväg väl fort innan flaggan hade gått och låg före ända bort till vändningen runt stolpen. Eftersom folkungen vände mycket snabbare var han dock snart ikapp och därefter var det som om hans hingst hade fått vingar och flög ifrån Knut så att denne såg ut att rida på lugn kyrkfärd. Nu blev oväsendet så oherrans stort borta hos stallare och hovslagare att herr Agne för skams skull inte kunde låtsas som intet längre. Somliga av hans gäster hade redan börjat viska och fryna åt dessa uppträden, fastän de annars satt märkligt beskedliga och inte riktigt tycktes veta om de skulle fröjdas åt det de såg. Herr Agne röt stränga befallningar åt allt hästfolk att de genast skulle hålla tyst och ge sig in i stall och hovslagarstugor där de hörde hemma. De lydde prompt men alls inte skamset och drog sig undan under skratt och ivrigt tal.

Herr Agne började räkna rovor på nytt medan hästarna ställdes undan och mer öl bars fram inför sista leken som var bågskytte. Hur han än räknade kom han till samma märkliga resultat. För att vara säker drog han sin dolk och började i bänken framför sig rita ett streck för var rova som de tre nu hade i sina korgar. Det blev fortfarande samma.

Birger gjorde sig ingen brådska eftersom solljuset skulle räcka gott för bågskyttet. Till skillnad från de andra ynglingarna ledde han också själv sin häst mot stallet eftersom Ibrahim nu var våt av svett och fradga och han var noga med avtorkning och täcke efter så många lopp. Där inne i stallets dunkel möttes han av lyckligt ohöviska stallare som alla ville smeka Ibrahim. Några av de mest upphetsade ville till och med trycka Birgers händer, vilket han förvånat godtog, och alla talade de i munnen på varandra. De var således inte det minsta nödbedda när han bad dem ta väl hand om Ibrahim, långsamt tvätta honom ren och sedan täcka över honom inför den första kvällskylan. När Birger skulle gå hade en av stallarna till och med fräckheten att nämna att det fanns ett villigt sto borta i det andra stallet. Birger blev så förvånad över detta dolda förslag att han såg upp med en blick som kanske verkade mer som stränghet. Då ursäktade sig en av männen, sade att han hette Yrje och att han var en fri man och den som befallde över allt i stallen. Det var alls inte illa ment, fortsatte han. Men som den store segrare hingsten var förtjänade också han en god lön, och öl och fläsk hade han ju inte mycket glädje av. Dessutom skulle ett föl med sådan fader bli en stor prydnad för var gård.

Birger strök sig tankfullt om hakan medan han tänkte efter och det blev andlöst tyst i stallet.

”Nåväl”, sade han till slut. ”Ni är män som förstår vad ni har sett och det är mig till glädje. Nu behöver vi inte tala så mycket mer om detta eftersom vi väl förstår varandra. Låt mig bara säga att varken jag eller min Ibrahim, ty det är hans namn, skulle ha några hårda ord mot er om han finge besöka detta sto.”

”Måste din hingst vila länge efter alla dessa lopp innan det skall bära till?” viskade den frigivne Yrje ivrigt och minst tolv par ögon fästes då spänt vid Birgers läppar.

”Inte länge om stoet är villigt”, viskade Birger leende tillbaka och vände fort och gick ut för att trälarna inte skulle börja ta på honom igen. Han skakade på huvudet och korsade sig mot några av sina tankar när han steg ut i friska luften. Ty även om han hade ett och annat oklart för sig om hur man och kvinna skapade nya barn så visste han allt om hur små föl blev till. Han hoppades att Ibrahim åtminstone skulle vara något trött när han kom på besök så att han inte på ett opassande sätt skulle ställa till för mycket oväsen under sin kärleksstund.

När han hämtade sin båge i vistet för resandes packning korsade han sig på nytt över att han hade den med sig och inte måste låna inför det avgörande som nu förestod.

De två målen för bågskyttet var halmbalar som man spänt tunt lintyg över och målat med svarta och röda ringar så att även åskådare som satt en bit bort tydligt skulle kunna se hur träffarna satt.

Birger valde på nytt den bockliknande mannen först men fick snart skäl att ångra sig och måste göra sitt yttersta för att vinna. Då tänkte han att han kanske hade räknat för nätt och att det inte skulle kunna gå på något av de två sätt som han tänkt sig när det var dags att räkna samman allas rovkorgar. Det fanns en saga i hans huvud som hela tiden gjorde sig påmind eftersom han hört den berättas i hela sin barndom.

När hans farfar Arn Magnusson gick till bröllop och ynglingalekar så fanns inte bara Erik Knutsson, den blivande kung Erik, bland ynglingarna utan också hans far Magnus Månesköld. Det hade blivit ett ynglingaspel som ingen någonsin sett tidigare och det inte bara för att far och son tävlade mot varandra. Far och farfar hade varit bland de yppersta bågskyttar som någonsin skådats i Västra eller Östra Götaland och Birger visste väl med sig att han alls inte var deras like. På borgen Arnäs hängde fortfarande de två bågskyttemålen uppspända på en vägg med segrarens krona i guld runt alla pilarna i det ena målet, och andremannens silverkrona runt det andra. De två som skjutit i sista paret, där hans farfar varit den ene och hans barndoms lärare Broder Guilbert den andre, hade träffat med alla sina pilar så nära varandra att det gick att med en krona omsluta dem alla, och det på trettio stegs avstånd. Än i den dag som nu var häpnade gäster på borgen över att se de två skyttemålen högt uppe på salsväggen. Det fanns till och med män som sade att dessa pilar måste ha ordnats i efterhand.

Det hade varit Birgers barnsliga förhoppning, insåg han nu, att han skulle kunna upprepa något liknande. Farfar Arn och Broder Guilbert hade varit lika usla som han när det gällde yxkastning och spjut men vid lekarnas slut ändå haft färre rovor än alla andra i korgen. Det var en dröm att göra något liknande, men bara en dröm. För ingetdera av vad som nu måste ske hade med ädel och ren tävlan att göra. Något annat vägde mycket tyngre och det var kampen om makten i riket. Och då måste man vara vis som Birger Brosa och inte ett brushuvud som Knut Holmgeirsson. Han måste sköta det som nu förestod som om både Birger Brosa, hans far och Arn Magnusson, och för den delen också kung Erik, sutte bland åskådarna.

De skyttar som Birger pekat ut efter bockmannen hade varit usla i jämförelse. Men så hade han också sett efter mer noga på deras bågar och sätt att hålla dem innan han bjöd dem att stiga fram för att skjuta de tio pilarna.

Slutligen fanns bara Knut och Jon kvar bland de ännu inte slagna. Birger pekade då på Knut som tog ett djupt andetag innan han grep sin båge och steg fram för att skjuta första pilen. Birger hälsade honom kort och sade ingenting utan bjöd honom bara med armen att förbereda första skottet.

Knut siktade länge men träffade ändå gott i det innersta röda.

"Har du räknat rovorna och vet du hur det står?" frågade Birger medan han drog fram en pil och granskade den noga innan han lade den på strängen.

"Inte annat har jag räknat än att nog mycket hänger på dessa pilar", svarade Knut.

Birger nickade och sköt en pil som träffade lika gott som Knuts och väntade sedan med att säga något tills Knut skjutit sin andra pil, varmed han träffade på samma sätt som med sin första.

"Jag har arton rovor i min korg", sade Birger medan han granskade nästa pil. "Du har sexton och Jon sjutton. Om jag vinner över dig och sedan över Jon slutar vi alla på nitton rovor. Vore inte det det bästa?"

Knut svarade inte och Birger flyttade då sin uppmärksamhet tillbaka mot målet och sköt sin pil på nytt in i det innersta röda.

När det nu blev Knuts tur tycktes han ha fått för mycket att tänka på. Han siktade för länge och måste sänka bågen för att andas ut och börja om. Därefter träffade han sämre än de två föregående gångerna.

Birger sköt sin tredje pil lika med de två första och därmed var han i ledningen. Knut såg länge i marken och tog sig samman med stort allvar innan han sköt nästa gång och träffade på nytt i det innersta röda.

"Och om jag slår dig, vad händer då mellan Jon och mig?" frågade Knut överrumplande just som Birger skulle släppa sin fjärde pil.

"Det borde du lätt ha räknat ut", svarade Birger när han sänkte sin båge för att börja om. "Om Jon slår dig har vi er båda som segrare. Om du slår Jon är du ensam segrare. Stör mig inte nu en andra gång just som jag skall skjuta!"

Birger träffade på nytt lika med sina tidigare pilar. Men Knut sköt därefter för andra gången något sämre och låg nu tydligt efter.

"Om jag får slå dig lovar jag dig att Jon slår mig så att vi blir två segrare", sade Knut när Birger lagt upp nästa pil på strängen.

"Säg mig då varför två segrare är bättre än tre", sade Birger, siktade snabbt och släppte sin pil och träffade ånyo något bättre än Knut.

"För allas vår vänskap, din, min och Jons, för glädjen av att Jon segrar samman med sin bäste vän den dag han lämnar ungdomen", svarade Knut sammanbitet, gjorde sig fort färdig för nästa pil och träffade därefter mitt i målet.

"Är du den bättre skytten av er två?" frågade Birger när han gjorde sig färdig att skjuta på nytt.

"Jag vinner nio gånger av tio om Jon och jag skjuter mot varandra", svarade Knut.

Birger sänkte då bågen utan att skjuta och såg mot marken som om han måste samla all tankekraft för att skjuta nästa pil. Därefter började han om, siktade länge och sköt sitt sämsta skott så att Knut kom lite ikapp.

"Jag låter dig vinna om du låter Jon vinna", sade han kort när han släppt sin träff med ögonen. "Om du svär vid din heder så blir det så."

"Jag svär", log Knut nästan lyckligt och gjorde sig fort färdig för nästa skott som han träffade gott.

Birger såg då till att grovt missa sitt sista skott efter att ha siktat alldeles för länge. Det var sådant som lätt kunde hända när mycket stod på spel och då mången man hade svårt att bevara sin kyla. Och när Knut och Jon därefter möttes vann Jon till mångas förvåning stort och lätt.

Rovorna räknades nu högtidligen samman av herr Agne själv som ändå måtte ha haft en god aning om vad räkningen skulle visa eftersom han suttit vit i ansiktet av spänning och inte varit till att tala med från sina grannar i bänken under slutet av bågskyttet.

När herr Agne tillsammans med bruden Brigida Helgesdotter gick fram för att överlämna segrarens lön gjorde han något som ingen kunde ha väntat sig men som det skulle talas länge om. Han kallade inte bara fram de två segrarna utan också folkungen Birger och befallde att man skulle hämta huggkubbe och folkungens svärd.

Allt ystert och muntert tal om hur brudgum Jon och hans bäste vän Knut hade segrat tillsammans kom plötsligt av sig och sjönk först till viskningar och snart till tystnad. Ingen kunde förstå herr Agnes olycksbådande befallning om huggkubbe och svärd. Herr Agne var känd för sitt egensinne.

När han efter kort väntan fått vad han begärt från två hukande och andfådda husträlar lade han lugnt och noga ned segrarens guldkrona mitt på huggkubben framför de tre förstummade ynglingarna, räckte över svärdet till folkungen och höjde högra handen för att få tyst. Vilket var helt onödigt, inte en endaste viskning hördes i det ögonblicket.

”Två segrare har vi men bara en guldkrona!” ropade han. ”Och du folkung som hedrat dina färger så väl skall ha silverkronan. Men först måste du förtjäna den med ditt skarpa svärd!”

Birger bugade mot herr Agne och drog utan ett ord sitt svärd ur skidan och pekade frågande med ena handen mot guldkronan på stubben. Herr Agne nickade tyst till bekräftelse. Birger höjde då svärdet med båda händerna, siktade noga och klöv med ett enda hugg kronan i två lika stycken utan att någon av halvorna föll i marken. Han vickade försiktigt loss sitt svärd som trängt djupt ner i huggkubben, torkade av det med sin linskjorta och körde ned det i skidan, bugade och tog ett steg bakåt.

Herr Agne bugade kort tillbaka mot Birger, tog upp de två halva kronorna och räckte dem till Jon och Knut samtidigt. De två segrarna såg därvid både snopna och lyckliga ut. Så kallade herr Agne fram Birger och krönte honom med silverkronan utan vare sig ord eller åthävor.

Det hade börjat skymma och gästerna gick förnöjda mot det stora långhusets sal för att begynna bröllopsölet. Samtalet var så högt och ivrigt, eftersom detta varit ynglingalekar som det fanns mycket att tala om och måhända träta, att ingen fäste sig särskilt vid de höga gnägganden och skrin som hördes från bortre stallet.

Men Birger, som nu var på väg med de andra ynglingarna för att byta kläder, rodnade och såg i marken när han tänkte på hur oblygt Ibrahim röjde sina hemliga förlustelser.

Från klädvistet hämtade han en ny vapenskjorta som inte var för strid utan för gille och sydd av silvertrådar och glänsande blått utländskt tyg. Han tog också med sig fodret till sin mantel, som var päls i mårdskinn, och med detta stora bylte gick han tillbaka över den tomma gården och in i ynglingahuset där de andra redan höll på att byta sina våta kläder. Stämningen inne i salen var underlig, somliga var vid mycket gott lynne och andra åter sura och dolskt blickande under lugg mot Birger när han kom in och lade ifrån sig sin stora börda på den bädd som var hans. Fast Jon och Knut, som under skratt och skämt varit upptagna av att finna ett sätt att med tunna läderremmar knyta en halv krona runt huvudet, kom genast emot honom och omfamnade honom broderligt och sade högt, i riktning mer åt somliga än åt honom, att han i sanning var deras vän och en ädel kämpe.

Birger svarade inte så mycket men tog av sig silverkronan och kastade den ovanpå sin klädhög och drog sedan fort av sig på överkroppen och gick ut för att finna ett badhus.

I badhuset var det emellertid mörkt och kallt och inget vatten i spannarna. Inte heller fanns där något att göra sig ren med, varken *savon* eller björkris. Muttrande tog han en tom träspann och gick ut, först till vistet där han i sin packning rotade fram ett stycke savon från Forsvik som Ingrid Ylva förtänksamt stoppat ned bland fläsk och skinka. Därefter hämtade han vatten i brunnen ute på gården, gick tillbaka in i badhuset och tvagade sig. När han våt och lite ruggig kom till ynglingahuset var de andra nästan färdigklädda och till hans förvåning fick han ord bakom ryggen om det fruntimmersaktiga i att efter strid och lek gå till gille utan att lukta som man men som kvinna. Han låtsades inte höra utan klädde sig omsorgsfullt med ryggen åt de andra som blev alltmer otåliga att gå, särskilt som det tog lite tid för honom att på rätt sätt fästa mårdpälsen på insidan av manteln. Somliga ville gå i förväg men det hindrade Jon och Knut med några hårda viskningar.

Till segrarens lön vid ynglingaspel hörde plats i högsätet och som herr Agne bestämt var segrare den som bar krona efter leken, även en halv krona.

Det var ord som inte gärna kunde missförstås. Därför trädde Knut och Jon med Birger mellan sig först bland ynglingarna in i salen. De möttes av stort och kraftigt bifall och mullrande knytnävar som slogs i borden.

Högsätet var uppställt vid salens bortersta kortände och i andra änden stod brudsätet där bruden och hennes sju vitklädda möer och nära vänner hade plats. Mitt i salen glödde och pyrde en långeld som gick från brudstol till högsäte och längs elden var bord och långbänkar för flertalet gäster. Husfolk sprang fram för att visa Jon, Knut och Birger upp i högsätet och de andra ynglingarna till lägre platser men alldeles intill högsätet.

Birger fick plats ett stycke ifrån mitten där herr Agne, brudens far och mor, biskopen, Jon och Knut satt. Det fann han som en lättnad och gissade att även Knut och Jon hellre satt utan honom för att lättare kunna tala om sina bedrifter för dem som säkert gärna ville höra mer än en gång. Att bara äta och dricka sig igenom ett gille var inget besvär för Birger, det hade han gjort förut och han tyckte att den här gången passade det desto bättre att han skulle få vara ifred en bit bort i högsätet.

Därvid bedrog han sig dock. Först lade han märke till att många stirrande ögon vid borden nedanför hela tiden vändes mot honom och att man viskade och pekade. Det besvärade honom snart desto mer eftersom han var ovan vid sådant gloende och dessutom inte kunde förstå varav det berodde. Kvinnan som satt närmast honom och sade att hon var änkan Sigun från Tiundaland fick honom snart att något bättre förstå allt detta viskande och pekande. Hon började ivrigt berömma hans mantel, smekte den över tyg, guldtråd och päls och ställde snart en ström av frågor om var sådana kostbara ting gjordes och hur många marker silver den skulle kräva som hade en sådan mantel till försäljning.

Detta var det sämsta av ämnen för Birger att tala om. Priset hade han för det första ingen aning om eftersom ingen hemma någonsin talade om dylikt. För det andra var denna mantel sydd av hans farmor och således ingenting man kunde köpa. Rodnande och mumlande försökte han säga att mantlar av bättre slag gick att köpa både i Gudhems och Riseberga kloster men att man måhända fick vänta ett år på färdigt arbete och antagligen betala i förskott. Änkan Sigun lät sig emellertid inte hejdas det minsta av Birgers försagdhet utan började i stället fråga ut honom om än det ena än det andra, först om han hade några ätteband till Svealand. Han svarade att hans farfars brors son Torgils Eskilsson var husbonde till dottern till en Leif lagman på Norrgarns gård uppe i mörkaste Uppland men att han just nu inte kom ihåg vad hon hette. Änkan Sigun blev överdrivet munter av hans virriga svar, skrattade högt och skvimpade öl i hans knä som hon genast med oblyga händer ville smeka bort. Birger värjde sig räddhågset och kände snart kallsvetten komma i nacken när han anade att denna samvaro vid bord inte skulle bli vare sig hövisk eller lätt att genomlida med heder.

När den första raden av hedersskålar var tömda ur ättehornet, som var skapat som en stor orm som bet sig själv i nacken, och mat och öl på andra varvet bars in, steg tal och sång allt högre mot det sotiga taket. Sigun, som nästan var gammal nog att vara hans mor, blev alltmer oblyg i sitt tal och fann gång på gång anledning att sträcka sig över bordet efter en späd morot i varm honung eller ett stycke ungt lamm och då stödja sig med sin ena hand i Birgers sköte, vilket fyllde honom med både blygsel och upphetsning.

Herr Agne satt dock inte längre bort än att han snart upptäckte Birgers utsatta belägenhet och eftersom det mesta av hedersskålar och annat som krävde husbondens deltagande för stunden var avklarat reste han sig och tog sin ölstånka med sig och trängde sig utan mycket fjäsk ned mellan Sigun och Birger.

”Junker Birger”, sade han äldremansvänligt när de druckit varandras skål, ”du är inte så oäven när det gäller att i stridens hetta räkna rovor och för det har du min aktning, min stora aktning. Och det vill jag att du skall veta.”

”I så fall är inte heller ni, herr Agne, sämre att räkna rovor än jag”, svarade Birger lågt och med blicken i bordet.

”Därmed nog sagt om rovor eftersom du och jag helt och fullt förstår vad den andre menar”, myste herr Agne och såg nöjt ut över salen. ”Därför var det mig en stor glädje att kröna dig, junker Birger, med den enda hela kronan. Men nu är allt sagt om detta.”

Birger förmådde bara stumt nicka till bekräftelse och inte kunde han komma på ett enda ord för att öppna ett nytt samtal.

”Låt mig då fråga en helt annan sak”, fortsatte herr Agne efter att först ha låtit fylla på mer öl åt både sig själv och Birger. ”Det där svärdet du har, var kan man köpa ett sådant?”

”Med er tillåtelse, herr Agne”, svarade Birger till en början något tveksamt, ”skall jag sända er ett svärd av samma stål och skärpa före jul. Men då vill jag först att vi tillsammans skär ut ett stycke läder som visar hur långt och brett ni önskar det.”

”Jag frågade inte om en gåva av så dyrbart slag, jag är en man som gör rätt för sig och därför frågar jag nu på nytt om priset”, sade herr Agne barskt fast han hade svårt att dölja gnistan av frestelse som tänts i hans ögon.

”Det förstod jag mycket väl eftersom ni är en redbar man, herr Agne”, svarade Birger fortare och lättare när han nu plötsligt kände sig inne på fastare mark. ”Men ni, herr Agne, hedrade mig, er okände gäst, på ett sätt jag sent skall glömma. Jag är därför skyldig er en tjänst som jag mer än gärna vill betala, ju förr dess bättre. Därför skall ert nya svärd komma till gårds före jul.”

”Du är inte vilken som helst folkung, junker Birger!” utropade herr Agne förtjust över att ha blivit trugad till ett svärd som nog ingen av hans fränder hade maka till. ”Säg mig då något om varifrån en junker med så höviska seder kommer, vad är ditt namn mer än Birger och vem är din far?”

”Jag är Birger Magnusson till Ulvåsa, Magnus Månesköld var min far, jarlen Birger Brosa till Bjälbo var min fars fosterbror och riddaren Arn Magnusson min farfar”, svarade Birger med lyft blick och stolt säkerhet i varje ord.

Först bleknade herr Agne, sedan nickade han begrundande och drack utan ett ord sin stånka i botten. Strax reste han sig och urskuldade sig med att han måste tillbaka upp till biskop och fränder. Han såg ut som om han kärvänligt tänkte klappa Birger på axeln men rädd-hågset ångrade sig och tog sin tomma stånka och gick.

Änkan Sigun kom fort som ett lystet bi till blomma åter vid Birgers sida, så nära att han kunde känna hennes mjuka lår. Hon sade ivrigt att hon hört allt.

Men herr Agne hade fått några grannlaga spörsmål att dryfta med biskopen och sin blivande blodsfrände uppe i högsätets övre del. Vad den pilska änkan Sigun möjligen satt sig i sinnet var ingen stor sak, åtminstone inte denna första bröllopsnatt när hon svårligen skulle kunna tränga sig in i ynglingahuset. Och för övrigt rådde var änka fritt över eget sköte utan att därav följde osämja och svärd.

Betraktade man däremot den blängande Brynulf av bockeätten uppe från Uppland såg man i värsta fall brandrökar och nyblivna klagande änkor i en nära framtid. Ty Brynulf hade nesligen blivit svarte rova, den som kom sist. Och för det klandrade han säkert inte sig själv men Birger Magnusson desto mer.

Nu fanns således två saker att göra för att rädda detta bröllop undan den största av olyckor. Det ena vore att utan prut och med lena ord kalla till sig unge Brynulf för att försöka svalka hans hämndlystnad med kunskap om vem den han ville svärdshugga framåt natten egentligen var. Och vad det skulle föra med sig om han till all olycka för sig själv och sina fränder lyckades.

Det andra vore att nesligen men utan misskund låta hirdmän fjättra Brynulf på en loge över natten eller låsa honom inne i något viste.

Helge lagman från Gottsunda, som snart skulle bli herr Agnes blodsfrände, menade att så illa som att fjättra på loge eller låsa inne kunde han inte gärna medverka till att behandla en ung frände på bröllop. Och gjorde han det likväl skulle därav komma mycket surt efterpå. Bättre vore enligt hans mening att varna den unge Brynulf att slog han framifrån med sitt svärd låg han snart död. Slog han bakifrån var han niding, vars hem skulle brännas och vars fränder intill tredje led skulle mördas av hämnande folkungar från Sunnanskog. Den man hade inte mycket till förstånd som inte tog reson av sådan visshet.

Biskop Ulf från Strängnäs sade sig dock ha bittra erfarenheter av att ha litat till ungtuppars förnuft, särskilt när de haft läglighet att tömma frikostiga förråd av öl. Bättre vore, menade biskopen, att ta det säkra före det osäkra. Att oskadliggöra unge Brynulf en natt fjättrad på loge vore förvisso att skymfa honom. Säkert skulle han därför rida bort i vredesmod såfort man släppte honom lös nästa dag. Säkert skulle Helge lagman få besvär av detta i efterhand. Allt detta låg i ena vågskålen.

Dock låg brand, död och nattliga ryttare i silver och blått i den andra vågskålen. För så mycket kunde man säkert uttyda av denne junker Birgers namn och släktskap att han ingalunda vore lätthämnad.

De enades därvid men beslöt att vänta till efter sängledningen med att fort och helst tyst så att ingen märkte det föra undan Brynulf till ensligt nattläger bakom lås och vakt.

Birger hade fått allt svårare att värja sig mot änkan Sigun som blivit djärvare som hon drack, liksom Birger blivit mindre förlägen som han drack. Dessutom led han nu svåra kval av sin pissnödighet men kunde ändå inte resa sig och gå ut som alla andra eftersom hans lem i så fall oblygt skulle skvallra för var och en om syndfulla tankar. Mot svår pissnödighet värjer sig dock ingen man i evighet och till slut måste han krångla upp sin tjocka mantel över vänster svärdshand och skyla syndens bevis när han något framåtlutad smög ut till pissriset utanför stora porten. Men där ute stod en hop skränande och skrattande män varav somliga gjorde det man skulle på riset medan andra bara skälmade sig. När de såg Birger komma tystnade de först men kom honom strax till mötes med kärvänliga skämt och frågor om hästar. Även om hans pissnödighet vid det laget hade blivit mer än svår att lida hade detta påtvingade umgänge ändå den fördelen att hans lem nog fortare än eljest blev i sådant tillstånd att han kunde använda den till det ändamål den främst var avsedd. Hans lättnad blev stor och han pissade länge och mycket manligt.

Tillbaka i högsätet fann han att Sigun tog emot honom inte bara så som han hade väntat utan också som han hade börjat hoppas. För första gången vidrörde han hennes lår och då uppmuntrade hon honom leende att genast pröva högre upp. Och då hans lem snart hamnade i samma upprörda tillstånd som förut tog hon kärt i den och berömde den för styrka och kraft.

Vad som hade kunnat hända strax därefter fick Birger bara fantisera om. För just här blev det tvärt slut på all förlustelse under bordet. Höga horn skallade i salen, pipor och trummor stämde upp från städslade gycklare och brudmöernas dans började i vita särkar och med bara fötter och lingonkrans i håret. Och som allt tycktes brådska med detta bröllop blev dansen kort innan bruden leddes mot säng uppe i brudloftet i långhusets bortre ände. Änkan Sigun var så nära i frändskap med bruden att hon måste följa med sängledningen. Birger fick då tyst medge för sig själv att han snarare saknade henne än kände lättnad.

Kort därefter fördes Jon Agnesson upp till brudloftet och så leddes den fulle biskopen upp mellan två stadiga hirdmän för att en sista gång välsigna bröllopsparet innan man drog täcket över dem.

Två ätter hade nu förenats med detta hastande bröllop där nästan allt klarades av den första dagen och natten. Som en följd av detta ovanliga sätt att dricka bröllopsöl skulle ynglinganatten och möaftonen genast ta vid, fast utan vare sig brud bland möer eller brudgum bland ynglingar.

I ynglingahuset var Knut nu vid mycket gott lynne och den som blev värd eftersom hans vän Jon lämnat ungdomen och hade andra och svårare plikter än att dricka öl bland vänner. Fast ingen visste varför saknades även Brynulf från Uppland och trots att Knut sände två av hans fränder att noga leta efter honom stod han inte att finna någonstans. Knut skämtade att han måhända lagt sig att spy och sova och då råkat gömma sig som en igelkott om hösten under någon lövhög. Eller hade han hittat en pilsk änka och funnit henne vara ett bättre val för natten än att tåla smäleken av att ha blivit svarte rova.

Det stack till i Birger av en svart okänd känsla när han hörde detta om pilsk änka och såg Sigun i famn hos Brynulf för sitt inre öga. Snart fann han sig dock väl tillrätta vid nytt öl och färskt oxkött och en glad och ivrig Knut som ville sitta närmast honom och hela tiden talade högt och väl om honom inför de andra. All den fiendskap som Birger fruktat var som bortblåst, och eftersom det blev mycket tal i början av natten om dagens ynglingaspel kunde snart de andra börja skämta om vem som åkt fortast av spången i mötet med Birger eller hur hopplöst det hade varit att rida med slagpåse mot honom. Därifrån ledde talet snart in på Forsvik och alla rykten om vad som försiggick där. En stund blev Birger i mitten av allt samtal och drack snart mer än han brukade, liksom han började skrävla, vilket han aldrig gjort tidigare. Som han blivit lärd var den icke man för sitt svärd som lät tungan träda i dess ställe.

I Nordanskog var dock mycket annorlunda från vad Birger vuxit upp med i Västra Götaland. I Sunnanskog skulle aldrig kunna hända att unga jungfrur från möaftonen kom till ynglingars hus.

Knut gick dock själv och hämtade dem och snart hördes fnitter och lätta steg ute i förstugan. Knut slog upp dörren och hälsade alla med vida armar och sade att nu började ungdomens riktiga gille. Frusna och huttrande sprang jungfrurna från möaftonen in, kastade av sina mantlar och värmde sig något framför elden innan de började dansa i sina tunna vita särkar runt långbordet där ynglingarna satt. För detta möttes de med höga rop av bifall. Birger hade slutat dricka av pur förvåning men det hade också börjat glöda på nytt i den eld som änkan Sigun tänt tidigare under kvällen.

Det blev en lång natt i ynglingahuset med mycket spring ut och in. Därvid var dock inget bekymmer, för lika lång blev den helt säkert i stora långhuset på Agneshus. Och nästa dag skulle ingen stiga upp före middag och de äldre skulle helt säkert stupa på bolster före de yngre och veta intet om vad söner och döttrar gjorde denna natt då brådskan ändrat på både den ena och den andra bröllopsseden.

Den som kom Birger nära hette Signy men han tycktes ha märkligt svårt att lära sig namnet och kallade henne flera gånger för Sigun. Det var Knut som föste dem samman efter att ha förhört sig bland möerna om vem som hetast åtrådde hans vän Birger.

Hur han och Signy kom att gå ut omsvepta i hans stora värmande mantel mot en av höladorna mindes han inte mycket av i efterhand. Desto bättre kom han ihåg hennes små mjuka händer och fagra ansikte och än mer det han inte ens i sina tankar vågade fästa med ord.

Dock var han en annan när han vaknade nästa morgon än när han gick till en afton som var både ynglingaafton och möafton i ett och samma. Som Knut högt bland ynglingar, och till Birgers förlägenhet, lade orden var skillnaden den att han nu var helt och fullt en man och detta inte bara med svärd och sköld.

På andra bröllopsdagens natt hölls alla jungfrur väl inlåsta, bevakade av mödrar och fränder då elaka rykten spritt sig bland bröllopsgästerna. Så ensam med Signy den unga och väna blev Birger inte mer.

Det blev han däremot med den väl så väna änkan Sigun som om

inte särdeles ung dock var både hetare och mer oblyg än någon jungfru.

När Birger och Knut ensamma red ned mot Strängnäs efter tredje dagens bröllopsnatt för att finna båt mot Tälje och Söderköping var de för första gången otvungna vänner. Knut menade att om han var den som hade mest att lära om manliga dygder som gällde svärd, så hade Birger haft allt att lära när det gällde de dygder som hörde sänghalmen till. Därför var mycket mellan dem nu utjämnat.

I Birgers sinne rörde sig då inga stora tankar om synden eftersom han var desto mer uppfylld av sin manlighet. Därför hade han heller inga invändningar mot det Knut sade om utjämnad skuld.

Elva dagar efter att de lämnat Ulvåsa återvände de med flodbåt och hade mycket till allas förnöjelse att berätta om falska troll och bröllopsfest i Nordanskog.

Ingrid Ylva såg först hur lätt Knut och Birger nu talade till varandra och hon tänkte sig att de för enkelhets skull hade gjort en dygd av nödvändigheten och därför mer spelade vänner inför varandra än de verkligen var. Snart såg hon dock på sin son Birger att det nog var något annat som hänt och alls inget som hade med småsaker som dräpta stigmän eller ynglingaspel att göra, ty om sådant var de förvisso mer än villiga att berätta så att de talade i mun på varandra. Det som däremot hade förändrat Birger, insåg hon, var det som ynglingar inte gärna berättade om ens för sina mödrar.

Om denna sin upptäckt sade hon ingenting eftersom ingenting särskilt fanns att säga och det ändå var vad som skulle inträffa förr eller senare. Hon var förvissad om att det skulle dröja länge än innan hennes Birger gick i sådan brudsäng som hon skulle kräva av honom. Och under denna långa väntan kunde ingen kraft i det jordiska förmå en man som Birger att inte vara man. Dock fick hon inte vänta för länge med att tala med honom om det som en mor måste tala om med sin son, att varna honom för sådan kvinnolystnad som förde hämnd över eget tak.

Snarare än hon anat fick hon skäl att föra detta samtal med Birger. Under resten av hösten fram till den första snön övade Birger och

Knut som de fått kunglig befallning att göra. Och de var nitiska långt utöver vad ens kung Erik hade kunnat begära.

Men när julen närmade sig kom Knut till henne och förklarade att så stor tacksamhetsskuld som han nu hade till Birger måtte det förunnas honom hedern att få se Birger som sin egen och sin fader Holmgeirs gäst på Vik över julfirandet.

Knut lade sina ord väl, i varje litet stycke som hedern krävde. Ingrid Ylva kunde omöjligen avslå denna begäran. Men hon visste väl inom sig att det var mer än julotta, kyrkfärd och böner inför Sonens födelse som fyllde de två unga männens tankar inför denna långa helg.

Hon hade mer rätt än ens hon anade. Knut hade förespeglat Birger både den ena och den andra förlustelsen och han hade ingalunda försummat att nämna att en av änkan Siguns gårdar låg nästgårds till hans faders hus Vik.

Isarna lade sig tidigt den vintern och Birger och Knut for därför med släde norrut över isar och skogar mot Mälaren och Vik. De skulle resa omvägen över Fogdön utanför Strängnäs dit Birger hade ett nygjort svärd från Forsvik att lämna i gengåva. Ingrid Ylva hörde dem tala och skratta på långt håll i släden när de for.

# IV

VID TIBURTIUS HADE tranorna redan varit tre veckor i landet och dansade inte längre vid Hornborgasjön. Sedan gammalt var det just denna dag isarna skulle gå upp i Västra Götaland och björnen stiga ur sitt ide i Nordanskog. Vintern hade inte varit svår och våren kom tidigt detta år.

Cecilia Rosa fick bråda dagar när fartyg och flodbåtar på nytt kunde komma med gods. Mycket hade lagrats i visten och lador förra året när isen lade sig ovanligt tidigt. Och på våren kom alltid skepp från Lübeck till Söderköping och gods vidare till Forsvik. Det blev mycket att hålla räkning på i början och dessutom var Cecilia Rosa otålig att göra affärer med både kung Erik och Eskil Magnusson som på senare år tillbringat vintrarna nere i Visby för att kunna sköta sin handel hela året. Men på väg hem till Arnäs måste han ju förr eller senare passera Forsvik, så det fanns intet annat att göra än att ge sig till tåls.

När Eskil äntligen kom hade han bråttom hem, vilket kanske bidrog till att han fort gick med på alla Cecilia Rosas förslag och dessutom erbjöd att hålla Aldes brudöl och bröllop på Arnäs eftersom fästningsölet skulle vara på Forsvik. För sin brorsdotter Alde öppnade han lika gärna sitt hjärta som sin silverbörs, sade han. Dessutom fann han Cecilia Rosas affär mycket klok. Han var en man som föredrog den sortens givmildhet som betalade sig och det som Cecilia Rosa tänkt ut skulle betala sig mycket väl för folkungarna, både de som levde nu och deras efterkommande. De skulle alla stärka sin makt över Västra Götaland.

Cecilia Rosa fick således en lättare förrättning med sin svåger Eskil Magnusson än hon haft med kungen även om Eskil blev den som fick punga ut med mest silver av de två.

Det första hon övertalat kungen om var det lättaste, att riddar Sigurd och hans bror riddar Oddvar, som rättvist dubbats till riddare den gången då de räddat kung Eriks liv i sista stund, måste ha egen mark och gård som alla andra bland rikets främsta krigare. De kunde ju inte för all tid och evighet tjäna som hjon på Forsvik, även om deras tjänst var god och de aldrig klagade. Och lättare behöll var kung en stor krigares trohet om där fanns tacksamhetsskuld.

Så långt höll kung Erik med om allt och beklagade sin egen tanklöshet och att Cecilia Rosa inte tidigare påmint honom om detta.

Något svårare blev det när Cecilia Rosa kom in på hur den kungliga ynnesten skulle se ut i jord och hus. Hon föreslog de gårdar och den mark som låg söder om borgbygget Lena på Vätterns västra strand där gränsen gick mellan erikars och folkungars land. Kung Erik tyckte sig då se hur den ena ätten bredde ut sig på den andras bekostnad. Cecilia Rosas invändning att det skulle bli på samma sätt varhelst han valde ut mark åt de två viftade han undan med att det både syntes och kändes mest om det var just vid gränsen man gav efter. En del fick hon lirka, och till slut erbjuda sig att betala med guld emellan, innan kung Erik gav med sig.

Det var första steget i hennes plan. Nu ägde Sigurd och Oddvar marken söder om Lena borg. Andra steget var att bröderna skulle överta folkungarnas borg vid Lena och bygga den färdig med folk från Forsvik. För detta skulle de betala folkungarna med den mark de just fått från kungen.

Lena hade från början varit jarlen Birger Brosas bygge men nu ägdes borgen gemensamt av Eskil Magnusson, som satsat mer silver i bygget än någon annan, och några av Birger Brosas ättlingar runt Bjälbo. Det var dem man måste lösa ut och det var därför Eskils silverpung än en gång måste släppa till.

Även om Eskil till skillnad från sin salig bror Arn aldrig varit en slagfältets man förstod han dock allt sådant som rörde krig i stort och vad som hade att göra med ättens säkerhet i framtiden. Med två folkungska riddare på Lena skulle det finnas tre starka borgar i folkungahänder i Västra Götaland. Arnäs, där Eskils son Torgils var borgherre, var den starkaste. Därefter följde Ymseborg, som hölls av Bengt Elinsson, och så nu snart Lena med riddar Sigurd, nära i blodsband till både Arnäs och Forsvik, och hans bror riddar Oddvar.

Styrkan i detta folkungska lås över Västra Götaland förstod Eskil mycket väl och därför knotade han inte över de utgifter det skulle föra med sig för hans del. För det var, sade han, som med utgifter till kloster sådant som kunde betala sig gott efter ens egen död.

Därmed var det klart att ordna med ett fästningsöl som skulle bjuda på fler vapenskjortor i silver och blått än någon annan gång i riket. För till Aldes fästning vid en riddare av Forsvik skulle var man som någonsin gått i lära de senaste tjugo åren hos Arn Magnusson själv, Emund, Oddvar, Bengt eller någon av de andra, komma i fulla vapen och flygande färger. Forsvikarnas sammanhållning var stark och alla vördade de högt Arn Magnussons dotter.

Cecilia Rosa studerade sitt kalendarium noga och fann att till Eriksmässan i mitten av maj när trastens ungar snart lämnade boet skulle man gott hinna ordna allt. Det var visserligen en bråd tid för sådden, men på Forsvik fanns inte det arbetet och de gäster som man kunde vänta var sällan själva flitiga med vare sig sådd eller skörd.

* * *

Ingrid Ylva hörde till dem som ingalunda fruktade jordegummors kunskaper om sådant mellan himmel och jord som var okänt för de flesta, om de så var goda kristna eller rentav lärda klerker eller bara okunniga stallare. Hon hade trots muttrande varningar från somliga manliga fränder upplåtit ett hus vid sjöstranden, som tidigare använts av Ulvåsas fiskare, till två gamla systrar som hette Jorda och Vattna. Om detta var deras verkliga namn visste hon lika lite som hon visste om de två kvinnornas födelse och liv innan de en dag kommit med ränsel och stav till hennes port. Att de var förlupna trälar hade hon möjligen trott först, för varifrån skulle de ha kommit vandrande som fria? Men eftersom Ulväsa gård liksom Forsvik hörde till dem där man inte höll trälar utan bara fria hjon hade Ingrid Ylva på rent egensinne bjudit dem kvällsvard och bolster över natten. Hade någon kommit löpande efter dem och fällt fräcka ord om att hon skyddade förlupna skulle hon bara med förakt slagit några silvermynt i bordet och talat hårt om sin husfrid för att avfärda vilka som helt träljägare. Ty bara Bjälbo och Arnäs hade högre ställning bland folkungars gårdar än Ulvåsa, och där höll man inte heller trälar.

Ingen kom dock för att söka efter de två kvinnorna och Ingrid Ylva kunde därför aldrig köpa Jorda och Vattna fria från någon ägare. Och redan efter att ha samtalat något med dem den första kvällen bestämde hon att inrätta ett hus och förse dem med allt vad de behövde av mat och tyg mot att de använde sina kunskaper till Ulvåsas fromma. Vattna och Jorda var mycket örtkunniga och kunde förlösa barn liksom dämpa deras feber, läka sår och stadga brott på armar och ben, liksom häva rännskita. Så långt var de en välsignelse för Ulvåsa. Men många, särskilt bland de frigivna, var snart övermåttan rädda för Jorda och Vattna och viskade om dem som trollkunniga. Barnen gick ogärna alltför nära deras pörte nere vid vattnet.

Ingrid Ylva kom just därifrån. Hon bar en liten korg med färska vårlökar att koka mot tungsinne och gick långsamt och grubblande längs stranden mot bryggan när hon såg att en flodbåt med järnlast som i vanliga fall inte skulle lägga till vid Ulvåsa ändå var på väg in. Och vid bryggan var ingen röd sköld hissad till tecken på att färd krävdes eller att gods skulle lämnas. Upprymd av lite nyfikenhet gick hon mot bryggan som om Jordas och Vattnas lökväxter hade verkat redan i korgen.

Därför blev hon ensam och först om att få budet som den oväntade båten medförde från Forsvik om Aldes och Sigurds fästningsöl om mindre än en månad. Till en början blev hon övermåttan upprymd av detta goda besked. Men på väg upp mot gården kastade sig mörka tankar över henne på nytt då hon kommit att tänka på Birgers dåraktiga förvillelser om Alde.

Birger och Knut hade inte återvänt från julölet på Vik förrän till Pauli omvändelse som var vinterns mitt och lika mycket snö skulle falla därefter som dessförinnan. De hade inte förefallit Ingrid Ylva som två unga män som enbart fastat, bett och övat svärd.

Om de låg efter med det senare, vilket var mer än troligt, hade de dock under de följande månaderna mer än väl tagit skadan igen. Med en envetenhet som liknade besatthet hade de huggit in på varandra från morgonsång till aftonsång. Deras arbetsdagar måste därför ha varit de drygaste på Ulvåsa, även om där fanns många hårt arbetande, särskilt bland de frigivna.

Deras framsteg i leken kunde Ingrid Ylva inte själv ha någon tydlig uppfattning om. För henne såg detta skrammel, svett och stånk ut på samma sätt, vilka män som än ägnade det sin möda. Hon hade dock förhört sig med märkesmannen på Ulvåsa som var erfaren krigsman och av hennes egen ätt. Han hade kort men bestämt sagt att om Birger var det inte mycket att orda. Han var forsvikare och därför kunde ingen man som inte själv var samma stå honom emot. Med Knut var det dock så att han inte längre var som ett barn i händerna på forsvikaren utan nu en man som skulle hävda sig väl mot de flesta. Om man sade det mera sant var det nu så att ingen av hirdmännen på Ulvåsa gärna skulle gå i kamp mot denne Knut, ty han var en helt annan kämpe nu än när man först sett honom förra hösten.

Ingrid Ylva var inte säker på om detta var något hon borde gilla eller ogilla. Gott var att hennes son helt och fullt lydde sin kungliga befallning. Men som Ingrid Ylva tänkte sig framtiden såg hon återigen ingen fördel alls i att Knut var på väg att bli en svärdsman som vore Birgers jämlike.

Om Birger fått höra om sin mors oro skulle han haft goda skäl att skratta bort den. Sant var att Knut nu redde sig mycket bättre med svärdet än förr. Det var till deras ömsesidiga fördel eftersom Birger månad för månad, nästan omärkligt, hade höjt hastigheten i alla rörelser. På så vis kände han det inte längre som att han själv förtvinade i långsamhet.

Sant var däremot inte att Knut någonsin skulle hinna ikapp. Det kunde ingen som började hantera vapen rätt först efter tjugo års ålder i stället för vid fem år.

Mer förnöjelse hade de dock båda nu än vad de haft i början av sitt arbete. De hade också börjat ägna tid och kraft åt somligt som mer tjänade deras egna avsikter än kungens. Knut övade spjutkastning någon timme var dag med Birger eftersom det var onödigt att alltid få sju rovor i den leken. Birger övade lika lång tid påkslagning med Knut, vilket måhända var lättare att se som en del av deras kungliga befallning eftersom påkslagning förbättrade både snabbhet och ögat.

Avsikten med detta skulle inte ha varit svår att genomskåda för någon man. Birger och Knut såg inte brudsängen framför sig på många år, däremot många ynglingaspel. Och den som segrade i sådana lekar hade mer än guld och heder att hämta, främst fördelar av det slag som varit Knuts enda lärostycke till Birger. De stora krigen låg fortfarande nära i tiden och än fanns många unga änkor.

När bud kom om fästningsöl på Forsvik blev Knuts första ivriga fråga till Birger om det kunde tänkas bli vapenlekar redan vid fästningsölet. Frågan var nära till hands. De hade ju redan börjat drömma om sommarens många bröllop och om hur de då skulle turas om att vinna guldkrona eller silver.

Birgers svar kylde Knut lika snabbt som en spann kallt vatten över pilsk hund. Väl kunde det tänkas bli en del vapenlekar på Forsvik redan vid fästningsölet, medgav Birger. Men i så fall bara med häst och lans eftersom forsvikare betraktade allt annat som mjäk. Och till Forsvik kom landets bästa ryttare och bland dem skulle Birger själv skatta sig lycklig om han vore bland de femton eller tjugo bästa. Knut insåg genast att han inte borde resa till just detta fästningsöl och Birger kom inte med ett enda ord till invändning. I stället föreslog han att Knut skulle använda dessa överblivna dagar till att besöka kung Erik på Näs. För kungen skulle måhända komma till bröllopsölet på Arnäs men inte redan till fästningen på Forsvik, dit skulle han nöja sig med att sända sin mor änkedrottning Cecilia Blanka.

De enades fåordigt och manligt om hur de skulle göra, liksom de numera gjorde i det mesta. Resten av den eftermiddagen övade Birger något med Knut som han kommit på först på senare tid. Knut skulle bara ha sköld att värja sig med och Birger skulle anfalla med svärd utan sköld. Så kunde Knut bättre lära sig att inte möta varje hugg med styrka utan så ofta som möjligt vika undan huggen. Dessutom skulle han på detta sätt också slutligen tvingas förstå att skölden också var ett vapen.

* * *

Fästningsölet på Forsvik blev till en början just så glänsande som var och en kunnat förvänta. Från hela Västra Götaland och stora delar av Östra Götaland kom gamla forsvikare i färger och fulla vapen som vore det kunglig kröning. Så många hade de aldrig varit samman, inte ens vid den kungliga brudhämtningen av jungfru Rikissa vid Lödöse. Längs bygatan hängde var man sin sköld på lans med en vimpel i silver och blått och det blev snart som ett gungande, blixtrande blått hav i solljus. Från den långa raden av gyllene sköldelejon strålade den nya folkungamakten.

Riddarna och Birger och två andra män, som också varit befäl på Forsvik, höll kort rådslag under ledning av Bengt Elinsson och bestämde att denna gång skulle man öppna även riddarsalen för var forsvikare, ty alla gäster skulle ändå inte kunna samlas i ett enda av de större husen.

Tourney hölls på stora ryttarfältet redan första dagen, något annat hade inte varit möjligt att tänka sig med så många forsvikare samlade på en gång. Det tog större delen av dagen att utkora segraren som till ingens förvåning blev riddar Bengt, fastän han klagade över att han kände sig bultad som gammalt segt kött efter att ha ridit mot åtta goda forsvikare och två gånger kastats av hästen.

Birgers förhoppningar att kunna bli bland de sista obesegrade i denna tourney släcktes även denna gång. Han hade god tur med sina tre första motståndare som antingen råkade bli bland de äldsta eller yngsta. Men fjärde gången, när ändå en liten hop av obesegrade återstod jämfört med hur det sett ut i den stora trängseln från början, blev riddar Sigurd hans lott.

Birger förbannade först sin otur. Men sedan eldade han upp sig desto mer så att han i sin starka vilja att vinna nästan började känna hat till riddar Sigurd. När de möttes red Birger inte som i lek och tourney med klumpiga koroneter i lansspetsen utan hårt och beslutsamt som i krig.

Första gången blev det lika och ingen slogs ur sadeln av den andres stöt fastän båda träffade gott. Andra gången drog Birger skam över sig själv genom att bryta mot en av de viktigaste reglerna på Forsvik. Bland just dessa åskådare gick det ingalunda att dölja hur han tydligt siktade mot riddar Sigurds ansikte och var en tumnagel från att träffa. Så gjorde man i krig men inte bland forsvikare på tourney. En sådan träff kunde lätt döda även med koronet på lansen.

Det pris Birger fick betala blev dubbelt. Dels åkte han själv ur sadeln eftersom han inriktat hela sin vilja på en enda sak, att träffa vinnande med en enda stöt. Dels skämde han ut sig. Han kunde inte gärna göra annat än att höja sin arm till ursäkt och dra sig ur och därmed erkänna sig slagen fastän med bara ett fall.

Han förbannade sig själv när han ställde in Ibrahim i stallet och framförde alla sina ursäkter till hingsten i stället för till dem han borde. När han torkat Ibrahim ren och kysst honom farväl gick han inte tillbaka till ryttarfältet. I stället smög han sig undan till den lilla hage där Ibrahims far, Arn Magnussons hingst Abu Anaza, levde sitt stilla liv mellan grönt bete och språng över sto.

Ingen man hade ridit Abu Anaza sedan hans herre stupat. Några sådana tankar hade inte heller Birger då han var brinnande skamsen i sin förvissning om att han vanärat sig mer än nog för en dag.

Abu Anaza bligade först misstänksamt mot honom när han klev över stängsel och stång. Men så tycktes hingsten plötsligt känna igen honom, brummade kärvänligt och kom emot honom i mjukt trav. Birger smekte hans grånade mule och talade till honom om sin egen enfald och den slagskugga som låg över honom av hans farfar som han alltid skulle bli jämförd med och aldrig till sin egen fördel. Han smekte hingstens hals och kände tårar av vanmakt som inte gick att hejda. Just då var han tacksam att ingen såg honom. Han frågade Abu Anaza hur det varit att bära en krigare som Arn Magnusson bland pilar som förmörkade himlen och i dånet av tusen hovar och klangen av stål mot stål. Var detta mer än annat det som gjorde en man? Vem var den störste krigaren, den som aldrig föll eller den som efter vart fall reste sig på nytt och aldrig gav sig?

Abu Anaza såg på honom med sina stora vackra ögon och verkade svara med sitt medlidande, som om dessa förtvivlade frågor alls inte behövde något annat svar. Och han buffade på Birger med sin mjuka mule liksom till tröst.

Birger drabbades då av en oemotståndlig frestelse. Ingen kunde se honom just här och nu, för alla på Forsvik satt ute vid stora fältet där snart inte många motståndare till riddar Bengt fanns kvar.

Han tog tag om Abu Anazas man och gled upp på hans rygg som om han plötsligt sökte en spådom. Abu Anaza frustade till och vek genast ut i hagen i kort trav, höjde svansen och gick, utan att Birger på minsta sätt bad honom, över till lång galopp runt i hagen. Tårarna rann på Birger så att han alls inte kunde hindra det och kanske inte ens ville. På något sätt trodde han sig ha fått svar. Från Abu Anazas varma kropp strömmade lugn och tillförsikt över i Birger så att han åtminstone i den stunden kunde försonas med de många motstridiga känslor som rasade inom honom. Han lovade sig själv att inte ännu en gång skämma ut sig inför alla dem som stod honom närmast i livet.

De två första dagarna och nätterna lyckades han hålla det löftet. Den tredje kvällen blev dock hans unga livs mest olyckliga och vanhedrande.

Cecilia Rosa hade bestämt att då Forsvik omöjligen kunde hålla över tvåhundra gäster i en och samma sal finge man helt enkelt dela upp sig på de tre hus som stod till buds. Högsätet bars in i riddarnas hus och där skulle de förnämsta gästerna undfägnas, bland dem änkedrottningen och de riddare och andra folkungar som kommit med sina husfruar i sällskap. De som kommit utan husfru fick sitt öl i Heliga Landet, och det mesta av husfolket på Forsvik fick tränga ihop sig inne i det gamla långhuset. Men då Alde och riddar Sigurd var allas vänner skulle deras lövade fästningsstol finnas i husfolkets långhus första kvällen, i Heliga Landet den andra och i riddarsalen den tredje. På så vis skulle alla hedras lika av fästfolkets närvaro. Så hade ingen ordnat fästningsgille förut och så var inte seden i Västra Götaland. Men Cecilia Rosa var en kvinna som ofta gick seden emot. Sådan hade också hennes husbonde Arn Magnusson varit, och som Forsvik blomstrade och berikades för var dag var det ytterst sällan någon ville invända mot vad Cecilia Rosa behagade ändra på, om det så gällde gamla seder eller nytt sätt att tänka i affärer.

Ingrid Ylva satt i högsätet samman med sina käraste vänner, de båda Ceciliorna, och de hade bara angenäma ting att tala om. Tiderna var goda, det var fred överallt i landet och drottning Rikissa på Näs skulle i dagarna föda sitt första barn. Blev det en son skulle det måhända kyla ärkebiskop Valerius i hans ständiga försök att åter placera en sverker på tronen. Blev det ett flickebarn så var därmed ingen skada då någon folkung i sinom tid kunde få kunglig gemål. Dessutom hade Rikissa visat att hon inte var ofruktsam och hon var ung och frisk och kunde föda många barn. När det gällde kampen om makt såg det nu ut i landet just så som Arn Magnusson en gång tänkt sig.

Cecilia Rosa berättade om hur det varit för länge sedan när han kom tillbaka från det Heliga Landet och hur han då tänkt bygga folkungamakten så stark att ingen kunde stå den emot. Därmed hade han avsett att skapa fred. Och därvid stod det nu. Så länge förbundet mellan erikar och folkungar bestod skulle inte ens Valerius kunna störta landet tillbaka ned i krig och olycka. Erikarna kunde inte gärna göra sig till fiender med folkungarna, och folkungarna kunde inte göra anspråk på kronan och därför tjänade båda sidor bara på fred och lugn. Och nu med det kommande bröllopet hade folkungarna tre starka borgar inom sitt fögderi i Västra Götaland och därtill Älgarås där Sune Folkesson var herre. Och så Forsvik, vars styrka inte var försvarsborgens men desto mer i den makt som skapades av silver och guld. Landet hade i sanning en ljus tid framför sig, menade de två Ceciliorna.

Ingrid Ylva tystnade allteftersom när hennes två vänner överbjöd varandra i att smycka framtiden i ljusa förhoppningar. Det föreföll henne nästan högmodigt att så utan minsta oro betrakta livet, ty som hon såg det var sorgen och glädjen syskonbarn som gick hand i hand. Det fanns alltid svärta där det var ljus och alltid olycka bakom knuten när lyckan var som störst. För människor kunde alltid handla i plötslig dårskap som ingen kunnat förutse och därmed vända all lycka till olycka. Ibland räckte några förflugna ord på ett gille och ibland kunde någon få för sig att röva annans brud så att en lång kedja av hämnd växte till fullt krig.

Hon tystnade grubblande och betraktade Birger ett stycke bort. Han satt ensam utan sina bröder eftersom Ingrid Ylva menat att de skulle hålla sig i studerkammaren om det bara var fästningsöl men självklart rida till själva bröllopet på Arnäs. Trots att Birger satt utan nära vänner intill sig var han ändå inte så försagd som han brukade vara. Han drack och skrävlade av vad hon kunde se på hans fäktande armar och på någon förarglig glimt i ögat på en och annan äldre forsvikare som satt nära honom. Han såg fräckt och oblygt på de unga kvinnor från det forsvikska hushållet som bar fram mat och öl eller serverade vin som man gjorde på Forsvik. Han hade fort blivit en annan under det senaste året och däri fanns inte bara gott och inte bara sådant som var oundvikligt i vägskiljet mellan yngling och man. Han hade kommit att likna Knut Holmgeirsson och en sådan man var så olik Birgers far och farfar som man kunde bli.

Det var skatt som hon som mor varit med att betala till kungen, det insåg hon. Kung Erik hade med sunt och enkelt förnuft förstått att det inte fanns pris högt nog för att hindra Knut och Birger från att bli fiender. Av deras vänskap berodde freden i landet. Men av deras vänskap höll Birger på att bli en sämre man än hon som mor hade hoppats och tydligt sett framför sig i sina uppenbarelser.

Hennes onda aningar besannades på det mest förfärliga sätt den tredje och sista fästningsnatten när den lövade stolen åt Alde och Sigurd hade flyttats in i riddarsalen. Till en början var glädjen större i huset denna kväll än de två tidigare eftersom man nu hade det blivande bröllopsparet hos sig och därmed också de saracenska strängaspelare och sångare som bodde på Forsvik.

Men denna kväll satt Birger dovt sur och drack mer än eljest. Ingen utom Ingrid Ylva anade faran. Efteråt förbannade hon sin egen tvehågsenhet och att hon inte kommit på ett sätt att gripa in i tid. Även om det också med efterklokhet blev svårt att säga hur hon skulle ha gjort för att rädda honom.

Det började med att han plötsligt sträckte sitt tomma vinglas mot Gurmund, som var Sigurds och Oddvars far, och befallde att Gurmund kvickt skulle kila iväg efter lite mera vin. Först häpnade

Gurmund och såg ut som om han nästan tänkte lyda, men då lade Oddvar tungt sin hand över faderns arm och hindrade honom och sade utan harm i rösten åt Birger att det säkert fanns gott om husfolk som kunde undfägna gästerna och att hans och Sigurds far var gäst som alla andra.

Birger lät dock inte stilla sig av detta utan sade högt och fräckt att en gammal träl som Gurmund väl ändå var van att tjäna folkungar, liksom för övrigt hans avkomma Orm och Sigge. Han uttalade deras gamla trälnamn hårt och väsande så att det blev tyst i salen och förskräckta blickar vändes mot honom från alla håll.

Sigurd satt långt bort i fästningsstolen vid andra änden av bordet men också han hade hört. Som han var den mest hetlevrade av de två bröderna kunde han inte hålla tand för tunga, van som han ändå var att befalla över Birger i många års krigsskola. Han sade högt att med blodet fick det för hans del vara hur som helst, det som mer gjorde en man var hans gärningar. Den som inte bar gyllene sporrar skulle minst av allt i Forsviks riddarsal förhäva sig mot bröder som dubbats av en kung, ty det var säkerligen större än att utan egen förtjänst eller vilja födas av en högättad mor.

Då Birger nu låtsades tro att dessa ord kränkte hans mor Ingrid Ylva sade han att den som knappt visste vem som var hans far från trälkättar skulle akta sig noga för ord som gick på moders heder, ty på väggen bakom honom bland danska märken, fanor och kungliga sköldar från Gestilren och Lena hängde hans ägandes svärd som tillhört Arn Magnusson och var ett svärd som aldrig förts i nederlag.

Hotelsen om att dra svärd mot riddar Sigurd, forsvikare mot forsvikare, ty så förstod alla i salen Birgers ord även om han var drucken och hans tal orent, blev en kränkning för mycket för att någon skulle kunna rädda dem alla från tumult och än hårdare ord. Snart stod Birger på ena sidan långbordet och Oddvar mitt emot och Sigurd nere vid lövhyddan vid bordets kortände och skrek de värsta skymford mot varandra. Det slutade inte förrän Ingrid Ylva gick ner längs bordet till några ärrade krigare som inte alls varit inblandade och bad dem att utan dröjsmål eller förskoning se till att få Birger utkastad.

Han stretade emot och sparkade och svor när de övermannade honom, och på väg mot porten mellan många starka armar svor han att nu var trälsönerna hans bittra fiender för resten av livet och så länge de fanns på Forsvik skulle han aldrig sätta sin fot där. Samt krävde han det sista man hörde att få sitt svärd åter och ytterligare något som handlade om orättvisa med arv innan hans skrän försvann bakom portens tunga slag.

Förstämningen efter detta blev stor i Forsviks riddarsal. Någon försökte skämta om ungtuppars svårigheter att dricka tre dagar och där vinet gick in gick vettet ut. Men inget sådant urskuldande tal kunde få Aldes tårar att sluta rinna. Och tårar i den lövade fästningsstolen var det sämsta på fästningsöl.

Nästa morgon var Birger försvunnen.

Ingrid Ylva for med änkedrottning Cecilia Blanka till Näs med det kungliga skepp som väntade vid Forsviks nedre brygga. Hon ville ge Birger och sig själv lite tid till eftertanke innan hon skulle försöka tala förstånd med honom.

Av detta blev dock inte mycket när hon tre dagar senare kom upp till Ulvåsa. Birger skämdes fastän han försökte låtsas som intet. Sur och tvär var han också och höll sig hela tiden borta med sina vapenlekar tillsammans med Knut.

* * *

Den sommaren for Birger och Knut på många bröllop både nordanskogs och sunnanskogs. Och som de i god sämja kommit överens vann Knut varannan gång och Birger varannan. Utom en gång då det var Knuts tur att vinna och de bland ynglingarna mötte en forsvikare. Han var i samma ålder som Birger, han hette Aunund Gunlaugsson och var från den norska delen av Dalsland men folkunge på sin mors sida. Då gick Birger ursinnigt in inte bara för att segra utan också göra Aunund till svarte rova genom att alltid ta honom först. Han lyckades med vad han satt sig i sinnet, fast förtjänsten för detta måhända mer var Ibrahims än hans egen.

I början på hösten mellan Brynulfsmässan och Bartels, i den bråda skördetiden då allt var lugnt på kungens Näs och gästerna få, red Birger och Knut med högburna huvuden in på borggården och begärde företräde för kungen.

Kung Erik som redan varskotts om deras ankomst kom ut i krona och mantel och fick en stol framburen. Där satte han sig med sträng min och lät de två junkrarna stiga fram och hälsa honom med sina vänstra knän i marken.

"Vi Erik, götars och svears kung, gav er båda ett hårt arbete att sköta under det år som gått, har ni uppfyllt vår önskan?" frågade kungen högt och hårt.

"Ja, Ers Majestät, vi har gjort vårt allra bästa", svarade Birger.

"Är det också din mening, junker Knut?" frågade kungen i samma barska tonfall.

"Ja, Ers Majestät. Om ni så behagar kan vi visa er", svarade Knut.

"Gott", nickade kungen. "Ord är ord men handling är sannare. Låt oss därför genast se er fortsätta den ynkliga dust ni inledde på vår gård för ett år sedan!"

Om kungen sade genast betydde det inget annat och strax stod de uppställda mitt emot varandra på borggården med sköld och övningssvärd. Så bugade de mot kungen och sedan mot varandra.

Många hade strömmat ut på borggården för att se det oväntade skådespelet som snart väckte sus av häpnad och beundran bland åskådarna. För Birger och Knut hade noga övat hur det skulle gå till på uppvisning. Knut låtsades vid ett tillfälle tappa sitt svärd och värjde sig då så skickligt med bara sköld att betraktarens öga inte alltid hann med. Som när Birger tycktes ha trängt in honom i ett hörn och svepte vilt efter hans ben och han hoppade över det vinande svärdet i alldeles rätt ögonblick och samtidigt slog skölden hårt i huvudet på Birger så att han fick andrum att hämta sitt tappade svärd. Och så gick de på i något som inte var äkta strid men ändå gjordes med sådan fart och kraft att de snart började väcka allt högre bifall från fler och fler tillskyndande åskådare.

Det föreföll som om Knut under ett enda år gått från trög och bredbent kämpe från Nordanskog till mästare av folkungsk sort. Och för den som förstod sig på denna konst, och mindes hur det sett ut förra gången, stod det också klart som vatten hur lent Birger Magnusson behandlat sin motståndare när de möttes som fiender.

När kungen tyckte han sett nog avbröt han leken och kallade de två andfådda unga kämparna till sig och befallde dem på knä.

"Riddare är inte bara den som gör stordåd i krig", började kung Erik högtidligt. "Riddare är den som lyder sin kung, som kämpar för honom och för freden i riket och för det goda mot det onda i Kristi efterföljd. Riddare är också den som ser mer till rikets endräkt än egna fördelar och som uthärdar hårt arbete för den saken. En man som stod oss nära och var vår marsk i rikets svåraste stund lärde oss också hur sådant skall lönas. Därför ber jag er nu hämta era slipade stridssvärd och fort återvända till mig."

Kungen behövde ingalunda befalla detta två gånger. Kvicka som hermeliner hämtade de sina skarpslipade forsvikssvärd och drog dem på kungens befallning och fick på nytt ställa sig på knä framför honom.

"Tre saker vill jag att ni skall svära er kung", sade kung Erik nu i ett nytt och vänligare tonfall än han använt hittills. "Det första är trohet, det andra är *sapientia* och det tredje är *fortitudo.* Svär ni mig detta med båda händerna på era svärd?"

Birger och Knut svor eden utan att blinka. Kungen drog därefter sitt eget svärd och vidrörde deras vänstra skuldror och bad dem sedan resa sig som dubbade riddare av götars och svears rike.

Ett gott gästabud höll kungen denna kväll då han också överräckte sporrar av guld till de båda nya riddarna i riket. Under gästabudskvällen fick Knut veta från Birger vad de två främmande orden han svurit betydde, att det ena var visa råd till kungen och det andra var riddarens svärd och styrka. Att han svurit på något han inte begrep urskuldade han leende med att det nog inte tett sig särdeles höviskt att i det avgörande ögonblicket börja käbbla om främmande ords betydelse. Birger sade att risken att de främmande orden skulle varit nesliga ändå måtte ha tett sig mycket liten. Åt det skrattade de båda hjärtligt och omfamnade varandra som vore de äldsta och käraste vänner.

Kungen var mycket nöjd av att se deras vänskap och han andades ut i välbehag över att hans hårda befallning ändå slutat så väl som han någonsin hade kunnat hoppas. Och om han tidigare kedjat dem samman med en befallning så hård som järn hade han nu bundit dem samman på ett mer behagligt sätt, med sporrar av guld. Det guldet var en billig utgift för att köpa sig rikets endräkt, tänkte han.

För Birger och Knut var dock hedern att ha slagits till riddare en dröm som de burit med sig sedan sina yngsta gosseår. Det var ofattbart stort, en heder som skulle bestå livet ut.

Att de måhända mer lättvindigt än rikets andra riddare förunnats denna heder ägnade de ingen tanke och det blev en mycket munter natt tillsammans med kungen uppe i västra tornrummet, även om kungen denna gång inte fann skäl att hålla ut med öl och vin lika länge som när de suttit där första gången och Birger och Knut varit bittra fiender.

# Gubbarnas tid

# I

ANNO DOMINI 1216 i rötmånaden dog plötsligt kung Erik Knutsson i hetsig feber efter att ha pissat blod de sista dagarna. Hans drottning Rikissa hade då fött honom tre döttrar och var havande med ett fjärde barn. På sin dödsbädd talade han febersvagt och i yrsel om att man måtte se till att föra den havande drottningen i säkerhet till kung Valdemar i Danmark då hennes och det ofödda barnets liv eljest svävade i stor fara. I alltmer dunkla och osammanhängande ord som febern tilltog sade han också att hans misstankar var så förfärliga att han endast kunde framföra dem under biktens insegel. När hans kansler, som också var biskop, gett den döende sista smörjelsen och tagit emot den kungliga bikten kom han vit i ansiktet ut från kungens gemak i västra tornet. Men om det fasansfulla han måhända fått veta kunde han intet säga.

Jarl Folke och änkedrottning Cecilia Blanka såg till att fort ordna med kungens sista färd till Varnhems kloster och begravningen. Rötmånadstiden gjorde att även kungliga lik måste komma fort i jorden.

Vid Varnhem mötte Cecilia Rosa det kungliga begravningsföljet med fyra skvadroner folkungska ryttare, vilket var vida mer än ens någon biskop finge ta med sig i fredstid. Men denna styrka var heller inte avsedd att skydda Cecilia Rosa utan drottning Rikissa som efter begravningen reste genaste vägen till Lödöse med sina tre döttrar. Guldmynt från de två Ceciliorna fick första bästa skepp att med väpnade folkungar ombord till skydd för drottningen och hennes döttrar genast segla mot Danmark.

Kort därefter träffades de fyra änkorna på kungens Näs där änkedrottning Cecilia Blanka än så länge, som hon bittert sade, var den som befallde då ingen kung fanns. Ulvhilde Emundsdotter var den enda av de fyra som inte varit med vid begravningen i Varnhem eftersom hon varit på resa i Uppland när kungen dog. Även om ingen av dessa kvinnor var mycket för att ynka sig över död och sorg, vilka plågor de alla visste mycket om, var det nu ogörligt att finna några tröstens ord för änkedrottning Cecilia Blanka. Ty hennes salig man kung Knut var den ende av hennes nära och kära som Gud kallat fridfullt till döden. Hennes tre yngsta söner hade mördats vid Älgarås av kung Sverkers anhang och nu hade även hennes äldste son mördats. Därom var hon fast förvissad, även om hon inte kunde säga hur han mördats och av vem.

För hennes del återstod nu ingenting annat än en sista resa till Riseberga kloster. Där skulle hon avge löftena och söka försoning i bön och stilla liv i väntan på den död hon nu ville hälsa som en befriare. Hon hade skrivit sitt sista blad i livets saga och ingenting mer fanns att tillägga.

Cecilia Rosa, Ulvhilde Emundsdotter och Ingrid Ylva försökte beveka henne att stanna och slåss, för om kungen var mördad stod riket på avgrundens rand och kunde närsomhelst störta ned i krigets svarta djup.

Ändå fick de fort ge upp sina försök till övertalning eftersom Cecilia Blanka ansåg att hon ägnat tillräckligt av sitt liv, och betalat tillräckligt högt pris, för sin andel i kampen om makt. Dessutom menade hon att även om det nu var lätt att räkna ut att den lömske Valerius skulle rota upp förre kung Sverkers son Johan från något hål i Danmark och försöka kröna honom, så låg makten ändå mer i folkungarnas händer än i sverkrarnas.

Om man emellertid kunde binda ärkebiskop Valerius vid att svikligen ha förgiftat sin kung ändrades dock hela spelbrädet, invände Ulvhilde Emundsdotter stilla och fick alla de andra att hastigt räta sig upp från de bolstrar och kuddar där de låg som de brukade med blankvinsglas inom nära räckhåll. De frågade henne i munnen på varandra vad hon menade.

Ulvhilde blev först förlägen av att tvingas försvara sina ord eftersom hon var den av de fyra änkorna som vanligen talade mest fåordigt medan Cecilia Blanka alltid varit den som haft mest att säga. Men, förklarade hon, då hon rest mot Nordanskog hade hon stannat första dagen i Linköping för olika ärenden och då hade kungen också varit där. Han höll räfst på tinget, ändrade domar, lät halshugga några nidingar och kammade hem kungliga böter. Ulvhilde hade träffat honom och också talat helt kort med honom inne i staden när han var på väg mot kvällsvard i biskopsborgen. Mycket hade de inte haft tid att säga varandra men hon hade skämtat om att Hans Majestät nog borde ta sig i akt vid taffeln eftersom ärkebiskop Valerius också befann sig i staden och säkert skulle sitta vid samma bord som kungen om aftonen. På det hade han bara svarat muntert att han sannerligen inte hade för avsikt att äta något som Valerius ratade men att han därtill hade återförsäkring i att en av hans skutilsvenner skulle äta först av all mat som lades fram för kungen.

Cecilia Rosa invände stillsamt att detta ju ändå måste ha inträffat en vecka före kungens död. När han tvingades ner på sin dödsbädd här på Näs hade han inte haft någon besökare på flera dagar. Och vad man än kunde tro om Valerius, så inte kunde han väl mörda på långt avstånd och inte heller förgifta kungen en vecka innan han dog?

Att även män på kyrkans högsta stolar kunde vara giftmördare var dock inte otroligt, tillade Cecilia Rosa plötsligt mer eftertänksamt. För hennes älskade Arn hade berättat för henne om en man som måste vara sju resor mer ondskefull än någonsin Valerius och som ändå varit högre än biskop och kallades patriark av Jerusalem, vilket var kristenhetens näst högsta stol efter den Helige Faderns i Rom. Hon fick leta en stund i minnet innan hon kom på att denne huggormars avföda till man hetat Heraclius. Som hennes salige husbonde hade berättat hade patriarken Heraclius giftmördat två andra biskopar på vägen fram till sitt höga ämbete och därefter hade både hans och hans sammansvurnas synder straffats av Gud Fader själv med de kristnas förlust av den heliga staden Jerusalem.

Dock hade dessa onda aningar varit lättare att tro på om kungen dött samma natt som han suttit vid Valerii bord och inte en dryg vecka senare.

Således var det nu bara att sitta med armarna lugnt i kors och vänta på den gudomliga hämnden, fnös Cecilia Blanka men ändrade sig strax och blev mycket betänksam. För nu erinrade hon sig att en av skutilsvennerna dött på samma sätt som kungen. Det hade till och med ryktats någon kort tid om en ny farsot. Men skutilsvennens död hade så mycket överskuggats av kungens att hon inte visste så mycket mer om saken. Hon kallade därför genast till sig några svenner och befallde dem att springa efter kunskaper och det tog inte lång tid att få de viktigaste frågorna besvarade.

Den av skutilsvennerna som dog hade varit med kungen på räfstetinget i Linköping och också med honom vid biskopstaffeln senare på kvällen. Han hade dött på samma svåra sätt som kungen, pissandes blod.

De vred och vände på saken en stund men änkedrottning Cecilia Blanka kom likväl fram till att dessa onda tankar inte ändrade på själva verkligheten. Hennes son kung Erik var oåterkalleligen död. Det vore omöjligt att anklaga en ärkebiskop för att ha mördat med trolldom. Alla visste att det gått mer än en vecka mellan biskopstaffeln i Linköping och döden på Näs. Och den som fick gift i sig brukade falla ihop skrikande av ångest och blå i ansiktet snart efter måltiden. Vad som nu skulle ske var bara att överlämna åt Guds händer. Krig inom riket, vilket vore det värsta, kunde denne Valerius likväl inte åstadkomma för därtill var folkungarna alldeles för starka.

Därvid blev det. Och ingenting tycktes kunna få Cecilia Blanka att ändra sig när det gällde sista tiden av hennes eget liv. Hon skulle till Riseberga.

Cecilia Rosa fick henne då att lova att åtminstone stanna någon tid på Forsvik, eftersom hon ändå måste resa den vägen, så att de kunde ta ett långt farväl.

Ingrid Ylva hade denna gång varit den fåordiga av de fyra. Inom henne fanns motstridiga känslor. Om hennes egen ätt sverkrarna ånyo mot all rim och reson kom till kungamakten skulle det inte bli till hennes och hennes söners nackdel. Ty inte heller den sverkerska ätten skulle kunna hålla kungakronan utan folkungarnas stöd. Det låg i ena vågskålen.

I den andra vågskålen låg hennes fasta vilja att verkligen veta om landet hade en ärkebiskop som var giftmördare. Om så var, skulle det smaka mindre gott att lägga sig ut för honom för att till att börja med ge hennes son Karl hans första biskopsstol.

Änkornas sista afton tillsammans blev kortare än någonsin tidigare.

* * *

Hemma på Ulvåsa blev Ingrid Ylva besatt av sitt grubblande över ärkebiskopen som en tänkbar, för att inte säga trolig, giftmördare. Det tog henne två dagar att inse att hon inte gärna kunde sitta i ensamhet och bara fundera sig fram till sanningen. Den kunskap man inte hade kunde man inte vare sig tänka fram eller, som somliga män tycktes tro, supa och skrävla sig fram till i sena natten. Hon måste gå till de enda på Ulvåsa som kunde tänkas ha verklig kunskap om såväl det onda som det goda i Guds natur, Jorda och Vattna nere vid strandpörtet.

Ärendet skulle dock inte bli lätt att lägga fram. Ingrid Ylva var allas matmor och den som befallde på Ulvåsa och kom hon och frågade hur ett listigt giftmord skulle utföras kunde ryktet få vingar och snart ställa till mycket elände. Och inte bleve det bättre om hon först förklarade varför hon ville veta, att kungen dött på sådant sätt att Ingrid Ylva sannerligen inte var ensam om att misstänka elakt spel.

Mellan dessa två dåliga val måste hon dock bestämma sig och det tålte att vridas och vändas på en hel del innan hon slutligen gick ner till Jorda och Vattna som hon fann i full färd med att rensa svamp i en stor hög mitt ute på jordgolvet.

Ingrid Ylva kväljdes något av att se människor med gott lynne syssla med denna vedervärdiga djurföda. Ingen människa åt svamp utom fordom när det varit flera års missväxt och svälten härjade i landet. Så mycket visste dock de flesta att svamp var ett osäkert sätt att rädda livhanken även för den mest utsvultne. I värsta fall kunde det leda till döden och i bästa fall klarade man sig med några dagars feber och ränskita.

Nyfikenheten drev dock Ingrid Ylva att börja fråga om svampen så fort hon fått en pall att sitta på. Jorda och Vattna berättade villigt om hur kunskapen var det enda som skiljde läcker och stärkande mat från usel och dödlig när det gällde svamp. Den som kallades gulstruten och såg ut som en upp- och nedvänd kuskmössa för regn var bland de läckraste och lättaste att känna igen, berättade Jorda och höll upp ett fång mellan sina kupade händer för att Ingrid Ylva skulle få känna doften, fastän hon förskräckt ryggade tillbaka. Gulstruten kunde man steka i grytfett och lägga på bröd eller i soppor och den var lätt att torka inför vintern. Jordas ord gav syn för sägen eftersom sådana svampar redan hängde uppspända i långa rader på lintråd uppe i taket. Som ekorren kunde man samla goda förråd inför vintern om man lärde sig att hitta rätt bland all den Guds rikedom som skogen erbjöd så här i rötmånadstid.

I vanliga fall skulle Ingrid Ylva haft mycket större tålamod med samtalet eftersom hon tyckte om att förse sig ur Jordas och Vattnas rika fatabur av kunskaper. Men nu var hon så upptagen i sina tankar om en giftmördande ärkebiskop att hon bryskt bytte ämne och sade som det var.

Kungen hade dött och det fanns somliga i hans närhet som misstänkte att han fått gift. Någon annan orsak till hans plötsliga död var svår att finna. Han var en stark och frisk krigare bara något år över trettio fyllda och en man som aldrig varit sjuk. Det fanns onda män som helt säkert önskat livet ur kungen och vad dessa män beträffade var det nog inte för mycket gissat att de kunde skaffa gift både hemma och från främmande länder.

Jorda och Vattna rynkade sina pannor, dock inte så förfärade som Ingrid Ylva väntat sig, och började fråga mer noga om hur det sett ut när kungen dött, om han haft feber och rännskita som vatten, om hans ögonvitor varit gula mot slutet och om han spytt i början. Såvitt Ingrid Ylva visste hade han spytt något de första dagarna. Feber hade han haft mot slutet och pissat blod hade han gjort. När en munk försökt stämma blod hade det inte slutat blöda, om nu det hade med saken att göra. De beskeden gjorde de två gamla systrarna mycket betänksamma och de viskade något sinsemellan innan Jorda blev den som tog till orda.

”Illa är det på så sätt, Ingrid Ylva, att ni kommer till oss med dessa frågor just som vi sysslar med svamp och dessutom försökte tala för svampens välsignelser med er. För den som dör i feber och pissandes blod i utdragen kamp kan gott och väl ha fått giftig svamp i sig”, sade hon långsamt och allvarligt.

”Vad är det för svampar som dödar och var kan man finna dem?” frågade Ingrid Ylva spänt nyfiken.

”De är inte svårare att finna än att vi kan gå ut tillsammans nu och innan mörkret fallit skulle vi ha funnit minst två dödligt giftiga svampar att visa er, Ingrid Ylva”, svarade Vattna.

”Här i min egen skog! Växer döden utanför husknuten?” frågade Ingrid Ylva uppbragt.

”Jadå, min fru”, fortsatte Jorda. ”Här i Västra Götaland kan vi gå till blåbärsriset och finna vita döden, på vårarna växer döden borta i strandbrinken, den svamp som kallas vårknoller. Men inne i skogens mossa växer den lömskaste av dem alla, den som vi kallar bruna döden. Den som ätit av någon av dessa tre är bortom all räddning.”

”Hur dör man efter att ha ätit någon av dessa?” frågade Ingrid Ylva spänt.

”Det är olika för alla tre”, svarade Jorda lugnt. ”Den som ätit av vårknoller börjar spy några timmar senare, får feber och yrsel och börjar tala i tungor och blir sämre och sämre i två dagar tills döden kommer. Den som ätit av vita döden blir inte sjuk förrän nästa dag med rännskita som vatten. Men sedan blir han frisk som om faran var över och tänker inte mer på saken. En vecka senare börjar han få ont i kroppen, pissar blod och måste gå till sängs och dör i feber och yrande några dagar senare. Men bruna döden är lömskast. Den som ätit av henne känner ingenting och blir inte sjuk förrän efter en vecka. Sedan blir det ungefär som med vita döden, med den skillnaden att nu slutar han pissa mot slutet och pisset går in i kroppen och han stinker illa när han dör.”

”Finns den svampen här i Västra Götaland?” frågade Ingrid Ylva med en upphetsning som hon omöjligt kunde dölja.

”Ja, som vi sade i början”, vidtog Jorda med samma orubbliga lugn.

"Här i Västra Götaland är bruna döden vanlig, liksom den vita. I Skåne och Danmark finns en svamp man dör av på samma sätt som vita döden och som vi inte har namn på. Vi kan gå en kort väg ut i skogen och finna dem genast, så vanliga är de, den bruna och den vita."

Ingrid Ylva bestämde sig plötsligt för att inte driva detta samtal längre eftersom det redan blivit farligt. Hon sade att hon fått ett och annat att fundera över och kanhända skulle komma åter med nya frågor. Men allt som redan sagts måste stanna mellan dem, ty rykten om sådant tal skulle bli farligt för dem alla. Jorda och Vattna hade inte svårt att hålla med om detta. De visste nog bättre än de flesta vad elände som kunde komma av människors rädsla för läkekonst och deras sladdrande tungor i alltför hetsig blandning. Det kunde sluta med flykt hals över huvud eller ännu sämre med brinnande bål.

* * *

När Birger fick budet om kung Eriks död befann han sig i Visby där han tillbringat den mesta tiden de två senaste åren. Hans mor Ingrid Ylva hade sänt en präntad bulla förseglad med hennes eget sigill. Budet kom med en last torkad fisk från Norge som gått vägen över Forsvik och Ulvåsa. Herr Eskil tog emot skrivelsen tillsammans med de räkenskaper som hörde till varje skeppslast och sände genast bud efter Birger som var nere på ärenden i hamnen. Birger skyndade uppför de glatta stenlagda gatorna och in till herr Eskil i hans räkenskapskammare. Herr Eskil var en gammal man, även om han verkade yngre till både kropp och ande än han vanligtvis klagande beskrev sig själv. Hans blick var klar och munter och han hade alltid nära till skämt.

När Birger kom in till honom i handelshuset var dock hans vanliga munterhet borta och han pekade tyst på pergamentrullen. Om något var av sådan vikt att det tarvade särskilt skrivet bud så var det mer troligt onda tidningar som kom än goda. Birger gick fram och tog upp rullen från en skrivpulpet och granskade sigillet.

"Det är från min mor Ingrid Ylva", sade han och bröt sigillet och började läsa.

”Ja, jag såg det”, suckade herr Eskil. ”Vem är död?”

”Kungen”, viskade Birger plötsligt blek om kinderna medan han fort ögnade igenom raderna. ”Kungen är död, kanhända ligger onda män bakom... jag måste genast resa hem.”

”Då kommer folkungarna snart att samlas vid Bjälbo och Arnäs. Och alla män sådana som du måste komma”, sade herr Eskil dystert. ”Det är givet och det kan vi inte ändra på. Men res i morgon i stället för i kväll, så får vi en sista natt att språka samman.”

”Ja, i det lilla måste jag göra er till viljes, herr Eskil”, sade Birger tankfullt och gick fram till eldstaden och brände noga sin mors skrivelse.

För Birger var det nu som om hans gamla liv överfallit honom rått och oväntat som en rånare i mörk stadsgränd. Där stod han i sina lübska borgarkläder, en ung köpman i staden som inte ens bar riktigt svärd utan en smal värja mer för fåfänga än för strid. Och fjäder hade han i hatten. I gryningen när skeppen som skulle norröver lämnade Visby hamn skulle han ånyo vara klädd i krigarkläder och folkungamantel. Kallelsen från det förflutna var lika oavvislig som om den kommit från Jungfru Maria själv.

Han ursäktade sig mot herr Eskil att han ville vara för sig själv och gå lite i staden en sista gång men att han skulle komma tidigt hem för kvällsvard. Herr Eskil nickade sorgset att han förstod.

Det var strax efter Marie födelse som folk vanligen kallade Morsmässan och som åtminstone längre norrut på fastlandet brukade komma med den första aningen om höst. I Visbys milda havsluft kändes dock inte minsta aning om höst och det var ännu inte tid att bära pälsfoder i kläderna.

Han gick först till Mariakyrkan mitt inne i staden och tände några ljus för sina böner att kriget skulle dra fort förbi, om krig måste komma, och att livet snart skulle återgå till det lugn som varit innan. I så fall fanns skäl att inte förtvivla, försökte han trösta sig själv. Efter kriget kunde han ju resa tillbaka till Visby och bygga drömmen på nytt.

Han var tjugotvå år gammal och kände sig som en vuxen man fjärran från de barnsliga lekar som han och Knut Holmgeirsson slösat mer än två år av sin ungdom på. De hade dragit från den ena stormannagården till den andra, föga olikt taskspelare och lekare. Guld hade de vunnit och silver därtill eftersom de bland andra ynglingar sällan kunde träffa på några jämlikar. Många fat öl hade runnit genom deras strupar och ej sällan hade det syndiga köttet fått sin förlustelse, åtminstone innan de flesta krigsänkorna hunnit skaffa ny husbonde.

Husbonde hade Knut Holmgeirsson själv blivit till slut då hans far tvingat honom att gå i brudsäng med den av hans frillor som fött honom en son. Och därmed var det slut på hans ungdom, liksom på kringresande med lekar och upptåg. För Birger hade detta avbrott kommit som en befrielse, fastän han inte insåg det genast. Den som helst av allt reste runt på andras bröllop var en lätting som inte gjorde stor nytta i världen och inte heller för sig själv. Som nu var såg Birger med avsmak tillbaka på tiden med Knut på gille och resa. Inget gott kunde komma från ett sådant liv och i efterhand måste han ursäkta sig själv med att han bara varit arton år och lätt att fresta.

Till Forsvik hade han inte kunnat återvända eftersom han hade skämt ut sig för evigt bland sina närmaste och mest älskade fränder. Hade han stannat hemma på Ulvåsa skulle hans mor med järnhand tvingat in honom i studerkammaren bland bröderna, för vilka lärdomstörsten aldrig tycktes ta slut. När han sade att han ville resa för att se Visby och för att träffa farfar Arns bror Eskil föreföll det i förstone som ett så dygdigt förslag att Ingrid Ylva inte gärna kunde säga nej, trots att hon mycket väl förstod att det bara var ännu ett försök att fly från studier och ansvar. Dock hade hon inte räknat med att Eskil och Birger skulle komma så väl överens att Birger tycktes kunna bli kvar för alltid i Visby.

Nu när han gick nedför gatan från Mariakyrkan mot hamnen i kläder som inte visade annat än att han vore vilken som helst av stadens unga borgare och handelsmän kunde han inte avstå från att le åt hur han sett ut när han kom, och åter skulle se ut nästa morgon. I Visby väckte en riddare i guldsporrar och folkungamantel förvisso uppseende, men inte alls på samma sätt som när han red in på någon stormannagård uppe på fastlandet. Här i Visby pekade stadsborna finger och skrattade åt sådan utstyrsel som alls inte fick dem att tänka på ädelmod och tapperhet utan snarare oförmåga att läsa, räkna eller förstå enklaste sak. I Visby var en riddare föga mer vördad än en bonde som kom in för att sälja sina ägg eller gäss på marknaden.

Herr Eskil hade haft mycket lustigt åt Birgers besvär de första dagarna men därefter raskt sett till så att han fick nya kläder. Så hade äventyret börjat, för ett äventyr var det, vida överlägset resor genom skogar med falska troll.

Under de senaste åren hade Birger varit på åtta resor till Lübeck och Hamburg med antingen skepp som ägdes av herr Eskil eller skepp som förde hans last. Han hade sett en värld av rikedom öppna sig och fått ett snabbt uppflammande intresse för allt sådant som hörde handel till.

Herr Eskil hade varit en ivrig lärare eftersom han var övertygad om att mycket mer av människans liv avgjordes av handel och de rikedomar som kom därav än genom krig och ryttare på slagfält. För som han brukade säga, vem borde man frukta mest att få till sin fiende, den som var en stor svärdsman som Birger, eller den som kunde köpa tusen svärdsmän som Eskil?

Det fanns ett hemligt starkt band mellan Birger och herr Eskil i deras gemensamma kärlek till salig Arn Magnusson. Det kunde visserligen tyckas som om herr Eskil och hans bror Arn varit så olika som män kunde bli, den ene en asketisk riddare med brinnande gudstro, den andre en övermåttan välgödd handelsman med en tro som var mer föränderlig i takt med affärers växlingar än med böner och hög kallelse. Den ene var en oöverträffad riddare på slagfältet, den andre en man som ogärna gick långt från sina guldkistor och räkenskaper, om det inte gällde öl och stek.

Men som herr Eskil kunnat berätta redan i början på Birgers tid i Visby hade han och hans bror Arn varit mer lika än man kunnat tro om man bara såg till det yttre, nåja och så det där med gudstron. För Arn hade också varit en klok och skicklig handelsman. Det var inte så egendomligt som det kunde verka i förstone även om det också förvånat Eskil själv vid Arns återkomst. Det förhöll sig emellertid så att Tempelriddarna var en mäktig kraft i handeln runt om i världen, ett handelsförbund som i mycket liknade det som nu höll på att växa fram i Östersjön mellan Lübeck, Hamburg och Visby och andra städer. Om Tempelriddarnas handel hade herr Eskil ingående frågat ut sin bror redan när det visade sig att han begrep sig på att föra böcker och räkna om varor i silver, vilket få män kunde. Men Arn hade drivit handel mellan Arabiens öknar och Rom, mellan Egypten och Venedig, och som borgherre på en plats i det Heliga Landet som hette Gaza hade han haft ansvar för en egen handelsflotta. På en viktig punkt hade bröderna därför kunnat enas mycket snabbt. Makten över handel och rikedomar var en större styrka än den som låg i järnklädda ryttares händer.

Dessa helt nya kunskaper om Arn Magnusson hade haft en förunderlig verkan på Birger. Inte bara öppnades hans ögon för en helt ny bild av hans avgudade farfar. Det var mer än så. Han upptäckte ett rikt och värdigt liv i herr Eskils tillvaro som han aldrig ens snuddat vid i sina tankar. Därför hade han mycket fort blivit den mest läraktige av alla unga svenner i handelshuset i Visby.

Därför var det också rätt givet vad herr Eskil skulle komma att vilja dryfta med Birger när de nu så hastigt och oväntat måste äta sin avskedsmåltid. Han hade inte sagt det rent ut förut men nu skulle det nog komma, gissade Birger.

Hos herr Eskil och hans hustru Bengta Sigurdsdotter från Sigtuna var kvällsvard inte riktigt detsamma som på Ulvåsa eller Bjälbo. Här bars maten fram uppskuren på fat och man åt småttigt med kniv och ena handens fingrar, kött serverades av husfolk på tenntallrikar och ölstånka fanns inte på bordet eftersom allt dracks ur glas, både vin och öl. Huset var i sten och tre våningar högt, åt gjorde man på andra våningen för att komma bort från os och spring av köksfolk på bottenvåningen.

Det var bara Birger och herr Eskil till bords och de begynte äta under tystnad. Men redan efter det andra glaset öl torkade Eskil sig om munnen med ett stycke tyg och lade ifrån sig sin kniv.

”Låt oss be för att det blir ett kort krig, om det alls skall behövas”, började han utan att göra minsta min av att vilja be. ”Någon har mördat kung Erik. Vi vet inte vem, utom att det är någon som vill ha en annan kung som bättre tjänar samme någons syften. Eller hur?”

"Ja, så är det mest troliga", svarade Birger försiktigt och lade också han undan sin matkniv.

"Nåväl", fortsatte Eskil. "Denne någon vi talar om är inte folkung, för vi har ingen kungakrävare. Det skulle i så fall vara du det. Du har åtminstone en mor av kunglig ätt men det är det många som har. Och inte är det väl erikarna som mördar sin egen kung bara för att försöka få kronan till någon ny erikare. Det vore väl ändå att gå över ån efter vatten. Och i så fall vore väl Knut Holmgeirsson kungakrävaren, om jag är rätt underrättad?"

"Han och hans far står närmast kronan på den erikska sidan, men mördat sin kung har de inte!" svarade Birger med hetta.

"Då så", smålog Eskil. "Den någon vi talar om vill sätta kronan på en sverker, fast det då inte kan finnas så många att välja mellan. Vad vet du om det?"

"Sannerligen inte mycket", medgav Birger. "Jag har inte ens tänkt tanken att kung Erik skulle dö vid unga år, än mindre att det kunde finnas någon kungakrävare bland sverkrarna kvar efter deras stora nederlag. Dessa räkenskaper går ju inte ihop."

"Jodå", sade Eskil. "Den där siste Sverker ni högg huvudet av vid Lena har en son som heter Johan och lever i Danmark. Där har du din blivande kung, åtminstone om denne någon får som han vill."

"Hur kan ni hålla reda på allt detta?" frågade Birger förundrad. "Här sitter ni långt borta i Visby och vet mer än jag själv om allt som gäller kampen om makt hemma i mitt eget land."

"Visby är inte långt borta", log herr Eskil. "Tvärtom skulle jag vilja påstå, alls utan att kränka dig, unge frände, att Ulvåsa nog ligger tämligen långt bort. En handelsman lever av sina kunskaper. Skeppen fraktar inte bara varor utan lika mycket rykten och kunskaper. Om kung Valdemar vill lägga skatt på Hamburg och Lübeck så får jag veta det fort därför att min välfärd beror av kunskap. Om ni där uppe skall få en kung som är vänligt eller fientligt inställd till kung Valdemar måste jag få veta också det i god tid. Utan kunskap blir ingen handelsman rik."

"Och vem skulle ni själv vilja ha som kung efter Erik Knutsson?" frågade Birger tankfullt.

”Ingen särskild, för mig får ni gärna göra en häst till kung, bara det inte blir ett långt krig”, svarade herr Eskil rått och brett leende. ”Ett långt krig betyder nedbrända gårdar, plundrade skepp och förstörelse av allt det jag byggt upp härifrån Visby ända till Lödöse. Som jag sade får vi be om ett litet kort krig eller helst inget alls. Tro dock inte att jag klandrar dig för att du reser upp till denna dårskap i stället för att stanna hos mig. Jag vet att du måste, jag vet allt om heder, trohet mot ätten och allt som kommer därav. Minns att även jag är folkung!”

”Jaa”, sade Birger dröjande, ”min heder kräver att jag återvänder till riket i dess svåra stund för att jag är den jag är. Jag kan inte utebli.”

”Nej, jag vet, jag vet”, svarade herr Eskil fort. ”Om vi nu tänker oss att kriget är slut, eller den där gossen Johan Sverkersson blir kung med många giriga rådgivare runt sig. Eller ni slår ihjäl honom och gör Knut Holmgeirsson till kung och allt blir lugnt. Vill du då komma åter till mig?”

”Det vill jag, men det kanske jag inte alls kan råda över själv”, svarade Birger.

”Du förstår väl varför jag frågar dig?” fortsatte herr Eskil lite otåligt som om han talade om affärer.

”Nej, jag kan ana, men jag vet inte”, svarade Birger försiktigt.

”Så här är det!” sade Eskil och sträckte ut sitt stora ölglas bakom ryggen och fick det påfyllt av en hustjänare. ”Du känner min son Torgils på Arnäs, han är väl ett tiotal år äldre än du, men ni känner varandra väl?”

”Ja, han är forsvikare som jag själv”, svarade Birger med bortvänd blick.

”Just det. Forsvikare! Det betyder att han är krigare, att han är den herre till borgen Arnäs som vi alla behöver. Betänk att jag inte gycklar med detta eller gör mig bitter på något sätt! Arnäs behövs för allas vår säkerhet och fred. Och någon med den rätta kunskapen, en forsvikare om du vill, måste vara herre på Arnäs. Nå! Och min sonson Knut är bara tio år gammal. Själv är jag sjuttio och har börjat magra oroväckande på senare år, jag måste hela tiden låta sy om mina kläder. Jag skulle behöva tio år till för att få fason på lille Knut men troligt är ändå att han vill bli borgherre som sin far. Nu vet du väl ändå varthän detta samtal stävar?"

"Ja", sade Birger. "Det vore fegt att neka till även om jag känner blygsel. Men arvet efter dig tillhör din son Torgils och får inte skingras."

"Arv är ingenting, arv är dött, arv är silverkistor och lite guld och några skepp", fnös Eskil. "Ett handelshus är mer än så, det är en levande kropp som varje dag behöver ny föda för att leva. Bengta, min kära hustru, kan sköta den saken lika gott som jag själv. Men vi har inga barn gemensamt och först skingras en del av huset till min arvtagare när jag dör. Sedan dör Bengta och då går resten iväg uppåt Nordanskog och därefter är allt borta. Jag vill dock inte att huset skall dö och det vill inte Bengta heller. Därför ber jag dig nu bli den som låter livet gå vidare i mitt hus, för du har stor fallenhet och ditt intresse är det inget fel på."

"Det ni ämnar skänka mig är för stort, det kan jag inte ta emot", svarade Birger lågt.

"Jag skänker dig ingenting, jag ber dig rädda vårt handelshus."

"Det kan jag inte om allt skall säljas för att arvingarna skall ha sitt."

"Du får redan i mitt jordeliv en tillräckligt stor del av huset för att kunna driva det, vi kan gå till stadskammaren och få det skrivet i morgon dag!"

"Men jag måste ändå upp till fastlandet och överleva ett krig först", svarade Birger undvikande.

Herr Eskil envisades en stund för att få ett mer bestämt besked från Birger men måste snart ge upp. Inför ett krig blev alla tankar om framtiden nästintill meningslösa, liksom alla löften och överenskommelser.

* * *

När Birger stod i aktern på det rundbukiga lastfartyget, svept i sin pälsfodrade folkungamantel och med vinden rivande i det mörkröda håret och såg Visbys ringmursbygge och kyrktorn försvinna i söder, var det som han vaknade från en god dröm. Visby var en dröm om ett annat liv fjärran från ynglingaspel, blodshämnd och ohejdad fylla. Visby var människans kommande liv i fred och rikedom där alla kunde äta sig mätta och där kunskapens redan stora lager växte med vart nytt skepp som lossades. Det som kom från länderna i söder var mer gott än ont. Det hade Birger egentligen alltid vetat eftersom han var uppvuxen på Forsvik där så mycket blandades från norr och söder att Forsvik hade blivit som en kunskapens och arbetets oas i kargt land. Han var inte helt säker på vad en oas var men det var ett ord som alla använde på Forsvik.

I Visby var det på samma sätt, fast så mycket större. Visby var en stad som fick Skara och Linköping att framstå som små smutsiga byar vid en jämförelse. Visby var som Hamburg och Lübeck, platser dit resande och varor kom från hela världen.

I Visby hade han fått öva mycket på kyrkospråket eftersom mer än varannan människa där inte förstod det nordiska folkspråket. Genom sina resor till Hamburg och Lübeck hade han också börjat hantera det sachsiska språket såpass väl att han åtminstone kunde föra enklare affärer i hamn utan att ta till ett enda ord latin. För en handelsman i Visby var det en nödvändig kunskap eftersom sachsiska också i Visby var vanligare än alla andra språk. Det hade kunnat gå flera dagar utan att han sagt ett enda ord på nordiskt folkspråk annat än till kvällsvarden med herr Eskil och hans husfru Bengta, men det hände också allt oftare att de fortsatte på sachsiska av bara farten när de kom hem från dagens arbete i skrivstuga eller hamnförråd.

Handeln var som blod som strömmade genom kroppen och Visby som hjärtat för både göta länderna och Svealand, tänkte Birger. Därför skulle det som skedde i Visby alltid vara så mycket större än det som skedde på Bjälbo eller i Skara, även om ingen av hans fränder skulle kunna förstå en sådan sak.

Och nu stod han ändå på ett skepp som gick långsamt av sin tunga last av stålämnen till svärd som till största delen skulle till Forsvik för att fejas till färdiga vapen och säljas med god förtjänst till både herrar och rika bönder. Själv var han en lika viljelös del av lasten som detta stål. Någon fri vilja hade han alls inte. Om folkungarna skulle gå i krig krävde hans ställning inom ätten att han själv måste rida i första ledet. Han var son till Magnus Månesköld och sonson till Arn Magnusson, så om han inte red vid fränders sida i den svåra stunden skulle det se ut som oenighet eller split inom ätten. Och om någon gick i krig mot folkungarna för att slåss om kungakronan skulle Birger vara en av de första som fienden sökte döda.

Så enfaldigt var kriget. Men också omöjligt att dra sig undan.

Han gick midskepps och steg ned i det bredbukiga lastrummet och ägnade sig en stund åt Ibrahim som nu blivit en fullt utvuxen och mäktig hingst snart på toppen av sin styrka. En sak skiljde i alla fall Birger från både unga och äldre handelsmän i Visby, en sak som han aldrig gett upp hur många sydliga kläder man än hängt över honom. Ryttare var han för alltid. Varje morgon hade han och Ibrahim gett sig ut på långritt utanför ringmursbygget och farit fort förbi de bondforor som knogade sig in mot staden. Också bönderna levde ju gott på Gotland eftersom de kunde sälja alla sina varor för silvermynt, tunna som äggskal för små varor och tjocka som oxhud och tungt klingande i handen för en vacker häst eller stark oxe.

Han talade viskande med Ibrahim om att de ritter de nu hade framför sig kanske inte skulle bli lika fredliga som i gutarnas land och att båda deras liv skulle bero på hur väl de förstod varandra och hjälpte varandra i det som skulle komma. Ibrahim brummade vänligt och buffade på honom med mulen som till tröst och försäkran.

Resan till Söderköping och vidare till Ulvåsa blev lugn och enahanda. Resvädret var gott då det ännu var långt kvar till höststormarnas tid.

* * *

Ärkebiskop Valerius gästade Ulvhilde Emundsdotter på hennes gård Ulvsheim dit han också hade kallat Ingrid Ylva. Och för detta möte hade han goda skäl. De två var inte bara kända som änkoregementet på Näs under salig kung Eriks tid. De var bland de allra förnämsta sverkersdöttrarna i landet, Ingrid Ylva till och med av kungligt ätteband, och de var båda änkor efter folkungar och mödrar till folkungska söner. Om ärkebiskop Valerius ville ha stöd för sina tankar om en ny sverkersman till kungakronan så hade han inte kunnat finna många män i riket som vore viktigare att vinna över på sin sida. Men om han väntat sig att denna förhandling skulle bli lätt att föra, van som han var vid att alla människor kröp inför honom i vördnad för ärkebiskopskorset om hans hals, så bedrog han sig övermåttan.

Ingrid Ylva kom ridande med bister min i spetsen för en folkungahird som var större än ärkebiskopens egen. Detta var inte gott skick och dessutom mot kunglig lag. Ärkebiskopens märkesman påtalade också att de ryttare som kom inte var vilken som helst gårdshird, ty detta var de oövervinneliga forsvikarna. Den som kom i sådant följe hade knappast goda avsikter.

Valerius var dock en slug man och insåg att det nu gällde att gå fram med lämpor och inte med hårda ord om småsaker. När han hälsade Ingrid Ylva ute på gårdstunet slogs han inte bara av hennes skönhet utan lika mycket av kraften i hennes blixtrande svarta ögon. Om han nu börjat göra besvär om hennes alltför stora skara av följeridare skulle det helt säkert inte leda till något framsteg. Snarare skulle hon då knycka på nacken, ta kort farväl och rida bort med alla sina män. Eftersom allt i hans planer därmed skulle gå i stöpet valde han att inte ens fryna åt hennes oskick när han tog emot henne och välsignade henne, något som hon nästan hånlog åt.

Därmed var emellertid ingalunda slut på ärkebiskop Valerius obehagliga överraskningar. För när Ulvhilde Emundsdotter bjöd honom och Ingrid Ylva att stiga in i gästabudssalen fanns varken mat eller dryck på borden. En tunna öl rullades fram och ställdes intill Ulvhilde och Ingrid Ylva som satt sig vid ena sidan av salens långbord och inte uppe i högsätet. De visade att ärkebiskopen och hans män skulle ta plats mitt emot vid samma bord så att de alla satt öga mot öga. Även om man inte kunde säga att detta var ett kränkande sätt att sitta på var det ändå något aldrig tidigare skådat. Dessutom såg de två kvinnorna på honom med hårda ögon och alls utan någon rädsla.

”Nu är du vår gäst, ärkebiskop”, sade Ulvhilde Emundsdotter. ”Du är i mitt hus där jag ordnar som jag behagar. Du har begärt att få tala med oss båda och däri gör vi dig till viljes. Men ingen av oss vill äta vid samma bord som du då det kan te sig vådligt för hälsan."

Kränkningen i Ulvhilde Emundsdotters välkomstord till rikets ärkebiskop var större än någon ens hört talas om. Ärkebiskopen och hans kansler och den unge biskop Brun från Växjö kippade efter andan som fiskar på land innan någon av dem kom sig för att svara.

"Dina ord var ovänliga", sade Valerius till slut väsande och mörk i synen. "För mindre kränkning än så kan straffet bli bannlysning."

"De orden är i så fall också mina", vidtog Ingrid Ylva fort innan ärkebiskopen hann fortsätta sin hotelse. "Bannlys oss båda, res dig från vår taffel och rid bort om du gitter. Men fråga dig också vad du skulle vinna med det. Och fråga dig vem i riket som skulle akta och vörda en sådan bannlysning. Åtminstone inte den av våra sverkersfränder du nu vill göra till kung."

De orden fick ärkebiskopen att tänka efter länge innan han svarade. Ingrid Ylva betraktade honom stint utan att vika ett ögonblick. Vad hon såg framför sig var för hennes vidkommande bara en oren och stinkande gubbe i lila och vita guldstickade kläder vars dyrbarhet ändå inte kunde skyla hans låghet. Men med den mannen, insåg hon sedan länge, måste hon förlikas och det skulle inte bli lätt.

"Något lite öl kunde väl våra höga fruar ändå skänka ut åt oss?" frågade ärkebiskopen lismande när han tänkt färdigt och således bestämt sig för att avstå från vidare hotelser. Finge han dessa båda änkor till sina fiender så var allt han tänkt sig nästan ogörligt.

"Öl skänker vi gärna ut, men vi gör det själva, ur min hand från tunnan som står här hos mig", svarade Ulvhilde lent och vinkade åt sig några svenner som kom fram med kar och stånkor. Under tystnad skänkte hon först ut åt ärkebiskopen därefter i tur och ordning hans följemän. Slutligen hällde hon vin från en kanna i två glas med blå ringkransar som hon ställde framför sig själv och Ingrid Ylva.

De drack varandra till under tystnad. Sedan slog Ingrid Ylva ut med händerna mot ärkebiskopen och bad honom utan omvägar säga det han kommit för att säga.

Valerius hamnade nu i ännu ett trångmål som han inte väntat sig. Vad han tänkt sig var att allt skulle bli som vanligt vid gästning, att man första kvällen inte talade om något särskilt av vikt utan ägnade sig åt bordets välsignelser, att man andra kvällen kom in på det saken egentligen gällde, och slutligen gick till en överenskommelse den tredje dagen före taffeln så att allt kunde skrivas och fästas med sigill om saken så krävde före tredjedagsölet. Gick man fram så lugnt och försiktigt kunde man pröva motståndarens sinnelag, tala runt saken utan att klart tala om den för att till slut förstå vad den andre ville uppnå. Först då blev det dags att lägga fram de egna villkoren.

Men nu satt dessa sturska fruar på nykter eftermiddag och ville ha allt sagt genast. Det var inte bekvämt. Att han inte kunde börja befalla i Ulvhilde Emundsdotters hus som hos vilken man som helst i riket hade han redan förstått.

”Om du inte har något att säga, ärkebiskop, så har jag gjort denna resa förgäves”, sade Ingrid Ylva hårt just som ärkebiskopen tänkt öppna munnen. ”Säg oss vad du hade i tankarna, annars rider jag strax tillbaka till Ulvåsa!”

”Det står alltså om vem som skall bli kung i vårt rike”, började ärkebiskopen plågat. ”Som nu är finns ingen son i den erikska ätten...”

”Vem vet om inte drottning Rikissa föder en son nu när hon är i säkerhet i Danmark?” avbröt Ingrid Ylva med len mun och hårda ögon.

”Mjaa... i den stund kung Erik dog fanns i vart fall ingen son”, svarade Valerius allvarligt och eftertänksamt som om hans ord hade den största betydelse. ”Och i den stunden fanns ändå Johan Sverkersson, den gossen som således nu har störst ärftlig rätt till kronan. Därför är det kyrkans mening att unge Johan är den vi vill kröna till rikets näste kung.”

Så var det sagt rent ut, och det redan på första eftermiddagen. De två änkorna på andra sidan bordet föreföll Valerius nu mer som ormar än som mänskliga varelser, för de svarade ingenting utan såg bara stint på honom med orörliga ansikten som om de ansåg att han ännu inte talat färdigt.

Vilket han sannerligen inte gjort. För nu var man framme vid frågan om priset på överenskommelsen. De två mäktiga sverkerskvinnorna måste stödja kyrkan. Och med deras starka ingifte i folkungaätten var det stödet avgörande för unge Johans väg till kronan. Om inte ens Ulvhilde Emundsdotter och Ingrid Ylva ville se sin egen frände Johan på tronen så var hela saken måhända förlorad.

Vad erikarna ansåg var inte svårt att lista ut. De ville ha en erikare till kung, antingen det ofödda barnet i Danmark, om det blev en son, eller Holmgeir eller hans son Knut.

Och om folkungarna stod fast vid sitt förbund med erikarna fanns all världslig makt på en och samma sida i riket. Då var Johans hopp ute och därmed ärkebiskop Valerii eget hopp.

"Priset alltså", kved Valerius till slut. "Ni vill ha ett pris på er välvilja? Nå, låt mig då först säga att endräkt i riket och kungaval utan krig är det bästa för oss alla. Endräkt kan det bli om ni båda stöder kyrkan i vår strävan att skipa rätt så att Johan blir vår näste kung. Inga söner förlorar ni då i krig, inga brandrökar står svarta över vårt land. Är inte det priset nog, så säg? För goda kristna kvinnor borde ju friden stå över allt annat, eller hur?"

"Så goda kvinnor är vi nog inte", svarade Ingrid Ylva hårt, "eftersom du knappt hann sätta dig hos oss innan du hotade oss med bannlysning."

"Och friden har likväl ett pris även för dig, ärkebiskop, och det vill vi höra nu och inte i morgon", fortsatte Ulvhilde i samma griska ton som Ingrid Ylva.

Valerius fick för sig att dessa två mäktiga fruar måtte vara i förbund med djävulen och att sådan styggelse helst borde förtäras av eld, ju fortare desto bättre för riket. Men därom kunde inte bli minsta tal, insåg han mycket väl. För krökte han så mycket som ett hår på dessa fruars huvuden skulle inte ens han vara säker till liv och lem, så mycket ärkebiskop han var. Och att de båda ormarna begrep sitt eget värde framgick redan förskräckande tydligt. Nu kunde man kanske lättare förstå allt sladder om änkoregementet som varit på Näs, då de två Ceciliorna nog inte heller var några dunungar i förhandling om makt.

”Vi börjar om där vi var”, mumlade ärkebiskopen något osäker. ”Jag talte om friden i riket som den största av gåvor vi kan önska oss alla. Därvid står jag fast. Vi måste uppnå endräkt mellan sverkerska ätten, där ni båda föddes, och mellan folkungar och erikar. Minst angelägna att stödja oss i denna sak är säkert erikarna, det säger sig självt. Alltså måste folkungar och sverkrar bli de som beseglar vår fred. Där står ni båda i mitten, födda i den sverkerska ätten men med folkungska söner. Säg mig då något om hur vi skall enas och uppnå detta goda?”

”Jarlasvärdet bör hänga på en folkung, ty så har det varit sedan Birger Brosas dagar”, sade Ulvhilde lågt och sakta som om orden alls inte vore märkvärdiga.

”Där är jag av samma mening som ni”, nickade ärkebiskopen något uppmuntrad. ”Vi har dock besvär med jarl Folke, ty han är både min och kyrkans fiende. Frågan är då om vi kan förmå Karl Birgersson den döve att bli jarl?”

”Det kan vi helt säkert”, svarade Ingrid Ylva nästan med en fnysning. ”Få gubbar tackar nej till sådan ynnest och Karl den döve är högst i folkungaätten och herre till Bjälbo. Men så skulle det ha blivit både med och utan Ulvhildes och mitt stöd. Så nu vill vi sannerligen höra vad du erbjuder oss, ärkebiskop?”

Valerius såg oroligt på sina följeslagare som inte vågade möta hans blick och som inte var honom till något särdeles stöd just nu.

”Måhända blir det bäst om vi tre fortsätter detta samtal helt ensamma”, sade då Ulvhilde med sin vänaste röst, nästan som om hon tröstade ett barn. Både hon och Ingrid Ylva hade sett ärkebiskopens sidoblickar på de räddhågsna följeslagarna.

”Kanske har du rätt i den saken”, mumlade ärkebiskopen med blicken i bordsskivan framför sig. Han tänkte kort efter och befallde så utan vidare ut sina följeslagare som reste sig tveksamt gloende mot varandra men ändå gick ut som de måste. Ulvhilde vinkade då bort allt sitt husfolk i salen efter att de först hade fått bära fram nytt vin och öl.

”Nå, då kan vi kanske gå rakt på saken utan slinger”, sade Ingrid Ylva när de blivit helt ensamma. ”Min kära Ulvhildes son är en av rikets få dubbade riddare, hans namn är Emund Jonsson.”

”Ja, jag känner till hans namn”, nickade ärkebiskopen. ”Och vad med honom?”

”En plats bland rikets rådsherrar”, svarade Ulvhilde milt som om hon inte begärde något särskilt.

”Han är ung, kanske lite väl ung?” invände ärkebiskopen tveksamt.

”Han är över trettio år och i den starkaste ålder för en riddare och dessutom är hans plats i rådet mitt pris!” svarade Ulvhilde för första gången med höjd röst.

”Nåväl, då är det överenskommet”, nickade ärkebiskopen. ”Och du Ingrid Ylva, vilka är dina krav?”

”Biskopsstolen i Linköping är ledig. Min son Karl är en kyrkans man och en väl studerad klerk. Den stolen i Linköping kräver jag för det första. Och för det andra att han, som både skriver och läser väl, blir kungens kansler.”

”Det var ingen blygsam begäran!” utbrast Valerius häpet.

”Det var inte heller min mening att komma med blygsamma anspråk när du vill köpa vårt stöd”, svarade Ingrid Ylva snabbt. ”Och då har du ännu inte hört allt. Min andre son Eskil skall få lagmansgården utanför Skara och även han en plats i kungens råd.”

Valerius blev svarslös och satt länge tyst medan de båda änkorna på andra sidan bordet betraktade honom utan att med minsta min visa vad de tänkte. Han insåg att han måste hålla huvudet kallt, även om hans första tanke varit att med hårda ord näpsa änkorna för deras oblyga makthunger. Men som de redan visat var de sannerligen inte lättnäpsta, och slutade detta möte med hårda ord och osämja skulle det bli mycket svårt att göra unge Johan Sverkersson till kung. Änkorna visste sitt värde i den affären och deras förstånd var det inget fel på. Det retade honom ändå obeskrivligt att dessa två satans huggormar hade honom i sitt våld och fräckt visade att de visste om det.

”Lagmansgården utanför Skara tillhör de kungliga godsen och de får inte skingras”, försökte han till slut som om han mer beklagade detta hinder än han ville säga nej till Ingrid Ylvas begäran.

”Ejvind lagman är döende och skall snart flytta ut med fötterna före”, svarade Ingrid Ylva utan minsta ögonblick av tvekan. ”Och vad kungligt gods beträffar så tycker jag nog inte du skall ynka dig så mycket, ärkebiskop. Om du lyckas i ditt uppsåt att göra gossen Johan till kung så lär han nog få betala en hel del till både dig och kyrkan. Ingen av oss blir lottlös, din lott blir dock större än min."

Hon hade ånyo stungit som en huggorm, tänkte Valerius, lika snabbt och lika giftigt. Av denna uppvisning fanns emellertid bara en klok slutsats att dra. Henne hade han just nu inte råd att få till fiende.

"Nåväl", sade han eftertänksamt och nickade sakta som om han inte ens märkt Ingrid Ylvas fräcka antydningar om vilka fördelar han själv skulle vinna genom att sätta kronan på ett sverkerskt gossebarn. "Då har jag ett avtal med er båda högvälborna sverkerska fruar. Om Johan den unge med Guds hjälp blir kung, och ni båda stöder mig i denna sak, så blir Ulvhildes son Emund Jonsson en av männen i kungens råd. Och dina båda söner, Ingrid Ylva, får biskopsstolen i Linköping och lagmansgården utanför Skara."

"Och Karl blir kungens kansler och båda får plats i kungens råd!" tillfogade Ingrid Ylva ilsket.

"Just så. Då är vi överens. Då har vi tre ett avtal som vi svär att stå fast vid och som vi alla håller hemligt?"

"Och detta avtal skall vi nu sätta på pränt och där skall vi fästa våra sigill", sade Ulvhilde utan att ens blinka.

Än en gång och just som han trodde att denna pinligt svåra förhandling var över blev ärkebiskopen förstummad. Klart var att de båda förberett detta samtal noga, kanske till och med kommit överens om vem av dem som skulle säga vad. Nu hade de dessutom den obegripliga fräckheten att inte se en ärkebiskops ord som säkert.

"Ett sådant pergament vore farligt för oss alla tre om det kom i orätta händer", svarade han till slut. "En helig ed binder oss lika säkert vid vårt avtal men kan aldrig komma i orätta händer."

"Inte i rätta händer heller!" svarade Ingrid Ylva. "Ditt ord ger jag inte mycket för, ärkebiskop. Det säger jag dig dock bara när vi tre är ensamma, hade dina män suttit här hade sådan uppriktighet inte gått för sig. Ändå kräver nu både Ulvhilde och jag att detta avtal mellan oss skall skrivas och fästas med sigill."

”Och vad skall ni kunna ha för nytta av ett sådant skrivet avtal? Det kan jag inte förstå”, sade ärkebiskopen tvehågset. ”Ni sviker era folkungska fränder, ni går bakom ryggen på era egna söner och deras erikska fränder. Sådana skrivna ord vore lika farliga för er som för mig, så varför skall vi då alls utsätta oss?”

”Därför att ingen av oss litar på ditt ord, inte ens din ed”, svarade Ulvhilde. ”Och då håller vi ändå med dig om att det bästa vore att dessa skrivna ord aldrig kom under någon annans ögon än våra, eller din kanslers, han som måste skriva eftersom vi hört att du själv är usel i den konsten. Men tänk nu att det går som du vill. Johan Sverkersson blir kung, men en svag kung i mångas våld, inte minst ditt. Du håller ditt ord och våra söner får det vi överenskommit. Den av oss som har avtalet i skrift kan låta bränna det och ingen skada är skedd för någon.”

”Men om det av skäl som bara Gud kan råda över skulle gå på ett annat sätt än vad vi just överenskommit?” frågade Valerius med listig min.

”Då har du inte bara lurat oss båda”, fortsatte Ulvhilde. ”Då har vi ett kungligt råd utan folkungamakt, kanske bara klerker och föga mäktiga sverkersmän som också måste dansa efter din pipa. Våra folkungska fränder kommer att trängta hårt efter ett skäl att fara efter dig med lans och svärd. Vi visar dina egna löften och ditt sigill för folkungarna. Mot vem tror du då de kommer att rikta sin vrede och sina lansspetsar, två änkor som bara i oförstånd försökte sörja för sina söners väl och ve? Eller en ärkebiskop som till full visshet visat sig vara en ordsvikare? Nu förstår du väl bättre varför vi måste skriva.”

Hennes ord var hårda men hennes stämma ljus och mild. Valerius kände hur han till sin stora förvåning blev upprymd och munter i stället för vrång och i värsta fall svårbehärskat rasande. Han hade aldrig haft höga tankar om fruntimmer, än mindre trott att han skulle behöva förhandla med sådana som om det de hade att säga verkligen ägde vikt. Men det som nu skett var ett Herrens mirakel.

Gud hade ingjutit Sin Ande i dessa hönshuvuden så att de båda talade med ett så klart förstånd att få män kunna lägga orden lika väl. Därmed ville Gud visa att Han förlåtit en svårt syndig och ringa tjänare, att

Han sett in i Sin tjänares hjärta och förstått vilka ädla och goda motiv som låg bakom vissa gärningar som i fåvitska människors ögon skulle ha varit svåra att förlåta. Gud hade visat Sitt leende ansikte för sin ringa ärkebiskop Valerius och därmed också låtit förstå att syndernas förlåtelse nu var nära och att Valerius kunde räkna med att efter sin jordiska död snart sitta på Hans högra sida. Detta gudomliga budskap kunde inte missförstås och måste åtlydas till punkt och pricka.

"Jag välsignar er båda för er klokhet och eftertanke", sade han rörd nästan till tårar. "Jag välsignar er och förlåter er edra synder. Och vi skall genast beställa allt det ni önskade! Men därefter kan vi väl ändå äta samman i vänskap som på ett alldeles vanligt besök av er ärkebiskop?"

För första gången verkade de två änkorna något bragta ur fattningen och utbytte en kort frågande blick innan Ingrid Ylva tog till orda.

"Din välsignelse ger jag inte mycket för, som du vet", började hon i en ton som lät som ensartad blandning mellan hån och osäkerhet. "Men vi skriver nu vårt avtal som sagt. Därefter rider några av mina män bort med det så att det inte kan brinna eller försvinna. Och när detta är gjort skall vi äta med dig och dricka med dig just som du önskar."

Valerius bröt nu ut i högstämda lovprisningar till Herren som styrt detta samtal så vist och då kom verkligen hans tårar.

Ulvhilde såg frågande på Ingrid Ylva som inte heller hon verkade begripa vad den hycklande giftmördaren nu hade för konster för sig. De var nära att falla i ohöviskt skratt åt den alltmer upphetsat bedjande ärkebiskopen som redan sjunkit ned på knä med sina kloliknande knäppta händer sträckta mot himmelen. De skakade på huvudet, ryckte på axlarna och höjde leende vinglasen mot varandra.

* * *

Birger hann inte mycket mer än stiga iland vid bryggan på Ulvåsa och stalla Ibrahim innan han kallades till sin mor och sina bröder för samtal i stora salen. Mycket till välkomst för Birger som inte varit hemma på två år blev det inte, för viktiga ting måste sägas fort, hävdade Ingrid

Ylva. Om två dagar var det ätteting på Bjälbo där alla mäktiga folkungafamiljer skulle samlas och då måste det vara tydligt vad Ulvåsas man hade att säga.

Ingrid Ylva hade beslutat att den som skulle föra Ulvåsas talan var Birger. Birger talade därmed för alla sina bröder. Det var ett beslut som inte föll broder Eskil i smaken, det såg och förstod de alla. Eskil såg sig redan som lagman, bar skägg och gick bredbent över golvtiljorna när han talade, vilket han försökte göra med djupare röst än han egentligen hade. Men även om han såg sig som den som bäst av bröderna kunde lägga sina ord, så betydde det intet för Ingrid Ylva som obevekligt sade sig veta så mycket bättre.

Hon talade hårt och mycket klart till sina söner och visade dem utan blygsel det avtal hon och Ulvhilde Emundsdotter skrivit med ärkebiskopen. Eftersom alla bröderna var goda läsare och väl hemmastadda i kyrkospråket hade de snart lustigt åt några små fel som ärkebiskopens kansler skrivit. Dock menade de att felen inte förtog något av själva saken.

Därefter kom tvehågsen eftertanke över dem. Eskil blev allvarlig och började gå över golvet när han talade om det betänkliga i att sluta avtal om att vara ärkebiskopen behjälplig i att sätta en sverker till kung. Folkungarna var förbundna med erikarna. Sverkrarna var folkungarnas fiender och många i ätten hade dött eller blött vid både Gestilren och Lena för den saken.

Ingrid Ylva lät honom kallt hållas ett tag innan hon tröttnade och barskt bad honom hålla käften, gå och sätta sig och lyssna i stället. Sedan förklarade hon inför allt mer häpna söner hur hon tänkt.

I den stunden kände Birger en varmare och mer översvämmande kärlek för sin mor än han kunde minnas någonsin, eftersom det hon sade var rent och klart som vatten för honom fastän bröderna hade svårare att fatta. Hans insikt var nästan ögonblicklig redan från början i hennes tal. Han var i sanning hennes son och hade nog fått mycket mer av sitt sätt att tänka från henne än från sin far Magnus.

Ingrid Ylva var inte mångordig i det hon hade att förklara. Visst skulle de alla sträva efter att behålla erikarna som kungar ännu någon tid. Det var för tidigt att föra fram en folkungsk kungakrävare. Men då gällde det att behålla den verkliga makten och det oavsett om det blev en erikare, vilket var mest troligt, eller om det gick så illa som den giftmördande ärkebiskopen ville och strävade efter med både böner och ränker, att den blott tolvårige Johan Sverkersson blev kung.

Födde drottning Rikissa en son i sin landsflykt i Danmark, om man alls kunde kalla det landsflykt i hennes broders land, så var gossebarnet kungakrävare med arvsrätt. Det kunde vem som helst förstå.

Födde Rikissa en fjärde dotter så var det Holmgeir, Knuts far, som erikarna skulle föra fram. Då blev det knivigt eftersom biskopspacket skulle hävda att Johan var son till en kung, vilket inte kunde sägas om Holmgeir trots att hans farfar var kung Helge Sankt Erik.

Biskopshopen hade inga ryttare och inga svärdsmän. Men de hade rätten att i Guds namn kröna en kung och det var en makt som inte fick underskattas.

Det avgörande för Ingrid Ylva var att oavsett vilken man eller vilket barn som till slut fick kronan skulle hennes söner komma till den makt som de var ägnade till.

Troligast var att den skrivna överenskommelsen med lömske Valerius aldrig skulle behöva komma till användning eftersom en erikare nog skulle bli näste kung. Men om Valerius lyckades att än en gång kröna en sverker så var avtalet ingalunda till nackdel. Även om det sämsta inträffade skulle Ingrid Ylvas söner komma till den makt de fostrats till, det mål hon levt för med fast vilja sedan hon blev änka. Så hade hon tänkt.

Birger satt stilla och smålog åt sin mor, full av beundran. Hans bröder hade många petiga invändningar fastän med stora ord som heder, edsvuren heder, förfäder, ätteheder och liknande.

Emellertid tog det till nästa dags eftermiddag innan hela vidden av Ingrid Ylvas planer för Birgers del gick upp för honom själv. I ett slag såg han sin livsväg ta en helt ny vändning, som när en tungt lastad lübsk kogg gick upp i vind för att ta ut en helt ny kurs.

Hon tog honom åt sidan ute i sin vävkammare och satte sig att spinna garn med en slända medan hon talade. Hon påstod att hon tänkte bättre när hon hade något sådant arbete från klostertiden i sina händer.

Att Karl nu skulle bli biskop, vem som än vann tävlan om kungakronan, och att Eskil snart skulle vara lagman, vilket han säkert var väl skickad att bli, skulle inte få Birger att tvivla ett ögonblick på sin egen framtid. Ingrid Ylva hade än större planer för hans del, sade hon som om det vore den mest självklara sak i världen. Början på hans nya bana, som när en ny stjärna stiger upp på himlavalvet, skulle bli på folkungarnas ätteting som började nästa dag på Bjälbo.

På ättetinget skulle två gubbar träta om makten, Karl den döve, som var avundsjuk för att han bara var ättejarl men inte rikets jarl, och jarl Folke som så ofta utgjutit sitt hat över ärkebiskop Valerius att han skulle få svårt att behålla sin jarlakrona.

Karl den döve skulle komma att förespråka Johan Sverkersson som kung. Det skulle han inte förklara med att han själv skulle bli rikets jarl i så fall utan med att han blott tänkte på folkungarnas bästa. Han skulle säga att en gossekung var en svag kung och runt en svag kung skulle folkungarna ha den verkliga makten.

Mot detta skulle jarl Folke hävda att det fanns ett förbund mellan folkungar och erikar, att rikets endräkt vilade på detta förbund och att hedern krävde att folkungarna stod vid sitt ord.

Därmed skulle ättetinget splittras i två jämnstarka grupper.

Och då kom det viktiga ögonblicket för Birger, ty Birger skulle snart bli den som efterträdde dem båda. Vad han främst måste tänka på var att inte ställa sig helt och fullt på den ene av de trätande gubbarnas sida, utan att vinna tid. Kunde han på så vis förlänga trätan utan att man rusade fram med förhastade beslut i falsk enighet, och framför allt om han kunde undvika att göra endera av gubbarna till ovän, så lade han grunden för sin framtida makt.

Hon satt länge med honom som en klerk på instructionis och berättade vilka ord som skulle ställas mot vilka. Till slut övade hon något med honom där hon med förvånande skicklighet kunde härma både den gamle Karls sätt att tala och hans halvbror Folkes. Det var som om Birger kunde se dem framför sig när hon gjorde dessa skälmstycken.

När det började skymma i kammaren tog hon med honom bort till sina egna rum i ett av uthusen. Där överräckte hon hans arvegods, Arn Magnussons svärd, som hon låtit fyra forsvikare frakta över med båt. Hon sade kort, som om det inte var något särskilt som tyngt hennes tankar, att det var viktigt att han bar detta svärd på ättetinget. För även om han var en av de yngsta som skulle tala där, så kände alla igen Arn Magnussons svärd och den synen skulle ha mycket god verkan på var och en som måhända kunde känna lust att tala om ringa ålder eller annan manlig brist.

Birger svepte med en van och snabb rörelse svärdets remmar omkring sig och fäste spännet. Sedan gick han ut i skymningen för att något vara för sig själv. Aftonstjärnan lyste klar och stark och än så länge ensam där uppe på himlavalvet.

Alldeles nyss hade han varit en handelsman i lübska kläder och hans hår var fortfarande kort så att det kanske skulle väcka somligas löje nästa dag på ättetinget. Men nu visste han att han aldrig skulle bli handelsman.

Han såg mot aftonstjärnan, knäppte händerna och bad till Jungfru Maria, hans farfar Arns Höga Beskyddarinna, om svar på den stora frågan om Hennes mening med hans liv. Något svar fick han inte och hade nog inte heller väntat sig.

* * *

Birger sov dåligt den natten och när gråa gryningen kom kunde han omöjligt somna om när han väl vaknat och börjat vrida och vända på hur han skulle föra sig och vad han skulle säga på ättetinget. Han klädde sig i enkla kläder och gick först bort till stallet för att tala med Ibrahim om sina bekymmer. Från hingsten gick han sedan till en plats han sällan besökt, det lilla kapellet på Ulvåsa som knappt var mer än ett bönerum med ett litet stenaltare och ett enkelt träkors.

Där bad han länge till Guds Moder, bad om Hennes förlåtelse för sin svaghet i tron, för att han inte biktat sig på länge och den bristande tillit han visat Henne och att Hon nu måtte ge honom allt stöd så att han lade sina ord rätt när prövningens stund kom. Hans bön förvandlades dock snart till en sorts träta där han försökte övertala den Heliga Jungfrun, med ord som sutte han redan på ättetinget, om att freden var den största och mest eftersträvansvärda välsignelsen för alla, att krig kunde leda till att alla förlorade och att Hon således måste stödja och hjälpa just honom när uppgörelsen kom på Bjälbo.

Snart insåg han det fåfängliga i att försöka övertala Gudsmodern i stället för att be om Hennes Nåd. Han försökte då lägga fram sin sak mer ödmjukt.

När gården började komma till liv utanför kapellet reste han sig på stela knän och gick för att klä sig i krigsmanskläder, så som alla folkungar uppträtt på ätteting så länge någon kunde minnas. Han värmde vatten och rakade sig med savon med sin nybrynta dolk eftersom han förmodade att ingen på Bjälbo skulle se hans glesa fjuniga röda skägg som bevis på vare sig mannamod och dådkraft eller överdriven klokskap. Guldsporrarna vägde han tankfullt i handen innan han snörde fast dem. Eftersom de legat länge undangömda knakade det lite över vristen i det uttorkade lädret. Han gick för att hämta oxfett.

Helst hade han velat rida ensam till Bjälbo, bara med märkesmannen före sig. Det var slätt landskap med vid syn hela vägen ned till Bjälbo, fred i landet och ingen hotande fara. Dessutom skulle inga illgärningsmän kunna nå honom om han red Ibrahim som också hade klätts i folkungska färger.

Ingrid Ylva menade dock bestämt att Ulvåsas alla tolv hirdmän skulle rida i Birgers följe, alls inte för hans säkerhets skull, utan för att det var hans rätt och för att det skulle synas och märkas väl när Ulvåsas nye talesman kom till tings. Hans mor granskade honom strängt från hjässa till fotabjäll när han var redo att sitta upp och hon tycktes nöjd med vad hon såg. Hon log förtröstansfullt mot honom, tog honom i sin famn och kysste honom på pannan.

”Du är morgonstjärnan som just skall stiga upp på himlavalvet, betänk noga den saken, min Birger. Men frukta ingen och intet”, viskade hon nära hans öra så att ingen av hans bröder kunde höra. De hade kommit ut för att ta sitt surmulna farväl. Värst miner gjorde Eskil som säkert fortfarande menade att han vore den som helst borde föra Ulvåsas talan då han var den lagklokaste av bröderna och också den som bäst kände kyrkans lagar.

Birger red inte så lite stolt ut från Ulvåsa med märkesmannen före sig och hirdmännen på två rader bakom sig. Ulvåsas märke hade fyra fält med två svarta och röda sverkerska griphuvuden, som var Ingrid Ylvas ättemärke, och två folkungalejon med en halv månskära som var Magnus Måneskölds märke. Vid vänster sida bar Birger sin nyfejade folkungasköld med det gyllene lejonet men utan något märke som visade att detta var just Birger Magnusson och ingen annan folkung.

Resan var kort och vädret soligt och klart och Birger kom i god tid till Bjälbo där han välkomnades av en rytande Karl den döve som var folkungarnas huvudman och den som skulle leda deras ätteting.

När alla hade anlänt gick man först till kyrkan för bön, mässa och välsignelse över lycklig utgång på tinget. Därefter gick alla med sina märkesmän i procession till blockhusgården nära kyrkan. Fordom hade ättetingen hållits uppe i kyrkans tornrum där jarlen Birger Brosa regerat alla med järnhand. Men under de många år som gått sedan dess hade folkungarna blivit så många att de omöjligen skulle få plats uppe i de trånga och mörka tornrummen i kyrkan. Blockhusgården var omgiven av tjocka ekstocksmurar och var den plats där man mer än en gång försvarat Bjälbo mot anfall. Birger tänkte att sådant försvar av träborgar hörde forntiden till lika mycket som ätteting uppe i ett kyrktorn.

I blockhusgården fanns en stor sal och dit gick alla märkesmännen in och satte upp de olika gårdarnas märken så som Bjälbos herre Karl den döve anvisade. Det hade han tänkt ut listigt så att ingen skulle känna sig förminskad inför annan. Ty förr hade man ordnat så att Bjälbos män satt främst och därefter andra gårdars män nedåt i salen efter gårdars styrka och heder, vilket alltid blev kinkigt när man kom till vem som skulle sitta längst bort. Nu var ordningen så att alla satt vid långbord längs varsin vägg med Karl den döve i mitten av ena väggen och rikets jarl Folke mitt emot honom. Ulvåsas märke hängde på ena väggen intill Bjälbos på den högra sidan och på andra sidan Sune

Folkessons märke från Älgarås som var mycket likt Ulvåsas, då också Sune Folkessons husfru Helena var av sverkersätt.

Riddar Sigurd och riddar Oddvar satt mitt emot Birger på ömse sidor om jarl Folke. De hade bara nickat kallt mot varandra utan att säga något.

Efter en kort bön om endräkt och klokskap reste sig Karl den döve och lade sina ord till förmån för unge Johan Sverkersson, just så som Ingrid Ylva förutspått.

Jarl Folke talade strax emot detta förslag och hade inte svårt att finna stora ord om hur de alla blött och hur många av deras nära fränder dött för att en sista gång driva det sverkerska anhanget ut ur riket. Att nu bjuda den ätten åter till kronan vore som att håna de döda.

Holmgeir var Folke jarls man för kronan, Holmgeir var kung Helge Sankt Eriks sonson och folkungarna var sedan Gestilren och Lena i förbund med erikarna. Således vore det förräderi att gå ärkebiskop Valerius till handa i hans intriger för att ånyo kröna en sverker.

Till en början verkade det som om de flesta männen i salen höll med jarl Folke om att förbundet med erikarna måste bestå. Torgils Eskilsson till Arnäs var den förste som öppet vågade gå emot jarl Folke och ställa sig på Karl den döves sida.

Det blev då helt stilla i salen och alla lyssnade spänt, vilket måhända gjorde Torgils något osäker. Den tanke han förde fram var dock alldeles klar. Han sade att här vid detta möte gällde ingenting annat än folkungarnas väl, inga gamla förbund, inga eder till död kung, inget annat än vad som var bäst för ätten. Och bäst för folkungarna var att inte göra kyrkan till fiende. Ty om den lömske Valerius vägrade att kröna någon annan än Johan den unge, vad skulle man då göra? Gå i krig mot en ärkebiskop?

Jarl Folke tog genast ordet och sade att man mycket väl kunde fördriva en kyrkans man om denne klart och tydligt förrådde landet, ty så sade den högre lag som var Roms. Två gånger hade Valerius förrått landet och kommit åter i spetsen för danska krigsmän. Om folkungarna bestämde sig för att vräka en sådan man från hans biskopshus och kungliga rådsplats, vem skulle då kunna stå dem emot?

Riddar Oddvar och riddar Sigurd var båda för att man skulle hålla fast vid sitt förbund till den kungaätt som de båda svurit sin trohet när de upphöjdes till riddare av kung Erik.

Sune Folkesson till Älgarås hade väntat länge med rynkad panna men yttrade sig till slut och sade att som alla i salen visste var han en man som inte tvekade om det gällde att gå i strid för ätten, ty båda gångerna hade han varit bland segrarna vid Gestilren och Lena och andra gången hade han tillsammans med Arn Magnusson dräpt kung Sverker Karlsson, varmed kriget ändade. Men han hade svårt att se hur han skulle fälla sin lans mot en ärkebiskop, hur svart denne än var i sin själ. Det vore inte folkungarnas klokaste gärning om de gjorde kyrkan till fiende. Och det var Guds sak att döma en sådan man, inte folkungska krigares.

Så böljade talet fram och åter i salen tills alla sagt sin mening utom Bengt Elinsson till Ymseborg och Birger Magnusson till Ulvåsa. Det såg ut som om det vägde lika mellan två sidor där ingen kunde vinna över den andre.

Till slut, ombedd av Folke jarl att säga något, menade riddar Bengt att han var emot våld mot en ärkebiskop men likväl inte gärna ville se en sverker krönas. På så vis höll han med båda sidor och skulle måhända blivit hånad för tvehågsenhet om han inte varit landets förnämste krigare.

Längre kom man inte första dagen. Folkungatinget var låst mellan två lika starka grupper som stod så långt ifrån varandra att det föreföll omöjligt att jämka mellan dem. Birger var den ende talesmannen som inte yttrat sig, vilket ingen tycktes fästa sig vid eftersom han var yngst och för första gången på ätteting.

Vid kvällsölet sökte Birger sällskap med Torgils Eskilsson för att tala om sin tid hos Torgils far nere i Visby och om de bekymmer som kom sig av att herr Eskil inte hade någon son eller frände som kunde ta vid och sköta handelshuset när han själv var borta. Torgils medgav sorgset att detta verkligen var ett stort bekymmer men att han själv hade ansvaret för borgen Arnäs som var folkungarnas starkaste fäste och därför viktigare för allas deras säkerhet än en aldrig så vinstbringande handel. Dock förstod Torgils mycket väl vilken stor betydelse handeln hade. Arnäs var beläget så att allt som kom från Norge eller Lödöse och Danmark måste fraktas där förbi och många skepp stannade över natten vid Arnäs bryggor. Och allt som tillverkades på Forsvik och inte skeppades mot Söderköping passerade förbi Arnäs på vägen mot Lödöse. Att Visby var den stora knutpunkten i detta nät som hans far knutit visste alla med något förstånd om handel. Men vad kunde han göra? Han var född och lärd till borgherre och hans son Knut skulle bli detsamma som han. Vore framtiden evig fred blev en stark borg som Arnäs inte lika betydelsefull. Men som första dagens förhandling på ättetinget visat med förskräckande klarhet kunde kriget vara på väg redan nu som de satt tillsammans och åt och drack. Den enklaste utvägen vore kanske just därför att låta den där Johan bli kung, precis som Karl den döve föreslagit. Löste man knuten slapp man krig, för erikarna skulle ju inte ha någon att hämnas på i så fall. De kunde inte gärna ge sig på folkungarna, därtill var de inte tillräckligt starka, det var ingen. Inte heller kunde de ge sig på att vräka någon ärkebiskop. Så sökte man fortsatt fred i riket var unge Johan det bästa valet.

Birger röjde inte med vare sig ord eller ansikte om han var för eller emot Torgils syn på saken. I stället ursäktade han sig med att han inte ville vara för öltung i huvudet nästa dag och gick för att söka nattläger.

En sed man bevarat på Bjälbo sedan Birger Brosas tid var att inte dricka en droppe öl eller vin under den tid man satt i förhandling. Även om öl i måttlig mängd kunde lossa blyga tungors band blev öl i stor mängd desto sämre eftersom osämjan då snart låg på lur. Och om öl väl bars fram bland folkungar dracks det aldrig i blygsam och omanlig mängd.

Således kom de alla törstiga till kvällsölet och mer än en man tog då skadan igen med råge. Därför återupptogs tinget inte förrän efter middagstiden nästa dag, även om en och annan då fortfarande var rödögd och tvär.

Trätan inne i blockhussalen rullade snart vidare i samma hjulspår som föregående dag. Jarl Folke, som ännu inte tagit sig ur bakruset, var vid tydligt dåligt lynne och han gick snart hårt fram mot den som halvkvädet eller helhjärtat talat för unge Johan Sverkersson som kung.

Eftersom dem han angrep verkade ovilliga att gå i svaromål frestades han att leka med elden. Måhända kunde man se förklaringen till somliga fränders trolöshet, sade han högt, om man betraktade vissa gårdsmärken med den svarta sverkerska gripen. Om en sverker fick kronan på nytt skulle somliga fränder ha större fördelar därav än andra.

Eftersom han trodde att ungtuppen Birger nog var den som skulle ha svårast att parera den kränkningen uppmanade han Birger att äntligen tala för sig och Ulvåsa, men då helst som ett lejon och inte som en grip.

Det blev en del elaka flin i salen av dessa hårda ord och allas blickar vändes mot Birger som rodnande korsade sig och steg upp. Nu kom hans stund och det dög inte att vare sig vänta längre eller att ta något steg tillbaka.

”Sant är att min mor Ingrid Ylva är en sverkersfru och ni känner henne alla”, började han för lågt så att Karl den döve skrek åt honom att tala som en man. ”Sant är att min mor är av sverkersätt”, vidtog han med överdrivet hög röst. ”Sant är också att Emund Jonssons mor Ulvhilde är av sverkersätt. Sant är att Sune Folkessons husfru Helena är av sverkersätt. Det fanns en tid när folkungarna knöt dessa band för att stärka vår makt. Därför står jag nu här. Men därför bör du inte kränka mig, jarl. Du bör i stället betänka att Emund liksom Sune liksom jag själv alla svor riddareden inför kung Erik och den eden tog vi inte lätt på. Men min ed gäller inte död man. Min trohet är inför detta ätteting, och så är Emunds och så är Sunes. Detta må ingen man betvivla. Därför kräver jag nu din ursäkt, jarl Folke.”

Det var djärvt att börja med att kräva att självaste riksjarlen skulle rätta sig och det blev spänt tyst i salen när blickarna nu vändes från Birger till jarl Folke.

”I denna lilla sak skall jag göra dig till viljes, Birger”, muttrade jarlen. ”Vi folkungar är ett och samma och något annat menar inte heller jag. Du har min ursäkt för mina föga välbetänkta ord om din mor och andras. Men likväl får du inte komma undan så lätt, för nu vill jag höra din mening högt och klart, inte om småfrågor och gyllene sporrar utan om den stora frågan!"

"Det skall du få genast!" ropade Birger tillbaka över bordet för att visa att han inte låtit sig skrämmas av jarlens höga röst. "Därför skall jag just högt och klart säga dig, jarl Folke, varför du har fel. Om du gitter lyssna utan att avbryta mig eller ryta åt mig", fortsatte han med lägre röst.

Ingen ungtupp hade någonsin talat så till en av folkungarnas jarlar. Häpen tystnad sänkte sig på nytt i salen. Eftersom Birger utmanat så djärvt att han sagt sig kunna visa att jarlen hade fel så måste man lyssna till honom. Det krävde både hedern och nyfikenheten, ty antingen skulle den unge eller den gamle nu falla hårt. Jarl Folke kom fort över sin förvåning och visade med en svepande hand att Birger nu förde ordet. Han satte sig därefter långsamt ned och lutade sig lugnt tillbaka i sin stora drakmönstrade stol.

"Du har fel i tre saker, min käre frände", vidtog Birger i lägre och vänligare ton eftersom ilska skulle ha förstört nästan allt. "Du har fel när du talar om vår heder inför erikar. Det var när kung Erik fortfarande åtnjöt vår trohetsed. Den är vi nu lösta ifrån. Nu är bara folkungars trohet till folkungar. Du har också fel när du säger att Holmgeir skall få kronan. Det är inte folkungars sak att välja först, det är erikars. Och om drottning Rikissa föder en son kommer erikarna mest troligt att säga att den sonen är deras kung med arvsrätt. Så säger lagen om vanligt arv, att om en kvinna är havande när hennes husbonde dör och därefter föder en son så ärver sonen lika som om han varit född vid faderns död. Med kungaarv är som med vanligt arv. Ditt tredje och värsta fel är emellertid att du talar för att vi skall använda folkungamakten, den styrka som är både vår heder och vår säkerhet, till att vräka en ärkebiskop. Att Valerius är en föraktlig man hör inte hit, han är ärkebiskop. Om vi anföll hans hus, vräkte honom eller än värre dräpte honom skulle allt folkungarnas land i Östra och Västra Götaland läggas under *interdikt.* Därmed hade vi inte vunnit något men i gengäld förlorat allt."

Birger stannade där för att han märkte en viskande oro i salen och såg i jarl Folkes ögon att något var oklart. Längre ned i salen ropade någon en fråga om vad som menades med interdikt.

”Interdikt”, fortsatte Birger, ”betyder att den Helige Fadern i Rom bannlyser hela vårt land. Inga av kyrkans tjänster får längre utföras hos oss, ingen får gå i mässa eller till bikt, ingen får sista smörjelsen eller läggas i vigd jord. Om en sådan straffdom drabbade oss var hela vår folkungska makt av ringa betydelse.”

Nu blev mycket gillande mummel i salen och Karl den döve tog snart tillfälle att instämma kraftfullt med Birger Magnussons ord och började på nytt tala för att det klokaste vore att låta den lömske ärkebiskopen kröna Johan Sverkersson eftersom en så svag kung gjorde att folkungarna skulle öka sin makt. Det såg ut som om han fick de flesta att börja nicka instämmande och begrundande.

Då reste sig Birger på nytt och fick stå en stund i väntan innan allt sus och sorl hade lagt sig så att han kunde göra sig hörd.

”Vår ättejarl Karl har lika fel som rikets jarl Folke”, började han utan omsvep och möttes genast av tystnad. ”Nu föder drottning Rikissa en son. Vi väljer likväl Johan Sverkersson till kung. Vem blir då mest kränkt av att den erikska kungasonens rätt blir försmådd? Holmgeir och Knut måhända, men de kan inte skada oss folkungar utan bara gnissla tänder. Värre är det med kung Valdemar Segraren av Danmark, ty då är det hans systersons rätt vi kränkt. Och kung Valdemars vrede är inte vad vi bör eftersträva. Ingenting hotar folkungamakten inom vårt land, ingen annan ätt kan besegra oss med svärd och lans. Däri har vi en stor trygghet. Desto sorgligare är det då att höra att två av våra klokaste och äldsta fränder talar för att dra på oss de enda olyckor som sannerligen kan hota oss. Följde vi jarl Folkes råd blir vi alla bannlysta av den Helige Fadern. Följde vi jarl Karls råd kommer ännu en dansk här till vårt land för att sätta ett gossebarn på vår tron och lämna oss med danska fogdar. Inget av dessa råd bör vi lyda!”

Birger satte sig lugnt ned som om han hade sagt allt han hade att säga, vilket inte var helt sant. Bättre vore dock, föreställde han sig, om de båda jarlarna nu kunde enas om det som för stunden var det enda möjliga.

Det kunde de inte. Båda höll de livligt med vad gällde det som Birger sagt om den andres korttänkta råd, men ingen av dem ville medge att just han själv haft fel, även om det redan blivit allas mening i salen att Birger Magnusson haft lika rätt om den ene gubbens råd som om den andres.

Som trätan nu växte mellan jarlarna kom man ingen vart och den som tröttnade först var riddar Bengt Elinsson som slog näven i bordet för att få tyst.

”Jag är folkung på min mors sida och upptagen i ätten på blodsed och jag tjänade vår sak vid både Gestilren och Lena”, började han med mäktig stämma. ”Min trohet till detta ätteting må ingen betvivla, min heder och mitt förstånd lika lite. De som varit närmare Bjälbo i liv och minnen än jag har säkert bättre vetande än jag om män som talat mycket klokt bland oss folkungar, män som Birger Brosa. Inför våra ögon och öron stod ännu en sådan folkung fram här mitt ibland oss. Det är oss alla till heder och till nytta lika. Därför ber jag dig nu vördsamt, junker Birger, vilket jag aldrig gjorde under de år jag piskade vett i dig på Forsviks övningsfält, att klart och lugnt säga oss vad vi skall göra. I mig har du en följeslagare!”

Riddar Bengt satte sig tungt ned och såg vänligt uppmuntrande på Birger och vinkade nästan spefullt med handen åt honom att resa sig på nytt. Ingen av folkungarna ville annat.

Birger reste sig rodnande, ty det han minst av allt väntat sig denna dag var stort smicker från rikets främste riddare.

”Vi skall just nu göra intet”, sade han för lågt så att Karl den döve ropade åt honom att höja rösten. ”Vi skall just nu göra alls intet!” upprepade han högre. ”Om Rikissa föder en son får erikarna bestämma om han eller någon annan blir deras kungakrävare. Troligast blir det sonen. Om Rikissa föder en dotter så är frågan Holmgeir eller Johan Sverkersson. Nu är ingendera. När vi vet hur det blir får vi träffas på nytt, ty först då kan vi se hela spelbrädet framför oss.”

Det gick fort att bestämma att man skulle handla just så som Birger Magnusson föreslagit och därför kom alla tidigare till kvällsöl och stekkött.

Sent om aftonen kom jarl Folke över till Birgers plats och slog sig ned bredvid honom så vingligt att han råkade hälla ett kvarts stop över sin unge frände. Han menade dock inget illa utan tvärtom. Han lutade sig över Birger, dunkade honom kärvänligt i ryggen och intygade med något sluddrig röst att Birger sannerligen inte vansläktats inom Bjälboätten. Och som han var en gammal man fann han det tryggt att veta att ännu en Birger Brosa nog skulle komma efter honom.

Först nu när det var sent på natten började Birger förstå vad som hänt och vilka okända krafter som fanns inom honom. Som morgonstjärnan hade Birger Magnusson stigit upp på den folkungska himlen, just så som Ingrid Ylva hade varit förvissad.

# II

EN ENDA MAN i riket önskade krig, i gengäld hetare än någonting annat i jordelivet. Det var ärkebiskop Valerius. Och eftersom allt annat gick honom så väl i händer var han förvissad om att Gud skulle bistå honom även i detta. Det var som om ingenting han företog sig längre kunde misslyckas.

När drottning Rikissa verkligen fött en son nere i Danmark, som hon gav namnet Erik efter hans döde far, såg det till en början ut som en svår motgång för Valerius. Om folkungar och erikar nu kunnat enas om att det var detta gossebarn och ingen annan som skulle ärva kungakronan hade det blivit tungt för kyrkan att komma med andra krav. Men så blev erikarna inbördes oense och hade plötsligt tre kungakrävare eftersom både Holmgeir och hans son Knut menade sig komma före barnet i Danmark.

Den erikska trätan fick folkungarna att tröttna och deras ätteting beslöt att det nu lika gärna kunde bli den unge Johan Sverkersson, bara de själva fick sin väl beskärda del av makten.

Man hade nu kunnat frukta att det danskfödda gossebarnets mäktige morbror kung Valdemar Segraren skulle gripa in med full kraft för att hävda sin systerson Eriks rätt till kronan och då hade det blivit lika svårt för kyrkan som för folkungarna att stå emot.

Men Gud bistod sin trogne Valerius även i denna sak, och på det mest underbara sätt. Kung Valdemar rustade för ett korståg mot Estland och kunde inte samtidigt sända några väpnade styrkor uppåt Västra Götaland, särskilt inte som han väl visste hur dyrt det skulle bli att försöka slå det folkungska rytteriet. I stället försökte han blanda in den Heliga Stolen i Rom i arvstvisten så att det snart började komma påvliga bullor med hårda frågor till ärkebiskop Valerius och till slut en kallelse från den nye Helige Fadern Honorius III som befallde ärkebiskop Valerius och biskop Bengt av Skara att infinna sig framför den Heliga Stolen och förklara sina göranden och låtanden.

Men Valerius gjorde då något oerhört. Han brände den påvliga bullan och förbjöd dem i sin närhet som läst den att någonsin yppa ett ord om saken. Samtidigt försäkrade han att han själv helt och hållet tog ansvar för denna synd.

Johan den unge kröntes i Linköping 1219. Kyrkans män gick inte lottlösa ur denna olydnad mot Rom. För som första kungliga lag i Johan den unges namn fastställdes inte bara att kyrkan från och med nu skulle vara helt befriad från skatt. Dessutom, och synnerligen berikande för biskoparna själva, skulle var missdådare som dömdes inom kyrklig mark erlägga sina böter till biskopen i stiftet. Den kungliga givmildheten skulle berika dem alla mer än de någonsin kunnat hoppas på om en vuxen man och inte en uselt fostrad femtonåring fått kungakronan. Valerius och hans biskopar hade sannerligen skäl att fröjdas.

När det nya kungliga rådet kallades samman fick Karl den döve överta jarlavärdigheten från sin kyrkofientlige halvbror Folke. Bengt Elinsson blev rikets marsk, den nye biskop Karl Magnusson av Linköping blev kungens kansler, den nye lagmannen Eskil Magnusson fick plats i rådet liksom Ulvhildes son Emund Jonsson.

Ingrid Ylva och Ulvhilde hade således fått det kungliga rådet sammansatt just så som de överenskommit med ärkebiskop Valerius. Ingrid Ylva kunde därför hämta fram det skrivna avtalet mellan henne, Ulvhilde och ärkebiskopen och bränna det noga, med sigill och allt.

Makten i riket delades mellan folkungarna och kyrkan, och den som hade alls intet att säga till om var kung Johan den unge, ty han gjorde bara som Valerius önskade eftersom han stod i skuld för sin kungakrona till denne man mer än till någon annan.

Det var kort efter kröningen i Linköping som Valerius började tala om kriget. Inför rådet visade han flera påvliga bullor i vilka både Honorius III och hans salig företrädare Innocentius III hade förespråkat korståg till länderna på andra sidan Östersjön där folket ännu inte var kristnat. Tidigare hade alla sådana påvliga önskemål avvisats av både kung Knut Eriksson och Erik Knutsson, därtill bestämt avrådda av Arn Magnusson som varit båda deras marsk och också den som visste mer om korståg än någon annan man i Norden.

Valerius var dock så oförtröttlig i sitt tjat om korståg i öster att han till och med hade fräckheten att framhålla kung Valdemar Segraren som ett gudomligt anvisat högt föredöme eftersom han nu var på väg mot Estland. Och söder därom i Kurland hade en ny riddarorden som kallades Svärdsriddarna, och som av påven fått samma Regel att hålla sig till som Tempelriddarna, vunnit glänsande segrar och tagit stora områden.

Just därför, menade den nye marsken i kungens råd, Bengt Elinsson, fanns väl ingen stor angelägenhet att sälla sig till den trängseln. Valerius lät sig dock inte hejdas, han talade vitt och brett om korsfarares befrielse från all synd i livet, något som måhända var en större angelägenhet för honom själv än för andra. Och han hade inga svårigheter att inför den barnslige kungen utmåla ett stort äventyr på andra sidan havet. Biskoparna i kungens råd måste besluta som sin ärkebiskop och Valerius utsåg den nye biskopen Karl av Linköping att bli den som skulle följa honom själv på den välsignade resan.

Att hennes ännu fjunige son som första stora värv i sin upphöjelse till biskop skulle ge sig ut i krig gjorde Ingrid Ylva lika misstänksam som misslynt. Hon såg redan unge Karl som den nye ärkebiskopen i landet så fort den lömske Valerius hämtats till den underjord där han hörde hemma. Valerius tal om att biskop Karl av Linköping var yngst och vid bäst hälsa av landets alla biskopar och därför skulle tåla både sjöresa och andra påfrestningar dög inte långt som ursäkt inför Ingrid Ylva. För hur skulle man då förklara att den, näst det stånkande fläskberget Bengt av Skara, äldste och mest skröplige av dem alla, Valerius själv, prompt skulle med på resan? Ingrid Ylva anade argan list och ansatte Birger för att se till att hans bror biskopen fick allt skydd han behövde för säkerhet till liv och lem, minst en skvadron forsvikare.

Därmed hamnade Birger i svår knipa. Liksom marsken Bengt Elinsson hade han först tänkt sig att alls inte delta i detta krig. De ansåg sig båda ha ett gott skäl.

Ty Karl den döve som nu blivit jarl var den som befallde över allt som hade med krig utom landet att göra. Och till stöd för alla sina beslut fick han städse ärkebiskopen och kungen som båda visste ännu mindre om kriget i den nya tiden än han själv. Så som Karl den döve beskrivit sina planer inför det välsignade härtåget i öster hade både Birger och Bengt sagt att de fann det meningslöst, eller än värre dåraktigt, att följa med. Karl jarl hade nämligen beslutat att man skulle föra detta krig efter gammal god sed som riktiga kämpar, utan hästar. Full av barnslig iver hade han talat om hur han skulle kalla hela den svealändska ledungsflottan som i fornstora dagar när dessa djärva sjöfarare var en skräck för hedningarna i öster. Och med sådana kämpar kunde man forma svinfylking när man mötte fienden.

Bengt Elinsson och Birger hade knappt trott sina öron när de försiktigt förhörde sig om vad som menades med svinfylking. Det var en uppställning känd från slaget vid Bråvalla under hednisk tid, det största slaget någonsin i Norden. Den sida som segrade hade då fylkat sig som en kil, med den tappraste kämpen främst, de två näst starkaste bakom honom och därefter de fyra och de åtta följande starkaste, så att de gick fram i en slagordning som var formad som ett spetsigt svinhuvud. Som en varm dolk i smör skar denna svinfylking genom fiendens hop, menade Karl upprymt och gnuggade gladlynt sina frusna gammelmanshänder. Saken framstod sannerligen inte mindre dåraktig av att Karl den döve berättade om sina planer rytande.

Hade Birger och Bengt haft denna sak att besluta om på det folkungska ättetinget hade de utan något större besvär kunnat bryta ner armarna på Karl, hur ivrigt han än fäktade med dem. Inför ättetinget och alla riddare skulle Karls ålderdomliga tankar framstått just så enfaldiga som de var. Bland ättetingets talesmän hade mer än hälften själva deltagit i de två senaste krigen mot dansken där rytteriet avgjorde striden.

Men Karl den döve hade drivit igenom alla dessa beslut i det kungliga rådet, och där hade inte ens marsken Bengt Elinsson och riddar Emund haft mycket för att streta emot. Ärkebiskopen och kungen trodde fullt och fast på sin jarl.

Efter stor vånda hade Birger kommit fram till att om han nu likväl måste delta i kriget så lönade det sig föga att försöka käfta emot den döve gubben om vare sig svinfylking eller andra påhitt. Kriget skulle föras utan ryttare och med tappra svear till fots och därmed var det. Dock lyckades han förmå jarlen att gå med på att man skulle skeppa över åtminstone en skvadron forsvikare till skydd för biskoparna och för att kunna spana efter fienden på avstånd. Motvilligt måste då den gamle jarlen erkänna att när det gällde att fara runt och skaffa sig kunskaper om fiendens läge och förehavanden kunde nog snabba unga ryttare komma väl till pass, även om de borde hålla sig ur vägen när det blev dags för strid.

Birger fick bita sig hårt i kinden och stint se ner i marken som om han bugade när han fick höra den sista befallningen. Rikets jarl var alltså en dåre, därtill en farlig dåre eftersom han höll så många mäns liv i sin hand. Åt det hjälpte det inte stort att vare sig skratta eller gråta och än mindre att börja om trätan. För då hade det inte ens blivit sexton forsvikare med på färden över havet.

* * *

Till slut stod Birger i stäven på en tungt lastad kogg som makligt gungade sig fram i svag västlig sommarvind över Östersjön. Det hade tagit nästan ett år att ordna alla förberedelser och runt skeppet där Birger befann sig syntes sveländska långskepp åt alla håll. Fyratusen män fanns ombord på dessa skepp från forna tiders plundringståg. Ombord på den tunga koggen i mitten av ledungsflottan befann sig kungen, ärkebiskopen och biskop Karl från Linköping, sexton forsvikare och trettio hästar. Jarlen for i ett av de största långskeppen framför dem.

Birger var dyster och tankfull. Det hade varit svårt att ens få ihop en enda skvadron forsvikare eftersom Bengt Elinsson sagt sitt hjärtas mening vitt och brett om vad han ansåg om Karl den döve som befälhavare och om ryttarlöst krig, svinfylking och dylik enfald. För de orden kunde Birger inte klandra riddar Bengt eftersom han själv delade alla dessa uppfattningar.

Skeppet hade dock varit lättare att skaffa eftersom han fått en rundhänt tilltagen mängd guldmynt från kungens krigskassa när han for till Visby. Han hade inte funnit skäl att vara alltför nogräknad affärsman när han handlade skeppet från Eskil Magnusson och städslade besättning då han antog att det mesta guld som lades ut på detta krig var bortkastat redan från början.

Det goda med resan till Visby var dock att han fått med sig yngste brodern Elof som enligt Ingrid Ylvas hårda dom inte dög till något alls viktigt, till stor skillnad från de äldre bröderna. Elof hade tragglat sitt latin och filosofen som alla de andra och var måhända inte sämre rustad i huvudet än sina bröder. Men han ville ingenting med sitt liv, han suktade inte efter vare sig lagmansgård eller biskopsstav, inte ens riddarsporrar. Han drömde för sig själv och ynkade måhända också sig själv eftersom han drack sig redlös oftare än andra män.

Birgers ljusa minne av att ha fört brodern Elof till Visby var hur Elof verkligen spärrat upp ögonen av att se gatorna, de rena gatorna med avlopp, stenhusen, kyrkorna och ringmursbygget, liksom deras frände Eskils handelshus. Som Birger hade hoppats öppnade denna nya värld ögonen på Elof.

Det mörkare minnet var att Elof druckit sig redlös ute på stadens tavernor redan tredje kvällen och med nöd och näppe undgått att bli ihjälslagen och bestulen. Birger urskuldade sig med att han ändå gjort vad han förmått, både för Elof och för herr Eskil. Om Elof tog sig samman så hade han ett helt stort liv framför sig fyllt av betydelsefullt arbete som deras hårda mor inte ens kunde föreställa sig. Nu var han ändå i Visby och om han föredrog öl och vinkannor så förödde han den stora möjlighet som låg inom hans räckhåll. Det var dock hans fria vilja, Birger hade inte kunnat göra mer än att visa honom Visby och få honom att stanna där så länge han gitte.

Åt inget håll syntes land och havets dyning var mjuk och behaglig i den milda vinden. Då och då kom ändå någon ung forsvikare upp till stäven och spydde eftersom detta var första sjöresan för de flesta av dem, om man inte räknade korta turer över Vättern och Vänern. Birger förebrådde ingen, ty så hade det varit också för honom de första gångerna han for till Lübeck med herr Eskils handelskoggar.

Den som sett Birger stå ensam för sig själv uppe i fören och oavbrutet spana åt det håll där hedningarnas land skulle visa sig kunde helt säkert tro att här stod en otålig krigare uppfylld av iver inför det som skulle komma. En from och beskedlig man hade kanske kunnat tro att här stod en junker uppfylld av att snart kunna bota livets alla synder.

Inget av detta var ens nära sanningen. Birger hade förvisso mycket att grubbla över, men det var som om han hela tiden sköt ifrån sig alla tankar på kriget som obevekligen kom närmare med varje stampning i dyningen. Behagliga tankar och minnen, eller obehagliga, blandades i hans huvud, vadsomhelst utom det kommande kriget.

Matteus Marcusian fanns ombord, hans barndomsvän från Forsvik. Matteus hade till skillnad från sin frände Johannes gått krigsskolan på Forsvik i stället för att lära till kopparslagare, sågverksbyggare, vapensmed eller något annat som kunde ge bärgning åt den som inte ägde jord. Men Matteus var krigare utan jord och därtill en krigare utan krig. Att han hörsammat Birgers kallelse trots alla varningar från äldre forsvikare var inte så svårt att förstå. Just nu hängde han över relingen, dumt nog akterut så att vinden spred hans spyor in över skeppet.

Att Erik Stensson, äldste forsvikaren ombord, antagit Birgers kallelse var inte heller särdeles svårbegripligt. Erik hade tjänat som vapenlärare hos Bengt Elinsson på Ymseborg ända sedan den dag de träffades på tinget vid Askeberga och Birger bett om nåd och förlåtelse för Erik, trots att han vanhedrat sitt svärd. Därmed hade Erik en skuld till Birger för resten av livet, en skuld som kunde hämtas in närhelst det passade fordringsmannen. Det hade blivit krigstjänst.

Birgers tanke fladdrade vidare på sin flykt undan kriget. Sedan den första gången han talat inför ättetinget hade orden kommit allt säkrare till honom. Han hade burit en gudagåva genom åren utan att upptäcka den förrän denna första gång i trätan mellan den döve gubben Karl, som inte tänkt på faran av ett krig mot kung Valdemar, och den föga kyrkligt skolade gubben Folke, som inte begripit faran av ett interdikt. Men sedan dess hade Birger blivit den som talade sist på ätteting och då förklarade hur man skulle besluta. Och som han sade hade det nästan alltid blivit. Alla de äldre jämförde honom med Birger Brosa och i detta fann han både behag och bävan. Särskilt fröjdades han dock när han talade inför tysta och uppmärksamma fränder och kände hur orden kom flygande som svalor från alla håll för att ändå slå sig ned i raka ordnade rader på takrännan. Detta var hans liv, Gud hade gett honom gåvan att kunna leda sina fränder och allt annat blev då mindre viktigt. Utom möjligen att komma levande från detta dåraktiga krig.

Kort snuddade således hans tanke vid kriget men kastade sig genast därifrån till något som var stort, vackert och plågsamt på en och samma gång. Han var far till ett gossebarn som hette Gregers.

Det var som ett mirakel eftersom han levt i flera år utan att veta, och om Guds Moder inte styrt hans steg aldrig fått veta. Men när han reste uppåt Mälardalen på sitt svåra uppdrag att finna sexton villiga forsvikare kom han till en gård som hette Sund och som tillhörde ulvsätten. Van som han var att bara behöva visa sin folkungasköld på avstånd för att genast bli välkomnad och bespisad hade han funnit det underligt hur tvehågset husbonde och husfru talade till honom, då ju ingen fiendskap fanns mellan folkungar och ulvsätten. Någon av husets söner hade snäst ord åt honom som han inte hörde och inte heller fick höra på nytt eftersom husbonden med hugg och slag drivit ut sin egen son på tunet och skällt och bråkat.

Alla dolska ögonkast under lugg och långa stunder av pinlig tystnad hade snart fått honom att ångra att han inte sovit i skogen i stället som han ändå var van att göra. Nu var det för sent, det skulle vanhedra huset om han bröt upp mitt i sena kvällen. Han bad därför att få gå undan till bolster och fäll eftersom han hade en lång resa framför sig nästa dag. Ingen trugade honom då med mer öl.

På natten kom en ung husträlinna smygande in till honom. Han hade först bryskt avvisat henne eftersom hans sinnesstämning inte passade för sådana förlustelser. Strax ångrade han sig och insåg vid närmare eftertanke att en ung kvinnokropp vore betydligt bättre sällskap än grubblerier. Så när hon kom smygande tillbaka grep han fort efter henne och slet av henne särken. Hon började emellertid sprattla och streta emot på det mest envetna sätt. När Birger kom av sig viskade hon fort att om han ville ha henne så gick det nog att komma överens men att hon kommit för att berätta något som han måhända inte kände till. Birger räckte då genast tillbaka särken och bad henne säga vad hon kommit för.

Hon drog särken oblygt över huvudet medan hon började berätta att i ett pörte utanför gården fanns husets äldsta dotter Signy som vanhedrat ulvsätten genom att föda en horunge. Där borta bodde hon nu förskjuten med sitt barn och det viskades att Signys far hade piskat henne tills hon bekänt vem som var skuld till horungen och att dennes namn var Birger Magnusson till Ulvåsa. Husbonden hade då blivit dubbelt förtvivlad eftersom han inte kunde hämnas på en folkung och därmed inte få upprättelse. Och att slå ihjäl sin dotter för att på det sättet återställa sin heder förmådde han inte. Därför fick både Signy och horungen leva men inte visa sig på gården. Horungen kallades Gregers men var inte kristligt döpt.

Birger kände sig som både svedd av eld och kyld med en spann isvatten när han hörde denna berättelse. Han klädde sig raskt, rotade fram några silvermynt till den unga husträlinnan som först missförstod honom och drog av sig särken på nytt. Han befallde henne genast att klä sig och i stället visa vägen till huset där Signy och hennes son Gregers fanns. Hon ynkade sig då och sade att hon inte vågade eftersom det vore att förråda husets skam. Signy hade förvisso inte blivit ihjälslagen av sin far men måhända skulle han desto hellre nacka den träl som vågade trotsa hans ord och för främmande män blotta hans vanheder.

Birger hejdade sin iver och frågade milt efter hennes namn. Hon sade att hon hade flera tillmälen men att det vanligaste var Sala. Han klappade henne lugnande över huvudet och lovade att nästa dag köpa henne fri så att inget ont skulle drabba henne. Det botade ändå inte hennes rädsla och hon ynkade sig på nytt med att husbonden kanske inte skulle gå med på att sälja henne då han hade skäl, som hon alls inte ville nämna, att behålla henne. Birger svarade kort att han inte närmare kunde förklara hur och varför för en träl, men att han ändå kunde lova henne att han skulle ge husbonden ett förslag i denna sak som denne svårligen kunde avvisa.

Så kom det sig att han nu träffade Signy for första gången efter ynglinganatten på Agneshus. Hennes hår var tovigt, hennes kläder som trälars kläder och hennes ögon mycket rädda. Det var mörkt inne i det trånga pörtet och bara svag glöd i eldstaden och det tog lite tid att få ljus medan Signy kilade runt som en skräckslagen råtta och talade som om hon yrade om synd och straff. När han fått ljus i eldstaden och dessutom hittat några tjärstickor fångade han in henne och tog hennes ansikte milt men ändå krävande mellan sina händer och tvingade henne att sätta sig intill honom i ljuset från elden och tjärstickorna.

”Jag är Birger Magnusson”, sade han. ”Där utanför finns trälen Sala, det var hon som visade mig var du fanns. Hon säger att du har fött min son, är det sant?”

Signy behövde inte svara på hans fråga eftersom det rörde sig i sängen bakom henne och en yrvaken gosse med nyfikna ögon såg upp, upptäckte Birger och genast sprang upp i hans famn. Aldrig att Birger blivit så överraskad av oväntat anfall.

”Han har kommit! Han har kommit!” skrattade gossen. ”Mor sade alltid att han skulle komma, min mäktige far från främmande land!”

Birger omslöt då gossen med båda sina armar och höll honom nära och tätt länge innan han kunde säga något. Sedan tog han en tjärsticka och lyste över gossens ansikte och höll sitt eget intill så att de tydligt kunde se varandra. Och så att de båda kände igen varandra. Gossen hade mörkt hår med en röd lyster, just som om man tänkte sig hälften från Birger och hälften från Signy med sitt svarta hår, och han hade Birgers bruna ögon och inte sin mors blåa.

”Man har sagt mig att ditt namn är Gregers”, viskade Birger till gossen. ”Är det ditt namn?”

”Ja, och ditt namn är Birger”, svarade gossen oförskräckt.

”Det heter inte *ditt* namn, det heter *ert* namn när man talar till sin far”, rättade Birger skämtsamt och log samtidigt mot Signy som satt intill och bet sig i läppen, fortfarande med vild blick.

Det dröjde innan han kom sig för att säga något mer då han överväldigades av känslan att hålla detta liv i sina armar som till hälften var han själv. Efter en stund befallde han dock Gregers att gå tillbaka till sängen då han ville tala något med mor Signy, blev först inte åtlydd men hutade genast skarpt åt Gregers att man lyder sin far.

Från Signy fick han till en början hala ut orden då hon verkade ha svårt att tala redigt. Men hon kom sig efter en stund, hennes blick blev mindre vild och hon bekräftade det Birger redan visste eller förstått.

Hon hade aldrig varit med någon man före den där natten på Agneshus vid Jon Agnessons bröllop. Kloka äldre kvinnor hade sagt att man inte kunde bli havande första gången, men det var inte sant. Ty efter den natten hade hennes far, som fattat misstankar om att allt inte varit som det borde denna ynglinganatt på Agneshus, vaktat henne som vore hon en gås som värper guldägg. Det hade snart visat sig att hon var havande och således kunde ingen annan än Birger vara barnets far. Hennes far hade piskat sanningen ur henne. Gregers hade hon försökt fostra så gott det gick på egen hand och måhända hade hon på senare år, när han kommit i den åldern då barn frågade om allt möjligt och omöjligt, berättat sagan om hur far skulle komma ridande en afton när man minst anade det och hur hans sköld skulle glänsa i blått och guld och hur hans stolta vita springare skulle synas långväga.

"Varför talade du om min häst som vit när du visste att den är svart?" frågade Birger.

"Därför att det var en saga och i sagan syns en vit häst bättre i skymningen än en svart", svarade hon men föll samtidigt i skratt och lockade Birger med sig.

"Du skulle ha sänt bud efter mig, jag skulle ha fått veta", sade Birger när de hämtat sig från det befriande skrattet. "Som det nu var hade jag måhända aldrig kommit och aldrig fått veta, och du hade bott i detta råtthål till din död och ingen vet hur det gått för lille Gregers."

"Jag sände bud efter dig, jag bad", svarade hon med sänkt blick. "Jag bad till Guds Moder att Hon måtte förbarma sig, att Hon måtte löna kärleken och sända tröst till den som så högt älskade Henne. Och Hon hörde min bön, Hon sände dig till slut."

Birger tystnade vid dessa ord. Sant var ju att han ridit på måfå uppåt Mälardalen för att hitta någon forsvikare som tagit husfru bland erikar eller i ulvsätten då många folkungar utan stort eget jordinnehav hade sökt sig husfruar åt det hållet på senare år. Han hade kunnat få napp i den gård han senast besökte och vänt åt ett helt annat håll. Här hade han ändå kommit till denna avlägsna gård han först nu kände namnet på. Och just i skymningen och inte mitt på dagen då han inte skulle ha funnit skäl att stanna länge, särskilt inte som han kom ovälkommen. Lade man samman detta fanns bara ett svar, Signys böner till Guds Moder hade blivit hörda och Hon hade med sin milda hand lett Birgers steg till Signy och Gregers.

”Denna natt är din sista i detta pörte”, sade han. ”Den vill jag dela med dig och vår son, låt mig bara gå ut och tala om för Sala att detta även är hennes sista natt som träl.”

Det var trångt i Signys koj och lille Gregers sov oroligt och buffade undan sin mor eftersom han inte förmådde rubba sin far. Birger låg mest vaken på rygg och stirrade upp i mörkret med armen om dem båda.

Nästa morgon vaknade han dock sent, överraskad av att ändå till slut ha fallit i djup sömn. I det klara morgonljuset såg han att Signy var lika skön som han mindes henne sedan Agneshus men att hon skulle må gott av nya kläder och kvinnliga omsorger, ty hon såg mer ut som en träl än som en jungfru.

Han skiljdes kort och lite blygt från dem båda, lyfte den skrattande Gregers högt mot himlen och lovade att de snart skulle ses igen men att han var på resa i kungens tjänst och inte kunde dröja just nu. Dock skulle både Gregers och hans mor flytta in i bättre boning redan till kvällen.

Han kysste dem båda på pannan och gick fort utan att vända sig om. På vägen genom skogen tillbaka mot gården tänkte han noga ut vad han skulle säga till Signys far.

När gårdsfolket såg honom komma uppe från skogen blev det mycket spring och viskande. Snart satt han inne i salen ensam med Signys far som hette Olaf Gudmursson.

”Jag kom som gäst till er gård, herr Olaf, utan att veta och nu har jag två affärer som jag genast vill reda ut med er”, började Birger utan omsvep så fort de fått sitt första morgonöl. Även om de satt ensamma vid bordet var det mycket tissel och tassel i salen och många spetsade öron.

”Ni är inte den gäst jag helst hälsade välkommen i mitt hus, junker Birger, så vad får er att tro att jag vill göra affärer med er?” svarade Olaf både räddhågset och argt.

”Låter det så bör vi ta den lilla affären först”, fortsatte Birger. ”Ni har en träl, herr Olaf, som gjorde mig en stor tjänst fastän jag fruktar att ni kan tänka att hon inte var sin ägare till särdeles glädje i den saken. Må vara hur som helst med det, henne vill jag köpa för en marker silver.”

”Ingen träl betingar ett så högt pris”, svarade Olaf surt.

”Det vet jag, men ingen träl har heller gjort mig sådan tjänst som hon som kallas Sala. Är då detta överenskommet?”

”Det är överenskommet.”

”Gott. Då kommer vi till den stora affären. Jag har träffat min son Gregers som är en pigg och livlig gosse och som talar mycket väl för sin ringa ålder. Han har kallats horunge. Det är han inte från denna dag. Han är min frilloson och hans namn är Gregers Birgersson.”

”Hor har likväl min dotter begått och den vanäran tvättas inte så lätt, inte ens av en junker som kommer och säger frilloson”, muttrade Olaf osäker på om han skulle känna vrede över att hedern inte helt kunde upprättas eller glädje över att han nu hade en dotterson som upptagits i den mäktiga folkungaätten.

”Hor har även jag begått”, svarade Birger kallt. ”Sådant händer bland hög som låg. Det har skett och det har vi inte mycket för att träta om. Hör nu i stället mitt förslag. Denna dag flyttar Signy och Gregers Birgersson in i ert hus, ni förlikar er med er dotter, ni ser till att utan dröjsmål få min son döpt som kristen och ni behandlar honom med den kärlek er dotterson har rätt till. När tiden kommer för julöl skall ni herr Olaf, Signy och Gregers Birgersson och dem ni gitter att ha i sällskap komma till Ulvåsa. Ni bör då ta er sigillstamp med er om ni har någon. På Ulvåsa gör vi avtal. Gregers kommer att fostras på Forsvik och Signy skall ha egen gård från mina ägor. Så får det bli.”

”Vad får er att tro, junker Birger, att ni kan komma till mitt eget hus och beställa som ni behagar och befalla en husbonde? I mitt eget hus!” for Olaf ut och föreföll som om han först tänkt slå näven i bordet men ångrat sig. ”Jag är ändå en man av ulvsätten”, tillade han mer tveksamt när Birger inte gjorde min av att svara.

”Och jag är Birger Magnusson till Ulvåsa av folkungaätten”, svarade Birger mycket långsamt. "Och Gregers är av folkungaätten från denna dag. Ni, herr Olaf, har ansvaret för en ung folkungs liv och väl. Vi folkungar skulle se med stor välvilja på er om ni godtog de enkla önskemål jag framfört. Och jag tror nog, om ni tänker närmare efter, att ni hellre har folkungarna till vänner än till fiender."

Olaf Gudmursson behövde inte tänka länge. Även om denne junker framsagt hela sin befallning utan att låta det minsta hotfull, utan att ens höja rösten, så fanns iskyla i hans ord. Innebörden av att ha folkungarna till vänner var något oklar, fastän det helt säkert var gott. Innebörden däremot av att ha dem till fiender var brända gårdar, slaktade kritter och trälar och det egna livets förlust.

Herr Olaf fann strax att Birgers förslag var gott och att han med största nöje och heder antog inbjudan till Ulvåsa över julölstiden.

Så skedde. Herr Olaf Gudmursson kom med fyra slädar till Ulvåsa först strax efter julottan eftersom snön bjöd gott före senare än vanligt detta år. Signy var nu åter som en jungfru med klara ögon och hade lätt till skratt, och lille Gregers blev snart älskad av alla för sina upptåg och nyfikenhet på allt som fanns på en gård oändligt mycket mäktigare än den han sett hittills i livet.

Ingrid Ylva var till Birgers stora lättnad hövisk mot Olaf Gudmursson och kärleksfull långt över förväntan gentemot Signy, liksom hon tycktes finna stort behag i att fånga in lille Gregers och hålla honom i sitt farmorsknä, något som dock inte var så lätt eftersom han genast ville kila vidare någon annanstans.

Det skrevs vad som skulle skrivas och Olaf Gudmursson hade verkligen ett sigill med sig fast han varken kunde läsa eller skriva. Man kom överens om att Gregers skulle få sin fostran på Forsvik i allt sådant som gossar borde fostras i, även om hans morfar blev misstänksam av tal om läsning och klerker och mumlade att mer manlig fostran än så skulle han själv ha föredragit. Ingrid Ylva förklarade då milt och utan hån att han hade föga att oroa sig för vad gällde manlig fostran på Forsvik.

Signy skulle vid första lägliga tillfälle få en egen gård, om hon så behagade i Västra eller Östra Götaland, vilket vore enklast, men också uppe i Nordanskog om hon föredrog det. Så långt var allt gott och väl.

Men när Birger en kväll efter mycket öl, då bara han och Ingrid Ylva var kvar i salen, förstulet började tala om att han kanske borde göra Signy till sin husfru blev hans mor lika plötsligt som överraskande fullt rasande. Att råka ut för frillosöner var en sak, det skulle var man av heder sköta och det hade han nu också gjort. Men efter detta bestyr, som dock var ganska kärt eftersom lille Gregers verkade rask och godartad, fanns inte skäl att tänka ett enda steg vidare. Någon Signy från Nordanskog och någon ulvsätt kunde det inte bli fråga om. Sådant tal gjorde Ingrid Ylva rasande eftersom hon hela tiden tänkt att Birger förstått alla sådana självklarheter. Vilka frillor han hade var henne nästan likgiltigt, även om denna Signy både hade gott huvud och älsklighet som gjorde det lättare än eljest.

När brudsängen närmade sig var det dock annat. Birgers bror Eskil skulle snart vandra den vägen. Hans husfru skulle inte bli någon vän liten Signy, utan fru Kristin som var änka efter den norske jarlen Håkan Galin och hade en sjuttonårig son som hette Knut. Eskil hade minsann fogat sig i sin mors vilja utan minsta knot då han förstod vikten av att knyta ett sådant band, inte bara med mäktiga norrmän utan än mer med erikarna. Kristin var dotterdotter till kung Helge Sankt Erik. Den dag Birger skulle gå i brudsäng blev det sammalunda. Då gällde bara en sak och det var makten.

* * *

Den svealändska ledungsflottan nådde Estlands kust innanför de stora öarna Dagö och Ösel långt före den kungliga koggen med Johan den unge, ärkebiskop Valerius, biskop Karl av Linköping och de forsvikska ryttarna. Men svearna hade varken tålamod eller skäl att vänta länge på några höga herrar innan de gick i strid.

Deras vägvisare hade fört dem till ett land som kallades Rotalien och vid kusten där de landsteg fanns en gammal träborg som hette Leal. Borgens försvar var inte starkt och svearna hade snart svärmat över murarna från alla håll.

När den kungliga koggen anlände nästa dag var striden redan över, marken översållad av lik som ännu inte skaffats undan och borgen plundrad intill sista silvermynt.

Vid denna åsyn blev ärkebiskop Valerius först helt förtvivlad då han fruktade att alla hedningar redan var ihjälslagna. Men när han fick höra av slagets segerherre Karl jarl den döve att det fanns några laddningar bundna fångar som man tagit därför att de av kläderna att döma var folk som måhända kunde lösa ut sig ändrade ärkebiskopen genast sinnesstämning. Dopfunt knegades iland från koggen och ställdes upp utanför borgen. En bunden, vilt sprattlande och svärjande rotalier hämtades fram.

Birger var i färd med att föra in de forsvikska hästarna i borgens stall men stannade till vid ärkebiskopen och hans dopfunt då det tycktes som ett märkligt skådespel var på väg att uppföras.

Hedningen som leddes fram mot Valerius och dopfunten verkade inte frukta vare sig döden eller dopet och verkade avsevärt mer vred än skräckslagen. Klart var att han inte ville döpas och att orden som strömmade ut ur munnen på honom på hans obegripliga språk helt säkert passade illa till kristlig förrättning. Han krängde sig vilt och vred på huvudet för att undgå dopet. Två starka svear höll honom dock hårt och pressade ner hans huvud i dopfunten. Valerius öste något vatten över den ovillige som därefter gormande och sprattlande leddes därifrån medan Valerius, med armarna sträckta mot himlen, tycktes falla i hänryckning och började babbla osammanhängande om att Gud äntligen uppfyllt ett stort löfte att förlåta livets alla synder om de så innefattade ohörsamhet mot den Heliga Stolen eller till och med kungadråp. Strax föll Valerius ihop i vanmakt och måste med ett lyckligt flin på läpparna bäras in i borgen, varför det inte blev fler dop den dagen.

De två uppländska ledungsmännen som ledde bort den skrikande och sprattlande nydöpte tröttnade emellertid fort på oväsendet. En av dem drog sitt svärd och högg av den nydöptes huvud, torkade svärdet och sade något om att tungan sannerligen kan bli huvudets bane på mer än ett sätt.

Då några av de estniska vägvisarna som stod intill tycktes förfäras mer än rimligt över detta gick Birger bort till dem och frågade om de visste vad den döpte och halshuggne hade talat så oförskräckt och ilsket om. Det besked han fick var både tydligt och dystert. Den döptes ovillighet kom sig av att han redan var kristen och ansåg det syndfullt att döpas en gång till. Alla män som låg döda runt borgen och som nu kläddes av och plundrades innan de skulle till likbålet hade också varit kristna. Därför hade de inte väntat sig något ont när de såg ännu en främmande här stiga iland under Kristi tecken och hade alldeles för sent insett att de måste värja sig på liv och död mot sina trosfränder.

Början på detta korståg hade således blivit mindre välsignat än vad både Valerius och Karl den döve räknat med. Vid första krigsmötet samma kväll inne i borgen förklarade dock jarlen att det goda var att man skaffat sig fotfäste i en borg samma dag man kom till hedningarnas land. Att just de första hedningar man råkat på visat sig vara kristna var i jämförelse en liten motgång. För med borgen Leal som huvudfäste kunde man nu gripa sig verket an att kristna den omgivande landsbygden. Så mycket mer blev inte sagt denna första kväll eftersom segerrusiga ledungsmän från Svealand var alltför ohörsamma för att kunna delta i någon ordnad överläggning.

Birger ansåg nu att även hans allra värsta farhågor vad gällde detta dårskapens krig redan överträffats med råge.

Och ingenting som framkom de närmaste dagarna kom att tyda på motsatsen. Birger och hans forsvikare red runt i landskapet i allt vidare ringar runt borgen Leal för att undersöka om där fanns någon väpnad fara eller tecken på att någon fiende närmade sig. Det enda de fann var små byar med kristna kyrkor och bönder som skyggt välsignade dem när de red förbi. Landet Rotalien var redan kristnat.

Birgers ryttarstyrka började söka allt längre bort från Leal utan att få andra kunskaper än de redan hade. Men på väg söderut den tredje dagen genomkorsade de ett ödsligt flackt landskap med två stora dalgångar. Ingen av forsvikarna var särskilt uppmärksam eftersom de inte längre väntade sig att upptäcka några fiender. De två dalgångarna var ändå viktigare att undersöka än de öppna vidderna med fri sikt, och de red först genom den ena i östvästlig riktning utan att finna annat än enstaka förlupna kritter och därefter återvände de genom den andra dalen i motsatt riktning. Det var tidig kväll och solen stod lågt i söder. Därför såg de åtta främmande ryttarna ut som om de kom i svarta dräkter, högt upp i motljuset på dalgångens södra sluttning.

Birger sträckte upp sin högerarm till tecken på halt och de satt stilla en stund kisande mot solen för att försöka komma underfund med vad för sorts ryttare de hade mot sig. De såg lansar och glänsande sköldar och att ryttarna där uppe drog på sig sina hjälmar, delade upp sig i två grupper om fyra och gjorde sig färdiga till anfall.

Birger befallde genast sina forsvikare att de skyndsamt skulle dra sig undan uppför dalgången så att de kom upp på slättlandet. Eftersom det då såg ut som om de flydde sporrade fienden sina hästar för att komma ikapp. Forsvikarna höll dock lätt undan och uppe på slättlandet drog de på sig sina hjälmar, delade sig i fyra grupper och rörde sig undan i en halv ring så att de skulle få sidoljus på fienden. Där höll de och väntade.

De åtta ryttarna som inte förskräckts att gå till anfall mot dubbelt så många fiender, vilket förundrade såväl Birger som de andra forsvikarna, kom snart upp över sluttningsbranten och såg sig omkring. När de upptäckte att de var väntade slöt de sig samman och ställde upp på rak anfallslinje.

Birger gav då befallning om att skvadronen i fyra täta grupper skulle gå upp som en säck runt fienden.

Men fienden genomskådade genast fällan och ställde om sig till två grupper om fyra och gick åt varsitt håll som för att ta sig an de två närmaste forsviksgrupperna. Birger svarade med att flytta fram sina två bakersta grupper så att de hamnade främst.

Varje fiendegrupp om fyra som nu gick till anfall skulle få åtta ryttare mot sig både framifrån och från sidan.

Även denna fälla genomskådade fienden lätt och flydde undan i en halv ring för att komma lite högre upp och där vände de samtidigt och slöt sig samman till rak anfallslinje på nytt.

Birger gjorde genast tecken att forsvikarna skulle ställa upp sig på samma sätt, och när de var på linje började de röra sig framåt mot fienden i skritt för att se vad han nu ämnade göra och om hans mod höll. Det var en förunderlig fiende som visste allt om hur strid mellan beridna krigare skall föras och framför allt hur den skall undvikas. Om detta var hedningen så var han sannerligen inte att leka med.

De åtta ryttarna vek inte trots att dubbelt så många nu sakta kom rakt mot dem. Snart skulle det vara för sent att komma undan, ändå stod fienden kvar. Mod saknade han inte.

Just före det avgörande ögonblicket då Birger skulle ha höjt armen till anfallstecken kastade sig de åtta främmande ryttarna undan och red upp på en högre kulle som inte skulle vara dem till någon särskild fördel, ty nu fick de solen i ansiktet. Birger följde då sakta efter med sin skvadron och kunde på nytt börja närma sig för anfall.

När forsvikarna kommit så nära de åtta främmande ryttarna att de redan hade dem i fällan, eftersom de visste att de själva hade snabbare hästar, såg de sina motståndare tydligt för första gången. Det var en förunderlig syn. De åtta riddarna var alla klädda i vita mantlar och vapenskjortor. På bröstet bar var och en ett rött tempelriddarkors genomstunget av ett svart svärd. Deras *confanonier* bar en vit fana med rött kors och en bild av Guds Moder.

Birger tecknade genast halt och att var man skulle sänka sin lans mot marken. Så kallade han fram sin egen confanonier Matteus Marcusian, som förde den forsvikska fanan, och befallde att han tre gånger skulle sänka och höja den.

Ryttarna uppe på kullen framför dem sänkte och höjde då tre gånger sina lansar men fanan med Guds Moder ville de inte sänka till svar. Birger tänkte att de nog menade detsamma med sina lansar som han med sitt märke, men att de av skäl som inte var svåra att förstå vägrade att sänka en fana till världslig hälsning om den bar bilden av Guds Moder.

Han tog långsamt av sig hjälmen, fällde undan ringbrynjeskydden och blottade hela sitt ansikte, räckte ifrån sig sin lans till närmaste man till höger om sig och tog ensam några hästlängders försprång framför forsvikarna. Så kallade han till sig Matteus med den forsvikska fanan och befallde honom att också han hänga av sig hjälmen i axelkedjan. De behövde inte vänta länge förrän en av de vitklädda riddarna uppe på kullen upprepade vad Birger gjort, ställde sig framför sina män med sin märkesman och sakta började skritta framåt. Birger och Matteus red dem då till mötes.

Mannen i de vita riddarkläderna, som så mycket liknade Tempelriddarnas att man på avstånd kunnat förväxla dem, hade svart långt skägg och kortklippt hår, vilket såg mycket egendomligt ut.

De fyra ryttarna stannade mitt emot varandra på mindre än en hästlängd och den främmande riddaren blev den som talade först, på kyrkospråket.

"I Guds och den Heliga Moderns namn, jag är Broder Arminus i Svärdets heliga orden av Riga. Och vem är ni, världslige riddare?" frågade han barskt.

"Jag är riddare Birgerus de Gothia från sueonernas armé på heligt korståg", svarade Birger med samma höga röst utan att tveka.

"Varför möter ni då Svärdsriddare som om vi vore fiender?" frågade den andre med en mer munter än bister glimt i ögonen.

"Därför att ni kom som fiender med solen i ryggen. Först på nära håll kunde vi se det heliga korset. Dessutom red ni mot oss som för att anfalla, och mycket slugt och skickligt därtill", svarade Birger som också han var mer road och lättad än ängslig.

"Mycket slugt och skickligt ledde även ni era stridsmän, riddare Birgerus", svarade svärdsriddaren och skakade leende på huvudet. "Om det verkligen brakat loss mellan oss hade nog den som överlevt fått svårt att förklara sin seger efteråt. Det hade inte varit snyggt om vi Svärdsriddare hade slagit kristna korsriddare!"

"Inte heller hade det varit snyggt, snarare värre, för oss att förklara att vi dräpt åtta dåraktiga svärdsriddare som anfallit en dubbelt så stor styrka", svarade Birger hetsigt.

Det fick Broder Arminus att brista i skratt och skaka länge på huvudet innan han vänligt förklarade att hans uppdrag var att söka den gotiske kung som just anlänt till Leal, varför han ödmjukt och broderligt bad riddar Birgerus de Gothia att eskortera honom och hans bröder.

Denna begäran kunde inte få annat än jakande svar och snart red de sexton blåklädda världsliga riddarna sida vid sida med de vita svärdsriddarna tillbaka mot Leal. Främst red svärdsriddarnas confanonier med Guds Moders banér, därefter Matteus Marcusian med det forsvikska märket och bakom de båda märkesmännen följde Birger och Broder Arminus.

De var båda lika nyfikna på den andre. Det sista Broder Arminus väntat sig var att möta en välrustad riddarskvadron som kunde gruppera om sig under strid efter konstens alla regler. Han sade att han snarare tänkt sig klumpiga vildar till fots med yxor. Birger suckade att om Broder Arminus trängtade efter att se sådant elände så skulle han snart få sina ögons lystmäte.

Det sista Birger i sin tur hade väntat sig att möta i hedniskt fiendeland var riddare av samma slag som farfar Arns Tempelriddare. Därför började han snart fråga om släktskapen mellan de två ordnarna, om det fanns en sådan.

Broder Arminus bekräftade genast att Svärdsriddarna var en orden av samma slag som Tempelriddarna och att dräkterna därför var mycket lika. Svärdsriddarna hade dessutom av den Helige Fadern Innocentius III givits samma Regel som Tempelriddarna.

*"När du drar ditt svärd, tänk inte på vem du skall döda, utan tänk på vem du skall skona"*, citerade Birger genast vid denna upplysning och slog Broder Arminus med samma häpnad som han hoppats.

Därmed blev det Birgers tur att svara på frågor och berätta om sin farfar Arn de Gothia och hur Tempelriddarnas kunskaper gått i arv hemma i Gothia och att det därför inte var så konstigt att hans och Broder Arminus ryttare nyss försökt slå den andre med hans eget vapen. Han pekade upp mot det märke som Matteus Marcusian red med framför dem och där de tre tempelriddarkorsen syntes vid sidan av det folkungska lejonet, det som varit just farfar Arns märke.

Broder Arminus häpnade först och blev därefter mycket upplivad av att höra hur en broder bland Tempelriddarna kunnat föra hem så viktiga kunskaper till sina fränder i hemlandet. Förutsatt förstås att man inte använde dessa kunskaper i onda syften. Birger försäkrade genast att så alls inte var fallet, att sådana ryttare som han själv bara gått i strid för att värja hemlandet mot utländska fiender, och nu denna gång på korståg i hednaland.

Broder Arminus log bistert vid ordet hednaland och sade att om detta fanns ett och annat att invända, vilket han strax skulle göra. Men nu hade han suttit en stund och betraktat Birgers stridshandskar och de stålskenor han bar på smalben och knän utanpå ringbrynjan, liksom annat som Birger och hans män hade men inte svärdsriddarna. Birger lät honom pröva en av stridshandskarna och svarade en stund villigt om skydd för knä och axlar som alla forsvikarna hade mycket bättre än sina kristna bröder. Det dröjde inte länge innan de var inne på affärer och Birger berättade hur man lätt skulle kunna sända bud från Riga till Visby, där en handelsman vid namn Eskil Magnusson skulle kunna sälja så stor mängd av denna utrustning som tänkas kunde. Dock skulle det säkert dröja ett halvår eller ett år innan varorna kunde hämtas upp i Visby.

Broder Arminus var angelägen att få all denna kunskap i skrift, för redan den stridshandske han prövat föreföll honom vida överlägsen hans egen tumvante överdragen med ringskydd. Händer och knän var de kroppsdelar en riddare oftast skadade, så med dessa nya rustningsdelar skulle komma en välsignad lättnad för Guds stridsmän.

När de närmade sig borgen Leal berättade Broder Arminus skyndsamt för Birger vad hans ärende gällde. Det land, som låg norr om de nyanlända sueonernas borg, hölls av den danske kungen Valdemar som hade sitt fäste i Reval där han just nu byggde en mäktig borg i sten. Söder om Leal var Svärdsriddarnas land som de höll från sin borg i Riga. Det land som låg mitt emellan dessa båda kristnade och redan erövrade länder hette Rotalien, där de alltså nu befann sig. Rotalien var som en smal åkerteg mellan Svärdsriddare och danskar, ett land som tillhörde ingen så att man inte skulle hamna i onödiga gräl med varandra. Men några levande hedningar fanns inte här i Rotalien, så svårt skulle det bli att frälsa några själar för de nyanlända.

Däremot fanns en lömsk fiende som inte skulle underskattas. Ute på de stora öarna Dagö och Ösel rådde hedniskt barbari och där huserade en stor mängd plundrare som var svåra att få bukt med. Att ta dem sjövägen var inte lätt och de senaste åren hade vintrarna varit så milda att isen inte skulle ha burit en riddarhär ditut. Förr eller senare skulle Svärdsriddarna rensa upp ute i de där ormbona, men tills dess borde sueonerna passa sig för överfall från dessa öar.

Allt detta hade Broder Arminus hastat i onödan att förklara för Birger. Ty när Svärdsriddarna fick träffa kung Johan den unge, jarlen Karl den döve och ärkebiskopen, så visade sig att ingen av dessa förstod ett ord på vare sig kyrkospråket eller sachsiska som var Broder Arminus eget språk. Därför fick Birger snart kallas in till mötet och översätta allt som sades. En biskop tyckte sig Broder Arminus se som verkade förstå mycket väl vad som sades, åtminstone på kyrkospråket. Men denne biskop fick inte yttra sig i närvaro av sin ärkebiskop och ärkebiskopen var tydligen galen och satt och lallade för sig själv. Till den unge kungen kunde dock Broder Arminus med Birgers hjälp rent och klart framföra sitt budskap.

Och det Svärdsriddarna hade att säga spred ingen munterhet bland de nyanlända korsfararna. I korthet menade Broder Arminus att eftersom det inte fanns några levande hedningar kvar att frälsa och eftersom det inte fanns land att erövra med mindre än att både den danske kungen i norr och Svärdsriddarna i söder skulle sätta sig emot, vore det säkert bäst och klokast för de tappra bröderna från väster att snarast packa ihop och återvända hem. Dessutom fanns en stor fara i de starka rövarband som höll till ute på Ösel, särskilt som de kristna vännerna från väster bara hade sexton ryttare att försvara sig med.

Birger avstod här från att ordagrant översätta Karl den döves invändningar om svinfylking och nordisk kämpaglöd. Och det var inte bara för att han fann ordet svinfylking omöjligt på latin. Det gick att säga det, men lyssnaren skulle då ohjälpligt falla i skratt.

Broder Arminus och hans riddare stannade inte över natten då de hade bråttom tillbaka till Riga. Innan han lämnade den underliga korsfararhären vid Leal hade Broder Arminus dock noga skrivit ner Birgers anvisningar om hur Svärdsriddarna skulle kunna köpa sig bättre stridshandskar och andra rustningsdelar. Han red från sueonernas härläger med mycket blandade känslor, ty att dessa män skulle vara förlorade i krig kunde vem som helst se. Ändå trodde han sig ha förstått av den unge Birgerus de Gothia att det varit en medveten strategi att bara föra med sig en enda skvadron ryttare. Hur en så klok ung riddare som denne Birgerus kunde tillhöra ett sådant barbarfolk var svårt att få ihop. Där fanns något som alls inte stämde.

* * *

Kung Johan den unge tröttnade snart på sitt korståg. Och det var han inte ensam om. De svealändska långskeppen började återvända hem redan på andra veckan. Den största bristen med detta korståg var ur svearnas synvinkel att det inte fanns några fiender och därmed ingen plundring. Biskop Karl av Linköping var också kritisk till att det inte fanns några hedningar att omvända då alla sådana antingen tycktes vara dräpta eller döpta.

Därtill blev det föga uppmuntrande för härens ledning att ta emot de danska sändebud från Reval som snart infann sig och bryskt meddelade att de skulle se strängt på varje intrång en halv dagsresa norrut eftersom allt land norr därom tillhörde Danmark och kung Valdemar. Dessutom lät kung Valdemar hälsa att han alls inte betraktade Johan Sverkersson som rättmätig kung, utan blott en intrigerande slyngel som gått i syndfulla klerkers ledband för att sätta sig i kung Valdemars systerson Erik Erikssons ställe.

De danska sändebuden visade på alla sätt att de talade för en stormakt och tvekade på intet sätt ens inför de värsta kränkningar de framförde. Kung Johan den unge blev, måhända som avsikten varit, emellertid rasande av att höra dessa danskar förolämpa honom på hans eget språk och befallde att man genast skulle hugga av deras huvuden och sända dem i en säck till den fräcke Valdemar. Karl den döve och Valerius, som nu tagit sig något och inte längre verkade fullt så galen, blev då mycket skräckslagna, avrådde å det bestämdaste, bad de danska sändebuden om ursäkt och hoppades att man kunde försonas vid en angenäm kvällsvard. Det ville de danska riddarna alls inte höra talas om utan begärde att omedelbart få återvända till Reval, helst med sina huvuden kvar mellan axlarna.

Nu fanns inte mycket kvar av kung Johans korståg. Själv måste han genast fly hem. För om kung Valdemar snart fick besked om att hans fiende fanns inom så nära räckhåll och dessutom hotat med att låta halshugga hans sändebud var det säkert mer än nog för den som sökte krigsorsak.

Så kom det sig att kung Johan och hans yrande ärkebiskop sattes i ett av första bästa flyende långskepp redan nästa dag. Kungens sista befallning blev emellertid att han ville se borgen Leal upprustad för att behålla den som stödjepunkt och erövring.

Om nu bara jarlen haft vett att hålla god min och därefter strunta i vad gossekungen haft för fantasier så hade allt kunnat sluta väl, åtminstone i så mening att man utfört ett korståg med små förluster i liv. Men Karl den döve åtog sig genast och morskt att stanna med femhundra man över vintern. Ärkebiskop Valerius befallde då att biskop Karl av Linköping måste bli kvar för att kunna döpa någon kringirrande hedning som kanske skulle komma att visa sig. Själv menade ärkebiskopen att han döpt den enda hedning man funnit, men att han därvid också varit den ende man hittills på detta korståg som verkligen fullföljt sitt gudomliga uppdrag och således också den ende som blivit befriad från alla sina synder.

Birger hade sannerligen ingen lust för egen del att stanna kvar över vintern på detta meningslösa korståg mot kristna. Men både Karl den döve, som nu äntligen börjat se faran i att hans krigiska styrka smält samman högst betänkligt med alla flyende långskepp, och Birgers bror biskop Karl lyckades beveka honom att stanna tillsammans med de forsvikska ryttarna. På så vis kunde man åtminstone få förvarning om några rövare närmade sig borgen.

Den heta julimånaden blev enahanda och arbetssam. De femhundra män som fanns kvar fick arbeta hårt och i mycket svett för att förstärka den gamla träborgen som enligt Birger inte skulle stå emot många timmar om den anfölls av en främmande här. Dessutom gjorde sommarhettan att allt trävirke torkade och blev brandfarligt i samma takt som de båda brunnarna inne på borggården sinade.

Det var som om fienden ute på Ösel hade räknat med allt detta och till sina avgudar hälsat var ny dag av brännande sol tills de ansåg tiden mogen. De kom plötsligt på natten den åttonde augusti i stor mängd över havet och omringade snart borgen som en enda stor skränande, myllrande hop. De föreföll att vara flera tusen man.

Karl den döves första tanke hade varit att nu göra en utbrytning och genast forma svinfylking. Dessvärre hade alla de främsta svealändska kämparna som begrep sådan konst sedan länge återvänt hem med den lilla plundring de kunnat få. Medan jarlen satte sig med en stor öl för att tänka tog Birger med sin bror biskop Karl upp på bröstvärnet och pekade ut mot den förfärliga hopen och sade bittert att om det bara var hedningar biskopen sökt i Guds namn så fanns det tydligen gott om dem. Fast de verkade minst lika motvilliga att bli döpta som den där förste kristne som Valerius gett sig på och som man sedan huggit huvudet av. Karl svarade att bröder emellan skulle man inte skämta så grovt när man såg döden i vitögat, utan snarare be och försöka låta sig tröstas av att den som dog för Kristi sak på korståg ändå vann sin salighet. Birger blev skamset svarslös inför denna barnsliga trosvisshet, för själv hade han inte den ringaste lust att ödsla sitt liv i strid mot dessa alldeles för många rövare. Han förbannade sitt ädelmod att ha stannat kvar för att offra inte bara sitt eget liv utan därtill en hel skvadron forsvikare och trettio hästar. För hur denna strid skulle sluta tvivlade han inte ett ögonblick på. Där ute höll hedningarna på att bygga upp slungor och balistor, och som de rullade fram ved och tjära var det inget tvivel om vad de hade i sinnet. Snart skulle det regna eld över borgen. Om detta sade han dock inget till sin fridsamt bedjande bror.

När Karl den döve tänkt färdigt nere i blockhussalen fattade han sitt enda kloka beslut under hela detta korståg. Han kallade till sig Birger och frågade hur lång tid det skulle ta att hämta hjälp från danskar i Reval eller från Svärdsriddarna i Riga och om det vore möjligt för forsvikarna att till häst bryta sig igenom denna skränande köttmur av hedningar där ute.

Den sista frågan var den enklaste att svara på. Birger förklarade att en skvadron tungt rustade forsvikare på sin höjd skulle förlora en eller två man vid ett utbrytningsförsök.

Därefter blev det knivigare. Danskarna i Reval var närmare, det skulle ta mindre än en dag att rida dit. Svärdsriddarna i Riga skulle man nå på en dag och en halv natt. Således borde alla sexton forsvikare bryta sig ut tillsammans med de lösa hästarna, därefter dela på sig och rida för att söka hjälp åt båda hållen. Vad gällde de kristna trosbrödernas beredvillighet att hjälpa så gissade Birger att Svärdsriddarna nog inte ville gå miste om möjligheten till en avgörande dust med rövarpacket från Ösel. Vad gällde kung Valdemars medlidande med krigsmän som tjänade under en kung han hatade, Johan som fått kronan i stället för Erik Eriksson, så var Birger mer benägen att tro att svaret där uppe i Reval skulle bli ett kallt nej. Säker kunde man förstås inte vara. Möjligheten fanns ju att kung Valdemar såg mer till möjligheten att vinna en seger över hedningar än till nyttan av att män som tjänade hans fiende gick under.

Försökte man båda var det ändå bäst, menade Karl den döve barskt, och frågade vidare hur länge han skulle behöva hålla borgen innan man kunde hoppas på undsättning. Birger svarade att om vattnet räckte för att släcka bränderna i tre dagar skulle det finnas en möjlighet till räddning. Man borde redan nu göra allt för att förbereda sig på brand, vattna torrt timmer och städa undan all bråte som kunde brinna. Karl den döve nickade dystert och korsade sig.

Utbrytningen skedde bara någon timme senare eftersom ingen tid fanns att förlora. När de tunga träportarna gnisslande gled isär hördes jubelskrän från den stora hopen hedningar där ute och de kom springande från alla håll med yxor och spjut över sina huvuden. Först möttes de av en skur av pilar från borgens värn bakom träpalissaderna men därefter mer skrämmande av dånet av hästhovar som fick dem att vända och fly åt alla håll.

Birger och hans sexton forsvikare och alla deras löshästar stormade i rasande galopp genom fiendens här, försvann i ett dammoln och lämnade en bred gata av blod och död efter sig.

Karl den döve stod uppe på värnet och förfärades av vad han såg. Inte för att han kände minsta misskund med den stora mängden skrikande, döende och blödande hedningar utanför murarna. Utan för det han just nu, kanske på livets sista dag, i vart fall alldeles för sent, såg klart som vatten. Han hade haft fel. Hundra forsvikare hade slaktat hela den fientliga hären lika lätt som Birger och hans sexton män nu skurit rakt igenom den utan att lämna en enda sårad eller död frände bakom sig.

* * *

Fyra dagar senare återvände Birger och åtta forsvikare tillsammans med Broder Arminus i spetsen för hundra svärdsriddare. Redan på långt håll insåg de att de kom för sent. Borgen var bränd och intet liv syntes i dess närhet.

Birger fann sin bror Karl naken, halshuggen och skändligt stympad. Åtminstone gissade han att det var hans bror eftersom de lik som var nakna borde vara de som haft dyrbara kläder.

Svärdsriddarna höll först bön. Sedan tog hälften av dem av sig sina krigskläder och började det kristliga arbetet att begrava de döda medan andra hälften gav sig iväg för att genomsöka omgivningarna så att man inte skulle råka ut för ännu ett överraskande anfall. Att hantera de döda blev inte lätt eftersom det fanns få verktyg kvar i borgruinen och femhundra lik inte kunde få varsin grav. Man började samla halvbrunna rester från borgen till ett väldigt bål.

I en liten lund intill borgen fann några av de patrullridande svärdsriddarna ett hundratal huvuden spetsade på pålar som var ställda i ring och där en offereld brunnit i mitten. Bland dessa vanhelgade återfann Birger både Karl den döves huvud och sin brors.

Det var rötmånad och inte till att tänka på att försöka få hem de döda till vigd jord och fäders gravar. Birger fick ändå hjälp att krafsa upp en grav med spetsiga träpålar som enda verktyg, där lade han de jordiska resterna av sin bror och Karl den döve och märkte noga ut graven.

Arbetet med de döda tog två dagar och askan och de vitnade benen efter det stora likbålet sänktes under bön och välsignelser i havet från en utskjutande klippa. De åtta forsvikare som ridit till kung Valdemar i Reval efter utbrytningen då man delat sig i två grupper kom emellertid inte tillbaka vare sig med eller utan danska krigsmän och det skulle dröja länge innan Birger fick veta vad som hade hänt dem.

På färden åter mot Riga och Svärdsriddarnas borg höll sig forsvikarna och deras ledare Birger för sig själva. De red med sänkta huvuden då de inte bara varit med om att förlora nära och kära, vilket värst drabbat Birger, utan också för att deras nederlag var så förödmjukande, dåraktigt och onödigt. Om man kommit med full riddarstyrka, om de hade varit hundra ryttare som stormat ut från portarna i Leal så hade segern varit lika säker som given av Gud och de hedniska plundrarna från Ösel slagna. Därefter hade man kunnat ta deras ö, befria alla de svealändska män och kvinnor som hölls i träldom där ute och hämta tillbaka mycket av det som plundrats runt Mälaren. Allt detta hade varit inom räckhåll.

Men gubbarna hade velat annorlunda. Deras jarl hade drömt om forna tiders krig och sagornas hjältedåd, och deras ärkebiskop hade bara velat ösa vatten över en enda hedning innan allt var över för hans del. De hade alla blivit lurade i en dödsfälla av dessa gubbars dårskap. Kungen var bara en snorvalp som intet begrep, så mot just honom fanns ingen anledning att rikta vare sig vreden eller sorgen.

* * *

Riga var en stad som påminde Birger mycket om Visby. Också här fanns en stor hamn och ett ringmursbygge men också en mäktig borg under uppförande där Svärdsriddarna hade sitt huvudfäste. Och inne i Riga tycktes borgare se på förbiskrittande riddare med avsevärt större vördnad än vad visbyborna gjorde.

De fick alla logi och stallplatser inne i borgen och behandlades mycket gästvänligt av sina varmt troende riddarbröder. När de gick runt borgen första dagen och betraktade de stridsövningar, som var riddarnas dagliga arbete om de inte var i fält, fann de också till sin förtjusning att det var desamma som de själva vuxit upp med på Forsvik.

Erik Stensson, som var den äldste i skvadronen, och Skule Germundsson, som var den yngste, blev båda så hänförda av det de såg att de snart förhörde sig med Broder Arminus om de kunde undfås nåden att ansluta sig till det heliga brödraskapet och avge löftena. Erik Stensson menade att han hade många synder i sitt liv som han ville gottgöra och om det kunde ske med de enda färdigheter han behärskade, och som dessutom varit upphov till hans synder, så vore det desto bättre. För sin själs frälsning sade han sig utan att tveka vara beredd att lova fattigdom, lydnad och kyskhet och bli en broder bland andra hos Svärdsriddarna. Vad unge Skule hade fått i sinnet var mer oklart.

Broder Arminus talade länge och allvarligt med de två aspiranterna innan han var säker på att de båda hade verklig kallelse och inte var några enkla äventyrare. Därefter gick han till Birger och förhörde sig om de två männens ättetillhörighet. För att kunna upphöjas till bröder bland Svärdsriddarna måste de vara män av heder och båda måste tillhöra en ätt med eget sköldemärke. Annars kunde de inte bli upptagna som fullvärdiga riddarbröder utan bara söka tjänst som sergeanter. Birger intygade motvilligt att både Erik och Skule nog borde räknas som tillräckligt högvälborna för att kunna bli riddare enligt Regeln. Han tillfogade med ett snett leende att Broder Arminus kanske inte borde vara alltför petig med ättetillhörigheten, om det nu var så att det folkungska lejonet inte skulle duga som märke, eftersom de båda männen redan var färdiga krigare till häst och dessutom hade bättre rustning och vapen än de höga bröderna i vit mantel. Birger ogillade tanken på att två forsvikare skulle ge sig ut i heligt krig mot hedningar i främmande land i stället för att återvända och skydda hemlandet, vilket ändå var det uppdrag som var grunden för att de fått gå tio år i lära på Forsvik. Men om de nu ärligt sade sig känna en gudomlig kallelse dög Birgers eget tvivel inte mycket till invändning.

Broder Arminus såg måhända tvehågsenheten i Birgers ögon och förklarade att de två aspiranterna skulle få vistas i bön och enskildhet under några dagar för att noga utröna sin kallelse. Därefter skulle han emellertid inte tveka att upphöja dem till riddarbröder, inte minst för att de redan var goda stridsmän som kunde dra i fält genast utan vidare övningar.

Efter tre dagar när ett tillräckligt stort skepp kom in till Rigas hamn bestämde Broder Arminus att inte bara låta frakta Birger och hans hästar och män över till Visby utan också att själv följa med. Avsikten bakom detta beslut var inte svår att genomskåda.

När de lastade av i Visby några dagar senare förde Birger genast Broder Arminus till herr Eskils handelshus där de blev hjärtligt mottagna innan herr Eskil ens fått klart för sig vilka stora affärer som nalkades. De tre männen hade lätt att komma överens när de satt till bords hos herr Eskil och gjorde affärer i stridshandskar, skydd för knän och smalben och för hästars nacke och huvud. Som affär blev deras överenskommelser storartade för båda sidor då det inte tycktes finnas någon gräns för hur mycket Svärdsriddarna kunde betala, i guld om så önskades, för allt vad de fann nyttigt i sitt Heliga krig. Och för Svärdsriddarna var ett bättre skydd för händer och knän liksom för hästarna värt nästan hur mycket som helst av världsliga rikedomar.

Till Birgers lättnad hade hans bror Elof skött sig bättre än man kunnat frukta. Van som han var att läsa och tänka på annat språk än folkspråket hade han redan lärt sig att både skriva och tala hygglig sachsiska. Dock hade en större del av hans språkstudier försiggått i Visbys badhus och på stadens tavernor än i herr Eskils skrivkammare. Birger försökte tala förstånd med honom för att begripa om han verkligen allvarligt ägnade sig åt sitt livs stora möjlighet, men Elof hade en märklig förmåga att undvika alltför tydliga frågor genom att svara med skämt. Att resa till Hamburg och Lübeck hade dock fallit honom väl i smaken, försäkrade han. Och det skulle han gärna fortsätta med. Birger misstänkte dock att det som lockade i dessa städer snarare var vissa synder än allvarliga och gnetiga affärssamtal med snåla lübska köpmän. Men om detta sade han ingenting eftersom han ändå fann att Elof var på rätt väg.

Mer bekymrad var han av Elofs lättvindiga sätt att ta emot budet om sin bror Karls död. Elof hade bara ryckt på axlarna, suckat och sagt att den som ville ge sitt liv för den utlovade saligheten nog inte var att beklaga om han verkligen blev bönhörd. Birger blev dyster av detta sätt att ta emot ett dödsbud men också betänksam därför att han plötsligt anade att Elof som den minste brodern i en skara av äldre, starkare och framför allt mycket mer äregiriga bröder nog inte haft det så lätt. I all synnerhet som deras viljestarka mor Ingrid Ylva så tidigt och så tydligt visat att om just Elof hade hon inga stora förhoppningar. De hemliga sår som Elof bar inom sig var långt ifrån läkta, desto bättre då om han fick ett större ansvar så att han kunde få skäl att hålla sig borta från tavernor och självömkan. Birger övertalade därför herr Eskil att Elof skulle bli den som fick hela ansvaret för affären med de varor som skulle från Forsvik till Visby och Riga. Herr Eskil tvekade något innan han gick med på förslaget eftersom en så stor affär i vapen borde bli den mest vinstgivande man kunde tänka sig om den sköttes rätt.

När Birger och Broder Arminus skulle skiljas och resa åt varsitt håll bad Birger om en ynnest och för en gångs skull var han osäker på hur han skulle lägga sina ord. Han bad sin vän förstå att han som en man från Västra Götaland kanske hade känslor och föreställningar som kunde förefalla en den rena andens man som Broder Arminus något låga och tarvliga. Dock var det så att han ville hämnas på plundrarna och mördarna från Ösel. Och han hade förstått att Svärdsriddarna tänkt sig att anfalla Ösel, hellre förr än senare. Om inte annat för att det var förtretligt att ha ett sådant näste mitt inne i erövrat och kristnat land.

Den ynnest han bad om var således enkel och klar att beskriva. Han önskade kunskap i förväg om när denna bestraffning skulle genomföras. Han ville då komma med inte mindre än hundra ryttare av samma slag som Broder Arminus redan sett och av vilka han redan upptagit två i sin heliga orden.

Broder Arminus hade lugnt strukit sitt svarta skägg i väntan på att Birger skulle krångla sig ur sin något krokiga väg fram till denna enkla begäran. Därefter försäkrade han att hämnd kunde vara en god sak och i detta fall även en kristlig sak efter det som skett vid Leal.

Han lovade att sända bud till herr Eskil i Visby i god tid före den lika kristliga som nödvändiga hämnden mot Ösel. Han tillade att han gladde sig särskilt åt att få strida med den gode Birgerus de Gothia och inte, som höll på att ske första gången de möttes, mot honom.

# III

VIDA OMTALAT DE följande åren blev Ingrid Ylvas sätt att ta emot budet att hennes son biskop Karl av Linköping hade dräpts av hedningar vid Leal i Rotalien. Förtal och sladder, farligt därtill för sladdraren, skulle man ha sagt om det inte funnits så många vittnen bland Ulvåsas folk och de forsvikare som just stigit iland vid bryggorna när hennes ord föll.

Hon svor heligt och dyrt att de uslingar som berövat henne sonen skulle dö. Den värste, som var Valerius, inom ett år och den andre, som var den enfaldige kung Johan, inom två år.

Sådana förtvivlade ord från en mor som just fått budet att en av hennes älskade söner dräpts vore kanhända inte mycket att fästa sig vid. Mer än en kvinna hade yttrat sådant i sorgens stund.

Men med Ingrid Ylva var det annorlunda eftersom hon fick rätt. Kanske hade det inte varit svårt att spå ärkebiskops Valerius död, för vid den tiden låg han yrande i feber på sin biskopsgård i Uppsala och så hade han legat sedan han kom åter från Estland två månader tidigare. Att han inte hade långt kvar hade vem som helst kunnat säga.

Men att en rask ung kung plötsligt dog vid tjugotvå års ålder var annat och desto svårare att smälta eftersom han dog i hetsig feber på samma sätt som tidigare kung Erik Knutsson. Rykten att Ingrid Ylva skulle ha förgiftat kungen löpte förvisso, men var förnuftig man avvisade allt sådant prat. Visserligen hade Ingrid Ylva varit på kungens Näs vid ett stort gille där de flesta män och kvinnor av betydelse i riket också hade befunnit sig. Men det var mer än tre veckor före kungens död och hans hetsiga feber kunde således inte ha något med Ingrid Ylvas närvaro att göra, lika lite som med någon annans av de många kungliga gästerna.

Rykten fäste dock som kardborrar på kvinnor om någon börjat kalla dem för trollkunniga och så blev det också för Ingrid Ylva. Skillnaden var dock att den här gången var sådana rykten måhända farligare för den som spred dem än för den som blev mål för dem. Ingrid Ylva var inte vilken kvinna som helst och hon hade de mäktigaste av rikets män till sitt beskydd.

Ty även om det envist sladdrades om att det första hon gjort vid budet om sin son biskopens död varit att sjunka ned på knä, slita sitt hår och utslunga förbannelsen mot dem hon menade var de skyldiga, så handlade hon genast därefter desto klokare och raskare. Bara några timmar senare befann hon sig nere hos Folke Bengtsson på Bjälbo där han nu var folkungarnas ättejarl efter att hans halvbror Karl den döve blivit rikets jarl i hans ställe.

Folke och Ingrid Ylva hade snart kommit överens om vad som borde ske. För det första måste jarlavärdigheten för riket alltjämt tillhöra en folkung och när Karl den döve nu stupat måste Folke återta jarlakronan. Hans värste fiende var visserligen ärkebiskopen, men den var inte längre att räkna med eftersom han låg i sotsäng i Uppsala. Och kungens rådsherrar skulle inte kunna säga emot, än mindre den barnslige kungen själv.

Som en följd av att Folke ånyo skulle ikläda sig ämbetet som rikets jarl borde det bli tid för en ny man som folkungarnas ättejarl, menade Ingrid Ylva. Och den man hon hade i åtanke var sonen Birger.

Folke behövde inte överväga denna sak länge innan han fann att Ingrid Ylvas förslag var det klokaste. Birger uppträdde redan som ättejarl när folkungarna träffades, honom lyssnade alla på. Han var ung, det var sant. Men det hade även Birger Brosa varit när han valdes till ättens ledare.

Få män kunde tävla med Birger vid val till ättejarl och bland de unga bara en. Det var Karl den döves son Ulf Fasi som nog menade sig stå närmare Bjälboarvet eftersom han levt där hela sitt liv och därför hade starkare blodsband än Birger, vars far Magnus Månesköld bara varit Birger Brosas fosterbror. Med blodets rätt kunde han hävda att han nu var den som skulle efterträda sin far, Karl den döve, som herre till Bjälbo och folkungars hövding.

Detta menade sig dock den gamle Folke lätt kunna avstyra. Hans halvbror Karl den döve hade ju varit så omåttligt misstänksam mot allt som hörde det nya kriget till att hans söner aldrig fått någon fostran på Forsvik. Ulf Fasi vore måhända bättre hemmastadd på Bjälbo än många andra. Men en ättejarl som inte kunde rida med lans och sköld som en forsvikare skulle ändå aldrig bli vald på ättetinget, där nu mer än hälften av folkungagårdarnas talesmän själva var forsvikare. På ättetinget skulle Birger få stöd från alla utom Ulf Fasi själv.

Mindre än en vecka efter att Ingrid Ylva haft detta samtal med herr Folke flyttade hon med Birger till Bjälbo. Hennes tredje son Bengt blev då herre till Ulvåsa och inom ett år lagman i Östra Götaland.

Det första året som folkungaättens ledare ägnade Birger mest åt att lära sig att hantera alla de små men viktiga ting som dagligen lades fram för ättejarlen. Mest handlade det om tillstånd att hämnas olika oförätter, änkors penningbekymmer och ynglingar som inte ville gå i den brudsäng deras far och mor krävt samt något enstaka brudrov. Det sista var det viktigaste att komma till rätta med eftersom ingen på länge dristat sig att störa friden inför ett bröllop där folkungar var inblandade. Kanske hade en och annan fått för sig att folkungarna inte skulle bita så hårt om deras ättejarl ännu var fjunig. De som tänkt så fick dyrt umgälla sitt misstag eftersom Birger brände deras gårdar, dödade dem alla och lade deras ägor till sina egna. Hans hird var den största på alla folkungagårdar och bestod enbart av forsvikare.

Vid Petrus Cathedratus, som räknades som den första vårdagsmässan i Västra Götaland, året därpå kom Ingrid Ylva allvarlig till Birger och sade att han skulle kalla till stort ätteting vid nästa fullmåne medan det fortfarande var gott slädföre så att även långväga fränder kunde komma. Hon ville först inte förklara varför hon var säker på att han måste ombesörja en sådan stor sak när det inte tycktes finnas mycket att avhandla för ett helt ätteting. Hon drog på det och menade att han som en god son skulle göra som hon befallde. Då blev han arg och sade att han redan hört nog tissel om vem av son och mor som egentligen var herre till Bjälbo och alls inte tänkte kalla alla män samman bara för att lätta på Bjälbos öltunnor. Då sade Ingrid Ylva lugnt, som om det alls inte vore något märkvärdigt, att kung Johan skulle dö lagom till den tid hon föreslagit. Således måste ättetinget ta ställning till frågan om vem som skulle ärva kungakronan i riket och ju förr folkungarna kunde bestämma sig, desto bättre.

Vid dessa ord såg Birger länge forskande in i sin mors mörka ögon utan att finna annat än hennes förvissning om att det hon sagt var sant. Han frågade inte mer men kallade till tings så som hon föreslagit.

Birger fick därmed gott om tid att tänka över vad som borde beslutas, liksom hur han skulle förklara att han kunnat kalla till ätteting med sådan sällsynt läglighet. För att göra troligt att detta bara varit en tillfällighet fann han bäst att säga att han haft en annan stor sak att dryfta, att han nu på fullaste allvar ansåg att man borde ta itu med plundrarna på Ösel som även senaste sommar härjat svårt uppe bland de svaga svearna runt Mälaren. Om hans mor hade rätt i sin förutsägelse om kungens död skulle inte mycket bli sagt om Ösel. Om inte, skulle det ändå förefalla som en tillräckligt stor sak att lägga fram för hela ättens avgörande.

Vad gällde frågan om kungakronan fanns bara två möjligheter. Antingen skulle nu folkungarna överta kungamakten och rida ut det kommande kriget med Knut Holmgeirsson, hans erikska fränder och en del svear som stod på deras sida. Eller också skulle man enas om att den ende med ärftlig rätt var kung Erik Knutssons son, ett barn i Danmark.

Om folkungarna alls hade någon man som kunde kräva kungakronan och få ätten med sig var det Birger själv. Förvisso var han äregirig, det hade han inte svårt att erkänna för sig själv och i tysthet. Men han var inte dåraktigt äregirig och han insåg vid närmare eftertanke att folkungarna skulle splittras om man väckte frågan om att sist och slutligen överta kungamakten. Ulf Fasi skulle aldrig stödja honom, lika lite som riddar Sigurd och hans bror Oddvar. Och även om Knut Holmgeirsson och hans fränder inte skulle kunna stå emot ens halva folkungamakten så kunde kriget bli långvarigt och riva upp stora sår i hela riket.

Det var skäl nog att förespråka barnet Erik Eriksson i Danmark som kung. På så vis skulle folkungarna återknyta sina starka band med erikarna och när det gällde att fördela makten i det kungliga rådet kunde man gott ta hälften av de världsliga stolarna. Det viktiga var att jarlasvärdet hängde vid en folkung och att all krigarmakt var folkungarnas. Så skulle freden kunna räddas för lång tid. Och eftersom folkungarna var fler, mäktigare och rikare än erikarna skulle snart den långsamma erövringen med alla brudsängar mellan de två ätterna utplåna erikarna. Fredligt men säkert skulle man ta hela makten i riket. Men inte nu och inte med våld.

När de långväga slädarna med ättens alla talesmän från Ymseborg, Forsvik, Lena och Hönsäter i Västra Götaland och från gårdarna i Östra Götaland, som haft kortare väg, började dansa in på Bjälbo hade dödsbudet från Näs ännu inte kommit. Birger fick därför ägna hela den första dagen åt att tala för hur man med minst hundra folkungska ryttare skulle segla österut, ansluta sig till Svärdsriddarna i Riga, om vilka han hade mycket att berätta, och därefter genomföra hämnden på Ösel. Man skulle befria alla de svealändska män och kvinnor som hölls där som trälar, återbörda allt stulet och rövat gods till dess ägare runt Mälaren och därmed skapa så många band av tacksamhetens beroende att makten över erikar blev än större. Slutligen skulle man återföra hans brors och salig jarlen Karls kvarlevor för kristlig begravning på Bjälbo och i Linköpings domkyrka.

Med sådan övertygande kraft framförde han allt detta som han egentligen inte tänkt sig som huvudsaken att hans fränder snart visade sig redo att som en man stödja honom i detta lika goda som vinstgivande krig. Det var nästan så att ättetinget höll på att avslutas efter första dagen och talesmännen ge sig av hemåt för att börja rusta för kriget.

På andra dagen kom dock en ryttare i fullt sken nere från Mo strömmar med budet att kungen hade dött i feber ute på Näs.

Birger, som till synes fått hela ordningen för sitt ätteting kullkastad, fann sig dock så fort vid detta dödsbud att han väckte beundran bland sina fränder. Som nu var, förklarade han, måste man skjuta frågan om Ösel på framtiden. Nu gällde först en liten sak, att se till så att kung Johan följdes av hedervärt många folkungar till sin ättegrav i Alvastra kloster. Det var inte svårt att ordna eftersom ättens främste nu råkade befinna sig på en och samma plats.

Därefter kom emellertid den stora frågan. Hur skulle man nu ställa sig till valet av ny kung? Här vid detta ätteting låg den verkliga makten i riket. Här i denna sal på Bjälbo skulle nu framtida lycka och väl avgöras. Därför fick ingen man lämna Bjälbo innan folkungarna hade fattat sitt beslut. Med de orden satte han sig ned och överlämnade samtalet åt sina fränder.

Som han anat kom ättetinget snart att dela sig i två, en halva som menade att nu var tiden kommen för folkungarna att gripa hela makten i riket så att ingen skulle kunna stå dem emot. Den andra halvan talesmän ansåg att man borde göra vad som kanhända varit rätt redan förra gången, stå vid sina erikska fränders sida.

Trätan blev stor, inte minst när de som talat för att man skulle sända efter Erik Eriksson från Danmark krävde besked från dem som däremot menade att folkungarna skulle ta hela makten en gång för alla. Ty vilken folkung var då deras kungakrävare?

Här fördes snart Birgers namn fram och han rörde då inte en min. Ulf Fasi blev som väntat rasande och talade med stora ord om svek och heder och gamla band mellan folkungar och erikar, och däri fick han stöd från riddar Sigurd som med tårar i ögonen berättade hur han och hans bror Oddvar blivit slagna till riddare av Erik Knutsson i rikets svartaste och svåraste stund.

Birger lät grälet mellan de två sidorna rasa ut innan han själv tog ordet. Han förklarade först kort och ädelt hur ovärdig han själv vore kungakronan. Därmed hade han också visat hur svårt det var för folkungarna i denna stund att föra fram en kungakrävare som alla kunde enas om. Och för honom var folkungarnas endräkt viktigare än kungakrona.

Emellertid kunde man nu åter stärka sina band till erikarna, fortsatte han. Men alls inte bara för att det var ädelt och för att somliga liksom han själv fått sina gyllene sporrar av en erikare, utan därför att det var bäst för hela riket. Om en erikare bar kungakronan, vilken erikare det än var, så vore han likväl ett barn eller Knut Holmgeirsson, naken och värnlös utan folkungarnas stöd. Därför skulle man välja barnet Erik Eriksson till ny kung och rädda riket ännu en lång tid från det värsta som fanns, krig mellan fränder.

Dock skulle nu alla som hade döttrar eller söner i mogen ålder se till att de gick i brudsäng med erikar. Om man gjorde så skulle det snart bara finnas folkungar runt makten och kungakronan, det var bara att räkna efter.

Så kunde man till slut ta hela makten i riket utan att spilla en droppe blod. Det var ättejarlens slutliga ord och hela mening.

Folkungarna satt tysta länge och begrundade. Först av alla drog gubben Folke, som nu på nytt blivit rikets jarl, sitt svärd och slog det med flatsidan i det tjocka ekbordet. Snart blev stort larm av fränder som enligt gammal god sed visade sin endräkt på samma sätt. Slutligen tog Birger ned Arn Magnussons svärd som hängde på väggen ovanför hans plats, drog det långsamt så att alla med högaktning kunde skåda den hemliga runskriften i guld och slog det tungt i bordet.

Folkungarna hade enats. Och tagit ännu ett steg närmare makten. Utan att spilla en droppe blod.

* * *

Erik Eriksson var ett klent barn på sex år när han kom till sitt kungarike. Det sades att någon piga vid det danska hovet hade tappat honom i ett stengolv när han var helt späd och att han därefter blivit något sned och halt. Med sig hade han sin lärare och fostrare Erengisle Vig, ty till all olycka som drabbat den unge hade han nyligen blivit lika moderlös som faderlös. Varför och hur drottning Rikissa dött, även hon i unga år, visste ingen.

Allt gick nu som sedan länge bestämts på folkungarnas eget ätteting. Gamle Folke blev rikets jarl, Bengt Elinsson marsk och Ulvhildes son Emund Jonsson behöll sin plats i kungens råd. Att Knut Holmgeirsson, Birgers gamle vän, också fick en plats i rådet var inte till förvåning, liksom att han fick utse en frände vid namn Knut Kristinsson till samma heder. Om något var till förtret så var det att biskoparna under ledning av den nye ärkebiskopen Olof Basatömer utsåg det stånkande fläskberget Bengt av Skara till kungens kansler. Ty därmed förlorade folkungarna den kunskapskälla de haft den korta tid då Birgers bror Karl av Linköping innehaft sysslan att upprätta alla kungens skrivelser och besvara andras.

Birger avböjde ädelmodigt erbjudandet att även han ta en plats i kungens råd. Han hade flera skäl. Ett var att han inte ville riskera att förlora vänskapen till Knut Holmgeirsson. Även om de inte setts på flera år var de fortfarande hjärtliga vänner. Birger kände emellertid starkt inom sig att det var säkrast och bäst att inte tära på den gamla vänskapen. Och han anade mer än väl att han och Knut sällan skulle bli överens i samtal om handel, makt och krig. Han hade sannerligen inte glömt salig kung Eriks ord om att fiendskap mellan honom och Knut skulle kunna störta hela riket i olycka.

Dessutom var han folkungarnas ättejarl. Han hade därmed större makt än rikets jarl och marsk tillsammans eftersom de båda måste foga sig i vad han befallde dem på ätteting. Därtill var han övertygad om att den verkliga makten, folkungamakten, krävde större uppmärksamhet och mer arbete än den förgyllda makten i barnakungens råd. Och han hade en oplockad gås som han nu ämnade ta itu med av full kraft. Folkungarna hade ännu inte hämnats hans brors och farbrors död vid Leal.

Desto angelägnare hade saken blivit denna kröningssommar 1224 eftersom en rövarflotta österifrån än en gång hade härjat svårt vid Mälaren och dräpt inte bara svear utan även tre folkungar i deras egna gårdar. Nu var tid för hämnd. Och Birger hade folkungarna bakom sig som en man, det skulle inte bli svårt att få mer än hundra ryttare i följe. Desto bättre nu än senare eftersom det var endräkt i riket och en stor folkungastyrka kunde färdas till främmande land utan fruktan för att återvända till brända gårdar.

* * *

Den hösten skeppades tio skvadroner folkungska ryttare sakta men säkert från Söderköping till Visby och därifrån vidare i större skepp till Riga. Bland de äldre fanns såväl riddar Bengt Elinsson med trettiotvå män från Ymseborg och Emund Jonsson med en skvadron från Ulfsheim, liksom Matteus Marcusian från Forsvik. En sorg för Birger var att riddar Sigurd och hans bror Oddvar båda vägrat att ansluta med hänvisning till att de föga såg fram emot att bli ställda under Birgers befäl. Dock hade de bidragit med fyra skvadroner från Lena och Forsvik.

Folkungarnas krigskassa hade hämtats från Arnäs och Forsvik och bland de yngsta ryttarna fanns Knut Torgilsson till Arnäs, herr Eskils sonson som inte ämnade sig bli handelsman. Birger gjorde honom till sin egen confanonier, vilket inte bara var hedersamt utan också en belägenhet i ryttarhären som var en av de säkraste. Märkesmannen, sade man, var den som dog sist.

Svärdsriddarnas borgherre i Riga, Broder Arminus, hade till en början visat sig något ovillig när de första ryttargrupperna från barbariet i väster började lastas av i hamnen. Men dels visade det sig snart att dessa män kom med samma rustningar som Svärdsriddarna nu lagt ut åtskilligt guld för att själva bära, dels kom hans unge vän Birgerus de Gothia bland de första.

När Birger, Broder Arminus och Bengt Elinsson, som någorlunda väl talade kyrkospråket, träffades för kvällsvard första gången gick samtalet något trögt. Svärdsriddarna hade haft mycket att stå i söderut med de vilda litauerna och inte haft mycket tid att ägna åt det som i jämförelse bara var en liten störande sten i stridsskon, rövarbanden ute på Ösel.

Birger förklarade att också han hade haft mycket att bestyra under de senaste åren men att plundrarna från Ösel ånyo härjat flera gånger inne i Mälaren och att det nu inte var fråga om annat än att straffa dem, med eller utan Svärdsriddare. Om isen inte blev tillräckligt stark under vintern för att bära en ryttarhär ut till Ösel skulle han vänta till våren, rusta en mängd små båtar och landsätta sin egen folkungastyrka så fort läglighet gavs. Fick man iland tio skvadroner så var resten ingen stor sak. Svårigheten var förstås landstigningen.

Broder Arminus svarade att man hellre skulle tillbringa hösten i bön och begrundan för att se isen lägga sig så stark att Svärdsriddarna kunde rida med sina kristna bröder rakt över isen. Det innebar seger genast. Att landstiga med små båtar kunde bli både det ena och det andra.

Det blev trångt den hösten på Svärdsriddarnas borg i Riga. I gengäld kunde forsvikarna deltaga i sina riddarbröders dagliga slit vid övningsfälten, med stor lust dessutom eftersom de flesta av dem hade övat mycket längre tid än riddarbröderna och hävdade sig väl. Riddar Bengt visade sig även som gråhårig, och även i detta heliga sällskap, oövervinnelig på tourney.

Deras böner blev hörda. Den vintern började milt med lite snö, men efter jul kom en isande vind från norr som aldrig tycktes ge med sig och snart låg havet fruset som en blank sköld. Riddarhären behövde inte ens ta sig runt hela Rigabukten för att gå över isen österifrån där sundet ut till Ösel var smalast och där de förvisso skulle ha varit väntade. De kunde rida ut över den blanka oändliga isen rakt söderifrån, femhundra hästars hovar kom i ett väldigt dån.

På stranden mötte de svagt och förvirrat motstånd och dödade alla. Därefter red de fort norrut och tog bakifrån öselbornas försvarsvallar mot stranden i öster. Ingen man bland fienden som bar vapen eller rustning skonades. Likbålens svarta rök steg snart över hela ön.

Nära den östra stranden fanns en ålderdomlig borg, inte olik den som hade kallats Leal. Där slog riddarhären läger efter att noga ha rensat borgen från all orenlighet och efter att Svärdsriddarnas grönklädda klerker gått runt och stänkt rosenvatten över alla väggar och golv.

Segern var klar som morgonljuset. Hela Ösel var i deras händer på nåd och onåd och därför gällde det nu att noga och med eftertanke förvalta denna seger.

Bråttom hade de inte, det skulle dröja innan isarna gick upp. Under tiden kunde foror gå fram och åter mellan Riga och Ösel och ryttarpatruller kunde hålla öns kuster under ständig uppsikt för att fånga in var och en som tänkte sig att fly med guld och gods. Och när isarna väl gick upp var de likväl inte i trångmål eftersom femhundra riddare lätt behärskade en ö även om där kanske fanns tiotusen människor. Ryggraden i öns försvar var hur som helst redan knäckt.

Så hur skulle man nu begynna arbetet? Broder Arminus talade eftertänksamt med Birger redan efter första kvällens tacksägelsemässa och aftonsång där han och alla hans höga bröder deltagit. Ty Svärdsriddarna och folkungarna hade tvivelsutan olika mål. Vad Svärdsriddarna ville åstadkomma var enkelt att förklara. Här vid denna borg skulle de upprätta ett fäste. Men de skulle också bygga kyrkor och de skulle döpa de hedningar som kom frivilligt. Deras erfarenhet var att efter en så här stor och fullkomlig seger ökade frivilligheten att låta döpa sig avsevärt bland de besegrade. Den som emellertid blivit döpt var därefter skyddad till liv, lem och egendom.

Men vad ville då Birger?

Hämnd var det första, förklarade Birger lugnt. Det andra var att frige alla de män och kvinnor från hans länder som hölls som slavar. Det tredje var att återfinna sådant plundringsgods som hörde till hans fränder eller grannar och föra det åter till rättmätig ägare. Därefter följde mindre saker som hur folk och gods skulle fraktas tillbaka över havet, men eftersom hans krigskassa var god borde det bli lätt att komma överens.

Broder Arminus nickade eftertänksamt åt dessa som han sade billiga och lättbegripliga krav. Men det gällde nu att man inte gick i vägen för varandra. Hans klerker var ivriga att komma igång med frälsningsarbetet. Redan nu kunde man se hur de första hedningarna flockades utanför borgen för att få det vita kors på sina kläder som gavs åt var och en efter dopet för att han inte skulle bli dödad i misshugg.

Birger grubblade en stund och föreslog att man skulle genomföra allting mer långsamt och noga eftersom det fanns gott om tid. Om var och en bara kunde bli döpt på sin egen gård skulle allt bli lättare.

Då Broder Arminus först inte förstod fördelen med detta mer tidskrävande sätt fick Birger förklara sig bättre. Det tog honom halva natten att lirka sig fram till vad han önskade. Dock fick han som han ville, ty mycket talade för att om man gjorde som Birger föreslog skulle man slippa att döpa många av dem som inte ärligen sökte Gud utan bara ville undkomma rättvist straff.

Svärdsriddare och folkungar red från och med följande dag sakta från gård till gård. Med sig hade de slädar att frakta befriade och gods, liksom grönklädda klerker som dock inte skulle få börja sitt döpande innan annat var avklarat.

Ingen styrka som gav sig ut på sådant ärende var mindre än fyra skvadroner, vilket betydde att allt motstånd skulle vara lönlöst.

Först omringades den gård man kom till och ryttare sökte spår i snön efter flyende som kunde hämtas tillbaka tillsammans med gods de försökt komma undan med. Därefter höll sig Svärdsriddarna i bakgrunden och lät folkungarna först klara av sina bestyr.

Folkungarna samlade då allt folk på gården, trälar som gårdsfolk, ute på tunet. Därefter frågade man högt om där fanns några svear eller götar eller norrmän eller andra nordiska män och kvinnor bland trälarna. Det fanns det nästan alltid.

Gråtande av tacksamhet och prisande såväl Gud som folkungar fick de befriade stiga fram efter att ha tagit för sig av sina förra ägares varmare kläder. Nu frågade man vem som behandlat dem grymt. De som pekades ut, män som kvinnor, halshöggs efter att de först fått klämma fram med vad de gömt för gods från plundring i främmande land. De frigivna var mycket behjälpliga i detta och kunde ofta bära fram både det ena och det andra som därefter staplades i de folkungska slädarna.

Men med detta ärende blev både folkungar och Svärdsriddare nogräknade. Sådant gods som hade ägare i hemländerna skulle tillbaka, men bara det. Ty detta var ingen plundringsstyrka som kom utan man kom för själars frälsning och trälars befrielse. När gods var sorterat och packat, de halshuggna lagda på likbål och de befriade satta i slädar var folkungarna färdiga med sin andel av arbetet. Då steg klerkerna fram och började döpa de mestadels mycket fogliga överlevande som sade sig längta mycket efter Vite Krist. Någon enstaka som inte ville låta sig döpas lades strax på likbålet.

Det tog fram till våren att på detta sätt rida från gård till gård i frälsningsarbetet. När isarna gick upp och flykt över havet åter blev möjlig var alla levande på Ösel kristnade. Mer än tusen svealändska trälar och även många östgötska som bott vid kusten befriades. Det gods de kunde föra åter mot hemlandet fyllde tio koggar. Av allt som återfunnits gladde sig Birger mest åt Karl den döves jarlasvärd. Han hade inte visat stor nåd mot folket på den gård där man fann det.

Han var noga med att han skulle träffa var svealändsk man och kvinna som befriats. Han förtecknade deras namn och namnet på den gård de kom från och underströk noga att det var hans och folkungarnas förtjänst att de nu fått sin frihet åter. Samt att det kunde komma en dag när han skulle söka dem, måhända att han själv då var i trångmål och behövde be om en liten gentjänst. Det var allt han begärde.

Var befriad man och kvinna svor då att om den dagen kom skulle de aldrig ha glömt sin skuld till den som hämtat dem upp ur det svarta hål av hopplöshet där de hade levt tills de som himmelsk musik hörde dånet av folkungarnas ryttare.

* * *

Aldrig mer skulle rövare från Ösel kunna plåga folket i Mälardalen, meddelade Birger när han kom hem till det väntande ättetinget på Bjälbo. Dock ansåg han att man ändå måste se till att under de närmaste åren sätta lås på Mälarens inlopp eftersom det fanns okända folk österut som kanske skulle vilja ge sig på samma färdväg som fordom dessa en gång för alla krossade rövare från Ösel.

Som han lovat förde han också hem sin brors och Karl den döves renkokta ben i två gyllene skrin. Ulf Karlsson Fasi, som nu äntligen fick se sin far kristligt begraven i Bjälbos vigda jord och fick hans jarlasvärd ur Birgers hand, borde ha visat större tacksamhet, tyckte många. Men han verkade ännu inte kommit över att Birger blev herre till Bjälbo och ättens ledare i stället för han själv.

Ärkebiskopen Olof Basatömer, som föreföll Birger som en tankfull och beskedlig man, förrättade själv dödsmässan över biskop Karl Magnusson i Linköpings domkyrka.

En tid av stort lugn sänkte sig över landet. Ute på kungens Näs spanns inga intriger utan barnkungen fostrades av sina danska lärare i godan ro. Den nye ärkebiskopen Olof var mer än väl avskräckt från varje vidare fundering på korståg österut. Och Birger hade vunnit lika mycket heder som guld på sitt korståg, ty nu omtalades hämnden mot Ösel just som ett sådant, särskilt uppe i Svealand varifrån de flesta befriade kom.

Ingen stigman, som det nu i fredliga tider fanns få av, vågade ens drömma tanken att röva brud på väg till folkungskt bröllop. Varje brudhämtning omgavs av folkungska ryttare med bistra miner och glänsande rustningar. Birger hade strängt befallt att ingen brud av folkungsk ätt skulle åtföljas av mindre än två skvadroner. Och många bröllop blev det mellan folkungar och erikar under dessa fridfulla år, just som ättens ledare hade bestämt.

I denna ljusa tid fann Birger äntligen mer tid att besöka Signy. Hon hade fått en vacker nybyggd gård vid sjön Undens strand där en bred bäck rann ut. Runt gården hade åkertegar röjts och strandängarna gav rikt och frodigt bete. Gårdens rikedom var intet att klaga över men den låg avsides med stora skogar på ömse sidor. Väg hade röjts från Älgarås och vidare mot Vätterns västra strand så var och varannan dag passerade resande förbi. Signy hade inte många män till skydd, men folkungamärket vajade högt och synligt över gården, allom till varnagel. Större trygghet borde Signy få av hans märke än av besvärliga och öltörstande hirdmän, hade Birger sagt.

Till Signy reste Birger inte gärna i sällskap utan helst ensam eftersom han ansåg att hans liv med henne inte angick någon annan. Hos henne var han beskedlig som varje annan man med husfru och barn i huset eftersom han där långt inne i skogen inte i vart ögonblick måste tänka på att han var folkungajarl. Därför kom en förunderlig frid över honom var gång han besökte henne och sov hos henne.

Han hade svårt att skiljas från henne och kom alltid iväg senare än han tänkt sig så att han måste rida länge i månsken eller stanna i skogen över natten. Män i mörker fruktade han inte eftersom ingen var dåraktig nog att längre ge sig på någon som bar det folkungska sköldemärket, ty Birger hade sett till att det blev vida bekant vad som hände den som drog svärd mot en folkung. Och de mörkrets makter som kunde finnas i den djupa skogen hade han aldrig mött annat än i ömklig förklädnad, och skogens alla ljud var honom väl bekanta. En ugglas skri var bara en uggla, liksom hjortens kärleksvrål i septembernatten inget annat än hjort.

Denna enda gång när allt inte skulle bli som vanligt på återvägen från Signy, och han som vanligt kommit iväg för sent och som vanligt måste sova en natt i skogen, låg han nöjd med sin ensamhet och halvt i drömmar vid den falnande elden och försökte så länge som möjligt hålla kvar minnet av hennes händer, ansikte och smidiga kropp. Han hade lovat henne att måla ett eller flera röda hjärtan intill folkungalejonet som sitt särskilda märke och detta skulle bli hans och Signys hemlighet, deras tecken. Hon kunde aldrig bli hans husfru, inte bara för Ingrid Ylvas stränga ogillande utan också för att han själv befallde var folkungsk yngling att gå till bröllop för maktens skull och inte för kärlekens, då makten och kärleken sällan gick samma vägar. Kanske hade den älskliga Signy förstått detta, kanske hade hon inte slutat hoppas på ett mirakel.

Innan han somnade fladdrade hans tankar en stund kring sonen Gregers som nu varit tre år på Forsvik och lärt sig vad man kunnat förvänta på den tiden. Gregers träffade han bara till de stora julölen på Bjälbo, dit också Signy hämtades, och under den dystra påsken då allt arbete låg nere på Forsvik. Själv besökte han aldrig Forsvik. Riddarna Sigurd och Oddvar hade han visserligen träffat vid varje folkungamöte eftersom de talade för Lena och Forsvik, men de hade aldrig visat honom annat än kyla och han hade varit samma mot dem. Alde hade han inte träffat på många år, han visste bara att hon fött två döttrar som han glömt namnen på.

Han rullade in sig tätare i sin björnfäll och tjocka mantel och drömde snart inne i värmen om sådana ting som alls inte hade med ryttare och makt att göra.

Sex män överföll honom i den första gryningen när han sov som djupast. Tätt inrullad som han låg i höstens första frostnatt hade han inte kunnat värja sig mycket innan de fjättrat honom vid en furustam, blåst liv i elden och börjat undersöka sitt byte. Eftersom de inte dräpt honom genast gissade Birger att de fått någon fiendes uppdrag att ta honom levande och han fann det därför inte mödan värt att börja träta med dem. Desto mer förvånad blev han när de lossat hans packning och först blev mycket nöjda av att finna dyrbarheter men snart mer betänksamma när de vände upp hans sköld intill eldstaden och såg folkungamärket. Av det upphetsade gräl som nu följde mellan stigmännen, ty sådana var de, förstod Birger att de alls inte hade varit ute efter honom utan bara efter rov. Men det gyllene lejonet hade ställt dem inför ett svårt val, att ge sig fort och be om nåd, eller att dräpa folkungen och noga gräva ned honom eller sänka honom i närmsta tjärn. Två av de sex männen verkade ha mer att säga till om än de andra som liksom trälar hukade sig när någon talade till dem.

Birger hade svårt att känna fruktan för sitt liv eftersom händelsen föreföll honom alltför orimlig och mer värd skratt än rädsla. Av alla män i riket som rövare kunde finna i skogen hade dessa olycksaliga fånar nu funnit den sämste. Även om Birger var både bunden och något rådbråkad fann han plötsligt sin belägenhet så befängd att han föll i skratt. Då upphörde genast grälet mellan de sex stigmännen och de stirrade alla tysta mot honom med ögonvitor som lyste förskrämt i den gråa gryningen.

”Vad kan en bunden man en svärdslängd från döden finna löje i?” frågade en av männen och stegade fram mot Birger, böjde sig ned och såg honom strängt i ögonen liksom för att utröna om där fanns någon galenskap.

”Vi är i så fall sju män nära döden”, svarade Birger långsamt. ”Därför bör vi nu vara varsamma med orden i vår förhandling och inte förhasta oss.”

”Vi ämnar kanske skona dig mot lösen från din ätt, det var därför vi inte dräpte dig genast”, svarade den andre hetsigt medan hans män samlades runt honom och böjde sig ner för att höra bättre.

”Vi folkungar lämnar aldrig lösen för de våra. Men vi dräper var och en som bär hand på en folkung. Därför har du nu försatt dig i knipa, stigman. Ty som du förstår är du ganska ensam om att ha tagit och bundit en folkung”, svarade Birger i mer vänlig än hotfull ton som om han förklarade något för ett barn.

”Så vad har du då att erbjuda oss mot ditt liv. Om vi släpper dig fri, vad ger du oss i gengäld?” frågade stigmannen.

”Det enda jag kan lova er just nu är en snabb och smärtfri död”, svarade Birger med ett brett leende men fortsatte genast sin tanke när han såg de andras miner av blandad skräck och vrede. ”Men som jag förstår att ni kan finna ett sådant erbjudande snålt bör vi kanske tänka ut något bättre. Säg mig ditt namn och säg mig varför du lämnat gård och grund för att löpa till skogs, ty du talar som en man som är född fri och inte som träl."

"Säg mig du först ditt namn, folkung!" befallde stigmännens anförare hetsigt.

"Jag är Birger Magnusson till Bjälbo, folkungarnas ättejarl. Lös mig nu genast från dessa band så att vi bättre kan fortsätta vår förhandling", svarade Birger leende och väl medveten om hur kunskapen om hans namn skulle drabba de olyckliga stigmännen.

De korsade sig, såg mot den grå himlen och resonerade inte mycket innan de skar upp de remmar som höll Birger fjättrad. Han reste sig långsamt och gned sina handleder, tog utan vidare sitt svärd ifrån en av de hukande fånstirrande männen och fäste det innan han med armen bjöd dem alla att sätta sig ned vid elden. Han väntade med att säga något tills de hade hämtat nytt bränsle och blåst upp mer lågor.

"Som jag sade bör vi nu vara varsamma med både ord och tankar", började Birger försiktigt när de satt sig i ring runt elden som flammat upp och sprakade. "Jag förstår mycket väl att ni inte tänkte er att ta en folkung, än mindre folkungarnas ledare. För det misstaget kan jag förlåta er och låta er dö en skonsam död. Men låt oss se om det finns något annat sätt ni kan gälda er skuld till mig. Till en början vill jag veta vad ni heter, var ni kommer ifrån och varför ni löpt till skogs."

De två ledarna var bröder vid namn Torgeir och Aunund. De hade levt i frid och välmåga på egen mark som fria odalbönder, deras gård hette Bäckafallen och låg granne med Jävsta gård. En ond man vid namn Svante hade först rövat den yngsta dottern på Jävsta, tagit henne med våld till sin brud och sedan återkommit med väpnade män och bemäktigat sig hela gården Jävsta. Brudens mor och far hade han satt på undantag i ett skogspörte. Därefter hade hans aptit vuxit och han hade med våld och hot slagit under sig alla gårdarna runt Jävsta och till slut hade turen kommit till de två bröderna och deras far. Junker Svante var en man med ättemärke och sachsiskt långsvärd, och svår för odalbönder att stå emot. Han hade dräpt deras far genom att så högljutt kränka honom inför vittnen på eget gårdstun att fadern tvingats dra sitt svärd för hedern. Svante hade därefter tagit hela gården som pris för förlikning eftersom han sade sig ha fått en rispa på ena armen när han dödade deras far. Strax hade bröderna med hugg och skymfliga tillmälen fördrivits från sin egen ärvdajord och med sig fick de fyra av sina trälar som nu var fria män. Till vilket värde man nu skulle skatta friheten för den som var fredlös. I skogen hade de ägnat sig åt att ta resande som de tvingat att lösa ut sig mot friheten, och så levde de nu fast det var ett uselt liv.

Birger hade lyssnat under stigande intresse då han tyckte sig känna igen gårdsnamnet Jävsta, liksom namnet Svante också fick honom att söka i minnet. Han satt tyst en stund och tänkte innan han trodde sig komma ihåg rätt.

”Säg mig något mer om denne Svante”, sade han tankfullt. ”Hur ser hans ättemärke ut? Har han någon gång varit till tings för en gudsdom som gällde om han eller en gåvoträl stulit tre guldmynt?”

”Så var det!” intygade Torgeir förvånat. ”Det var innan han bemäktigat sig hela gården, han hade varit där som gäst, stulit och skyllt på en gåvoträl som hette Yrsa och som han tvingade att bära järn innan hon hängdes. Gud vare hennes själ nådig!”

”Ja, Gud vare hennes själ nådig”, instämde Birger. ”Jag vet, ty jag var vid Askeberga ting för många år sedan när detta hände. Och sedan den dagen har jag inte glömt tjuven Svante. Därför kan vi nu göra vår affär så att både ni och jag behåller hedern. Om tre dagar skall ni möta mig vid det färjeläge som ligger vid Vättern där denna stig slutar. Därifrån rider vi till Jävsta och ställer till rätta.”

Efter dessa ord reste sig Birger, tog sin sadel och gick bort till sin hingst. När han kom tillbaka till lägerelden för att hämta sin sovfäll och sin sköld satt de sex männen inbegripna i en träta som tycktes svår att förstå för Birger eftersom de just hade fått ett bud som de svårligen borde kunnat avböja.

”Hur vet vi att du inte lurar oss!” utbrast den av bröderna som hette Aunund. ”Hur vet vi att du inte säger detta bara för att köpa ditt liv och komma åter med många män för att dräpa oss?”

”Därför att du lever och därför att du har en tunga som rör sig vådligt kvickt”, svarade Birger. ”I samma stund ni gav mig mitt svärd åter var ni döda om jag så hade behagat. Men vi fann ju en bättre väg.”

”Men vi är ju sex män!” invände Aunund hetsigt.

”Sant”, sade Birger och drog långsamt sitt svärd och riktade det mot Aunund. ”Ni är sex stigmän men jag är folkung. Om du verkligen vill pröva mina ord så gör det nu. Men betänk att jag först bara hade skonsam död att erbjuda men att vi kom fram till något som var bättre också för mig.”

Brodern Torgeir reste sig då och ställde sig med utslagna armar framför den hetsige Aunund och sade att han för sin del ansåg att en folkungajarls ord var lika säkert som att solen gick upp och att de alla skulle komma som avtalat till mötet om tre dagar.

Så skedde. Birger kom med två skvadroner från Bjälbo och med flera löshästar så att Torgeir, Aunund och deras fyra frigivna kunde fylla upp i slutet på den mäktiga ryttarskara i blått och silver som snart dundrade in på gården Jävsta.

En sådan gästning hade herr Svante inte väntat sig och när han sprang ut på sitt ägandes gårdstun trodde han först att det var ofärdstider och att man kommit för att hämta var man på Jävstas gårdar som kunde bära lans eller båge.

I stället satt han snart med självaste folkungajarlen för att reda ut en affär som ingalunda blev till hans fördel. Först fick han skriva bort gården Bäckafallen till de två fattigbröderna Torgeir och Aunund, därefter fick han ett bud på Jävsta gård och undergårdar som var skrattretande lågt, men som visade sig svårt att säga nej till när gårdstunet vimlade av järnklädda ryttare. Skrivdon och sigill hade folkungajarlen med sig, skriva kunde han själv och allt gjordes rätt och lagligt fram till och med den usla betalningen.

När sigill och bläck torkat ledde folkungajarlen ut herr Svante på det gårdstun som till alldeles nyss varit hans eget, räckte honom hans svärd och började att inför allt gårdsfolket högt berätta hur den usling vid namn Svante som de haft som sin husbonde var en simpel tjuv som en gång stulit tre guldmynt här på Jävsta gård. Från detta brott hade han slingrat sig som en orm genom att skylla en värnlös gåvoträl vid namn Yrsa för brottet och hon hade därför blivit hängd. En fegare man än denne Svante kunde ingen finna och i vanära skulle han nu gå från grund och gård.

Ju längre jarlen talat desto högre hade först fniss och sedan skratt börjat höras från husfolk och trälar och störst var lyckan hos bröderna Torgeir och Aunund. Till slut brast det för Svante och blev som svart för hans ögon. Han drog sitt svärd och störtade i ursinne mot den man som smädat honom mer på en kort stund än vad han fått utstå under ett helt liv.

När Svantes lik bars undan gick Birger fram till Torgeir och Aunund medan han torkade sitt svärd rent från blod och sade att nu var fred mellan dem och allt var förlåtet. Dock måste de se till att gälda vad de var skyldiga och förlika sig med alla som de bestulit. Om någon då började tala om räfst och ting skulle de säga att de stod under folkungarnas beskydd, och om de behövde låna silver för att klara sina skulder fick de komma till Bjälbo.

Men en sak skulle de från denna dag minnas. Välvilja var inte utan pris. De stod nu i skuld och en dag kunde det hända sig att Birger skulle be dem om en gentjänst, måhända liten, måhända stor. Bröderna svor dyrt och heligt att vadhelst herr Birger skulle komma att begära av dem skulle de uppfylla.

Då Torgeir var äldst av de två bröderna fick han bli herre till Bäckafallen, även om de båda var lika ägare. På sin egen nya gård Jävsta satte Birger Aunund som sin bryte.

Aunund den hetsige blev därmed den av de två bröderna som fick starkast skydd mot vreda fordringsägare, ty över Jävsta gård vajade snart folkungamärket.

# Nidingarnas tid

# I

BIRGER VAR INTE den man som hade lätt att erkänna nederlag och misslyckande. Men det var svårt att se det fåniga inbördeskriget mellan erikar som annat än ett misslyckande för folkungamakten. Barnkungen Erik Eriksson den halte hade nu fördrivits ur riket och Knut Holmgeirsson hade tagit sig kunganamn och omgjordat Ulf Fasi med jarlasvärdet.

Det var detta som hade lamslagit det folkungska ättetinget, att det fanns folkungar på båda sidor i striden mellan erikar. Folke jarl hade krävt att folkungarna skulle komma till den unge krönte och laglige kungens undsättning. Ulf Fasi hade krävt det motsatta, att man skulle stödja Knut Holmgeirsson i hans rättmätiga uppror mot en kungamakt som vanhedrade riket.

Varje beslut att ge väpnat stöd åt endera sidan skulle således innebära att folkungar ställdes mot folkungar på slagfältet.

Birger trodde att han varit slug när han pekat på denna orimlighet och sagt att just därför skulle man inte ge väpnat stöd åt någon. Han hade räknat med att saken därmed skulle ebba ut i intet. Han hade haft fel.

För mot all sans och allt förnuft gick jarl Folke med en väpnad styrka som knappt kunde kallas krigshär upp i Sörmland, med barnkungen och hans lärare i trossen och en enda skvadron danska ryttare, för att näpsa Knut Holmgeirsson och hans vän Knut Kristinsson som också han hade lämnat det kungliga rådet. Den lilla sammanstötningen mellan ett fåtal ryttare och hoprafsade bondehopar slutade med att Knut vann dagen och tog ed av barnkungen Erik Eriksson och hans fosterfar Erengisle Vig att de mot livet i gengäld och utan dröjsmål skulle lämna riket och resa till Danmark. Därefter hade Knut Holmgeirsson utropat sig till kung och tagit kunganamnet Knut den långe och nu skulle han krönas i Strängnäs.

Birger satt högst upp i tornet på Ymseborg och vände och vred på det som hänt tillsammans med riddar Bengt Elinsson som var den ende av folkungarna han vågade visa svaghet och tvekan inför. Det var försommarafton och hela nejden genljöd av de svarta trastarnas sång och i fjärran skrek en räv. De drack ingenting eftersom de i hemlighet delade den ovanliga uppfattningen att nyktra män bättre än onyktra kunde tala om svåra ting.

Långt under dem bland gårdshusen, som snart skulle förloras om Ymseborg drabbades av belägring, övade nya ynglingar med riddar Bengts forsvikska lärare. Det var en fridfull syn som då och då fick Birger och hans äldre frände att utbyta menande leenden när någon yngling gjorde fel och fick däng. De hade båda varit där och om detta visste de allt.

Man hade kunnat välja sida men inte gjort så och det var det som var problemet. Det hade inte varit svårt att förutse att Knut Holmgeirsson snart skulle söka anledning till träta i det kungliga rådet och rentav tåga ut därifrån under mycket skrammel. Men ingen hade likväl trott att det för den sakens skull måste gå hela vägen till krig, om man nu kunde kalla händelserna där uppe i Sundby socken i Sörmland för krig. Därmed hade man likväl i Knut Holmgeirsson fått en kungakrävare på halsen som ville söka anledning till ett än värre krig mot Norge. I den frågan måste folkungarna ha en mening och Birger och riddar Bengt var överens om att man i det längsta måste undvika krig mot norrbaggarna. För om de skulle falla in i landet kunde man lätt slå dem med rytteri. Men att däremot sända en här som skulle jaga dem bland höga berg och breda fjordar vore ogörligt och det var just det som Knut Holmgeirsson tänkte sig.

Krigsorsak med norrmännen fanns. Som vanligt var det uppror i Norge och den senaste upprorsmannen Sigurd Ribbung hade flytt in i Värmland så fort han blivit trängd. Till slut hade norske kung Håkon tröttnat och för en vinter sedan lett en stor straffstyrka med ryttare och slädar genom Värmland och bränt och härjat. Det var förvisso ingen god sak, den norske kungen hade ingen rätt att bränna gårdar och dräpa inom land som hörde till götarna och svearna. Osämja och tvist borde man emellertid förhandla om och lösa med skadestånd. Att i stället driva kriget in i Norge och utkämpa det i norskt fjordlandskap vore föga förnuftigt.

Riddar Bengt ansåg att sådana frågor ändå inte haft någon verklig betydelse för Knut Holmgeirsson. Vad Knut ville ha var bara kungamakten och nu var han där. Två andra frågor fanns emellertid att grubbla över, enligt riddar Bengt, en liten och en stor.

Den lilla frågan var om folkungarna skulle hedra Knut Holmgeirssons kröning senare denna sommar genom att komma mangrant eller om man bara skulle sända en liten skara. Själv föredrog han att man skulle komma stort, för de skäl som folkungarna öppet åberopat för att inte gå in i det bråk som visade sig bli krig hade ju varit att man inte lade sig i erikarnas inbördes tvister. Därför kunde man nu inte neka segraren rätten att hedras som kung. Det var följden av okloka beslut men ingenting man kunde göra något åt i efterhand.

Den stora frågan var hur man skulle hantera den oreda och otrygghet till liv och lem som utbrutit i riket. Knut Holmgeirsson och hans vän Knut Kristinsson drog från bygd till bygd där uppe i Nordanskog, mest i Sörmland som det verkade, och plundrade gård efter gård och gjorde vadhelst som kunde behaga råa män och också sådant som bara kunde behaga odjur. I kung Knut den långes välde red ingen brud säker till bröllop och ingen man var säker på egen gård.

Det var ett stort hot. Den oordningen fick inte drabba Västra och Östra Götaland. Ty vad gjorde man om kungliga krigsmän plundrade fränders gårdar?

Man dödade dem som andra, svarade Birger mellan sammanbitna käkar. Det fanns inget annat svar. I Västra och Östra Götaland rådde folkungafrid och därmed frid för de flesta. Ingen man vågade ens drömma om att anfalla folkungskt bröllopsfölje eller våldgästa och plundra folkungsk gård. Om man gav upp den ordningen hade man förlorat allt.

I detta instämde riddar Bengt efter lång och tankfull tystnad.

Alltså, menade han, talade även detta för att folkungarna skulle komma stort till kröningen av Knut den långe. Vid det gillet skulle Birger helt säkert sitta så att han hade nära till den nye kungens öra. Och då skulle han mycket tydligt säga vad han fruktade bleve följden om Knuts män, deras följeslagare eller fränder tog sig orådet före att plundra och bränna i folkungarnas länder.

* * *

Folkungarna kom med stor makt och flygande färger till sommarens kröning. Strängnäs, som var en liten stad fast man byggde domkyrka, lyste överallt av blått och silver.

Birger fann gott om tillfälle att ibland inlindat och ibland fullt tydligt framföra sina varningar till den forne vännen Knut Holmgeirsson under kröningsdagarna. För dummare var inte Knut än att han sett till att folkungarnas ättejarl satt i högsätet samman med honom själv, ärkebiskop Olof Basatömer och den nye jarlen Ulf Fasi.

Ändå förstärktes Birgers känsla av misslyckande under dessa kröningsdagar. För som Knut nu ville sätta samman sitt kungliga råd var det ingen tvekan om att han ämnade minska folkungamakten så mycket han förmådde. Att rikets jarlakrona som förr skulle bäras av en folkung betonade han visserligen var gång det blev tal om det nya rådet. Men jarlen var Ulf Fasi som lämnat både sitt fädernehem Bjälbo och kung Eriks råd i vrede och hat. Om rikets jarl Ulf och folkungarnas ättejarl Birger var fiender så vann bara den som ville splittra, och det var kung Knut. Än tydligare blev hans avsikter när det visade sig att såväl Birgers bror, lagman Eskil i Västra Götaland, som Ulvhildes son, riddar Emund Jonsson, nu måste lämna rådet och ersättas av två uppländska lagmän, Laurentius från Tiundaland och Germund från Attundaland.

Dessvärre hade Knut inga dåliga skäl att anföra när han förklarade varför Eskil lagman inte längre skulle ha stol vid kungens råd. Ty Eskil hade haft det förra rådets uppdrag att sköta förhandlingarna med den norske kung Håkon och det hade han gjort med största oskicklighet. I stället för att försöka åstadkomma fred och förlikning hade han lagt sig i de norska inbördes fejderna genom att släppa iväg sin fosterson Knut till upprorsmannen Sigurd Ribbungs här och därmed förvärrat fiendskapen till Norge. Birger kunde bara sorgset medge att detta varit ett sällsynt dåligt sätt att medla fred.

Birger hade haft flera skäl att avstå från den plats i kungens råd som Knut till slut erbjudit honom. För det första kom anbudet sent, som om alla de viktiga stolarna redan var besatta. För det andra ville han inte sitta som en folkungarnas gisslan i ett kungligt råd där hans fiende Ulf Fasi var jarl och den som näst kungen hade mest att befalla. Och för det tredje ansåg han att det som Knut Holmgeirsson nu åstadkom var en uppdelning av riket, en splittring mellan svear och götar. Och i så fall var det allra viktigaste att behålla endräkten mellan folkungarna i de göta länderna.

Även om Birger fick helt rätt i sina förutsägelser om rikets ogynnsamma väg framöver så var det till föga tröst. Hans nederlag framstod bara desto större av det som oundvikligen var på väg att ske.

Ty snart blev allt värre uppe i Svealand och omåttlig ondska spred sig eftersom till och med kyrkor plundrades på sina heligaste ting då de var i guld eller silver. Man sade att det var uppländska ynglingar som på detta sätt fann en möjlighet att berika sig, liksom deras förfäder fordom plundrat sig fram österut på andra sidan havet innan länderna där blivit för starka eller rentav besatta av danskar eller Svärdsriddarna. Så för en stor del av folket runt Mälaren blev det nu som att ha kommit ur askan i elden då inga estniska rövarskepp längre kom men i gengäld uppländska nidingar med kungligt stöd. Ty många av dessa plundringar förklarades med att det gällde att driva in skatt.

Men av den stora oro som fanns uppe i Nordanskog där kung Knut den långe nu drog från gård till gård med sin lystna och törstiga hird förnams inte mycket i Västra och Östra Götaland. Kunskaper kom med enstaka flyende som reste söderut när de förlorat allt och nu sökte stöd och hjälp av fränder. Det blev dock alltmer sällsynt att folkungska brudföljen fick ärenden norrut.

Undantag gjordes den gång Bengt Elinssons yngsta dotter Magnhild skulle föras upp till Herve Stigsson av ulvsätten. För detta bröllop fanns viktiga skäl, menade riddar Bengt, och Birger fann intet att säga däremot. Med ulvsätten var det snart lika viktigt att knyta bröllopsband som med erikarna själva eftersom de två ätterna stod varandra så nära. Dessutom hade jungfru Magnhild och junker Herve träffats på gille i kungsgården utanför Linköping, funnit behag i varandra, sovit samman och därefter bett sina fäder om fästningsöl.

Om hans dotter redan var havande visste inte riddar Bengt, och ville helst inte veta, men han ordnade skyndsamt ett stort fästningsgille på Ymseborg. När det kort tid senare var dags att föra Magnhild upp till junker Herves gård utanför Nyköping kom riddar Bengt till Birger och bad om medridare från Bjälbo. Birger stödde genast denna begäran och förklarade att han själv skulle leda minst en skvadron uppåt Nyköping till brudens skydd, ty inget ont fick drabba Magnhild då sådant skulle leda till den största olycka inte bara för riddar Bengt utan för hela riket.

Om en sådan jungfru och brud, dotter till en av de folkungska riddarna och talesmännen, rövades eller skändades skulle hämnden nödvändigtvis bli så hård att kung Knut ställdes inför ett omöjligt val mellan två onda ting. Antingen skulle han till stöd för sina fränder tvingas samla allt sitt folk och dra söderut för att straffa folkungarna. Eller också skulle han försöka låtsas som intet och därmed ställa till mycket split bland alla dem som upprätthöll hans makt. Bäst för alla vore således om man kunde rädda kung Knut från detta onda val.

Inte långt från Nyköping mötte junker Herve det långväga brudföljet med riddar Bengt Elinsson och folkungajarlen Birger Magnusson i spetsen på ömse sidor om bruden Magnhild. Junker Herve hade tolv män i följe och Birger ansåg därmed att brudföljets styrka var långt större än vad som kunde krävas för den sista vägen genom en liten skog. Han befallde därför en av de folkungska skvadronerna att återvända mot Bjälbo. Något underligt kunde detta tyckas när man befann sig så nära resans mål, men Birger ansåg att även en mycket stor och rik gård skulle få svårt att under tre dagar mätta alla munnar och törstsläcka alla strupar på hedersamt sätt om brudföljarna kom som en hel ryttarhär. Besvikna blev de som måste återvända, eftersom de redan kände smaken av bröllopsöl i munnen, men de lydde utan att blinka som alla folkungska ryttare.

Upplänningar hade härjat de två föregående veckorna inte så långt från Nyköping. Emellertid var brudföljet fortfarande så starkt att det var svårt att föreställa sig att några simpla rövare skulle drista sig till överfall.

Men när skymningen föll och de under glatt samspråk red den sista biten genom skogen och snart skulle se de vida fälten kring junker Herves stormannagård hördes märkliga ljud från en liten glänta mitt i färdvägen. Fram störtade hiskliga troll med svängande armar och bredbent djurisk gång.

Birger befallde genast att man skulle göra halt och rygga hästarna som om man överfallits av fruktan, vilket var lätt genomfört eftersom hästarna blev äkta oroade av synen framför dem i skogen. Trollen tycktes genast uppmuntrade av denna tvekan hos brudridarna, kom närmare och stämde upp allt högre avgrundsvrål.

”Nu, min käre blivande frände, väntar en lustiger dans”, viskade Birger när han sakta red upp vid sidan av junker Herve. ”Du må tro mig när jag säger att denna syn har jag sett förut och jag lovar dig att dessa huvuden där framme faller lätt som människors.”

Junker Herve tvekade först men när han såg Birgers breda leende morsknade han till, sporrade sin häst och anföll utan att tveka. Bakom honom slöt Birger och åtta forsvikare upp medan resten av styrkan omringade bruden Magnhild till försvar.

Det visade sig snart sant som Birger sagt, att dessa trollhuvuden föll lika lätt som människors. Och genast började jakten på de flyende in i skogen och snart hade de flesta rövarna fått en bättre och snabbare död än de förtjänade. Skoningslöst jagades de av forsvikska ryttare med både lans och svärd. Liken lämnades i skogen tills nästa dag då man bättre skulle kunna undersöka vilka dessa skälmar varit i livet, ty nu föll mörkret fort.

Glädjen kom att stå högt i tak redan första kvällen på detta bröllop mellan ulvsätten och folkungaätten. Birger lät på skämt måla en sköld med ett märke som föreställde ett rött troll med avhugget huvud och sade att detta borde väl ändå passa sällsynt väl som Herves nya märke, och junker Trolle skulle han hädanefter kallas.

Lycklig av sitt hjältedåd och upprymd av glam och öl förklarade brudgummen Herve att han fann Birger Magnussons förslag mycket gott och att hans och Magnhilds efterkommande för all tid skulle kallas ätten Trolle.

* * *

Även i denna nidingars orostid föredrog Birger att rida ensam när han besökte Signy, ty han ansåg inte att deras kärlek angick någon annan. Hos Signy och deras nya barn, dottern Sigrid, kunde han vara en annan man än den han alltid måste vara bland folkungar. På Signys gård gick han i vanliga odalkläder, gärna längs stranden med lilla Sigrid på ena armen och den andra runt Signys späda skuldror.

Det var fridsamt att gå så och bara tala om gårdens kommande skörd av foder, om sorgen efter hingsten Ibrahim som dött av tarmvred, om hur unghingsten Marwan emellertid artade sig väl, eller om den sjuka som drabbat humlen och skämde ölet, eller om lilla Sigrid skulle till kloster när hon blev större för att lära något vett och Guds ord. Om sådana enkla ting kunde han tala utan den senare tidens alltmer brännande känsla av misslyckande och tillkortakommande. För om Signy sade emot honom, vilket hände alltsom oftast, behövde han inte ta i för att få det just som han själv ville eller ansåg bäst. Hos Signy slapp han att vara ättejarl, det som han börjat frukta att han inte dög till. Men denna nya brist i hans självtillit kunde också göra honom tyst och svårmodig. Signy hade lärt sig att det inte nyttade till mycket att försöka komma med några tröstens ord utan lämnade honom för sig själv när hon märkte hur han plötsligt blev stum och hans blick försvann i fjärran.

Han hade börjat fråga sig vad Gud menat med hans liv. Det hade förvisso sett ut som om han var född till ättejarl och som om han skulle bli den som ledde folkungarna till makt utan onödig blodspillan.

Länge hade han trott på detta och därför hade han också varit alldeles omedgörlig var gång Signy förstulet fört deras gemensamma liv på tal. De hade två frillobarn och levde som man och husfru, och eftersom något bröllop ändå inte fanns inom synhåll för hans del kunde väl Gud inte mena annat än att de två hörde samman?

Även om Birger alltid med fasthet avvisat varje sådan fundering hade han under senare år blivit allt mer osäker. För Signy hade han kär, deras hemliga tecken med röda hjärtan över folkungaskölden bar han sedan länge, och vilken eriksk kvinna fanns det nu kvar för honom att gå i brudsäng med? Om någon av Knut Holmgeirssons systrar blev änka, måste han då ta den änkan till sin husfru?

Sådana frågor ställde han till Gud, men Gud svarade honom aldrig och svar förtjänade han måhända inte. Ty någon god kristen kunde han inte ärligen säga sig själv att han var. Han bad bara några få gånger i veckan och biktat sig hade han inte gjort på flera år.

Han urskuldade sig med att han måhända fått en alltför orättvis bild av den kristna tron därför att de män han sett förvalta kyrkans högsta ämbeten sällan varit värda högaktning. Den förre ärkebiskopen hade varit en ränksmidande förrädare och därtill en giftmördare som trott sig bli både förlåten och belönad av Gud bara för att han tvångsdöpt en redan kristen i Estland. Den nye ärkebiskopen Olof var en man som helt tydligt vände kappan efter vinden eftersom han inte tvekat att först kröna Erik Eriksson och därefter Knut Holmgeirsson. Biskop Bengt i Skara, som lyckats behålla stolen som kansler i det nya kungliga rådet, var en av de två rikaste männen i Västra Götaland. När fläskberget Bengt kom till gästning sades det att var bonde i hela landet darrade inför det som nu skulle ske med hans visthusbodar. Varför biskop Bengt skulle rida med trettio följemän och vad han skulle ha all världslig rikedom till för nytta var obegripligt. Vad skulle en biskop med alla de vapen och sköldar, de bonader och smycken i guld och silver som han så ivrigt samlade?

Birgers bror salig Karl hade visserligen varit en renhjärtat troende som ärligt måtte ha inbillat sig att han vann sin själs frälsning när plundrarna från Ösel dräpte honom. För denna sin varma övertygelse var han förvisso mer värd att hedras än att hånas. Men sådan trosvisshet kunde aldrig bli Birgers eftersom han litade mer på människors förstånd, deras äregirighet och fruktan än på deras böner och bikt.

När det gällde att förhålla sig till kärleken och den egna lusten hade emellertid hans bror Bengt, som nu blivit lagman i Östra Götaland och herre till Ulvåsa, måhända varit den klokaste av bröderna då han i öppet trots mot både sin mor Ingrid Ylva och sin bror ättejarlen hade tagit sig husfru enbart för sin längtans skull utan minsta fördel för ätten.

Hon kallades Sigrid den fagra, ett tillnamn som det skulle visa sig att hon inte bar utan skäl, och hon var en lågättad kvinna i utkanten av sparreätten. Bengt hade helt på egen hand bestämt om fästning med hennes far Sigsten och inte sagt något till vare sig sin mor eller sina bröder innan fästningsölet var drucket och såväl hemgift som morgongåva bestämda.

Birger hade då som en rasande varning sänt en mantel till Ulvåsa, till hälften sydd i det skimrande blåa syndaltyg, som de dyraste folkungamantlarna gjordes av, och till hälften i grå vadmal. Mindre än en vecka därefter lät Bengt sända tillbaka manteln till Bjälbo, men han hade då låtit sy in så mycket guldtråd och ädla stenar i vadmalen att den halvan nu blivit avsevärt dyrare än den blå halvan.

Birger, som just kom från Signy och haft ovanligt svårt att skiljas från henne, var inte på humör att ta detta skämt i godan ro. Rasande sadlade han sin häst på nytt och och red mot Ulvåsa.

Det var en het, torr sommardag och dammet kring hans skenande häst syntes på långt håll när han närmade sig Ulvåsa. Det var ingen tvekan om vem som kom, ty bara forsvikare kunde rida på det sättet och bara en enda av dem var känd för att komma ensam.

Bengt lagman löpte då till skogs, orolig att hans bror ättejarlen skulle göra dem båda olyckliga. Sigrid den fagra skyndade sig däremot att klä sig i sina vackraste kläder och kunde snart höviskt leende ta emot Birger i Ulvåsas stora sal. Det var första gången de träffades och när han fick se henne rann vreden fort av honom, han tog hennes händer och sade att han inte hade svårt att förstå sin bror nu när han fick träffa sin blivande fränka. Snarare kunde han bara beklaga att han inte upptäckt Sigrid först, för då hade han måhända handlat på samma sätt som sin bror.

Därvid lät han sända folk att leta upp den förlupne Bengt som snart tvehågset och oroligt bligande mot Birger steg in i salen. De försonades med lätthet och när Birger återvände mot Bjälbo nästa dag var allt förlåtet och Bengt hade fått ättejarlens välsignelse att ta Sigrid den fagra till sin husfru. Birger lovade till och med frikostigt bidrag till morgongåvan.

När han senare berättade denna historia för Signy insåg han för sent att han hellre skulle ha hållit tyst. Ty även om han inte nämnde sina överdrivna ord till Sigrid den fagra, att han själv skulle ha handlat som sin bror bara han träffat henne först, så fick berättelsen ingalunda Signy att glädjas utan drev henne i stället till tårar. Hennes anklagande fråga var inte svår att förutse. Om Birger nu kunnat tillåta sin bror detta bröllop för kärlek och lust snarare än kampen om makt, varför kunde han själv då omöjligen göra sammalunda?

Det hade inte varit lätt för honom att svara på, ens i tysthet för sig själv.

* * *

Även om han ofta fann det tungt och glädjelöst försökte Birger bekämpa sin dysterhet med hårt arbete för framtiden. Mörka moln samlades över himlen i norr och Birger anade att det rövarvälde som plågade Svealand allt värre för vart år skulle sprida sig söderut. Förr eller senare skulle fördämningarna brista och en flod av dråp och bränder rann då ned i folkungarnas hjärtland. I den stunden gällde det att inte ha några andra fiender än Knut den långe och hans anhang.

Viktigast var fred med Norge och Danmark. Därför sände Birger riddar Bengt med guld och skrivna hedersbetygelser till danskarna i Reval för att lösa ut de åtta forsvikare som hållits som fångar där sedan de sökte hjälp inför stormningen av borgen Leal. Själv for Birger i stort följe till kung Håkon i Oslo för att försöka råda bot på det clände som hans bror Eskil lagman ställt till med.

Kung Håkon hade till en början inte varit lätt att tas med eftersom han funnit att den kunglige rådsherre som sänts att förhandla med honom, Eskil Magnusson lagman, var en man som talade med ormens kluvna tunga. I stället för löfte att några norska upprorsmän inte vidare skulle få söka skydd hos vare sig svear eller götar hade denne västgötske lagman uppmanat sin fosterson Knut, som ändå var son till salige norske jarlen Håkan Galin, att ansluta sig till upprorsmannen Sigurd Ribbung. Nu hade visserligen kung Håkon segrat ändå men glad åt Eskil Magnussons kryssande kors och tvärs i vinden var han inte.

Birger hade stor möda att förhandla fram en uppgörelse eftersom det han föreslog först verkade som om det bara vore eftergifter från den norske kungens sida. Birger menade att kungen och Eskils fosterson Knut Håkansson först måste försonas. Därefter skulle man finna lämpligt bröllop att binda folkungar och norrmän så tätt samman att nya svek inte skulle bli möjliga. Om således kung Håkon ordnade bröllop mellan den unge vinglige Knut och den likaledes unga Ingrid, som var syster till kungens drottning Margareta, så skulle inte bara försoningen vara gott förseglad. Den norske kungen skulle därmed också ha folkungarna till sina vänner, och folkungarna var starkast i Svealand och i göta länderna och måste snart göra upp räkningen med rövarkungen Knut den långe.

Till en början hade kung Håkon funnit att detta bud var lika fräckt som omöjligt. Men ju mer han lyssnade till den vältalige östgötske stormannen, desto mer började han tro på förslaget. Och när de skiljdes var det som vänner, båda övertygade om att de för Norges del och för folkungars del funnit en väg att lösa många års tvister.

Men även om Birger haft besvär i början att övertyga kung Håkon i Oslo så var det intet mot vad som mötte honom hos brodern Eskil lagman utanför Skara.

Eskil gick bredbent och skrävlande fram och åter över golvet i sin stora sal som i varje vrå var fylld av pergament och lagtexter. När han först fått höra från sin bror Birger att han på något sätt skulle ha betett sig enfaldigt och att han borde hålla fingrarna borta från förhandlingar med främmande makter eftersom han begrep rakt intet om sådant, blev han rasande och hotade att med egna händer slänga ut Birger på tunet och klå honom duktigt som när de var små. Åt dessa hotelser skrattade emellertid Birger så högt och länge att Eskils vrede kom av sig.

Därtill fick Eskil det allt svårare när hans husfru Kristin började lägga sig i och snart ställde sig på Birgers sida när hon fick höra att kung Håkon som genom ett mirakel gått med på att låta hennes son gå i brudsäng med drottningens syster Ingrid. Att det var en osäker väg till makten att försöka ansluta sonen Knut till Sigurd Ribbungs uppror hade ju redan visat sig. Men om Knut i stället kunde göra ett så gott gifte var vägen till makten däremot jämnad.

Den något förskrämde och hukande Knut själv kallades in i salen och ställde sig även han snart på sin mors och Birgers sida. Och då hjälpte det inte hur djup Eskil gjorde sig i rösten och hur mäktigt bredbent han vaggade fram och åter över golven. Snart var han tvungen att foga sig.

Det blev en stor lättnad för Birger eftersom han funnit det nästan hopplöst svårt att laga och lappa efter sin brors alla enfaldiga misstag. För första gången på länge kände han att han hade framgång i en viktig sak.

Därefter ställde han några frågor till sin bror lagmannen om de lagar som denne höll på att samla. Han hade bara tänkt sig att visa någon vänlighet genom att låta Eskil tala en stund om sådant som han verkligen begrep sig på när han ibland mumlande, ibland rytande gick fram och åter över golven och talade om svåra ting som om de vore allom bekanta. Men när Eskil kom igång med detta ämne flydde hans husfru Kristin och hennes son Knut snart salen och himlade med ögonen som om de hade hört allt tusen gånger förut.

Eskil berättade ivrigt, letade bland sina pergamenthögar och kom då och då fram med någon text som han visade och förklarade fast han sällan ville höra någon uppfattning från Birger. Han höll på att samla alla lagar som fanns i Västra Götaland för att få dem nedskrivna i text, en lag som skulle bli som en klippa och vara för evigt och inte kunna ändras på grund av att någon lagman kommit ihåg fel. Han talade med sådan övertygelse och hetta att Birger snart blev mer intresserad än han väntat sig från början. Eskils hår stod nu ut åt alla håll eftersom han hade ovanan att riva sig i skallen var gång något var knepigt att förklara.

Öl hämtades in och natten skulle säkert bli lång men ändå blev Birger mer och mer nyfiken. Själv hade han lika låga tankar om lagar som om klerker. För honom var lagen bara det som var allmänt känt och föreföll rätt och därtill bara den makt som fanns i svärd och lans. Men för Eskil var lagen den grund som varje kristet rike måste bygga på, en säkerhet för både fred och egendom. Gång på gång upprepade han sin tanke att land skall med lag byggas. De orden skulle stå främst i den lag han nu ämnade samla i skrift.

Birger, som alltid funnit att Eskil var mer redbar än deras unge bror salig Karl, tyckte sig nu ändå finna att de två var lika. Det fanns något lika barnsligt i tron på lagen som i tron på den alltid lika gode Guden.

”Du är lagman, min käre bror, vem skulle starkare än du tro på lagens välsignelse?” invände Birger försiktigt när han tyckte att Eskil nästan fick lagen att börja framstå som Guds gåva till människorna. ”Men varifrån kommer lagen, inte från Gud Fader själv menar du väl?”

Birger tyckte att han framställt sin fråga både försiktigt och måttfullt och att det inte kunde vara något att hetsa upp sig för.

”Du behagar driva gäck med mig, lille bror!” dundrade emellertid Eskil ute från golvet och gjorde sig stor som en uggla som burrar upp sig.

”Inte alls, jag bara frågar min bror som måste veta sådant som jag inte vet”, svarade Birger förvånat. ”Lagen kan ju vara orätt, lag kan vrängas, lagen kan tjäna endast den som är starkast, den som är ondast i värsta fall. Om du då säger mig att på denna lag skall vi för evärderliga tider bygga vårt land så kan jag inte gärna avstå från att fråga.”

”Säg en orättfärdig lag!” befallde då Eskil och såg strängt på sin bror som om det var någon i husfolket han talade till.

”Järnbörd”, svarade Birger utan att höja rösten. ”Vilka skrymtare kan inte säga sig ha Guds lag på sin sida om de låter sin tvisteman bära glödande järn?”

”Du har rätt”, svarade Eskil häpet och satte sig ned. ”Du riktade just din lans mot ett mycket ömt sår, käre bror. Järnbörd ingick inte i förfädernas lagar, den kom med oförståndiga klerker. Men den skall bort!”

”Då kommer jag tillbaka till min fråga”, invände Birger stillsamt. ”Vem ger oss lagen? Om du, så lagman du är, säger att en lag skall bort, räcker det? Om inte kyrkan ger med sig? Om inte folket, som finner stort nöje i det skådespel som järnbörd bjuder, ger med sig? Är det då du själv som stiftar lagen?”

”Nej, men kungen och kungens råd”, svarade Eskil, reste sig och började på nytt sin otåliga vandring över golvet, plötsligt mycket mer intresserad och beskedlig än han varit strax innan.

”Då bör vi först skaffa oss makt över kungen och kungens råd”, log Birger. ”Och för det behöver vi ryttare och lansar mer än dina skrifter. Det är just det jag menar. Det du kallar lagen sitter i änden på min lans.”

”Då vill det till att du har en lagklok bror som kan råda dig”, gycklade Eskil tillbaka. ”Har du själv vrängt lag?”

”Helt säkert”, svarade Birger. ”Jag har köpt stora gårdar och mark från fiender. Och till gott pris som berikat både mig själv och vår ätt. Och från män som sist av allt ville sälja. Ändå gjorde vi som lagen kräver, med sigill och allt.”

”Hur köper du av den som inte vill sälja?” frågade Eskil nyfiket.

”Det är enkelt”, svarade Birger. ”Jag kommer till säljarens gård med två skvadroner forsvikska ryttare. Sådant har en förunderlig verkan på folks vilja att vara till lags. Därefter ger jag bara vänligt mitt bud och får aldrig nej till svar.”

”Då vränger du sannerligen lagen”, instämde Eskil dystert. ”Denna sed måste vi således få bort. Som efter gammal lag måste alla stora affärer göras på tinget.”

”Då kommer jag likväl med mina ryttare till tinget”, retades Birger vidare. ”Och om någon då säger mig emot går jag fram till honom, tar mig tankfullt över svärdshjaltet och ler. Det borde hjälpa. Och hjälper det likväl inte säger jag, att du din usling har inte mer mod än en kvinnovalp i ditt bröst och andra struntord, och strax ligger den ovillige säljaren död eftersom han drog sitt svärd. Allt som vår lag säger."

"Också detta oskick måste bort", nickade Eskil. "Säg mig i stället för att driva gäck med mig, säg mig hur vi skulle kunna göra lagen bättre. Om vi alltså var kung och jarl och kungens råd här och nu, bara du och jag?"

"Då hade vi dryga dagsverken framför oss", svarade Birger. "Om vi verkligen ville ändra lagen, vill säga. För som nu är tjänar vi mest eftersom det är vi som har störst vapenmakt."

"Vi säger att det inte är så!" avbröt Eskil otåligt. "Folkungarna har ingen överväldigande vapenmakt, ingen har det. Vi vill att vårt land skall ha fred och vår tro är att det kan vi bara åstadkomma om lagen tjänar alla lika. Nå!"

"Härmed stiftar jag då följande lagar", skrattade Birger. "Blodshämnden är inte längre laglig sed, alla dråp måste tagas till tinget. Och vid tinget får ingen man dräpas, inte vapen bäras. Där råder kungens frid. Ingen kvinna får rövas eller skändas, ty det är den vanligaste början på blodshämnd. Ingen man får tagas i bakhåll på väg till eller från kyrkan, ty det är där nidingar vanligtvis gör det. Räcker det eller vill du ha mer lag, käre bror?"

"Säg mer om du har mer att säga", svarade Eskil lågt och mycket allvarlig.

"Nåväl. Ingen man får kränkas i sitt hem eller gästas med våld. En sådan lag skulle skada mina affärer eftersom jag köper gods och gårdar genom att kränka hemfriden, men låt gå för det. Med sådana lagar skulle friden sänka sig över vårt land. Om Gud gav oss sådana lagar, vill säga. Men Gud verkar ovillig, tycker jag."

"Häda inte! Driv inte gäck med sådana allvarliga ting som vi just nu talar om. Förstår du själv hur klokt du talade? Varifrån har du denna insikt om lagars väsen, du som bara är vältalare på ätteting och en stridsman och ölhävare!"

"De orden dricker jag dig gärna till för", svarade Birger. "Du är inte oäven som ölhävare själv och förresten har vi slut på öl i våra glas och bör fylla på eftersom detta samtal roar oss båda. Nu skall jag säga dig varifrån dessa tankar kommer. Från Sörmland. Jag har varit där och det jag fann skulle inte glädja dig. Nidingar rider kors och tvärs över landet och deras lag är den jag talade om, den som sitter i lansspetsen. I värsta fall har vi dessa nidingar snart i våra länder. Än så länge vågar kung Knut inte släppa sina hundar lösa hos oss men jag är rädd att den tiden närmar sig. Plundrare har en växande aptit och snart finns inte mycket kvar att plundra i Sörmland eftersom det som inte är stulet åtminstone är nedgrävt. Och när dessa nidingar kommer till ditt hem, käre bror, vad gör du då?"

"Först skaffar jag undan mina texter så att elden inte kan förtära dem, därefter kallar jag nog på min bror och hans skvadroner", skrattade Eskil och gick ut ur salen för att ryta om mer öl.

"Men sedan", sade han ivrigt när han kom tillbaka och satte sig på nytt, "sedan när vi har segrat, för något annat har du väl inte i tankarna, vad gör vi då?"

"Väljer en kung som gör som vi säger och behandlar förlorarna med mer mildhet än de förtjänar", svarade Birger snabbt som om detta var något han redan hade tänkt över.

Den natten var det som om en helt ny vänskap växte fram mellan bröderna. De talade inte om något kommande krig som bäst skulle ha passat Birger att grubbla över och förklara. De ägnade sig enbart åt hur segern skulle förvaltas och hur lagen då skulle bli den hävstång som välte det gamla över ände. När Eskil mångordigt talade för hur dessa fridslagar skulle kunna bli början på en helt ny tid invände Birger att han inte förstod hur man från en dag till en annan skulle få folk att följa lagar som förändrade så mycket.

Eskil behövde inte tänka länge för att komma fram till ett svar. Dessa fridsbrott måste bli urbota, som inte kunde förlikas och som alltid måste bötas till kungen själv. Först då skulle var niding begripa att han ingenstans kunde finna skydd, om han än hade aldrig så mäktiga fränder.

Birger invände på nytt att man likväl måste ha en nyttig kung för att stifta sådana lagar och att just nu var sådan kung långt bortom sikte och att denna ljuva frid som de talade om återigen bara kunde skapas med mycket våld och kosta mycket blod. Och var det i så fall inte ett för högt pris?

Nej, ty ett fåtal nidingars korta lidande i samtiden var intet mot kommande släktens frid, menade Eskil. Då blev Birger för första gången tankfull och osäker.

Först sent på natten, när de på något osäkra ben men ändå mycket upprymda över att var och en ha funnit en klok broder skulle gå till sängs, uppstod en kort träta.

Birger upptäckte att det märke han själv som mycket ung burit vid Gestilren som Arn Magnussons confanonier var borta. Birger hade en gång skänkt märket till sin bror och det hade hängt högt på salens stora långväg.

Eskil medgav något skamset att han gett bort märket, vilket Birger först fann fullkomligt obegripligt. Segerns tecken vid självaste Gestilren, till vilken man eller kvinna kunde man skänka något så oersättligt?

Till en isländsk skald vid namn Snorre, visade det sig. För några vintrar sedan hade denne Snorre besökt lagmansgården för att ställa allehanda frågor om det som hänt fordom och som han ämnade nedskriva. Hans vistelse hade varit angenäm och en morgon kom han med ett kväde om sömnlöshet till Eskils husfru Kristin och hon blev så glad av hans vackra ord, som tydligen förklarade sömnlösheten mycket med hennes skönhet, att hon ryckte ned märket från väggen och skänkte det till skalden.

I efterhand var inte mycket att göra åt denna dumhet, given gåva kan ej återtagas med heder, suckade Birger. Men nog grämde det honom att folkungarnas märke från Gestilren, en seger som skulle leva i evigt minne, hade skänkts till någon Snorre som ingen skulle minnas.

* * *

Den natt han aldrig skulle glömma var det som om Gregers Birgersson hade haft ett varsel för han kunde omöjligt somna. Det hade funnits en tid då han med smärta överallt i kroppen grät sig till sömns på Forsvik. De första åren hade varit hårda och ensamma.

Men nu var han fjorton år, nästan en man och om två år skulle han slås till forsvikare av riddar Sigurd eller hans bror Oddvar, ty då hade han gått sina tio år i lära. Vad han skulle göra därefter hade han ännu inte bestämt. Antingen kunde han stanna kvar på Forsvik som lärare åt de minsta eller söka tjänst på Bjälbo hos sin far.

Det var en stilla höstnatt och den första snön hade fallit med mörkret efter aftonsången. De enda ljud som hördes var stönande av någon rörelse som gjorde ont när andra unga forsvikare i salen vände sig i sömnen eller enstaka kvidande från någon av de yngsta.

Från början hade tiden på Forsvik varit nästan enbart ond. De andra ynglingarna hade varit hårda mot honom och inte hade det varit honom till någon fördel att hans farfars far var Helge Sankt Arn och att hans far var folkungarnas ättejarl eftersom han bara var frilloson. Den enda som stöttat och tröstat honom under de första svåra åren var gamla fru Cecilia som fortfarande, fast med krum rygg och skumögd, gick till sin skrivarstuga nästan var dag.

Men liksom blåmärken går över förr eller senare hade plågan på Forsvik blivit mindre för vart år och nu när han var fjorton år fanns det fler ynglingar som var yngre än han själv än det fanns äldre i salen. Och bara de äldsta kunde slå honom med svärd eller på tourney och ingen med det lilla forsvikska armborstet som var gjort för att skjuta med från hästryggen. Ett sådant vapen hängde numera alltid intill varje säng inne i ynglingasalen. Uppe i Nordanskog var orostider och även om de äldre folkungarna inte trodde att nidingar skulle komma på den befängda tanken att anfalla Forsvik så hade man övat en del på vad som skulle göras om det orimliga ändå skedde. Man hade börjat gräva flyktgång under alla de stora husen i byn så att ingen skulle behöva välja mellan att brinna inne eller springa halvstekt ut till väntande nidingar. Portarna i de stora husen kunde reglas på insidan med tunga ekbalkar i järnöglor. Vapen fanns i vart hus.

Men denna natt skulle det visa sig att dessa förberedelser ändå varit otillräckliga. När det otänkbara hände skedde det med full kraft och som en blixt från klar himmel.

Gregers, som låg med händerna knäppta under huvudet och såg rakt upp i mörkret, trodde först att det måste vara en inbillning som han halvt om halvt drömde när han kände en liten skakning i sängen och anade mullret av hästhovar på avstånd. Så skulle inga forsvikare återvända till byn, särskilt inte på natten. En hel skvadron av de äldsta ynglingarna hade sänts ned till Lena borg för att rida skydd åt någon biskop på visitation och därför var salen nu bara till hälften fylld med sovande gossar och ynglingar.

När han insåg att det inte längre var något tvivel om vad han hörde låg han kvar några korta ögonblick som förlamad. Nu skedde det, tänkte han. Nu kom verkligen mardrömmen som ingen riktigt trott på.

Han kastade sig ur sängen och sprang fram till porten och reglade den medan han ropade att alla skulle vakna. Någon muttrade surt att det bara var en övning men snart förstod alla att detta var dödens allvar när de hörde tunga yxhugg mot porten och kände den första brandlukten tränga in.

Nils Sigstensson till Tofta, som var sjutton år och äldst bland de tjugofem inne i ynglingasalen, tog befäl över den grupp som skulle ut först för att rädda hästarna från att brinna inne och om möjligt själva komma i sadeln. Gregers tog befäl över alla de yngre som nu hastigt drog på sig sina brynjekläder medan somliga grät och andra svor. Lite fumligt i det svaga ljuset inne i salen spände de sina armborst innan de försiktigt öppnade skjutluckorna längs den långvägg som vette ut mot gårdstun och bygata. De såg eldsflammor som kastade långa skuggor, kände genast brandröken i näsborrarna och hörde grova mansröster som inte talade västgötska.

Gregers stålsatte sig att vänta tills han hörde de andra fyra som stod vid varsin skjutlucka ropa att de hade mål i sikte innan han gav befallning om skott. Genast hukade sig alla skyttarna ner och började veva upp armborststrängen medan en ny kamrat ställde sig med färdigt vapen vid skjutluckan. Nils Sigstensson och den grupp han ledde hade redan krupit ut genom flyktgången och nu var de bara nio kvar inne i det brinnande huset.

Gregers och de andra yngsta hann skjuta två gånger var innan belägrarna utanför begrep faran, men då låg redan mer än en tolft män där ute kvidande i smärtor och döende. Nidingarna drog sig svärjande och skrikande undan från skotthåll för att vänta på att elden skulle göra sitt. Samtidigt hörde Gregers ljud av svärdsklingor som möttes och gissade att riddar Oddvar och de fem äldre forsvikare som sovit inne i riddarsalen kommit ut och gått i strid. Men av allt larm där ute verkade det som om anfallarna var mångdubbelt fler än försvararna. Han bestämde att han och de åtta yngre som han nu hade att befalla över skulle stanna lite till i det brinnande huset och skjuta på måfå för att dra bort uppmärksamheten från de kamrater som hunnit ut och borde vara på väg mot stallarna. Belägrarna skulle få tro att alla ynglingar fångats som råttor inne i huset. Röken sved i ögonen och någon av de yngsta började gråta och slängde ifrån sig sitt vapen men Gregers gick då genast fram och örfilade honom och befallde honom att slåss som en forsvikare. Nu gällde liv eller död för dem alla och då hade man inget för att ynka sig. De måste stanna ännu en stund inne i branden innan de smet ut genom flyktgången. De äldre kamraterna måste komma till häst, annars var allt förlorat.

Nils Sigstensson och de ynglingar som smitit först ut med honom sprang undan i mörkret för att inte synas och gick sedan i två grupper mot stallarna som ännu inte satts i brand men där det stod en klunga skrattande och skrävlande vakter vid var portände. I skydd av mörkret kunde de komma helt nära innan de höjde sina armborst, lugnt gick in på en knapp lanslängds håll och fort dödade varsin man. Därefter kastade de sig in i stallarna, sadlade hästar det snabbaste de förmådde, öppnade alla grindar och grep lans och sköld från vapenställen längs väggarna på väg ut. När de första åtta kom ut formade de genast rak anfallslinje, sänkte sina lansar, red i högsta fart rakt ner genom bygatan och slog alla män de mötte till häst ur sadeln och red ned alla dem som inte hann kasta sig undan. Borta vid broarna och kvarnar och verkstäder där ännu ingenting brann vände de och anföll på nytt. Samtidigt hade de åtta kamraterna som blivit sist kvar uppe vid stallarna fått ordning på sina hästar och kom från andra hållet.

När Gregers hörde dånet av det forsvikska rytteriet utanför tog han de yngsta med sig ned i flyktgången, noga med att alla hade sina pilkoger med sig och att ingen höll sitt vapen så tokigt att han skulle skjuta den som kröp framför i mörkret. Strax kom de ut i friska luften, hostande och med svidande ögon.

Fienderna där ute hade redan mer än fullt upp med att värja sig från den skvadron ynglingar som jagade dem fram och åter på sina snabba hingstar, och de som flydde ut bland brinnande hus mötte nu barn som de först inte förstod att frukta men som visade sig bära dödliga vapen i sina händer och träffade var gång de sköt.

Striden kunde nu bara sluta på ett sätt. Men när nidingarna flydde stod halva Forsvik i brand, och bland döende och sårade sprang alltfler människor förvirrat åt olika håll för att söka efter barn eller nära och kära, och från några av de övertända och reglade husen hördes förfärliga skrin av män och kvinnor som brändes inne. Denna skräckens oreda gjorde att man inte fick ordning på brandsläckningen så fort som man borde.

* * *

Lukten av brandrök och brända lik låg tung liksom sorgen över Forsvik. När Birger steg iland vid nedre bryggorna två dagar senare tårades hans ögon så häftigt att han inte hade någon möjlighet att dölja det. Ömkligare syn hade han aldrig skådat i livet.

De fyra största husen på Forsvik var nedbrända till grunden, riddarnas hus, ynglingahuset, stallarna och Heliga Landet. Hälften av de mindre husen längs bygatan var också rykande ruiner. Nidingarna hade dessutom bränt den lilla stavkyrkan, liksom de dräpt de två munkar från Varnhem som hade tjänst på Forsvik.

Bland de dräpta fanns riddar Oddvar, Matteus Marcusian, Iben Ardous och tre andra män som sovit i riddarsalen och som med trotsigt mod dragit sina vapen för att genast gå ut och möta den stora övermakten. De, liksom fyra ynglingar, hade dött i strid. Alla andra döda var slaktade, mördade eller innebrända.

Forsvik hade förlorat tjugosex liv och störst var sorgen över gamla fru Cecilia Rosa. Man hade funnit henne utanför skrivstugan med en bunt pergamentrullar tryckta intill sig i famnen. Hon hade kommit springande från sitt eget hus ända bort till skrivstugan för att försöka rädda åtminstone det viktigaste. Men skrivstugan hade nidingarna inte bränt, där inne hade de rotat omkring för att stjäla det guld och silver som fanns i kistorna. De måtte ha trott att hela Forsviks samlade rikedomar från alla år fanns kvar till enkel och lönande tjuvnad. Föga förstod de om affärer och att de för guldets skull hade behövt ge sig på att storma själva Arnäs borg. De girigaste nidingarna hade därför alla dött eftersom de letat så länge och blint efter guld att de inte förrän det var för sent insåg att krigslyckan hade vänt. Gregers och hans skyttar hade hittat dem och dödat dem alla.

Om man bara räknade döda kroppar så hade forsvikarna segrat, ty uppe vid de övre bryggorna låg mer än femtio döda nidingar uppradade bland enstaka surrande höstflugor.

Man hade lagt Cecilia Rosa under en tempelriddarmantel på den vigda men brända jorden intill kyrkan. Birger gick bort till henne, sänkte sig på knä och drog försiktigt manteln åt sidan. Hon hade dött genast av ett svärdshugg i bakhuvudet. Eftersom det träffat helt snett måste någon niding ha ridit ikapp henne bakifrån och huggit henne i farten. Birger satt länge tyst och såg på henne. Han försökte be men kom inte på vad han skulle be för, att hennes själ funnit salighet tyckte han sig se i hennes fridfulla ansikte. Han lade försiktigt tillbaka Arn Magnussons vita mantel över henne, ångrade sig och drog bort den igen, böjde sig ner och kysste henne.

Runt Forsvik hördes inget högt tal, bara viskningar och gråt. Många gick förbi Birger med tomma ögon utan att se honom, andra gick och påtade i de brända husen för att leta efter döda och försöka förstå vem de fann.

Johannes Jacobian var rödgråten men verkade annars förnuftig när Birger fann honom nere vid smedjorna och kvarnhusen. Det var den oskadade delen av Forsvik, för anfallet hade kommit från andra hållet och nidingarna hann inte bränna sig hela vägen genom byn innan de fick händerna fulla med Forsviks försvarare.

Detta att alla hus för tillverkning av glas och järn, kopparslageri och krukmakeri, liksom vävstugor, tegelbruk, kvarnar och sågar var oskadade var tröst för Johannes som övertagit sin fars ansvar för all tillverkning på Forsvik. Men det var ändå en tröst som just nu vägde mindre än ett västgötskt silvermynt. Hans farbror Marcus hade bränts inne, liksom alla män som sovit i Heliga Landet, och hans farbrors son Matteus hade dräpts på tunet av många svärdshugg. Birger sade honom att det inte var så stor mening med att söka tröst nu eftersom ingen tröst i hela världen skulle räcka till. Nu var tid att ta sig samman och börja återuppbyggnaden och den ville han att Johannes skulle leda. Vintern var nära och hälften av Forsviks överlevande hade just nu inte tak över huvudet, och hästarna varken stall eller foder. Ännu någon tid skulle flodbåtar och skepp komma till bryggorna så där krävdes ordning.

Johannes tog sig ur sin sorgeförlamning och gick tillbaka ner mot den brända delen av byn för att börja det arbete som Birger befallt honom.

Två timmar senare dundrade riddar Sigurd med Alde vid sin sida in på Forsvik i spetsen för två fullt rustade skvadroner, varav han lånat den ena från Forsvik.

När Alde fick se Birger red hon utan att tveka rakt fram till honom, hoppade av sin häst vig som en forsvikare och kom i hans famn. Det var många år sedan de hade setts och omöjligt att finna ord. Han gjorde sig försiktigt lös från henne, tog henne vid handen och ledde henne mot kyrkoruinen. Han behövde inte säga något till förklaring, för genast när hon såg att ett lik låg under en vit tempelriddarmantel förstod hon. De bad tillsammans vid Cecilia Rosa och Birger lade därefter sin arm runt Alde och ledde henne sakta tillbaka ned i byn. De hade fortfarande inte sagt något till varandra, men ord hade heller inte varit till någon nytta för dem just nu. Sorgen övermannade alla ord men också deras gamla osämja.

När riddar Sigurd fann sin bror Oddvars sargade lik nere vid ruinen efter riddarsalen skrek han i ursinnig sorg med armarna sträckta mot himlen och ville snart sitta upp med sina två skvadroner för att genast inleda förföljandet av de nidingar som flytt efter sitt dåd. Spårsnön var god, de som flytt till fots skulle man hitta samma dag. De andra skulle man rida ikapp inom tre dagar, ropade han gång på gång med en röst som skar sig. Och alla män som kommit med honom satt redan upp i sadeln för att ge sig iväg.

Birger fick ställa sig i vägen för ryttarna, slå ut sin mantel för att få stopp på de första hästarna och ryta av full kraft att han i folkungarnas namn befallde var man att besinna sig, sitta av och hålla rådslag innan man störtade ut på illa tänkt hämnd.

De samlades surmulet runt Birger vid den nedbrunna riddarsalen där ena stengaveln sotigt och spöklikt stod kvar alldeles hel.

Birger förklarade att nu var inte tid för hämnd, nu var tid för sorg och för att begrava de döda och börja återuppbyggnaden för vintern. Med Cecilia Rosas lik skulle han själv och Alde nu fara nedför Vättern för hennes sista färd till Varnhem. Han skulle återkomma om några dagar med munkar som kunde ombesörja kristliga begravningar. De saracener som fanns på Forsvik kunde visserligen inte vänta så länge men de behövde heller inga munkar för att ta farväl av sina döda.

Under tiden skulle de två forsvikska skvadronerna rida runt ägorna och markerna för att finna så många förlupna hästar som möjligt, ty de som stått i hagarna hade brutit sig ut skrämda av brand och flytt åt alla håll. De män och kvinnor som hade svårast sår skulle också föras med båt söderut längs Vättern för att så fort som möjligt komma under munkars vård. Detta och inget annat var vad man skulle ägna sin tid åt just nu.

Riddar Sigurd invände både vred och hånfull att många sysslor fanns för kärringar i denna svåra stund men att män hellre borde göra det som krävdes av män.

Birger blev då ursinnig, än mer då han såg att många av forsvikarna i vapen fortfarande ville följa Sigurd för att genast rida efter hämnd. Han insåg att detta inte var rätt stund för gräl mellan sörjande. Ändå kunde han inte besinna sig.

Först kränkte han Sigurd värre än han avsett när han sade att vad män skulle ha gjort vore snarare att skydda Forsvik och inte lämna byn så svagt försvarad att den måste räddas av de yngsta gossarna i bara särken. Först därefter sade han det han borde ha sagt genast.

Det var ingen liten hämnd som skulle drabba de skyldiga. Nu var krig. Mer än tusen män bland nidingar och nidingars fränder skulle sona detta med sina liv. Och för sådant red man inte ut som till hastverk med bara två skvadroner.

Budkavle skulle sändas samma dag med goda ryttare till alla de folkungska gårdarna i Västra Götaland. Om en vecka skulle folkungars ätteting samlas på Bjälbo för att enas om hur, när och var kriget skulle begynna.

Forsvikarna lydde honom och de som sprungit till häst satt skamset av. Men det var för sent för Birger att blidka riddar Sigurd som såg på honom med både tårar och hat eftersom han blivit beskylld för att vara skuld till såväl sin brors död som den högt älskade Cecilia Rosas död. Birger ångrade djupt sina förflugna ord i vredesmod men tänkte att nu var inte rätta tillfället att försöka släta över eller förlikas. Nu gällde det att bara tänka på kriget, för det var oundvikligen han själv som skulle leda folkungarna norrut.

Han drog sig undan och gick upp till de övre bryggorna och studerade den långa raden av döda fiender. Han gick sakta förbi dem och såg på den ene efter den andre för att utröna om där fanns några ansikten eller märken på vapenskjortor eller annat som var honom bekanta. Eftersom han bara kände igen märket med de dubbla gyllene bockarna gissade han att dessa nidingar var upplänningar.

En del av dem hade dräpts med jordhackor eller blivit ihjälslagna med slagor. Andra hade fått halsarna avskurna med kniv. Det var skada eftersom det hade varit bättre om man fångat några levande för att få kunskap om vilka de var och framför allt vem som sänt dem. Men Birger tyckte inte att han kunde klandra de förtvivlade forsviksbor som dräpt skadade fiender. Man fick nöja sig med att måla av alla märken innan man brände de döda fienderna.

Han var djupt försjunken i sina tankar men fick ändå en plötslig känsla av att vara iakttagen och när han vände sig om stod Gregers där, sotig och tårögd och med rivna, blodiga kläder över sin ringbrynjerustning. Synen bevekte honom genast och han slog ut med armarna och sonen kom till honom i tre lätta språng.

”Gregers, Gregers min son”, mumlade han och kände tårarna komma på nytt när han insåg att han inte förrän nu frågat sig vad som hade hänt hans egen son. Han höll honom tryckt intill sig en stund medan han letade efter ord.

”Du lever och du var bland dem som räddade oss från en ännu större olycka”, sade han när han sköt pojken ifrån sig, tog honom i axlarna och såg honom i ögonen utan att ens försöka dölja sina tårar.

”Jag dödade... åtta män med... mitt armborst”, svarade Gregers lågt och stötigt som om han bara med yttersta möda kunde bekämpa sina snyftningar.

Birger satte sig då ned på en av bryggans grova pållare och tecknade åt sin son att sätta sig mitt emot.

”Berätta hur det gick till, berätta vad som hände för två nätter sedan”, uppmanade han så vänligt och faderligt mjukt han förmådde. ”Åtta män, det var inte illa.”

Och Gregers berättade, fumlande med orden och stötvis till en början, hur han vaknat av att det var som en liten skakning i sängen och hur de få gossar som funnits i ynglingasalen sedan hade gjort allt så klokt som de förmådde.

När Birger hörde berättelsen var det som om han såg allt framför sig och själv befann sig i sonen Gregers kläder. Just som Gregers berättade måste det ha gått till, och även i den djupaste svarta sorg där man nu befann sig måste man ändå kunna känna någon stolthet över hur gossar som ännu inte var män, men forsvikare, hade fördrivit hundra nidingar och dödat hälften av dem.

”Du är i sanning min son, Gregers,” sade han lågt när han hört berättelsen till slut. ”Dig har jag försummat, dig har jag lämnat alltför länge ensam och utan faders kärlek och stöd. För det ber jag dig först förlåta mig.”

”Förlåta er, min far?” frågade Gregers tvivlande och skakade sakta på huvudet. ”Er har jag alls intet att förlåta, ni har ju gjort mig till forsvikare.”

”Inte än!” log Birger blekt och drog sitt svärd. ”Tag ett steg framåt och fall på knä!”

Gossen gjorde som han blivit tillsagd och Birger förklarade att efter strid var andra regler än i fred och därför kunde nu detta ske. Birger rörde därefter med sitt svärd först vid Gregers vänstra och sedan hans högra skuldra och förklarade att när han reste sig upp var han forsvikare med rätt till det blåa bandet runt sin svärdsskida.

Men nu skulle de heller inte skiljas på länge. Först skulle de tillsammans med Alde resa till Varnhem för att gravsätta den kära Cecilia Rosa intill hennes älskade Arn Magnusson. Sedan skulle de vidare till Bjälbo. Och i kriget som nu var på väg skulle Gregers rida intill jarlen med det folkungska märket.

På nytt föll Gregers i tårar när han reste sig som dubbad forsvikare, ty den väldiga svarta sorgen inom honom blandades på ett outhärdligt sätt med stoltheten och med kärleken till en far som för honom varit mer längtan och drömmar än verklighet.

# II

INGRID YLVA VAR väl medveten om hur omöjligt det vore för en änka som just fått sina första gråa hår att bestämma något om hur man skulle gå i krig. På ett larmande ätteting hade hon inte ens tillträde, och en kvinna skulle aldrig kunna tala förstånd med män som var som galna av hämndlystnad.

Hon hade aldrig riktigt förstått hur heligt Forsvik var för folkungarna. För henne var det bara en av de allra största gårdarna och förvisso den som inbringade den största rikedomen genom alla de underbara ting man tillverkade där. Men verkstäderna hade ju räddats och nedbrända hus kunde byggas upp på nytt.

Hon sörjde Cecilia Rosa oändligt mycket mer än en brunnen gård. Detsamma gjorde hennes kära vän Ulvhilde som nu kom till Bjälbo för att de tillsammans skulle kunna dricka sorgevin över Cecilia Rosa så som de redan för några år sedan gjort över Cecilia Blanka. Nu var de bara två kvar i livet av de fyra änkor som en gång styrde riket.

Ulvhilde berättade att hennes son Emund också var rasande av hämndlystnad. För dessa män var nu intet annat frågan än att samla all kraft och rida rakt mot Knut Holmgeirsson och döda honom och alla hans män. Som Ulvhilde begrep saken skulle de mycket väl kunna lyckas med vad de satt sig i sinnet. För Emund och de andra männen var det inte bara en gård som hade bränts, det var som Jerusalem för dem. Hundratals var nu de folkungar som hade tillbringat sina ynglingaår på Forsvik. De hade särskilda märken och hälsningstecken så att en forsvikare alltid skulle känna igen en annan även om tiotals år skiljde dem åt i ålder. Och det var inte bara för vänskapens skull utan också för att de hade någon obegriplig regel om att en forsvikare aldrig fick dra svärd mot en annan. Hursomhelst var de nu som galna och svårt skulle det bli att förmå dem att handla förnuftigt och med eftertanke.

Ingrid Ylva fick alla sina farhågor om ett dårarnas krig besannade när hon först hörde Birger tala om sina planer. Ändå avvaktade hon i två dagar efter att han kommit tillbaka från Varnhem med unge Gregers i sällskap. Fastän sprängfärdig av otålighet att få Birger att ta reson innan alla män dånade in på Bjälbo och allt förnuft skulle försvinna i öltunnor och högstämda eder om helig hämnd, tvingade hon sig att tala om annat än kriget. Gregers fick hon att högt och ivrigt berätta om sitt första besök i Varnhem, ty aldrig att han kunnat föreställa sig att det fanns ett så stort Guds hus i Norden. Birger lockade hon att skrävla något över hur han förmått den gamle Fader Guillaume de Bourges att till slut ge med sig. Det gjorde väl munken enkom för att Birger varit en så slug och storartad förhandlare, undrade hon oskyldigt. Birger bekräftade då utförligt hur svårt det sett ut från början, hur Fader Guillaume krånglat om att lågättade kvinnor inte fick begravas under det heliga kyrkogolvet. Men hur Birger då påmint om att detta ändå var den kvinna som Varnhems mest älskade son Arn Magnusson hyst sådan gudomligt inspirerad kärlek till att han överlevt tjugo års krig i det Heliga Landet som tempelriddare. Och som man kunnat vänta hade Fader Guillaume mjuknat när han hört Arn Magnussons namn nämnas, vilket måhända inte enbart berodde på käre farfars omvittnade gudfruktighet utan fastmer på de stora mängder guld som kommit Varnhem till godo just genom denna gudfruktighet. Till slut hade det ändå genom Birgers skickliga försorg slutat gott. Cecilia Rosa vilade nu intill evigheten under Varnhems stengolv samman med sin älskade Arn.

Dödsmässan hade varit mycket vacker, men oändligt lång. I det senare instämde även Gregers.

Sakta lirkade sig Ingrid Ylva närmare det ämne hon mest av allt ville tala om. Ty för henne betydde den lätt förutsägbara segern intet. För henne var det en mycket viktigare fråga i vems namn man segrade. I blott hämndens, den heliga nordiska hämndens namn, vore det sämsta. I Guds namn vore i gengäld det bästa, men sådant var ju bara ord.

Och nu hade hon kort om tid att påverka Birger innan instormande folkungar från alla håll förvandlade Bjälbo till ett dårarnas hus.

"Att du min älskade son kommer att segra, vet jag", sade hon lugnt och spelat tankspridd en sen afton när de blivit ensamma och friden fortfarande härskade på Bjälbo. "Och jag har alltid vetat", fortsatte hon i samma ton och låtsades ha besvär med sin slända, "att du kommer att bli den som dräper Knut Holmgeirsson. Det var därför jag inte fann särdeles behag i att du övade honom så mycket eftersom du därmed lade sten på egen börda."

Som hon avsett fick hon Birger stum med dessa ord. Han stirrade på henne som om tusen tankar samtidigt for genom hans huvud.

Birger hade verkligen blivit slagen till tystnad och det första han tänkte var att hans mor nog var den enda människan i riket som hade den förmågan. Inte ens riddar Bengt kunde längre få tyst på honom med sådan lätthet. Hon var mycket vacker, tänkte han sedan förvirrat, och det sades att hon avvisat tusen friare. Sådant var visserligen bara prat, liksom det där om hennes trollkunnighet. Men vad gällde hennes förmåga att skåda in i framtiden var han mer osäker, för det hade hon med stor säkerhet gjort många gånger och då inte bara om struntsaker. Och där satt hon nu i sina röda färger, som hon älskade att bära nästan som på trots i detta folkungarnas huvudsäte, och tycktes lugnt syssla hellre med sin slända än tala om krig. Så kunde det ändå inte vara, tänkte han slutligen. Hon ville tvärtom tala allvar och det skulle hon få.

"Det är ingen dålig gissning att jag kommer att dräpa Knut", sade han till slut. "Någon av oss kommer att göra det, för som du sade skall vi vinna ett krig. Och som både du och jag tror, slutar det nog med Knuts död och hans fränder kommer att lägga skulden på mig. Så, min kära sluga älskade mor, vad vill du egentligen tala med mig om?"

"Först om i vems namn du tänker segra?" frågade hon milt och fortfarande med blicken på ullen som hon tvinnade.

"I folkungarnas namn och i Forsviks namn skall jag segra", svarade Birger kort.

"Det är inte gott nog", suckade Ingrid Ylva och lade ifrån sig sitt handarbete och såg Birger lugnt och djupt i ögonen. ”Inte gott nog, min son, tänk ut något bättre.”

”I Guds namn?” föreslog Birger med löje på läpparna. ”Det säger ju alla. Vi kommer att ha minst två klerker på vår sida eftersom Knut antagligen har en feg ärkebiskop vid sin. Så?”

”I folkungarnas namn och i Guds namn, ja det är självklart”, sade Ingrid Ylva. ”Men det är ändå inte gott nog.”

”Då vet jag inte vad min kära mor menar. Men jag lyssnar gärna. Säg mig något bättre än Gud och folkungar om du kan!”

”Gud, kung Erik Eriksson *och* folkungar!” svarade Ingrid Ylva genast.

”Erik Eriksson, den halte barnkungen!” utbrast Birger häpet. ”Menar du att jag skall släpa upp det missfostret från Danmark och sätta kronan på hans huvud när Knuts huvud ligger på marken?”

”Just så menar jag”, svarade Ingrid Ylva lågt utan att röra en min. ”Och nu ber jag dig lyssna på mig utan att avbryta mig.”

”Jag lyssnar”, intygade Birger med en kort böjning på huvudet. ”Men nu, kära mor, bör du lägga dina ord som en Birger Brosa för att övertyga mig.”

”Det skall jag”, svarade Ingrid Ylva med ett knappt märkbart leende. ”Om du inte avbryter mig, om du inte rusar efter öl och inte pustar och gör miner.”

”Vid allvarliga samtal på tu man hand behöver man inte berusning. Det är min mening. Men tala nu äntligen och säg vad du gömmer för tankar!”

”Nåväl. Många är de flyktingar som passerat oss här på Bjälbo från oron uppe i Sörmland. Där härjar Knuts män. Folket i Sörmland måtte hata dem. Folket runt Mälaren älskar i gengäld dig för de många befriade du förde hem från Ösel. Är inte detta sant?”

”Allt detta är sant, kära mor. Men vad har det med vår seger att göra? Och vad har det framför allt med krymplingen Erik Eriksson att göra?”

”Du skulle inte avbryta mig!”

”Nej, jag ber om din förlåtelse. Men säg mig ändå, vad har detta med Erik Eriksson att göra?”

”Allt!” svarade Ingrid Ylva triumferande. ”Och försök nu åter att lyssna på mig utan att avbryta. Du går upp med din här i Sörmland. Du rensar hela Sörmland från Knuts män men behandlar sörmlänningarna själva med mildhet. Än större anledning lär du få när du kommer upp till Mälarens södra kust där man känner dig inte som plundrare i spetsen för fientlig här utan som befriare. Snart är Sörmland och även Närke rensat från Knuts män. Och alla närkingar och sörmlänningar hälsar befriaren Birger Magnusson till Bjälbo och hans folkungar. Börjar du nu förstå?"

"Din tanke är god och så ville jag nog göra redan från början. Men nu åter till Erik Eriksson!"

"Det märke som hären från söder för skall vara samma märke som vid Gestilren, hälften de erikska kronorna, hälften det folkungska lejonet. Det betyder att ni inte är hämnande folkungar, saken gäller inte bara ert älskade Forsvik. Saken gäller riket. Och när ni till slut, i Uppland eller var det kan bli, fångar Knut Holmgeirsson och dödar honom så är allt inbördes krig slut. Ni kom i rikets namn och den krönte kung Eriks namn, han som var en mild härskare och inte nidingars hövding som upprorsmannen Knut. Nu förstår du väl ändå?"

Birger satt länge tyst och grunnade. Ingrid Ylva betraktade honom noga och såg att hennes ord hade övertygat och hon fick anstränga sig att inte le i segervisshet eller stolthet.

"Ah!" sa Birger till slut. "Det du säger är alls inte så dumt, kära mor. Men det där var bara en av många möjligheter jag övervägde inför tinget i morgon. Och nu bör jag sova!"

Birger gick fram och kysste sin mor på pannan och försvann sedan med bestämda steg bort i det skumma rummet.

Ingrid Ylva flyttade vaxljuset närmare, tog på nytt upp sin slända och började spinna ullen till garn. Hon log för sig själv. Snart, tänkte hon, skulle Birger gå i brudsäng med en konungs syster.

* * *

Det var ett ätteting skummande av vrede och hämndlystnad som möttes på Bjälbo nästa dag. Nu var dock november och sämsta månaden för krig. Men med frosten i december skulle marken hårdna och då kunde man rida upp förbi Västra Aros och Enköping till Knuts två borgar, Vik och Sko, söder om Östra Aros. Man skulle ta borgarna, bränna dem, döda alla utan nåd och bränna varenda gård inom en dagsritts avstånd.

Så föreställde sig folkungarna att det skulle bli och med sådana förslag började förhandlingen. Detta vore den minsta tänkbara hämnd för den som var skulden till att Forsvik vanhelgats. Var forsvikare, ung som gammal, skulle komma med allt sitt gårdsfolk och man skulle hämta sina bönder från alla utgårdar och därmed kunna samla mer än tvåtusen långbågar.

Eskil lagman var för första gången med på ättetinget men kunde inte som andra stå vid sin plats när han förde sin talan utan gick, som hemma i egen sal, bredbent och manligt över golvet, spände vader och förklarade hur kriget bäst skulle föras. Han ville att man skulle använda nya vapen, särskilt vid stormningen av borgen Vik som var starkare än Sko. Han talade om *trébuchet*, som om alla skulle veta vad det var, och om hur man skulle bygga *balista* på flera sätt för att på så vis kunna riva murarna med slungade stenblock och skjuta in eld från långt avstånd.

Även om inte alla förstod allt vad Eskil lagman tycktes mena så var enigheten stor om att denna hämnd skulle bli den största i mannaminne och snart var alla otåliga att komma iväg med första frosten då marken skulle bära vagnarna med tunga vapen och mat.

Birger visste att han måste kullkasta alla dessa planer men var ändå inte orolig för att misslyckas. Det var som om hans självtillit, som hade varit så illa tilltygad en tid, nu hade kommit tillbaka och som om den svåra striden framför honom på detta ting bara vore nöje. Han väntade ända till slutet på den första tingsdagen innan han reste sig upp för att tala. Om någon timme skulle man först gå till bön i Bjälbo kyrka och sedan till aftonvard i stora salen. Birger hade valt tiden noga. Han ville inte ha gräl på själva tinget utan var man skulle få något att grubbla över och tvista om med andra under natten.

Eftersom seden på Bjälbo sedan gammalt var att inte bära fram öl till talesmännen så länge tinget varade skulle också den manliga törsten vara till Birgers fördel. Ingen skulle i onödan vilja förlänga tinget till tröttande nattliga samtal på fastande mage.

När alla som velat yttra sig till slut sagt sitt och enigheten verkade fullständig om krig redan nästa månad och borgen Vik som det viktigaste målet vändes alla blickar förväntansfullt mot Birger. Han hade bara behövt resa sig upp och utan ett ord slå sitt svärd i bordet för att allt skulle vara beslutat. Men han reste sig långsamt och med betänksam min för att visa att nu skulle komma annat än vad fränderna väntade sig. På så vis fick han tyst i salen så att han kunde tala med låg röst utan den storvulenhet som de flesta andra visat.

"Vår sorg är stor liksom vår vrede. De av våra fränder som stupat med vapen i hand, liksom de som skändligen dräpts eller bränts inne, skall hämnas hundrafalt", började han. "Vi kommer inte att spara någon möda innan Knut Holmgeirsson och hans män är döda. Så långt är vi alla ense. Detta skall vi med Guds hjälp uppnå. Men vi skall *inte* dra ut i kriget nu i december utan först i maj nästa år."

Där avbröt han sig då förvånat och ilsket mummel spred sig i salen. Han visste att det var i det följande han måste övertyga, annars vore hans ställning som ättejarl plötsligt på lös grund. I fortsättningen måste han tala fortare och med större kraft och han höjde sin hand för att på nytt få tyst.

"Vi skall inte dra i krig nästa månad, därför att det vi söker inte är en liten seger", fortsatte han. "Och en liten seger vore det att bara ta Viks borg och huset Sko, vilket kan bli nog så mödosamt i stränga vintern. Men blott en liten seger vore det och vad vi nu skall rida ut mot är folkungarnas största seger genom alla tider och mot något större än till och med vår rättmätiga hämnd. För om vi tog Viks borg redan till nyåret, som så många av er talat så dristigt och manligt för, vad hade vi då uppnått därmed? Hämnd förvisso, men vad mer? Vem är då rikets kung och var finns kungens råd när Knut ligger stel? Är hela vårt rike därmed lämnat till kringstrykande stigmäns och plundrares rov? Drar vi oss då bara hemåt för att med stora gästabud fira vår seger i väntan på hämnande upplänningar? Nej, då har vi inte vunnit mycket. Då finge vi snart skäl att ge oss av på nya härnadståg för att hämnas än värre, på samma sätt som blodshämnden förr kunde lägga hela landsändar öde."

Birger gjorde ett uppehåll och såg från ansikte till ansikte bland de folkungska gårdarnas talesmän. De satt med rynkade pannor men tysta och det var ett gott tecken nu när han sagt det svåraste.

"Nu skall jag i stället säga er hur vi skall göra", fortsatte han uppmuntrad av den spända uppmärksamheten i salen. "Först skall vi hämta åter vår krönte kung Erik Eriksson, därför att främst i vår här skall vi föra två märken i allas åsyn. Det ena är Forsviks, det andra är det vi förde vid Gestilren som är hälften folkungarnas och hälften erikarnas, ty det är rikets märke. Det är inte blodtörstiga folkungska hämnare som rider norrut, det är rikets kungliga här som kommer för att straffa upprorsmän. Den skillnaden blir stor, liksom vår seger blir större. Med kallt blod och efter noga övervägande sänder vi två härar norrut i maj, den ena mot Nyköping, den andra mot Örebro. Ty i Sörmland och Närke ligger nyckeln till segern eftersom folket där skall hälsa oss som befriare och inte som en skövlande här söderifrån. Och noga skall vi rensa både Sörmland och Närke från alla plundrare och fogdar i Knut Holmgeirssons tjänst. Hela sommaren skall vi använda för att vrida dessa länder ur Knuts grepp. Då har vi honom inträngd i Uppland. Vi går runt Mälaren och siktar mot hans hjärta, Viks borg och Sko hus. Då måste han möta oss med sin här eller fly. Därefter kan vi ta Vik och bränna det om vi gitter. Och nu kan inte upplänningarna, ens om de har någon ledare kvar, ge sig av söderut för att hämnas mot oss folkungar. De kan bara göra uppror mot kung Erik och då möta inte bara oss utan även sörmlänningarna och närkingarna som vi redan under sommaren vann för vår sak. På detta sätt skall vi segra mycket större än blott genom gruvlig hämnd. Vår seger blir förvisso odödlig. Men hämnden får vi ändå. När jag kom till Forsvik och såg den bittra sorgen och förödelsen lovade jag hämnd hundrafalt. Det löftet kan jag upprepa nu, om vi gör som jag säger."

Tystnaden som låg kvar i salen när Birger satte sig övertygade honom lika mycket som alla fränders eftertänksamma miner om att han skulle få som han ville.

Det dröjde innan någon ville yttra sig på nytt och enstaka lama invändningar framfördes. En sade att det väl ändå vore att gå över ån efter vatten att hämta den erikska barnkungen när man hellre borde välja egen kung. En annan sade milt att i den frågan hade man fastnat förut eftersom ingen självklar folkungsk kungakrävare fanns. Så mycket mer sades inte.

Birger behövde inte yttra sig vidare innan det blev dags att gå till bön och kvällsvard. Till och med hans bror lagman Eskil nickade begrundande och instämmande mot honom.

Därmed var redan mer än halva segern vunnen, tänkte Birger och började fundera över hur och när han skulle fara till Danmark för att leta upp Erik den halte och övertala honom, och i värsta fall hans enfaldiga rådgivare, att återvända till det rike där han krönts som kung men nesligen förjagats av egna fränder. Vore det då klokt att säga som det var att dessa fränder var dödsdömda? Eller skulle han bara nöja sig med att utlova en säker seger?

Hur det än blev med den saken var kriget beslutat. Och det var en lättnad att ha vunnit tid för att förbereda sig noga i stället för att ha rusat iväg på illa förberedd plundring som bara skulle lett till onödig död. För en verklig seger dog varken egna fränder eller fiender i onödan.

* * *

Efter islossningen nästa vår kom kung Erik Eriksson över Vänern till Arnäs borg där herr Torgils Eskilsson skulle svara för hans säkerhet tills kriget var vunnet. Arnäs var mycket starkare än Näs ute på Visingsö och skulle inte ens kunna intas med den nya tidens vapen för belägring som Eskil lagman talat så ivrigt för. Arnäs skulle liksom Ymseborg, Forsvik och Bjälbo bilda lås för varje fientligt intrång i Västra eller Östra Götaland. Och från dessa borgar skulle folkungska skvadroner rida ut varje dag och leta efter minsta tecken på fiender från Nordanskog.

Riddar Bengt och Birger, som suttit mer än en månad samman på Bjälbo för att förbereda kriget, hade snart enats om att man inte kunde lämna hembygden oförsvarad i orostider och att man gott kunde bärga segern mot upplänningarna med dryga hälften av den folkungska ryttarstyrkan. Eftersom man inte avsåg att komma som en plundrande fiendehär till Sörmland och Närke räknade Birger med att få folket där att sluta upp bakom det kungliga märket. Ty vid det här laget måste både sörmlänningar och närkingar vara dödligt trötta på Knut Holmgeirssons fogdar och nidingar.

En klar gräns för mildhet mot folk nordanskogs fanns dock. Inte bara nya märken för hären hade sytts och målats på Forsvik under vintern. Där hade också målats två pergament som avbildade alla märken från vapenskjortor och sköldar som man funnit bland de dräpta nidingarna på Forsvik. Varje man som påträffades med något av dessa märken skulle saklöst mista livet.

Att det behövdes två lika kartor med fiendemärken var för att folkungarna skulle gå norrut med två mindre styrkor i stället för en stor. Bengt Elinsson var anförare för den ena med riddar Sigurd som sin närmaste man. De samlades vid Ymseborg för att först gå genom Tiveden mot Örebro och därefter norr om Hjälmaren mot Arboga och slutligen Strängnäs.

Den styrka Birger ledde med riddar Emund Jonsson som sin närmaste man hade Nyköping som sin första anhalt, vidare upp till Södertälje och sedan västerut mot Strängnäs. Vid Laurentiusmässan i början av augusti skulle Birgers och riddar Bengts styrkor sammanstråla vid Strängnäs. Först där var det dags att fylla på med fotfolk och långbågeskyttar som inte skulle haft mycket annat att göra i hären denna sommar än att traska mycket långt.

När de två styrkorna på detta sätt omfattat hela Närke och Sörmland borde båda länderna ha rensats från varenda fogde och illgärningsman under Knut Holmgeirssons befallning. Då närmade sig det stora kriget.

Det folkungarna genomförde såg länge ut som ett mycket underligt ordnat krig. I ljust sommarlandskap med fågelsång och fridfullt såningsarbete rörde sig de två härarna makligt uppåt landet.

För unge Gregers, som omåttligt stolt och med bultande hjärta ridit ut bredvid sin far ättejarlen i täten på de forsvikska skvadronerna, försvann efterhand all upphetsning. På den långa vägen från Linköping till Nyköping mötte de inte en enda fiende och innan de red in i Nyköping stannade hela hären utanför Herve Trolles gård och vilade i två dagar medan man reparerade vagnar och putsade alla vapen. För Gregers verkade detta krig som början på en lång sommarresa som snart blev enformig.

Men Birger hade haft goda skäl att göra detta uppehåll hos Herve Trolle som tillhörde en ätt med stort inflytande i Sörmland och som nu med Bengt Elinssons dotter Magnhild var ingift hos folkungarna. Vad hans far och denne Herve Trolle hade att överlägga om förstod inte Gregers förrän senare när uppehållet på gården slutade med att herr Herve anslöt sig till hären med tio ryttare efter att först frikostigt ha bidragit till förråden av rökt och saltat kött. Hans märkesman fick nu rida upp i täten med gårdsmärket som var nytt och hade tre bilder, den springande röda ulven som var ulvsättens gamla märke, ett troll med avhugget huvud och det gyllene folkungska lejonet.

Först när en mindre ryttargrupp från hären red in i Nyköping med sina märkesmän främst började Gregers förstå hur hans far hade tänkt sig detta fälttåg. När de träffade stadens borgare för överläggning rullade jarl Birger upp en bulla med kungligt sigill som beviljade staden Nyköping två års skattefrihet om de förklarade sig som kung Erik Erikssons lagliga undersåtar. För borgarna i Nyköping, som plundrats svårt av Knut den långes fogdar, blev denna frestelse för stor att säga nej till. Från och med det ögonblick då de högtidligt fäste sina sigill vid den kungliga bullan hade de laglig rätt att kasta ut, och till och med döda, var man som kom för att driva in skatt åt Knut den långe.

På vägen upp mot Södertälje efter två dagars gott gästabud i Nyköping och ånyo påfyllda förråd började Birger förklara för sin otålige son hur detta krig gick till. Strid skulle det bli så småningom men då mot en ensam och hårt trängd fiende. Ty varje stad som anslöt sig till Erik Eriksson var en förlorad stad för Knut Holmgeirsson. Det kunde måhända tyckas som att detta var att kriga snåttigt men till slut skulle det visa sig förödande för Knut den långe.

Långt före hären red alltid en skvadron forsvikare i fulla vapen. För fredliga resanden berättade de att ingenting fanns att frukta från den kungliga här som kom längre nedåt vägen och vid varje gård stannade de och berättade samma sak. Samtidigt frågade de efter Knut den långes fogdar eller stigmän, var sådana sist varit synliga eller var man kunde tro att sådana höll hus. Både bönder och resanden längs vägarna visade sig då mer än villiga att lämna upplysningar. På så vis fördes kriget hela tiden framför hären men i små steg och utan mycket väsen.

Längs vägarna kunde också de folkungska förridarna ha störst möjlighet att stöta på intet ont anande kungliga fogdar eller ännu hellre plundrare från Uppland. Då frågade man intet, drog hjälmarna över sig och anföll genast. En skvadron forsvikare var mycket starkare än dubbelt så många fiender till häst och inte ens Knut den långes ovälkomna fogdar red i större grupper än så.

Strax före Södertälje fick Gregers se de första synliga tecknen på detta tysta krig som föregick huvudstyrkan. I en ekdunge hängde femton män dinglande i vinden. Av deras stela och förvridna sätt att hänga föreföll de dock ha dräpts innan de hivades upp till varning. Av deras vapenskjortor kunde man utläsa att några tjänat kung Knut den långe och att andra var från uppländska ätter eller västmänlänningar.

I Södertälje upprepades i stort sett samma förhandling som i Nyköping och därmed hade en andra, fast avsevärt mindre, stad fallit i kung Erik Erikssons händer utan blodspillan.

När hären nu vände västerut gick man långsamt genom Sörmland, stannade vid varje gård, plundrade ingen och gav var och en som kunde bidra till hären två års skattefrihet. Ryktet om kung Erik Erikssons frikostiga återkomst till rikets kungakrona löpte snart långt före den makligt framryckande hären. Då och då kom ryttare och berättade om fogdar eller plundrare och genast sände Birger en eller två skvadroner för att döda alla man kunde finna. Sakta men säkert rensades hela Sörmland från kung Knuts män.

På samma långsamma och nästan fridsamma vis hade Bengt Elinsson och riddar Sigurd gått genom Närke och utan svårighet fått staden Örebro att ansluta sig till kung Erik Eriksson. Den girighet Knut den länge och hans fogdar visat slog hårt tillbaka mot dem själva.

Vid utsatt tid strax före Laurentiusmässan träffades de två härarna utanför Strängnäs där det låg en fogdeborg som Bengts styrka höll belägrad sedan några dagar. För försvararna inne i träborgen var det en dyster syn att se hur fiendestyrkan utanför murarna nu fördubblades och hur det i mängden av fanor som fördes fram fanns märken som hörde till alla städer och alla stora ätter i både Sörmland och Närke. Det enda som inte vridits ur kung Knut den länges grepp var denna fogdeborg där försvararnas mod borde sjunka för varje timme.

Birger och Bengt Elinsson hade ingen brådska utan slog upp sina tält på lagom avstånd från den borg de skulle ta som sista anhalt innan de gick in i Strängnäs. De hade mycket att förtälja om de sommarmånader som varit och deras erfarenheter var mycket lika. En och annan dråplighet kunde de roa varandra med att berätta, som när en fogdegrupp första gången ridit rakt in i en skvadron med mycket unga forsvikare och inte förstått allvaret förrän de låg döende på marken, eller om bönder som kommit andfådda om natten och berättat att nu var fan lös och plundrare på väg mot deras gård. Och för varje sådan liten insats hade man vunnit hundra nya anhängare. Detta var ett krig som ingen hört talas om tidigare, ett krig som var som ett mirakel där hären hela tiden växte i styrka och där de erövrade med stor förtjusning underkastade sig erövraren. Eftersom varken fogdar eller plundrare överlevde sina korta och överraskande möten med folkungska ryttare så kunde man bara gissa hur mycket Knut Holmgeirsson förstått eller inte förstått av vilken dödlig fara som närmade sig. Några kunskaper kunde han ju inte ha fått från sådana män som mött fienden, eller ens sett honom på avstånd, eftersom forsvikarna alltid kunde hinna upp flyende ryttare och var strängt tillsagda att göra så. Först nu efter tre månader stod man inför en något större uppgift. Hittills hade man bara förlorat några få man i de två härarna. Det hade dock inte varit genom strid utan sådant som alltid inträffade när många väpnade män tågade genom landet. Något armborst hade avfyrats i misshugg, någon hade fallit av en skenande häst och blivit hängande i stigbygeln, ett och annat fyllslagsmål avklarats och liknande småsaker.

Frågan var nu närmast om man skulle ta denna fogdeborg med storm eller med förhandling. För det senare talade två saker. Slapp man bränna borgen skulle man inte riskera den ansenliga skattekista som förmodligen fanns där inne. Och gav man Knuts män fri lejd skulle de snart löpa upp till honom och berätta vad som skett i hela Sörmland och Närke. Hade man då tur blev han så vred att han inte tänkte sig för, jagade sina män i harnesk och kom störtande frivilligt till sin död.

Det fanns emellertid också skäl för att ta borgen med storm och därmed inte lämna fri lejd åt någon. Hittills hade varken Birger eller riddar Bengt träffat på några män med sådana märken på kläder och sköldar som återfunnits vid Forsvik när nidingarna anföll. Och Birger hade inför ättetinget svurit hämnd.

Om man nu lät denna borg förhandla sig till fri lejd skulle det inte vara lätt att se män med nidingarnas märken vandra ut till friheten. Det skulle väcka mycket gny bland folkungar och man kunde med fog säga att Birger då inte stod vid sitt ord.

Svek var en möjlighet, sade Bengt Elinsson med en axelryckning. När borgens besättning tågade ut skulle man bara föra undan dem som hade rätt märken och säga att för nidingar och deras fränder gällde inte fri lejd utan blott blodshämnd.

En sämre möjlighet vore att försöka undvika svek genom att från början förestava undantagen och be att få vissa nidingar, om sådana fanns där inne, utlämnade innan man förhandlade vidare.

Det var ingen bra lösning, enades de fort om. För om borgens försvarare i förväg fick veta vilka av dem som vore dömda till döden på grund av de ättefärger de bar skulle de otursamma genast slita vapenskjortorna av sig och bränna dem.

Riddar Bengt föreslog till slut att man skulle avvakta någon tid eftersom allting hittills gått långt snabbare och enklare än man kunnat vänta sig. Man hade flera månader på sig inför slutstriden mot Knut Holmgeirsson. Och den här borgen var inte byggd för att stå emot en lång belägring utan verkade mera vara som skydd för skattekistor. Man visste därför inte hur stora förråd som fanns där inne, men att låta förråden krympa samtidigt som rädslan för omringande belägrare ökade skulle under alla förhållanden vara tjänligt. Svek modet där inne skulle försvararna kanske själva ta upp en förhandling om fri lejd. Medan man lät dem svettas i borgen kunde Birger rida in till Strängnäs och klara av sin förhandling i den sista sörmländska staden som ännu inte anslutit sig till den kungliga hären.

Och när Birger två dagar senare red in i Strängnäs framför den väldiga fanborg som nu hörde till hans här välkomnades han med ett överdådigt skådespel som han på intet sätt väntat sig. Längs huvudgatan vid hamnen och domkyrkan stod stadens borgare med blåa och silverfärgade vimplar i händerna, prisade Gud och välsignade den anländande erövraren. Det verkade så överdrivet att han misstänkte någon listig fälla och först när han satt med stadens styresmän och räddhågsne biskop förstod han. Mer än trettio av stadens borgare hade tillhört fångarna på Ösel. När de fick höra att det var Birger Magnusson som kom hade de övertygat alla om att här inte var frågan om att försvara sig mot en fiende utan att välkomna en vän till vilken man stod i skuld. Lättare förhandling om de två årens skattefrihet mot trohet inför kung Erik Eriksson hade Birger inte varit med om på hela resan. Det hade räckt med ett års skattefrihet eller, om han velat förhandla hårdare, med ett halvt år, insåg han efteråt. Han tog dock insikten mer med nöje än med snålt räknande. För det var ingen dålig affär som avslutades i Strängnäs när hela Sörmland och Närke därmed anslutit sig till kung Erik Eriksson.

I två veckors tid byggde belägrarna slungor och samlade tjära och annat bränsle inför stormningen av fogdeborgen. Under den tiden försökte försvararna inte en enda utbrytning. Deras pilskott kom i liten mängd och knappt allvarligt menade om någon ryttare utmanade dem genom att rida tätt förbi försvarsvallarna.

Efter en vecka med het sol bestämde Birger att man skulle inleda anfallet för att åtminstone känna lite på försvararnas motståndsvilja. Augustinätterna hade mörknat och eftersom männen inne i borgen vid det här laget nog tänkte att fienden ämnade försöka svälta ut dem kom anfallet fullständigt överrumplande.

En timme före gryningen lystes himlen upp som om det blivit dag av att eldklot och brinnande pilar föll över borgen från alla håll. Bränderna tog sig gott på flera ställen innan försvararna där inne hade tumlat upp från sin sömn för att börja släckningsarbetet.

Tusen män stod färdiga med stormstegar i väntan på befallning att anfalla. Men Birger höll dem tillbaka. Han stod på en liten kulle tillsammans med riddarna Bengt, Emund och den sure och tväre Sigurd. De drog alla samma slutsats. Om man inledde stormningen nu skulle man ta borgen till ett pris av hundra egna män. Men då skulle man under striden också hindra allt släckningsarbete, borgen skulle brinna ned till grunden och alla försvararna dö, antingen där inne i det brinnande helvetet eller genom att fly ut mot väntande ryttare. Men guld och silver som de rövat från sörmlänningar och närkingar skulle också förstöras i branden. Om de däremot fick arbeta ostört med släckningen där inne skulle deras befäl säkert se till att skydda just skattkistorna in i det sista.

”Där ser man vådan av att bygga fogdeborg i trä”, sade Birger. ”Kanske gör elden allt arbete åt oss, kanske kan vi göra klart för nya eldslungor just som de där inne tror sig ha bekämpat bränderna. Då kan vi segra utan att förlora ett enda liv bland våra egna. Vad är er mening?”

”Om vi sänder fram stormstegarna nu är allt över före middagstid och mer tid behöver vi inte ödsla”, svarade riddar Sigurd med bortvänt ansikte som om han inte ville se Birger i ögonen när han talade med honom.

”Jag finner heller ingen anledning att förlänga den här pinan för någondera sidan”, instämde riddar Emund.

”Än du, Bengt, vad är din mening?” frågade Birger utan att visa sin egen uppfattning.

”Jag vill helst att de där inne skall ge sig på nåd och onåd och därtill ha räddat allt det guld och silver som de tror sig kunna använda i köpslagan om sina liv”, svarade riddar Bengt.

”Klokt”, instämde Birger och låtsades begrunda saken en stund innan han befallde att stormstegarna skulle dras tillbaka och att man i stället skulle göra klart för en andra eldstorm.

När det andra anfallet med eld kom en timme senare brann det fortfarande på många ställen fastän försvararna måste ha slitit som dragoxar för att släcka bränderna. Nu flammade allt upp på nytt och ännu häftigare eftersom man denna gång mot redan brinnande eld hade lagt tunnor med tallolja i slungorna. När var sådan tunna kastades över trämurarna in i bränderna kunde man snart se en kvast av vit blixtrande eld stiga mot himlen.

Det hade blivit helt ljust. Solen var uppe sedan en timme och dagen lovade att bli varm och skön utan minsta droppe regn.

Utanför träborgens portar väntade två skvadroner ryttare och femhundra fotsoldater med lansar och yxor. Men större delen av hären hade slagit sig till ro med morgonmat. Männen låg kringspridda och tuggade och drack framför den brinnande borgen där elden tycktes envis som synden trots att man nog kunde förstå hur svårt männen där inne slet för att kväva den med vatten och våta kohudar och vad de kunde ha till hands. På ett ställe hade elden bitit sig så hårt fast också på utsidan av träpalissaderna att den varit omöjlig att släcka från insidan och där öppnade sig sakta men säkert en så stor lucka att man snart skulle kunna rida in två man i bredd.

Birger och Bengt Elinsson satt på behagligt, säkert avstånd under en uppspänd tältduk och betraktade skådespelet medan de drack morgonöl och åt rökt skinka som var deras vanligaste kost i fält näst det bröd de ständigt fått av skattebefriade gårdar som hären passerat.

"De måste ha ett helvete där inne", mumlade Birger tankfullt. "Så här var det alltså för min bror Karl och vår frände Karl den döve när de dog. Som jag sade, borgar i trä skall vi nog inte bygga fler i vårt rike."

"Om du och jag vore befäl där inne, vad tror du vi skulle göra nu?" frågade Bengt Elinsson utan att låtsas om tankarna på döda fränder.

"Jag skulle säga dig att det var hopplöst, att vi måste förhandla", svarade Birger. "Om fienden där ute kunnat kasta två sådana eldstormar över oss kan han sända en eller två till, han bara väntar att vi skall bränna oss själva till döds eller förhandla. Lika bra att förhandla, för hålla borgen kan vi aldrig då vi nu befinner oss i en dödsfälla värre än om vi försökt en utbrytning från början."

Efter morgonmaten lade sig Birger att sova några timmar och när han vaknade av att någon skakade honom lätt i armen var han ganska säker på vad som väntade.

Alla bränder inne i borgen var släckta men det pyrde och rykte fortfarande från många håll. I murarna gapade flera stora hål och det skulle inte längre behövas stegar för att storma. En av befälhavarna inne i borgen hade kommit ut och begärt fri lejd till fiendens jarl. Birger sände genast budbäraren tillbaka med beskedet att han utan dröjsmål skulle ta emot förhandlaren och att han på folkungahedern lovade fri lejd.

En kort stund senare kom en sotig man med brända och sönderrivna rester av en blå vapenskjorta med de erikska kronorna över sin ringbrynja. Birger befallde att mannen skulle få en pall och ett stop öl att läska sig med innan han framförde sitt budskap. Med ett tankfullt leende såg han hur den besegrade satte ölstånkan till munnen och drack så glupskt att mycket rann på hans hals och bröst innan han med ett ljudligt stön ställde ned det tomma kärlet. Birger gissade då att de hade helt slut på vatten där inne.

”Jag är Birger Magnusson, folkungars jarl och kung Erik Erikssons marsk och jag hälsar dig med fri lejd, fogde. Säg mig ditt namn!” började Birger barskt.

”Jag är Sture Svantesson av bockeätten, kung Knuts fogde över Sörmland och Närke”, svarade den andre med hög röst som om han trots sitt hopplösa underläge ändå ville visa sig stursk.

”Knut Holmgeirsson har inte längre någon fogde i de länder du nämnde. Och vem är du då?” frågade Birger med lägre röst och spände ögonen i den slagne.

Han fick inget annat svar än ett sänkt huvud.

”Vi har två valmöjligheter”, vidtog Birger. ”Inom en halv timme kommer du och alla dina män ut. Ni bär inte vapen. Många av er, men inte alla, kommer då att få leva. Det andra är att ni stannar och försvarar er. Då har du mitt ord att ingen enda av er får leva. Några andra villkor att förhandla om finns inte och bär nu detta besked som en man av heder tillbaka till dina fränder!”

Birger reste sig därvid upp för att visa att samtalet var avslutat och viftade med handen undan fiendens förhandlare innan han vände ryggen till och gick därifrån.

Mindre än en halvtimme senare öppnades borgens gistna och brända port och ut kom en sotig skara försvarare med sänkta huvuden och utan vapen. De var drygt etthundrafemtio.

Somliga av dem hade begått ett dödligt misstag. De som var förmer än andra, och män med sköldemärke, förväntade sig bättre behandling av segrarna, kanske öl och gille samma kväll, och därför kom de med vapenskjortorna synliga och med sina sköldar i handen. När de då togs om hand och fördes åt sidan från den stora hopen såg de barnsligt lättade ut eftersom de ännu inte förstått.

Ty från denna fogdeborg hade de flesta av de män hämtats som överföll och brände nästan hela Forsvik. Det var därför som varken Bengt eller Birger hade stött på några av dessa särskilt efterlängtade på hela deras väg upp genom landet. Nära en tredjedel av de sotiga förlorarna hade något märke som fanns avbildat i de två pergamentrullar som glasmästare och vävare med konstfärdig noggrannhet gjort i ordning under långa kalla vinterkvällar på det sargade Forsvik.

Birger befallde att man noga skulle dela upp fångarna i två grupper så att alla med de eftersökta märkena på skjortor och sköldar hamnade för sig själva och kunde bakbindas. De två grupperna av fångar fick därefter sätta sig ned på marken ett stycke från varandra och vaktades av fotfolk medan Sture Svantesson, som varit borgens herre, tvingades gå med Birger och hans tre befäl tillbaka in i borgen med en tolft forsvikare med dragna svärd.

Det var som att stiga in i en helvetets förgård, tänkte Birger när han såg förödelsen där inne och kände stanken av bränt kött i den ångande värmen. Döda låg överallt ute på borggården, och längs rasade och förkolnade hus och murar syntes många svarta förkrympta lik hopkurade som barn. Den som överlevt detta måtte hälsa skarprättaren som en befriare.

Fienden hade haft vett att lämna alla vapen i en stor och redig hög mitt på borggården och fogden Sture ledde beskedligt sina besegrare till en kammare omgiven av våta kohudar och vattendränkta ångande vadmalssjok. Där inne fanns hans ännu skyddade räkenskaper men också fyra kistor med silvermynt och nära hundra markers värde i guld. Såg man detta som krigsbyte skulle hela fälttåget vara med råge betalt och dessutom ge ett stort överskott.

Av borgens matförråd fanns inte mycket kvar som kunde räddas, allt var antingen bränt eller vattenskadat. De två brunnarna på borggården var helt tömda och i den gyttjiga botten låg vadmal som man försökt fukta med de sista dropparna vatten.

Birger befallde att det man funnit i räkenskapskammaren skulle tas väl om hand och tillsammans med silver och guld sändas till kungens Näs och låsas in i skattkammaren i östra tornets källare. Tids nog skulle mycket av detta kunna betalas tillbaka till dem i Sörmland och Närke som blivit orättfärdigt beskattade eller plundrade. Och av det som blev över skulle kung Erik få en alls inte dålig ersättning för den skatt han skulle tvingas avstå under två år.

När borgen rensats från allt av värde så att den slutligt skulle kunna brännas till grunden vidtog den del av segern som många av folkungarna talat länge om, drömt om och skrävlat om och utmålat i de ljusaste färger för varandra vid fälttågets många lägereldar eller långa enahanda dagar till häst under hällande regn.

Block och yxa bars fram och Birger erbjöd fogden Sture att hålla i yxan och därmed frälsa sitt eget liv. Om han nekade skulle han få sälla sig till den utvalda gruppen av fördömda och budet skulle gå vidare till hans närmaste man. Det var nära fyrtio män som skulle mista huvudet så det var ett drygt arbete som förtjänade en vilostund med öl då och då.

Fogden Sture bleknade under sotet när han hörde detta erbjudande. Han korsade sig, sjönk ned på knä och bad en stund. Därefter gick han med sänkt huvud över till den grupp som skulle halshuggas och lät sig bakbindas. För detta vann han stor aktning bland både segrare och besegrade.

Birger lät då budet gå vidare till fogdens närmaste man som också bar de erikska färgerna på sin vapenskjorta. Denne man nöjde sig med att göra korstecknet, spottade därefter i nävarna och gick fram till yxan och grep den med båda händerna. Birger befallde honom då att vänta med fogden Sture till sist.

En och en leddes de bundna nidingarna fram till sin frändesbödel och som deras huvuden rullade ut i en allt större sörja av blod framför avrättningsplatsen hördes skratt och skrän från segrarnas sida medan de fångna förlorarna satt med bortvänd blick.

När bara fogden Sture återstod och leddes fram halkande i allt levrat blod mot den nu nästan utmattade och av stunder med vila och kraftfullt öl tämligen berusade bödeln höjde Birger sin hand och benådade Sture och sade att han var fri, liksom sin närmaste man bödeln, liksom alla de andra fångarna. Han tillade två saker. Det ena att det budskap han ville ha framfört till Knut den länge nog stod klart utan att behöva klädas i många ord. Det andra var att den man som varit bödel stod under hans beskydd så länge han befann sig i Sörmland.

Någon mindre resvillig fogde än Sture hade man sannerligen inte sett i Sörmland och åt detta skrattades mycket och lagades många skämt.

Innan de besegrade fick gå avtvingades de en sista plåga. De befalldes att dra av sina halshuggna fränder brynjorna och tvätta dem i en bäck, samla liken på ett bål inne i borgen och därefter bränna den helt. Först därefter fick de gå med lejdebrev som skulle ta dem genom Sörmland upp till Västmanland och Uppland, samma väg, hälsade Birger till avsked, som han själv skulle komma senare på hösten.

Därmed var den lätta och angenäma delen av Birgers fälttåg avklarad och segrarna höll tre dagars segeröl i sitt tältläger, eller för dem som föredrog det inne i Strängnäs. I Strängnäs, liksom i de flesta städer runt Mälaren, gick var man i folkungska färger säker hur full han än var då han bara behövde sluddra några ord om att han var Birger Magnussons man för att bli bemött med oanad välvilja och aktning.

Det krig som nu förestod skulle bli annat. För vägen genom Sörmland och Närke hade varit mer som en eriksgata än krig. När hären gjorde sig klar för avmarsch talade Birger strängt och påminde om att sötebrödsdagarna var över. I Västmanland och Uppland skulle kriget se ut mer som de flesta nog tänkt sig från början när de red ut i milda majkvällen. Nu gick de mot fiendens hjärta och vila kunde ingen vänta sig innan Knut den långes huvud fallit.

* * *

I mitten av november slog den folkungska hären läger på slätten framför Enköping. I ryggen hade man skog och fram mot staden fri sikt. I skymningen hade man sett Knut den långes här komma ut från Enköping och slå läger så nära att man tydligt såg eldarna som tändes och då och då hörde skratt och röster i den vindstilla natten. Detta var sista natten före avgörandet. Ett år sånär som på en dag hade förflutit sedan Forsvik vanhelgats.

Gregers Birgersson kunde omöjligt somna. Under det år som gått sedan hans far med ättejarlens rätt dubbat honom till forsvikare hade han sett många av krigets ansikten som han varken väntat sig eller ens kunnat föreställa sig. Sörmland och Närke hade erövrats till ett mindre pris än trehundra dräpta fiender och endast tio egna. Men när gryningen obönhörligen kom skulle det stora slaget stå och före aftonsången skulle flera tusen män ligga döda på slätten mot Enköping.

Det var en overklig tanke, det var som att drömma att man drömde. Även om hans far och riddarna i hans råd var segervissa så stod de nu ändå mot Knut den långes hela samlade styrka där hämndlystnaden måste vara stor och där alla måste slåss för sitt liv. Och inte var de mindre segervissa än folkungarna. Det här var annat än att bränna någon liten fogdeborg.

Han svettades under sin fäll och vred sig som en orm fram och tillbaka utan att kunna hitta någon ställning som var mer sömngivande. Till slut steg han tyst upp och gick ut i tältlägret. Luften var rå och kall och bara ett fåtal eldar glödde fortfarande. På långt håll kunde han se hur det brann ljus inne i jarlens tält och även om en ung fanbärare inte hade rätt att tränga sig på hos jarlen tog han mod till sig, vek undan tältduken och steg in.

Hans far satt vid ett bord där man ställt en sandlåda med kottar och pinnar som riddar Bengt pekade och förklarade över medan jarlen tankfullt nickade och just grymtade instämmande när de två männen förvånat såg upp mot Gregers. De betraktade kort hans bleka ansikte innan de båda sken upp i vänliga leenden.

”Min käre son Gregers, tror jag inte bestämt att du har svårt att sova i natt?” hälsade jarlen, steg upp, omfamnade gossen och tryckte ned honom på en stol intill lådan med sand. Gregers hälsade skyggt på riddar Bengt och flackade sedan med blicken mellan de två godmodiga männen. Det föreföll obegripligt hur de kunde sitta så lugnt och fyllda av tillförsikt när fiendens eldar brann bara några pilskott bort.

”Du skall veta, unge frände”, sade riddar Bengt, ”att när jag första gången var med om ett stort slag var jag visserligen lite äldre än vad du är nu. Men sova kunde jag inte. Det kan nog ingen i början. Om det kan förbättra din nattsömn de timmar vi har kvar så skall du veta att vi redan har segrat.”

”Hur kan vi ha segrat innan ens första pilen avlossats? Och tror inte Knut den långe och hans män där borta detsamma som vi?” frågade Gregers osäkert.

”Se här!” sade hans far och pekade i den släta sanden bland kottar och pinnar. ”Här framför Enköping står Knuts här. Han har femtio ryttare och kanske tretusen män fotfolk. Vi står med skogen i ryggen, framför vår här av långbågeskyttar har vi bara ställt två skvadroner i morgon och det blir vad Knut ser i gryningen när han spanar mot oss. Han blir nöjd av vad han ser, att vi bara har trettiotvå ryttare för det är just vad han trodde annars skulle han inte ha kommit till oss. Men in i skogen bakom oss ser han inte och där kommer det att stå tio skvadroner när dagen gryr. De är på väg mot oss nu i natten, till fots, var och en ledande sin häst i mörkret. Knut kommer att anfalla tolv skvadroner som han tror är två. Du är själv ryttare, lärd på Forsvik, du vet vad detta betyder. Det svåra var inte det halva dagsverke som förestår i morgonen efter gryningen. Det svåra var att komma hit.”

”Det var alltså därför vi alltid höll den stora ryttarstyrkan långt bakom oss när vi gick från Örebro”, sade Gregers och nickade skarpsinnigt på ett sätt som fick både hans far och riddar Bengt att le mycket brett.

”Du är slug som din far, Gregers!” skämtade riddar Bengt fast utan minsta hån i rösten. ”Ja, och det var därför många av de beridna spanare vi mötte fick komma undan, rida till Knut och berätta att götarna kom lika svaga den här gången som den förra. Hade de sett de tio skvadroner som väntar dem i morgon så hade Knut försvunnit som en räv ned i sitt gryt och det hade blivit ett fasligt rännande runt halva Uppland för att få tag i svansen på honom.”

”Så nog är Knut säker på seger eftersom han kom till oss frivilligt”, fyllde Birger i med någon otålighet i rösten. ”Vad han inte vet är att detta är hans sista natt i livet. Så! Gå nu och sov för jag vill ha en klipsk och vaken confanonier vid min sida i morgon!”

Gregers bugade mot de två mäktiga männen och gick tillbaka till sitt tält där de andra fanbärarna låg. Han försökte smyga sig in för att inte väcka någon, men ingen sov. Eller också sov de mycket lätt för han möttes av kvävda svordomar i mörkret och urskuldade sig med att han bara varit ute och pissat. Det luktade surt av svett och ångest inne i tältet.

Gryningen kom mild och våt med lite dimma. Det vädret tjänade folkungarna mycket bättre än Knut den långes sida. Stark vind hade ställt till förtret för folkungarnas långbågeskyttar och dessutom hade vinden givit klar sikt så att fienden kunnat upptäcka i tid vad som väntade inne i skogen bakom jarlen och hans fanbärare som redan satt och väntade till häst.

Vad Knut Holmgeirsson och hans män såg när de red fram för att betrakta slagfältet var den syn de helst av allt väntade sig. Framför folkungarnas fotfolk stod trettiotvå ryttare vilket var bara lite mer än hälften av vad man hade på den egna sidan. Också fotfolket hos folkungarna var färre, och som det såg ut stod de räddhågsna alldeles nära skogen, som om de redan tänkte sig att fly dit in. Längst bak och säkrast stod Birger Magnusson själv som således inte tänkte vara särdeles dristig denna dag. Det var för långt håll för att man i den lätta dimman skulle se vilka märken som bars vid Birger Magnusson men det hade sagts att det var både erikska och folkungska vilket Knut fann övermåttan fräckt. Dock skulle dessa märken snart pryda hans salsvägg.

Gregers frös fastän han var väl klädd och han höll så hårt i fanstången att hans högra hand stelnade och han måste släppa taget då och då för att gnugga händerna mot varandra medan han höll stången i armvecket. Då och då sneglade han oroligt mot sin far för att se om där fanns minsta tecken till oro eller tvivel i hans ansikte, som om de förtröstansfulla orden i tältet under natten bara varit menade för att jaga undan fruktan hos en ung och oerfaren son. Men hans far satt helt stilla med händerna slappt över tyglarna och ett hårt leende i ansiktet som utstrålade allt annat än osäkerhet.

Skogsbrynet där de satt på sina hästar var något högre än slagfältet och de hade god sikt ända till de bakersta fiendelinjerna som försvann i dimma. Bakom dem i skogen hördes frustande hästar och klingande stigbyglar. Det var omöjligt att hålla så många som etthundrasextio ryttare helt tysta. Men ljuden var för svaga för att de skulle nå ända bort till fienden och dimman var tillräcklig för att ingen där bortifrån skulle kunna se in i skogen och förstå vad som dolde sig där.

Sakta började Knut den långes ryttarlinje skritta framåt och det hördes ett mäktigt skrammel när tusenden män av fotfolk bakom dem grep till vapen och började gå framåt bakom sin ryttarlinje.

Gregers såg hur hans far korsade sig, sänkte huvudet och bad en kort bön och då gjorde han själv detsamma. Men nästan genast måste han slå upp ögonen av att hans far varskade honom.

"Lite till... lite till, de måste fram lite till", viskade Birger leende med blicken ömsom mot fienden, som fortfarande rörde sig makligt framåt, och ömsom mot Gregers.

Plötsligt höjde han sin sköldarm rakt upp i luften. Där nere mitt inne i hären där riddar Emund satt till häst upprepades samma rörelse. Det hördes ett stort rassel när tusen långbågeskyttar bakom den egna ryttarlinjen lade an första pilen.

"Lite till!" viskade Birger på nytt mellan sammanbitna tänder som om han ville beveka sin fiende att gå närmare döden. Knut den långes ryttare rörde sig fortfarande i skritt och tätt bakom dem syntes ett myller av långa lansar.

"Det är lansiärerna vi vill åt först", sade Birger till Gregers och höjde och sänkte sin sköld på nytt. Genast gjorde riddar Emund nere på sin otåligt dansande skimmel samma rörelse och nu spändes alla bågarna och riktades snett upp mot skyn.

Det var ett ögonblick av sådan spänning att Gregers trodde att hans vilt bankande hjärta skulle hoppa ur bröstet på honom. Han hade aldrig sett den syn som väntade, bara hört oändliga historier.

Äntligen gjorde hans far om det snabba tecknet med skölden och riddar Emund upprepade det och då visade det sig att allt som sagts om detta ögonblick var sant.

Himlen förmörkades, det susade som om tusen tranor kom till dans och därefter såg det ut som om en gudomlig järnhand slagit ner i fiendens här. Ett samfällt vrål av smärta och skräck blandat med skriande hästar och vapens skrammel steg mot skyn där redan nästa svarta moln var på väg.

Efter att den tredje salvan pilar sänts iväg tog alla de folkungska långbågeskyttarna sina vapen med sig och sprang med sviktande steg och utan någon särdeles brådska upp mot skogen. Förbi dem åt andra hållet kom riddar Bengt med sin forsvikska fanbärare nedåt i lätt trav för att förena sig med de två skvadroner som hittills bara fått tjäna som bete för att locka fienden till anfall. De ordnade sig på två anfallslinjer för att sopa rent bland de fienderyttare som fortfarande satt till häst och sedan hugga in på fotfolket längre bak som varit utom räckhåll för pilregnet.

Samtidigt red riddar Sigurd med sina fem skvadroner, också han med det forsvikska märket främst, i hög fart runt hela slagfältet för att skära av flyktvägen bakåt.

Riddar Bengts skvadroner stormade därefter rakt mot fiendehären och slog ned allt i sin väg och ställde snart om sig till mindre grupper om fyra som spred sig i alla riktningar framåt och utåt sidorna så att de kunde hugga ned allt flyende fotfolk.

Det som nu påbörjades var mer slakt än strid. Inte heller bakåt fanns någon räddning för Knuts män för där närmade sig sakta en lång anfallslinje av åttio forsvikare med fällda lansar.

Avsikten var enkel, att klämma ihop Knuts här från alla håll så att den snart skulle smälta samman till bara det fåtal som fanns i fanborgen, Knut själv och hans män sådana som Knut Kristinsson, hans jarl

Ulf Fasi och ärkebiskopen och liknande stormän. Och just så som Birger hoppats natten innan flydde Knuts kärnstyrka och hans egna hirdmän upp på en mindre kulle där de snart kunde omringas och maktlösa betrakta hur folkungska ryttargrupper dundrade kors och tvärs över slagfältet för att rensa bland återstående överlevande.

Detta pågick en god stund innan Birger tog sin fanbärare med sig och i lätt trav red över det blodstänkta fältet upp mot den inringade fienden. Han stannade på ett pilskotts avstånd och betraktade läget en stund innan han kallade fram en skvadron forsvikare och befallde uppställning i två linjer om åtta. Stridslarmet höll nu på att lägga sig ute på slagfältet och bara enstaka döendes plågoskrin hördes.

När han tyckte sig ha väntat tillräckligt länge för att de där uppe skulle känna skräcken som en förlamande kyla i alla sina lemmar drog han sakta sitt svärd, slängde sin lans på marken och befallde ryttarna runt honom att göra detsamma. Därefter höjde han sin arm till anfall och några korta ögonblick senare red de rakt in i den återstående fiendehopen.

Birger hade upptäckt Knut, vilket inte var svårt eftersom han bar en guldkrona över sin hjälm.

Knut förstod mycket väl vem det var som kom emot honom och trodde först att han skickligt lyckats undgå Birgers svärd eftersom de hamnade sida vid sida och då i något sämre läge för Birger. Men i nästa ögonblick störtade hans häst som slaktarklubbad eftersom Birger huggit sönder ryggen på den. Och i det omtumlande fallet såg aldrig Knut Holmgeirsson nästa hugg som var riktat mot hans nacke.

De män omkring Knut som fortfarande levde hade varit så upptagna av att försvara sig mot andra forsvikare att ingen kunnat komma sin kung till hjälp och de flesta av dem hade redan hunnit falla när Birger röt att det var slut.

Bara tio levande fiender fanns kvar uppe på den låga kullen, däribland två biskopar som ingen av folkungarna huggit mot, en sårad Knut Kristinsson, en lagman som var Laurentius från Tiundaland och den man som till detta ögonblick varit Knut den långes jarl, folkungen Ulf Fasi till Bjälbo.

Segrare och besegrade satt stilla och såg på varandra. Solen hade kommit ett stycke upp och tillsammans med en svag bris jagat undan det mesta av dimman. På avstånd hördes hur folkungska ryttare förföljde det fåtal fiender som med tur eller Guds hjälp slingrat sig ur folkungarnas omfamning och nu red eller löpte för brinnande livet för att komma undan.

Detta, just detta var själva segerns ögonblick, tänkte Birger. Det som nu skulle följa var mer som arbete. Och det skulle ta mycket längre tid.

Han ställde upp fyra skvadroner i fyrkant runt den besegrade hopen, kallade till sig Gregers och red med rikets fana i sakta mak två varv runt de dystert blängande fienderna. Så höll han intill liket av Knut Holmgeirsson och pekade med sitt fortfarande blodiga svärd mot Ulf Fasi som satt flämtande, vit i ansiktet och blödande vid ena armen. Därefter riktade han befallande sitt svärd mot Knuts märke med de tre kronorna som en sårad man med stor ansträngning fortfarande höll upprätt intill sin jarl.

Nu skedde det som måste ske. Ulf Fasi tecknade kort åt sin confanonier att han skulle rida fram och överlämna Knut den långes fana till Birger. Han tog emot den med ena handen och räckte den vidare till Gregers som efter lite krångel kunde ställa den i läderskon under ena stigbygeln och hålla den samman med den egna fanan.

Därefter böjde sig Birger ned och lirkade kungakronan av Knut Holmgeirssons huvud med sitt svärd och lyfte upp den blixtrande i solljuset, betraktade den kort med orörligt ansikte och red sakta fram mot Ulf Fasi medan han sträckte svärdet snett uppåt så att kungakronan rasslade ned till hans hand. Han riktade svärdet på nytt mot Ulf Fasi utan att säga ett ord. Ulf Fasi tog då av sig sin jarlakrona och lät den efter en nick från Birger glida nedför svärdet så att den hamnade ovanpå den blodiga kungakronan som nu på nytt hörde till Erik Eriksson.

Fångarna fördes till Enköping där stadens styresmän genast överlämnade sig på nåd och onåd till segraren Birger Magnusson. Stadens plundrades inte.

Segergillet hölls i tre dagar och tärde svårt på Enköpings förråd. I gengäld fick invånarna, som god ersättning för sina kostnader, nådigt tillstånd att plundra slagfältet.

Vid segergillet satt Ulf Fasi och hans och den döde Knut Holmgeirssons vän Knut Kristinsson med sina biskopar i högsäte med Birger Magnusson och hans riddare. Mycket kunde de inte komma överens om annat än att Knut Holmgeirssons lik skulle utlämnas och föras till fränder och att Ulf Fasi lovade att inte ännu en gång dra i fält mot sina fränder folkungarna.

Åter var kung Erik Eriksson den halte nu oomstridd kung över såväl göta länderna som Svealand. Ty detta nederlag vid Enköping hade stått upplänningar och västmanlänningar dyrt och det skulle dröja länge innan de kom på tanken att gå i strid mot folkungska ryttare.

En lång fred väntade hela riket.

# Jarlens tid

# I

I DEN OLYCKSBÅDANDE svarta septembernatten Anno Domini 1246 piskades Visbys gränder så hårt av regn att inte ens de feta svarta hamnråttorna visade sig. Det var en svår tid för Visby där välståndet berodde av handel, ty den nye danske kungen Erik Plogpenning belägrade Lübeck så att inget skepp kunde komma vare sig ut eller in. Och om handeln med Lübeck klipptes av fick det svåra följder för nästan alla människor i Visby.

En ensam vandrare i grå läderkappa med huva och huvudet sänkt för vindens och regnets skull kom sakta och liksom sökande och osäker på vägen genom en av gränderna som gick norrut från stora torget. Det kunde tyckas oförsiktigt i en mörk natt då inga vittnen fanns tillstädes om ondskan kom. För lika lite som Visby kunde bli av med sina råttor kunde staden bli kvitt det mänskliga avskräde som hamnstäder alltid tycktes dra till sig. Akterseglade sjömän och förlupna illgärningsmän från när och fjärran länder tillhörde olyckligtvis den sena natten lika mycket som de svarta råttorna.

Tre sådana män tryckte inne i ett portvalv och betraktade lystet den långsamme vandraren som närmade sig ute i regnet. Han såg stor ut men det kunde vara den vida regnkappan som förstorade honom. När han tittade upp intill ett fönster föll ljuset på vått och grått hår som avslöjade att han inte var någon ungdom. De tre rånarna nickade uppmuntrande mot varandra. Under den där regnkappan fanns nog en tung silverbörs eller åtminstone något av värde. Och i detta satans oväder skulle inget åsyna vittne finnas och när kroppen hittades stel och kall på morgonen skulle de själva sedan länge sova mätta och belåtna.

Den första av de tre som halkande på de glatta gatstenarna kom rusande mot främlingen möttes av en spark i bröstet. Den andre fick sin arm avhuggen av ett blixtrande svärd och den tredje flydde i vild skräck övertygad om att han sett djävulen.

När den som sparkats till marken kravlade sig upp möttes han av svärdet som riktades mot hans hals och han korsade sig och beredde sig på att dö.

”Jag behöver anvisning om vägen till Mutter Emmas taverna och jag vill att du visar mig dit”, sade främlingen på lübska som om han frågat om vägen en helt vanlig dag mitt bland folk.

Den otursamme rånaren Angus försökte stamma något till svar men hans kamrat som fått sin arm avhuggen och först suttit tyst och helt stilla med handen runt den blödande stumpen gav nu upp ett illande tjut av smärta och skräck. Genast vände sig främlingen om och högg med sitt svärd. Träffen av svärdseggen hördes men i övrigt blev tvärt tyst sånär som på regnet och rånaren Angus hade ånyo spetsen av det blodiga svärdet riktad mot sig.

”Nå, ämnar du visa mig vägen eller ej?” frågade främlingen i samma märkligt lugna tonfall som förut. Han kunde lika gärna ha talat om vädret.

Snart gick ett omaka par genom gränden där den ene, våt som en hund och krypande, kravlande och bedjande för sitt liv, följdes av en man med tunga trötta steg och tjock regnkappa i läder. Sitt svärd hade han hållit ut i hällregnet och vänt några gånger, som för att skölja det, därefter torkat av det på Angus och kört ned det i skidan under sin regnkappa. Angus hade en kniv innanför bältet men hade inte ringaste avsikt att försöka använda den, även om man borde tänka sig att en kniv kom fortare fram än ett svärd. För som sin flyktade medgärningsman trodde nu även Angus att han mött djävulen.

Kort därefter bultade det på den reglade dörren till det illa beryktade ställe som ägaren själv ville kalla Mor Emmas taverna men som i folkmun benämndes horhuset i Norra gränd. Stek kunde den få där inne som ville betala för sådant, men mest öl från Lübeck. Och fruntimmer om så önskades, vilket brukade bli begärligt efter viss mängd av det starka ölet.

Muttrande av ovilja gick värden Dieter Strandfänger mot dörren, eftersom gäster som kom under sena timmar brukade vara lika fulla som panka och därför till föga glädje eller inkomst.

”Gutn aften”, hälsade den regndränkte främlingen på lübska. ”Jeg söche den herr Elof handelsmann.”

”Här finns ingen som sökes av någon som inte först säger sitt namn”, svarade Dieter Strandfänger vresigt. ”Och ingen kommer heller in som inte kan betala för sig.”

”Jag är kungens marsk i kungens ärende och du har därmed större bekymmer än betalningen”, svarade främlingen utan att höja rösten medan han steg förbi krögaren som om han knappt funnits i vägen.

Något tiotal människor befann sig inne i det dunkla rummet som bara lystes upp av en falnande brasa och några enstaka tjärbloss. I ett hörn satt fem gäster som ännu var varken asfulla eller kåta nog och spelade tärning omgivna av ett par horor som skrattade högt och uppmuntrande åt deras spel. Här och var låg någon med armarna över bordet som om han somnat medan andra satt och trätte om allt och inget. En man satt med sänkt huvud framför sitt ölglas, bättre klädd än andra där inne men helt ensam. Dit gick främlingen raka vägen, drog av sig sin våta regnmantel och skakade den så att vattendropparna yrde ner över både den ensamme och dem som satt alldeles intill.

I vanliga fall skulle en främling som betett sig så snart rådbråkad ha hamnat ute i gränden med huvudet först. Men de som stänkts med vatten och tänkt rusa upp för att näpsa den fräcke kom genast av sig. Främlingen var klädd i brynjerustning och i hans vapenskjorta glänste kungens tre kronor och det gyllene lejonet. Och det mäktiga svärdet vid hans sida skulle enbart det ha haft starkt lugnande verkan på var fyllbult som tänkt sig lite slagsmål.

Mest förvånad av dem alla blev dock handelsman Elof när han nu såg upp från sina dystra ensamma ölgrubblerier och upptäckte sin bror Birger framför sig.

”Jesus Maria och alla Helgon, du kom till slut!” utropade han och for upp och omfamnade utan minsta blygsel eller tvekan den mäktige fastlänningen.

”Till slut?” skrattade Birger och klappade om sin bror, ”det var ju bara tio dagar sedan kungen fick visbybornas underdåniga bön om hjälp. Hade du tänkt dig att jag skulle flyga som en duva hit i detta väder?"

"Det var inte det jag tänkte, Birger", sade Elof med grötig röst. "Jag tänkte att det ju var tio år sedan vi sågs."

De höll varandra om skuldrorna och såg varandra i ögonen under kort tystnad innan Elof gjorde sig loss och slängde ett silvermynt på bordet bredvid sitt halvdruckna ölglas med blå slingrande ornament.

"Jag kan tänka att det vi skall tala om helst bör ske hemma i mitt hus", sade han och grep efter sin fuktiga filthatt och mantel.

Regnet piskade fortfarande gränden när de kom ut och eftersom Elof var sämre klädd än Birger för detta väder skyndade de halkande och hukande bort genom staden tills de slutligen kom in i värmen i handelshuset. Elof måste då urskulda sig och gå och byta kläder men väckte husfolk så att hans bror kunde trakteras under väntetiden.

Pigor kom springande med vaxljus, blåste liv i eldstaden och ställde fram två stora kannor mörkt öl och lübska glas och drog sig bugande och svassande fort undan.

Birger betraktade rummet. En plötslig sorgsenhet kom över honom. Det här rummet kände han väl, här hade han suttit som ung man med fjäder i hatten och beundrat herr Eskil handelsman och tänkt sig att hans eget liv var utstakat. Han skulle ha blivit den som övertog detta hus, blivit handelsman och inte kunglig knekt. För med den ärlighet som var man borde utkräva av sig själv kunde han inte hävda att han blivit mer än knekt. Nu vilade herr Eskil för evigt och hans änka Bengta likaså. Det var ett mirakel att Elof alls lyckats behålla handelshuset med tanke på vad arvet efter först herr Eskil och därefter fru Bengta måste ha kostat i silver och guld. Och det doftade inte längre rikedom i detta rum, även om det var svårt att säga vad som förändrats. Stolar, bord och vävnader var såvitt han kunde minnas desamma, liksom kuddar och fällar, glas av vacker lübsk sort och lydigt husfolk. Ändå var det något som tydligt sade att rikedomen och lyckan lämnat detta hus med herr Eskil och fru Bengta.

Eller om det bara var Elofs ansikte. Han hade blivit tämligen fet, hans näsa lyste röd och blå och rödbetslik mitt i ansiktet och ögonen hade blivit små och grislika, inträngda mellan svällande kinder. Så såg de män ut som sökte lyckan mer i dryckeslag än i kristligt arbete.

Öl och vin i myckenhet kunde knäcka den starkaste man. Och Elof var inte bland de starkaste. Birgers besvikelse hade inte blivit liten när han efter en mardrömslikt svår överfart från Söderköping på ostadiga ben kom till Elofs hus bara för att få veta att husbonden måste sökas ute i staden på illa beryktade hus.

Elofs förfall och de ljusa minnena av rummet fick honom att känna sig sorgsen och tänka att livet kunde ha blivit mycket bättre om han stannat i Visby den gången för många år sedan när herr Eskil frestade honom. Rik hade han visserligen ändå blivit på alla krig som varit sedan dess och på all jord han kunnat förvärva med den lätta övertalning som står segraren till buds. Men det var mycket blod på hans guld, och handelsmannens liv hade säkert varit både ljusare och mer kristligt.

Förnuftet sade honom att han som vanligt hade för lätt att förfalla till självömkan och att mycket mer fanns att glädjas åt än att gräma sig över. Han hade kunglig husfru på Bjälbo och med henne tre söner och en dotter som alla artade sig väl. Kung Erik hade skänkt honom sin syster Ingeborg som belöning efter segern vid Enköping och till sådan heder tackade ingen förnuftig man nej.

Men kungen hade också bestämt att Ulf Fasi skulle behålla rikets jarlakrona trots att Birger varit mest förtjänt och den som folkungarna skulle ha föredragit. I stället hade han fått nöja sig med att bli rikets marsk och eftersom Ulf Fasi inte begrep sig det minsta på krig, fostrad som han blivit av den oförbätterlige Karl den döve, så hade Birger fått ränna till än det ena än det andra småkriget för att städa i den oreda som klerker och illasinnade länsherrar åstadkommit. Men den innersta makten hölls han borta från eftersom han hade en dödsfiende i jarlen Ulf. Därmed hade hans och brodern Eskil lagmans alla ivriga planer på att bygga ett nytt rike på fast laglig grund stäckts. Jarlen hade satt sig emot allt som Birger och Eskil ville förändra. Det enda som kung Erik själv stött dem i var förbudet mot järnbörd, vilket var litet framsteg efter stora förhoppningar.

Han hörde fniss och tissel borta vid dörren och upptäckte två barn i nattsärkar som nyfiket betraktade honom. Han försökte kalla på dem men de skakade då båda blygt på huvudet. De såg ut att vara sex och sju år gamla, eftersom den ena hade framtandsglugg och den andra nya framtänder, och de var en tös och en gosse.

Birger ljusnade genast till sinnet och letade fram två silvermynt som han höll upp, frestade med och blinkade åt barnen. Då kom de och han grep dem skrattande och satte dem på varsitt knä och gav dem mynten.

”Vad är ni för små nattliga andar som inte sover så här dags?” frågade han vänligt på folkspråket men fick bara oförstående blickar tillbaka. Då frågade han om samma sak på lübska och möttes genast av en ström av ivriga motfrågor. De ville veta om han var kungens krigare och om han kommit för att befria Lübeck och om de kunde få se hans stora svärd. Birger lät sig då genast bevekas, drog försiktigt sitt svärd och lade det på bordet mellan ölkannorna och varnade dem för att skära sig på eggen. Han upptäckte att det var lite färskt blod kvar på klingan uppe vid fästet och torkade bort det med ena handen medan han med den andra tog en barnhand och försiktigt skrapade en liten tumnagel mot eggen så att nageln flagade sig. Genast ville tösen få göra samma som sin bror.

Elof som nu kom in i torra kläder blev både förgrymmad och förvånad av att se barnen sitta på Birgers knän och rida som på varsin häst, men han bevektes genast av det lyckliga leendet i sin hårde brors ärrade ansikte. Han behövde heller inte ingripa med stränghet för när barnen upptäckte honom hoppade de kvickt ur Birgers knä och pilade iväg på bara fötter som smattrade mot kalkstensgolvet och försvann fnissande ut genom dörren.

”Jag tror jag har fått träffa de första små folkungar som fötts som visbybor”, myste Birger. ”Vad heter de små?”

”Gerhard och Hilda”, suckade Elof med plötsligt lite ljus i sitt annars så dystra anlete. ”De är mig till stor glädje, som barn väl blir när de är födda fastän de ställer till med nog så mycket bekymmer innan dess.”

Vad Elof menade med detta dubbla besked var inte lätt att genomskåda annat än att det nog var en inbjudan att tala om små ting innan man gick in på de stora. Medan Elof hällde upp öl från kannorna i deras glas tvekade Birger om han skulle avstå från att ta upp Elofs lösa tråd och gå direkt till det stora och viktiga ärende som fört honom till Visby. Han bestämde sig för att Lübeck kunde vänta en halv timme eftersom det var sant som Elof sagt nästan med bitterhet, att de inte setts på tio år.

”Hur menar du att små oskyldiga liv kan vara till förtret innan de är födda?” frågade han när han tog emot sitt ölglas.

”Det beror dessvärre mycket på vem som är deras mor”, mumlade Elof och höjde sitt glas mot Birger. De drack under tystnad. Birger frågade inte vidare utan väntade bara in fortsättningen på Elofs förklaring.

”Gerhard och Hilda har jag med min husfru Hanelore Kopf som är dotter till en av de rikaste handelsmännen i Visby”, berättade Elof vidare. ”Hennes far är misslynt och känner sig bedragen därför att han trodde att han gifte bort sin dotter inte bara med de mäktiga folkungarna på fastlandet utan också till stor rikedom. Det kunde ju se ut så, så länge herr Eskil och hans husfru Bengta ägde detta hus. Men nästan allt vad som fanns av silver och skepp har nu gått till deras arvtagare.”

”Så handelsman Kopf är misslynt”, sade Birger. ”Han fick sin dotter ingift i folkungaätten, vilket kan visa sig nog så viktigt i framtiden, men inte till den rikedom han hoppats på?”

”Just så”, bekräftade Elof. ”Men nu är det också så att Hanelore på många sätt är ett vänt fruntimmer och en god och kärleksfull mor, hushållet är också i god ordning, men skriva kan hon inte och affärer har hon alls inget förstånd till.”

”Liksom min husfru inte kan dra ut i krig”, svarade Birger ilsket. ”Vad är det med det?” Det vore väl snarare din sak än din husfrus att sköta manliga sysslor? För all din tid kan du väl ändå inte tillbringa på tavernor bland slödder?”

”Nej, nej. Jag menade inte så”, svarade Elof förskräckt. ”Hör mig till slut så förstår du bättre. I min tjänst fick jag för något år sedan enda dottern till en annan av Visbys handelsmän som olyckan farit hårt fram med. Han förlorade allt han ägde vid två skeppsbrott efter varandra och fordringsägare jagade honom ur huset. Han bad mig förbarma mig över dottern Helga som han uppfostrat som en son och som efter vad han sade var mycket flink i att skriva och föra bok. Jag tog henne i min tjänst och allt vad hennes far skrävlat om visade sig vara sant. Med Helga kom ljuset till skrivstugan och det som varit i bristande ordning blev snart uppstädat. Hon kom som en välsignelse till huset."

"Nå?" undrade Birger eftersom Elof tvekade att fortsätta. "Och om du nu har fått en välsignelse till husets viktigaste, skrivstugan, vad har du då att gnälla och beklaga dig över?"

"Att jag har henne alldeles för kär och hon mig och att hon nu väntar mitt barn", svarade Elof med bortvänd blick och kastade sig genast över sitt ölglas och drack glupskt så att han spillde över sin redan nedfläckade sammetsskjorta.

"Så då är vi ändå rätt lika, du och jag", svarade Birger lågt och alls inte ovänligt när Elof räddhågset ställde ner sitt glas. "Jag har en kvinna som är mig kär och som heter Signy och var min första kvinna i livet. Med henne har jag en son som heter Gregers och två döttrar som heter Sigrid och Ylva. Frilla och tre frillobarn, således. På Bjälbo har jag min husfru Ingeborg, kung Eriks syster, och med henne tre små söner som heter Valdemar, Magnus och Erik och dottern Rikissa. Split och kiv blir av detta. Det är ingen fröjd men man kan leva med det. Och det måste du även. Du och jag är varken de första eller de sista männen med sådant besvär."

"Besvär? Kallar du denna olycka för besvär som om det vore något lätt åtgärdat, förstår du inte vilken fara jag befinner mig i!" utbrast Elof förtvivlat.

"Nej", sade Birger kallt. "Berätta om faran så skall vi snart åtgärda den."

"Handelsman Kopf kan släpa mig inför stadstinget, kräva skadestånd och ogiltigt äktenskap, hemgift tillbaka och dessutom horbocksstraff som inte är milt! Helgas far kan likaledes släpa mig inför stadstinget och kräva det som återstår av mitt hus, och eftersom hans belägenhet är usel så kommer han inte att tveka. Mot all denna olycka väger ljusa stunder med oskyldiga barn lätt, liksom korta stunder av fröjd med Helga! Detta är inte besvär, det är mitt livs stora olycka som tornar upp sig som svarta stormmoln över havet."

"Det är således bara pengar som du saknar", svarade Birger torrt. "Lagar om hor och annat gäller inte rika män, bara fattiga. Skadeståndskrav från ilskna fäder är samma, sådant hotar bara den fattige. Du har just nu allt att vinna och ingenting att förlora och på så vis sitter vi i samma båt, du och jag. Åtminstone när det gäller frågan om förbättrad rikedom."

"Jag förstår inte ett ord av vad du säger just nu, käre bror", viskade Elof uppgivet med tårar i ögonen. "Handeln med Lübeck är stängd, jag förlorar silver varje dag. Snart äter råttorna det sista i mitt hus och då säger du att jag bara saknar pengar? Och vad var det där om samma båt? Du är en rik man i jord, som jag förstår, och vad bryr du dig om mig? Du kom inte ens till mitt bröllop och fick mig därmed att framstå som en skrävlande fåne för handelsman Kopf och alla hans fränder som bespetsat sig på en kunglig marsk i bröllopsföljet. Och nu talar du fräckt om mina små besvär!"

"Stilla dig och lita på mig, min bror", svarade Birger milt och hällde upp öl åt dem båda för att få lite tankero innan han började förklara.

"Jag ville komma till ditt bröllop och i stort följe", fortsatte han. "Jag är inte så dum att jag inte förstår vilken tjänst jag då gjort min bror, och vad kunde vara viktigare? Dessvärre bara en sak. För tio år sedan var det uppror i Tavastland med stöd från Novgorod och jag var där i mer än två år för att återställa vårt rikes överhöghet och ordning och forsla över jordlösa svear som nybyggare. Mot ditt bröllop stod att jag skulle stiga ned från min stol som rikets marsk och att vi skulle ha förlorat vårt nya land på andra sidan Östersjön. Därför lämnade jag dig i denna pinliga belägenhet och det var inte med någon glädje."

"Du är krigsman, jag förstår väl det. Jag klandrar dig inte för detta och jag ber dig förlåta mina förtvivlade ord", svarade Elof dystert.

”Men jag ber dig också förstå min förtvivlan, mitt liv är inte mycket värt just nu.”

”Det är det vi skall ändra på”, svarade Birger uppmuntrande och log mot Elof när han höjde sitt ölglas. ”För nu skall vi befria Lübeck ur kung Erik Plogpennings klor och lyckas vi med det lär vi inte bli lottlösa, vare sig du eller jag.”

”Har du en krigshär med dig!” utbrast Elof häpet.

”Nej, det har jag inte. Jag har tio sjösjuka smeder från Forsvik och en del järn och guld och det är allt”, svarade Birger hemlighetsfullt.

”Då lär besvikelsen bli stor när du träffar oss i stadens råd i morgon”, suckade Elof. ”Vi hade hoppats på kung Eriks fulla hjälp, vi hade hoppats att ni i kungens råd förstod betydelsen av att Lübeck kan hamna i danskarnas händer. Och så kommer du ensam!”

”För mindre än tio dagar sedan kom Visbys begäran om hjälp till kung Erik”, svarade Birger långsamt och pustade som om han nu måste börja förklara alltför enkla ting. ”Ni ville att vi skall undsätta Lübeck som har varit inringat i två månader, inte sant?”

”Ja, det var vår underdåniga förhoppning vi sände till kungen”, instämde Elof.

”Det är nu slutet av september”, fortsatte Birger. ”En krigsflotta skulle vi kunna sända mot Lübeck först till våren och då vore det för sent. En gång i Tavastland, det var vid jultid, tog vi en liten borg med utsvältning och belägring. Vi ville inte bränna den eftersom mycket tak då skulle gå förlorat för vintern. Borgen låg dessutom olägligt till på en höjd så det skulle ha kostat många mäns liv att ta den med storm. Så med två månaders belägring svälte vi ut försvararna.”

”Vad har detta med Lübeck att göra?” avbröt Elof tvivlande.

”Ganska mycket”, nickade Birger långsamt och dystert. ”När vi tog borgen fanns där inte en levande hund eller katt och de magra lik vi fann saknade kött på delar av kroppen. Och de som överlevt var så svaga och så förvirrade att det inte var stor mening med att lämna dem fri lejd. På samma sätt är det kanske redan nu ohyggligt i Lübeck, eller kommer helt säkert att bli. Antingen kan vi undsätta dem inom två veckor eller så går de under.”

”Och hur skall vi göra det utan krigshär?” undrade Elof.

”Med pengar, det är det viktigaste”, svarade Birger och gjorde sedan ett retsamt långt uppehåll innan han förklarade sin plan. ”Lübecks murar är för starka för danskarna, därför denna belägring. De har spärrat av infarten till hamnen med en järnkedja över floden Trafven. Så är läget. Kan vi sända en flotta med mat genom järnkedjan in till Lübeck så har belägrarna förlorat, ty över vintern orkar de nog inte hålla ut. Börjar du nu förstå?”

”Något anar jag, men jag tror att få handelsmän i Visby vill sända sina skepp utan krigsmän mot en dansk här”, mumlade Elof brydd.

”Det tror jag också”, svarade Birger. ”Därför behöver jag din hjälp att köpa vartenda skepp du kan komma över och lasta det med kött, torrfisk och brödsäd. Guld har jag tillräckligt med mig, både kungens och eget och till dig lånar jag gärna hälften av mitt guld.”

”Då riskerar vi att förlora allt”, invände Elof skräckslaget.

”Helt sant”, bekräftade Birger. ”Så är det med krig. Man riskerar alltid att förlora både liv och egendom. Men den som intet vågar, vinner heller ingenting. Tänk motsatsen i stället! Vi undsätter Lübeck med tio koggar fulla med mat. Jag tror du skulle få bra pris på dina varor i Lübeck i så fall, eftersom jag antar att de sista katterna och hundarna redan nu börjat bli väl så dyra.”

”Vi skulle få pengarna tiofalt igen”, nickade Elof med en plötslig glimt av hopp i ögonen. ”Men vad skulle du med dina smeder till?”

”De skall sko alla skeppens stävar med järn”, log Birger. ”Vi skall spränga en järnkedja med skeppens tyngd. Det betyder att ju fler skepp du kan köpa och lasta tungt, desto större blir möjligheten till vinst. Faran är alltså inte att satsa för stort, utan för litet.”

”Du har föreslagit en mycket ovanlig affär, min bror”, sade Elof eftertänksamt. ”Här gäller allt eller intet. Döden eller rikedom och inga vidare *besvär*, som du kallade min dystra belägenhet.”

”Ja, här gäller allt eller intet för både dig och mig”, instämde Birger. ”Hemma på fastlandet sitter Ulf jarl och ber till Gud och alla helgon att jag skall misslyckas och helst dö långsamt i dansk fångenskap. Men om vi lyckas med detta, du och jag, så är det mer än vår egen rikedom vi vinner. Ty Lübeck kommer inte att visa sig otacksamt. Tänk på vad tullfrihet mellan Lübeck, Visby och Söderköping i tio år skulle betyda för vår handel. För att inte tala om vad ett särskilt tullprivilegium för dig själv skulle betyda..."

* * *

När tjälen ovanligt sent gick ur marken den följande våren kunde Ingrid Ylva äntligen låta begrava den örtkunniga och visa Jorda i Bjälbos vigda jord. Det skedde mer med lättnad än med saknad för Ingrid Ylva. Under många år, ända sedan den afton då Jorda och Vattna kommit vandrande till henne på Ulvåsa, hade hon varit deras beskyddare till det billiga priset för dem alla tre av lite viskningar och sladder.

Det hade kunnat sluta mycket sämre, eftersom kvinnors kunskap om Guds natur var välkommen vid svår barnsäng och när feber skulle hävas men människors tacksamhet och minne likväl var kort. Blev kor sjuka och måste nödslaktas, så nog viskades det om häxpilar och trolldom. Dog någon i den stora magsmärtan, som varken Jorda eller Vattna haft någon bot mot, så nog kunde det sladdras om att de dödat med sina örter i stället för att hjälpa. Med svagare beskydd än det som bjöds på Bjälbo av ättejarlens mor hade Vattna och Jorda snart fått fly undan till någon annan bygd för att inte dödas som häxor och snart därefter fly på nytt till ännu en främmande plats. På Bjälbo hade de levt tryggt sina sista tjugo år och nu vilade de sida vid sida i vigd jord. Ingenting kunde längre hota dem.

Arvet efter dem var stort i alla de kunskaper de givit Ingrid Ylva, och inte heller obetydligt i de många förseglade forsviksglas med både läkedom och död som nu stod på långa trähyllor i ett av kyrkans tornrum.

På Bjälbo gjorde klerkerna som Ingrid Ylva befallde och dödsmässan blev lång, liksom listan på de förböner för både Vattna och Jorda som skulle skötas.

Natten efter Jordas dödsmässa kom Jungfru Maria till Ingrid Ylvas sovkammare i röd mantel och med drottningkrona på huvudet. Hon stod stilla vid sängens fotände, log sitt milda leende och förde sakta sina små vita händer samman som om hon kupade dem. Mellan Hennes händer blev då ett starkt sken som lyste upp hela rummet, först i blixtrande vitt och sedan i mjukare guld. Som det gyllene skenet djupnade i färgen blev det till en kungakrona som den Heliga Jungfrun först sträckte mot Ingrid Ylva och sedan uppåt där hon släppte den så att den svävade fritt alldeles ovanför sängen.

Den Heliga Jungfrun svepte undan sin röda mantel och där stod Ingrid Ylvas sonsöner, den ljushårige Valdemar och den svarthårige Magnus. Med armarna om de båda gossarna steg Hon därefter sakta upp mot taket och försvann genom det, fortfarande med de små gossarna under sina händers beskydd.

Den gyllene kungakronan svävade en kort stund stilla ovanför Ingrid Ylvas säng och upplyste hela rummet så att det blev klarljust som en sommardag innan den plötsligt slocknade och allt blev svart.

Ingrid Ylva satte sig käpprakt och klarvaken upp i mörkret. Då hörde hon den Heliga Jungfruns milda röst i hela rummet och inom sig och ovanför samtidigt:

”Innan jag kallar dig till mig, Ingrid Ylva, skall du minnas en sak. Så länge du håller ditt huvud upprätt kommer inget ont att drabba folkungarna.”

Den natten fick Ingrid Ylva inte mycket sömn. Det som den Heliga Jungfrun sagt och visat henne var till dels lätt att förstå men till dels också svårutgrundligt. Att kungakronan skulle till Valdemar efter Erik Eriksson ansåg sig Ingrid Ylva redan veta och med det Höga Beskydd som både Valdemar och hans lillebror Magnus nu hade, ty det hade den Heliga Jungfrun visat tydligt, kunde det inte gå på annat sätt.

Den erikska ätten fanns inte längre. Den var uppslukad av de många folkungska brudsängarna, just så som Birger sagt att det skulle bli redan för mer än tjugo år sedan. Efter kung Erik fanns ingen kungakrävare av hans ätt som inte på ett eller annat sätt var folkung och då var frågan bara vem av hans systersöner som var främst bland folkungar. Birgers söner Valdemar och Magnus hade inte bara det försteget att deras mor var kungasyster, deras farmor Ingrid Ylva var också av kungaätt.

Att Erik Eriksson den halte själv skulle åstadkomma någon son trodde Ingrid Ylva nu lika lite som någon annan i riket. För fyra år sedan hade hans rådgivare funnit rätt brud åt honom om man bara tänkte på avel som de gjorde på Forsvik med sina hingstar och ston. Kung Erik hade gått i brudsäng med Katarina Sunesdotter och det var inte så illa tänkt.

För genom sin far, riddar Sune till Älgarås, var Katarina högättad folkung, dotter till en av hjältarna från Gestilren. Men efter segern vid Gestilren hade riddar Sune, som då var en av de dristigaste unga folkungarna och stod Arn Magnusson mycket nära, ridit med en skvadron av sina fränder raka vägen till Vreta kloster fast han fortfarande blödde från sår han fått på slagfältet.

I Vreta kloster hölls hans älskade Helena, dotter till den kung Sverker han just varit med om att dräpa på slagfältet. Han befriade henne när hon kom springande ut mot honom, fast elaka tungor ville göra gällande att det var ett klosterrov. Så red de mot Älgarås och där hade de levt sedan dess som husbonde och husfru och fru Helena hade fött fyra döttrar.

Det var en vacker saga om kärlek, lämplig kärlek därtill, eftersom det inte någonsin varit oklokt för en folkung att gå i brudsäng med kungadotter. Men vad sagan inte förtäljde, och vad Ingrid Ylva av finkänslighet heller aldrig frågat när hon träffat Sune Folkesson eller Helena Sverkersdotter på kungligt gille eller julöl på Bjälbo, var om han någonsin berättat för henne att det var han som tillsammans med Arn Magnusson dräpte hennes far kung Sverker vid Gestilren.

Det fick vara hur som helst med den saken. För någon son såg inte Helenas och Sunes gudsnådeliga dotter Katarina ut att kunna föda. Förmodligen hade hon hållits för länge i kloster, i Vreta dessutom där hennes mor Helena plågats så av sin kärlekslängtan, innan hon bara hämtades ut en dag och fördes till kungsgården vid Fyrisvallen för att gå i brudsäng med kungen.

Kloster kunde vara till lika mycket skada som nytta för en jungfru. Och ju mer Ingrid Ylva nu funderade över saken, desto säkrare blev hon på att jungfru Katarina var en sådan som tagit skada.

Hennes mor kunde ju aldrig ha tvingat henne till Vreta där hon själv hållits fången som ung och kärlekslängtande. Då fanns bara en förklaring. Katarina var en sådan jungfru som det fanns alltför många av, som blev tokig av gudsfruktan redan vid unga späda år, rabblade böner utan uppehåll och plågade sig med gissel och tagelskjorta och sade sig få ständiga nattliga besök av den Helige Brudgummen. Sådana jungfrur fick lätt för sig att de vore otrogna om de sov nakna ens med sin inför Gud välsignade husbonde eftersom de bara tillhörde Kristus. Det var sorgligt med sådan galenskap hos unga kvinnor, men dessvärre inte ovanligt.

Hade Katarina fött en son skulle han ha blivit rikets näste kung, ty då vore han erikare genom sin far och både folkung och sverkersätt genom sin mor. En tydligare kungakrävare kunde inte finnas.

Men så skulle det inte bli. Ingen enda kunglig barnsäng efter fyra år visade vad som skulle komma i framtiden. Kung Erik skulle dö barnlös. Gossen Valdemar skulle ärva kungakronan.

Därför hade den Heliga Jungfrun inte visat Ingrid Ylva något som hon inte redan visste inom sig. Men uppenbarelsen hade varit desto svårare att förstå när det gällde Gudsmoderns ord om att *så länge du håller ditt huvud upprätt kommer inget ont att drabba folkungarna.*

Att bära sitt huvud högt var en sak. Det kunde Ingrid Ylva utan blygsel, och utan att någon skulle komma på tanken att säga emot, hävda att hon alltid gjort. Men upprätt?

Förmodligen hade den Heliga Jungfrun påmint henne om att hennes liv ännu inte var avslutat, att hon måste leva vidare ännu ett tag och inte låta huvudet en sista gång sjunka ned mot bröstet.

Så var det! Vem kunde bättre än Guds Moder se in i människohjärtats innersta gömmor och ana de hemligaste tankarna där inne? Och Hon hade genomskådat Sin ödmjuka undersåte. Hon visste allt.

Ty helt visst hade Ingrid Ylva sedan någon tid tänkt att hennes liv var förbi, att det inte fanns mycket mer att uträtta i den jordiska vandringen och att hennes själs befrielse redan gått över tiden.

Hon var ensam kvar av de fyra änkor som en gång styrt riket. Hennes hår hade börjat vitna i samma takt som Birgers hår hade grånat.

Kampen om makten i riket var, som Ingrid Ylva såg det, över och just hennes barnbarn skulle bli de som till slut hade den helt i sina händer.

Skumögd hade hon blivit så att hon fått svårt att leka med sin slända i ensamma stunder. Krokigt hade hon börjat gå och hennes händer var fumliga. Det hon levt för var danat. Därmed återstod ingenting av betydelse i jordelivet. Så hade hon tänkt.

Men den Heliga Jungfrun hade alldeles tydligt befallt henne att tänka annorlunda. Hon måste ännu någon tid hålla sitt huvud upprätt.

* * *

När Birger kom med en av vårens första flodbåtar från Söderköping steg han i land vid Ulvåsa med tre tunga kistor som var och en krävde fyra män för att bära. Han tillbringade en enda glad kväll hos sin bror Bengt lagman och hans husfru Sigrid den fagra som fortfarande, fastän bred som ett sto över ändan, gjorde gott skäl för sitt tillnamn.

På så vis blev Bengt och Sigrid de första bland nära fränder i riket som fick höra den underbara sagan om hur Birger dragit i krig med blott några smeder och två kistor guld för att besegra Danmark och frälsa Lübeck och återkommit som segrare med inte två, utan tre kistor guld. Nu hade han bråttom till kungens Näs. Ryttare sändes till Bjälbo för att hämta vagn för guldet och folkungska ryttare som skydd.

Han passerade Bjälbo på vägen men stannade bara någon dag för att vänslas med sina söner, sova hos sin husfru Ingeborg och träffa sin mor Ingrid Ylva, som nu till hans förvåning flyttat från det hus som kallades Trädgården upp till de ensliga tornkamrarna i Bjälbos gamla stenkyrka. Visserligen hade rummen där uppe, som fordom på Birger Brosas tid använts för att samla ättetinget, putsats vita och fejats noga. Men underlig bostad var det, tyckte Birger.

Hans mors förklaring att hon måste leva ännu några år och därför sov bäst och helst så nära kyrkans heliga kraft som möjligt tog han knappt på allvar. Hennes förklaring om att hon måste hålla sitt huvud upprätt för folkungarnas skull, eftersom detta besked kommit till henne med en uppenbarelse av den Heliga Jungfrun Själv, skrattade han bort med att han i värsta fall kunde låta begrava henne stående.

Då blev hon vresig och bannade honom som numera bara hon av alla människor på jorden kunde göra. Han tog henne genast i sin famn, urskuldade sig och lovade stort gille så fort han kom tillbaka från kungens Näs där han hade mycket att meddela om befrielsen av Lübeck.

Om detta med seger och Lübeck ville Ingrid Ylva inte höra, hur ivrigt han än försökte börja berätta. Hon sade att hon hela tiden vetat att han skulle segra eftersom han alltid segrade och denna gång för särskild lyckas skull hade tagit Arn Magnussons heliga svärd med sig. Han tystnade och höll henne en stund ordlöst i sin famn. Hon kändes numera lätt som en fjäder. Fastän hon var en kvinna av stål.

Om Ingrid Ylva inte haft tålamod att höra om hur den underbara segern vid Lübeck kunde genomföras utan en enda ryttare eller en enda bågskytt var kungens män i stora rådssalen i östra tornrummet på Näs desto mera andäktiga när Birger berättade.

Och som ett rent mirakel framstod det att han kunde låta bära in två kistor med guld, just det som rådet och kungen ställt till hans förfogande för detta förtvivlade och nästan omöjliga försök att undsätta den belägrade staden. Guldkistorna kånkades in av åtta män och vräktes med möda upp på det stora ekbordet mitt i salen. Birger gick fram till dem och slog upp båda locken, bugade mot kung Erik och sade att här fick Hans Majestät hela insatsen tillbaka. Därtill hade han nu med sig handelstraktat som han ägnat hela vintern i Lübeck åt att förhandla fram. Alla de viktigaste hamnarna i riket var tullfria till och från Lübeck för tio år framåt. För den som visste att räkna, tillade han, betydde sådana överenskommelser betydligt mer rikedom än vad som nu stod på bordet.

Kungen blev först med att ställa de frågor som många i rådet var än mer otåliga att få besvarade, om hur en seger som föreföll som ett Guds mirakel egentligen gått till.

Birger gick långsamt och leende tillbaka till marskens plats nedanför jarlens upphöjda stol och visade sig varken nödbedd eller blygsam när han genast började berätta om Lübecks befrielse.

Från Visby hade han kommit med femtio skepp utan en enda krigsman. Vad skeppen hade i gengäld var stålskodda stävar och stor tyngd och just detta hade varit de enda vapen som behövdes denna gång. De belägrande danskarna runt Lübeck kunde bara se den gutiska flottan komma ute till havs men intet göra däråt utom att be till Gud om sydlig vind. Men det var oktober, de nordliga stormarnas månad. Vinden blev snart gynnsam och då gick alla de stålskodda stävarna på en gång mot de kedjor som spärrade inloppet till den belägrade staden och kedjorna brast som tunna lintrådar.

Där utanför stadsmurarna satt nu danskarna i höstgyttjan med förråd på upphällningen. Den kalla och våta vintern närmade sig och de skulle tvingas känna dofterna av hur stadens invånare åt sig mätta var natt. Och om belägrarna låg i kall gyttja så sov de belägrade torrt och varmt. Det var inte svårt att förstå varför danskarna fort gett upp och dragit hem mot Danmark.

Vad Birger inte berättade, och heller ingen kom på att fråga om, var vilka goda affärer han själv kunnat göra med torkad fisk och saltat kött i en både rik och svältande stad. Och om vad Birgers bror Elof, som nu blivit en av Visbys rikaste män, haft för nytta av denna färd frågade heller ingen. Ty att ställa oförsynta frågor till den man som återfört kungens hela krigskassa och dessutom ett välsignat handelstraktat vore inte att tänka på ens för den sure och misstänksamme jarlen Ulf Fasi. Vad jarlen fick nöja sig med var att hela tiden hosta och knarra i sin stol när Birger berättade om sin mirakulösa seger med mat som enda avgörande vapen.

Men detta kungliga rådsmöte, som bara var till hälften besatt eftersom det sammankallats i hast, innehöll också en omild överraskning för Birger. Ty när glädjen lagt sig över allt det han hade att säga manade kung Erik stammande och osäkert till ordning och sade att efter allt det goda man hört var det dessvärre dags för det onda. Därmed pekade han på sin jarl Ulf Fasi som hostande och grå i ansiktet reste sig upp och talade med svårmod.

Uppländingarna hade gjort uppror och fått med sig folk från både Dalarna och Västmanland. Deras ledare var, stor sorg till sägandes, Holmgeir Knutsson, son till den av Birger Magnusson nesligen avrättade Knut Holmgeirsson.

Junker Holmgeir stod jarlen nära, medgav han i onödan eftersom alla i denna rådssal visste att det var så det förhöll sig. Därför kunde han intet annat än med sorg förorda att upproret i Nordanskog måste slås ned hårt och bestämt. Någon annan väg såg han inte för detta kungliga råd. Hur dystert det än var att höra hade junker Holmgeir sagt att han inte ville vila förrän hans far Knut Holmgeirssons kungakrona var hans och krymplingen Erik Eriksson på nytt förjagad ur riket.

Medan den sjuklige jarlen hostande och då och då med lömska blickar mot Birger, som om Birger vore skuld till upproret, började använda många ord för att på nytt berätta samma sak och trassla in sig i sina egna tankar, sjönk stämningen ner mot iskyla i hela rådssalen. Det som just varit sommarvind fylld av löften blev nu som vinter.

Birgers första tanke hade varit förtvivlad att han nu, just som han äntligen kommit hem efter ett oblodigt krig, genast måste dra ut på ett nytt som skulle bli desto blodigare. När hans första besvikelse lagt sig, och han inte längre lyssnade på den hostande och hatiske jarlen eftersom huvudsaken var sagd sedan länge, kände han dock hur han började muntras upp.

Uppländingarna hade tagit mer än tio år på sig för att glömma lärdomarna från förra mötet vid Enköping där de dog till siste man, sånär som på högvälborna och vissa gudomligt lyckosamma smitare. Under de första åren efter Enköping hade Uppland varit ett land med många änkor och liten stridslystnad. Nu hade de som varit för unga för att följa Knut Holmgeirsson till dödens fält utanför Enköping vuxit upp, tjatandes allt sämre legender om tapperhet och ära. Och så var det dags igen.

Det var den onda sidan av saken.

Den goda sidan av saken var att det nu fanns närmare femtio folkungska skvadroner i riket. Det innebar åttahundra ryttare. Halva den styrkan skulle lätt slå varje här i hela Norden, till och med Svärdsriddarna skulle tänka sig noga för innan de red mot sådant motstånd. Om detta visste den unge Holmgeir ingenting, lika lite som den enfaldige Ulf Fasi.

Två eller tre månader skulle det ta att driva samman Holmgeir och hans folk, därefter skulle hans och hans mäns huvuden falla lätt. Det var visserligen knektgöra än en gång, just som Birger tänkt sig att fridfullt återuppta sina sysslor som ättejarl där mycket lämnats ogjort under senare år. Men den goda sidan av saken var vid närmare eftertanke desto tydligare. Nu när riket var fyllt av kungakrävare, som alla var mer eller mindre folkungar till sitt blod, skulle det sannerligen inte skada att rensa i den örtagården en gång för alla. Hårt skulle man slå ned detta uppror, och enkelt. Därefter blev det äntligen frid.

När Ulf Fasi slutat sin hackande och hostande berättelse och för tredje gången ändat i omkvädet att man hade att göra med ett uppror som måste kväsas satte han sig och stirrade fientligt mot Birger, liksom för att med sin tankekraft få honom att tappa fotfästet.

Det blev en lång och plågsam tystnad. Det enda man hörde var rabblet av latinska böner från den ärkebiskopen Jarlerus.

Kungen såg sig osäkert omkring tills han insåg att ingen skulle ta ordet före honom.

”Vi har t...till en bö...början hört de...ssa goda nyheter från vår m...marsk”, stammade han med flackande blick. ”Vi har d...därefter hört d...dåliga nyheter. ”V...vad säger vår m...marsk då?”

”Vi har ett uppror på halsen”, sade Birger efter att utan en min ha väntat ut kungens tal. ”Jag är enig med vår jarl om att bara ett finns att göra. Om Ers Majestät behagar ge mig ansvaret är detta uppror nedslaget till hösten. Därefter tror jag inte att riket kommer att skåda minsta försök till nytt uppror under resten av Ers Majestäts, med Guds välsignelse, återstående tid under kronan.”

”Har jarlen s... samma mening?” frågade kungen fort.

”Nej, det har jag inte, Ers Majestät!” svarade Ulf Fasi, vit i ansiktet av vrede eller av ansträngningen att hålla hostan tillbaka. ”Sant och rätt är att vi måste tygla detta uppror av oförståndiga ynglingar och ovetande bönder. Men vi bör visa mildhet mot de dåraktiga, Ers Majestät. Vårt rike var alltför länge blodshämndens rike och hämnd föder bara ny hämnd. Därför är det min jarlamening att bestraffningen mot de uppstudsiga i Nordanskog inte skall ledas av vår marsk Birger Magnusson. Mot utlänningar sänder jag gärna och helst Birger, men inte mot våra egna. Vem som helst men inte marsken till Uppland, det är mitt sista ord i denna sak!"

Det blev tyst i salen och de flesta rådsherrarna såg bort eller ned på sina händer. Birger förvånade sig över hur lugn han var. Det fanns en tid då han skulle ha brusat upp, då han skulle gjort stor sak av Ulf Fasis lömska ord om att han nesligen skulle ha avrättat Knut Holmgeirsson när sanningen var att han fällt honom i strid man mot man. Och därvid skulle han inte gjort halt utan kastat mer bränsle på ordstriden så att mötet slutat i oreda och oklara beslut. Kanske var det ett tecken på att han höll på att bli gammal nu när han inte ens kände hjärtat slå fortare av Ulf Fasis krumbukter. Kanske var det bara hans rika kunskaper om förhandlingar bland både fiender och vänner som sade honom att genaste vägen till seger nu var att hålla tillbaka alla stora och vreda ord. Kungen kunde ändå inte fatta något annat beslut än att kväsa upproret i Nordanskog, vad än Ulf Fasi hade för gott att säga om sin skyddsling junker Holmgeir.

"D...då vi likväl m...måste fatta b...beslut vänder jag mig nu till m...marsken", sade kungen med sammanbiten vilja att få orden att komma rena ur munnen.

"Detta uppror skall inte hanteras på annat sätt än alla andra uppror och däri är vi eniga", svarade Birger lågt. "För vår del blir det ingen svår sak och, som jag sade, färdigt redan till hösten. Ty upprorsmännen är unga och oförståndiga, eldade av varandras dåraktiga tal och förstår inte vilken övermakt de nu får emot sig. Många i vårt land kan därför sköta befälet över vår ryttarhär och om en så liten sak kan glädja vår jarl skall jag själv gärna ägna mig åt annat som jag försummat under det halvår isen höll mig fången i Lübeck. Därför kommer jag att ge befälet till Nils Sigstensson till Tofta och Gregers Birgersson, vilka båda är forsvikare med goda kunskaper om kriget och därtill vänner som utan split kan fördela arbetet inbördes."

Kungen svarade ingenting, kanske för att han ville undvika att tala, men han nickade tydligt instämmande så att det för var och en i salen framgick vad han ansåg.

Ulf jarl kunde inte invända nu när Birger så lättvindigt gått med på att lämna befälet ifrån sig och Birger hade ingen som helst lust att föra samtalet vidare. För ju längre trätan med Ulf jarl drog ut, desto fler krav på återhållsamhet skulle han lägga till så att det snart skulle bli mer som att bjuda upprorsmän till gille och försoning än att näpsa dem.

Kungen uttalade då kort som sin befallning och höga önskan att upproret skulle slås ned med största mildhet och att dess ledare Holmgeir skulle föras levande till fängsligt förvar i borgbygget i Nyköping.

Därmed var rådsmötet avslutat och på väg ut från tornsalen gick Birger fram till sin bror Eskil lagman, stötte honom retsamt i sidan med armbågen och undrade varifrån hans annars så talföre bror hade fått sin tunghäfta. Eskil muttrade bara att det fanns mångahanda ting som han fann viktigare än att näpsa upprorsmän, men att han likväl gärna skulle vilja ägna några dagars samtal med Birger åt just dessa viktigare ting. De bestämde att rida till Eskils lagmansgård när rådsgillet på Näs var färdigdrucket.

* * *

Hemma i salen på lagmansgården var Eskil åter talför, nästan som han brukade. Men han syntes plötsligt ha blivit äldre och svagare och hostade när han vaggade fram och åter över salsgolvet medan han viftade ivrigt med armarna och då och då gick och hämtade pergamentskrift som han visade Birger. Han menade sig nu ha fått mer än början till den lagordning som han och Birger vridit och vänt på i många år, och han hade också låtit sin norske skrivare fästa det mesta i skrift. Han kunde dock inte läsa gående utan gick fram till vindögat och rullade upp sin text med en nöjd blinkning åt Birger som satt stilla tillbakalutad i salsbänken med ett både roat och vänfast leende på läpparna.

”Hör här den nya lagen som skall lägga grunden för vårt rike!” inledde Eskil sprittande av iver. ”Kunglig lag och lag till kungens ed är detta. Den som dräper eller sargar någon i hans hem, bortför kvinna med våld eller tar henne med våld, den som dräper eller sargar någon på tinget eller på väg till eller från kyrkan eller i kyrkan, eller kräver hämnd efter förlikning, eller hämnas på frände som ej har del i saken...”

”Jag hör att du är ute efter din egen bror med våra lagar!” avbröt Birger med ett skratt. ”Men låt gå! Detta är vad vi talat om och enats om under många års träta. Nå, vad gör vi nu med mig eller annan illgärningsman som gjort sig skyldig till något av detta?”

”Den mannen har förverkat allt han äger till treskifte”, fortsatte Eskil oberörd av Birgers skämt. ”Och detta treskifte delas mellan kungen, häradet och den som har del i målet. Intill detta skett är gärningsmannen fredlös och landsflyktig, eller tills dess målsäganden bett för honom och han gäldat fyrtio marker till kungen. Nå, min käre Belisarius, vad är din åsikt om detta?”

”Om alla fria män kunde förmås att följa dessa lagar så är blodshämnden slut och det blir kristlig ordning i vårt rike”, svarade Birger eftertänksamt. ”Så långt är allt klart och lättbegripligt. Klokt är också att dessa höga böter skall delas mellan häradet, kungen och den som kränkts. Då blir det många som är för dessa nya lagar, åtminstone tills de själva drabbas av dem. Men så till den stora och avgörande frågan. Vem stiftar nu denna lag?”

”Kungen, vid nästa kröning av kung”, svarade Eskil kort. ”Lagen stiftas därmed i Guds namn och på kungens ed. Det är enda möjligheten.”

”Då vill det till att vi får en kung som gör som vi säger”, muttrade Birger med rynkad panna. ”Erik Eriksson är mer i Ulf Fasis händer än i våra. Och bara något och trettio år gammal är han och kan mycket väl överleva både dig och mig.”

”Det är förvisso sant”, medgav Eskil och kom fram till Birger och satte sig tungt som om all iver fort runnit ur honom. ”Du och jag vilar under stenhällen, åtminstone jag, när detta skall ske. Men jag har ändå den tanken att du borde sända dina söner Valdemar och Magnus till mig för undervisning när de fått lite mer förstånd. Så kommer någon av dem förr eller senare att kunna svära in dessa lagar vid sin kröning."

"Du är som vår mor", muttrade Birger. "Ni båda tycks ta för givet att Erik Eriksson inte får någon arvinge och att det blir Valdemar som ärver kronan. Så mycket har väl du och jag ändå lärt oss som att ingenting är givet. Just nu har vi dessutom ett uppror på halsen med en ny liten kungakrävare där i Uppland."

"Jo, men om jag förstod dig rätt så är den saken snart avklarad", invände Eskil.

"Det är den", medgav Birger. "Jag sände förresten bud efter Gregers och Nils Sigstensson när vi var på Näs. De kommer hit för att få mina befallningar. Jag hoppas du inte misstycker om den ordningen. På så vis tjänar jag lite tid."

"Inte alls, inte alls, jag kan ju själv ha en del förslag om hur de bör gå till väga. Du vet, det finns nya sätt att värna hästarna med stålplåt över bringa och huvud, liksom över ländryggen där du högg Knut Holmgeirssons häst så att den stupade."

"Jo, jag råkar veta detta", svarade Birger med ett snett leende. "Jag tackar dig för dina vänliga upplysningar men vill ändå, självfallet i största ödmjukhet, käre bror, föreslå att du sköter lagarna. Så sköter jag kriget. Jag tror det blir bättre så än om vi gjorde omvänt!"

Eskil tog tillrättavisningen med ett skratt, ryckte på axlarna och ursäktade sig med att han ändå var en man som sedan födsel och därefter av ohejdad vana intresserade sig för allt mellan Guds himmel och jord.

Birger sade inte emot detta men fann nu ett gott tillfälle att byta ämne för att tala om något han menade hade med den goda lagens rike att göra, fastän det i förstone kunde verka långsökt.

Man behövde bara något lite tänka över det kommande småkriget mot upprorsmännen i Uppland för att förstå. I maj skulle de folkungska ryttarna samlas, för den här gången skulle man slå fienden snabbt med rytteri och utan stora slag med fotsoldater. Segern skulle på kunglig befallning bärgas med så få döda som möjligt. Därför skulle hären röra sig snabbt från plats till plats för att uttömma fiendens stridslust genom många små nederlag.

Ryttarhären skulle således utan att någon kunde stoppa den rida upp förbi Örebro, bort mot Västra Aros och sedan in i Uppland vid Enköping. En ryttarhär kunde nämligen röra sig fritt i hela riket, men det gällde dessvärre även fiender utifrån liksom nu egna upprorsmän.

Det måste bli ett slut på denna rikets svaghet och därför skulle man förmå kungamakten att lägga mer guld och arbete på att ställa borgarna i ordning. Örebro fick inte vara en stad där härar från när och fjärran kunde dra förbi hur de ville. Inte Nyköping heller. Samma var det vid kusterna. Kalmar och den nya staden vid Mälarens inlopp måste få starka kungliga borgar. Skälet var enkelt. Bakom kunglig lag måste finnas kunglig styrka, annars blev lagen bara ord och makten satt kvar i den starkares lans.

Eskil hade vaggat fram och åter över golvet med händerna på ryggen och lyssnat mycket uppmärksamt för en gångs skull. Det fanns ett starkt samband, medgav han när han på nytt kom och satte sig hos Birger, mellan kungamakt och lag. Därför var det desto viktigare att folkungarna snart tog över makten i hela riket. Det betydde att man måste erövra kungakronan.

Först då kunde riket bli som andra nya länder ute i världen med kunglig ordning och kunglig lag med eller utan Gud. Fast det alltid var så man måste säga. Kungens makt kom av Gud och därmed också lagen. Så och endast så smiddes det nya riket samman.

# II

I LÖDÖSE FICK Birger ett djupare anfall av självömkan och dysterhet än vanligt. Efter två veckors sysslolöshet fruktade han att han skulle förgås av leda. Det enda som något muntrade upp honom var ljudet av svår och plågsam hosta.

Kung Erik Eriksson hade med sin jarl och sin marsk rest i stort följe till Lödöse för att möta den norske kung Håkon. Det var Håkon som stämt till möte och han hade lämnat försäkringar att han skulle komma före midsommardagarna. Nu hade det gått tio dagar över den avtalade tiden, tio osedvanligt kalla dagar med oupphörligt regn, och intet norskt skepp syntes på floden.

Om jarl Ulf fått sin vilja igenom skulle Birger inte ha varit med på denna förrättning, men kung Håkon hade framfört en uttrycklig begäran om den saken eftersom han och Birger kände varandra och litade på varandra. De hade ju varit i förhandlingar förr. Kring dessa till synes oskyldiga och vänliga ord i kung Håkons brev ställde Ulf jarl till stort väsen och krävde att Birger inför honom och kungen skulle värja sig mot anklagelser för förräderi.

Det hade Birger gjort utan några svårigheter. De förhandlingar han tidigare fört med den norske kungen hade han skött som folkungarnas ätterjarl och då gällde det att städa efter hans ibland något okloke bror, salig Eskil lagman. Ty Eskil hade stött den norske upprorsmannen Ribbung mot kung Håkon och till och med sänt sin fosterson Knut till upprorsmännens sida. Det hade inte varit bästa sättet att skapa fred och förlikning efter kung Håkons härjningar i Värmland. Men vad Birger och kung Håkon därefter lagat var att Knut i stället skulle gå i brudsäng med den norska drottningens syster och då hade det genast ljusnat. Ty nu hade unge Knut i stället för misslyckad upprorsman blivit kung Håkons jarl och stod i tacksamhetsskuld till Birger och folkungarna. I Knut jarl vid kung Håkons sida hade man alltså en vän. Det var ingen obetydlig vinst.

Alltså var det heller inte så konstigt att kung Håkon ånyo ville ha Birger med vid förhandlingar.

Kung Erik Eriksson och hans kansler biskop Kol hade genast godtagit dessa förklaringar och Ulf Fasi jarl hade inte haft så mycket för sina försök att konstra med listiga och snärjande frågor till Birger. Därför satt de nu alla tre med för många män och för liten matsäck i regnet vid Lödöse och väntade på en norsk kung som inte kom.

Birger höll sig mest för sig själv i sitt tält. I början på deras väntan kunde han aldrig komma åt kungen för att samtala eftersom Ulf jarl kretsade som en grisk kronhjort vid hindar kring sin kung. Och när Ulf jarl låg hostande i sitt tält ville Birger inte gå till kungen eftersom det bara skulle se ut som om han nyttjade jarlens sjuklighet för att passa på tillfälle att ställa sig in.

Men hostan från jarlens tält fick honom undan för undan på bättre humör och han tänkte att döden var en blind man som lika gärna kunde vara god som ond, lika gärna slå sin lie rättvist som orättvist över den som förtjänade.

Att hans bror Eskil fallit död ned med ansiktet i grisflottet på förra julölet fann Birger vara en orättvisa och en ond sak. Eskils tankar om ett bättre rike på lagens grund förtjänade inte en tidig död. Inte ens om döden vore god på det sättet att den kom i julöl, som för så många förfäder, och därför utan smärta eller skräck för den som drabbades.

Vid Eskils likbår hade Birger svurit att han skulle föra lagarvet vidare från sin bror och att aldrig en dag skulle gå till slut utan att han någon stund ägnat sina tankar åt denna sak. Han ämnade inte svika den eden och hade hållit den än så länge.

Nu var döden dock på väg till rätt man. Ute i fält hade Birger hört Ulf jarl hosta många gånger. När de visslande utdragna ljuden kom och hostan aldrig tycktes vilja ge efter fanns bara värme och torrt väder som kunde hindra. Och som det nu regnade och blåste sedan snart två veckor borde Ulf jarl haft förstånd att bryta upp och skyndsamt låta sig bäras in under tak och i värme. I stället bet han sig fast i sin tältsäng för att inte lämna kungen ensam med Birger, och i än värre fall med både den norske kungen och Birger. På så vis grämde och avundade sig Ulf jarl till döds och den tanken gjorde Birger vid betydligt ljusare lynne.

Kung Håkon kom aldrig. Och när vädret äntligen blev bättre över Lödöse, och den avbrutna sommaren kom tillbaka med full kraft, var lägrets matförråd slut och Ulf jarl så illa däran att man måste bryta lägret och resa uppåt landet.

Ulf jarl hostade för sista gången utanför Skara, halvvägs till sin grav. Ryttare sändes åt alla håll så att folkungarna kunde samlas vid Bjälbo för att begrava honom. De flesta gästerna kom dit före liktåget och kungen.

När Ulf Karlsson Fasi jarl gravsattes intill sin far Karl den döves benknotor vid Bjälbo kyrka talade Birger vid graven så att intet folkungaöga utom hans eget var torrt.

Tre dagars gravöl hölls i stora blockhussalen på Bjälbo. I högsätet satt Birgers husfru Ingeborg Eriksdotter vid biskop Kol, och Birger ett stycke ifrån dem med kung Erik Eriksson. Han hade goda skäl att på detta sätt skaffa sig ensam rätt till kungens öra under tre dagar. Bland tvåhundra folkungar som alla löd under honom i ätten var Birger så stark att han inte på minsta vis behövde visa det. Bara genom att spela mild och sörjande och utan att med ett ord nämna sådant som nu rörde makten i riket skulle han ändå förr eller senare få kungen själv att närma sig det brännande ämnet. Han fann det klokast att med en ängels tålamod vänta ut kungen.

Den allt överskuggande frågan var vilken folkung som skulle bli jarl efter Ulf Fasi. Det fanns bara två att välja mellan, Birger som var den som alla äldre i ätten ville ha och junker Karl, Ulf Fasis son, som många av de yngre föredrog. Åtminstone bland dem som inte var forsvikare.

Kungen satt således som ensam erikare mellan sin syster och den hela tiden höviske och milt tillmötesgående folkungajarlen, mitt i dennes eget näste i ett hav av blått och silver och detta under tre gravölskvällar.

I det längsta hade han hoppats och trott att Birger själv skulle ta upp ämnet. Men inte minsta min hade förrått sådana avsikter hos Birger som i stället talade om den misslyckade resan till Lödöse, det segerrika folkungska fälttåget mot de upproriska upplänningarna som en gång för alla hade krossats vid Sparrsätra, om sin mor Ingrid Ylva som flyttat till kyrkans tornrum för att mot slutet av sin levnad komma närmare Gud, om sina barn som ännu var för unga att tvinga med på gravöl, om falkjakt han varit med om utanför Lübeck, om de handelstraktat som måste förnyas med just Lübeck, om Svärdsriddarna och om hur den danske kungen rättvist fått namnet Plogpenning bland sina belackare eftersom han kommit på den befängda tanken att beskatta böndernas plogar. Om allt tänkbart stort och smått talade Birger, men inte ett ord om jarlamakten.

Till slut brast kung Eriks tålamod, i andra halvan på sista gravölskvällen, och han frågade Birger rent ut och överraskande plötsligt om vad som skulle hända om han nu gav jarlamakten till Ulf Fasis son junker Karl.

”Det vet nog bara Gud Fader Själv”, svarade Birger utan minsta skiftning i ansiktet. ”Många av mina fränder här skulle bli förvånade och helt säkert lite besvikna om Ers Majestät behagade låta denne ungtupp gå före mig. Fast junker Karl är en klipsk och hövisk ung man som säkert kan lära till att bli en god jarl. Om han får leva.”

”Och om jag l…likväl nämner honom t…till min jarl, f...får då j...jag leva?” frågade kungen med en glimt av ilska i ögonen efter att länge ha suttit betänksam och förgäves sökt finna något öppet hot i Birgers ansikte.

”Det hoppas jag innerligt eftersom jag är svåger till Ers Majestät”, svarade Birger med en lätt bugning och ett leende som föreföll kungen överdrivet brett.

”Och om jag gör dig till min jarl, Birger, lever jag då säkrare?” frågade kungen hårt och utan minsta stamning.

”Ja, det är helt säkert”, svarade Birger oberört. ”Om Ers Majestät nämner mig som er jarl kommer jag genast att svära er trohetseden. Och jag har åttahundra ryttare under mitt befäl.”

”Jag f...förstår”, sade kungen. ”S...så får det bli. Men i m...morgon vill jag att du r...rider med m...mig till Näs för ett l...långt samtal.”

”Dit Ers Majestät behagar kalla mig kommer jag som er edsvurne jarl”, svarade Birger med en ny bugning.

Kung Erik lutade sig därefter över till biskop Kol på andra sidan sin syster och viskade något som verkade omständligt. Biskopen nickade och gick ut och kom efter en kort stund tillbaka med den jarlakrona och det svärd som tillhört Ulf Fasi.

När ryktet om vad som var på väg att ske spred sig i salen sänkte sig tystnaden fort. Ty ingen visste säkert vem kungen ämnade göra till sin jarl.

Biskop Kol välsignade svärdet och jarlakronan och lade dem därefter försiktigt framför kungen som reste sig och sträckte upp sin högra hand för att få helt tyst. Hans tal blev därefter mycket kort.

”Vi ku...kung Erik Eriksson, nämner nu Birger M...Magnusson som v...vår jarl!” utropade han med stor ansträngning. Därefter tog han jarlasvärdet framför sig och omgjordade utan fummel Birger med det, tog upp kronan, sträckte den en gång åt vart väderstreck och sänkte den över Birgers huvud.

Från de allra flesta i salen kom nu stort bifall. Men från de ynglingar som höll sig längst bort och för sig själva hördes bara mummel och syntes missnöje.

Dessa unga män var det första Birger betraktade när han höjde sitt huvud med jarlakronan. Han inpräntade noga i sitt minne vilka de var. Därefter svor han trohetseden.

* * *

Vägen från Bjälbo till kungens Näs var kort och inte mycket blev sagt under resan. Redan första kvällen kallades den nye jarlen till kungen i hans egna kvarter uppe i västra tornet och Birger gick dit fylld av onda aningar.

Att kung Erik tvingats utse honom till jarl trots att han själv helst hade valt den yngre junker Karl var skäl nog för bitterhet och osämja. Men även den enfaldigaste av kungar borde inse att han i själva verket fått ett erbjudande som han svårligen kunde säga nej till, beskydd för sitt liv. Det hade Birger svurit i sin jarlaed inför fränder och sin ed tog han inte lätt på.

Men om kung Erik, som han innerst inne inte hyste höga tankar om, visste han alldeles för lite för att på minsta sätt kunna förutse dennes avsikter. Om kungen vore så enfaldig att han nu lät dräpa den jarl han tvingats välja? Och därefter nämnde junker Karl som sin jarl och splittrade folkungarna i två härläger? Utan att ens förstå vad han gjorde?

Sådana olyckor var inte mycket att ynka sig över just nu. Han hade själv bäddat detta läger åt sig och det hade han gjort med rent samvete eftersom han skulle tjäna riket oändligt mycket bättre än ungtuppen junker Karl.

Han korsade sig innan han gick in i kungens kammare och där fort sänkte sitt vänstra knä mot golvet.

”Jag ser att du är en ovan jarl, Birger”, småskrattade kungen. ”Sätt dig hos mig och kom från och med nu ihåg att jarlen och ärkebiskopen är de enda i riket som inte knäfaller inför kungen.”

”Där ser man. Var dag kan den som söker kunskap lära sig nytt också om små saker”, svarade Birger och satte sig på den plats som kungen anvisade bland utländska kuddar och låga bord med en kanna vin och rhenska glas. Vinet var rött, vilket var ovanligt.

”Du är min jarl, du har svurit mig din ed. Jag känner dig inte så väl som jag borde och du känner inte mig, även om jag misstänker att du inte hyser hög aktning för mig. Jag har hört sägas att du och Knut Holmgeirsson en gång tillbringade en lång natt med min far i denna sal. Låt oss två göra sammalunda. Jag ber dig börja med att berätta om den natten”, sade kungen i långt och mjukt tal utan minsta osäkerhet eller hackande.

”Det... det var en lång natt”, svarade Birger något fåraktigt eftersom han häpnat av kungens vackra och felfria tal.

”Det förstår jag, det var därför jag frågade dig som är enda levande vittne från den natten”, skrattade kungen och haltade fram och serverade Birger ett glas rött vin efter att först ha hällt upp åt sig själv. ”Och låt oss nu klara av en liten sak först. Du är förvånad över mitt tal?”

”Sanningen är den att... ja, det är jag, Ers Majestät”, svarade Birger.

”Jag är inte som du, min jarl. Jag linkar mig fram med stel rygg och kan aldrig rida tourney. Det som ni folkungar håller så högt i ära. Och vad mitt tal beträffar så hackar det inte när jag är mycket vred, hyser fruktan för mitt liv eller känner mig helt tillfreds. Vad tror du det är just nu?”

”Ers Majestät skulle inte servera mig vin, såvida det inte är förgiftat, om ni vore mycket vred eller hyste fruktan för ert liv”, svarade Birger med en lätt bugning, tog vinglaset och höjde det trotsigt till skål.

”Ditt mod är stort, Birger, just som man alltid sagt mig och med dig dricker jag gärna”, log kungen, höjde sitt glas och förde det till munnen. Birger gjorde detsamma utan att visa sin stora tvekan. Vinet smakade surt men samtidigt honung och främmande kryddor.

”Då vill jag äntligen höra om natten mellan min far, dig och Knut Holmgeirsson”, sade kungen när han ställde ned sitt glas.

Birger försökte berätta så sanningsenligt han förmådde och utan att särskilt framhäva sin egen överlägsenhet med vapen gentemot kungens erikska frände. Han försökte komma fort in på det som varit kung Erik Knutssons tanke, att freden alltid måste upprätthållas mellan erikar och folkungar och att den största fara hotade landet om junkrarna Birger och Knut blev fiender, ty då fruktade han att de en dag skulle mötas på slagfältet. Birger medgav att kung Erik Knutsson nog också tänkt alldeles rätt när han genom kunglig befallning tvingat de två unga männen att bli vänner. Om två ynglingar så länge måste arbeta samman borde det smida dem ihop. Och vänner hade de ju också blivit. Gud hade likväl i Sin outgrundliga vilja tvingat dem att mötas på slagfältet.

”Min far var en god och klok man”, sade kungen eftertänksamt när Birger slutat sin historia. ”Om han hade fått leva hade han nog snart gjort dig till sin jarl. Då undrar du kanske varför jag dröjde så länge. Vad tror du själv om detta?”

”Jag är säker på att Ers Majestät hade fullgoda skäl för ert handlande”, svarade Birger utan att ens tänka eftersom det var så man tilltalade kungliga.

”Betänk att du nu *är* min jarl!” sade kungen ilsket. ”Betänk att du svurit mig inte bara fortitudo utan också sapientia, betänk att ingen hör oss nu och att du alltid måste säga mig sanningen! Jag var ett barn när jag kom till riket. Det är sant. Jag hade lärare som visste mer om filosofen och kyrkospråket än om krig, blodshämnd och folkungar. Det är också sant. Men jag har varit flitig. Jag har lärt mig och jag är ingen fåne även om jag ser sådan ut och låter som en. Nu skall du och jag verka tillsammans i många år, ty jag är fortfarande ung. Då ställer jag min fråga på nytt. Varför tror du att jag gjorde Ulf Fasi till jarl och inte den segrare från Enköping som räddade min krona, dräpte Knut Holmgeirsson och kväste alla uppror? Varför?”

”Därför att Ers Majestät ansåg att endräkten i riket var viktigare än att belöna mig som jag förtjänat, därför att Ulf Fasi var den som kunde hålla en del folkungska junkrar i styr mildare än jag, därför att Ers Majestät inte ville se inbördes krig flamma upp på nytt i riket”, svarade Birger sammanbitet.

”Väl talat, jarl”, sade kungen. ”Och vad med dessa ungherrar nu? Är de inte stilla och fogliga efter Holmgeirs nederlag och fångenskap?”

”Somliga av dessa junkrar gnisslar tänder. I oförstånd knyter de nävarna bakom våra ryggar. Men så oförståndiga att de längtar tillbaka till nederlaget vid Sparrsätra är de inte. Uppror behöver Ers Majestät inte frukta de närmaste åren”, svarade Birger långsamt och med hård betoning på varje mening.

”Hade du Birger gjort uppror om jag nämnt junker Karl som min jarl?” frågade kungen mild i tonen trots den hårda frågan.

”Nej, Ers Majestät”, svarade Birger tveklöst. ”Möjligen hade det blivit annat om Karl och hans junkervänner låtit dräpa Er och han själv tagit kunganamn.”

”Vad hade hänt i så fall?”

”Junker Karl hade genast ställts inför ett svårt val. Han hade kunnat nämna mig som sin jarl. Då hade Holmgeirs bror Filip och hans folkungska vänner gjort uppror. Han hade å andra sidan kunnat göra Filip eller Holmgeir till sin jarl. Då hade folkungarna under mitt befäl gjort uppror.”

”Nå, där ser du, Birger”, log kungen nöjt. ”En kung kan inte vara nog försiktig i valet av sin jarl. Och för den oförrätt jag gjorde dig när jag nämnde Ulf Fasi hade jag mina goda skäl. Men jag förstår av ditt tal att du hyser misstro mot somliga av rikets unga herrar?”

”Det är sant, Ers Majestät.”

”Och det är inte för att du avundas dem deras ungdomliga eldfängdhet och glada bekymmerslösa oförstånd?”

”Nej, Ers Majestät, ty jag har varit där. Under två år i min ungdom red jag och Knut Holmgeirsson från gille till gille och det var ett ödsligt liv utan mycket mening. Tro mig, Ers Majestät, dessa unga drönare söker bara makten för dess egen skull utan vettiga avsikter. Försöker de vinna makten från oss ställer de till mycket förtret. Om de verkligen vinner kommer inget gott ut av det för riket.”

Kungen satt tyst och betraktade Birger tankfullt och granskande. Birger visste redan nu att detta var en man han underskattat och att det inte lände honom själv till heder eftersom han för snabbt och av fåfänga fäst sig vid fel saker. Han var forsvikare till sitt innersta, fostrad av riddar Arn till strid och av klerker till kunskap. Det ena visade man till häst och med lans, det andra med sitt tal. Därför hade hans öga och öra fäst sig så hårt vid den kung som fått sina lyten som tillnamn att han stängt sitt förstånd för möjligheten att Erik Eriksson kunde vara värdig sin krona. Nu visste han att han haft fel och det av ett oförstånd som mer borde höra ungdomen till än en grånad krigsman och jarl. Här fanns stor skada att ta igen.

”Vi närmar oss nu en svår fråga, du och jag”, sade kungen stillsamt efter sin långa eftertänksamhet. ”Vill du först vara så god att servera oss båda mer vin då jag ser att giftet ännu inte verkat?”

Birger reste sig genast leende och skakande på huvudet åt det grova skämtet och gjorde som han blivit befalld. Därefter höjde kungen sitt glas mot honom och de drack under tystnad.

”Den svåra frågan är, utan omsvep och förskönande, hur du tänker gå fram mot dem i riket som är upproriska i sinnet”, sade kungen beslutsamt efter en ny lång eftertanke.

”Den som tager sig kunganamn i den kröntes ställe skall inte få leva. Ingen junker skall få tro att det är lättvindigt med uppror, eller att hans blå mantel skyddar honom från straff om den så är smyckad med tre kronor eller lejon", svarade Birger fort och fast beslutsam att vara lika uppriktig som sin kung.

"Vår fånge i Nyköping, Knuts son Holmgeir, således", suckade kungen. "Han är förrädare enligt romersk lag, det är lagar du känner till?"

"Ja, Ers Majestät, min salig bror Eskils lärdom var mycket stor om lagar och lagars väsen och ursprung och något lite av denna visdom kom även mig till dels."

"Den tanken har sannerligen fallit mig in när jag hörde Eskil lagman och dig träta med Ulf jarl om vilka lagar vi borde förändra", nickade kungen med en oväntat glad blick i sitt spända och eftertänksamma ansikte. "Men nu åter till den fångne upprorsmannen. Ulf jarl skyddade honom och det för att han, som jag tror, hade svurit inför sin vän Knut Holmgeirsson att vaka över sonen. Du dräpte Knut på slagfältet och så skulle du gjort med hans son vid Sparrsätra om du varit där?"

"Ja, Ers Majestät."

"Även om du först tagit honom som levande fånge?"

"Ja, Ers Majestät."

"Nå, det förstod Ulf jarl också. Det var därför som han krånglade så mycket om att andra än du skulle slå ned upproret i Uppland. Du skall veta att jag själv var osäker i denna sak eftersom jag ansåg att seger var viktigare än omtanke om upprorsmännens huvuden. Men när du själv vid rådsmötet förklarade att segern var lätt att bärga och lika gärna kunde överlämnas åt din son Gregers och Nils Sigstensson så gav jag lättad med mig. Men nu är vi åter där vi stod vid detta rådsmöte. Vad vill du med fången Holmgeir?"

"Att han utan vidare dröjsmål skall mista huvudet, Ers Majestät."

"Då kommer blodsskulden över dig, ty det blir inte svårt att räkna ut att Holmgeirs död beror på att riket fått en ny jarl."

"Alldeles sant, Ers Majestät. Det blir mitt klara budskap till de uppproriska. De sjunger redan sånger om Holmgeir, de skrävlar om att befria honom. Då måste vi genast lära dem vilken ordning som numera råder i riket."

"Inte vi, min jarl, men du", log kungen. "Jag är den velige kung Erik halte som inte kan tala rent. Jag får ingen skuld i detta, den faller helt på dig."

"Jag förstår", sade Birger. "Ers Majestät är mycket klok."

"Då talar vi inte mer om Holmgeir, låt mig bara få veta när han är död", sade kungen sorgset. "Vi lägger detta bakom oss. Låt oss nu se mot framtiden. Du skyllde vissa ungherrar för att inte ha någon vettig avsikt med makten?"

"Ja, Ers Majestät. Det var uppriktigt menat."

"Då kommer vi till något som är av större intresse för mig än enstaka upprorsmän", vidtog kungen med värme och iver i rösten, drack ur sitt vin och fyllde på nytt innan han fortsatte. "Vid sex års ålder hämtades jag till ett främmande land där man sade att jag var kung men där andra fattade alla beslut i mitt namn. Jag hann inte bli särdeles mycket äldre och vettigare innan okloka rådgivare såg till att få mig besegrad på slagfältet och nesligen utkörd ur mitt kungarike. Några år senare kom du och erbjöd mig kronan åter och lovade säker seger. Det minns du nog."

"Ja, Ers Majestät. Det gällde nämligen inte bara segern, för den var given så som jag lovade. Det gällde i vems namn segern skulle bärgas för att få slut på inbördes krig. Därför for jag till Danmark för att föra vår krönte kung åter till riket."

"Jag minns hur du hela tiden talade över mitt huvud som om jag inte hade vett att vare sig tänka själv eller svara. Du övertalade mina enfaldiga lärare, men mig såg du på som om jag fortfarande var ett barn. Eller hur?"

"Ers Majestät var fortfarande mycket ung", urskuldade sig Birger skamset eftersom han inte hade några svårigheter att föreställa sig hur denna förhandling måtte ha tett sig i kungens ögon.

"Sant, jag var mycket ung", instämde kungen. "Men det är nu länge sedan och under dessa år har ingen dag gått utan att jag försökt lära mig något nytt om vad som är en kungs plikter. Varför gav mig

Gud denna plats på jorden? Varför sända en gosse som kung till ett blodtörstigt nordiskt krigarfolk som snart skulle ge mig kränkande öknamn? Vad är meningen med min makt? Det tror jag mig visserligen veta, men innan jag säger min mening vill jag höra din. Om somliga ungtuppar sökte makten för dess egen skull, utan vettig avsikt som du sade, vad är då din avsikt?"

"Att stärka den kungliga freden i riket", svarade Birger utan att tveka. "I vårt rike skall var man vara herre i sitt eget hus, kunna rida till kyrkan utan misstanke om bakhåll och likaså lägga fram sin sak på tinget utan fruktan för att huggas i stycken av städslad svärdsman eller starkare motpart. Och den som tager kvinna med våld eller rövar henne med våld skall bli var mans niding. Först med sådan nyordning blir vi ett starkt land som länderna nere i syd. Och då kungens makt är given av Gud skall dessa nya lagar också framsägas av kungen. Vi skall bygga vårt lands framtid på dessa lagar, på handel med utlandet och arbete med jord och i skog och för detta krävs en stark kunglig fred. Och..."

"Håll! Vänta! Jag hinner inte med", skrattade kungen. "Detta kommer du och jag att kunna rådbråka våra huvuden med under många år. Låt mig bara säga att jag tänker mycket likt det du just räknade upp. Men jag har en fråga av annat slag. Vad anser du om kyrkans makt? Vem har sist och slutligen makten, kyrkan eller kungen?"

"Helst båda", sade Birger, butter av att blivit så hårt hejdad i sin sprittande iver att berätta om hans och salig Eskils stora drömmar. "Men det är en svår fråga. När vi som nu försöker dela makten med kyrkan leder det mest till oreda. Vi kan försöka nämna nya biskopar som vi tror kommer att bli trogna oss själva som tack för sin ring och stav. Men det blir de aldrig eftersom de snart hukar under en ärkebiskop som det inte är vår sak att nämna. I rådet sitter därför en hoper biskopar och lägger sig i allt som de inte har förstånd till. I hemlighet träffas de och gör upp inbördes om hur de skall försöka styra oss. Ärkebiskoparna under senare år har dessutom aldrig varit män med heder, aldrig män att lita på. Valerius var till och med giftmördare, ja han mördade Ers Majestäts far, det är min övertygelse. Olof Basatömer var ett rö för vinden som först krönte Ers Majestät och så utan att blinka Knut Holmgeirsson och kom därefter utan minsta skam fjäskande tillbaka till rådsmöte här på Näs. Jarlerus, som vi har nu, håller hemliga möten med vissa ungherrar och skulle, efter deras seger, villigt ila fram och kröna vem som helst av dem. Att detta inte är riket till särdeles gagn kan vem som helst se."

"Ja, det kan vem som helst se", sade kungen blek och torr i mun och drack fort av vinet. "Jag visste inte att min far blivit mördad, än mindre av en ärkebiskop. Är du verkligen säker på denna ohyggliga anklagelse?"

"Ja, Ers Majestät."

"Nå, detta kommer jag att vilja höra mera om vid annat tillfälle. Men jag har skäl att återvända till den stora frågan. Vad bör vi göra åt kyrkan?"

"Finge vi bestämma själva, vilket inte är så lätt, skulle vi skilja svärdet och korset", svarade Birger eftertänksamt. "I kungens råd sitter då ärkebiskopen enbart för att svara för kyrkliga frågor, inte för krig eller uppror, handel eller skatter. Vi världsliga män sköter den världsliga makten. Men för att få klerkerna med på detta måste vi ha något att erbjuda dem och det vi erbjuder är att kyrkan får svara för alla sina egna angelägenheter, till och med att nämna biskopar."

"Vet du om att den Heliga Stolen hyser ungefär samma uppfattningar som du själv i dessa frågor?" undrade kungen häpet.

"Det kan vara sant på så vis att Rom alltid talat om kyrkans frihet, även om det inte blivit så mycket av med den saken i vårt land", muttrade Birger.

"Nu är du ändå närmare en stor förändring än du kanske tror", sade kungen hemlighetsfullt. "En kardinal utsänd av den Helige Fadern själv vistas just nu i vårt land som gäst. Han kommer att kalla till ett möte för allt kyrkans folk till senvintern eller våren, antingen i Linköping eller i Skänninge. Hans namn är Vilhelm av Sabina och hans kyrkliga makt är blott lägre än den Helige Faderns. Han har skrivit oss och av vad vi kunnat förstå vill han rensa upp åtskilligt i vårt kyrkoliv. Men detta visste du inte?"

”Nej, Ers Majestät. Detta visste jag ingenting alls om”, medgav Birger fundersamt. ”Kommer Ers Majestät således att föra förhandlingar med själva Rom?”

”Återigen, inte jag. Men du!” sade kungen tvärt. ”Man har sagt mig att du talar kyrkospråket som en klerk. Är det sant?”

”Bättre än de flesta klerker jag mött, Ers Majestät.”

”Nå, men då faller en sten från mitt hjärta. Jag har inte med någon fröjd sett fram emot att sitta och hacka mitt stympade språk framför klerker från när och fjärran. Än mindre på latin. Gud har således lyft denna börda från mig och det är jag Honom oändligt tacksam för. Du, Birger, blir vår talesman inför denne höge kardinal från Rom. Du för vår talan utan inskränkningar och helt efter ditt eget förstånd som jag redan nu skattar betydligt högre än då jag kände dig mest genom Ulf Fasis försäkringar om ditt låga sinne.”

”Då har vi båda, Ers Majestät, fått anledning att ändra uppfattning om den andre”, svarade Birger med en lätt bugning.

”Och för det skall vi tacka Gud som tydligen förde dig till mig i alldeles rätt ögonblick”, sade kungen med stor lättnad i sitt annars så stela ansikte.

”Jag skall gärna tacka Gud”, svarade Birger. ”Men jag tillåter mig också att påminna om Ers Majestäts ord om att en kung inte kan vara nog försiktig i valet av sin jarl. Ty det omvända gäller också. En folkungajarl kan inte vara nog försiktig i valet av sin kung.”

”Jag tror det blir en lång natt här i tornet även för oss båda”, skrattade kungen. ”Vi låter hämta mer rött vin. Föll det dig i smaken?”

”Jag dricker vad min kung behagar dricka”, svarade Birger undvikande.

”Det här vinet borde ändå passa de flesta”, sade kungen som om han inte märkt Birgers tvekan. ”Det är nattvardsvin från Burgund, jag har låtit hämta det från Varnhem. Men du kanske är ovan vid nattvard?”

* * *

Den sommaren och hösten var Birger vid bättre lynne än hans husfru Ingeborg någonsin sett honom. Vad som till en början glatt henne mest var hur väl han talade om hennes bror kungen, ty det hade han aldrig gjort förut. Och som hon kände sin bror Erik visste hon mycket väl att han var både klok och god, men att hans hackiga tal inför många människor och hans hälta gjorde att bara den som kom honom nära förstod vilket stort hjärta som fanns i den svaga kroppen. Förr om åren hade alla grova skämt vid Bjälbos gillen om hennes bror gjort henne lika sårad som skamsen över att hon aldrig vågat säga emot. Nu sedan Birger blivit jarl och lärt känna sin kung var alla sådana skämt förbjudna på Bjälbo vid strängt straff, liksom det blivit förbjudet att tala om norrmän som norrbaggar.

Också mot henne hade han efter alla dessa år när hon redan fött honom tre söner och en dotter blivit som en annan man, som om deras liv tillsammans börjat på allvar först nu. Han reste som vanligt land och rike runt men var gång han återkom sökte han genast upp henne, tog henne i sin famn och sade något om vad han önskade för kvällen och natten innan han ilade bort till borgen och den hop av väntande som alltid fanns där med allehanda besvär att lägga fram för folkungarnas ättejarl. Förr om åren hade han alltid gjort tvärtom, kastat sig över sitt arbete så fort han återvände och inte sett sin husfru eller sönerna förrän till aftonvard och kvällsbön.

Det var som om luften blivit lättare att andas och livet ljusare på Bjälbo. Ingeborg hade börjat skratta högt och det hade man inte hört förut. Och vid arbetsdagarnas slut satt hon och jarlen inte längre tysta sida vid sida i högsätet, utan ofta i skämt och glam som förvånade och gladde både fränder och husfolk.

Om söndagarna satt han inte i mumlande möten med främmande ryttare som förr om åren, utan red med sina söner eller lärde dem andjakt vid dammarna eller lät till och med spänna häst för vagn och ta Ingeborg och alla barnen ut på en liten färd med matsäck och vin. Om sin frilla och sina frillobarn talade han inte längre så högt och trotsigt.

Hans förvandling var så stor att han föreföll som en lycklig man och som en sådan hade Ingeborg aldrig föreställt sig honom. Hans hårda ansikte med den grova kantiga hakan och de svarta brinnande ögonen hade stämt alltför väl med den han varit förut. Hur förunderligt var det då inte att se samma ansikte, med samma krigsmärken och samma hårda haka, le i full beskedlighet och att se samma svarta ögon stråla av värme.

All den fruktan Ingeborg känt inför den dag då hennes husbonde oundvikligen skulle bli rikets jarl var borta i sommarvinden.

För Birger själv var denna korta sommar och höst den lyckligaste tid han kunde minnas sedan barndomen på Forsvik. Sant var att han hade många plikter som tog mycket av hans tid. Ibland synbarligen i onödan, som när han och kung Erik ånyo misslyckades med att träffa kung Håkon av Norge vid Lödöse. Det hade ändå rett ut sig enkelt och lätt när Birger för tredje gången återvände till Lödöse och äntligen kunde börja förlika den utdragna Värmlandsaffären. Det hade slutat mycket gott eftersom han och Håkon kommit överens om att trolova sina barn, Håkon den unge, som redan var vald till Norges nästa kung, och Birgers dotter Rikissa. Men eftersom Birger ansåg att Rikissa ännu var för ung skulle man vänta något med bröllopet.

Därtill hade de avtalat att aldrig lämna bistånd åt det andra rikets fiender eller låta sådana fiender få skydd. Så lätt hade denna långbänk äntligen avslutats och det stämde väl med Birgers sinnelag vid den här tiden när han kände sig som om ingenting han företog sig skulle kunna misslyckas.

I denna goda stämning hade han också rett ut en del ting med sin frilla Signy och sina frillobarn så att döttrarna fick en stor hemgift i stället för arv, som de inte hade rätt till, och sonen Gregers fick två stora gårdar i Sörmland bland Birgers alla nya ägor där uppe. Med Signy hade han försonats såtillvida att hon åtminstone sade sig kunna förlåta hans svikna löften under många år. Märkligt nog tycktes Birgers alla välvilliga ord om kungen och om den lycka det var att sköta jarlamakten hos en sådan kung ha samma goda verkan på Signy som på Ingeborg. Han förstod inte helt varav detta berodde, men gissade att Signy äntligen kunde ha förstått att han sökt makten också av skäl som var värda aktning. Ty i så fall var det inte längre så simpelt som att han bara valt makten framför kärleken.

Så ofta han fick tid över från annat som måste skötas hos kungen eller på Bjälbo red han upp i Sörmland, gästade både stadsbor och gårdar där husbonden eller någon frände hörde till dem som befriats av det krig som i folkmun kallades herr Birgers korståg till Ösel. Och som hans vänner blev fler i Sörmland kom han snart som välkommen och inte bara aktad och fruktad jarl till stormän också i Uppland och Västmanland. För detta resande, som kunde ha tyckts vara en lättings färd från gille till gille, hade han dock goda skäl. Han trodde sig veta att nyckeln till framtidens frid i riket låg uppe i Nordanskog. Uppror skulle inte bara kväsas med järnklädda ryttare utan hellre med nya vänskapsband.

Den som kom att stå honom närmast av alla dessa nya vänner var en sturig uppländsk storman med borg ute i Mälaren som kallades Ivar Blå till Gröneborg.

* * *

Först på kyrkomötets tredje dag behagade kardinalen Vilhelm av Sabina kalla till sig den världsliga maktens utsände i Skänninge. Birger tålde denna förödmjukelse utan svårighet, han var van vid att klerker ofta konstrade just på detta sätt för att försöka visa hur högt de stod över den världsliga kungamakten. Inte heller förvånade det honom när han kom in i dominikanerklostrets kapitelsal att kardinalen låtsades vara strängt upptagen i ett samtal med ärkebiskopen Jarlerus och en av dennes kaniker så att han till synes inte ens märkte att det kommit en ny besökare. Medan han väntade intalade sig Birger strängt att han inte skulle låta sig hetsas till vrede och oöverlagda ord av denna behandling. Något svårare med sitt tålamod fick han dock när kardinalen plötsligt tittade upp, mönstrade honom med trött blick från huvud till fotabjäll utan att hälsa och sade åt ärkebiskopen att genast få besökarens vederstygglighet utburen från det helgade rummet. Ärkebiskopen bugade sig fjäskande och utdelade genast befallningen vidare till sin underlydande man som då lika förskräckt som fåraktigt velade med blicken mellan kardinalen och Birger som om han inte riktigt trott sina öron.

Förmodligen, gissade Birger, hade den enfaldige mannen trott att ordet *vederstygglighet* syftade på Birger själv. Att fånen då tvekade inför befallningen att bära ut rikets jarl var lätt att förstå. Birger fick anstränga sig att inte le åt dårskapen.

När kardinalen och hans svassande underlydande redde ut missförståndet och hela tiden talade om Birger som *honom*, som om han vore ovetande, fick Birger kväva en uppflammande vilja att plötsligt vända och gå därifrån utan ett ord. Han tvingade sig till att ta strupgrepp på sin vrede och när den förskrämde kaniken kom framtassande för att ägna sig åt rätt vederstygglighet och sträckte händerna mot Birgers svärd och bad att få det, viftade Birger undan honom som en fluga utan att ens se åt honom.

"Förstår han inte att vapen är vederstygglighet och inte får bäras inom helgade murar?" frågade kardinalen förvånat, fortfarande utan att tala direkt till Birger.

"Ers Eminens må förlåta dem deras tvekan", sade då Birger med len röst på kyrkospråket. "I vårt land är det inte sed att en kyrkans man bär hand på en hertigs svärd. Jag vill därtill vördsamt be Ers Eminens att inte så lågt värdera min respekt för kyrkan att ni tror att jag vanhelgar detta rum. Därför säger jag er att det svärd jag bär vid min sida är helgat för kyrkorummet, ty det är en tempelriddares svärd."

Kardinalens häpnad syntes i hela hans ansikte och varade länge. Han tänkte noga efter hur han skulle hantera den pinliga belägenhet han själv försatt sig i. Till slut tycktes han bestämma sig för att hellre ta saken lättvindigt än med överdriven vrede eller överdrivna ursäkter.

"Jag hälsar er med Guds Frid, hertig Birgerus, och som ni redan måtte ha förstått har kyrkans tjänare här vid min sida inte haft godheten att säga att ni talade vårt språk så väl. Vid närmare eftertanke förefaller det snarare roande att någon av herrarna vid min sida skulle ha tjänat som översättare. Och om ert svärd är ett tempelriddarsvärd är det, just som ni påpekade, välsignat. Ni är alltså kung Ericus talesman med alla fullmakter?"

"Så är det, Ers Eminens", svarade Birger med en bister snegling på de två hukande klerkerna vid den mäktige kardinalens sida. De skulle få ett och annat att förklara för sitt överhuvud när han gått.

”Jag har fullmakt från kungen att i allt svara för honom och för riket”, fortsatte han. ”Hans Majestät låter hälsa att olika skäl hindrar honom från att själv närvara, men att han sänder sina varmaste lyckönskningar och förhoppningar att kyrkans folk skall göra stora framsteg vid detta möte. Och om den världsliga makten därvidlag kan tjäna en god sak skall vi göra vårt yttersta för att stödja er strävan mot detta höga mål.”

”Från den Heliga Stolens sida kan vi då bara svara att det är med yttersta tillfredsställelse som vi noterar detta starka och välkomna stöd för våra förhoppningar”, svarade kardinalen med en misslyckad ansträngning att hålla sig allvarlig så att han måste luta sig något nedåt och dölja sitt ansikte med ena handflatan.

Birger förstod inte vad det var kardinalen fann så roande men han bestämde sig ändå för att fort avsluta detta möte så att man genast skulle kunna glömma det och börja från bättre början nästa gång man träffades.

”Viktiga rikets angelägenheter kallar mig nu”, sade han nästan som med någon otålighet. ”Ers Eminens är välkommen till den kungliga representationen i morgon vid samma tid för att dryfta själva saken. Låt mig bara påminna i all ödmjukhet om att denna inbjudan är till er personligen och att ingen av mina landsmän behöver närvara för att rådbråka sin tunga med mindre lyckad översättning.”

Kardinalen reste sig genast upp och välsignade Birger, skakade på huvudet och gick fort ut och ansträngde sig förgäves att kväva sitt skratt tills han kommit utom hörhåll. Birger gick brydd och förorättad därifrån.

Om han misslyckats så grundligt med detta första möte att Påvens man gapskrattade åt honom så var det ingen lyckad början på förhandlingen om hur man skulle dela makten mellan svärdet och korset. Fast vad som egentligen roat den höge klerken var osäkert och därför var det för tidigt att börja ynka sig om tillkortakommande.

Birger fick en sömnlös natt grubblande över den Heliga Stolens utsände. Kardinalen hade varit klädd i enkelt svart med en röd liten hätta på huvudet och ett brett rött sidenskärp som hängde ned längs ena sidan. Birger förmodade att det betydde någonting som hade med blod att göra, som det sura nattvardsvinet. Men till skillnad från vanliga biskopar bar kardinalen varken guld, silver eller glänsande tyger med ädla stenar. Ändå utstrålade han värdighet på ett sätt som Birger aldrig kunnat upptäcka hos någon annan kyrkans man. Eller kom detta intryck sig av att hans latin flöt som sammet ur munnen på honom och sannerligen lät som ett gudomligt språk, vackrare och tydligare än till och med det som Fader Guillaume i Varnhem hade talat? Och mitt i all denna kyrkliga storhet var han en man som tydligen hade nära till skratt. Det var inte lätt att få ihop.

Dessutom såg han ut som en liten hjort, kanske mer som en kvinna än som man. Han var smärt om livet och bar ett litet egendomligt skägg vid överläppen och ännu ett som var format som en smal svärdsspets nedanför underläppen, i sanning en främmande fågel i detta nordiska land.

Birger behövde dock inte grubbla länge över kardinalens skratt. För när denne nästa dag ensam steg in i det handelshus Birger hade hyrt i Skänninge, och vars ägare och hela familj just nu levde gott på kungens bekostnad i Linköping, såg han om möjligt ännu muntrare ut än dagen innan och föreföll nästan vilja omfamna Birger.

”Vid Gud, högt värderade hertig”, pustade kardinalen fortfarande brett leende när han slagit sig ned i Birgers största gemak, betjänats med vin och viftat undan all vidare närvaro från betjäning i rummet, ”man sade mig att ni var en enkel krigare som inte mycket förstod om politik eller klerikala frågor. Och sådan som jag felaktigt trodde att ni var, sådan tog jag dessvärre emot er igår. Mitt höga uppdrag innefattar, som ni förstår, ingalunda skyldigheten att göra mig själv till en åsna. Jag hoppas att ni, som jag, kan se på saken med ett leende, ty länge kommer jag att kunna skratta åt mig själv för detta.”

”Med absolut säkerhet”, svarade Birger med ansikte i sten som först förskräckte hans gäst tills han sprack upp i ett brett leende. ”Jag är kungens man, jag talar i hans namn. Ni, Ers Eminens, är den Helige Faderns man och talar i hans namn. Då tror jag formerna för vårt första möte är av föga betydelse eftersom vi kommer att ha stora frågor att disputera om, eller än hellre enas om.”

”Ni är en ovanlig man att möta uppe i den yttersta Norden”, sade kardinalen lättad över att de så fort kommit förbi små förtretligheter. ”Jag har varit ett år i Norge på den Helige Faderns mission. Och jag kan inte säga att det var lätt. Kyrkolivet här i Norden är i många avseenden främmande för kyrkan själv. Nu gäller mitt höga uppdrag ert land. Och så möter jag en världslig ledare som är lika lätt att samtala med som sutte jag i Rom. Var har ni lärt ert latin, hertig?”

”Min salig farfar var tempelriddare, hans namn var Arn de Gothia och i hans skugga har jag vuxit upp”, svarade Birger sakta. ”Han var den störste krigare vi sett men enligt min tro också ett helgon. Han skapade inte bara en skola för krig där jag och många unga släktingar fostrades, skolan var lika mycket en skola för lärdom, sannerligen en skola för livet. Därav följer, Ers Eminens, att ni i vårt land kan träffa fler ärriga krigare som talar kyrkospråket som jag än ni kan träffa biskopar som gör det. Särskilt biskopar förresten, ty sådana har vi som inte ens kan läsa och skriva på folkspråket.”

”Jag har noterat den absurditeten”, svarade kardinalen med roat höjda ögonbryn. ”Nå, högt ärade hertig, säg mig nu vad kungen, eller för den delen ni själv, skulle önska av detta första kyrkomöte i ert land!”

”Jag är för dogmen om kyrkans frihet”, svarade Birger ivrigt. ”Det betyder att jag, om jag skall se till själviska intressen först, vilka Ers Eminens ändå skulle genomskåda förr eller senare, skulle vilja kasta ut alla biskopar från de världsliga avgöranden vi har i kungens consilium. Ni må ursäkta mitt rättframma språk. Självfallet är emellertid Hans Majestät medveten om att denna vår önskan har ett pris. Det priset är att kyrkan hanterar sin egen makt, utnämner sina egna biskopar och präster, lyder under Rom och inte under kungen. Men vi har å andra sidan ett pris på det också och det är att kungen inte lyder under Rom annat än i kyrkliga angelägenheter.”

”Ni är en djärv och beläst man, hertig Birgerus”, sade kardinalen tankfullt. ”För ena sidan av de tankar ni just framförde skulle ni brännas på bål av kyrkan i de länder jag kommer ifrån. För en del andra tankar ni framförde skulle den världsliga makten ta ert huvud. Ändå säger jag er nu på mitt fullaste allvar att jag delar dessa era idéer. En fråga måste jag dock ställa er. Ni anser väl inte att kyrkan skall förlora sin rätt att bannlysa konungar?"

"Nej", svarade Birger snabbt. "Om konungar får sin makt av Gud skall de också kunna tillrättaföras av Gud. Annars fruktar jag att vi fort finge ett helvete på jorden."

"Låt oss nu bedja tillsammans för framgång i vårt gemensamma arbete, hertig Birgerus, och låt oss också tacka Gud för att han fört oss två samman, ty vi kommer att ha lätta förhandlingar under våra möten", sade kardinalen och föll ned på knä och bjöd med armen Birger att göra detsamma.

Birger lydde fåraktigt efter en kort tvekan, då han hellre fortsatt samtalet än att be till Gud om något som var hans eget ansvar att klara av. För med denna kardinal skulle det bli lätt att samtala, bara de finge vara utan enfaldiga klerker som vittnen. Om kyrkans män vore skarpsinta som Vilhelmus Sabinensis så vore dock världen en helt annan, tänkte Birger innan han med något hyckel knäppte händerna och slöt ögonen.

* * *

Alla Birgers goda förhoppningar om hur det skulle bli att förhandla med kardinalen bekräftades till fullo redan första veckan. Hur kardinalen talade inför kyrkans män under de långa dagliga mötena i klosterkyrkan kunde Birger bara ana sig till, men säkert var det ett helt annorlunda språk än det han talade med Birger.

De träffades dagligen för *summarum* av dagens angelägenheter, varannan gång i klostrets kapitelsal, där de var försiktiga och mest utbytte högtidliga fraser, och varannan gång hos Birger i handelshuset i stadens andra ände. Där talade de rättframt på ett sätt som Birger aldrig kunnat föreställa sig samtal med en kyrkans man.

Kardinal Vilhelm hade en lista på ting han ville uppnå och där han med få och små undantag mötte hårt motstånd från landets gudsmän. Det kardinalen ville förändra var, i ordning efter sakens vikt, att införa celibat för var man som vigts till altaret i stället för den rådande ordningen där det flockades barnaskaror i varje prästgård, att biskopar framgent bara kunde tillsättas av kyrkan, att man således måste inrätta ett domkapitel i varje stift, att prästernas egendom skulle tillfalla kyrkan och inte arvingar samt att varje biskopsstift inom ett år måste införskaffa dekretalboken som var kyrkans samlade lagtext.

Bara på den sista punkten hade kardinalen mött gensvar, i allt annat tjurigt och hårdnackat motstånd. I stunder av uppgivenhet hade han känt lust att bannlysa hela den tillspillogivna svenska kyrkan och lämna landet för att aldrig återvända.

Han fann det fullt begripligt att prästerna kände ovilja inför nyordningen med celibat eftersom de då måste skiljas från sina familjer. Det skulle bli en stor uppoffring för många. Men att de lika envetet kämpade mot tanken att biskopar skulle utses av kyrkan och inte av kungen kunde däremot förefalla obegripligt. Det senare kunde dock Birger lätt förklara. Han bad kardinalen överdrivet vänligt, nästan spefullt, besinna att av de högvördiga biskopar som Hans Eminens haft det icke odelade nöjet att träffa var samtliga utnämnda av kungamakten. Och skulle de då inte anse att detta var bästa tänkbara ordning? I all synnerhet som många av dem aldrig skulle ha upphöjts till värdigheten om kyrkans lag fått gälla?

Så enkelt var det alltså. De såg bara till sitt eget intresse och det stämde alltför väl med Birgers dystra syn på klerker, liksom det föreföll kardinal Vilhelm fullkomligt främmande.

Frågan för Vilhelm av Sabina var nu hur mycket makt han skulle använda. För mycket skulle skapa revolt som ledde till att Rom förlorade hela den svenska kyrkan. För lite skulle leda till att det nordiska barbariet bestod. Och vad kunde nu den världsliga makten göra för att hjälpa kyrkan ur detta bryderi?

Det var en fråga som passade Birger väl att vrida och vända på. Först bad han kardinalen nämna vad som var *sine non qua*, det oeftergivliga villkoret, det som måste vinnas även om allt annat misslyckades.

Det visade sig vara celibatet, vilket gjorde Birger besviken då han själv hoppats på att det snarare skulle vara kyrkans rätt att ensam utnämna biskopar. Han sade sig nog kunna förstå resonemang som att den som vigts till altaret inte dessutom kunde vigas vid en kvinna. Men att detta skulle vara så förtvivlat viktigt att ändra på långt borta i Norden var svårare att smälta.

Kardinalen förklarade då uppriktigt att det inte bara var en dogmatisk fråga utan något som gällde kyrkans egendom. Om präster hade arvingar så skulle kyrkans egendom sakta men säkert skingras. Särskilt somliga biskopar hade ju en märklig förmåga att tillskansa sig stor egendom.

Birger gav då med sig men föreslog att kardinalen inte bara skulle använda piska utan också morot. Det skulle ju bli stort lidande för många av kyrkans män om de tvingades skiljas från nära och kära. Då måste man ge dem något i gengäld.

Birger hade ett listigt förslag. I gengäld för sitt offer skulle kyrkans män fredas från både våld och våldgästning genom lag. Det vore en förändring de själva skulle hälsa med glädje. Och kungen och hans consilium skulle genast godtaga denna lag och utsträcka den till allmän kyrkofrid. På så vis fick både korset och svärdet sin vilja igenom, dessutom med gemensamma krafter.

Vad sedan gällde frågan om utnämning av biskopar kunde man samverka med en liknande list, menade Birger. Ty om kardinal Vilhelm skulle få svårt att driva igenom celibatet, trots både piska och morot, så vore det måhända oklokt att vid samma möte pressa de motspänstiga klerkerna till fler eftergifter.

Men mot detta dilemma fanns botemedel, försäkrade han muntert. Och hans förslag var enkelt. Kardinal Vilhelm av Sabina skulle resa från mötet i Skänninge utan att beslut fattats om inrättandet av domkapitel och dessa domkapitels suveräna rätt att utse biskopar.

Vid hemkomsten till Rom skulle kardinalen emellertid lägga fram saken för Hans Helighet Innocentius IV och föreslå att bullor sändes till både den svenske ärkebiskopen och den svenske kungen. Om den Heliga Stolen då föreskrev nyordningen med domkapitel och dessa domkapitels rätt att utnämna biskopar så vore saken snart och utan mycket gny genomförd. Kungens consilium skulle nämligen omedelbart foga sig i förändringen och upphöja den till världslig lag.

Och därefter skulle det bli Birger själv ett nöje att rensa kungens consilium från ett antal biskopar som nu satt där i kraft av att de var utnämnda just av den världsliga makten. På så vis hade man enkelt och utan långbänk och gny tagit ett stort steg mot att skilja korset och svärdet, just som de båda ville.

Under ett par veckors tid finslipade kardinalen och jarlen denna plan och båda kom att tänka om den andre att han skulle ha passat väl i den egna manteln. Och båda insåg att även om de troligen aldrig mer skulle träffas hade de fått en vän för livet inom den andra makten.

Eftersom det fortfarande var fasta åt de en enkel måltid till avsked i köpmanshuset, utan andra män från vare sig den kyrkliga eller den världsliga makten närvarande då de kände sig fria i sitt samtal endast när de var ensamma. Världsliga män skulle förfasas över hur Birger strök en hög klerk medhårs, och kyrkliga män skulle än mer förfasas över att höra en kardinal tala så lågt och rått om makt med en simpel knekt.

Även om de hade segrat, för båda kände att allt skulle gå som de planerat, så var de ändå något svårmodiga vid detta sista möte. Allt i deras planer var färdigtröskat, allt var vridet och vänt på många gånger om. Samtalet började snart löpa trögt eftersom de var och en vandrade iväg i tankarna åt annat håll. Men plötsligt sken kardinalen upp som om han fått en ny idé.

”Om jag förstår rätt av vad ni undslapp er för några dagar sedan, hertig Birgerus, så hyser ni låga tankar om kyrkans män i allmänhet och har därför inte biktat er på många år?”

”Det är sant”, medgav Birger. ”Jag har misstrott alla kyrkans män jag mött utom någon enstaka cisterciensermunk och min bror, salig biskop Karl av Linköping. Aldrig har jag trott att någon annan biskop skulle hålla tyst med vad jag sade honom under biktens insegel. Och jag bedyrar, Ers Eminens, att jag hade goda skäl för denna misstänksamhet.”

”Men mig misstror ni inte, hertig Birgerus?” frågade kardinalen oskyldigt.

”Nej, sannerligen inte! Er misstror jag inte, ty aldrig har jag träffat en sådan kyrkans man vars tro och höga kallelse jag kunde ta på samma allvar!” svarade Birger utan att inse att han pratat in sig i fällan förrän det var för sent.

”Då så!” sade kardinalen leende och tog fram ett sidenband som han kysste och hängde över axlarna och välsignade Birger och bikten.

”Min son, jag är redo att höra din bikt”, sade han och slog ut med armarna.

”Det var ju många år sedan...”, muttrade Birger ovilligt.

”Desto större skäl”, svarade kardinalen med mild övertalning. ”Någon skada kan det ju ändå inte göra dig, min son.”

”Nej, det kan väl inte det”, suckade Birger och skruvade olustigt på sig. ”Nåväl. Fader, förlåt mig, ty jag har syndat!”

”Då är jag redo att höra din litania, min son.”

”Sanningen att säga har jag inte gått till bikt på flera tiotals år och vad skall jag då bikta först? Jag lät avrätta en ung man som något av det första jag gjorde när jag kom till hertigmakten. Den som var före mig i ämbetet hade skonat denne ynglings liv, men det gjorde inte jag.”

”Var det för att du kände hat eller avund mot denne man?” frågade kardinalen med rynkad panna.

”Nej, helt visst inte. Jag kände honom inte och hade aldrig träffat honom. Han var en upprorsman mot kungen, hade tagit sig kunganamn och hans handlande kostade många liv.”

”Jag förstår”, sade kardinalen lättad. ”Men en högförrädare är väl enligt lagen skyldig att dö?”

”Enligt romersk lag helt säkert, men inte enligt vår lag. Och jag är rädd att detta inte blir sista gången jag fattar sådana beslut. Uppror ämnar jag slå ned med hårdhet, flera unga män i vårt rike känner sig manade att ta upp den fallnes handske och får jag som jag vill kommer de också att dö. Och om detta är en svår synd, vad skall jag då enligt kyrkan ta mig till?”

”Strävar du efter makt för din egen del, min son?”

”Nej. Min kung är en god man fastän många underskattar honom för hans svaga tal. Den trohetsed jag svurit honom står jag vid. Han vill göra vårt land till ett bättre och lyckligare rike, liksom jag själv vill han införa mer av romersk lag. Till detta vill jag använda makten."

"Bara till detta? Inte till att berika dig själv?"

"Jo, förvisso. Det har jag redan gjort och om detta är en svår synd så kan jag bekänna den men har svårt att ångra. Jag har värnat om mina efterkommandes liv i välfärd och utan fruktan."

"Har du deltagit i något korståg österut som den Heliga Stolen vid flerfaldiga tillfällen begärt av kungen i detta land?"

"Förvisso. Tre gånger har jag rest på sådan krigisk förrättning."

"Men då är största delen av ditt livs synder förlåtna, min son."

"Det tror jag inte på. Jag har sett sådant som får mig förvissad om att det vi kallar det Heliga kriget inte gottgör synder."

"Du hädar när du bestrider den Heliga Faderns försäkringar, min son. Men säg mig ändå vad du sett som ingett dig denna villfarelse."

"Jag såg en ärkebiskop tvångsdöpa en redan kristen som därefter halshöggs för att han väsnats för mycket under dopet. Och sagde ärkebiskop sjönk därefter ned på knä i tacksägelser över att Gud nu förlåtit honom giftmordet på vår kung. Efter sin illgärning for ärkebiskopen genast hem och dog med ett lyckligt leende i förvissningen att paradiset nu väntade honom."

"Det du säger under biktens insegel måste vara sant, ty Gud är vårt vittne," sade kardinalen med oroliga rynkor i sin panna.

"Det vet jag. Dessa mina ord är sanna som om jag svurit inför Guds Moder på min dödsbädd."

"I så fall kom den där ärkebiskopen till helvetet", konstaterade kardinalen torrt.

"Hur kan ni säga det som jag inte kunde säga, Fader? Den Helige Fadern hade ju lovat syndernas förlåtelse åt var och en som tog korset."

"Därför att den ärkebiskop du talar om i sin inbilskhet trodde att han kunde lura Gud, som om inte Gud skulle se rakt in i hans svarta hjärta när han använde korstågets välsignelse blott för att skyla det värsta av brott. Men säg mig vad du själv gör för att bota dina synder!"

”Bara det maktens redskap bjuder mig. Mycket guld har jag lagt ut för att åter bygga upp ett kloster som brann, två kyrkor har jag på samma sätt byggt upp efter att de bränts av onda män i Sörmland. Den hjälp jag har gett er, Fader, att få vilsna får åter i fållan här i Skänninge ser jag möjligen också som en Gudi behaglig gärning. Men den tjänar ju också mina egna intressen liksom kungens.”

”Och vad fler synder har du på ditt samvete, min son?”

”Sådant smått som jag inte ämnar uppta vår tid med som att jag fiskat och skjutit änder med mina söner även om det var Herrens vilodag. Värre är säkert att jag har tre frillobarn och en frilla och dem har jag sörjt för som om de vore min av Gud välsignade familj och detta ångrar jag inte.”

”Att du inte ångrar dig är den större synden.”

”Jag vet det, Fader. Likväl kan jag inte ångra mig.”

”Då kan jag inte förlåta dig, min son.”

”Jag vet det också. Men vad vore det för mening att falskt säga att jag ångrar? En sådan läpparnas bekännelse skulle ju inte lura Vår Herre?”

”Nej, sannerligen inte”, log kardinalen. ”Man kunde önska att fler människor hade denna insikt. Du ångrar dig alltså inte och du tvekar inte heller inför de dråp på upproriska unga män som du avser att genomföra i framtiden?”

”Nej, inte om jag kommer att finna det nödvändigt för rikets skull. Rikets lycka är en större sak än min själaro.”

”Så talar antingen en mycket ädel man eller en inbilsk.”

”Jag är ingen ädel man, Fader. Jag vill skapa frid och lycka, men det är för att jag är en praktisk man och bakom den egennyttan kan jag inte skyla mig inför er, Fader, än mindre inför Gud.”

”Ditt sinne är lika hårt som din ärlighet är stor, Birgerus. Förlåta dig kan jag inte då du är förhärdad i vissa av dina synder. Men bot kan jag ålägga dig.”

”Vatten och bröd i hundra år? Vad skulle det tjäna till?”

”Inte till mycket, det medges”, skrattade kardinalen. ”Och till en man som du vore det, för att använda ditt eget uttryckssätt, synnerligen opraktiskt med en sådan bot, som du för övrigt säkert skulle strunta i eftersom du skulle tvivla på nyttan av den. Det finns dock en större sak som skulle passa dig bättre, där just det som är din främsta styrka skulle kunna tjäna Gud."

"Ett nytt korståg?"

"Alldeles riktigt. Från Novgorod tränger hedningarna fram västerut, de hotar de kristna i Fennia som är en provins under din kung. Om de inte slås tillbaka fort och bestämt hotar stor oro här uppe i Norden."

"Ja, det är sant. Och det skulle skada vår handel avsevärt. Där finns skäl för krig. Men det är i så fall mitt skäl och inte ditt, Fader. Om inte ens en ärkebiskop kunde lura Gud kan väl inte heller jag?"

"Nej, men Gud ser oss nu och Han hör oss och Han är hos oss när jag säger att jag förlåter dig alla dina synder, Birgerus de Gothia, på ett villkor."

"Korståg som jag skulle genomföra alls inte för min tro utan för att rädda vår handel i de fenniska provinserna? Du antyder ju åter, Fader, att Gud skulle låta lura sig fastän Han ser rakt in i våra hjärtan."

"Det säger jag inte alls, min son. Ingen kan bedra Gud. Men när Han ser till ditt hjärta ser Han också som du två sidor av denna sak, och det du inte förstår är Nåden. Befria oss från hedningarna i Tavastland och du har Guds förlåtelse genom Hans Nåd för alla dina synder."

# III

PÅ KORSTÅGETS ANDRA år hann Birger nätt och jämnt undan det stora snöfallet så att han kunde ta sig från borgbygget långt inne i tavasternas land till biskopsstaden Åbo nere vid kusten. Det förvånade honom inte det minsta att han genast uppvaktades av biskopshopen i staden som i fräckare ord än vanligt förde fram sina enfaldiga klagomål över hur detta krig sköttes.

Främst gällde deras missnöje antalet döpta hedningar, men blodtörstiga var de också och krävde betydligt fler hednalik i framtiden. Ingenting förstod de av hur detta krig sköttes, men det kunde man inte heller vänta sig av sådana män. Vad de räknade som förtjänst, liksom handelsmannen i sin silverkista, var blott antalet dräpta eller tvångsdöpta.

De till och med klagade över den stora mängd slödder och illgärningsmän, frigivna och fattighjon, fredlösa och från gård och grund fördrivna, som Birger skrapat ihop i det av dåraktiga uppror svårt härjade Svealand.

Det var där uppe Birger hade börjat sitt korståg. Hans budbärare och han själv red från stad till stad och från landsände till landsände och kungjorde varhelst någon lyssnade att den som anslöt sig till det nya korståget skulle vinna sin själs frälsning. Det måste sägas först. Men det hade också alla hört förut.

Vad som fick bättre verkan var löftet om att var och en, hur fattig han än var, skulle få en egen gård i det nya landet i riket på andra sidan havet om han bara slogs ett år för kungen och jarlen. Förutom gård och egen jord skulle han få en halv marker silver och en ko. Efter de krig som svearna förlorat vid senaste upproret levde många män ett uselt liv, liksom vägarna var fyllda av tiggare och kringdrivande som spred osäkerhet och osämja i landet då de gjorde vilken som helst okristlig gärning för att någon gång kunna somna mätta när kvällen kom. Löftet om att de skulle kunna belönas tusenfalt för en kristlig gärning föreföll därför som ett mirakel.

Under krigets första två somrar hade mer än fyratusen människor hörsammat denna kallelse till ett nytt liv i ett land som var deras eget, och i Åbo hamn hade båtar och fartyg från Svealands kuster trängts i stor mängd. Då de flesta av dessa män och kvinnor skulle duga föga som krigsmän lät Birger se till att många fick sätta igång med att röja sin egen mark och bygga sin egen gård så fort som möjligt för att inte vara till besvär i hären. Från Åbo skulle de bosätta sig längs kusten både norrut och söderut som för att omfamna Tavastland med två långa armar av nybyggare. I sinom tid skulle detta nya land på så vis bli en fast del av riket.

Själva kriget mot tavasterna skötte Birger enbart som försvar och nästan helt och hållet med rytteri, stora slag undvek han. Halva det folkungska rytteriet stod under hans befäl och var månad återvände några skvadroner hem och ersattes av lika många nytillkomna. Rytteriets uppgift var att ständigt visa sin närvaro, att patrullera runt alla områden där nybyggarna byggde sina gårdar och slå hårt mot alla grupper av beväpnade fiender man fann. Men ryttarna var strängt förbjudna att anfalla människor som inte kom mot dem med vapen i hand och ingen fick infångas för att ofrivilligt släpas till dop. Så skulle ett klart och tydligt budskap inpräntas hos hedningarna. Den som bar vapen mot kung Eriks män skulle dö.

Och det som varit det senaste upprorets upphov och orsak ändrade Birger på bland det första han gjorde när han landstigit och hämtat in tillräckliga kunskaper. Kyrkans män hade av outgrundliga skäl fått för sig att förbjuda hedningarnas handel med skinn, smör och järn. Inget sådant fick köpas av kristna och framför allt inte säljas vidare över haven. Så snart nöden blev stor inne i tavasternas skogrika land kom upproret lika självklart som soluppgången.

Detta handelsförbud var ena orsaken till att tavasterna nästan lyckats kasta ut alla kung Eriks kristna undersåtar ur landet. Den andra hade att göra med somliga klerkers obegripliga grymhet. Där hade funnits en biskop Thomas i Åbo som såvitt Birger kunde förstå, efter att ha hört om mannens gärningar, måste ha varit galen. Biskopen hade nämligen haft den för en Kristi ödmjuke tjänare ovanliga seden att vilja piska hedningar själv tills benen i ryggraden vita och tydliga kröp fram under det bortslitna köttet och döden befriade dem från lidandet. Märkligare sätt att sprida Evangelium hade man aldrig hört talas om.

Hemma vid kungens råd på Näs hade klagosångerna gått i en helt annan ton från biskopshopen. De åberopade allehanda vittnesmål för att påvisa hedningarnas grymhet som följaktligen måste näpsas desto hårdare i Guds namn. De visste berätta hur hedningarna stack ut ögonen på kristna, infångade präster, rullade in dem i halm och tjära och satte eld på dem, högg av deras händer och fötter och lät dem löpa, dödade alla barn de fann genom att slita inälvorna ur dem medan de fortfarande levde eller tvingade kristna att springa runt ett träd tills de dog.

Av alla dessa lögnhistorier hade Birger störst nöje av påståendet om att man kunde tvinga någon att springa runt ett träd tills han dog, då det var svårt att föreställa sig de grymma hedningarnas stora tålamod som måste krävas för att på detta sätt verkligen få död på sin fiende. För att inte tala om hur svårt det vore att få någon att fogligt springa runt detta träd tills han verkligen dog och inte bara föll samman av utmattning.

Än värre, men inte fullt lika lustig, var förstås lögnen om att hugga händer och fötter av någon för att därefter låta honom löpa. Den löpningen kunde inte bli lång.

Allt detta strunt hade kung Erik och Birger lyssnat på under stort tålamod vid rådet och de hade kommit överens om att inte käfta emot biskopshopen hur orimliga dessa skäl för krig än var. Ty i enrum hade de enats om att det fanns förnuftiga skäl att göra Tavastland till en del av riket en gång för alla. Om hela den östra viken på andra sidan havet föll i Novgorods händer skulle handeln österut förlora mycket av sitt värde för kung Eriks rike. Men kunde man säkra den norra stranden av viken så var den faran undanröjd. Det var orsak till krig.

Det var emellertid inte oviktigt att ha biskopshopen med sig i kriget. Deras salvelsefulla försäkringar om frälsning för var och en som deltog i Heligt Krig hade stor verkan bland folket, då alla var syndare och det fanns alltför många som trodde på vadhelst en klerk påstod. Så många tusenden som Birger till slut fått med sig på erövringen av det nya landet skulle han aldrig ha lyckats samla ihop utan dessa upphetsade, välsignande och vigvattensstänkande klerker.

Därför hade deras otålighet blivit desto större för var månad borta i det nya landet när de fick gå sysslolösa dagar i sträck utan att ha någon rådbråkad och bakbunden hedning att ösa vatten över. Birger hade förbjudit tvångsdop.

Det var nu svinkallt i Åbo, snön knarrade under Birgers tjocka filtfodrade forsvikskängor när han tungt gick mot biskopsborgen och andedräkten stod som rök ur hans mun. Han gick ensam trots att många avrått honom från det och sagt att vilken hedning, varav det fanns många i staden, skulle inte fröjdas om han fick dräpa självaste jarlen? Birger hade tjurigt hävdat att det var tvärtom. Vilken hedning skulle inte fröjdas av detta bevis på att det var sant som jarlen sagt, att i Åbo rådde frid för både tavaster och nykomlingar? Och för var gång han gjorde en sådan ensam vandring och bara möttes med höviska bugningar längs gatorna bevisade han trotsigt att han hade rätt.

Nu gällde det dock att försöka tala förstånd med de blodtörstiga klerkerna. Man hade sänt en ny biskop till Åbo stift efter att den galne piskaren Thomas flytt i förvirring till Visby och dött på horhus. Därtill fanns biskopen Sigmund från Sigtuna i staden och kring dessa två flockades en skvadron av gudsmän som brann i anden för att utföra Guds heliga verk.

När han skulle in i biskopsborgen var det någon fåne bland vakterna som inte kände igen honom under alla tjocka kläder och försökte vägra honom tillträde. Eftersom Birger redan var på dåligt humör var det nära att den mannen hamnat i stocken, vilket var ett svårt sätt att mista livet i sträng vinterkyla.

I biskopsborgens kapitelsal väntade hela skocken på honom och han gick utan att hälsa tungt fram och satte sig på den stol i mitten av rummets långsida där det hängde ett kungligt tecken. Så satte sig alla under skrap och skrammel och han viftade med handen att de kunde sätta igång sin klagosång.

Först talade de två biskoparna utan att Birger brydde sig om att besvara dem. Sedan talade några präster mer i lärda ord om vad de menade vore Guds vilja. Vad de alla hade att anföra var dock inte värre än att det kunde ha sagts i få ord. De menade att detta korståg inte var ett riktigt korståg. Ty då hade de fått tvångsdöpa fler hedningar och fler hedningar hade mist huvudet för trilsk. Ty så var det, med eller utan lärda utläggningar, på riktigt korståg.

Det var allt, fastän det tog två timmar att framföra.

När Birger slutligen måste ta till orda därför att det annars skulle ha blivit tyst hade han sedan länge bestämt sig för att klara sig från långt käbbel med hjälp av lite hårdhet och lögn. Sådant kunde ju inte skada, bara man fick lugn bland dessa dårar.

"Jag har nu hört era klagomål", började han lågt så att det skulle bli helt tyst i salen. "Det är inte första gången. Dock skall jag be er betänka några saker som ni tycks glömma. Jag och ingen klerk befaller över detta korståg och för det finns goda skäl. Ty utan seger blir det ingen själarnas pilgrimssång av ert idoga frälsningsarbete. Utan seger blir bara gråt och tandagnisslan och fåfängliga böner till Herren, spåkelser och frågor till Herren om varför Han lät oss misslyckas trots det godaste av uppsåt. Ni bör likaså betänka vad det betyder att vi sannerligen inte är de första männen från vårt rike som är här i denna höga kallelse. För hundra år sedan var Helge Sankt Erik här, för femton år sedan var jag här och också för tolv år sedan. Andra från vårt land har försökt detsamma som vi och eftersom upproren börjar om har allt som var före oss misslyckats. Det är nu slut. Detta är vår sista resa. Nu skall Tavastland bli en del av vårt rike för evigt. Därför befolkar jag landet med våra egna, därför för vi kriget med stor mildhet, därför bygger vi en mäktig borg inne i hjärtat av detta land, därför har jag givit tavasterna lov att återuppta sin handel. Jag ger er inte tusen sparkande och sprattlande ovilliga hedningar att döpa dessa två år. Jag ger er Tavastland för alltid. Det är tiotusenden nya kristna om ni bara kan tåla er lite och hålla igen på er barnsliga blodtörst. Ty fråga ert samvete, vad blir störst fröjd i himmelen, en omvänd hedning eller en död!”

Han hade talat långsamt och med eftertryck och den dova tystnaden i salen gjorde honom förvissad om att hans ord hade haft den verkan han avsett. Men det skulle ändå inte vara nog, ty snart efter att han lämnat biskopsborgen skulle dessa oförbätterliga män börja träta på nytt. Nu måste lögnen fram för att slutligt täppa till käften på dem.

Birger reste sig som för att gå medan det fortfarande var helt tyst men låtsades erinra sig någon liten sak som han glömt och spände på nytt ögonen i församlingen.

”Två saker därutöver bör ni betänka, högvördiga och mindre högvördiga”, sade han med mycket högre röst än tidigare. ”För detta mitt sätt att föra kriget har jag fått kardinalen Vilhelm av Sabinas välsignelse. Den som förtretar mig, förtretar också kardinalen och den Heliga Stolen. Det betyder att jag betraktar uppror bland er kyrkans män som jag skulle betrakta uppror bland krigsmän. Upprorsman mister huvudet.”

Därvid gick han långsamt ut ur den helt tysta salen med sträng min som han dock hade svårt att bevara ända tills han var utom synhåll.

”Ack, förlåt mig denna lilla försköning av sanningen, Ers Eminens kardinal, men syftet var ju gott,” skrockade han för sig själv, knäppte händerna och himlade med ögonen medan han svepte sin tunga pälsfodrade vintermantel omkring sig.

Mycket nöjd återvände han i den stränga kylan mot den världsliga borgen. Det var tomt ute på gatorna nu och inte ens katt eller hund visade sig. På vägen kom han att tänka på att han inte ätit rejält på flera veckor och bestämde sig för att noga åtgärda den saken och somna mätt och full.

Äntligen hade han fått tyst på biskopshopen. Och segern i kriget var given eftersom det redan var mer att göra med att bygga än att slåss i landet och de två borgarna Tavastehus och Åbohus snart skulle stå klara. Från borgarna kunde beskedligt små ryttarstyrkor behärska all omgivning. Seger var det som överskuggade allt annat och genom den var han till och med förlåten att ha ljugit i kardinalens namn. Allt självfallet för den Kristliga saken.

* * *

När våren kom till Åbo och havet öppnade sig blev otåligheten som en klåda i väntan på att se det första seglet komma ute till havs. Som alltid var det en stor händelse när det skedde och mycket folk flockades nere i hamnen för att möta de nya stridsmän och nybyggare som kom och höra nytt från hemlandet. Det brukade vara en livlig dag med mycken munterhet.

Detta första skepp som kom i hamn medförde dock tidningar av ett slag som fick Birger att först frysa till is och sedan för några ögonblick tro att han drömde.

Skeppet hade fört det kungliga märket med svarta band, vilket ingen tänkte på förrän en härold steg fram med två trumslagare och fick tyst innan han med hög gäll röst läste meddelandet från hemlandet.

Götars och svears älskade konung Erik Eriksson hade kallats till Gud vid kyndelsmässan detta Nådens år 1250 och tio dagar därefter, vid distinget i Östra Aros, hade Valdemar Birgersson valts till ny kung och svurit eden vid Mora stenar utanför staden.

Hans Majestät, konungen av svear och götar, Valdemar Birgersson, befallde att rikets jarl med stor skyndsamhet måtte återvända hem. För Åbo stad, liksom för alla krigsmän och klerker i rikets tjänst, gällde nu en månads kungssorg.

Birger stod som förstenad. De två samtidiga budskapen hade drabbat honom som blixtar från olika håll. Vid tanken på att den gode kung Erik, som man så illasinnat hånat med kunganamnet läspe och halte, hade dött vid bara några och trettio års ålder kom hans ögon att tåras. Ty som kung Eriks jarl hade han kunnat uträtta mycket gott och Erik själv skulle med både klokskap och samvete ha styrt riket mot en lycklig framtid. Vilken orättvisa att han skulle dö för tidigt!

Att Birgers egen tolvårige son Valdemar nu valts till kung fyllde honom med så blandade känslor att han kände dem som en strömvirvel i huvudet.

Inbördes krig var nu på väg, junkrarna skulle försöka döda hans son, var hans första tanke. Men om hans egen son hade blivit barnakung var hela makten faderns, blev hans nästa tanke. Sedan kunde han inte tänka mer eftersom han upptäckte att alla stirrade mot honom med bävan. Han stålsatte sig och befallde med fast röst att alla utsmyckningar i staden till vårfest skulle rivas och att gravöl måtte drickas med värdighet och eftertanke vid hårt vite för den som skymfade sorgen.

Därefter gick han med långa steg tillbaka mot sin häst och red till borgen där han låste in sig på sin skrivkammare för att vara ifred och försöka tänka klart.

Det var inte lätt eftersom virveln av tankar kom tillbaka med en kraft som var svår att hejda. Hur hade en så ung kung som Erik Eriksson kunnat dö, och hade hans mor Ingrid Ylva något med detta att göra? Varhelst i riket hans son Valdemar nu fanns så svävade han i dödsfara eftersom mer än en junker nog skulle anse sig stå närmare kronan än unge Valdemar. Det hade varit hans egen noga uttänkta plan för många år sedan att skapa så många folkungar av kungligt blod att makten skulle falla i ättens händer som en mogen frukt. Det var en draksådd, ty nu samlade junkrarna någonstans i landet sina styrkor för att så fort som möjligt gå mot den nye kungen och ta honom när han var svag och utan sin jarl.

Det gick inte att få reda i tankarna. Det fanns för många frågor som trängde sig på samtidigt och som ingen av de nyanlända skulle kunna svara på. Hur fort skulle man kunna ordna med kröning, och var i riket fanns ärkebiskopen? Vilka ryttarstyrkor skulle han ta med sig hem, eller skulle han alls ödsla tid på den saken när snabbhet nog var viktigare än styrka? Var detta ett straff från Gud eller en belöning? Svaret på den frågan berodde på om pojken fick leva.

Efter tre dagars olidlig väntan på rätt vind, en tidsutdräkt som vid den här årstiden ändå var välsignat kort, var Birger jarl på väg mot hemlandet i samma skepp som kommit först till Åbo med vårflottan. På väg hem mötte de många fartyg med både vanligt folk och krigsfolk. För sent och långt ute till havs insåg han att han borde ha tagit en skvadron forsvikare med sig, ty om dessa män ombord var ungherrarnas folk skulle hans liv inte vara mycket värt. Dessutom skulle han då behöva dö av enfald.

Den farhågan visade sig snart obefogad trots att nästan alla män ombord var svealänningar. Ty alla hade de nu fränder som fått börja ett nytt liv i det nya landet och många av dem tänkte sig att göra sammalunda. Det var som om en Högre Makt ändå beskyddade honom, ty att han skulle vara säker till liv och lem bland just svear var i förstone inte lätt att tänka sig eftersom ingen hårdare än han hade drabbat Svealand med bränder och gråtande änkor. Han föll i kort tvivelsmål, som om han av en ingivelse förstått att Gud på detta sätt visat honom att den goda gärningen att säkra den kristna lärans utbredning i Tavastland verkligen förtjänade belöning. Om detta var sant så var det också sant att han, som kardinalen utlovat, nu var en man fri från synd.

Först bad han tacksägelser på knä för sig själv uppe i fören, med ryggen utan fruktan vänd mot alla svealändska sjömän ombord. Men snart därefter framstod tanken på att vara en man utan synd som alltför orimlig. Han borde ha känt någon förändring inom sig i så fall, tänkte han. Men han var tvivelsutan densamme som förut och han grubblade redan på hur han skulle låta infånga, avrätta eller landsförvisa de junkrar som han ansåg vara de farligaste. Så tänkte inte en man fri från synd.

* * *

Sedan hans far Ulf Fasi dog i stora hostan och hans fars fiende, Birger Magnusson, blev jarl hade junker Karl levt i ständig fruktan. Nu när kung Erik Eriksson dött hastigt och oväntat som om han förgiftats och landet fått ännu en barnkung låg all rikets makt i händerna på Birger jarl.

Junker Karl visste med sig att han genast måste fly landet. Om han borde ansluta sig till Knut Magnusson, Knut Folkesson, Filip Knutsson och de andra junkrarna som talade om uppror var han mer osäker på. Men ett var säkert. Just nu hade han inte långt kvar i livet om Birger jarl fick tag på honom. Ändå hade han varit oförståndig att besöka Bjälbo för att ta farväl av sin åldriga mor så att vännerna på andra dagen kom springande för att varna honom att en ryttare i folkungamantel närmade sig i hög fart uppe från Ulvåsa. Det kunde vara jarlen själv som i så fall hade rest hem över havet till Söderköping och därifrån stigit på någon flodbåt till Ulvåsa.

Han flydde genast. Men snart upptäckte han att sexton forsvikare förföljde honom och kom närmare för vart ögonblick. Han visste mycket väl att ingen vanlig man som han själv kunde rida ifrån dessa forsvikare och att den som såg sådana ryttare i hasorna redan var förlorad.

Han stannade och bad sina böner och var noga med att inte i dessa sina sista ord i jordelivet komma med bitterhet till Guds Moder utan be om försoning, förlåtelse för sina synder och möjligen urskulda sig för att han av försumlighet nu skulle dö som en inte på länge biktad syndare. Därefter drog han sitt svärd för att möta döden som en man och inte som ett fä.

När den folkungska skvadronen kom närmare omringade de honom på nästan ett pilskotts avstånd och höll. Ingen av dem drog sitt svärd och den som hade det blå bandet som befäl runt ena armen red sakta fram mot honom och förklarade i mycket höviska ordalag att de alls icke ville ta hans liv men att jarlen ville tala med honom i en allvarlig fråga och att de var strängt tillsagda att föra honom levande och kry tillbaka till Bjälbo.

Först tvivlade junker Karl och tänkte att jarlen bara ville ha nöjet att själv se på hur hans huvud föll. Men när han i sin förtvivlan dristade sig att framföra den onda misstanken skrattade bara den folkungske skvadronjären och sade att om jarlen haft sådana avsikter hade han kommit själv. Dessutom lät jarlen hälsa att han gav sitt ord. Och ingen i riket kunde säga annat än att jarlen alltid hållit sitt ord, om det så var gott eller ont.

Detta var sant, insåg junker Karl. Mycket ont kunde sägas om Birger Magnusson men inte att han svek sitt ord.

En timme senare stod han inför jarlen, som en fri man med svärdet vid sin sida.

”Tiden brådskar nu med allt, unge frände”, hälsade Birger. ”Jag måste genast vidare till Näs där jag hört att min son kungen finns.

Dock är jag glad att jag fann dig här, ty det var värt en försening. Varför flydde du när jag kom?"

"Därför att jag kände att mitt huvud satt lika löst som Holmgeir Knutssons i det ögonblick du blev rikets jarl", svarade junker Karl trotsigt.

"Det gör det inte eftersom jag fann dig i tid, ty jag har ett erbjudande till dig som jag hellre framför nu när du står fri framför mig än senare när du står bunden bland de besegrade. Med Guds hjälp har jag räddat dig från en stor olycka."

"Om Gud stått mig bi hade min far levt två år till och då hade jag och inte din son Valdemar blivit kung", svarade junker Karl med högburet huvud.

"Du misstar dig", sade Birger med låg röst. "Hur Gud styrt allt detta får vi aldrig veta. Men avgörande var inte att din far dog som gammal man ett eller annat år för tidigt, avgörande var att vår kung Erik dog som ung och utan son. Du hade aldrig kunnat bli jarl efter din far om kung Erik och jag fått verka i tjugo år vid varandras sida för allt vad vi tänkte oss. Du hade hamnat långt från kungakronan, död eller levande. Så ynka dig inte utan lyssna på mitt förslag, ty som jag sade har jag ont om tid."

"Vad är ditt förslag, jarl Birger?"

"Försona dig med mig, här och nu. Jag bjuder dig en plats i kungens råd. Befrynda dig inte med de unga herrarna, du vet vilka jag talar om, för om de gör uppror är de snart alla utan huvud, ty huvudlöst beter de sig redan nu när de ränksmider om sitt uppror. Du och jag är båda av Bjälbo stam. Dig vill jag ha vid min sida."

"Du och min far var fiender in i det sista", invände junker Karl tveksamt.

"Sant", svarade jarlen. "Menar du att du ärvt denna osämja? Eller är du en man med egen vilja och eget förstånd?"

"Hur skall jag kunna veta att du ärligt menar detta och inte bara vill vinna tid för att senare ta mitt huvud när du gitter?" frågade junker Karl bittert.

"Din frimodighet är stor, Karl", svarade jarlen med en vänlig och tankfull nick. "Betänk att du lever, för det första. För det andra sade jag ju att jag hade ett erbjudande till dig och det kommer att få dig att förstå att jag har förtroende för dig, att jag verkligen vill ha dig vid min sida och det är mer än platsen i kungens råd."

"Erbjuder du mig guld och skogar kan du ta dem tillbaka efter min död", invände junker Karl på nytt.

"Sant", nickade Birger. "Men hör mig nu noga. Snart skall min dotter Rikissa föras på brudfärd till kung Håkon i Norge. Mycket snart, hoppas jag, ty det bröllopet avgör både det ena och det andra. Själv kommer jag dock att ha andra och trängande sysslor som hindrar mig från att anföra brudföljet. Därför är du den som jag ödmjukt ber att föra min dotter säkert till den norske kungen."

Hur trotsigt och stolt än junker Karl hade försökt hålla sig inför den man som just nu hade hela rikets makt i sin hand blev han svarslös inför detta minst av allt troliga förslag. Jarlen överlämnade sin dotters liv i hans händer. Större tillit än så kunde ingen visa en annan.

Han förmådde bara buga till tecken på att han antagit detta hedersamma uppdrag. Jarlen reste sig då, skyndade ut till sin väntande häst och ropade på vägen mot dörren att Karl borde se till sin mor och vänta tryggt på Bjälbo. Sedan var han borta, och ute på gården hördes redan hur han sporrat sin häst i full galopp.

* * *

På Näs fann Birger sin son Valdemar, liksom de andra sönerna, dottern Rikissa och husfru Ingeborg välbehållna och skyddade av tre folkungska skvadroner förutom det kungliga folk som hörde borgen till. Det var en stor lättnad, och återseendet blev kärt eftersom ingen kunde sväva i tvivelsmål om vilken fara som nu seglat upp över dem alla.

Men på Näs fanns också den uppländske hövdingen Ivar Blå till Gröneborg som hade hela hedern av att unge Valdemar kunnat väljas till kung. Dessutom hade han lyckats med att få Valdemar lika fort bort från Mora stenar som dit utan att någon av junkrarna hade hunnit med att ens tänka tanken att jaga upp och dräpa den kungavalde.

Birger förundrades över denne man som visserligen kunde räknas bland hans vänner men ändå bara var upplänning av en ätt man knappt hört talas om. Varför denna goda gärning? Att kunglig belöning väntade var lätt att förutse, men varför ändå?

Ivar Blå hade inte mycket att säga om detta. Själv hade han ingenting med folkungarnas alla kungakrävare att skaffa utan hade bara försökt se till minsta skada för riket. Uppror skulle det bli mot vilken som helst av alla junkrar och gossar med mor från den kungliga erikska ätten och far från folkungar, ty av sådana fanns ju nu en hel drös. Då gällde det att välja den av dem vars upphöjelse skulle leda till kortast krig och minst skada.

Och det var ett enkelt val, menade Ivar Blå. Rikets jarl hade befäl över hela ryttarhären och hären på andra sidan havet. Om han återkom som hämnare skulle landet snart läggas i brand. Om han i stället var den som skulle försvara sin son som kung vore allt mycket billigare. Så enkelt var det.

Birger blev tankfull och också lite förvånad av att höra denne uppländske storman förklara en svår sak i så enkla ord. Han hade ju trott att han själv var den ende i riket som hade den förmågan.

Valet av unge Valdemar vid Mora stenar var förvisso både det första och det viktigaste steget mot makten. Men nästa steg var kröningen som skulle innebära att också kyrkan välsignat den nye kungen och försvåra för upprorsmän att få anhängare. Birger ordnade med skyndsam kröning i Linköpings domkyrka. På sätt och vis var det gott att ärkedomkyrkan i Uppsala hade brunnit, för då slapp man rida den långa och farliga vägen upp i Nordanskog med kröningsföljet.

Någon stor sak blev emellertid inte kröningen av den tolvårige kung Valdemar, då det var viktigare att få den gjord än att få den storvulen. Ärkebiskopen Jarlerus var inte oväntat förlupen, förmodligen bland upprorsmännen, så en räddhågsen och icke ens läskunnig biskop av Växjö fick kröna Valdemar.

Upproret i Nordanskog föreföll därefter att fort komma av sig. Hade ungherrarna varit mer beslutsamma från början hade de kanske med list och mod kunnat infånga Valdemar redan då han kom till distinget vid Östra Aros eller åtminstone senare vid kungavalet vid Mora stenar. Men Ivar Blå och de äldre folkungarna hade varit för kvicka i vändningarna och dessutom haft lite tur med tidpunkten för kung Eriks oväntade död eftersom dödsbudet kom vid kyndelsmässan. Då var det bara tio dagar kvar till distinget när nästan hela Uppland kom till Östra Aros för årets största marknadsdagar så att kungaval bara blev som en oväntad förnöjelse för den redan församlade allmogen och dess herrar. Hade Ivar Blå och de äldre folkungar som hjälpte honom varit tvungna att kalla till särskilt möte för kröningen hade fienderna kommit mangrant. Som allt nu hade skett blev alla andra kungakrävare förbisprungna av Valdemars tursamma omständigheter.

Men även om faran tycktes över för den närmaste framtiden följde Birger noga vad som hände uppe i norr. Alla bud som kom till Näs från hans utsända kunskapare talade samma språk. Hur mycket än somliga ungherrar, som man nu visste väl vilka de var, for runt och talade om oförrätter och om att Gud ville uppror så att någon av de själva kunde väljas till kung i stället för Valdemar, blev det ändå bara ord som föll som säd på hälleberget. Fattiga svear tänkte sig hellre att flytta österut på jarlens goda nåd än att dra i krig mot honom. Och herrarna var allmänt av den meningen att varje försök till uppror mot Birger jarl och hans ryttare bara skulle sluta med att hela Uppland snart stod i lågor på nytt.

Dessutom lyckades kungliga knektar infånga en av de ivrigaste upprorsmakarna, Filip Larsson, när han kom till Nyköping för att värva folk. Filip Larsson hade varit nära vän till den halshuggne Holmgeir Knutsson och talade vitt och brett om denne som både martyr och helgon.

Birgers första tanke när Filip Larsson fördes till Näs bakbunden och med fötterna sammankedjade under hästen hade varit att genast lämna honom till bödlarna. Men hans husfru Ingeborg bevekte honom att visa mildhet och därför nöjde han sig med att i kungens namn döma upprorsmakaren att inom två veckor lämna landet för alltid. Ty om han efter den föreskrivna tiden, även efter många år, påträffades i riket skulle han utan dröjsmål mista livet.

Ett bedrägligt lugn sänkte sig över landet och arbetet vid kungens hov kom att löpa i gamla fåror där stort och smått blandades. Till småsakerna hörde att låta beställa en ny kungakrona till den unge Valdemar. Vid kröningen i Linköping hade man använt kung Eriks krona som var för stor så att inte ens Valdemars något utstående öron hade kunnat hindra den från att falla ned över ögonen just som han skulle svära kungaeden.

Till de större saker som måste skötas hörde att besvara den Helige Faderns bullor och viktigast däribland den av Birger efterlängtade föreskriften att domkapitel nu skulle inrättas vid vart biskopsstift och att dessa domkapitel i fortsättningen skulle utse alla män till kyrkliga ämbeten, från präst till biskop. Det var med stor förnöjsamhet som Birger lät sin nye och unge kansler, biskop Kol av Strängnäs, författa svar till den Heliga Stolen med innebörden att svears och götars konung Valdemar i allt som hörde till denna begäran underkastade sig Rom och att ingen biskop hädanefter skulle utses av den världsliga makten i riket.

Därefter rensade Birger genast det kungliga rådet från de två biskopar som inte kunde läsa och skriva och ersatte dem med världsliga män där junker Karl var den ene. Han lät också förstå att kyrkans män i fortsättningen skulle ha föga att säga till om i rådet eftersom där mest avhandlades världsliga frågor.

Det var piskan han bjöd biskoparna i rådet.

Moroten var att få med dem på att skriva lagen om allmän kyrkofrid och få den kungjord i vart stift, var stad och slutligen var kyrka. Biskoparna visade sig samarbetsvilliga i att hjälpa Birger med denna sak.

Därmed ansåg sig Birger äntligen ha lagt den första stadiga grundstenen i det bygge som skulle bli rikslagarna om kyrkofrid, hemfrid och kvinnofrid.

Eftersom prästerna nu fått frid i sina hem skulle nästa steg bli att ge alla män i riket samma rätt. Det var således alldeles utmärkt att det hade blivit gny och gnäll om att man inte längre finge våldgästa en klerk. Allmogen skulle därför bli lätt att få med sig när det gällde att skapa rättvisa på så vis att man utsträckte hemfriden till att gälla även var världslig mans hem.

Svårare var det att få såväl egna som andras högättade fränder att finna något gott i denna sak. Upprorsmännen använde sig redan av detta hot mot bättre folks ställning och framställde jarlen som en mjäkig man som i allt gick ledd i nosring av klerker. Sådant prat fick Birger att bli mer försiktig, ty om hemfriden skulle uppskattas av allmogen blev det alls inte samma sak hos herrarna som med sådan lag skulle förlora sin rätt att äta och dricka hos vem de behagade i landet. Och skulle det bli uppror var det bättre att ha ryttarna på sin sida än de bönder som förvisso tröttnat på att alltid leva i fara av att ett stort bullrande sällskap plötsligt tog in på gården och åt och drack upp allt som fanns i visten och bodar. Birger insåg att han måste tåla sig med hemfridslagen tills dess faran för uppror var förbi.

Försvenskningen och kriget i Tavastland löpte lugnt vidare utan särdeles mycket gnissel. Ett sista större försök till samlat motanfall hade tavasterna genomfört med en hjälpstyrka från Novgorod, men då hade hela det folkungska rytteriet anfallit den inträngande fiendehären redan under dess uppmarsch och plågat den sönder och samman med ständiga anfall under en vecka så att segern till slut kunde bärgas utan ett enda stort och avgörande slag.

I denna tid av bedrägligt lugn for Birger till Forsvik för att söka försoning med Aldes husbonde riddar Sigurd. Om junker Karl varit den näst siste så var nu riddar Sigurd den siste ovännen i landet som han hellre ville göra till vän än hugga huvudet av. Till Birgers besvikelse hade riddar Sigurd gjort sig plötsliga ärenden nere i sin borg Lena när han steg av båten vid Forsviks nedre bryggor. Han var dock klok nog att kväva sin första ilskna tanke att genast stiga ned i båten igen och fara hem och stannade i stället två dagar för att desto mer noga försöka återuppbygga vänskapen från förr med Alde Arnsdotter.

Hon skötte nu Forsvik med samma flinkhet som en gång hennes mor Cecilia Rosa och hon hade fostrat sin äldsta dotter Cecilia att följa i hennes och mormoderns fotspår. Här fanns dock ett litet värkande bekymmer, bekände Alde när de satt samman under andra aftonen i det nya långhusets stora sal.

För Birger kom denna Aldes svårighet som en överraskning eftersom han var uppfylld lika mycket av ljusa minnen från sin barndom i

Forsvik som av glädje över att nästan allt tycktes ha blivit lika gott som det varit före de uppländska nidingarnas överfall och skändande.

Det gällde arvet efter Alde. Hon var nu gråhårig liksom Birger, och vid den åldern om inte förr sökte sig tankarna lätt till döden och det som skulle ske med de efterlevande. Två döttrar hade hon och riddar Sigurd. Den äldsta var Cecilia Aldesdotter, som levde i av Gud välsignad samvaro med Ardus Ibensson. Hon skötte böcker och räkenskaper och han var förste smedsmästare på Forsvik. De hade sonen Arif och dottern Måna som båda hade viktiga sysslor att sköta på Forsvik.

Hennes andra dotter Ulrika var husfru åt Erlend Bengtsson av sparreätten uppe i Sörmland och på så vis väl tillrätta i livet.

Aldes och Sigurds ende son Roland hade gått genom hela den hårda krigsskolan på Forsvik, från fem års ålder till sjutton, och var mest nere på borgen Lena och ville, som man kunde vänta sig, helst av allt i livet bli riddare som sin far.

Birger hade lyssnat tålmodigt på allt detta som mest lät som en ljus och god berättelse om hur allt gått väl på Forsvik och kunde inte riktigt förstå när hans kära barndomsvän skulle komma fram till det som var bekymmer.

Men när hon till slut framsade den saken föreföll den honom ändå så självklar att han skämdes över att inte ha tänkt en enda tanke åt det hållet. Den som enligt lagen skulle ärva hela Forsvik var Roland Aldesson, som var den av Aldes och Sigurds barn som hade minst förstånd och vilja därtill. Fanns son, så ärvde dotter ingenting. Cecilia Aldesdotter, hennes husbonde och deras barn vore de som kunde få Forsvik att leva vidare, unge Roland skulle möjligen ägna sig åt själva krigsskolan men i övrigt intet.

Birger föll i grubbel när han hörde detta och berättade lite frånvarande att han en gång svurit att inte en dag skulle gå utan att han tänkte på sin salig bror Eskil lagmans alla funderingar om hur nya och starka konungalagar skulle bli grunden för ett bättre och lyckligare rike. Den eden hade han hållit. Ändå hade han aldrig sett det fel i lagen som Alde nu så stillsamt berättat om. Men lagen var klar som vatten, det kunde man inte komma ifrån. Gånge hatt till och huva ifrån.

Förmodligen, resonerade han, hade sådan lag med äldre tider att göra då arv bara kunde vara jord och vapen från fadern. Jorden skulle brukas av sonen lika självklart som sonen skulle överta svärdet och järnhatten. Men nu var ju helt andra tider. Forsvik var inte som någon liten järnhatt och åkerteg.

Att göra om denna gamla arvsrätt måste man helt klart. Det förargade honom att han och Eskil, som ägnat så många nätter åt lagar och lagars natur och källa, aldrig hade sett detta fel med arvsrätten. Dock ändrade man inte på en sådan lag i en handvändning, hur orättvis och föråldrad den än var. Varje tingsförsamling i landet bestod av män och dessa män kunde förväntas vara av den eniga uppfattningen att det var rätt och klokt att broder ärvde allt men syster intet.

Vad gällde Forsvik kunde man dock kringgå lagen, funderade han vidare. Ty i tornet på Arnäs borg fanns all den rikedom i guld som blivit över efter Forsviks många goda år av affärer med när och fjärran. Där kunde Roland Aldesson få en god lott som på intet sätt borde kränka honom. Då kunde, och borde sannerligen, Alde vara förtänksam nog att i testamente skänka själva Forsvik till Cecilia och hennes man Ardus Ibensson. Bara så kunde man vara säker på att Forsvik levde vidare till ättens fromma.

Alde gjorde några lama invändningar om att hon inte trodde att detta vore möjligt eftersom det bara var ett listigt sätt att gå runt lagen, men den oron viftade Birger bort med att han förvisso kände till grövre fall av lagvrängning. Det var sedan länge allmän regel att var och en kunde skänka av sitt arv till kyrkor och kloster med testamente. Alltså kunde man göra det även åt den egna ätten. Han skulle så fort han kom tillbaka till Näs befalla sin kansler att upprätta detta testamente och därefter sända det till Alde så att hon kunde fästa det med sitt sigill. Därmed vore saken ur världen.

De kom varandra nära på nytt och beklagade båda att de inte haft vett att långt tidigare klara av denna sak. Och när deras försoning sålunda fördjupades med både vin och gråtmildhet började Birger klaga över Sigurds hårdhet, att han inte velat stanna på Forsvik därför att Birger kom. Så stor var väl ändå inte deras fiendeskap, frågade han sorgset. Dumma ord i fylla hade fällts för många år sedan. Men därefter hade det ju runnit mycket vatten under bron.

Han försäkrade med tårar i ögonen att han nu ville göra Sigurd till rikets marsk eftersom Sigurd var den siste store kämpen från Arn Magnussons tid. Borde inte en sådan heder få den styvnackade Sigurd att mjukna?

Alde sade sig vara osäker på detta. Sigurd var en stolt man och hade svårt att förlika sig med att han bara var en frigiven träls son då alla som omgav honom ända sedan barnsben på Forsvik ständigt skrävlade om sin höga ättetillhörighet. Svårt hade han också haft att smälta att hans barn alla hade föredragit att ta modersnamn i stället för hans namn och i en stund av vrede och sorg hade han bekänt hur det smärtade honom att hans son varken fick bära namnet Arn, vilket Cecilia motsatt sig, eller Sigurdsson.

Och det var just i detta ömmaste sår som Birger stungit som värst när ovänskapen uppstod i ungdomen. Och det såret hade aldrig läkt.

Birger for grubblande mot Bjälbo med de två städslade unga forsvikare i sällskap som från och med nu skulle få hedern att skola landets unge kung i sådant som man bara kunde lära på Forsvik. Att sända rikets kung till en tioårig hård skola på själva Forsvik var inte till att tänka på. Möjligen kunde sonen Magnus, som var lika lik sin far i både kynne och hårfärg som Valdemar var lik sin mor, komma i fråga för sådan hård fostran. Men inte rikets konung.

När han lämnade Forsvik efter den goda samvaron med Alde hade han först tänkt sig att rida ned till Lena och hellre förr än för sent försona sig med riddar Sigurd. Kanske skulle han pröva på att tala något förstånd med sonen Roland för att få denne att förstå att det var större heder att bära namnet Sigurdsson efter en av rikets största kämpar och riddare än namn efter modern.

Men som för att skjuta en alltför svår sak ifrån sig ansåg han sig ha bråttom tillbaka till rikets angelägenheter och avstod tills vidare från detta svåra besök på Lena.

Det fick han dyrt ångra.

* * *

Det följande året började det sakta gå upp för Birger att han underskattat såväl ungherrarnas hat mot honom som deras strävan efter kungamakten. Ingenting hade ju i förstone tytt på att de skulle ha minsta framgång i sina försök att resa folket i Nordanskog till uppror. Och från sin vän kung Håkon i Norge hade Birger fått bud med utförliga beskrivningar om hur den ene efter den andre av upprorsmännen, och först i raden den landsförvisade Filip Knutsson, hade sökt den norske kungens bistånd och fått avslag. Ty kung Håkon var inte den som svek sitt ord om att inte bistå den andres fiende. Dock menade han att det var hög tid att besegla deras vänskapsförbund genom att genomföra bröllopet mellan Birgers dotter Rikissa och hans son Håkon den unge.

Rikissa var bara fjorton år gammal, vilket Birger fortfarande tyckte var i yngsta laget för brudsäng. Men nu blev bröllopet mer en sak som rörde rikets försvar än omsorgen om en alltför ung brud på bröllopsnatt.

Det började dessutom bli bråttom, ty från både kung Håkon och sina egna kunskapare visste han nu inte bara vilka upprorsmännen var, alla mer eller mindre folkungar på antingen moderns eller faderns sida. Han fick också höra att en av dem som han själv var närmast ätteförbunden med, Knut Magnusson, hade börjat kalla sig för kung Knut.

Redan detta var anledning nog till huvudvärk. Men än värre blev det när det började strömma in kunskaper om hur upprorsfylkingen tänkte sig att bärga en seger. De hade ridit som rövarband genom stora delar av Nordanskog och plundrat var kyrka i deras väg på allt guld och silver. Det var inte svårt att tänka sig vad de skulle med sådan rikedom till och det bekräftades också i bud från kung Håkon.

Eftersom de inte kunde samla en stark här inom rikets gränser, där de hade för svagt stöd, sökte de sig nu till Schlesien söder om Danmark för att med sitt stulna guld och silver, och allt vad de i övrigt förmått samla av rikedom, städsla en legohär med ryttare.

Att kriget således var oundvikligt förstod Birger och som rikets jarl kunde han snart börja samla hären av fotfolk och bågskyttar och sända dem söderut mot den gamla träborgen Kvinnestad i södra delen av Västra Götaland, liksom han kunde börja samla förråd i god tid. Allt detta gjorde han vid gott mod, ty segern mot utländska legoryttare tvivlade han inte på. För även om hälften av rikets skvadroner fortfarande befann sig i provinserna på andra sidan Östersjön så skulle den andra halvan av det folkungska rytteriet förslå mer än väl.

Han lade betydligt större vikt vid att sända kunskapare efter upprorsmännen för att i förväg känna deras planer än han tänkte på det enklaste, att samla det lättrörliga rytteriet.

Legohären skulle komma från danska Jylland och skeppas över havet till Halland, så mycket stod snart klart, och det var därför Birger sänt sin här söderut eftersom han ville slå fienden fort, innan denne hann härja och bränna för mycket.

Som sista förberedelse den sommaren sände han junker Karl, som han lovat, i spetsen för Rikissas bröllopsfölje till kung Håkon. I följet fanns också biskoparna Lars av Skara och Magnus av Västra Aros. Då han själv inte kunde komma till Oslo just när kriget stod för dörren sände han likväl hedersamt många ryttare vid Rikissas sida från folkungagårdarna i Östra Götaland och från Bjälbo.

Därefter återstod bara att samla rytteriet i Västra Götaland och dra sig söderut i väntan på det enda och avgörande slag som skulle stå. Och således måste han slutligen rida till Lena för att försona sig med riddar Sigurd som var högste folkungabefäl över alla ryttare i Västra Götaland.

Det mötet blev hans livs kallaste besvikelse. Ty riddar Sigurd menade att den här gången var fienden folkungar, och inte vilka folkungar som helst, eftersom flera av dem var forsvikare. Och varje forsvikare hade svurit en ed att inte dra svärd mot en annan. Därav följde att inga ryttare från Västra Götaland kunde följa Birger ut i detta inbördes krig mellan både fränder och forsvikare.

Hur Birger än försökte övertala med att det ju inte var inbördes krig eftersom fienden mest hade utländska legosoldater i sin här lät sig Sigurd inte rubbas.

Birger blev förtvivlad och tårmild och försökte beveka riddar Sigurd till försoning men insåg snart att detta var något han borde ha tänkt på tidigare då hans tal om vänskap och mycket vatten under bron och liknande besvärjelser nu kom i fel läge. I riddar Sigurds ögon tyckte han sig se att dennes hårdnackade motstånd mot att forsvikare skulle ställas mot forsvikare inte enbart hade att göra med deras gamla trohetsed mot varandra. Det föreföll honom som om det lika mycket handlade om hans och riddar Sigurds onödiga och barnsliga ovänskap som aldrig kunnat läka ut.

Då det var ont om tid måste han snart ge upp och rida ner mot sin här vid Kvinnestad. Det blev en dyster resa. Segrat hade han gjort många gånger och ibland med vapen som ingen väntat sig. En gång hade mat varit hans enda vapen när han befriade Lübeck. Nu senast i Tavastland hade stora flockar av fattiga nybyggare och mildhet varit hans främsta vapen. Men som han var van vid att segra med rytteri hade han aldrig ens tänkt tanken att han skulle behöva slå en ryttarhär med enbart fotfolk. Det var till synes omöjligt.

Under de två dagarnas ensamma ritt söderut kände han gång på gång hur allt han strävat efter i livet var på väg att glida honom ur händerna. Äntligen hade det blivit fred i riket, äntligen en folkungsk kung, äntligen kunde arbetet med de stora fridslagarna ta sin början. Och nu skulle allt likväl förloras.

Han skulle kanske inte heller vänta sig någon mildhet från segrarna. För egen del var inte döden den stora fasan inom honom, men han kände sorg vid tanken på vad segrarna skulle göra med hans söner när de kom uppåt landet i rusig segerglädje med jarlens huvud på en lans främst bland märkesmännen.

Det slog honom att ett väl så starkt skäl för upprorsmännen att kullkasta ordningen i riket som deras maktbegär var deras ovilja inför de nya fridslagarna. Ty dessa lagar innebure ju att unga herrars rätt att resa som rövare genom landet med lagens stöd skulle bort. Kanske hade deras ursinne mot honom mer med detta att göra än att han segrat i några slag mot deras fränder.

I en stund av förtvivlan som sänkte honom djupt ned i svart mörker stannade han och steg av sin häst. Han stod ensam i en ekdunge ute på slättlandet söder om Skara. Ingen fanns i närheten. Ingen såg hans förtvivlan, rädsla eller tvivel på allt han levat för fram till denna sista ritt mot döden.

Vad skulle du råda mig till nu, du som har svar på allt, min höge vän och kardinal Vilhelmus, mumlade han för sig själv.

Det var helt tyst omkring honom sånär som på svagt prassel av den lätta vinden i ekkronorna.

Kraften inom honom kom plötsligt vällande tillbaka som raseri eller som när dammluckor brister om våren. Om det var Guds röst som talat till honom, eller Helge Sankt Arn, eller kardinalen kunde han inte ens föreställa sig. Men hela hans styrka och beslutsamhet var tillbaka.

Han korsade sig och föll på knä. Med den korta bön han bad fylldes han av än mer förvissning om att Gud inte ville se det goda förlora inför det egenrättfärdiga och självsika som fienden ville. När han på nytt gjorde korstecknet kom budskapet som en stark röst inom honom på Guds språk: *In hoc signo vinces!*

Det var ord som hörde till Helge Sankt Arn, det visste han mycket väl. På folkspråket betydde orden: I detta tecken, i korsets tecken, skall du segra.

Han satt upp på sin svarta otåliga hingst och red fort söderut.

# Slutet på början

I DEN MÖRKASTE natten gick Birger jarl med biskop Kol vid sin sida bort till de nyanländna folkungaryttarna och hälsade dem alla en efter en och omfamnade några av dem han kände bäst. Han kunde inte dölja sina tårar.

Runt om i härlägret arbetades det fortfarande hårt i skenet av tjärbloss. De sista kohudarna drogs av och bars bort till förskansningarnas tak. Kärror och vagnar med kött och förråd fördes undan inåt landet. När gryningen kom skulle mer än tusen män ha lämnat härlägret. Det var alla timmermän, huggare och slaktare vars arbete för kriget var slut och vars närvaro vid själva slaget inte skulle bli till vare sig nytta eller glädje. Man följde noga den plan som Birger gjort upp när morgondagens seger fortfarande varit osäker.

När Birger hälsat alla ryttarna och biskop Kol välsignat dem, vilket krävde sin tid eftersom de var nära tvåhundra man, tog Birger riddar Sigurd och hans tre högsta befäl med sig till skansen intill floden. Där lät han tända upp med tjärbloss, svepte sandlådan ren och ställde på nytt upp alla kottar och pinnar och drog linjer med pekfingret medan han förklarade hur morgondagens strid skulle föras. Rytteriet skulle gå runt i en vid båge och anfalla fienden i ryggen på signal från Birger. Tecknet skulle vara en pil med blå eld rakt upp i skyn.

Det var svårt att säga när det blåa tecknet skulle komma, för om allt gick som Birger räknat med och hoppats så skulle fienden sargas mycket svårt av sitt anfall över floden och sin följande flykt tillbaka. I så fall skulle rytteriet möta en fiende som flydde i stor oordning och som skulle kunna slås ned efter en kort strid. Legosoldater var kända för att genast ge upp om de bedömde att en strid inte kunde vinnas eftersom de högeligen ogillade att riskera sina liv. Och gav de utländska legosoldaterna upp skulle de folkungska upprorsmännen inte ha annat val än att genast överlämna sig i fångenskap.

Rytteriet skulle dela sig i två grupper, en större som fick det tunga arbetet att besegra de utländska ryttarna, och en mindre som skulle omringa och säkra fiendens läger så att ingen kunde löpa därifrån. Birger befallde att riddar Sigurds son Roland Aldesson skulle föra befäl över den största ryttarstyrkan som fick det mest mödosamma och farliga arbetet. Själv skulle riddar Sigurd leda den mindre styrkan som skulle ta själva fiendelägret. Varken riddar Sigurd eller hans son motsatte sig denna befallning även om de utbytte en kort undrande blick.

En del frågor ställdes och man gick igenom hela planläggningen på nytt och därefter befallde Birger att junker Roland och de andra två befälen skulle söka sig nattläger och lämna honom och riddar Sigurd ensamma.

”Jag ville inte säga något inför ynglingarna, men nu måste jag nog fråga dig varför du gav min son den svåraste och farligaste uppgiften”, sade riddar Sigurd stilla när de andra var utom hörhåll. Det fanns mer undran än oro eller vrede i hans röst.

”Ville du hellre själv rida i spetsen för det anfallet?” motfrågade Birger med en retsam glimt i ögonen. ”Betänk att du och jag börjar bli gamla och lite långsamma i vändningarna. Jag gav denna befallning i ditt ställe, Sigurd, och min mening var att göra dig en tjänst.”

”Den tjänsten blir dyr om Roland hör till de stupade när vi rensar slagfältet vid middagstid i morgon”, muttrade Sigurd.

”Det var inte min avsikt, utan tvärtom att ge Roland en del av äran för segern i morgon”, svarade Birger. ”Jag är vid gott mod, jag räknar efter din ankomst med en helt säker seger. Och du slapp välja mellan att ge din son en harmlös uppgift som din fanbärare eller en svår uppgift som jag nu gav honom och som vi båda vet att han skulle föredra.”

”Du har rätt och jag tackar dig”, instämde riddar Sigurd eftertänksamt. ”Just som du säger hade jag kanske gett Roland en ofarlig plats i de bakre reserverna eller som min fanbärare. Den befallningen hade Roland varit tvingad att lyda men i efterhand hade han klandrat mig bitterligen. Nå, men min sak blir alltså att samla ihop de folkungska fångarna efter att vi tagit deras läger?”

”Ja, eftersom du är en man av heder och alla känner dig”, bekräftade Birger. ”Det blir lugnare och redigare om du sköter denna syssla än om jag gjorde det.”

”Men sedan skall jag överlämna alla fångarna till dig?”

”Ja, de är alla kungens fångar och jag är kungens befallningshavare”, svarade Birger kort och ovilligt. Riddar Sigurd betraktade honom länge och tankfullt men utan hat i blicken.

”Jag ser att du har ett bekymmer, Sigurd”, sade Birger när tystnaden mellan dem börjat kännas tung. ”Säg det hellre nu än senare!”

”Jag fruktar den omildhet du kommer att visa fångarna, varav flera är våra fränder, och jag vädjar till dig att betänka Arn Magnussons ofta upprepade ord om mildhet, de ord han inpräntade i oss alla”, svarade Sigurd långsamt och med rynkad panna.

”Jag förstår nog vilka ord du tänker på”, suckade Birger trött. ”När du drar ditt svärd, tänk inte på vem du skall dräpa, tänk på vem du skall skona. Det var dessa ord som föll dig i minnet, inte sant?”

”Ja”, svarade Sigurd. ”Just dessa ord ville jag påminna dig om.”

”Jag är inget helgon som han, det ingick inte i mitt arv”, sade Birger med en axelryckning. ”Dessutom hade Arn Magnusson fel i ett viktigt avseende, ty inte ens han var ofelbar. Du minns säkert hur han talade om att makten bestod av tre lika starka ben?”

”Ja, guldet, svärdet och korset”, svarade Sigurd. ”När vi folkungar behärskade dessa tre skulle freden bli evig och landet blomstra. Och nu säger du mig att du inte längre tror på den visdomen?”

”Jo, men bara till dels”, svarade Birger. ”För snart skall vi kasta loss från kyrkan och lämna den makt som hör korset till åt kyrkans män. Vi skall inte lägga oss i vad de gör, liksom de inte längre skall lägga sig i vad den världsliga makten gör. Då står vi på två ben, guldet och svärdet. Men det finns ett tredje som är nog så viktigt, lagen. Arn Magnusson såg inte betydelsen av lagen därför att han var en så god och kristlig man att han trodde att kyrkans och samvetets lagar vore mer än nog för oss alla. Och där hade han, kanske just för att han var en så mycket bättre man än du och jag, fel. Efter den seger vi skall bärga i morgon kommer det att bli kunglig lag om husfrid i hela riket. Var man skall bli herre i sitt eget hus, ingen som du och jag kan längre tränga sig in i annan mans hem, skända hans kvinna eller tömma hans visthusbodar. Det är vad slaget i morgon kommer att bli i framtidens minne."

Sigurd hade lyssnat tyst och eftertänksamt och nickat då och då som om han höll med om det mesta och som om han också fann det både klokt och rätt att sätta lås för bondens lada. Men helt till freds var han ändå inte.

"Jag är rädd att segern i morgon kommer att leva starkare i minnet för en helt annan sak", sade han till slut. "Och jag tror nog du vet vad jag menar."

"Nej, det vet jag inte", ljög Birger och slog frågande ut med händerna.

"Ditt sätt att behandla fångarna", svarade Sigurd. "Jag känner dig, Birger, du kommer inte att visa någon mildhet mot de besegrade."

"Jag kunde ljuga för dig nu, Sigurd, därför att jag vore rädd att du skulle ändra dig på nytt, ta dina ryttare och lämna mig här i getingboet. Men att ljuga i denna sak vore att svårt kränka både dig och mig efter de böner av tacksamhet jag bad när du kom med räddningen. Ja, dina farhågor kommer att besannas och jag skall säga dig varför. Det har inte med hat, oginhet eller vrede att göra, ty en sådan simpel man är jag inte. Men detta skall bli det sista upproret. Låter jag däremot upprorsmännen löpa efter allehanda försäkringar och falska eder om att de kommer att vara fogliga resten av sina liv så dröjer det inte länge förrän vi sitter här igen med ett nytt uppror på halsen. Tar jag deras huvuden så blir det äntligen frid i riket."

"Jag förstår hur du tänker, men jag är ändå rädd att du misstar dig", svarade riddar Sigurd. "Du tar deras huvuden och får således tyst på dem. Men deras söner och fränder kommer att hata dig för evigt och ur det hatet gror snart ett nytt uppror. Du sår en drakskörd, Birger, även om jag förstår att du har goda avsikter."

"På sätt och vis har du rätt," medgav Birger. "Mycket hat och klagosång kommer det att bli. Men det betyder också en lång tid av anstånd, åtminstone tio år. Och under de åren är vi flitiga och bygger de kungliga borgarna färdiga, Kalmar, Stockholm, Örebro, Nyköping och de andra. Från borgarna behärskar vi landet. Under tiden kommer lagarna om kvinnofrid, hemfrid och kyrkofrid att förvandla vårt rike. Borta är blodshämndens tid. Då är också upprorens tid förbi."

"Och för detta är du beredd att dra på dig allt hat som följer av den omildhet du skall visa i morgon?" frågade Sigurd utan att med sitt tonfall avslöja om han låtit sig övertygas.

"Ja, just så tänker jag", svarade Birger. "Var man av heder bör vårda sitt eftermäle, kan du tycka. Men tänker man så kan man lura sig av sin egen fåfänga, för viktigare än en mans eftermäle är hans gärningar och vad de tjänade till. Efter segern i morgon skall vi kalla vårt rike Sverige för det latinska Suecia, ett ord för både Götaland och Svealand. Vi skall smida riket samman i endräkt och styrka och inte längre fråga vem som är från Svealand eller göta länderna. Det blir mitt verk och det blir måhända mycket större och vackrare än mitt eftermäle."

"Jag tror dig faktiskt, Birger", svarade riddar Sigurd eftertänksamt och svepte sitt långa, gråa hår åt sidan. "Jag tror ditt verk blir mycket större och godare än ditt eftermäle. Men likväl vill jag be dig om en ynnest."

"Du vet att jag inte kan neka dig någonting alls just nu", svarade Birger fort. "Vadhelst du ber mig skall jag försöka uppfylla."

"Då ber jag dig att få ta mina ryttare och rida härifrån i morgon efter segern, ty jag vill inte se vad du ämnar göra då, inte ens om jag tror att du har rätt i allt du sade."

"Tror du att jag har rätt?"

"Ja, även om det är tungt att medge, Birger. Jag tror att du har rätt, ändå vill jag helst slippa se mina fränder dö i morgon."

* * *

En timme före gryningen väcktes lägret till liv av timglassvennerna som gick runt och slog på järntrianglar. Ljus tändes i fackelstänger och blosshållare och lägret började röra sig som en jättelik myrstack.

Jarlen stod uppe på den bakre kullen vid blidorna som skulle dränka fienden i ett hav av eld om allt gick som beräknat. Där uppe fanns, förutom de män som skulle sköta slungorna, biskop Kol, tio armborstskyttar till beskydd och två långbågeskyttar med färdigmakade eldpilar och några små skålar med svavel och kopparflis. Arbetet i lägret sköttes lugnt och säkert, ännu några foror med arbetsfolk som inte bar vapen gnisslade bort i natten och snart började kall tystnad sänka sig över de fyratusen män som var kvar och skulle segra eller dö.

Det första gryningsljuset visade sig och stjärnorna slocknade en efter en. Nu återstod bara att vänta och bedja.

De forsvikska skvadronerna hade dragit bort i mörkret redan två timmar före gryningen eftersom de i början av sin långa omväg måste gå försiktigt till fots. Deras frånvaro ökade kusligheten i tystnaden eftersom ingen enda frustande häst hördes från den egna sidan men desto fler från andra sidan floden där fienden börjat ställa upp för anfall.

Biskop Kol darrade och kallsvettades. Han hade aldrig sett ett stort slag på nära håll och han ångrade sig nu att han inte antagit jarlens förslag att dra sig undan med någon av de sista fororna. Nu var det för sent och även om han inte fruktade för sitt liv så kände han desto större oro för de grymma syner som skulle komma. Han förstod vid det här laget mycket väl att jarlen gillrat en ohygglig fälla.

När första skjutljuset kom hördes plötsligt en gäll hornsignal på andra sidan Säveån och en lång orm av eld rann fram längs hela den andra stranden. I ljuset av elden såg man hur en stor mängd pilar antändes och riktades uppåt. På nästa hornsignal förvandlades himlen framför dem till flammande ljus när den första vågen av eldpilar vällde in över de främsta befästningarna längs flodstranden. Biskop Kol kände hur hans hjärta slog som en kopparhammare i bröstkorgen och hur det dunkade vid tinningarna och det var som om anspänningen skulle bli honom så övermäktig att han dånade. Men när han såg mot jarlen lugnade han sig något av dennes nöjda sneda leende.

Allt tycktes än så länge gå just som jarlen beskrivit för honom. Våg på våg av eldpilar svepte in över lägrets främre linjer men ingenstans uppstod någon brand. De flesta pilarna slog ned i våta kohudar och slocknade fräsande. Ett och annat skott hamnade längre in i lägret men släcktes fort av raska gossar med vattenspannar och granruskor. Ingenstans fick elden fäste.

Efter att under en halv timme förgäves ha försökt sätta lägret i brand övergick fienden till nästa steg i sin anfallsplan. Det blev stort skrammel på andra sidan när både rytteri och fotsoldater fylkade sig samtidigt som bågskyttarna lämnade plats och drog sig undan. Vid en hornsignal uppstod ett mäktigt brus som biskop Kol först inte kunde begripa och måste luta sig mot den fortfarande nöjt leende jarlen och fråga om. Det var ljudet av tusen män eller fler som samtidigt gick ner i floden för att storma befästningarna på andra sidan.

Nu först började de egna bågskyttarna och armborstskyttarna skjuta tillbaka, och av skrik och gny nere i floden förstod biskop Kol att många fiender föll redan på väg över. Men nytt fotfolk trängde hela tiden på bakifrån så för de olyckliga fanns bara en väg och det var framåt mot trämurar, skansar och palissader på andra sidan.

Birger befallde nu att de tre blidorna skulle spännas och lastas med varsin första tunna av det han kallade grekisk eld. Där framme hördes ett mäktigt dån av fiendens murbräckor mot trämurarna och Birger sade då åt en av långbågeskyttarna att sända en svavelpil rätt ned genom lägret så att den fastnade på insidan av försvarsmuren. Den starka ljusa flamman betydde att allt folk bakom de murar där fienden höll på att slå sig igenom skulle dra sig undan. Ingen enda av de egna fick finnas kvar där fienden snart skulle storma fram.

Braket från murbräckor och kvidande och bristande trä blev allt högre och snart vek sig en del av muren och därefter en mursträcka som var nästan trettio steg lång. Höga skrän av triumf hördes från fienden som nu vällde in och efter två gälla hornstötar på andra sidan kom dånet av hästhovar och sedan av vatten som genomkorsades av hundratals ryttare.

Jarlen hade befallt att hans män skulle antända luntorna till den grekiska elden och biskop Kol fruktade att någon av tunnorna skulle brista innan de hunnit kastas iväg. Men jarlen stod kall och väntade nästan tills de första fiendesoldaterna kom inom skotthåll för hans egen skyddsvakt innan han befallde att alla tre blidorna skulle avfyras och därefter lastas på nytt med största skyndsamhet och strax for de tunga tunnorna, nästan långsamt och harmlöst seglade de genom luften. Men när de slog i marken brast de och kastade brand omkring sig åt alla håll och lika högt som trädtopparna i omgivningen. En våg av hetta slog biskop Kol i ansiktet så att han måste höja händerna för att skyla sig.

Framför honom var synen fasansfull. Ur hundratals, kanske tusen mäns strupar steg hjärtskärande skrin av smärta och skräck. Män sprang som brinnande facklor åt alla håll innan de vrålande av smärta föll till marken och översköljdes av lågor. Då var redan de följande tre eldtunnorna på väg och den här gången sändes de längre bort så att eldhavet slog upp kring de just instormande ryttarna från andra sidan. Synen var i sanning som man måste föreställa sig helvetet, tänkte biskop Kol, och hans ögon tårades av det outsägliga lidandet där män och hästar låg sparkande och skriande i flammorna.

Nu befallde jarlen att ännu en svavelgul pil skulle sändas bort åt det håll där de egna långbågarna stod. Pilen hann knappt landa med sin klara låga förrän det hördes rassel av hur tusen bågar spändes, och snart for ett mörkt moln upp i vid båge och ned mot den vrålande oredan av flyende fiender i stor och hopplös trängsel nere vid floden.

Ännu ett moln av pilar från långbågarna kom och därefter syntes inte längre så många flyende på väg upp i andra strandbrinken men överallt hördes de hemskaste tjut från dem som brann men ännu inte befriats av döden.

Jarlen befallde lugnt att en av långbågeskyttarna nu skulle rulla sin tjärade pil i kopparflis, antända den och skjuta den rakt upp i skyn.

Snart steg en blixtrande och fräsande blå låga upp mot himlen, stannade som en liten lysande stjärna och vände nedåt.

Skriken från de brända och döende hade tystnat, bara ett fåtal eftersläntrare bland fiendens män jagades av bågskyttar till fots eller besköts av armborst uppe från värnen längs strandbrinken. Enstaka herrelösa hästar med brand i svans och manar rusade med ögon vita av skräck kors och tvärs. Den mäktiga elden mitt i lägret bakom de raserade murarna höll på att lägga sig och när lågorna sjönk syntes en tät matta av svarta människorester där somliga fortfarande vred sig och rörde sig som om de levde.

Då hördes ett avlägset muller som biskop Kol först trodde var åska. Men när ljudet steg till ett mäktigt dån på andra sidan förstod han att det var det folkungska rytteriet som anföll den redan svårt plågade fienden.

Jarlen såg då på honom och log, nickade och pekade bort mot den andra sidan.

"Det där", sade han, "är som musik i mina öron. Det är de våra, det är mina bröder och fränder. Det är det folkungska rytteriet. Nu, min biskop, kan du tacka Gud för segern om du vill, för nu är allt över."

* * *

Först vid middagstiden red jarlen och hans fanbärare över Säveån och bort till fiendens härläger där städningsarbetet redan var långt gånget och där svart och fet rök steg från likbålen.

Segern hade emellertid inte varit så lätt och given som det föreföll när forsvikarnas ryttargrupper kom stormande. De mötte mycket hårdare motstånd än de hade väntat sig. Dels hade många av legohärens utländska riddare hunnit vända innan de red in i eldhavet och möttes av flyende och brända. Dels hade de varit mer än dubbelt så många som Birger hade räknat med.

I efterhand hade deras befäl beklagat att man i onödan dragit ut så länge på striden, men han förklarade detta med att han helt enkelt underskattat de blåklädda ryttare som anföll eftersom man var betydligt fler på upprorsmännens sida och därför borde ha vunnit lätt.

Birger hade också gjort sig skyldig till underskattning då han misslyckats med att få riktiga kunskaper om hur många ryttare som verkligen fanns på andra sidan. Han hade blivit lurad med samma list som han själv använt flera gånger, att hålla en mindre del av de egna ryttarna synliga och den större delen dold för fiendens ögon.

Således hade han alls inte sänt unge Roland Aldesson mot en lättvindig seger som varit hans avsikt. Roland hade hamnat mitt i en stor övermakt av schlesiska riddare som varit mycket starkt skyddade av tyska rustningar av det slag som först på senare år börjat komma i bruk nere i södern.

Dock hade Roland och hans forsvikska befäl snart rett ut sina svårigheter, fått ut legohärens ryttare på öppna fält genom att låtsas fly för dem och sedan besegrat dem genom att bättre och framför allt mycket snabbare kunna ställa om mellan anfallslinjer och små grupper, mellan flykt och anfall.

Birger blev något skamsen när han träffade riddar Sigurd inne i lägret där de folkungska fångarna hölls och fick veta vad som hänt. Men Sigurd viftade kort undan hans ursäkter med att sonen Roland med Guds hjälp blivit den som mer än någon annan av forsvikarna säkrade segern till slut. Och att han blödde från några små rispor och sår var ett litet pris för en sådan heder.

Nu kom emellertid snart den stund då de måste skiljas, menade Sigurd. I ett av de stora lägertälten satt de begärda fångarna bakbundna och krävde att få börja förhandla med sina besegrare. Eftersom de tydligen inte begrep vad som väntade dem var de mycket harmsna och kränkta över att man låtit binda dem som vanliga fångar. Mest högljudd var Knut Magnusson, som kallade sig kung, och Knut Folkesson som skulle föreställa hans jarl. De andra, Filip Larsson och ytterligare fyra män från junkrarnas upprorsförbund, verkade mer lågmälda och betänksamma.

Legosoldaterna satt alla och väntade, många av dem obekymrat pratande och skrattande, i en av de stora hästfållorna. Det såg ut att vara mellan sjuhundra och åttahundra överlevande eller måttligt skadade.

Birger hade inte nämnt för riddar Sigurd vad han hade för avsikter med de fångna legosoldaterna och själva tycktes de ta för givet att de som vanligt bara hade att gå över till den segrande sidan eller lämna ifrån sig hälften av sin sold som var brukligt och därefter rida hem. Det var så man behandlade män som krigade för sitt levebröd eftersom de aldrig hade något otalt med någon och således inte heller kunde vara sin besegrares fiende.

En av tio bland dem skulle få leva hade Birger bestämt. Budskapet som den ömkliga skaran av överlevande skulle föra med sig hem blev på så vis mycket klart. Här uppe i Norden väntade ingen nåd för legoknektar. Ingen upprorsman skulle kunna köpa sig en ny här nere i söder i stället för den han inte förmådde att samla i det egna landet.

Och ingen upprorsman skulle få leva. Bödelsblock ställdes fram utanför de fångna folkungafrändernas tält.

När Sigurd såg detta blev han än mer angelägen att rida bort med sina forsvikare. Birger sade sig inte ha något att invända mot detta men han bad ändå att Sigurd dessförinnan skulle ställa upp alla skvadronerna ute på ängarna där främst unge Roland hade bärgat segern.

Där ute bland alla fränderna befallde han junker Roland att sitta av hästen, stiga fram och falla på knä inför sin jarl. Så drog han Arn Magnussons tempelriddarsvärd och höjde det i solljuset så att guldet i riddarkorset och den hemliga skriften blixtrade och glänste.

”Roland, min käre och tappre frände!” ropade han. ”Segern denna dag berodde mer på dig än på någon annan. Du hedrade din ätt och dina forsvikska fränder. Jag dubbar dig nu som den allra förste till riddare av Sverige, som är namnet på vårt rike från denna dag och denna seger. Och ditt namn, riddar Roland, skall vara Roland Sigurdsson och ingenting annat!”

Han vidrörde lätt unge Rolands båda axlar med sitt svärd, befallde honom att resa sig och omfamnade honom.

Då drog alla forsvikarna samtidigt sina svärd, riktade dem mot skyn och lät höra det mäktiga härskri de använde vid stort anfall.

Riddar Sigurd hade tårar i ögonen när han kom fram och omfamnade Birger och försäkrade att all deras gamla ovänskap var borta för alltid och att Birger i honom och hans son hade vänner så länge de levde.

Likväl ville han inte stanna kvar för att se det som nu skulle ske även om han trodde på Birgers försäkringar att detta var det sista hårda som måste göras för att en gång för alla säkra freden i det nyfödda kungariket Sverige.

# Epilog

BIRGER JARLS HÅRDHET mot de besegrade folkungska upprorsmännen upprörde hans samtid så till den grad att indignationen höll sig levande i mer än hundra år. Ännu i Erikskrönikan, från 1300-talet, får han skoningslös kritik för samma sak. Det kunde ha blivit en mycket hård politisk belastning som försvårat alla hans planer på de nya lagar som skulle lägga grunden för staten Sverige.

Men han fick starkast tänkbara hjälp att ta sig ur den knipan. I en påvlig bulla daterad den 23 oktober 1252 heter det:

"Då vi förnummit eder längtan att i hjärtats renhet framleva edra dagar, så meddelar vi eder avlösning och förlåtelse för alla synder som ni med ångerfullt hjärta har bekänt, eller kommer att bekänna inom tre månader efter mottagandet av detta brev."

Mer kraftfullt än så kunde påvemakten inte gärna ha uttryckt sitt politiska stöd för Birger jarl. Och en mer betydelsefull allierad än påven kunde Birger jarl inte ha fått på sin sida. Kardinalen Vilhelm av Sabina måtte ha blivit mycket imponerad av den nordiske jarl han träffade vid kyrkomötet i Skänninge 1248.